LES CHRONIQUES DE KRONDOR

RAYMOND E. FEIST

LES CHRONIQUES DE KRONDOR

1. PUG, L'APPRENTI

TRADUIT DE L'AMÉRICAIN
PAR ANTOINE RIBES

J'AI LU

Je dédie ce livre à la mémoire de mon père,
Felix E. Feist,
en tout point, un magicien.

AVANT-PROPOS

Fin 1977, j'ai décidé de m'essayer à l'écriture, à mi-temps, alors que j'étais employé à l'université de Californie, San Diego. Quelque quinze ans plus tard, maintenant, je suis écrivain à plein temps depuis quatorze ans, avec un succès qui dépasse mes rêves les plus fous. *L'Apprenti*, le premier roman de ce qui est maintenant devenu *Les Chroniques de Krondor*, est un livre qui s'est rapidement animé d'une vie propre. J'hésite à l'admettre publiquement, mais en fait, l'une des raisons du succès du livre était mon ignorance de ce qui fait vendre un livre. Mon désir de plonger à l'aveuglette dans un récit montrant deux mondes totalement différents, couvrant douze ans de la vie de plusieurs personnages principaux et de douzaines de figurants tout en brisant de nombreuses règles d'intrigue littéraire a semblé trouver un écho chez de nombreux lecteurs partout dans le monde. Dix ans après la première publication, je crois que l'attrait de ce livre se fonde sur le fait qu'il est ce que l'on appelait un « récit merveilleux ». Je voulais simplement écrire une bonne histoire, qui satisfasse mon sens du merveilleux, de l'aventure et de la fantaisie. Visiblement, plusieurs millions de lecteurs – dont un bon nombre ont lu des traductions dans des langues dont je ne comprends pas un traître mot – ont trouvé que le merveilleux de ce livre leur plaisait aussi.

C'est avec une profonde gratitude que je veux vous remercier tous, les nouveaux lecteurs comme les anciens, car sans votre soutien et vos encouragements, il ne m'aurait pas été possible de passer ces dix ans à écrire des « récits merveilleux ». Si j'ai la chance de pouvoir vous transmettre une petite partie du plaisir que j'ai à partager mes aventures imaginaires avec vous, nous sommes également récompensés, car en vous passionnant pour mes ouvrages, vous m'avez permis d'en créer d'autres. [...] Les lettres sont lues, même si elles ne reçoivent pas de réponses – et même si parfois elles mettent des mois à me parvenir – et les remarques sympathiques, lors de mes apparitions en public, m'ont apporté plus que tout le reste. Mais par-dessus tout, vous m'avez donné la possibilité de pratiquer un art que j'avais abordé « pour voir si j'y arriverais », alors que je travaillais aux residence halls du collège John Muir à UCSD.

C'est pour cela que je vous remercie. Je crois que « j'ai réussi ».

RAYMOND E. FEIST
San Diego, California
août 1991

Les désirs d'un enfant volent au gré du vent
Et ce que rêve un enfant, il le rêve pour longtemps.

LONGFELLOW, *My Lost Youth*.

CHAPITRE 1

La tempête avait fait rage.

Pug sautait de rocher en rocher, posant les pieds sur des arêtes glissantes en s'avançant entre les mares laissées par la marée descendante. Ses yeux noirs fouillaient de tous côtés les bassins sous la falaise, à la recherche des bestioles épineuses que la tempête précédente avait renvoyées sur les hauts fonds. Ses muscles d'enfant gonflaient sa chemise de tissu fin quand il changeait son sac d'épaule, plein de couteaux, d'oursins et de crabes récoltés dans ce jardin aquatique.

Le soleil, cet après-midi, faisait scintiller les embruns qui tournoyaient autour de lui, soulevés par un vent d'ouest qui balayait en tous sens ses cheveux bruns que le soleil avait blondis par endroits. Pug posa son sac, vérifia qu'il était solidement fermé, puis s'accroupit sur une langue de sable dégagée. Le sac n'était pas tout à fait plein, mais Pug savourait l'heure qu'il allait pouvoir passer à se détendre. Megar, le cuisinier, ne lui ferait aucune remarque sur le temps qu'il avait mis pourvu qu'il revienne avec un sac à peu près plein. Pug s'allongea, le dos calé contre un large rocher, et la chaleur du soleil le plongea bientôt dans une douce torpeur.

Une volée d'embruns froids et humides le réveilla quelques heures plus tard. Il ouvrit les yeux en sursaut, réalisant qu'il était resté là beaucoup trop longtemps. À l'ouest, en pleine mer, des nuages noirs et orageux se formaient au-dessus de la ligne sombre des Six Sœurs, les petites îles qu'on voyait à l'horizon. Ces nuages houleux qui tourbillonnaient en traînant derrière eux une pluie semblable à une sorte de voile de suie étaient annonciateurs d'une de ces tempêtes subites si communes sur cette partie de la côte au début de l'été. Au sud, les hautes falaises de la Désolation s'élevaient dans le ciel et les vagues venaient s'écraser sur la base de ces rochers. De l'écume commençait à se former derrière les brisants, signe caractéristique de l'imminence d'une tempête. Pug se savait en danger, car les tempêtes estivales pouvaient noyer n'importe quel imprudent qui s'était risqué sur la plage, ou même, quand elles étaient assez violentes, sur les basses terres qui s'étendaient derrière.

Il reprit son sac et partit vers le nord, en direction du château. En contournant les bassins, il sentit le vent frais se faire froid et humide. Le jour commençait à baisser, caché par les premiers nuages qui filaient contre le soleil, formant de grosses taches sombres où les couleurs se fondaient en teintes de gris. Au-dessus de la mer, des éclairs striaient les nuages noirs et le grondement du tonnerre dans le lointain couvrait le bruit des vagues.

Pug accéléra quand il arriva à la première bande de plage libre. La tempête venait plus vite qu'il ne l'aurait cru, poussant devant elle la marée montante. Avant qu'il atteigne la seconde bande de bassins, il n'y avait plus, entre les falaises et le bord de l'eau, qu'une bande de sable sec d'à peine trois mètres.

Pug courut aussi vite qu'il le pouvait en faisant attention à ne pas glisser sur les rochers et il faillit par deux fois se coincer le pied. Lorsqu'il rejoignit la bande de sable suivante, il calcula mal son dernier saut et trébucha. Il tomba dans le sable en se tenant la cheville. Comme si elle n'avait attendu que cela, une vague s'élança et le recouvrit. Il tâtonna autour de lui à l'aveuglette et sentit son sac qui se faisait emporter. Il s'y agrippa frénétiquement et se jeta en avant, mais sa cheville le lâcha. Il plongea, but la tasse puis émergea, crachant et toussant. Il se relevait à peine quand une seconde vague, plus haute que la précédente, le frappa en pleine poitrine et le renversa. Pug avait grandi en jouant dans les vagues et il était bon nageur, mais sa cheville douloureuse et les coups répétés des vagues faisaient monter la panique en lui. Il se força au calme et remonta respirer quand la vague se retira. Il barbota jusqu'à la falaise, sachant qu'il y aurait toujours pied.

Pug atteignit la falaise et s'y appuya, pour soulager sa cheville autant que possible. Il se déplaça pied à pied le long du mur rocheux, luttant contre les vagues qui faisaient monter l'eau tourbillonnante autour de lui. Lorsque enfin Pug atteignit un endroit d'où il pourrait se frayer un chemin en hauteur, il avait de l'eau jusqu'à la taille. Il épuisa ses dernières forces à se hisser jusqu'au sentier. Il resta là un moment, essoufflé, puis commença à remonter le sentier en rampant, préférant éviter de risquer sa cheville foulée sur ce terrain rocailleux.

Les premières gouttes de pluie se mirent à tomber. Pug avançait à quatre pattes, en s'écorchant les genoux et les tibias sur les rochers, jusqu'au plateau herbeux en haut de la falaise. Il s'effondra sur le ventre, épuisé, le souffle court après avoir fourni tant d'efforts pour grimper. Les gouttes espacées se changèrent en une pluie fine mais constante.

Lorsqu'il eut repris son souffle, Pug s'assit et examina sa cheville enflée. Elle était douloureuse au toucher, mais il fut rassuré de voir qu'il pouvait encore la bouger : elle n'était pas cassée. Il rentrerait en boitant, mais comme la perspective d'une noyade sur la plage était écartée, il se sentait relativement optimiste.

Pug arriverait à la ville en loques, trempé et frigorifié. Il devrait trouver refuge en bas, car on fermait les portes du château avant la nuit et avec sa cheville en mauvais état il ne tenterait pas l'escalade du mur derrière les écuries. De plus, s'il attendait le lendemain pour se glisser au château, il n'y aurait que Megar pour lui faire des remontrances, alors que s'il se faisait prendre à passer le mur, le maître d'armes Fannon ou le maréchal Algon auraient sûrement bien pire que des mots à lui adresser.

Le temps qu'il se repose, la pluie s'était intensifiée et les nuages avaient complètement englouti le soleil, plongeant la fin d'après-midi dans un crépuscule précoce. Son soulagement ne dura qu'un temps et il se sentit furieux contre lui-même d'avoir perdu son sac de fruits de mer. C'était une folie de s'être assoupi là. S'il était resté réveillé, il serait rentré sans hâte, il ne se serait pas foulé la cheville et il aurait eu le temps de fouiner dans le lit de la rivière en haut des falaises pour y trouver ces pierres lisses si bien adaptées à sa fronde. Maintenant il n'avait plus le temps de trouver des pierres et il ne reviendrait pas avant une semaine. Si Megar n'en envoyait pas un autre à sa place, ce qui était probable vu qu'il revenait les mains vides.

Pug se rendit compte de l'inconfort de sa position sous la pluie et il décida qu'il était temps de repartir. Il se mit debout et testa sa cheville. Elle protesta contre ce traitement, mais il pourrait s'en accommoder. Il boitilla sur l'herbe pour rallier l'endroit où il avait laissé ses affaires et reprit son sac à dos, son bâton et sa fronde. Il émit un juron qu'il avait entendu dans la bouche des soldats du château quand il découvrit que son sac était déchiré et qu'il n'avait plus ni pain ni fromage. Des ratons laveurs ou peut-être des lézards des sables, se dit-il. Il jeta le sac qui ne lui servait plus à rien et s'étonna de sa malchance.

Prenant une profonde respiration, il s'appuya sur son bâton en commençant son voyage de retour au travers des petits vallons qui séparaient les falaises de la route. Le paysage était parsemé çà et là de bosquets d'arbrisseaux et Pug regretta qu'il n'y ait pas de meilleur abri à proximité, car les falaises en étaient totalement dépourvues. Il ne se mouillerait pas plus en allant à la ville qu'en se mettant à couvert d'un arbre.

Le vent se fit plus fort et Pug subit les premières morsures du froid sur son corps humide. Il frissonna et accéléra le pas comme il pouvait. Les petits arbres commencèrent à plier sous le vent et Pug sentit comme une grande main qui le poussait dans le dos. Lorsqu'il atteignit la route, il se tourna vers le nord. Il entendit le son étrange du vent qui soufflait dans les branches des vieux chênes de la sinistre grande forêt à l'est. Les sombres sous-bois de cette forêt n'étaient probablement pas plus périlleux que la route Royale, mais le souvenir des histoires de brigands et autres mauvais esprits moins humains fit courir un frisson glacé dans le dos du garçon.

Pug traversa la route Royale et se mit à l'abri dans le fossé qui la longeait. Le vent s'intensifiait et la pluie lui battait les yeux, faisant couler des larmes sur ses joues déjà bien mouillées. Une rafale le frappa de plein fouet, le déséquilibrant un instant, et il trébucha. L'eau montait dans le fossé à côté de la route et il dut faire attention où il mettait les pieds pour éviter de glisser dans un trou.

Pendant presque une heure il se fraya un chemin à travers la tempête qui se faisait de plus en plus violente. La route tournait vers le nord, le plaçant presque face au vent hurlant. Pug avançait contre le vent, penché en avant, sa chemise claquant dans son dos. Il avalait sa salive pour calmer la panique qui montait en lui. Il savait qu'il était de nouveau en danger, car la tempête se faisait bien plus furieuse qu'elle ne l'aurait dû en cette saison. De gigantesques éclairs illuminaient la terre plongée dans les ténèbres, soulignant brièvement les arbres et la route en noir sur fond blanc aveuglant. À chaque éclair, l'image s'imprimait sur sa rétine et l'empêchait de voir où il allait. Il avait l'impression que les monstrueux coups de tonnerre qui éclataient au-dessus de sa tête le frappaient réellement. Maintenant, sa peur de la tempête était plus forte que celle de brigands et de gobelins imaginaires. Il décida de passer sous le couvert des arbres qui bordaient la route : le vent serait un peu coupé par les troncs des chênes.

Alors que Pug s'approchait de la forêt, des craquements le firent s'arrêter. Dans la pénombre de la tempête, il distingua vaguement la forme noire d'un sanglier qui jaillissait des fourrés. Le sanglier trébucha dans les broussailles, tomba, puis se redressa quelques mètres plus loin. Pug le voyait clairement, debout face à lui, balançant sa tête d'un côté et de l'autre. Deux grandes défenses dégoulinantes de pluie brillaient dans l'ombre. Il avait les yeux exorbités par la peur et grattait le sol. Au mieux, les sangliers avaient sale caractère, mais habituellement ils évitaient les hommes. Celui-ci était terrifié par la tempête et Pug savait que s'il chargeait, il risquait de le blesser grièvement ou même de le tuer.

Pug resta parfaitement immobile et se prépara à donner un coup de bâton, mais il espérait que le sanglier préférerait retourner dans les bois. La bête dressa la tête, pour humer dans le vent l'odeur du garçon. Ses yeux roses semblèrent briller et Pug eut un frisson indécis. Il y eut un bruit qui le fit se retourner vers les arbres un instant, puis il baissa la tête et chargea.

Pug balança son bâton, l'abattant violemment en oblique pour asséner un coup en pleine tête au sanglier, qui vacilla. Touché, il fit un écart. Il glissa dans la boue et heurta Pug dans les jambes. Le garçon tomba et le sanglier se retrouva derrière lui. Étalé par terre, Pug vit le sanglier se retourner en dérapant pour une nouvelle charge. En un instant, la bête était sur lui et Pug n'avait pas eu le temps de se relever. Il lança le bâton devant lui en essayant vainement de l'écarter une fois encore. Le sanglier esquiva le bâton et Pug essaya de rouler sur le côté, mais l'animal lui tomba dessus de tout son poids. Pug se couvrit le visage et garda les bras contre sa poitrine, s'attendant à se faire éventrer.

Au bout d'un moment, il réalisa que le sanglier ne bougeait plus. Découvrant son visage, il le vit allongé sur ses jambes, une flèche d'un bon mètre, empennée de noir, plantée dans le flanc. Pug regarda en direction de la forêt. Un homme vêtu de cuir brun se tenait près de l'orée du bois, qui enveloppait prestement un arc long dans une toile huilée. Dès qu'il eut fini de protéger son arme contre les intempéries, l'homme vint se mettre au-dessus de l'enfant et du sanglier.

Il portait une cape, et un capuchon lui cachait le visage. Il s'agenouilla à côté de Pug et hurla pour couvrir le bruit du vent : « Ça va, mon garçon ? tout en soulevant avec aisance le sanglier abattu qui écrasait les jambes de Pug. Rien de cassé ?

— Je ne crois pas », répondit Pug sur le même ton, en vérifiant. Son côté droit le cuisait et il avait mal aux jambes. Avec sa douleur à la cheville, il trouvait qu'il en avait assez subi pour la journée, mais rien ne semblait cassé ni endommagé de manière permanente.

De grandes mains puissantes le remirent sur ses pieds. « Tiens », lui dit l'homme en lui tendant le bâton et l'arc. Pug les attrapa et attendit que l'inconnu éviscère rapidement le sanglier avec un long couteau de chasse. Après avoir fini, il se tourna vers Pug. « Suis-moi, bonhomme.

Mieux vaut que tu viennes t'abriter chez mon maître et moi. Ce n'est pas très loin, mais il faut faire vite. Cette tempête n'a pas encore atteint toute sa puissance. Tu peux marcher? »

Avançant d'un pas mal assuré, Pug acquiesça. Sans un mot, l'homme mit le sanglier sur ses épaules et reprit son arc. « Viens », dit-il en se tournant vers la forêt. Il partit d'un bon pas, que Pug eut du mal à tenir.

La forêt protégeait si peu de la tempête qui faisait rage qu'il leur était impossible de se parler. Un éclair illumina la scène un instant et Pug aperçut le visage de l'homme. Il essaya de savoir s'il avait déjà vu cet étranger avant. Il avait cet air qu'avaient tous les chasseurs et forestiers qui vivaient dans la forêt de Crydee : grand, large d'épaules et solidement charpenté. Il avait les cheveux et la barbe sombres et sa peau était tannée par une vie passée dehors.

Dans un bref instant de délire, l'enfant s'imagina qu'il faisait partie d'une bande de brigands qui se cachait au cœur de la forêt. Il écarta cette idée, car jamais un brigand ne s'intéresserait à un jeune serviteur de château visiblement sans le sou.

Pug se souvint qu'il avait parlé d'un maître et il se dit que ce devait être un franc tenancier, quelqu'un vivant sur des terres qui appartenaient à quelqu'un d'autre. Il devait être alors au service du propriétaire, sans lui être lié comme l'était un serf. Les francs tenanciers étaient des hommes libres qui donnaient une partie de leurs récoltes ou de leurs troupeaux en échange de la terre qu'on leur laissait. Il devait être libre. On n'aurait jamais laissé un serf porter un arc long, ils coûtaient bien trop cher – et ils étaient bien trop dangereux. Malgré tout, Pug n'arrivait pas à se souvenir de terres appartenant à quelqu'un dans la forêt. Cela restait un mystère pour lui, mais le poids des épreuves de la journée lui fit rapidement oublier sa curiosité.

Au bout de ce qui lui parut être des heures, l'homme entra dans un bosquet d'arbres touffu. Pug faillit le perdre dans le noir, car le soleil venait de se coucher, emportant avec lui le peu de lumière que la tempête laissait passer. Il suivit l'homme plus aux bruits qu'il faisait en marchant et au juger qu'à la vue. Pug sentait qu'il devait se trouver sur un chemin taillé dans les fourrés, car il ne se prenait plus les pieds dans des feuilles ou des broussailles. De là où ils se situaient, de jour, ils auraient eu du mal à trouver ce chemin. De nuit, à moins de le connaître, Pug aurait été incapable de le découvrir. Ils arrivèrent finalement dans une clairière, au milieu de laquelle se dressait une petite maison de pierre. Il y avait de la lumière à la fenêtre, et de la fumée montait de la cheminée. Ils traversèrent la clairière et Pug s'étonna du calme relatif de la tempête en ce lieu précis de la forêt.

Arrivé à la porte, l'homme fit un pas de côté et dit : « Entre, mon garçon. Moi, il faut que je m'occupe du sanglier. »

Acquiesçant vaguement, Pug poussa la porte en bois et entra.

« Ferme cette porte, gamin ! Tu vas me faire attraper froid et après, à cause de toi, je vais avoir la crève. »

Pug obéit précipitamment, claquant la porte plus fort qu'il ne l'aurait voulu.

Il se retourna pour observer la scène. La maison ne comptait qu'une seule pièce, de petite taille. Il y avait une grande cheminée, adossée à un mur, où crépitait un feu clair et chaud. À côté de la cheminée se trouvait une table, derrière laquelle une forme large vêtue d'une robe jaune se reposait sur un banc. L'homme avait le visage mangé par sa barbe et ses cheveux gris, et l'on ne voyait que deux yeux bleu clair et vifs qui brillaient dans la lumière du feu. Une longue pipe émergeait de la barbe, laissant échapper de prodigieux nuages de fumée blanche.

Pug connaissait cet homme. « Maître Kulgan… », commença-t-il, car cet homme était le magicien et conseiller du duc, un visage familier au château.

Kulgan leva les yeux sur Pug, puis dit d'une voix profonde, grave et ronflante : « Ainsi tu me connais ?

— Oui, messire. Du château.

— Comment t'appelles-tu, garçon de château ?

— Pug, maître Kulgan.

— Ah ! là je me souviens de toi. » Le magicien agita la main d'un air absent. « Inutile de m'appeler “maître”, Pug… bien qu'effectivement je sois un maître dans mon art, dit-il avec des rides d'amusement autour des yeux. Je suis de plus haut rang que toi, c'est vrai, mais pas de beaucoup. Viens, il y a une serviette qui pend près du feu et tu es trempé. Fais sécher tes vêtements et assieds-toi là. » Il désigna le banc de l'autre côté de la table.

Pug fit comme on le lui demandait, sans quitter le magicien des yeux. C'était un membre de la cour ducale, mais malgré tout, c'était un magicien, objet de suspicion, généralement mal considéré par la population. Quand une vache mettait bas un monstre ou que le froid faisait geler les récoltes, les villageois pouvaient fort bien imputer cela à un magicien qui rôdait dans l'ombre. Il n'y avait pas si longtemps, ils auraient chassé Kulgan de Crydee à coups de pierres. Sa position par rapport au duc lui permettait maintenant d'être toléré par les gens du village, mais les vieilles peurs ne s'en allaient pas si facilement.

Après avoir pendu ses habits, Pug s'assit. Il sursauta en voyant deux yeux rouges qui l'observaient depuis l'autre bout de la table du magicien. Une tête écailleuse s'éleva au-dessus du rebord pour regarder l'enfant.

Kulgan éclata de rire en le voyant si mal à l'aise. « Allons, mon enfant. Fantus ne va pas te manger. » Il posa la main sur la tête de la créature, qui se trouvait juste à côté de lui sur le banc et lui grattouilla le front. La bête ferma les yeux et émit une sorte de roucoulement, assez proche du ronronnement d'un chat.

Pug en était béat. Il ferma la bouche et demanda : « C'est un vrai dragon, monseigneur? »

Le magicien éclata d'un rire gras et joyeux. « Parfois il le croit, mon enfant. Fantus est un dragonnet, une sorte de cousin du dragon, mais de plus petite taille. » La créature ouvrit un œil et le fixa sur le magicien. « Mais tout aussi courageux », ajouta rapidement Kulgan, et le dragonnet referma l'œil. Kulgan dit tout bas, sur le ton du secret : « Il est très intelligent, aussi fais bien attention à ce que tu lui dis. C'est une créature à la sensibilité exacerbée. »

Pug fit signe qu'il ferait attention. « Il peut cracher du feu? » demanda-t-il, les yeux écarquillés par l'émerveillement. Pour un garçon de treize ans, même un cousin de dragon méritait crainte et respect.

« Quand il s'en sent l'envie, il lui arrive de produire une ou deux flammes, mais ça le prend rarement. Je pense que c'est dû au fait que je le nourris beaucoup. Cela fait des années qu'il n'a pas eu besoin de chasser, alors il n'a plus trop l'habitude de se comporter comme un vrai dragonnet. En fait, je le gâte de façon éhontée. »

Pug trouva la chose plutôt rassurante. Si le magicien pouvait gâter cette créature, même si elle était franchement bizarre, elle y trouvait un côté plus humain, moins mystérieux. Pug observa Fantus, admirant les reflets dorés que le feu donnait à ses écailles émeraude. Le dragonnet avait à peu près la taille d'un petit chien, avec un long cou de serpent au bout duquel se trouvait une tête d'alligator. Il avait replié ses ailes sur son dos et griffait l'air en étendant les pattes devant lui, tandis que Kulgan le grattouillait au-dessus des yeux. Sa longue queue se balançait de gauche et de droite, à quelques centimètres au-dessus du sol.

La porte s'ouvrit et le grand archer entra, tenant une échine de sanglier soigneusement préparée sur une broche. Sans un mot, il se dirigea vers l'âtre et mit la viande à cuire. Fantus releva la tête, profitant de son long cou pour regarder par-dessus la table. En agitant la langue, le dragonnet sauta par terre et, d'une démarche impériale, se dandina vers la cheminée. Il se choisit un coin au chaud devant le feu et se roula en boule pour faire un somme en attendant le dîner.

L'homme détacha sa cape et l'accrocha à une patère à côté de la porte. « La tempête va se calmer avant l'aube, je pense. » Il revint au feu et prépara une sauce au vin et aux herbes pour arroser le sanglier. Pug vit avec stupeur une cicatrice rouge et luisante qui lui barrait le visage de haut en bas.

Kulgan agita sa pipe en direction de l'homme. « Connaissant le manque de conversation de mon ami ici présent, il n'a même pas dû se présenter. Meecham, ce jeune homme s'appelle Pug, il vient du château de Crydee. » Meecham acquiesça brièvement, puis se remit à la cuisson du sanglier.

Pug lui rendit son salut, mais un peu trop tard pour que Meecham le voie. « Je n'ai pas encore pensé à vous remercier de m'avoir sauvé du sanglier. »

Meecham répondit : « Pas besoin de me remercier, bonhomme. Si je n'avais pas fait peur à la bête, elle ne t'aurait probablement pas chargé. » Il quitta le foyer et se dirigea vers une autre partie de la salle, prit une sorte de pâte brune dans un seau recouvert d'un torchon et commença à la pétrir.

« Eh bien, messire, dit Pug à Kulgan, c'est sa flèche qui a tué le sanglier. J'ai eu bien de la chance qu'il ait été en train de suivre cet animal. »

Kulgan rit. « Cette pauvre créature, que nous invitons si volontiers à dîner, semble avoir été victime des circonstances autant que toi. »

Pug sembla perplexe. « Je ne vous suis pas, monseigneur. »

Kulgan se leva pour attraper un objet sur l'étagère la plus haute de sa bibliothèque et le plaça sur la table devant le garçon. Il était enroulé dans du velours bleu sombre et Pug se dit immédiatement qu'il devait valoir beaucoup pour qu'on l'enveloppe dans un tissu aussi cher. Kulgan ôta le velours, révélant un orbe de cristal qui scintilla à la lumière du feu. Pug poussa un « ah » de plaisir en voyant une chose si belle, qui semblait sans défaut et si splendide par sa simplicité.

Kulgan montra la sphère de verre. « Cet instrument a été créé par Althafain de Carse, très puissant maître mage, qui me l'a offert. Il me jugeait digne d'un tel présent, pour certaines faveurs que je lui avais faites il y a longtemps – mais ça n'a pas d'importance. En rentrant aujourd'hui de chez maître Althafain, j'ai essayé son cadeau. Regarde bien au fond de l'orbe, Pug. »

Pug fixa les yeux sur la boule et tenta de suivre le scintillement du feu qui semblait aller se perdre dedans. Les reflets de la pièce cent fois répétés se mêlèrent et dansèrent devant ses yeux alors même qu'il essayait de fixer son regard sur toutes les images à la fois. Ils tourbillonnèrent, se mélangèrent, puis se firent nébuleux et obscurs. Les rougeoiements du feu furent remplacés par une lueur d'un blanc laiteux et Pug se sentit attiré par une douce chaleur. Comme dans la cuisine du château, se dit-il vaguement.

Soudain la boule s'éclaircit et Pug trouva sous ses yeux une image de la cuisine. Alfan, le gros cuisinier, était en train de faire des pâtisseries, en léchant ses doigts couverts de miettes sucrées. Megar, le chef cuisinier, lui tomba dessus avec rage, car il trouvait que cette habitude était dégoûtante. Pug éclata de rire devant cette scène, qu'il avait déjà vue de nombreuses fois auparavant et elle disparut. Il se sentit brutalement très fatigué.

Kulgan remit le tissu sur l'orbe et il le poussa de côté. « Tu t'es bien débrouillé, mon garçon », dit-il pensivement. Il resta à regarder l'enfant un moment, comme s'il réfléchissait à quelque chose, puis il s'assit. « Je n'aurais jamais cru que tu puisses arriver à former une image aussi claire du premier coup, mais tu sembles valoir mieux que l'on ne puisse s'y attendre.

— Monseigneur ?

— Ce n'est rien, Pug. » Il se tut, puis reprit : « J'utilisais ce jouet pour la première fois, pour voir jusqu'où j'arriverais à projeter mon regard, quand je t'ai vu aller vers la route. J'ai vu que tu étais blessé et que tu boitais, je me suis dit que tu n'arriverais jamais à la ville, alors j'ai envoyé Meecham te chercher. »

Pug semblait embarrassé de cette attention inhabituelle, et il rougit. Il dit fièrement, du haut de ses treize ans : « Ce n'était pas la peine de faire ça, monseigneur. Je serais arrivé à la ville à temps. »

Kulgan sourit. « Peut-être, mais d'un autre côté, peut-être pas. Cette tempête est bien forte pour la saison et peu propice aux déplacements. »

Pug écouta le martèlement de la pluie sur le toit de la maison. La tempête avait l'air de s'être calmée, et Pug douta des paroles du magicien. Comme s'il avait lu dans ses pensées, Kulgan dit : « Crois-moi, Pug. Cette clairière est protégée par autre chose que ces grands troncs. Si tu sortais de ce cercle de chênes qui marque le bord de mes terres, tu sentirais la force de cette tempête. Meecham, ton avis sur ce vent ? »

Meecham reposa la pâte à pain qu'il était en train de pétrir et réfléchit. « Presque aussi mauvais que celui de la tempête qui a fait s'échouer six vaisseaux il y a trois ans. » Il se tut un moment, comme s'il réfléchissait à son estimation, puis hocha la tête. « Oui, presque aussi mauvais, mais ça ne va pas durer aussi longtemps. »

Pug repensa à la tempête qu'il y avait eu trois ans auparavant et qui avait drossé une flotte de commerce Quegane faisant voile vers Crydee sur les récifs de la Désolation. Au plus fort de cette tempête, les gardes sur les murs du château avaient été obligés de se réfugier dans les tours, pour éviter de passer par-dessus les créneaux. Si cette tempête-là était aussi forte, la magie de Kulgan était vraiment impressionnante, car à l'extérieur de la maison, elle avait l'air d'une simple giboulée de printemps.

Kulgan se rassit sur le banc, en tentant de rallumer sa pipe éteinte. Tandis qu'il exhalait de formidables nuages d'une fumée douceâtre, l'attention de Pug erra sur une étagère de livres derrière le magicien. Ses lèvres bougèrent en silence en essayant de déterminer ce qui était écrit sur les reliures, sans effet.

Kulgan leva un sourcil et dit : « Tu sais donc lire ? »

Pug sursauta, craignant avoir offensé le magicien en pénétrant dans son domaine. Kulgan, ressentant son embarras, le rassura : « Pas de problème, mon garçon. Ce n'est pas un crime d'avoir appris ses lettres. »

Pug se sentit un peu moins gêné. « Je sais lire un peu, monseigneur. Megar le cuisinier m'a montré comment lire les étiquettes sur les réserves de la cuisine au cellier. Je connais un peu les chiffres, aussi.

— Les chiffres, aussi !, s'exclama joyeusement le magicien. Eh bien, tu es une sorte d'oiseau rare. » Il se retourna et sortit d'une étagère un volume relié de cuir rouge sombre. Il l'ouvrit, louchant sur une page, puis une autre, puis il trouva finalement une page qui semblait correspondre à ses besoins. Il tourna le livre ouvert et le posa sur la table devant Pug. Kulgan montra une page ornée d'une magnifique enluminure colorée représentant des serpents, des fleurs et des rameaux de vigne entrelacés autour d'une grande lettre dans le coin en haut à gauche. « Lis-moi ça, mon garçon. »

Pug n'avait jamais vu quelque chose qui ressemblait à ça, même de loin. Megar lui avait appris en lui traçant de sa main rude des lettres au fusain sur un simple parchemin. Il s'assit, fasciné par la finesse des détails de l'œuvre, puis se rendit compte que le magicien était en train de le regarder. Retrouvant ses esprits, il se mit à lire.

« Puis vint un ap… appel de… » Il regarda le mot, prononçant avec hésitation ces complexes combinaisons si nouvelles pour lui : « … Zacara. » Il s'arrêta, regardant Kulgan pour voir s'il avait vu juste. Le magicien lui fit signe de poursuivre. « Car le Nord devait être oubli… oublié, pour éviter que le cœur de l'empire se languisse et que tout le reste se perde. Et bien qu'ils fussent nés à Bossania, ces soldats restaient les loyaux serviteurs de Kesh la Grande. Ainsi, pour elle, ils prirent les armes et mirent leurs armures et quittèrent Bossania, faisant voile vers le sud, afin de tous les sauver de la destruction. »

Kulgan dit : « C'est bien », et il referma doucement le livre. « Tu es doué pour les lettres, pour un garçon de château.

— Ce livre, monseigneur, c'est quoi ? demanda Pug, tandis que Kulgan le lui retirait. Je n'ai jamais rien vu de pareil. »

Kulgan lui jeta un tel regard que Pug se sentit de nouveau très gêné. Puis le magicien sourit et la tension se dissipa. Il reposa le livre et dit : « C'est l'histoire de cette terre, mon garçon. Il m'a été offert par l'abbé d'un monastère Ishapien. C'est la traduction d'un texte de Kesh, datant de plus de cent ans. »

Pug acquiesça et dit : « Ça avait l'air très bizarre. De quoi ça parlait ? »

Kulgan regarda encore Pug comme s'il cherchait quelque chose en lui, puis dit : « Il y a longtemps, Pug, toutes ces terres, de la Mer sans Fin jusqu'à la Triste Mer de l'autre côté des monts de la Tour grise, faisaient partie de l'empire de Kesh la Grande. Loin à l'est, il y avait un petit royaume, sur une île du nom de Rillanon. Il s'est agrandi et a englobé les royaumes des îles voisines, pour devenir le royaume des Îles. Plus tard il s'agrandit vers le continent et bien qu'il reste encore le royaume des Îles, nous l'appelons simplement en général "le royaume". Nous, qui vivons à Crydee, nous faisons partie du royaume, bien que nous vivions aussi loin de la capitale de Rillanon que possible tout en restant à l'intérieur des frontières.

« Une fois, il y a très longtemps, l'empire de Kesh la Grande a abandonné ces terres, car elle était engagée dans une guerre longue et meurtrière contre ses voisins du Sud, la Confédération keshiane. »

Pug était porté par la grandeur des empires oubliés, mais il avait assez faim pour remarquer que Meecham était en train de placer plusieurs petites tranches de pain noir dans le four de la cheminée. Son attention revint au magicien. « C'était qui, la Conf... ?

— La Confédération keshiane, finit Kulgan à la place de l'enfant. C'est un assemblage de petites nations qui avaient versé un tribut à Kesh la Grande pendant plusieurs siècles. Une douzaine d'années avant que l'on écrive ce livre, ils s'unirent contre leur oppresseur. Individuellement, ils ne pouvaient pas s'élever contre Kesh la Grande, mais une fois unis ils se retrouvèrent à égalité avec elle. Bien trop à égalité, en fait, car la guerre dura des années. L'empire dut retirer ses légions de ses provinces du Nord pour les envoyer au sud, laissant le Nord sans défense contre le royaume, une puissance plus jeune.

« Ce fut le grand-père du duc Borric, le fils cadet du roi, qui mena l'armée à l'ouest, pour étendre les provinces de l'Ouest. Depuis lors, tout ce qui constituait l'ancienne province de Bossania, à l'exception des cités libres de Natal, fut nommé le duché de Crydee. »

Pug réfléchit un moment avant de dire : « Je crois que j'aimerais bien aller à cette Kesh la Grande, un jour. »

Meecham renifla, comme une sorte de rire. « Et en tant que quoi ? Que dur à cuire ? »

Pug se sentit rougir. Les durs à cuire étaient des hommes sans terre, des mercenaires qui se battaient pour l'argent, des gens que l'on considérait à peine mieux que les hors-la-loi.

Kulgan dit : « Cela t'arrivera peut-être un jour, Pug. La route est longue et semée d'embûches, mais on parle de cœurs braves et intrépides qui ont survécu à un tel voyage. Des choses plus étranges sont déjà arrivées. »

La discussion passa à des sujets plus communs autour de la table, car le magicien était resté au sud, au château de Carse, pendant plus d'un mois et il voulait connaître les dernières nouvelles de Crydee. Lorsque le pain eut fini de cuire, Meecham le servit chaud, coupa l'échine de sanglier et sortit des assiettes de fromage et de légumes. Pug n'avait jamais si bien mangé de toute sa vie. Même quand il travaillait aux cuisines, sa position de garçon de château ne lui permettait pas de manger grand-chose. Par deux fois pendant le dîner, Pug surprit le magicien qui le regardait intensément.

Lorsque le repas fut terminé, Meecham débarrassa la table, la nettoya, puis se mit à laver les plats au sable propre et à l'eau claire, tandis que Kulgan et Pug, assis, continuaient à discuter. Il restait un morceau de viande sur la table que Kulgan jeta à Fantus, qui était allongé devant le feu. Le dragonnet ouvrit un œil pour regarder le morceau. Il mit un certain temps à choisir entre sa confortable place devant le feu et le morceau de viande juteuse, puis s'avança des vingt centimètres nécessaires à engloutir sa récompense et il referma son œil.

Kulgan alluma sa pipe et lorsqu'il parut satisfait de la

fumée qu'elle dégageait, il dit : « Qu'envisages-tu de faire quand tu seras grand, mon garçon ? »

Pug luttait contre le sommeil, mais la question de Kulgan le réveilla. Le jour du Choix, celui où les garçons de la ville et du château étaient placés en apprentissage, était proche et Pug était tout excité lorsqu'il dit : « Au solstice d'été, j'espère pouvoir me mettre au service du duc sous l'égide de Fannon, le maître d'armes. »

Kulgan regarda son invité si frêle. « Je t'aurais cru à un an ou deux de l'apprentissage, Pug. »

Meecham émit un son à mi-chemin entre le rire et le grognement. « Un peu petit pour te trimbaler avec une épée et un bouclier, non, gamin ? »

Pug rougit. Il était le plus petit des garçons de son âge au château. « Megar le cuisinier dit que je pourrais bien grandir plus tard, dit-il sur un ton de défi. Nul ne sait qui sont mes parents, alors on ne sait pas à quoi s'attendre.

— Orphelin, c'est ça ? », demanda Meecham, levant un sourcil, le geste le plus expressif qu'il ait eu jusque-là.

Pug acquiesça. « Une femme m'a laissé chez les prêtres de Dala, dans l'abbaye des montagnes, en affirmant qu'elle m'avait trouvé sur la route. Ils m'ont amené au château, car ils n'avaient aucun moyen de s'occuper de moi.

— Oui, ajouta Kulgan, je me souviens du jour où ceux qui prient le Bouclier des Faibles t'ont amené au château. Tu n'étais qu'un bébé à peine sevré. C'est à la gentillesse du duc que tu dois d'être libre aujourd'hui. Il se disait que c'était un moindre mal de libérer le fils d'un serf que d'asservir celui d'un homme libre. Sans preuve, il aurait eu le droit de te déclarer serf. »

Meecham dit sur un ton neutre : « C'est un homme bon, le duc. »

Pug avait cent fois entendu l'histoire de son origine de la bouche de Magya dans les cuisines du château. Il se sentait complètement épuisé et avait beaucoup de mal à garder les yeux ouverts. Kulgan le remarqua et fit signe à Meecham. Le grand homme prit quelques couvertures sur une étagère et prépara une couche. Le temps qu'il finisse, Pug s'était endormi la tête sur la table. Les puissantes mains le soulevèrent doucement de son tabouret et le mirent sur les couvertures, puis le recouvrirent.

Fantus ouvrit les yeux et regarda l'enfant endormi. Après un bâillement impressionnant, il rampa jusqu'à Pug et se blottit contre lui. Pug se retourna dans son sommeil et passa un bras autour du cou du dragonnet. Celui-ci émit un ronronnement approbateur du fond de sa gorge et referma les yeux.

CHAPITRE 2

La forêt était calme.

C'était l'après-midi, une brise fraîche et légère agitait les cimes des chênes, sans faire bruire les feuilles trop fort. Les oiseaux, qui jacassaient en chœur du matin au soir, étaient plutôt calmes à cette heure du jour. L'odeur légèrement piquante de l'iode se mêlait à celle, âcre, des feuilles mortes et des fleurs.

Pug et Tomas se promenaient lentement sur la route, déambulant sans but précis, pour tuer le temps. Pug lança une pierre sur une cible imaginaire, puis se tourna vers son compagnon. « Tu crois que ta mère va être furieuse ? » demanda-t-il.

Tomas sourit. « Non, elle sait comment ça se passe. Elle a vu d'autres garçons le jour du Choix. En fait, on les gênait plus qu'on ne les aidait, aujourd'hui, aux cuisines. »

Pug opina. Il avait renversé un précieux pot de miel en l'apportant à Alfan, le pâtissier. Puis il avait fait tomber un plateau entier de tranches de pain frais en les sortant du four. « Je me suis rendu plutôt ridicule aujourd'hui, Tomas. »

Tomas éclata de rire. C'était un garçon de haute stature, aux cheveux blond cendré et aux yeux d'un bleu vif. Il avait le sourire facile et on l'aimait bien au château, malgré sa tendance infantile à chercher les ennuis. C'était le meilleur ami de Pug, plus un frère qu'un ami, et c'était grâce à lui que les autres garçons avaient à peu près accepté Pug, car d'un commun accord, ils considéraient Tomas comme leur chef.

Tomas dit : « Tu ne t'es pas rendu plus ridicule que moi. Au moins, tu n'as pas oublié de suspendre les carcasses des bœufs. » Pug sourit. « Au moins, les chiens du duc n'ont pas à se plaindre. » Il hennit, puis se mit à rire. « Elle n'est pas contente, hein ? »

Tomas et son ami éclatèrent de rire. « Elle est furieuse. De toute manière, les chiens n'en ont mangé qu'un tout petit peu avant qu'on les chasse à coups de pied. Et en plus, c'est surtout contre papa qu'elle est furieuse. Elle dit que le jour du Choix, c'est juste une occasion qu'ont trouvé les maîtres d'œuvre de fumer la pipe ensemble, boire de la bière et se raconter des histoires toute la journée. Elle dit qu'ils savent déjà qui va choisir qui. »

Pug dit : « Vu ce que dit l'autre femme, elle n'est pas la seule de cet avis. » Puis il fit un sourire à Tomas. « Probablement pas tort, d'ailleurs. »

Tomas perdit le sourire. « Elle n'aime vraiment pas qu'il ne soit pas là à la cuisine pour surveiller. Je crois qu'elle le sait, et c'est pour ça qu'elle nous a chassés du château ce matin, pour ne pas se passer les nerfs sur nous. En tout cas, sur toi, ajouta-t-il avec un sourire amusé. Je jurerais que tu es son favori. »

Pug retrouva le sourire et il se remit à rire. « Bah, je fais moins d'ennuis. »

Avec une petite tape dans le bras, Tomas dit : « Tu veux dire que tu te fais prendre moins souvent. »

Pug sortit sa fronde de sous sa chemise. « Si nous revenons avec quelques perdrix ou quelques cailles, elle pourrait bien retrouver un peu de sa bonne humeur. »

Tomas sourit. « C'est bien possible », acquiesça-t-il, sortant sa propre fronde. Tous deux maniaient très bien la fronde, Tomas étant le champion incontesté de tous, ne surpassant Pug que de très peu. Il était peu probable que l'un ou l'autre réussisse à abattre un oiseau en vol, mais s'ils en trouvaient posés au sol, ils auraient une bonne chance de les toucher. Et puis ils pourraient passer le temps en s'occupant, histoire d'oublier le jour du Choix.

Ils jouèrent aux chasseurs, en rampant avec une discrétion exagérée. Tomas était devant quand ils quittèrent le chemin, en direction du point d'eau le plus proche. Ils avaient peu de chances d'apercevoir du gibier à cette heure de la journée, à moins de tomber vraiment dessus, mais s'ils devaient en trouver, c'était bien du côté du point d'eau. Les bois au nord-est de la ville de Crydee étaient moins inquiétants que ceux de la grande forêt du Sud. Les bûcherons les avaient exploités pendant des années ; il en résultait des sous-bois vert clair qui bénéficiaient d'un ensoleillement introuvable dans les profondeurs obscures de la forêt du Sud. Les garçons du château étaient souvent allés jouer là-bas. Avec un peu d'imagination, on pouvait transformer les bois en un endroit merveilleux, un monde vert où se déroulaient les aventures les plus héroïques. Les arbres avaient été les témoins silencieux de fuites intrépides, de quêtes terrifiantes et de puissantes batailles que les garçons évoquaient dans leurs rêves d'enfants qui jouaient à être adultes. Ils y avaient combattu des créatures affreuses, des monstres terribles et de vulgaires brigands et les avaient vaincus, souvent au prix de la mort d'un grand héros, qui murmurait quelques derniers mots de circonstance à ses compagnons affligés, juste à temps pour retourner au château avant le dîner.

Tomas atteignit une petite éminence qui surplombait la mare, dissimulée par de jeunes pins parasols, et écarta quelques fourrés pour qu'ils puissent guetter. Il s'arrêta, empli d'une crainte respectueuse, et dit tout bas : « Pug, regarde ! » Au bord de la mare se tenait un cerf, tête levée, à l'écoute d'un bruit qui l'avait dérangé alors qu'il se désaltérait. C'était un vieil animal au museau presque blanc, dont la tête s'ornait d'une magnifique ramure.

Pug compta rapidement. « Il a quatorze cors. »

Tomas acquiesça. « Ce doit être le plus vieux cerf de la forêt. » Celui-ci tourna son attention vers les enfants, battant nerveusement d'une oreille. Ils se figèrent, ne voulant pas effrayer une si merveilleuse créature. Durant une longue minute de silence, le cerf inspecta la pente, les narines dilatées, puis il baissa lentement la tête vers la mare et se remit à boire.

Tomas toucha l'épaule de Pug et fit un signe de tête vers un côté. Pug regarda dans la direction indiquée par Tomas et vit une silhouette qui entrait dans la clairière sans faire de bruit. C'était un homme de haute taille vêtu de cuir teint en vert. Il avait un arc long dans le dos et un couteau de chasse à la ceinture. La capuche de sa cape verte était rejetée en arrière et il s'avançait vers le cerf d'un pas égal et sûr. « C'est Martin », dit Tomas.

Pug avait lui aussi reconnu le maître chasseur du duc. Martin était orphelin, comme Pug, il avait fini par se faire surnommer l'Archer par les gens du château, car peu de gens l'égalaient dans le maniement de cette arme. Bien qu'il restât plutôt mystérieux, Martin l'Archer était plutôt apprécié des garçons, car s'il se tenait à l'écart des adultes du château, il était toujours amical et direct avec les enfants. En tant que maître chasseur, c'était aussi le forestier du duc. Ses obligations éloignaient du château des jours entiers, parfois même des semaines, car il veillait à ce que ses pisteurs fassent attention au braconnage, aux risques de feu, aux déplacements de gobelins ou aux hors-la-loi qui campaient dans les forêts. Mais quand il était au château et qu'il n'était pas en train d'organiser une chasse pour le duc, il avait toujours du temps à consacrer aux garçons. Ses yeux sombres pétillaient de joie quand ils le bombardaient de questions sur les secrets de la forêt ou sur les légendes des terres qui jouxtaient les frontières de Crydee. Il semblait avoir une patience infinie, ce qui le mettait à part des autres maîtres d'œuvre de la ville et du château.

Martin arriva devant le cerf, avança doucement la main vers lui et le caressa dans le cou. La grande tête se tourna et le museau du cerf vint se frotter contre le bras de Martin. Tout doucement, Martin dit : « Si vous sortez très lentement des buissons, sans rien dire, il vous laissera peut-être approcher. »

Pug et Tomas échangèrent des regards étonnés, puis entrèrent dans la clairière. Ils contournèrent lentement les bords de la mare, le cerf suivant de la tête leur progression, en tremblant légèrement. Martin le tapota pour le rassurer et il se calma. Tomas et Pug vinrent se mettre à côté du chasseur et Martin leur dit : « Approchez la main et touchez-le, lentement pour ne pas l'effrayer. »

Tomas avança le premier sa main, et le cerf trembla sous ses doigts. Pug commença à avancer la sienne et le cerf recula d'un pas. Martin lui dit quelques mots d'une voix charmeuse dans un langage que Pug n'avait jamais entendu auparavant et l'animal se calma. Pug le toucha et s'étonna de la sensation que lui procurait sa peau – c'était si semblable aux peaux tannées qu'il avait déjà touchées et à la fois si différent avec cette vie qui battait sous ses doigts.

Soudain, le cerf recula et se retourna. Puis, d'un seul bond impressionnant, il disparut entre les arbres. Martin l'Archer rit et dit : « C'est mieux ainsi. Ce ne serait pas bon pour lui de trop se lier d'amitié avec les hommes. Ces cors finiraient rapidement accrochés au-dessus d'une cheminée de braconnier. »

Tomas murmura : « Il est merveilleux, Martin. »

L'Archer opina, les yeux fixés sur l'endroit où le cerf avait disparu dans les bois. « Ça, tu peux le dire, Tomas. »

Pug dit : « Je croyais que tu chassais les cerfs, Martin, comment... »

Martin répondit : « Le vieux Barbe-Blanche et moi nous avons passé une sorte d'accord, Pug. Je ne chasse que les solitaires, ceux qui n'ont pas de harde ou encore les biches trop vieilles pour mettre bas. Un jour, Barbe-Blanche se fera prendre son harem par un jeune daim et je pourrai le chasser. Pour l'instant, chacun laisse l'autre faire ce qu'il veut, mais un jour, il se retrouvera au bout de ma flèche. » Il sourit aux enfants. « C'est à ce moment-là seulement que je saurai si je laisserai la flèche partir. Peut-être le ferai-je et peut-être pas. » Il retomba dans le silence un long moment, comme s'il était attristé à l'idée que Barbe-Blanche vieillisse. Une petite brise fit bruisser les feuilles et il dit : « Au fait, qu'est-ce qui amène deux si fiers chasseurs dans les bois du duc si tôt matin ? Il doit rester un bon millier de choses à préparer pour le festival du solstice d'été cet après-midi. »

Tomas répondit : « Ma mère nous a jetés hors de la cuisine. Nous étions plus gênants qu'autre chose. Avec le jour du Choix... » Sa voix s'éteignit et il se sentit soudain embarrassé. Une bonne partie de la réputation mystérieuse de Martin venait du jour de son arrivée à Crydee. Le jour du Choix, il avait été directement placé par le duc sous la tutelle du vieux maître chasseur, sans en passer, avec les autres garçons de son âge, par l'assemblée des maîtres d'œuvre. Cette violation de l'une des plus anciennes traditions connues avait offensé de nombreuses personnes en ville, mais aucune n'avait osé dire ouvertement ce qu'elle en pensait à monseigneur Borric. Naturellement, elles reportèrent toute leur colère sur Martin. Au fil des ans, Martin avait largement justifié la décision de monseigneur Borric, mais malgré tout la plupart des gens restaient troublés du traitement de faveur dont il avait bénéficié ce jour-là de la part du duc. Même au bout de douze ans, certains considéraient Martin l'Archer comme quelqu'un d'à part et, en tant que tel, peu recommandable.

Tomas dit : « Je suis désolé, Martin. »

Martin acquiesça sans joie. « Je comprends, Tomas. Je n'ai peut-être pas eu à subir l'incertitude comme vous, mais j'ai vu de nombreuses personnes attendre le jour du Choix. Et pendant quatre ans j'ai moi-même siégé avec les autres Maîtres, alors je sais un peu ce que tu ressens. »

Pug se rendit brusquement compte d'une chose et il laissa échapper : « Mais tu n'es pas avec les autres maîtres d'œuvre. »

Martin secoua la tête, une expression désabusée sur ses traits toujours égaux. « Je me disais que vous étiez si préoccupés que vous ne feriez pas attention… Mais tu as l'esprit vif, Pug. »

Tomas ne comprenait pas ce dont ils parlaient, puis il finit par saisir. « Alors, tu ne vas pas choisir d'apprenti ! »

Martin mit un doigt sur ses lèvres. « Pas un mot, gamin. Non, comme j'ai choisi le jeune Garret l'année dernière, mes pisteurs sont au complet. »

Tomas en fut désappointé. Ce qu'il voulait le plus, c'était d'être mis au service de Fannon, le maître d'armes, mais si on ne le choisissait pas pour devenir soldat, il aurait bien aimé la vie d'un forestier, avec Martin. Voilà qu'il n'avait plus de second choix. Il réfléchit sombrement, puis son visage s'éclaira : peut-être que Martin ne l'avait pas choisi parce que Fannon l'avait déjà fait.

Voyant son ami passer tour à tour de la joie à la tristesse à mesure qu'il envisageait les différentes possibilités, Pug dit : « On ne t'a pas vu au château depuis un mois, Martin. » Il rangea sa fronde et demanda : « Où tu étais allé te cacher ? »

Martin regarda Pug et l'enfant regretta instantanément sa question. Même si Martin était très amical, il était tout de même maître chasseur, membre de la maison ducale et les garçons de château n'étaient pas censés s'enquérir des allées et venues de l'état-major du duc.

Martin soulagea Pug de son embarras en lui faisant un petit sourire. « J'étais à Elvandar. La reine Aglaranna vient de terminer ses vingt ans de deuil pour la mort de son époux, le roi des elfes. Il y a eu une grande fête. »

Pug fut surpris par la réponse. Pour lui, comme pour la plupart des gens de Crydee, les elfes étaient à peine plus qu'une légende. Mais Martin avait passé son enfance au bord des forêts elfiques et c'était l'un des rares humains à pouvoir se promener à sa guise dans ces forêts au nord. Cela, entre autres, faisait de Martin l'Archer un homme à part. Bien que Martin eût déjà parlé des elfes aux garçons, c'était la première fois pour Pug qu'il parlait des relations qu'il entretenait avec eux. Pug demanda, hésitant : « Tu as festoyé avec la reine des elfes ? »

Martin prit un air modeste. « En fait, j'étais à la table la plus éloignée du trône, mais oui, j'y étais. » Voyant toutes les questions muettes qui brillaient dans leurs yeux, il poursuivit : « Vous savez que quand j'étais enfant, j'ai été élevé par les moines de l'abbaye de Silban, près de la forêt elfique. J'ai joué avec des enfants elfes et avant de venir ici, j'ai chassé en compagnie du prince Calin et de son cousin Galain. »

Tomas en piaffait presque d'excitation. Les elfes étaient pour lui un objet de fascination tout particulier. « Tu as connu le roi Aidan ? »

L'expression de Martin s'assombrit et ses yeux se rétrécirent, il se raidit d'un seul coup. Tomas, voyant la réaction de Martin, dit : « Je suis désolé, Martin. J'ai dit quelque chose qu'il ne fallait pas ? »

Martin écarta l'excuse d'un geste de la main. « Ce n'est pas ta faute, Tomas, dit-il en se radoucissant un peu. Les elfes ne prononcent pas les noms de ceux qui sont partis vers les îles Bénies, tout particulièrement de ceux qui sont morts avant l'heure. Ils croient que cela pourrait ramener ceux dont on parle de leur voyage là-bas, leur refusant l'ultime repos. Je respecte leurs croyances.

« Eh bien, pour vous répondre, non, je ne l'ai jamais rencontré. J'étais tout petit quand il s'est fait tuer. Mais j'ai entendu parler de ses hauts faits et en tout point il était un roi sage et bon. » Martin regarda autour de lui. « C'est bientôt midi. Nous devrions rentrer au château. »

Il partit vers le sentier et les garçons s'avancèrent à côté de lui.

« Comment c'était, la fête, Martin ? » demanda Tomas.

Pug soupira quand le chasseur commença à parler des merveilles d'Elvandar. Lui aussi était fasciné par les histoires d'elfes, mais certainement pas autant que l'était Tomas. Tomas pouvait passer des heures à écouter des histoires sur les peuples des forêts elfiques, quelle que soit la crédibilité du conteur. Au moins, se dit Pug, ils avaient un témoin à qui ils pouvaient se fier, avec le maître chasseur. Martin continuait à parler et l'attention de Pug dériva de nouveau sur le Choix. Il avait beau se dire que ça ne servait à rien de s'inquiéter : il s'inquiétait. À mesure que l'après-midi approchait, il sentait comme une sorte de terreur monter en lui.

Les garçons étaient debout dans la cour. C'était le solstice d'été, le dernier jour de l'année, celui qui marquait le début de la nouvelle année. Aujourd'hui, tout le monde au château allait avoir un an de plus. Pour les garçons qui tournaient en tous sens, cela voulait dire quelque chose, car c'était aujourd'hui le dernier jour de leur enfance. Aujourd'hui, c'était le jour du Choix.

Pug tira sur le col de sa nouvelle tunique. Elle n'était pas vraiment neuve, c'était l'une des vieilles tuniques de Tomas, mais c'était la plus neuve que Pug ait jamais possédée. Magya, la mère de Tomas, l'avait rajustée pour qu'elle aille au petit, afin qu'il ne fasse pas triste mine devant le duc et sa cour. Magya et son mari, Megar le cuisinier, faisaient office de parents pour l'orphelin, plus que les autres gens du château. Ils soignaient ses bobos, le nourrissaient et lui frottaient les oreilles quand il le fallait. Ils l'aimaient autant que s'il avait été le frère de Tomas.

Pug regarda autour de lui. Les autres garçons portaient tous leurs plus beaux vêtements, car ce jour était l'un des plus importants de leur courte vie. Ils allaient tous se retrouver face aux maîtres d'œuvre et aux membres de l'état-major du duc assemblés et on les évaluerait pour leur proposer un poste d'apprenti. L'origine de ce rituel se perdait dans la nuit des temps et en fait les choix étaient déjà faits. Les maîtres et l'état-major du duc avaient passé de nombreuses heures à discuter entre eux des mérites de chacun et tous savaient quels garçons ils allaient appeler.

Le fait de placer les enfants de huit à treize ans dans les différents ateliers s'était avéré très efficace sur le long terme et avait permis de déterminer qui était vraiment doué pour tel ou tel métier. De plus, cela avait l'avantage de permettre, si le besoin s'en faisait sentir, de disposer de gens qui en savaient tous au moins un peu sur chaque métier. L'envers de la médaille, c'était que certains enfants n'étaient pas choisis, ni dans un métier ni dans l'état-major. Il arrivait qu'il y ait trop d'enfants pour un poste, ou que l'on ne trouve personne d'adapté à un poste libre. Même quand le nombre d'enfants semblait correspondre au nombre de postes, comme c'était le cas cette année, il n'y avait aucune garantie. Pour ceux qui attendaient sans savoir, c'était un mauvais moment à passer.

Pug frotta ses pieds nus dans la poussière d'un air absent. Contrairement à Tomas, qui semblait exceller en tout ce à quoi il s'essayait, Pug se rendait souvent coupable de trop travailler et de gâcher ce qu'il faisait. Il regarda encore autour de lui et remarqua que d'autres comme lui montraient des signes d'inquiétude. Certains riaient, faisant semblant de ne pas être inquiets du tout. D'autres se tenaient comme Pug, l'air absorbé, s'efforçant de ne pas penser à ce qu'ils allaient faire s'ils n'étaient pas choisis.

S'il n'était pas choisi, Pug – comme les autres – serait libre de quitter Crydee pour aller trouver un métier dans un autre village ou à la ville. S'il restait, soit il lui faudrait cultiver les terres du duc en homme libre, soit travailler sur l'un des bateaux de pêche de la ville. Les deux perspectives étaient aussi déplaisantes l'une que l'autre, mais il n'arrivait pas à envisager de quitter Crydee.

Pug se souvint de ce que Megar lui avait dit, la nuit précédente. Le vieux cuisinier lui avait dit de ne pas trop se tracasser au sujet du Choix. Après tout, avait-il insisté, de nombreux apprentis n'atteignaient jamais le statut de compagnon et, l'un dans l'autre, il y avait à Crydee plus de gens sans métier que de gens qui en avaient. Megar avait dit aussi que beaucoup de fils de pêcheurs et de fermiers ne participaient pas au Choix, préférant faire le même métier que leur père. Megar avait-il donc passé son jour du Choix depuis si longtemps qu'il en avait oublié les affres des enfants présentés à l'assemblée des maîtres et surtout de ceux qui n'étaient pas choisis, qui attendaient jusqu'au bout d'être appelés et qui finissaient par se faire renvoyer, rouges de honte ?

Pug se mordit les lèvres, essayant de cacher sa nervosité. Il n'était pas du genre à se jeter du haut des falaises de la Désolation s'il n'était pas choisi, comme certains l'avaient fait par le passé, mais il n'arriverait pas à supporter le regard de ceux qui avaient été choisis.

Tomas, qui se tenait à côté de son ami, lui fit un grand sourire. Il savait que Pug s'inquiétait, mais il ne pouvait pas compatir, sentant monter sa propre excitation. Son père lui avait avoué qu'il serait le premier appelé par le maître d'armes Fannon. Mieux encore, le maître d'armes avait confié que si Tomas se débrouillait bien à l'entraînement, il lui trouverait probablement une place dans la garde personnelle du duc. Ce grand honneur augmenterait ses chances d'avancement et il pourrait même obtenir un rang d'officier au bout de quinze ou vingt ans de service dans la garde.

Il donna un coup de coude dans les côtes de Pug, car le héraut du duc venait d'apparaître au balcon qui donnait sur la cour. Le héraut fit signe à un garde, qui ouvrit la petite porte du château et les maîtres d'œuvre défilèrent. Ils traversèrent la cour et vinrent se placer au pied du grand escalier. Selon la tradition, ils se tenaient le dos tourné aux garçons, attendant le duc.

Les grandes portes de chêne du donjon commencèrent à s'ouvrir lourdement et plusieurs gardes portant la tenue brun et or aux couleurs ducales en sortirent pour prendre position sur les marches. Sur chaque tabard était brodé le blason représentant la mouette d'or de Crydee surmontée de la petite couronne d'or qui montrait que le duc faisait partie de la famille royale.

Le héraut annonça d'une voix forte : « Oyez, oyez! Sa Grâce, Borric conDoin, troisième duc de Crydee, Carse et Tulan ; gouverneur de l'Ouest ; général des armées du roi ; héritier présomptif du trône de Rillanon. » Le duc attendit patiemment que soit énoncée la liste de ses titres, puis s'avança sous le soleil.

À plus de cinquante ans, le duc de Crydee se déplaçait encore avec la grâce fluide et le pas assuré d'un combattant-né. Sans ses cheveux sombres qui grisonnaient aux tempes, il paraissait vingt ans de moins que son âge.

Il était habillé de noir des pieds à la tête, comme toujours depuis sept ans, car il portait encore le deuil de sa tendre épouse, Catherine. À son côté pendait une épée à garde d'argent dans un fourreau noir et à la main il avait son sceau ducal, le seul bijou qu'il se permettait de porter.

Le héraut annonça : « Leurs Altesses royales les princes Lyam conDoin et Arutha conDoin, héritiers de la maison de Crydee ; capitaines des armées royales de l'Ouest ; princes de la maison royale de Rillanon. »

Les deux fils s'avancèrent et se placèrent derrière leur père. Les deux jeunes hommes avaient six et quatre ans de plus que les apprentis, le duc s'étant marié tardivement, mais il n'y avait pas que l'âge qui distinguait les fils du duc des candidats à l'apprentissage. Autant les deux princes semblaient calmes et sûrs d'eux-mêmes, autant les garçons semblaient terriblement mal à l'aise.

Lyam, l'aîné, se tenait à la droite de son père, blond et bien bâti. Son large sourire rappelait celui de sa mère et il avait le rire facile. Il portait une tunique bleue éclatante et des jambières jaunes et sa barbe soigneusement taillée était aussi blonde que les cheveux qui lui tombaient en cascade sur les épaules.

Arutha était une ombre nocturne comparé à son frère lumineux comme le soleil. Il était presque aussi grand que Lyam et son père, mais contrairement à eux qui étaient larges et puissamment bâtis, lui-même était mince, à la limite de la maigreur. Il portait une tunique brune et des jambières rousses. Il avait les cheveux sombres et son visage était rasé de près. Tout en Arutha semblait taillé pour la vitesse. Sa force était dans sa rapidité : rapidité à la rapière, rapidité d'esprit. Il était de tempérament sec et souvent cassant. Si Lyam était ouvertement aimé des sujets du duc, Arutha était respecté et admiré pour ses capacités, mais le peuple était moins chaleureux envers lui.

À eux deux, les fils semblaient rendre la majeure partie de la nature complexe de leur seigneur et père, car le duc était tout aussi capable de l'humour solide de Lyam que des humeurs sombres d'Arutha. Ils avaient des tempéraments pratiquement à l'opposé l'un de l'autre, mais c'étaient des hommes de valeur dont le duché et le royaume profiteraient beaucoup dans les années à venir. Le duc aimait ses deux fils.

Le héraut reprit la parole. « La princesse Carline, fille de la maison royale. »

La fille mince et gracieuse qui fit son entrée avait le même âge que les garçons qui se tenaient en bas, mais on sentait déjà en elle la prestance et la grâce des gens nés pour régner, ainsi que la beauté de sa mère disparue. Sa robe jaune pâle contrastait étonnamment avec ses cheveux presque noirs. Ses yeux étaient aussi bleus que ceux de Lyam, et ceux de feue leur mère, et Lyam s'inclina lorsque sa sœur se mit au bras de leur père. Même Arutha lui accorda l'un de ses rares demi-sourires, car sa sœur lui était aussi très chère.

De nombreux enfants du château portaient un secret amour à la princesse, ce qu'elle tournait souvent à son avantage quand elle préparait une mauvaise farce. Mais même sa présence, ce jour-là, n'arrivait pas à dissiper leurs inquiétudes.

Puis la cour du duc fit son entrée. Pug et Tomas virent que tous les membres de l'état-major étaient présents, y compris Kulgan. Pug l'avait aperçu au château une fois de temps en temps depuis la nuit de la tempête. Une fois ils avaient échangé quelques mots, Kulgan s'enquérant de sa santé, mais en général le mage était rarement visible. Pug fut un peu surpris de le voir, car on ne le considérait pas vraiment comme un membre à part entière de la maison ducale, mais plutôt comme un conseiller occasionnel. La plupart du temps, Kulgan était niché dans sa tour, à l'abri des regards, occupé à ses affaires de magicien.

Le magicien était en pleine conversation avec le père Tully, un prêtre d'Astalon le Créateur, qui était l'un des plus anciens auxiliaires du duc. Tully avait été conseiller auprès du père du duc et il avait déjà l'air vieux à l'époque. Maintenant, c'était un vieillard – en tout cas, aux yeux du jeune Pug – mais ses yeux ne trahissaient nul signe de sénilité. Plus d'un garçon de château s'était senti transpercé par le regard aigu de ces yeux gris clair. Il avait gardé l'esprit vif et la langue acérée et plus d'une fois les garçons auraient préféré le martinet du maréchal Algon à un sermon cinglant du père Tully. Quelques mots caustiques suffisaient au prêtre aux cheveux blancs à écorcher pratiquement le dos d'un jeune mécréant.

Non loin se trouvait un de ceux qui avait subi de temps en temps la colère de Tully, Roland l'écuyer, le fils du baron Tolburt de Tulan, l'un des vassaux du duc. Comme il était le seul autre enfant de noble naissance au château, c'était aussi le compagnon des deux princes. Son père l'avait envoyé à Crydee l'année précédente, pour connaître les affaires du duché et les usages de la cour ducale. Sur cette frontière plutôt sauvage, Roland avait découvert un foyer loin de son propre foyer. Il était déjà espiègle à son arrivée, mais sa bonne humeur communicative et son esprit toujours alerte calmaient souvent les colères déclenchées par ses tours pendables. C'était Roland qui, plus souvent que les autres, s'était fait le complice des tours de la princesse Carline. Les cheveux bruns, les yeux bleus, Roland était grand pour son âge. Il avait un an de plus que les enfants assemblés dans la cour et il avait beaucoup joué avec eux l'année passée, car Lyam et Arutha étaient souvent pris par les obligations de la cour. Tomas et lui avaient eu une petite rivalité au départ, puis ils s'étaient rapidement liés d'amitié, Pug devenant par défaut son ami, car là où allait Tomas, Pug n'était jamais bien loin. Roland aperçut Pug qui se dandinait un peu à l'écart des autres et il lui fit un petit signe de tête et un clin d'œil. Pug lui fit un bref sourire, car même si, comme tout le monde, il était souvent en butte aux plaisanteries de Roland, il aimait bien ce jeune châtelain exaspérant.

Quand toute la cour fut prête à l'entendre, le duc prit la parole. « Hier, le dernier jour de la onzième année de règne de notre seigneur le roi Rodric le Quatrième s'est achevé. Aujourd'hui commence le festival de Banapis. Demain, les enfants qui sont assemblés ici seront des hommes de Crydee, ce ne seront plus des enfants, mais des apprentis et des hommes libres. C'est donc le moment pour moi de vous demander si certains d'entre vous désirent être libérés de leurs obligations envers le duché. Certains d'entre vous désirent-ils donc exprimer ce vœu ? » C'était une question de pure forme et l'on ne s'attendait pas que qui que ce soit y réponde, car rares étaient ceux qui voulaient quitter Crydee. Mais pourtant, un garçon fit un pas en avant.

Le héraut demanda : « Qui veut être libéré de son service ? »

L'enfant baissa les yeux, visiblement nerveux. Il s'éclaircit la voix et dit : « Je suis Robert, fils de Hugen. » Pug le connaissait, mais mal. C'était le fils d'un réparateur de filets, un garçon de la ville. Ceux-là se mêlaient rarement à ceux du château. Pug avait joué avec lui en quelques occasions et il avait eu l'impression qu'il était plutôt apprécié. Il était rare de refuser de servir et Pug était curieux d'en connaître la raison.

Le duc s'adressa à lui avec bienveillance. « Qu'est-ce que tu voudrais faire, fils de Hugen ?

— Votre Grâce, mon père ne peut pas me prendre dans son atelier, car mes quatre frères sont tout à fait capables de pratiquer son métier comme compagnons puis comme maîtres après lui, comme c'est le cas pour de nombreux autres fils de réparateurs de filets. L'aîné de ma famille est déjà marié et il a un fils, alors ma famille n'a plus assez de place pour moi à la maison. Si je ne peux pas rester avec ma famille ni pratiquer le métier de mon père, je demande à Votre Grâce qu'elle me libère pour devenir marin. »

Le duc réfléchit. Robert n'était pas le premier garçon du village à succomber à l'appel de la mer. « As-tu trouvé un maître prêt à te prendre dans sa compagnie ?

— Oui, Votre Grâce. Le capitaine Gregson, de l'*Opale marine* de Port-Margrave.

— Je connais cet homme », dit le duc. Il eut un léger sourire. « C'est un homme juste et bon. J'approuve ta demande et te souhaite de beaux voyages. Tu seras le bienvenu à Crydee chaque fois que tu reviendras avec ton navire. »

Robert s'inclina, un peu raide, et sortit de la cour, ayant fini son rôle dans le jour du Choix. Pug s'étonna du choix aventureux de Robert. En moins d'une minute, l'enfant avait renoncé à tous ses liens avec sa famille et sa patrie et il se retrouvait citoyen d'une ville qu'il n'avait jamais vue. Selon la coutume, un marin devait sa loyauté à la cité qui servait de port d'attache à son navire. Port-Margrave était l'une des cités libres du Natal, sur la Triste Mer, sa nouvelle patrie.

Le duc fit signe au héraut de poursuivre.

Le héraut appela le premier maître d'œuvre, le voilier Holm, qui appela trois garçons. Tous trois acceptèrent et aucun d'eux ne sembla déçu. Le Choix se poursuivit dans le calme, car aucun enfant ne refusait son appel. Chaque enfant allait se mettre à côté de son nouveau maître.

L'après-midi s'avançait et le nombre d'enfants diminuait. Pug commença à se sentir de plus en plus mal à l'aise. Il n'y eut bientôt plus que Pug, Tomas et deux autres garçons debout au milieu de la cour. Tous les maîtres avaient appelé leurs apprentis et il ne restait que deux des conseillers du duc en plus du maître d'armes qui n'avaient pas été entendus. Pug observa le groupe qui se tenait en haut des escaliers, anxieux, le cœur battant. Les deux princes regardaient les enfants, Lyam avec un sourire amical sur les lèvres, Arutha plongé dans ses sombres pensées. La princesse Carline s'ennuyait ferme et ne prenait pas vraiment la peine de le cacher, car elle discutait à voix basse avec Roland. Ce qui lui valait des regards désapprobateurs de dame Marna, sa gouvernante.

Le maréchal Algon s'avança, son tabard brun et or brodé d'une petite tête de cheval sur le cœur. Le maréchal appela Rulf, fils de Dick, et le large fils du maître des écuries du duc vint se placer derrière le maître. Lorsqu'il se retourna, il jeta à Pug un sourire condescendant. Les deux garçons ne s'étaient jamais entendus, l'enfant au visage grêlé par la vérole passait souvent de longues heures à se moquer de Pug et à le tourmenter. Alors qu'ils travaillaient ensemble aux écuries sous la surveillance de Dick, le maître des écuries avait détourné les yeux chaque fois que son fils avait tendu un piège à Pug et c'était toujours l'orphelin qui avait été considéré comme responsable des conséquences. Cette époque avait été très dure pour Pug et le garçon s'était juré de refuser le service si jamais il risquait d'être obligé de travailler avec Rulf pour le restant de ses jours.

L'intendant Samuel appela l'autre garçon, Geoffry, pour en faire un serviteur du château, laissant Pug et Tomas seuls. Le maître d'armes Fannon s'avança alors et Pug sentit son cœur s'arrêter quand le vieux soldat appela : « Tomas, fils de Megar. »

Il y eut un silence, Pug attendit que l'on appelle son nom, mais Fannon recula et Tomas vint se placer à côté de lui. Pug se sentit tout petit sous le regard de tous ces gens. La cour lui paraissait plus grande que jamais et il se sentait déplacé et mal habillé. Son cœur chavira dans sa poitrine lorsqu'il réalisa qu'il ne restait aucun maître d'œuvre ou conseiller qui n'ait pas pris d'apprenti. Il était le seul à ne pas avoir été appelé. Luttant contre ses larmes, il attendit que le duc congédie tout le monde.

Au moment où le duc alla pour prendre la parole, l'air visiblement désolé pour l'enfant, il fut interrompu par une autre voix. « Votre Grâce, si vous me permettez. »

Tous les yeux se tournèrent pour regarder Kulgan, qui s'avançait d'un pas. « J'ai besoin d'un apprenti et j'appellerai Pug, orphelin du château, à mon service. »

Une vague de murmures parcourut l'assemblée. On entendit quelques voix s'élever, pour dire qu'il n'était pas bon qu'un magicien participe au Choix. Le duc les fit taire d'un regard, le visage dur. Nul maître d'œuvre n'oserait s'opposer au duc de Crydee, le troisième noble du royaume, juste pour un simple gamin. Lentement, tous les yeux se tournèrent vers l'enfant.

Le duc dit : « Kulgan étant reconnu comme un maître dans son art, il a le droit de choisir. Pug, orphelin du château, acceptes-tu de te mettre à son service ? »

Pug était tout raide. Il s'était imaginé à la guerre, lieutenant à la tête des armées du roi ou se découvrant un jour une origine noble. Dans ses rêves d'enfant, il s'était vu sur des navires, il s'était vu chasser des monstres terribles et sauver le royaume. Dans ses moments de calme, il s'était demandé s'il passerait sa vie à construire des navires, à faire de la poterie ou à apprendre le métier de marchand et il s'était demandé comment il se débrouillerait dans tous ces métiers. Mais la seule chose à laquelle il n'avait jamais pensé, le seul rêve qui n'avait jamais enflammé son esprit, c'était celui de devenir magicien.

Il sortit de son état de choc, conscient que le duc attendait patiemment sa réponse. Il observa les visages devant lui. Le père Tully lui faisait l'un de ses rares sourires, comme le prince Arutha. Le prince Lyam lui faisait un petit oui de la tête et Kulgan le regardait avec intensité. Le visage du magicien montrait des signes d'inquiétude et soudain, Pug se décida. Ce n'était peut-être pas très orthodoxe, mais mieux valait n'importe quel métier plutôt que pas de métier du tout. Il s'avança, se prit le pied dans son propre talon et s'affala face contre terre. Il se releva et fila vers le magicien, pratiquement à quatre pattes. Ce faux pas rompit la tension et le rire tonitruant du duc résonna dans la cour. Rouge d'embarras, Pug se mit derrière Kulgan. Il regarda au-delà de la panse rebondie de son nouveau maître et vit que le duc l'observait, en le regardant avec gentillesse. Le duc se tourna vers les gens qui attendaient la fin du Choix.

« Je déclare que désormais, chaque garçon présent est à la charge de son maître, qu'il doit lui obéir en tout point dans le respect des lois du royaume et que tous seront considérés comme des hommes de Crydee à part entière. Que les apprentis restent avec leurs maîtres! Jusqu'aux festivités, je vous souhaite à tous une bonne journée. » Il se tourna et présenta son bras gauche à sa fille. Elle posa délicatement sa main dessus et ils rentrèrent au château en passant entre les rangs des courtisans qui s'écartèrent pour les laisser passer. Les deux princes suivirent, puis les autres membres de la cour. Pug vit Tomas partir en direction des baraquements des gardes, derrière maître Fannon.

Il tourna son attention vers Kulgan, qui se tenait là, perdu dans ses pensées. Au bout d'un moment, le magicien dit : « Je crois que ni toi ni moi ne nous sommes trompés aujourd'hui.

— Monseigneur? » demanda Pug, qui n'avait pas compris ce que venait de dire le magicien. Kulgan agita la main d'un air absent, faisant bouger sa robe jaune pâle comme des vaguelettes sur la mer. « Aucune importance, mon garçon. Ce qui est fait est fait. Tirons-en le meilleur parti possible. »

Il mit sa main sur l'épaule du garçon. « Viens, retirons-nous dans la tour où j'habite. Il y a une petite chambre sous la mienne qui devrait te convenir. Je la réservais à un projet quelconquc, mais je n'ai jamais trouvé le temps de m'en occuper. »

Pug dit, effaré : « Une chambre rien que pour moi ? » On n'avait jamais entendu parler d'une chose pareille pour un apprenti. La plupart des apprentis dormaient dans l'atelier de leur maître ou encore dans l'étable. C'était seulement quand un apprenti devenait compagnon qu'il avait droit à ses quartiers privés.

Kulgan leva un sourcil broussailleux. « Bien entendu. Je ne veux pas t'avoir constamment dans les pattes. Je n'arriverais jamais à rien. De plus, la magie requiert solitude et réflexion. Tu vas avoir besoin de rester au calme au moins autant, si ce n'est plus, que moi. » Il sortit sa longue pipe fine d'un pli de sa robe et commença à la bourrer de tabac qu'il prenait à une tabatière elle aussi tirée de sa robe.

« Pas la peine de nous ennuyer avec toutes ces histoires sur tes devoirs et ce qui va avec. En fait, je ne m'attendais pas à toi. Mais j'aurai tôt fait de prendre les choses en main. En attendant, nous pouvons employer ce temps à mieux nous connaître. D'accord ? » Pug s'étonna. Il ne savait pas grand-chose sur ce que faisaient les magiciens, malgré sa nuit passée avec Kulgan quelques semaines auparavant, mais il savait déjà très bien ce que faisaient les maîtres d'œuvre et aucun d'eux n'aurait pensé à demander à un apprenti s'il était d'accord ou non avec lui. Ne sachant que dire, Pug acquiesça.

« Bien, alors, dit Kulgan, nous allons passer à la tour te trouver de nouveaux vêtements et puis nous allons passer le reste de la journée à suivre les festivités. Plus tard, nous aurons amplement le temps d'apprendre à devenir maître et apprenti. » Avec un sourire à l'adresse de l'enfant, le magicien rebondi fit faire demi-tour à Pug et l'emmena avec lui.

La fin d'après-midi était claire et lumineuse, et une bise venue de la mer rafraîchissait un peu la chaleur estivale. Dans tout le château de Crydee et dans la ville en contrebas, les préparatifs du festival de Banapis avançaient.

Banapis était la plus vieille fête connue et ses origines se perdaient dans la nuit des temps. Elle se déroulait à chaque solstice d'été, un jour qui n'appartenait ni à l'année passée, ni à l'année à venir. Banapis, connue sous d'autres noms en d'autres lieux, était, à en croire les légendes, célébrée dans tout Midkemia. Certains pensaient que c'était des elfes et des nains que l'on tenait ce festival, car on disait que ces créatures à la longévité impressionnante, dans leurs souvenirs, avaient toujours célébré la fête du solstice d'été. Nombre de sages contestaient cette allégation, n'opposant d'autre raison que la faible probabilité que des humains empruntent quoi que ce soit au peuple des elfes ou au peuple des nains. On disait que même les habitants des terres du Nord, les tribus gobelines et les clans de la Fraternité de la Voie des Ténèbres, célébraient Banapis, bien que nul n'ait jamais pu dire qu'il lui ait été donné de voir de telles célébrations.

La cour était en pleine effervescence. On avait dressé de grandes tables où s'étalaient une myriade de plats différents que l'on préparait depuis une semaine. On avait monté des celliers d'énormes tonneaux de bière naine importée des monts de Pierre sur des cadres de bois qui grinçaient sous leur poids. Les aides, inquiets de l'apparente fragilité des supports, s'empressaient de vider un peu le contenu des tonneaux. Megar sortit de la cuisine d'un air furieux et les écarta sans ménagement. « Disparaissez, il ne va plus y en avoir pour le dîner, à ce rythme ! Aux cuisines, nigauds ! Il y a encore plein de travail. »

Les aides partirent en grommelant et Megar remplit un bock pour vérifier que la bière était bien à la bonne température. Il le vida, s'assura que tout était comme il fallait et retourna à la cuisine.

On ne déclarait pas officiellement l'ouverture des festivités. Traditionnellement, les gens, la nourriture, le vin et la bière finissaient par atteindre une masse critique et d'un seul coup les festivités battaient leur plein.

Pug sortit des cuisines en courant. Sa chambre dans la tour nord, la tour du magicien comme on l'appelait, avait un raccourci par la cuisine, qu'il préférait utiliser plutôt que les grandes portes du donjon. L'air radieux, il se précipita dans la cour avec sa nouvelle tunique et son nouveau pantalon. Il n'avait jamais porté de si beaux vêtements et avait hâte de les montrer à son ami Tomas.

Il trouva Tomas qui sortait des quartiers des soldats, presque aussi pressé que lui. Lorsqu'ils se retrouvèrent, ils se mirent à parler tous les deux en même temps.

« Regarde ma nouvelle tunique… dit Pug.

— Regarde mon tabard de soldat », dit Tomas.

Ils se turent tous les deux et éclatèrent de rire.

Tomas fut le premier à retrouver son sérieux. « Tu as de très beaux vêtements, Pug, dit-il en tâtant le luxueux tissu rouge de sa tunique. Et cette couleur te va bien. »

Pug lui retourna le compliment, car Tomas avait vraiment fière allure dans son tabard brun et or. Qu'il porte en dessous la tunique et le pantalon de tous les jours que lui avait faits sa mère n'avait guère d'importance. Il ne recevrait pas son uniforme de soldat tant que maître Fannon ne se déclarerait pas satisfait de ses qualités d'homme d'armes.

Les deux amis errèrent de table en table, toutes aussi lourdement chargées les unes que les autres. Pug salivait en humant les délicieuses odeurs qui flottaient dans l'air. Ils passèrent devant une table couverte de tourtes à la viande dont la croûte était encore fumante, de fromages piquants et de pain chaud. Un jeune garçon de cuisine se tenait là avec une tapette à mouches. Il était chargé d'écarter de la nourriture les insectes nuisibles, de la taille moucheron à la taille apprenti affamé chronique. Comme dans beaucoup de situations mettant des enfants face à face, les relations entre ce gardien de table et les apprentis plus âgés étaient régies par des règles extrêmement strictes. On considérait en fait comme très malpoli et de mauvais goût de menacer ou de molester un plus petit que soi pour obtenir une part de nourriture avant le début du festin. Mais il était de bonne guerre d'user de ruse, de discrétion ou de rapidité pour razzier la table.

Pug et Tomas regardèrent avec intérêt le garçon, qui s'appelait Jon, asséner un violent coup sur la main d'un jeune apprenti qui cherchait à chaparder une grosse tourte. D'un geste de la tête, Tomas envoya Pug vers l'autre bout de la table. Pug vint se dandiner dans le champ de vision de Jon et le garçon le regarda avec attention. Pug fit une brusque feinte vers la table et Jon se tendit dans sa direction. Tomas attrapa alors un feuilleté sur la table et réussit à s'échapper avant que la tapette ne s'abatte. Pendant qu'ils s'enfuyaient, Pug et Tomas entendirent les cris furieux du garçon qu'ils venaient de piller.

Tomas donna à Pug la moitié du pain quand ils furent en sûreté au loin et le plus petit éclata de rire. « Je parierais que tu es le plus rapide du château.

— Ou alors le jeune Jon a eu l'œil trop lent parce qu'il le gardait fixé sur toi. »

Ils rirent de bon cœur. Pug glissa sa moitié de pain dans la bouche. Il était délicieusement épicé et le contraste entre la farce au porc très salée et la croûte feuilletée légèrement sucrée était exquis.

Un bruit de flûtes et de tambourins monta de la deuxième cour quand les musiciens du duc approchèrent de la cour principale. Le temps qu'ils arrivent au château, un message silencieux semblait être passé dans la foule. D'un seul coup, les garçons de cuisine s'étaient mis à distribuer des assiettes de bois pour que les convives puissent se servir et l'on commençait à tirer de la bière et du vin aux tonneaux.

Les enfants se précipitèrent pour aller faire la queue à la première table. Pug et Tomas profitèrent de leur taille et de leur rapidité, se faufilant dans la foule, attrapant toutes sortes de plats ainsi qu'un grand bock de bière moussante chacun.

Ils se trouvèrent un coin relativement tranquille et s'attaquèrent au repas à belles dents. Pug goûta pour la première fois à la bière et il fut surpris par son goût fort et légèrement amer. Il avait l'impression de chauffer de l'intérieur en la sentant descendre et après avoir réessayé, il se dit qu'il aimait ça.

Pug voyait le duc et sa famille se mêler au peuple. Les autres membres de sa cour faisaient eux aussi la queue aux tables. Ce soir, il n'y avait plus d'étiquette, de cérémonie ou de rang. On servait tout le monde en ordre d'arrivée, car le jour du solstice d'été, tous partageaient à égalité les fruits de la récolte.

Pug aperçut la princesse et sentit son cœur se serrer un peu. Elle avait l'air radieuse et de nombreux garçons dans la cour la complimentaient sur sa beauté. Elle portait une belle robe bleu sombre et un chapeau simple à large bord de la même couleur. Elle remercia chacun de ses flatteurs et profita le plus possible de ses sourcils sombres et de son sourire charmeur, laissant derrière elle un sillage de jeunes soupirants.

Des jongleurs et des clowns firent leur apparition dans la cour, le premier des nombreux groupes de saltimbanques qui étaient venus à la ville à l'occasion du festival. Une autre compagnie d'acteurs avait installé une scène sur la place de la ville et ils donneraient une représentation dans la soirée. Les festivités se poursuivraient jusqu'aux premières heures du matin. Pug savait que l'année précédente, de nombreux garçons avaient dû se faire excuser le lendemain de Banapis, car ni leur tête ni leur ventre ne leur auraient permis de fournir un travail efficace. Il était certain que cette scène se répéterait demain.

Pug attendait avec impatience la tombée du jour, car il était de coutume pour les nouveaux apprentis d'aller visiter les maisons de la ville, pour s'y faire féliciter et offrir de la bière. C'était aussi le bon moment pour rencontrer les filles de la ville. Même si les amourettes n'étaient pas inconnues, elles étaient plutôt mal vues. Mais les mères avaient tendance à être moins vigilantes au moment de Banapis. Maintenant que les garçons avaient un métier, on les considérait comme moins nuisibles, ils étaient devenus des beaux-fils potentiels et plus d'une fois, une mère avait fermé les yeux et laissé sa fille user de ses charmes naturels pour prendre au piège un futur époux. Pug, trop petit et trop jeune d'apparence, n'attirait pas beaucoup l'attention des filles du château. Tomas, quant à lui, intéressait les filles de plus en plus à mesure qu'il grandissait et gagnait en beauté. Ces derniers temps, Pug s'était rendu compte que son ami semblait beaucoup intéresser certaines des filles du château. Pug était encore assez jeune pour trouver la chose bien bête, mais il était assez vieux pour la trouver fascinante.

Pug prit une monstrueuse bouchée et regarda autour de lui. Des gens de la ville et du château allaient et venaient, félicitant les garçons d'être devenus des apprentis et leur souhaitant la bonne année. Pug sentait au fond de lui que tout cela était juste. Il était apprenti, même si Kulgan ne semblait absolument pas savoir ce qu'il allait faire de lui. Il avait bien mangé et il avait déjà bien commencé à s'enivrer – ce qui contribuait à sa sensation de bien-être. Et par-dessus tout, il était avec son ami. Il ne doit pas y avoir grand-chose de plus dans la vie, se dit-il.

CHAPITRE 3

Pug broyait du noir sur sa paillasse.

Fantus le dragonnet lui donna un petit coup de tête, invitant Pug à lui grattouiller le front. Comprenant qu'il ne recevrait rien, le dragonnet s'avança vers la fenêtre et, sur un grognement mécontent appuyé d'un petit nuage de fumée noire, il s'élança dans les airs. Pug ne remarqua même pas le départ de la créature, tant il était absorbé dans ses propres ennuis. Depuis qu'il était devenu l'apprenti de Kulgan quatorze mois auparavant, il semblait rater systématiquement tout ce qu'il faisait.

Il se renversa sur sa paillasse et se mit le bras sur les yeux. L'odeur salée de la brise marine entrait par la fenêtre et le soleil lui chauffait les jambes. Sa vie s'était nettement améliorée depuis son apprentissage, sauf pour l'essentiel : ses études.

Des mois durant, Kulgan s'était efforcé de lui inculquer les rudiments des arts magiques, mais il y avait toujours quelque chose pour aller de travers malgré tous ses efforts. La théorie du lancer de sorts, Pug apprenait vite, il comprenait très bien les concepts de base. Mais chaque fois qu'il tentait d'utiliser ses connaissances, quelque chose semblait le retenir. C'était comme si une partie de son esprit refusait de laisser entrer la magie, comme s'il y avait un blocage qui l'empêchait de passer une étape dans le sortilège. À chaque essai, quand il en arrivait à ce point, il se retrouvait comme un cavalier sur un cheval rétif, incapable de franchir l'obstacle.

Kulgan l'avait rassuré en lui disant que tout se réglerait avec le temps. Le gros magicien était toujours très gentil avec le garçon, ne le réprimandait jamais de ne pas réussir, car il voyait bien que l'enfant essayait.

Pug fut arraché à sa rêverie par quelqu'un qui ouvrait la porte. Il leva les yeux et vit entrer le père Tully, avec un gros livre sous le bras. Les robes blanches du clerc bruissèrent quand il referma la porte. Pug s'assit.

« Pug, c'est l'heure de ta leçon d'écriture... » Il se tut en voyant le visage déprimé du garçon. « Qu'y a-t-il, jeune homme ? »

Pug avait fini par apprécier le vieux prêtre d'Astalon. C'était un maître sévère, mais juste. Il félicitait l'enfant quand celui-ci réussissait et le grondait quand il échouait. Il avait l'esprit vif, un certain sens de l'humour et il était ouvert aux questions, même quand Pug avait l'impression de demander des choses stupides.

En se relevant, Pug soupira. « Je ne sais pas, mon père. C'est juste que visiblement les choses ne vont pas comme il faut. Je rate tout ce que j'essaye de faire.

— Pug, tout ne peut pas être noir, dit le prêtre en posant la main sur l'épaule de Pug. Pourquoi ne pas me dire ce qui ne va pas, nous pourrons faire les exercices un peu plus tard. » Il se dirigea vers un tabouret près de la fenêtre et rajusta ses robes sous lui en s'asseyant. Il posa le gros livre à ses pieds et observa le garçon.

Pug avait grandi, pendant l'année, mais il restait plutôt petit. Ses épaules commençaient à s'élargir un peu et sur son visage on apercevait certains traits de l'homme qu'il deviendrait un jour. Il avait l'air déprimé avec sa tunique sans apprêt et ses pantalons, les pensées aussi sombres que le tissu qui l'habillait. Sa chambre, habituellement propre et bien rangée, était en désordre, pleine de papiers et de livres, à l'image du désordre qui régnait dans sa tête.

Pug resta assis à ne rien dire, mais comme le prêtre restait silencieux, il prit la parole. « Vous vous souvenez quand je vous ai dit que Kulgan essayait de m'apprendre les trois vénéfices de base qui permettent de calmer l'esprit, pour pouvoir lancer des sorts calmement ? Eh bien, en fait, je maîtrise ces exercices depuis des mois. Je peux amener mon esprit au calme en quelques instants maintenant et sans effort. Mais ça ne va jamais plus loin. Après, tout semble aller de travers.

— Que veux-tu dire par là ?

— Ce qu'on apprend ensuite, c'est à discipliner son esprit pour lui faire faire des choses qui ne lui sont pas naturelles, comme de réfléchir à une chose à l'exclusion de toute autre, ou de ne penser à rien, ce qui est plutôt difficile quand on vous a dit à quoi ça correspond. J'arrive à faire ça la plupart du temps, mais de temps en temps j'ai l'impression qu'il y a comme des forces qui tambourinent dans ma tête, et qui veulent que je fasse les choses différemment. C'est comme si dans ma tête, les choses ne se passaient pas comme Kulgan m'a dit que ça devait se passer.

« Chaque fois que j'essaye un des sortilèges tout simples que Kulgan m'a appris, comme faire bouger un objet ou me soulever du sol, ces choses dans ma tête m'envahissent, balayent ma concentration et je perds le contrôle. Je n'arrive même pas à maîtriser le plus petit sortilège. » Pug se sentit tout tremblant, car c'était la première fois qu'il avait la chance de parler de cela à quelqu'un d'autre que Kulgan. « Kulgan me dit juste de continuer à essayer et de ne pas m'inquiéter. » Des larmes dans les yeux, il continua : « J'ai du talent. Kulgan m'a dit qu'il l'avait vu la première fois que nous nous sommes rencontrés, quand j'ai utilisé le cristal. Vous m'avez dit que j'avais du talent. Mais je n'arrive quand même pas à faire marcher les sorts comme ils devraient. C'est tellement déroutant.

— Pug, dit le prêtre, la magie a de nombreuses propriétés, et nous comprenons mal comment elle fonctionne, même nous autres qui la pratiquons. Dans les temples, on nous apprend que la magie est un don des dieux et nous décidons d'y croire. Nous ne comprenons pas comment les choses peuvent en être ainsi, mais nous ne doutons pas. Chaque ordre a son propre domaine de magie et il n'y en a pas deux vraiment pareils. Je suis capable de faire des choses par magie que les autres ordres ne peuvent pas. Mais nul ne saurait dire pourquoi.

« Les magiciens ont une autre sorte de magie et ils ont des pratiques très différentes de celles des temples. La majeure partie de ce qu'ils font, nous sommes incapables de le faire. Ce sont eux qui étudient l'art de la magie, qui cherchent sa nature et son fonctionnement, mais même eux sont incapables d'expliquer comment elle marche. Ils savent seulement la faire marcher et transmettre ce savoir à leurs élèves, comme Kulgan le fait pour toi.

— Comme il essaye de le faire pour moi, mon père. Je crois qu'il m'a peut-être mal jugé.

— Je ne pense pas, Pug. Je connais un peu ces choses et depuis que tu es l'élève de Kulgan, j'ai senti le pouvoir croître en toi. Peut-être que tu y viendras sur le tard, comme c'est arrivé à d'autres, mais je suis sûr que tu trouveras le bon chemin. »

Pug ne se sentait pas plus soulagé. Il ne mettait pas en doute la sagesse du prêtre, ni ses opinions, mais il se disait malgré tout qu'il pouvait se tromper. « J'espère que vous avez raison, mon père. Mais je ne comprends pas ce qui se passe en moi.

— Je crois que je sais ce qui ne va pas », dit une voix à la porte. Surpris, Pug et le père Tully se retournèrent et virent Kulgan debout sur le pas de la porte. Ses yeux bleus semblaient inquiets et ses épais sourcils gris formaient un V au-dessus de son nez. Ni Pug ni Tully n'avaient entendu la porte s'ouvrir. Kulgan souleva sa longue robe verte et entra dans la chambre, laissant la porte ouverte.

« Viens ici, Pug », dit le magicien avec un petit geste de la main. Pug alla vers le magicien, qui lui mit les deux mains sur les épaules. « Les enfants qui restent assis dans leur chambre à travailler jour après jour en se demandant pourquoi les choses ne marchent pas font que les choses ne marchent pas. Je te donne ta journée. Comme nous sommes sixdi, il doit y avoir plein d'autres garçons qui vont t'aider à te mettre dans tous les ennuis où se mettent les garçons habituellement. » Il sourit, et son élève se sentit soulagé. « Tu as besoin de faire une pause dans tes études. Maintenant, disparais. » Ce disant, il donna une petite tape amicale sur la tête du garçon, qui partit en courant dans l'escalier. Kulgan traversa la pièce jusqu'à la paillasse et il s'assit en abaissant son imposante personne dessus. Il regarda le prêtre. « Les enfants, dit Kulgan en secouant la tête. Une fête, un métier et ils espèrent que d'un seul coup ils vont devenir des hommes. Mais ce sont toujours des enfants et quels que soient leurs efforts, ils continuent à se comporter comme des enfants, pas comme des hommes. » Il sortit sa pipe et commença à la bourrer. « On considère qu'un magicien est jeune et inexpérimenté à trente ans, mais dans tous les autres corps de métier, trente ans c'est l'âge d'un compagnon ou d'un maître, qui prépare sans doute son propre fils pour le Choix. » Il alluma une bougie aux braises qui rougeoyaient encore dans le pot à feu de Pug et alluma sa pipe.

Tully acquiesça. « Je comprends, Kulgan. La prêtrise elle aussi est l'apanage des vieux. Quand j'avais l'âge de Pug, il me manquait encore treize ans pour devenir acolyte. » Le vieux prêtre se pencha en avant. « Kulgan, qu'en est-il du problème de ce garçon ?

— Il n'a pas tort, tu sais, dit simplement Kulgan. Il n'y a aucune raison pour qu'il ne puisse pas pratiquer ce que j'ai essayé de lui enseigner. Ce qu'il arrive à faire avec des parchemins et des objets m'impressionne. Ce garçon a de tels dons pour ces choses, j'aurais juré qu'il avait l'étoffe d'un très puissant magicien. Mais avec cette incapacité à utiliser ses pouvoirs intérieurs…

— Penses-tu pouvoir trouver une solution ?

— Je l'espère. Je n'aimerais vraiment pas avoir à arrêter son apprentissage. Cela lui ferait encore plus de mal que si je ne l'avais pas choisi. » Il avait l'air réellement inquiet. « C'est troublant, Tully. Je pense que tu es d'accord avec moi sur le fait qu'il a potentiellement un grand talent. Dès que je l'ai vu utiliser le cristal dans ma hutte cette nuit-là, j'ai su pour la première fois depuis des années que j'avais peut-être bien trouvé mon apprenti. Comme aucun maître ne l'avait choisi, je sus que c'était le destin qui avait fait se croiser nos routes. Mais il y a quelque chose d'autre dans la tête de cet enfant, quelque chose que je n'avais jamais vu, quelque chose de puissant. Je ne sais pas ce que c'est, Tully, mais cette chose refuse mes exercices, comme s'ils étaient… incorrects, ou… inadaptés pour lui. Je ne saurais pas dire ça plus clairement. Il n'y a pas d'explication simple.

— As-tu réfléchi à ce qu'il dit ? demanda le prêtre, l'air inquiet et pensif.

— Tu veux dire sur le fait que je me sois trompé ? »

Tully opina. Kulgan écarta la question de la main. « Tully, tu en sais autant que moi sur la nature de la magie, peut-être plus. Ton dieu ne se fait pas appeler le Dieu qui a ordonné le monde pour rien. Ta secte a découvert beaucoup de choses sur ce qui ordonne cet univers. Doutes-tu un seul instant que cet enfant ait du talent ?

— Du talent, non. Mais c'est de ses pouvoirs que nous parlons pour l'instant.

— Bien dit, comme d'habitude. Eh bien, as-tu une idée? Ne pourrait-on faire de cet enfant un clerc, par exemple?»

Tully se renversa sur sa chaise, l'air vexé. «Tu sais que la prêtrise est une vocation, Kulgan, dit-il sèchement.

— Détends-toi, Tully. C'était une plaisanterie.» Il soupira. «Malgré tout, s'il n'a pas de vocation pour la prêtrise, ni le truc pour faire de la magie, que pouvons-nous faire de ses pouvoirs naturels?»

Tully médita en silence sur cette question, puis au bout d'un moment il dit : «As-tu pensé à l'art perdu?»

Les yeux de Kulgan s'écarquillèrent. «Cette vieille légende?» Tully acquiesça. «Je doute qu'il y ait un magicien vivant qui ne se soit pas, un jour ou l'autre, cassé la tête sur la légende de l'art perdu. S'il avait existé, cela expliquerait nombre des imperfections de notre métier.» Il regarda Tully en plissant les yeux d'un air réprobateur. «Mais il y a tellement de légendes. Autant qu'il y a de cailloux sur une plage. Personnellement, je préfère chercher de vraies réponses à nos défauts, plutôt que de tout rejeter sur de vieilles superstitions.»

Le visage de Tully se durcit et il prit un ton sermonneur. «Au temple, nous ne considérons pas cela comme une légende, Kulgan! Cela fait partie des vérités révélées, enseignées aux premiers hommes par les dieux.»

Irrité par le ton de Tully, Kulgan répondit sèchement : «Comme cette histoire de monde plat, jusqu'à ce que Rolendirk – un magicien, dois-je te le rappeler? – envoie sa vue magique assez haut et découvre la courbure de l'horizon, démontrant clairement que le monde était une sphère! C'était un fait que presque tous les marins et les pêcheurs connaissaient, parce qu'ils voyaient les voiles sur l'horizon avant le reste du bateau depuis la nuit des temps!» Il finit presque en criant.

Voyant qu'il avait blessé Tully en se référant à d'anciens canons de l'Église abandonnés depuis longtemps, Kulgan baissa le ton. « Sauf le respect que je te dois, Tully, on n'apprend pas à un vieux singe à faire des grimaces. Je sais que ton ordre s'entraîne par la logique à défendre une position et son contraire et que la moitié de tes frères éclatent de rire en entendant ces jeunes acolytes sérieux comme la mort débattre de sujets théologiques réglés depuis plus d'un siècle. De plus, la légende de l'art perdu ne vient-elle pas du dogme Ishapien ? »

C'était maintenant au tour de Tully de regarder Kulgan d'un air réprobateur. Sur un ton à la fois exaspéré et amusé, il dit : « Ton éducation religieuse laisse encore à désirer, Kulgan, malgré une certaine perspicacité implacable en ce qui concerne le fonctionnement interne de mon ordre. » Il eut un petit sourire. « Tu as raison pour les discussions théologiques, malgré tout. La plupart d'entre nous trouvent cela très amusant car nous nous souvenons ô combien nous étions affreusement sérieux à ce sujet lorsque nous n'étions que des acolytes ! » Puis il redevint grave et dit : « Mais je parlais sérieusement en disant que ton éducation laissait à désirer. Les Ishapiens ont des croyances différentes, c'est vrai, et c'est une religion d'insulaires, mais c'est aussi le plus ancien des ordres connus et ils sont considérés comme les plus au fait des questions de différences interconfessionnelles.

— Des guerres de Religion, plutôt », dit Kulgan en reniflant d'un air amusé.

Tully ignora le commentaire. « Les Ishapiens sont les gardiens des plus anciennes connaissances et des plus anciennes chroniques du royaume. J'ai visité leur bibliothèque dans le temple de Krondor et elle est très impressionnante. »

Kulgan sourit et dit sur un ton légèrement condescendant : « Tout comme moi, Tully, et j'ai aussi parcouru les étagères de l'abbaye de Sarth, qui est dix fois plus grande. Où veux-tu en venir ? »

Tully se pencha en avant et dit : « Ce que je veux dire, c'est que tu peux critiquer les Ishapiens tant que tu veux, mais quand ils affirment que quelque chose est un fait historique et non une légende, ils peuvent en général prouver leurs dires manuscrits à l'appui.

— Non, dit Kulgan, balayant de la main les commentaires de Tully. Je ne prends pas tes croyances à la légère, ni celles de qui que ce soit, mais je ne peux accepter cette absurdité sur les arts oubliés. Je veux bien croire que Pug soit plus sensible à un aspect de la magie que j'ignore, peut-être quelque chose concernant les esprits ou l'illusion – des choses que j'admets volontiers ne connaître que de très loin – mais je ne peux admettre qu'il n'apprendra jamais à maîtriser ses pouvoirs parce que le dieu de la magie disparu depuis si longtemps est mort dans les guerres du Chaos ! Non, qu'il existe des savoirs inconnus, je veux bien. Notre art est trop imparfait pour que l'on puisse commencer à envisager que nos théories sur la magie soient réellement bonnes. Mais si Pug n'arrive pas à apprendre la magie, c'est juste parce que je suis un mauvais maître. »

Tully regarda sévèrement Kulgan, comprenant soudain que le magicien ne se posait pas de questions sur les défauts de Pug, mais sur les siens. « Voilà que tu racontes des bêtises. Tu as beaucoup de talent et si c'était moi qui avais découvert les pouvoirs de Pug, je n'aurais pas trouvé de meilleur maître à lui donner. Mais tu ne peux pas dire que tu échoues si tu ne sais pas ce qu'il a besoin de savoir. » Kulgan commença à bredouiller une objection, mais Tully lui coupa la parole. « Non, laisse-moi continuer. Ce qui ne va pas, c'est que nous ne comprenons pas. Tu sembles oublier qu'il y en a eu d'autres comme Pug, des francs-sorciers qui n'arrivaient pas à maîtriser leur don, qu'il y en a eu d'autres qui ont échoué comme prêtres et comme magiciens. »

Kulgan tira sur sa pipe, le front plissé par la concentration. Soudain, il commença à rire tout bas, puis de plus en plus fort. Tully jeta un regard perçant au magicien. Kulgan agita sa pipe. « Je viens de me dire brusquement que si un porcher n'arrivait pas à apprendre à son fils le métier familial, il pourrait en blâmer le dieu des cochons. »

Les yeux de Tully s'écarquillèrent devant cette pensée à la limite du blasphématoire, puis il se mit lui aussi à aboyer une sorte de rire. « Voilà un bon sujet pour les discussions théologiques ! » Les deux hommes rirent de bon cœur, pour se détendre. Tully soupira et se releva. « Malgré tout, ne ferme pas totalement ton esprit à ce que je t'ai dit, Kulgan. Il se pourrait quc Pug soit un de ces francs-sorciers. Et il se pourrait que tu doives accepter de le laisser partir. »

Kulgan secoua tristement la tête à cette idée. « Je refuse de croire qu'il existe une explication si simple à tous ces autres échecs, Tully. Ou aux problèmes de Pug, d'ailleurs. La faille est d'origine humaine, elle n'est pas dans la nature de l'univers. J'ai eu souvent l'impression que là où je péchais avec Pug, c'était dans la compréhension de la manière dont je pouvais l'atteindre. Peut-être que je ferais mieux de lui chercher un nouveau maître, de le placer chez quelqu'un qui serait plus apte à mieux contrôler ses pouvoirs. »

Tully soupira. « Je t'ai dit ce que j'en pensais, Kulgan. Hormis ce que je t'ai dit, je ne peux pas te fournir d'autre conseil. Malgré tout, comme on dit si bien, un mauvais maître, c'est mieux que pas de maître du tout. Comment cet enfant se serait-il débrouillé si personne n'avait décidé de le prendre en apprentissage ? »

Kulgan se leva d'un seul coup. « Qu'as-tu dit ?

— J'ai dit : comment cet enfant se serait-il débrouillé si personne n'avait décidé de le prendre en apprentissage ? »

Les yeux de Kulgan semblèrent se perdre dans le vague, au loin. Il commença à tirer furieusement sur sa pipe. Après l'avoir regardé un moment, Tully dit : « Qu'y a-t-il, Kulgan ? »

Kulgan dit : « Je ne suis pas sûr, Tully, mais il se peut que tu m'aies donné une idée.

— Quel genre d'idée ? »

Kulgan écarta la question. « Je ne suis pas tout à fait sûr. Donne-moi un peu de temps pour y réfléchir. Mais réfléchis à ta question et va plus loin : comment les premiers magiciens ont-ils appris à utiliser leur propre pouvoir ? »

Tully se rassit et les deux hommes commencèrent à réfléchir en silence. Par la fenêtre, ils entendaient les enfants qui jouaient dans la cour du château.

Chaque sixdi, les garçons et les filles qui travaillaient au château avaient le droit de passer l'après-midi à leur guise. Les garçons, tant les apprentis que les plus jeunes, formaient un groupe bruyant et violent. Les filles travaillaient au service des dames du château, au nettoyage et à la couture, ou comme aides à la cuisine. Tous avaient une semaine de travail bien remplie, tous les jours de l'aube au crépuscule et même au-delà, mais le sixième jour de la semaine, ils se retrouvaient dans la cour du château, près du jardin de la princesse. Les garçons, pour la plupart, jouaient à un jeu de chat brutal, où l'on se disputait une balle de cuir remplie à craquer de chiffons au milieu d'une grêle de coups de poing, de cris, de coups de pied et parfois de bagarres. Ils portaient tous leurs plus vieux vêtements, car les déchirures, les taches de sang et de boue étaient monnaie courante.

Les filles s'asseyaient le long du muret qui longeait le jardin de la princesse et papotaient au sujet des dames de la cour du duc. Elles mettaient presque toujours leurs plus belles jupes ou leurs plus belles robes et leurs cheveux brillaient tant elles les avaient lavés et brossés. Les deux groupes faisaient semblant de s'ignorer superbement et les deux manquaient également de conviction.

Pug courut vers l'endroit où se déroulait le jeu. Comme d'habitude, Tomas était au plus fort de la mêlée, ses cheveux dorés flottant comme une bannière, hurlant et riant au point de couvrir les autres. Au milieu de tous ces coups de coude et de pied, il semblait empreint d'une joie sauvage, comme si toutes les douleurs qui en résultaient rendaient le combat plus intéressant encore. Il traversa le groupe, envoya du pied la balle loin en l'air en esquivant les croche-pieds que les autres essayaient de lui faire. Personne ne savait vraiment comment ce jeu avait été créé, ni quelles en étaient les règles exactes, mais les garçons y jouaient avec autant de passion que s'ils s'étaient retrouvés sur un champ de bataille, comme leurs pères avant eux.

Pug courut se placer sur le terrain et avança le pied juste devant Rulf au moment même où celui-ci s'apprêtait à frapper Tomas par-derrière. Rulf s'effondra dans un empilement de corps et Tomas s'échappa. Il courut vers le goal et, lâchant la balle juste devant lui, l'envoya dans un grand tonneau retourné, marquant pour son camp. Alors que les autres garçons hurlaient de joie, Rulf se releva d'un bond et poussa rudement un autre garçon pour se mettre pile devant Pug. Il lui jeta un regard mauvais sous ses épais sourcils et lui cracha dessus : « Refais ça et je te casse les jambes, louchard ! » Le louchard était un oiseau bien connu aux mœurs infâmes – il avait notamment la détestable habitude de laisser ses œufs dans les nids des autres oiseaux pour ne pas avoir à s'occuper de ses petits. Pug n'allait pas laisser passer comme ça une insulte de Rulf. La frustration accumulée au cours des derniers mois était bien remontée en lui aujourd'hui, et Pug se sentait les nerfs à fleur de peau.

D'un bond, il sauta à la gorge de Rulf, pour envoyer à son solide adversaire un bon coup du bras gauche. Il lui colla son poing droit en pleine face et sentit le nez de Rulf craquer. Rapidement, les deux garçons roulèrent à terre. Le poids de Rulf joua et celui-ci se retrouva assis sur le torse de Pug, lui bourrant le visage de coups de poing.

Tomas restait là sans rien oser faire, car même s'il avait voulu de tout cœur aider son ami, le code de l'honneur des garçons était aussi strict et inviolable que celui de la noblesse. S'il intervenait en faveur de son ami, Pug ne pourrait jamais supporter cette honte. Tomas sautillait sur place, encourageant Pug, grimaçant chaque fois que celui-ci prenait un coup, comme s'il le sentait lui aussi.

Pug essaya de se tortiller pour échapper à son adversaire plus gros que lui et plusieurs coups manquèrent leur but, frappant le sol au lieu du visage de Pug. Malgré tout, beaucoup touchaient leur cible et Pug finit vite par sentir un étrange détachement pour cette scène. Il trouvait bizarre que tout lui paraisse si lointain et que les coups de Rulf ne semblent pas lui faire mal. Sa vue se voilait de rouge et de jaune quand il sentit qu'on lui retirait un poids de la poitrine.

Quelques instants plus tard, les choses commencèrent à se remettre en place et Pug vit le prince Arutha au-dessus de lui, la main serrée fermement sur le col de Rulf. Bien qu'il ne fût pas d'une stature aussi impressionnante que son père ou son frère, le prince arrivait tout de même à tenir Rulf assez haut pour que les pieds du garçon d'écurie ne touchent plus terre. Le prince sourit, mais sans humour. « Je pense que ce garçon en a eu assez, dit-il tout doucement, les yeux étincelants. Tu ne crois pas ? » Son ton glacé montrait clairement que la question n'était que de pure forme. Du sang coulait encore sur le visage de Rulf à cause du premier coup que Pug lui avait asséné et il émit une sorte de râle que le prince prit pour un accord. Arutha lâcha le col de Rulf, qui tomba en arrière au grand amusement des spectateurs. Le prince se baissa et aida Pug à se remettre debout.

Tenant le garçon encore flageolant, Arutha dit : « J'admire ton courage, petit, mais nous ne pouvons pas nous permettre de perdre la tête du meilleur jeune magicien du duché, n'est-ce pas ? » Son ton n'était que très légèrement moqueur et Pug se sentait trop faible pour faire autre chose que regarder fixement le fils cadet du duc. Le prince lui fit un petit sourire et le passa à Tomas, qui était revenu près de Pug, un chiffon mouillé à la main.

Pug sortit du brouillard alors que Tomas lui essuyait encore le visage avec son chiffon et il se sentit sensiblement mal à l'aise en voyant la princesse et Roland juste à quelques mètres de là, qui attendaient qu'Arutha les rejoigne. Prendre une raclée devant les filles du château était déjà assez humiliant. Se faire battre à plate couture par un lourdaud comme Rulf sous les yeux de la princesse était une catastrophe. Marmonnant un grognement qui n'avait pas beaucoup de rapport avec son état physique, Pug s'efforça de ressembler autant que possible à quelqu'un. Tomas l'attrapa rudement. « Ne gigote donc pas tant. Tu ne t'en tires pas si mal. La majeure partie de ce sang vient de Rulf, de toute manière. Demain, son nez va ressembler à un chou-fleur rouge de colère.

— Ma tête aussi.

— Pas du tout. Un œil au beurre noir ou deux, et une joue violette. Globalement, tu t'es bien débrouillé, mais la prochaine fois que tu voudras te mêler des affaires de Rulf, attends d'avoir grandi un peu, d'accord ? » Pug regarda le prince s'éloigner avec sa sœur du champ de bataille. Roland lui fit un grand sourire et Pug se dit qu'il aurait préféré mourir.

Pug et Tomas sortirent de la cuisine, des assiettes pleines à la main. La nuit était chaude et ils préféraient la fraîcheur du vent marin à la touffeur de l'arrière-cuisine. Ils s'assirent sous le porche et Pug fit jouer sa mâchoire, la sentant se déboîter chaque fois. Il essaya de mordre dans un morceau d'agneau et repoussa son assiette.

Tomas le regarda. « Tu n'arrives pas à manger ? »

Pug opina. « Ma mâchoire me fait trop mal. » Il se pencha en avant, les coudes sur les genoux et le menton appuyé sur les poings. « J'aurais dû rester calme. Je me serais mieux débrouillé. »

Tomas dit, la bouche pleine : « Maître Fannon dit qu'un soldat doit garder la tête froide tout le temps s'il veut ne pas la perdre. »

Pug soupira. « Kulgan m'a dit quelque chose dans le même genre. J'ai des exercices qui me permettent de me calmer. J'aurais dû les utiliser. »

Tomas avala une part impressionnante de son repas. « Pratiquer dans sa chambre est une chose. Mettre cela en pratique quand quelqu'un vous insulte carrément en face en est une autre. J'aurais fait comme toi, je suppose.

— Mais tu aurais gagné.

— Probablement. C'est pour ça que Rulf ne m'aurait jamais provoqué. » Manifestement, il ne cherchait pas à se vanter, mais à énoncer un fait. « Malgré tout, tu t'es bien débrouillé. Notre vieux nez en chou-fleur va y réfléchir à deux fois avant de te provoquer de nouveau, j'en suis sûr et d'ailleurs c'est pour ça que ça s'est passé comme ça. »

Pug dit : « Comment ça ? »

Tomas reposa son assiette et rota. L'air fier de lui, il dit : « Avec les durs, c'est toujours la même chose : ce qui est important, c'est pas d'être capable de les battre. Ce qui est important, c'est de savoir si tu vas leur tenir tête. Rulf est peut-être grand, c'est un couard malgré toutes ses fanfaronnades. Maintenant, il va se rabattre sur des plus petits. Je ne crois pas qu'il revienne t'ennuyer. Ça lui coûte trop cher. » Tomas fit un grand sourire à Pug. « Ce premier coup que tu lui as collé était superbe. Pile sur le bec. »

Pug se sentit un peu mieux. Tomas fixa le dîner de Pug avec insistance. « Tu manges ? »

Pug regarda son assiette. Elle était pleine d'agneau fumant, de haricots verts et de pommes de terre. Malgré la bonne odeur, Pug ne se sentait aucun appétit. « Non, tu peux la prendre. »

Tomas saisit l'assiette et commença à enfourner la nourriture dans sa bouche. Pug sourit. On n'avait jamais vu Tomas refuser à manger.

Le regard de Pug se fixa de nouveau sur les murs du château. « Je me suis senti si bête. »

Tomas arrêta de manger, un morceau de viande à moitié dans la bouche. Il observa Pug un long moment. « Toi aussi ?

— Quoi, moi aussi ? »

Tomas éclata de rire. « Tu es gêné parce que la princesse a vu Rulf te coller une raclée. »

Pug se rembrunit. « C'était pas une raclée. Il en a pris autant que moi ! »

Tomas poussa un cri de joie. « Voilà ! Je le savais. C'est la princesse. »

Pug se rassit, résigné. « Je suppose que oui. »

Comme Tomas ne répondait pas, Pug se tourna vers lui. Il était en train de finir le dîner de Pug. Finalement, Pug dit : « Et je suppose que toi tu ne l'aimes pas ? »

Tomas haussa les épaules. Entre deux bouchées, il dit : « Notre demoiselle Carline est très belle, mais je sais où est ma place. De toute manière, c'en est une autre qui m'intéresse. »

Pug se releva un peu. « Qui ? » demanda-t-il, curieux.

« Je ne dirai rien », répondit Tomas avec un sourire espiègle.

Pug rit. « C'est Neala, hein ? »

La mâchoire de Tomas tomba. « Comment tu sais ? »

Pug essaya de prendre un air mystérieux. « Nous autres magiciens avons des moyens particuliers. »

Tomas renifla. « Magiciens, tu parles. Tu n'es pas plus magicien que je ne suis capitaine des armées du roi. Dis-moi, comment tu as appris ? »

Pug éclata de rire. « C'est pas un mystère. Chaque fois que tu la vois, tu te gonfles dans ton tabard et tu fais la roue comme un paon. »

Tomas parut troublé. « Tu crois qu'elle m'a percé à jour ? »

Pug sourit comme un chat trop nourri. « Je suis sûr qu'elle n'a rien compris. » Il se tut. « Si elle est aveugle et que toutes les autres filles du château ne le lui ont pas déjà montré une bonne centaine de fois. »

Tomas fit une grimace désolée. « Qu'est-ce qu'elle doit se dire ? »

Pug lui répondit : « Qui sait ce que pensent les filles ? Elle a plutôt l'air d'aimer, visiblement. »

Tomas regarda pensivement son assiette. « Tu as déjà pensé à te marier ? »

Pug cligna des yeux comme un hibou ébloui. « Je… je n'y ai jamais réfléchi. Je ne sais pas si les magiciens se marient. Je ne crois pas, en fait.

— Les soldats non plus, pour la plupart ? Mais maître Fannon dit qu'un soldat qui pense à sa famille ne pense pas à son travail. » Tomas retomba dans le silence une bonne minute.

Pug dit : « Cela ne semble pas gêner le sergent Gardan ni certains autres soldats. »

Tomas renifla, comme si ces exceptions ne faisaient qu'abonder dans son sens. « Parfois, j'essaye d'imaginer comment ça ferait d'avoir une famille.

— Tu as déjà une famille, idiot. C'est moi, l'orphelin, ici.

— Je te parle d'une femme, tête de pioche. » Tomas jeta à Pug un regard de dédain suprême. « Et d'enfants, un jour, pas d'une mère et d'un père. »

Pug haussa les épaules. Cette conversation en arrivait à un point qui le dérangeait. Il ne pensait jamais à ces choses, ayant moins hâte de grandir que Tomas. Il dit : « Pour moi, on se marie et on a des enfants seulement si on est censé le faire. »

Tomas n'avait pas l'air de prendre le sujet à la légère. « Je me suis dit qu'une petite chambre au château et... Je n'arrive pas à imaginer avec quelle fille ça pourrait être. » Il rumina. « Il y a quelque chose qui ne va pas, je crois.

— Quelque chose qui ne va pas ?

— Comme s'il y avait quelque chose d'autre, que je ne comprends pas... je ne sais pas. »

Pug lui répondit : « Si toi tu ne sais pas, comment veux-tu que moi je sache ? »

Tomas changea brutalement de sujet. « Nous sommes amis, non ? »

Il avait pris Pug de court. « Bien sûr que nous sommes amis. Tu es un frère pour moi. Tes parents m'ont traité comme leur propre fils. Pourquoi tu me demandes ça ? »

Tomas reposa son assiette, troublé. « Je ne sais pas. C'est juste que parfois j'ai l'impression que tout ça va changer. Tu vas devenir magicien, peut-être voyager de par le monde, voir d'autres magiciens dans des terres lointaines. Je vais devenir soldat, obéir aux ordres de mon seigneur. Je ne verrai sans doute qu'une toute petite partie du royaume et uniquement en tant que garde de l'escorte personnelle du duc, si j'ai de la chance. »

Pug s'inquiéta. Il n'avait jamais vu Tomas parler si sérieusement de telles choses. L'aîné des deux avait toujours été le premier à rire et n'avait jamais semblé s'inquiéter de quoi que ce soit. « Je me moque de ce que tu penses, Tomas, dit Pug. Rien ne changera. Nous resterons amis malgré tout. »

Tomas sourit. « J'espère que tu as raison. » Il se rassit et les deux garçons regardèrent les étoiles et les lumières de la ville, encadrées comme un tableau par les portes du château.

Pug essaya de se laver le visage le lendemain matin, mais il avait trop mal pour cela. Il avait l'œil gauche fermé et tuméfié, le droit n'était qu'à demi ouvert. Il avait de gros bleus sur tout le visage et sa mâchoire se déboîtait dès qu'il la faisait bouger de côté. Fantus était allongé sur la paillasse de Pug, ses yeux rouges brillaient dans la lumière matinale qui entrait par la fenêtre.

La porte de la chambre s'ouvrit et Kulgan entra, son ample carcasse couverte d'une robe verte. Il s'arrêta pour contempler le garçon un moment, s'assit sur la paillasse et gratta le dragonnet au-dessus des yeux, provoquant un ronronnement de plaisir au fond de la gorge de Fantus. « Je vois que tu ne t'es pas tourné les pouces hier, dit-il.

— J'ai eu quelques problèmes, monseigneur.

— Bah, les garçons sont des bagarreurs, comme les hommes, mais je suis sûr que l'autre doit être au moins dans le même état que toi. Tu as dû te faire un plaisir de lui en donner autant que tu en as reçu, sinon ce serait malheureux.

— Vous êtes en train de vous moquer de moi.

— À peine, Pug. En fait, dans ma jeunesse, j'ai eu ma part de horions, mais le temps des bagarres d'enfants est fini. Il va falloir que tu te défoules en faisant des choses plus constructives.

— Je sais, Kulgan, mais j'étais si frustré, ces derniers temps, que quand ce lourdaud de Rulf m'a dit ces sales trucs parce que je suis un enfant trouvé, toute ma rage est remontée d'un coup.

— Bien, reconnaître tes responsabilités là-dedans montre que tu es en train de devenir un homme. La plupart des garçons auraient tenté de se justifier en rejetant la faute sur l'autre ou en invoquant leur honneur. »

Pug tira le tabouret et s'assit dessus, face au magicien. Kulgan sortit sa pipe et commença à la bourrer. « Pug, je crois que dans ton cas il se pourrait bien que nous ayons pris ton éducation par le mauvais bout. » Kulgan chercha une chandelle à allumer au pot à feu mais n'en trouva pas. Son visage s'assombrit une minute, sous la concentration. Une petite flamme jaillit de son index droit. L'appliquant à sa pipe, il put s'occuper rapidement à emplir la pièce de grands nuages de fumée blanche. La flamme disparut sur un mouvement de sa main. « Un pouvoir bien pratique, si l'on aime fumer la pipe.

— Je donnerais n'importe quoi pour en arriver ne serait-ce que là, dit Pug, dégoûté.

— Comme je le disais, je pense que nous n'avons pas pris les choses par le bon bout. Nous devrions peut-être prendre une approche différente pour ton éducation.

— Que voulez-vous dire ?

— Pug, les premiers magiciens, il y a très longtemps de cela, n'avaient pas de maître pour apprendre les arts magiques. Ce sont eux qui ont développé les pouvoirs que nous utilisons aujourd'hui. Certains des anciens pouvoirs, comme celui de sentir les changements de climat, ou trouver de l'eau avec une baguette, remontent à nos tout débuts. Donc, je me suis dit que, pour un temps, j'allais te laisser chercher par tes propres moyens. Fouille à ta guise dans ma bibliothèque. Par contre, tu continueras à travailler le reste, avec Tully, mais pour l'instant, je ne te donnerai plus de leçons. Bien entendu, je répondrai à toutes tes questions. Mais pour l'instant je pense que tu as besoin de te débrouiller tout seul. »

Abattu, Pug demanda : « Suis-je au-delà de tout espoir ? »

Kulgan sourit pour le rassurer. « Pas le moins du monde. D'autres magiciens avant toi ont pris plus de temps pour commencer. Souviens-toi que tu as encore neuf ans d'apprentissage devant toi. Ne te sens pas découragé par les échecs des derniers mois. Au fait, cela te plairait-il d'apprendre à monter à cheval ? »

L'humeur de Pug se modifia du tout au tout et il s'écria : « Oh, oui ! Je peux ?

— Le duc a décidé qu'il faudrait qu'un garçon puisse accompagner de temps en temps la princesse à cheval. Ses fils grandissent et ils ont de plus en plus d'obligations et il pense que tu serais parfait pour l'accompagner quand ils seront trop occupés pour ça. »

Pug fut pris de vertige. Non seulement il allait apprendre à monter à cheval, chose généralement réservée à la noblesse, mais en plus il allait se retrouver en compagnie de la princesse ! « Quand est-ce que je commence ?

— Aujourd'hui même. La messe du matin est pratiquement finie. »

Comme on était unedi, les croyants allaient faire leurs dévotions soit à la chapelle du château, soit au petit temple de la ville. Le reste de la journée était réservé à de menues tâches, juste de quoi assurer que la table ducale ne soit pas vide. Les garçons et les filles avaient droit à une demi-journée supplémentaire sixdi, mais leurs aînés ne se reposaient que unedi. « Va voir le maréchal Algon : le duc lui a donné ses instructions et tu commences tes leçons dès maintenant. »

Il ne fallait pas le lui dire deux fois. Pug bondit et fila vers les écuries.

CHAPITRE 4

Pug chevauchait en silence.

Son cheval avançait le long des falaises qui surplombaient la mer. La brise tiède portait l'odeur des fleurs et à l'est les arbres de la forêt s'agitaient doucement. Le soleil estival faisait monter une brume de chaleur sur l'océan. Au-dessus des vagues, on voyait des mouettes suspendues en l'air, qui piquaient de temps en temps pour aller chercher leur pitance. De grands nuages blancs dérivaient doucement dans le ciel.

Pug avait passé la matinée à regarder le dos de la princesse qui chevauchait son beau palefroi blanc. On l'avait fait attendre deux heures aux écuries avant que la princesse n'apparaisse avec son père. Le duc avait longuement expliqué à Pug ses responsabilités envers la demoiselle du château. Pug n'avait pas dit un mot, attendant que le duc finisse de répéter les instructions que lui avait données le maréchal Algon la nuit précédente. Le maître des écuries lui avait enseigné l'équitation une semaine, puis il avait considéré qu'il était prêt à chevaucher avec la princesse… à peu près, en tout cas.

Pug était sorti à sa suite par les portes du château, s'émerveillant encore de cette chance inespérée. Il exultait, malgré sa nuit passée à se retourner dans son lit et le fait qu'il ait dû sauter son petit déjeuner.

Maintenant, son adoration d'enfant commençait à se changer en irritation pure et simple. La princesse refusait de répondre à ses tentatives polies d'engager la conversation, hormis pour l'envoyer quelque part. Elle s'adressait à lui sur un ton rude et hautain et persistait à l'appeler « serviteur », bien qu'il lui ait plusieurs fois rappelé courtoisement son nom. Ce n'était plus la jeune fille calme de la cour qu'il connaissait mais une enfant gâtée et susceptible.

Il s'était senti plutôt mal à l'aise de devoir monter sur le vieux cheval de trait gris que l'on avait jugé suffisant pour le piètre cavalier qu'il était. La jument était particulièrement placide et ne semblait avoir aucune envie d'avancer plus vite que nécessaire.

Pug portait sa tunique rouge vif, celle que Kulgan lui avait offerte, mais même ces vêtements-là étaient bien pauvres par rapport à ceux de la princesse. Elle était vêtue d'une robe de cavalière jaune brodée de noir simple mais exquise, avec un chapeau assorti. Même en amazone, Carline était une cavalière-née, alors que Pug avait l'impression qu'il aurait mieux fait de marcher derrière sa jument avec une charrue. Le cheval de Pug avait la fâcheuse tendance de vouloir s'arrêter tous les quatre mètres pour brouter de l'herbe ou grignoter les buissons, sans s'occuper des coups frénétiques que Pug lui donnait dans les flancs, tandis que le cheval parfaitement entraîné de la princesse répondait instantanément à la moindre caresse de sa cravache. Elle avançait en silence, sans faire attention aux bruyants efforts du garçon qui tentait de toute la force de sa volonté et de toutes ses compétences de cavalier d'obliger sa monture récalcitrante à avancer.

Pug commençait à sentir la faim le tenailler, ses rêves romantiques cédant le pas à son appétit d'adolescent de quinze ans. Plus ils avançaient et plus ses pensées se tournaient vers le panier du repas qui ballottait au pommeau de sa selle. Au bout d'une éternité, la princesse se tourna vers Pug. « Serviteur, que fais-tu comme métier ? »

Pris de court par une telle question au bout d'un si long silence, Pug bégaya : « Je... je suis l'apprenti de maître Kulgan. »

Elle le fixa comme s'il était un insecte qui rampait dans son assiette. « Oh ! C'est donc toi. » La vague étincelle d'intérêt qui s'était allumée dans ses yeux s'éteignit et elle se détourna de lui. Ils continuèrent un petit moment, puis la princesse dit : « Serviteur, nous allons nous reposer ici. »

Pug tira sa jument et avant qu'il ne puisse arriver à côté de la princesse, elle avait déjà sauté de selle, sans attendre son aide comme maître Algon lui avait dit qu'elle ferait. Elle lui tendit les rênes de son cheval et s'avança vers le bord de la falaise.

Elle contempla la mer un long moment puis, sans regarder Pug, lui dit : « Est-ce que je suis belle ? »

Pug se tint coi, ne sachant que répondre. Elle se retourna et le toisa. « Eh bien ? »

Pug dit : « Oui, Votre Majesté.

— Très belle ?

— Oui, Votre Majesté. Très belle. »

La princesse sembla réfléchir un moment, puis elle se retourna vers l'horizon. « C'est très important pour moi d'être belle, serviteur. Dame Marna dit qu'il faut que je sois la plus belle des dames du royaume car un jour il faudra que je trouve un époux puissant et seules les plus belles des dames peuvent se permettre de choisir. Les autres doivent se contenter de celui qui les demande. Elle dit que je vais avoir beaucoup de prétendants, car père est très puissant. » Elle se retourna et Pug vit un éclair d'appréhension dans son regard. « Tu as beaucoup d'amis, serviteur ? »

Pug haussa les épaules. « J'en ai, Votre Majesté. »

Elle l'observa un moment. « Ce doit être plaisant », dit-elle en repoussant d'un air absent une mèche de cheveux qui s'était échappée de son chapeau à large bord. À cet instant, il y avait en elle quelque chose de si blessé, de si solitaire que Pug sentit de nouveau sa gorge se serrer. La princesse dut lire en lui, car elle quitta son air pensif pour reprendre son port de tête royal. De sa voix la plus autoritaire, elle annonça : « Nous allons manger, maintenant. » Pug attacha rapidement les chevaux et détacha le panier. Il le déposa au sol et l'ouvrit.

Carline s'approcha et dit : « Je vais préparer le repas, serviteur. Je ne voudrais pas que des mains maladroites renversent les assiettes et le vin. » Pug recula d'un pas quand elle s'agenouilla et commença à déballer le repas. De bonnes odeurs de fromage et de pain assaillirent les narines de Pug, qui se sentit saliver.

La princesse le regarda. « Emmène les chevaux à la rivière de l'autre côté de la colline et fais-les boire. Tu mangeras quand nous rentrerons. Je t'appellerai quand j'aurai fini. » Réprimant un gémissement, Pug prit les rênes des chevaux et partit. En chemin, il donna des coups de pied dans des cailloux, en proie à des émotions conflictuelles. Il savait qu'il n'était pas censé la laisser seule, mais il n'avait pas non plus vraiment le droit de lui désobéir. Mais il n'avait vu personne et il était peu probable de rencontrer un problème si loin de la forêt. De plus, il se sentait soulagé de s'écarter de Carline pendant au moins quelque temps.

Il arriva à la rivière et dessella les montures. Il donna un coup de brosse sur les marques humides laissées par la selle et les sangles, puis laissa les rênes traîner par terre. Le palefroi était entraîné à rester en place et le cheval de trait ne semblait absolument pas enclin à vouloir partir. Ils commencèrent à brouter et Pug se trouva un endroit confortable où s'asseoir. Il réfléchit à la situation, extrêmement perplexe. Carline était toujours la plus jolie fille qu'il ait jamais vue, mais elle avait des manières si déplaisantes qu'il sentait ses penchants pour elle faiblir très vite. Pour l'instant, il pensait plus à son estomac qu'à la fille de ses rêves. Il se dit que les histoires d'amour étaient peut-être plus compliquées qu'il ne l'aurait cru au départ.

Il y réfléchit un moment pour se changer les idées. Quand il commença à s'ennuyer, il se mit à chercher des pierres dans l'eau. Il n'avait pas eu beaucoup l'occasion de pratiquer ces derniers temps et le moment était bien choisi. Il trouva plusieurs pierres bien lisses et sortit sa fronde. Il s'entraîna en tirant sur de petits arbres à quelque distance de là, faisant fuir les oiseaux qui y avaient trouvé refuge. Il touchait cinq fois sur six. Heureux de ne pas avoir perdu la main, il remit sa fronde à sa ceinture. Il trouva plusieurs autres pierres qui semblaient particulièrement prometteuses et les glissa dans sa bourse. Il se dit que la princesse devait avoir pratiquement fini et il s'approcha des chevaux pour les seller, afin qu'ils soient prêts dès qu'elle l'appellerait.

Au moment où il touchait le cheval de la princesse, il entendit un cri retentir de l'autre côté de la colline. Il laissa tomber la selle et courut vers le sommet. Quand il passa la crête, il s'arrêta, horrifié. Il sentit ses cheveux se hérisser sur sa tête.

La princesse courait, suivie de près par deux trolls. Les trolls, en général, ne s'aventuraient pas si loin de la forêt et Pug ne s'attendait pas à en voir ici. Ils étaient vaguement humanoïdes, mais petits et râblés, avec des bras longs et massifs qui pendaient presque jusqu'au sol. Ils couraient parfois à quatre pattes, comme des sortes de singes un peu comiques, leurs corps étaient couverts d'un épais cuir gris et leurs lèvres retroussées révélaient des crocs impressionnants. Ces créatures affreuses ne s'attaquaient que rarement aux humains, mais il leur arrivait parfois de s'en prendre à un voyageur solitaire.

Pug hésita un instant, le temps de sortir sa fronde et d'y mettre une pierre. Puis il descendit la colline en courant, faisant tournoyer sa fronde au-dessus de sa tête. Les créatures avaient pratiquement rattrapé la princesse quand il lâcha sa pierre. Elle frappa à la tête le troll qui était devant et il roula au sol. Le second se prit les pieds dans le premier et tous les deux s'effondrèrent dans un enchevêtrement de bras et de jambes. Pug s'arrêta quand ils se relevèrent, ayant réussi à détourner leur attention de Carline. Ils chargèrent Pug en rugissant. Il se dit que s'il arrivait à rejoindre les chevaux, il pourrait distancer les trolls, les contourner, récupérer la princesse et se mettre à l'abri. Il regarda par-dessus son épaule et les vit se rapprocher, découvrant leurs grosses canines, déchirant le sol de leurs longues griffes. Le vent lui apportait leur odeur ignoble de viande pourrie.

Il passa le sommet de la colline, le souffle de plus en plus court. Il sentit son cœur se déchirer quand il vit que les chevaux avaient traversé la rivière et qu'ils se trouvaient une vingtaine de mètres plus loin que tout à l'heure. Plongeant vers le bas de la colline, il espéra que la différence ne lui serait pas fatale.

Il entendait les trolls tout près de lui en plongeant dans la rivière à toute vitesse. L'eau était peu profonde ici, mais elle le ralentit quand même.

Il trébucha sur une pierre et tomba, dans une grande gerbe d'eau. Il jeta ses bras en avant et se reçut sur les mains, gardant la tête au-dessus de l'eau. Le choc lui remonta douloureusement dans les bras et il tenta de se relever. Il trébucha à nouveau, se retourna et vit les trolls approcher du bord de l'eau. Ils hululèrent en voyant leur bourreau patauger dans l'eau et s'arrêtèrent un moment. Pug sentit monter en lui une terreur aveugle et quand il essaya de mettre une pierre dans sa fronde, ses doigts étaient gourds. Maladroitement, il laissa échapper sa fronde et le courant l'emporta au loin. Pug sentit un cri monter dans sa gorge.

Lorsque les trolls entrèrent dans l'eau, un flash de lumière lui explosa derrière les yeux. Une douleur fulgurante lui déchira le front et des lettres grises lui apparurent dans la tête. Elles lui étaient familières, il les avait vues sur un parchemin que Kulgan lui avait montré plusieurs fois. Sans y penser, il prononça l'incantation, chaque mot disparaissant de son esprit au moment même où il finissait de le dire.

Lorsqu'il en arriva au dernier mot, la douleur cessa et un rugissement sonore retentit face à lui. Il ouvrit les yeux et vit les deux trolls se tordre dans l'eau, les yeux écarquillés par la douleur, se débattant désespérément en hurlant et en gémissant.

Pug se hissa hors de l'eau et regarda les créatures en train de se débattre. Elles toussaient et crachaient en pataugeant. Au bout d'un moment, l'une d'elles frissonna puis finit par arrêter de bouger, le visage dans l'eau. La seconde mit encore quelques minutes à mourir, mais comme sa compagne, elle se noya aussi, incapable de garder la tête hors de l'eau.

Fiévreux, épuisé, Pug retraversa la rivière. Ses oreilles bourdonnaient et tout lui semblait flou et incohérent. Il s'arrêta au bout de quelques pas, se souvenant des chevaux. Il regarda autour de lui sans voir les bêtes. Elles avaient dû s'enfuir en sentant dans le vent l'odeur des trolls et devaient déjà être en route pour des pâturages plus calmes.

Pug reprit sa marche vers l'endroit où il avait vu la princesse. Il monta au sommet de la colline et fit un tour d'horizon. Elle n'était nulle part en vue et il se dirigea vers le panier du repas. Il avait du mal à réfléchir et il mourait de faim. Il savait qu'il oubliait une chose importante, mais tout ce qu'il pouvait tirer du kaléidoscope de ses pensées, c'était manger.

Il tomba à genoux, prit une tranche de fromage et se la fourra dans la bouche. Renversée par terre, il y avait une bouteille de vin à moitié vide et il s'en servit pour faire passer le fromage. Il se sentit mieux et son esprit s'éclaircit. Il rompit un gros morceau de pain et mâcha en essayant de remettre de l'ordre dans ses idées. De tout ce qui venait de se passer, une chose surtout l'obnubilait. Il avait réussi à lancer un sortilège. Mieux encore, il avait réussi à le faire sans l'aide d'un livre, d'un parchemin ou d'un objet. Il n'en était pas sûr, mais cela ne lui semblait pas normal. Ses pensées s'embrumèrent de nouveau. Tout ce qu'il voulait maintenant, c'était s'allonger et dormir, mais en mâchant sa nourriture, une pensée perça la brume. La princesse!

Il bondit et son esprit refit surface. Il reprit son équilibre, attrapa un bout de pain et du vin et partit dans la direction où il l'avait vue courir pour la dernière fois. Il se força à avancer, traînant les pieds en marchant. Au bout de quelques minutes, il sentit sa tête se remettre à fonctionner et sa fatigue se dissiper. Il commença à appeler la princesse et entendit des sanglots étouffés qui venaient de derrière un buisson. Il se fraya un chemin au travers et découvrit Carline blottie derrière, les poings fermés contre son ventre. De grands sanglots déchirants la secouaient et elle avait les poings serrés sur sa chemise. Debout, les mains encombrées par son pain et son vin, Pug ne savait pas quoi faire. Gauchement, il mit un bras autour de la princesse terrifiée et lui dit : « Tout va bien. Ils sont partis. Vous êtes sauvée. »

Elle s'accrocha à lui un moment, puis, quand ses larmes se calmèrent, elle recula. Elle renifla et dit : « Je croyais qu'ils t'avaient tué et qu'ils revenaient me chercher. »

Pug trouva la situation plus troublante que jamais. Alors même qu'il venait de subir l'expérience la plus difficile de sa courte existence, il se trouvait confronté à une autre qui le déstabilisait au moins autant, mais d'une tout autre manière. Sans réfléchir, il avait pris la princesse dans ses bras et avait senti sa peau, douce, chaude, sensuelle. Il se sentit mâle et protecteur et s'avança vers elle.

Comme si elle avait senti son changement d'humeur, Carline recula. Malgré toute son éducation et ses manières raffinées, c'était une jeune fille de quinze ans et elle avait été bouleversée quand il l'avait prise dans ses bras. Elle se réfugia dans le rôle qu'elle connaissait le mieux : celui de princesse du château. S'cfforçant de prendre un ton autoritaire, elle dit : « Je suis fort aise de vous voir indemne, serviteur. » Pug fronça les sourcils. Elle aurait voulu retrouver sa dignité, mais c'était bien difficile avec son nez tout rouge et son visage strié de larmes. « Va chercher mon cheval, nous rentrons au château. »

Pug était à bout. Contrôlant soigneusement sa voix, il dit : « Je suis désolé, Votre Majesté, mais les chevaux se sont enfuis. Je crains qu'il ne nous faille rentrer à pied. »

Carline se sentit trahie et injustement traitée au-dessous de sa condition. Pug n'était pas responsable des événements de l'après-midi, mais avec sa vanité trop souvent flattée, elle s'empara du premier prétexte venu pour exploser. « Marcher ! Je refuse de rentrer à pied au château », répondit-elle sèchement, comme si Pug était censé régler le problème immédiatement et sans poser de questions.

Pug sentit toute la colère, la confusion, les douleurs et les frustrations de la journée remonter en lui. « Alors allez au diable et restez là jusqu'à ce qu'ils remarquent votre absence et vous envoient quelqu'un pour vous récupérer, dit-il en hurlant. A priori, ils ne devraient pas venir plus de deux heures après le coucher du soleil. »

Carline recula, le visage blême, comme s'il venait de la gifler. Ses lèvres tremblèrent et elle sembla de nouveau près d'éclater en sanglots. « Je ne permettrai à personne de me parler sur ce ton, serviteur. »

Les yeux de Pug s'écarquillèrent et il fit un pas vers elle, en gesticulant avec sa bouteille de vin. « J'ai failli me faire tuer pour vous sauver la vie, hurla-t-il. Ai-je eu le moindre remerciement ? Non ! Tout ce que j'obtiens, ce sont des plaintes et des gémissements parce que vous ne pouvez pas rentrer à pied au château. Nous autres au château on est peut-être des manants, mais au moins on a la politesse de remercier quelqu'un quand il le mérite. » En parlant, il sentait sa colère s'apaiser. « Vous pouvez rester là si ça vous chante, mais moi je vais… » Il réalisa soudain qu'avec sa bouteille de vin brandie au-dessus de la tête il devait avoir l'air parfaitement ridicule. Les yeux de la princesse étaient fixés sur la tranche de pain et il comprit qu'il la tenait contre sa ceinture, avec le pouce passé dans une boucle, ce qui ne faisait qu'ajouter au comique de la scène. Il toussota un moment, puis sentit sa colère se dissiper et il baissa la bouteille. La princesse le regarda de ses grands yeux cachés derrière ses poings. Pug bredouilla quelque chose, craignant qu'elle n'ait peur de lui, mais elle éclata de rire. C'était un rire musical, franc et chaud. « Je suis désolée, Pug, dit-elle, mais tu as l'air tellement bête comme ça. Tu ressembles à une de ces ignobles statues que l'on élève à Krondor, avec la bouteille brandie à la place de l'épée. »

Pug secoua la tête. « C'est moi qui suis désolé, Votre Majesté. Je n'avais pas le droit de vous crier dessus comme ça. Pardonnez-moi, je vous en prie. »

Elle retrouva son sérieux. « Non, Pug. Tu avais raison de me dire ça. Je te dois effectivement la vie et j'ai été vraiment injuste envers toi. » Elle s'approcha de lui et posa sa main sur son bras : « Merci. »

Pug fut bouleversé par son visage. Toutes ses belles résolutions, sa décision d'oublier ses rêves d'enfant pour elle étaient balayées par le vent marin. L'émerveillement d'avoir réussi à utiliser la magie était remplacé par des considérations plus urgentes et plus simples. Il esquissa un mouvement pour la prendre dans ses bras, mais il se rappela son rang et lui tendit la bouteille à la place. « Du vin ? »

Elle rit, sentant son changement d'humeur. Ils étaient tous les deux épuisés et un peu exaltés par cette épreuve, mais elle avait toujours sa tête et voyait bien l'effet qu'elle lui faisait. Elle acquiesça, prit la bouteille et but une gorgée. Retrouvant un semblant de contenance, Pug dit : « Nous ferions mieux de nous presser. Nous pourrons peut-être arriver au château à la tombée de la nuit. »

Elle le suivit. Au bout d'un moment, elle demanda : « Je peux avoir un peu de pain aussi, Pug ? »

Pug avait fait de nombreuses fois le chemin des falaises au château en courant, mais la princesse n'avait pas l'habitude de marcher autant et ses fines bottes de cavalière n'étaient pas faites pour une telle épreuve. Lorsqu'ils arrivèrent en vue du château, elle avait un bras autour des épaules de Pug et boitait.

Un cri monta de la tour de guet et des gardes accoururent. Derrière eux se trouvait dame Marna, la gouvernante de la princesse, qui avait soulevé sa robe rouge devant ses pieds pour courir vers la princesse. Elle était au moins deux fois plus grosse que les autres dames de la cour – ainsi que quelques gardes –, mais elle distança tout le monde. Elle s'avançait comme une ourse prête à défendre son petit. Lorsqu'elle arriva devant la mince jeune fille, son imposante poitrine se soulevait lourdement. Elle attrapa Carline, manquant de l'engloutir en l'embrassant. Rapidement, la princesse fut entourée par les dames de la cour qui la pressaient de questions. Avant que le chahut ne se soit apaisé, dame Marna s'avança vers Pug, comme l'ourse à laquelle elle ressemblait tant. « Comment osez-vous laisser la princesse revenir dans un tel état, en boitant, la robe toute sale et déchirée ? Je vais vous faire fouetter devant tout le château. Avant que j'en aie fini avec vous, vous souhaiterez ne jamais avoir vu le jour. » Pug, confus, dépassé, recula sous l'assaut, incapable de placer un mot. Se disant que Pug devait sans doute être responsable de l'état de la princesse, l'un des gardes le saisit par le bras.

« Laissez-le ! »

Le silence se fit et Carline se força un passage entre la gouvernante et Pug. De ses petits poings, elle frappa le garde, qui lâcha Pug et s'écarta, médusé. « Il m'a sauvé la vie ! Il a failli se faire tuer pour me sauver. » Des larmes lui coulaient sur le visage. « Il n'a rien fait de mal. Et je ne vous permettrai pas de le brutaliser. » La foule se rassembla autour d'eux, regardant Pug avec respect. Des chuchotements parcoururent la foule et l'un des gardes courut au château annoncer la nouvelle. La princesse passa son bras autour des épaules de Pug et ils repartirent vers la porte. La foule s'écarta et les deux voyageurs épuisés virent enfin la lumière des torches et des lanternes que l'on allumait sur la muraille.

Le temps qu'ils arrivent à l'entrée de la cour, la princesse avait consenti à ce que deux de ses dames l'aident, au grand soulagement de Pug. Il n'aurait jamais cru qu'une si frêle jeune fille puisse être si lourde. Le duc, prévenu du retour de sa fille, sortit en courant. Il prit Carline dans ses bras et commença à lui parler. Pug les perdit de vue, entouré par les curieux venus l'assaillir de questions. Il essaya de les écarter pour rejoindre la tour du magicien, mais les gens étaient si serrés qu'il n'arrivait pas à bouger.

« Vous n'avez rien d'autre à faire ? » rugit une voix.

Les têtes se tournèrent vers le maître d'armes Fannon, suivi de près par Tomas. Tous les gens du château se retirèrent rapidement, laissant Pug face à face avec Fannon, Tomas et les gens de la cour ducale qui étaient de rang assez élevé pour ne pas faire cas de la remarque de Fannon. Pug vit Carline parler à son père, Lyam, Arutha et Roland. Fannon demanda : « Que s'est-il passé, gamin ? »

Pug s'apprêta à parler mais il se tut en voyant approcher le duc et ses fils. Kulgan arriva en courant derrière le duc, alerté par toute cette agitation. Tout le monde s'inclina à l'approche du duc et Carline s'écarta de Roland, suivit son père et vint se mettre à côté de Pug. Dame Marna leva les yeux au ciel d'un air scandalisé et Roland suivit la jeune fille, l'air ahuri. Lorsque la princesse prit la main de Pug dans la sienne, l'expression de Roland se changea en jalousie féroce.

Le duc dit : « Ma fille m'a dit des choses tout à fait remarquables à votre sujet, mon garçon. J'aimerais entendre votre version des faits. » Pug se sentit soudain très gêné et dégagea doucement sa main de celle de Carline. Il raconta les événements de la journée, Carline embellissant les choses avec enthousiasme. En confrontant les deux récits, le duc obtint une version à peu près exacte des événements. Lorsque Pug eut fini, le duc Borric demanda : « Comment se fait-il que les trolls se soient noyés dans la rivière, Pug ? »

Pug eut l'air gêné. « Je leur ai lancé un sort et ils n'ont pas pu rejoindre le bord de la rivière », dit-il tout bas. Il était encore assez troublé par cet exploit et n'y avait plus trop prêté attention, car la princesse lui avait fait oublier tout le reste. Il lut la surprise sur le visage de Kulgan. Pug ouvrit la bouche, mais il fut interrompu par le duc, qui reprenait la parole.

« Pug, je ne pourrai jamais te remercier assez du service que tu as rendu à ma famille. Mais je saurai récompenser ton courage. » Dans un sursaut d'enthousiasme, Carline se jeta au cou de Pug et le serra dans ses bras. Pug ne savait plus où se mettre, regardant autour de lui, paniqué, comme pour dire qu'il n'était pour rien dans ces familiarités.

Dame Marna semblait prête à s'évanouir et le duc toussota, faisant signe à sa fille de se retirer. Quand elle fut partie avec dame Marna, Kulgan et Fannon se laissèrent aller à leur amusement avec Lyam et Arutha. Roland, furieux, jeta à Pug un regard plein d'envie, puis il fit demi-tour et retourna à ses propres quartiers. Monseigneur Borric dit à Kulgan : « Ramenez cet enfant à sa chambre. Il a l'air épuisé. Je lui ferai envoyer de quoi se restaurer. Amenez-le dans le grand hall après le repas du matin. » Il se tourna vers Pug : « Encore merci. » Le duc fit signe à ses fils de le suivre et il partit. Fannon prit Tomas par le coude, car le garçon aux cheveux blonds avait commencé à bavarder avec son ami. Le vieux maître d'armes fit signe au garçon de partir et de laisser Pug en paix. Tomas opina, même si de nombreuses questions lui brûlaient les lèvres.

Quand ils furent tous partis, Kulgan passa un bras autour des épaules de Pug. « Viens, Pug. Tu es fatigué et nous allons devoir parler. »

Pug se rallongea sur sa couche, les reliefs de son repas à côté de lui sur un plateau. Il n'avait pas souvenir d'avoir déjà été si fatigué. Kulgan faisait les cent pas dans la chambre. « C'est absolument incroyable. » Ses mains s'agitaient et sa robe rouge tourbillonnait autour de son corps imposant comme de l'eau autour d'un rocher. « Tu fermes les yeux, l'image d'un parchemin que tu as vu il y a des semaines apparaît. Tu prononces l'incantation comme si tu tenais le parchemin dans tes mains devant toi et les trolls s'effondrent. Absolument incroyable. » Il s'assit sur le tabouret à côté de la fenêtre et poursuivit. « Pug, personne n'a jamais fait ça auparavant. Sais-tu comment tu as fait ? »

Pug commençait à sentir le sommeil l'envahir doucement et il regarda le magicien : « Je vous ai dit tout ce que je savais, Kulgan.

— Oui, mais as-tu la moindre idée de ce que cela signifie ?

— Non.

— Moi non plus. » Le magicien sembla se recroqueviller sur lui-même alors que son excitation le quittait, remplacée par une profonde incertitude. « Je n'ai pas la moindre idée de ce que tout cela veut dire. Les magiciens ne lancent pas leurs sorts comme ça, rien qu'avec la tête. Les prêtres le peuvent, mais ils utilisent quand même des sortes d'objets de transfert et leur magie est différente. Tu te souviens de ce que je t'ai dit sur les objets de transfert, Pug ? »

Pug cilla, il ne se sentait pas en état de réciter une leçon, mais il se força à se soulever. « Toute personne utilisant la magie doit utiliser un objet où transférer son pouvoir. Les prêtres ont le pouvoir de faire passer leur magie par leurs prières : ces prières sont des sortes d'incantations. Les magiciens utilisent leur corps, ou des objets, comme des livres ou des parchemins.

— Exact, dit Kulgan, mais tu viens de contredire cette règle. » Il sortit sa longue pipe et la bourra de tabac d'un air absent. « Le sortilège que tu as lancé ne peut pas se servir du corps du lanceur comme objet de transfert. Il a été créé pour infliger de grandes douleurs à quelqu'un. Ce peut être une arme terrible. Mais on ne peut le lancer qu'à partir d'un parchemin sur lequel il est écrit, au moment même du lancer. Pourquoi cela ? »

Pug se forçait à garder les yeux ouverts : « Le parchemin lui-même est magique.

— Juste. Certaines magies sont intrinsèques aux magiciens, comme prendre la forme d'un animal ou sentir les changements de temps. Mais lancer un sortilège en dehors de son corps, sur quelqu'un d'autre, nécessite un objet de transfert extérieur. En lançant ce sortilège que tu avais en mémoire, pour peu qu'il fonctionne effectivement, c'est toi qui aurais dû être frappé de douleurs terribles, pas les trolls ! C'est pour cela que les magiciens ont développé les parchemins, les livres et les autres objets, pour pouvoir y transférer ces magies de manière que le mage ne soit pas affecté. Et jusqu'à aujourd'hui, j'aurais juré que nulle personne au monde n'aurait pu faire fonctionner ce sortilège sans avoir le parchemin en main. »

S'appuyant sur le rebord de la fenêtre, Kulgan tira un moment sur sa pipe, les yeux perdus dans le vide. « C'est comme si tu avais découvert une forme de magie complètement nouvelle », dit-il tout bas. N'entendant pas de réponse, Kulgan regarda Pug, qu'il trouva profondément endormi. Secouant la tête avec étonnement, le magicien plaça une couverture sur l'enfant épuisé. Il éteignit la lanterne qui pendait au mur et sortit. En montant l'escalier jusqu'à sa propre chambre, il continuait à secouer la tête. « Absolument incroyable. »

Pug attendit le début de l'audience dans le grand hall. Tous les gens de la ville et du château qui avaient pu trouver une raison d'entrer pour assister à l'événement étaient là. Maîtres richement habillés, marchands et petits nobles se pressaient. Ils se tenaient là, regardaient le garçon avec des expressions allant de l'étonnement à l'incrédulité. L'annonce de ses hauts faits s'était répandue dans le village, déformée par la rumeur.

Pug portait des vêtements tout neufs, qu'il avait trouvés dans sa chambre à son réveil. Dans sa splendeur toute nouvelle, il se sentait gêné et maladroit. Il avait une tunique jaune vif de la plus belle soie et ses chausses étaient bleu pastel. Pug essayait de faire bouger ses doigts de pied dans ses nouvelles bottes, les premières qu'il ait jamais portées. À son côté pendait une dague ornée de joyaux accrochée à une ceinture de cuir noir décorée d'une boucle d'or représentant une mouette en vol. Pug se disait que ces vêtements avaient dû appartenir à l'un des fils du duc, qu'on les avait mis de côté une fois devenus trop petits, mais ils avaient quand même l'air neufs et ils étaient superbes.

Le duc en finissait avec les affaires de la matinée : un des constructeurs de navire demandait que des gardes l'accompagnent chercher du bois dans la grande forêt. Borric était vêtu de noir, comme à son habitude, mais ses fils et sa fille portaient leurs plus beaux atours royaux. Lyam écoutait attentivement les affaires présentées à son père. Roland se tenait derrière lui, comme à son habitude. Arutha était de bonne humeur et riait sous cape à un mot d'esprit que venait de faire le père Tully. Carline était assise, silencieuse, un sourire joyeux sur les lèvres, et regardait Pug droit dans les yeux, ce qui ne faisait qu'augmenter son malaise, ainsi que l'irritation de Roland.

Le duc donna l'autorisation pour que des gardes accompagnent les artisans dans la forêt. Le maître remercia et s'inclina, puis retourna dans l'assemblée, laissant Pug tout seul face au duc. Le garçon s'avança comme Kulgan le lui avait expliqué et il s'inclina dans les formes, quoique un peu raide, devant le duc de Crydee. Borric sourit au garçon et fit un signe au père Tully. Le prêtre sortit de la manche de sa robe volumineuse un document qu'il tendit à un héraut. Ce dernier s'avança et déroula le parchemin.

D'une voix forte, il lut : « À tous les gens de notre domaine : Attendu que le jeune Pug, du château de Crydee, a fait preuve d'un courage exemplaire et a risqué sa vie et son corps pour défendre la royale personne de la princesse Carline ; attendu que je considère ma royale personne et mon fief de Crydee comme éternellement débiteurs du jeune Pug de Crydee, je désire qu'on le déclare partout dans le royaume comme notre loyal et bien-aimé serviteur et que lui soit donnée une place à la cour de Crydee, avec rang de châtelain, avec tous les droits et privilèges afférents. De plus, que l'on fasse savoir qu'il lui est conféré le titre de seigneur de la Sombre Forêt à lui et à sa descendance pour toute la durée de leur vie, avec les serviteurs et les terres qui en dépendent. Le titre de cet état appartiendra à la couronne jusqu'au jour de sa majorité. Écrit et scellé en ce jour de ma main, Borric conDoin, troisième duc de Crydee, Carse et Tulan, protecteur de l'Ouest, général des armées royales, héritier présomptif au trône de Rillanon. »

Pug sentit ses genoux faiblir mais il se reprit avant de tomber. La salle croula sous les vivats. Les gens se pressaient autour de lui, lui offrant leurs félicitations et lui donnant des tapes dans le dos. Il se retrouvait châtelain, il avait des terres et des serviteurs, une maison, des possessions. Il était riche. Ou en tout cas il le serait dans trois ans, à sa majorité. Même si, dans le royaume, on était un homme à quatorze ans, on ne pouvait avoir de terres ni de titres avant l'âge de dix-huit ans. La foule s'écarta devant le duc qui s'approchait, suivi de sa famille et de Roland. Les deux princes firent un sourire à Pug et la princesse semblait radieuse. Roland adressa à Pug un sourire désabusé, comme s'il n'arrivait pas à y croire.

« Je suis honoré, Votre Grâce, bégaya Pug. Je ne sais que dire.

— Alors ne dis rien, Pug. Tu auras l'air d'un sage quand tous les autres s'agitent. Viens, nous avons à parler. » Le duc fit un geste pour qu'on mette une chaise à côté de la sienne, il passa un bras autour des épaules de Pug et le fit traverser la foule. En s'asseyant, il dit : « Vous pouvez nous laisser, maintenant. Je désire parler seul avec le châtelain. » Les gens assemblés émirent quelques murmures de protestation, mais ils commencèrent à sortir de la salle. « Sauf vous deux », ajouta le duc en montrant Kulgan et Tully.

Carline se tenait à côté du siège de son père, un Roland hésitant à ses côtés. « Toi aussi, mon enfant », dit le duc.

Carline commença à protester, mais elle se fit couper par une sévère réprimande de son père : « Tu pourras l'importuner plus tard, Carline. » Les deux princes se tenaient à la porte, visiblement amusés par son air outragé. Roland essaya d'offrir son bras à la princesse, mais elle s'écarta et passa devant ses frères hilares. Lyam donna une bonne claque sur l'épaule de Roland quand le châtelain les rejoignit. Roland lança un regard mauvais à Pug, qui prit sa colère comme un coup de poing.

Les portes se fermèrent à grand bruit et le duc dit : « Ne fais pas attention à Roland, Pug. Ma fille l'a complètement envoûté. Il se sent amoureux d'elle et il entend bien un jour me demander sa main. » Avec un regard insistant sur la porte fermée, il ajouta d'un air absent : « Mais il va falloir qu'il me montre qu'il n'est pas juste un sale gamin s'il espère obtenir un jour mon consentement. »

Le duc écarta le sujet d'un geste de la main. « Passons à autre chose. Pug, j'ai un autre cadeau pour toi, mais d'abord il faut que je t'explique quelque chose. Ma famille fait partie des plus anciennes du royaume. Moi-même, je descends d'un roi car mon grand-père, le premier duc de Crydee, était le troisième fils du roi. Étant de sang royal, nous sommes très à cheval sur le devoir et l'honneur. Te voici membre de ma cour et apprenti de Kulgan. Tu en répondras à lui en ce qui concerne tes devoirs. En ce qui concerne l'honneur, c'est à moi que tu devras en répondre. Cette salle est couverte de trophées et de bannières témoignant de nos triomphes. Que nous ayons résisté à la Fraternité des Ténèbres dans leurs efforts incessants pour nous détruire, ou repoussé les pirates, nous nous sommes toujours battus avec bravoure. Nous avons un héritage glorieux qui n'a jamais été entaché par le déshonneur. Nul membre de notre cour n'a amené sur nous le voile de la honte et j'en attends autant de toi. »

Pug acquiesça et les récits parlant de gloire et d'honneur qu'il avait entendus dans son enfance se bousculèrent dans sa tête. Le duc sourit. « Venons-en maintenant à ton autre cadeau. Le père Tully a ici un document que je lui ai demandé de rédiger hier soir. Je vais lui demander de le conserver, en attendant le moment propice pour te le donner. Je ne dirai rien de plus là-dessus, hormis le fait que quand il te le donnera, j'espère que tu te souviendras de ce jour et que tu réfléchiras longuement à ce qui y a été dit.

— Je vous le promets, Votre Grâce. » Pug se rendait compte que le duc lui disait quelque chose de très important, mais avec tout ce qui venait d'arriver dans la dernière demi-heure, il ne parvenait pas à y faire vraiment attention.

« Je t'attendrai au dîner, Pug. En tant que membre de la cour, tu ne prendras plus tes repas à la cuisine. » Le duc lui sourit : « Nous ferons de toi un jeune gentilhomme, mon garçon. Et un jour, quand tu iras à la cité royale de Rillanon, nul ne pourra prendre en défaut les manières des gens qui viennent de la cour de Crydee. »

CHAPITRE 5

La brise était fraîche.

L'été tirait à sa fin et les pluies d'automne allaient bientôt tomber. Dans quelques semaines, il y aurait les premières neiges de l'hiver. Pug étudiait dans sa chambre un vieux livre d'exercices qui permettaient de préparer l'esprit au lancer de sorts. Il était retourné à sa routine quotidienne dès que l'excitation de son anoblissement à la cour ducale s'était calmée.

Son fabuleux exploit avec les trolls était encore l'objet de moult spéculations entre Kulgan et le père Tully. Pug remarqua que s'il n'arrivait toujours pas à faire ce qu'un apprenti était censé pouvoir faire normalement, d'autres choses commençaient à lui venir. Il employait certains parchemins de plus en plus facilement et à une reprise, en secret, il avait tenté de refaire ce qu'il avait réussi une fois.

Dans un livre, il avait mémorisé un sortilège destiné à faire léviter des objets. Il avait senti les blocages familiers dans son esprit au moment où il avait tenté de le lancer de mémoire. Il n'avait pas réussi à déplacer l'objet – un chandelier – mais celui-ci avait tremblé quelques secondes et il avait eu une sensation fugace, comme s'il avait réussi à toucher le chandelier avec une partie de son esprit. Content d'avoir pu progresser un peu, il s'était senti rasséréné et il était retourné à ses études avec beaucoup plus de conviction.

Kulgan continuait à le laisser trouver son propre rythme. Ils avaient de longues discussions sur la nature de la magie, mais Pug travaillait surtout en solitaire.

Des cris montèrent de la cour. Pug alla à la fenêtre. Apercevant une silhouette familière, il se pencha. « Ho ! Tomas ! Qu'est-ce qui se passe ? » Tomas leva les yeux.

« Ho ! Pug ! Un vaisseau a coulé cette nuit. L'épave s'est échouée sous les falaises de la Désolation. Viens.

— Je descends tout de suite. »

Pug courut à la porte et enfila une cape. Le ciel avait beau être clair, il devait faire froid près de la mer. Il descendit les marches quatre à quatre, coupa par la cuisine et manqua de renverser Alfan, le pâtissier. En sortant de la cuisine comme un bolide, il entendit le pâtissier bedonnant hurler : « Châtelain ou pas, je vais te frotter les oreilles si tu ne regardes pas où tu vas, gamin ! » Les cuisiniers n'avaient pas changé leurs manières avec le garçon, qu'ils considéraient comme étant des leurs, même s'ils étaient fiers de lui.

Pug renvoya en riant : « Toutes mes excuses, maître pâtissier ! »

Alfan lui fit un salut jovial et Pug disparut par la porte, puis vira au coin pour rejoindre Tomas. Celui-ci se tourna vers les grandes portes du château dès qu'il vit son ami arriver.

Pug lui attrapa le bras. « Attends. D'autres membres de la cour ont été prévenus ?

— Je ne sais pas. Les pêcheurs viennent d'annoncer la nouvelle, dit impatiemment Tomas. Viens, ou les villageois vont tout nettoyer. » Légalement, on pouvait récupérer sur une épave tout ce qu'on pouvait emporter jusqu'à l'arrivée d'un membre de la cour ducale. En conséquence, les villageois et les citadins mettaient un certain temps à informer les autorités de ce genre d'événement. Pour cette raison, le sang pouvait couler, s'il y avait encore dans le vaisseau échoué des marins déterminés à garder la cargaison de leur maître, pour ne pas perdre leur part sur le voyage. Il arrivait que ce genre de confrontation tourne à la violence et même qu'il y ait des morts. Seule la présence d'hommes d'armes pouvait éviter aux pillards de se faire blesser par des marins encore en vie.

« Oh ! non, dit Pug. S'il y a du grabuge là-bas et que le duc découvre que je n'ai prévenu personne, c'est moi qui vais être tenu pour responsable.

— Attends, Pug. Tu crois qu'avec tous ces gens qui courent dans tous les sens, le duc ne va pas l'apprendre très vite ? » Tomas se passa la main dans les cheveux. « Quelqu'un est déjà probablement en train de lui annoncer la nouvelle dans la grande salle. Maître Fannon est parti en patrouille et Kulgan ne rentrera pas avant un certain temps. » Kulgan était censé revenir plus tard dans la journée, de son cottage dans la forêt où Meecham et lui avaient passé la semaine. « C'est peut-être notre seule chance de voir un naufrage. » Une inspiration soudaine illumina son visage. « Pug, je sais ! Tu fais partie de la cour maintenant. Tu viens avec moi et quand nous arriverons là-bas, tu dis que tu es envoyé par le duc. » Il prit un air de conspirateur. « Et si nous trouvons une ou deux babioles de valeur, qui le saura ?

— Moi. » Pug réfléchit un instant. « Je ne peux pas dire que je viens de la part du duc et ensuite prendre quelque chose pour moi... » Il fixa sur Tomas un regard désapprobateur. « Ni laisser l'un de ses hommes d'armes prendre quelque chose non plus. » Tomas sembla gêné. Pug lui dit : « Mais nous pourrons quand même voir le naufrage ! Viens ! »

Pug se sentait soudain enthousiasmé à l'idée de pouvoir jouir de ses nouvelles fonctions. Et s'il arrivait là-bas avant que l'on n'emporte trop de choses ou que quelqu'un ne soit blessé, le duc serait content de lui. « C'est bon, dit-il, je vais seller un cheval et nous serons là-bas avant que tout ne soit volé. » Pug se retourna et courut aux écuries. Tomas le rattrapa quand il ouvrit les grandes portes de bois. « Mais, Pug, je ne suis jamais monté sur un cheval de ma vie. Je ne sais pas comment on fait.

— C'est facile », dit Pug en prenant une bride et une selle dans la sellerie. Il retrouva la grosse jument grise qu'il avait montée le jour où la princesse et lui avaient eu leur aventure. « Je vais guider le cheval et tu resteras assis derrière moi. Tu me mets juste les bras autour de la taille et comme ça, tu ne risqueras pas de tomber. »

Tomas parut douter. « Il va falloir que je te fasse confiance ? » Il secoua la tête. « Après tout, qui s'est occupé de toi pendant toutes ces années ? »

Pug lui lança un sourire méchant. « Ta mère. Va prendre une épée dans l'armurerie au cas où il y aurait un problème. Tu pourrais bien avoir à faire le soldat. »

Tomas s'éclaira et il sortit en courant. Quelques minutes plus tard, le gros cheval gris, avec les deux garçons, sortait à pas pesants par la grande porte, droit vers les falaises de la Désolation.

Lorsqu'ils arrivèrent sur la plage, le ressac battait contre l'épave. Il n'y avait que quelques villageois sur le site, qui s'égaillèrent en voyant un cheval monté. Ce ne pouvait être qu'un noble de la cour venu prendre propriété de l'épave au nom du duc. Lorsque Pug tira sur ses rênes, il n'y avait plus personne en vue.

Pug dit : « Viens. Nous avons quelques minutes avant que quelqu'un d'autre n'arrive. »

Les garçons descendirent de cheval et laissèrent la jument brouter une petite plaque d'herbe à une cinquantaine de mètres des récifs. Les garçons éclatèrent de rire en courant dans le sable, avec Tomas qui essayait de brandir son épée d'un air féroce en poussant de vieux cris de guerre entendus dans les sagas. Il ne se faisait aucune illusion sur ses compétences en la matière, mais si quelqu'un envisageait de les attaquer, il réfléchirait peut-être à deux fois – au moins le temps que les gardes du château arrivent.

Quand ils s'approchèrent de l'épave, Tomas siffla. « Ce vaisseau ne s'est pas juste échoué sur les rochers, Pug. C'est comme s'il y avait été poussé par une tempête. »

Pug dit : « En tout cas, il n'en reste pas grand-chose, hein ? »

Tomas se gratta l'oreille droite. « Non, à peine un bout de l'avant. Je n'y comprends rien. Il n'y a pas eu de tempête, la nuit dernière. Le vent était un peu fort, c'est tout. Comment ce vaisseau a-t-il pu se disloquer comme ça ?

— Je l'ignore. » Soudain, Pug remarqua quelque chose. « Regarde la proue. Regarde comment c'est peint. »

L'avant du navire était coincé sur les rochers et il y resterait jusqu'à marée haute. Depuis le haut du pont jusqu'en bas, toute la coque était peinte en vert vif et elle brillait sous le soleil comme si on l'avait vernie. Il n'y avait pas de figure de proue, mais l'avant était peint de dessins compliqués en jaune vif, jusqu'à la ligne de flottaison, qui, elle, était noire. Il y avait un grand œil bleu et blanc à quelques mètres en retrait de la proue et tout le bastingage était blanc.

Pug attrapa le bras de Tomas. « Regarde ! » Il montra quelque chose dans l'eau sous la proue et Tomas vit un mât blanc brisé qui dépassait un peu de l'écume.

Tomas se rapprocha d'un pas. « Ce n'est pas un vaisseau du royaume, c'est sûr. » Il se tourna vers Pug. « Peut-être qu'ils viennent de Queg ?

— Non, répliqua Pug. Tu as vu autant de vaisseaux de Queg que moi. Ça ne ressemble à rien qui vienne des cités libres ou de Queg. Je ne pense pas qu'il y ait déjà eu un vaisseau de ce genre dans ces eaux. Allons voir de plus près. »

Tomas eut soudain l'air intimidé. « Attention, Pug. C'est bizarre, tout ça, j'ai un mauvais pressentiment. Il pourrait rester quelqu'un. »

Les deux garçons firent un tour d'horizon et Pug conclut : « Je n'en ai pas l'impression. Quelle que soit la raison pour laquelle ce mât s'est brisé et ce vaisseau s'est échoué ici avec assez de force pour éclater, les gens qui étaient dedans ont dû en mourir. »

S'aventurant plus près, les garçons trouvèrent de petites choses un peu partout, ramenées par les vagues sur les rochers. Ils virent de la vaisselle cassée, des planches, des bouts de voile rouge déchirés et du cordage. Pug s'arrêta et ramassa une dague bizarre faite d'un matériau qu'il ne connaissait pas. Elle était grise, terne, plus légère que l'acier, mais bien aiguisée malgré tout.

Tomas essaya de se hisser sur le bastingage, mais il n'arrivait pas à trouver de prise sur les rochers glissants. Pug longea la coque jusqu'à ce qu'il risque de mouiller ses bottes. En entrant dans l'eau, ils arriveraient à monter sur la carcasse, mais Pug ne voulait pas abîmer ses beaux vêtements. Il retourna vers Tomas, qui inspectait le bateau.

Tomas désigna un point situé derrière Pug. « De cette corniche, on pourrait descendre sur le pont. »

Pug vit la corniche, un bout de rocher en saillie à une dizaine de mètres sur leur gauche et qui montait assez haut pour passer au-dessus de la proue. L'escalade n'avait pas l'air bien dure et Pug accepta. Ils grimpèrent et avancèrent prudemment sur la crête, le dos collé contre la falaise. C'était étroit, mais en avançant prudemment, ils avaient peu de chances de tomber. Ils arrivèrent au-dessus de la coque. Tomas désigna quelque chose. « Regarde. Des corps ! »

Sur le pont se trouvaient deux hommes, tous les deux en armure bleue plutôt étrange. L'un d'eux avait la tête écrasée par un espar. L'autre était immobile et couché sur le ventre, mais il ne semblait pas blessé. Il avait une impressionnante épée large aux tranchants bizarrement dentelés attachée dans le dos. Sur la tête, il portait un heaume bleu tout aussi bizarre, comparable à un saladier avec des bords évasés. Tomas cria pour couvrir le bruit des vagues. « Je vais me laisser glisser en bas. Quand je serai sur le pont, tu me passeras l'épée, tu descendras et je t'attraperai. »

Tomas confia son épée à Pug, puis il se retourna lentement. Il s'agenouilla, face à la falaise. Il glissa en arrière et se laissa descendre jusqu'à se trouver suspendu dans le vide. D'un coup, il se laissa tomber et atterrit sans problème. Pug prit l'épée par la lame et la passa à Tomas, puis il suivit les conseils de son ami. Quelques instants plus tard, ils étaient tous les deux sur le pont. Le gaillard d'avant s'inclinait dangereusement et le vaisseau bougeait sous leurs pieds.

« La marée monte, cria Tomas. Elle va soulever ce qui reste du navire et le briser sur les rochers. Tout va être perdu.

— Regarde autour de toi, répondit Pug. Nous pourrons passer sur la corniche tout ce qui semble récupérable. »

Tomas acquiesça et les garçons commencèrent à fouiller le pont. Pug passa très au large des cadavres. Le pont était entièrement couvert de débris. Il était difficile de discerner ce qui pouvait avoir de la valeur. À l'arrière du pont, le bastingage était détruit et de chaque côté une échelle descendait vers ce qui restait du pont principal : à peine deux mètres de planches au-dessus de l'eau. Pug était sûr qu'il ne devait pas y en avoir plus d'un ou deux mètres supplémentaires sous l'eau, sinon le vaisseau aurait été plus haut sur les récifs. L'arrière du vaisseau devait déjà avoir été emporté par la marée.

Pug s'allongea sur le pont et passa la tête par-dessus. Il vit une porte à droite de l'échelle. Il cria à Tomas de le rejoindre, et descendit prudemment l'échelle. Le pont inférieur penchait, les poutres en dessous s'étant effondrées. Quelques instants plus tard, Tomas se retrouva auprès de lui. Il contourna Pug et s'avança vers la porte. Celle-ci pendouillait, à moitié ouverte, et il se glissa à l'intérieur, suivi de près par Pug. La cabine était sombre, car il n'y avait qu'un seul hublot du côté de la porte. Dans la pénombre, ils virent de nombreuses pièces de tissu très riche ainsi que les restes d'une table fracassée. Il y avait une sorte de cadre ou de lit bas renversé dans un coin. On pouvait voir de nombreux coffrets, dont le contenu avait été répandu dans toute la pièce comme s'ils avaient été balayés par une main gigantesque.

Tomas essaya de fouiller dans ce chaos, mais il n'y avait rien qui ait clairement de la valeur ou une importance quelconque. Il trouva un petit bol couvert de dessins inhabituels, verni, avec des silhouettes de couleurs vives. Il le glissa dans sa tunique.

Quelque chose dans cette cabine attirait l'attention de Pug. Il s'immobilisa. Un étrange sentiment l'avait saisi dès son entrée.

L'épave bougea, déséquilibrant Tomas. Il se rattrapa à un coffre et laissa échapper son épée. « Le vaisseau se soulève. Nous ferions mieux de partir. »

Pug ne répondit pas, concentré sur ses étranges impressions. Tomas lui prit le bras. « Viens, il va se briser. »

Pug dégagea sa main. « Un moment. Il y a quelque chose… » Il laissa la phrase en suspens. Brusquement, il traversa la pièce en désordre et ouvrit un tiroir dans un bureau fermé d'une serrure. Il était vide. Avec précipitation, il en ouvrit un autre, puis un autre. Il trouva enfin l'objet de ses recherches. Il sortit du tiroir un rouleau de parchemin orné d'un ruban noir et d'un sceau noir et le glissa dans sa chemise. « Sortons ! » cria-t-il en passant à côté de Tomas. Ils montèrent l'échelle et rampèrent sur le pont. La marée avait soulevé le navire assez haut pour remonter sans problème sur la corniche. Ils se retournèrent alors et s'assirent.

Le vaisseau était de nouveau à flot et tanguait. Les vagues aspergeaient d'embruns le visage des garçons. Ils regardèrent la proue glisser hors des rochers, des poutres cédèrent à grand bruit, comme si elles poussaient un gémissement d'agonie. La proue se souleva très haut et les garçons se firent éclabousser par les vagues qui allaient frapper les falaises sous la corniche.

La carcasse s'éloigna vers le large, penchant doucement sur bâbord, jusqu'à ce que le reflux qui l'emportait s'arrête. Lourdement, elle repartit vers les rochers. Tomas attrapa Pug par le bras et lui fit signe de s'écarter. Ils remontèrent et se dirigèrent vers la plage. Lorsqu'ils arrivèrent à l'endroit où le rocher surplombait le sable, ils sautèrent.

Un grincement monstrueux les fit se retourner pour voir la coque qui heurtait les récifs. Dans un grand fracas, les planches éclatèrent et se dispersèrent dans les flots. La coque se souleva sur tribord et les débris du pont commencèrent à couler lentement dans la mer.

Soudain, Tomas s'agrippa à Pug. « Regarde. » Il tendit le doigt vers l'épave qui glissait doucement dans l'eau.

Pug n'arrivait pas à voir ce qu'il lui montrait. « Qu'est-ce qu'il y a ?

— J'ai cru un instant qu'il n'y avait qu'un seul corps sur le pont. »

Pug le regarda. Tomas avait l'air inquiet. Brusquement, il s'exclama, furieux : « Merde !

— Quoi ?

— Quand je suis tombé dans la cabine, j'ai laissé échapper mon épée. Fannon va me tailler les oreilles en pointe. »

Dans un fracas de tonnerre, l'épave acheva de se briser, jetée par la mer contre la falaise. Les débris du fabuleux vaisseau étranger allaient être emportés par les flots et dériveraient pendant des jours le long de la côte, vers le sud, sur des kilomètres.

Les garçons se retournèrent en entendant un grognement sourd qui se termina en un cri violent. Derrière eux se trouvait l'homme manquant du navire, qui brandissait son étrange épée large dans la main gauche, visiblement à grand-peine, en traînant les pieds dans le sable. Il tenait le bras droit bien serré contre ses côtes. Du sang coulait sous sa plaque d'armure bleue et sous son heaume. Il fit un pas vacillant en avant. Son visage était cendreux et il avait les yeux écarquillés par la douleur et la confusion. Il cria des mots incompréhensibles aux garçons. Ceux-ci reculèrent lentement, levant les mains pour montrer qu'ils n'avaient pas d'armes.

Il fit un autre pas vers eux, et ses genoux faiblirent. Il resta debout, vacilla et ferma les yeux un instant. Il était petit et râblé, avec des bras et des jambes puissamment musclés. Sous sa plaque d'armure se devinait une courte chemise de tissu bleu. Il portait des brassières et des jambières visiblement en cuir, par-dessus des sandales lacées. Il se passa la main sur le visage et secoua la tête. Il ouvrit les yeux et regarda encore une fois les garçons. À nouveau, il parla dans sa langue étrange. Comme les garçons ne répondaient rien, il sembla s'énerver et hurla une autre série de mots, sans doute des questions, d'après le ton.

Pug évalua la distance qu'il lui faudrait parcourir pour contourner l'homme qui bloquait l'étroite bande de plage. Il se dit qu'il ne valait pas la peine de prendre le risque sans savoir si l'homme était en état d'utiliser cette vilaine épée. Comme s'il avait lu dans l'esprit de l'enfant, le soldat fit quelques pas titubants sur sa droite, leur bloquant le passage. Il ferma les yeux encore une fois et son visage se vida de ses couleurs. Son regard commença à se troubler et l'épée glissa de ses doigts soudain flasques. Pug tenta un pas dans sa direction, se disant que maintenant il ne pouvait leur faire aucun mal.

Alors qu'il s'approchait de l'homme, des cris retentirent en haut de la plage. Pug et Tomas virent le prince Arutha à la tête d'une troupe de cavaliers. Le soldat blessé tourna la tête avec peine en entendant approcher les chevaux et ses yeux s'écarquillèrent. Son visage s'emplit d'effroi et il tenta de s'enfuir. Il fit trois pas vers l'eau en vacillant et tomba dans le sable la tête la première.

Pug se tenait près de la porte de la salle du conseil ducal. Les hommes qui étaient à quelques mètres de là, autour de la table ronde, semblaient inquiets. En plus du duc et de ses fils, il y avait le père Tully, Kulgan, qui était rentré depuis une heure à peine, le maître d'armes Fannon et le maréchal Algon. Le ton était sérieux, car on considérait l'arrivée de ce vaisseau étranger comme un danger potentiel pour le royaume.

Pug jeta un rapide coup d'œil en direction de Tomas, qui se tenait de l'autre côté de la porte. Tomas ne s'était jamais trouvé en présence de tous ces nobles, sauf comme serviteur lors de banquets, et se retrouver dans la salle du conseil ducal le rendait nerveux. Maître Fannon prit la parole et Pug reporta son attention sur l'assemblée autour de la table.

« Récapitulons ce que nous savons, dit le vieux maître d'armes. Il est évident que ces gens nous sont complètement étrangers. » Il ramassa le bol que Tomas avait rapporté du navire. « Ce bol est fait d'une manière inconnue de notre maître potier. Au début, il a cru que c'était simplement de la terre cuite vernie, mais une inspection plus poussée lui a montré que ce n'était pas le cas. Il est fait d'une sorte de peau, des bouts de toile fine comme du parchemin enroulés autour d'un moule – peut-être du bois – puis assemblés avec une sorte de résine. C'est beaucoup plus résistant que tout ce que nous pouvons faire. »

Pour le démontrer, il frappa violemment le bol contre la table. Au lieu de se briser comme l'aurait fait un bol en terre, celui-ci rendit un son sourd. « Plus étonnant encore, ces armes et cette armure. » Il montra la plaque bleue, le heaume, l'épée et la dague. « Ils semblent être faits d'une matière similaire. » Il leva la dague et la laissa tomber. Elle rendit le même son sourd que le bol. « Malgré sa légèreté, elle est presque aussi solide que notre meilleur acier. »

Borric acquiesça. « Tully, vous êtes ici depuis plus longtemps que n'importe lequel d'entre nous. Avez-vous déjà entendu parler d'un navire de ce genre ?

— Non. » Tully caressa son menton glabre d'un air absent. « Je n'ai entendu parler d'un tel navire ni dans la Triste Mer, ni dans la mer du Royaume, ni même venant de Kesh la Grande. Je pourrais faire demander au temple d'Ishap à Krondor. Ils ont des chroniques qui remontent bien au-delà de toutes les autres. Peut-être ont-ils connaissance de ce peuple. »

Le duc acquiesça. « Faites, je vous prie. Nous devons aussi en faire part aux elfes et aux nains. Ils étaient là des siècles avant nous et nous ferions bien de leur demander leur avis. »

Tully abonda dans son sens : « La reine Aglaranna a peut-être entendu parler de ces gens si ce sont des voyageurs venus de la Mer sans Fin. Peut-être ont-ils déjà abordé ces côtes.

— Absurde, renifla le maréchal Algon. Il n'y a rien de l'autre côté de la Mer sans Fin. Sinon elle ne serait pas sans fin. »

Kulgan le regarda avec indulgence. « Il y a des théories qui disent que d'autres terres existent au-delà de la Mer sans Fin. C'est juste que nous n'avons pas de navires capables de faire un si long voyage.

— Des théories, insista Algon.

— Qui que soient ces étrangers, dit Arutha, nous ferions mieux d'en apprendre le plus possible sur leur compte. »

Algon et Lyam lui lancèrent un regard interrogateur, mais Kulgan et Tully restèrent sans expression. Borric et Fannon opinèrent et Arutha poursuivit. « Selon la description des garçons, ce vaisseau était visiblement un vaisseau de guerre. La proue très lourde avec le beaupré sont faits pour un éperonnage et le pont avant surélevé est idéal pour placer des archers, tout comme le pont inférieur au milieu est très pratique pour aborder d'autres navires après avoir lancé les grappins. J'imagine que le pont arrière devait lui aussi être surélevé. Si la coque avait mieux résisté, nous aurions sans doute trouvé aussi des bancs de rameurs.

— Une galère de guerre ? » demanda Algon.

Fannon s'impatientait. « Bien entendu, imbécile. » Les deux maîtres entretenaient une rivalité amicale, qui parfois dégénérait en dispute de mauvais aloi. « Regardez un peu l'arme de notre invité. » Il montra l'épée large. « Quel effet ça vous ferait, de vous retrouver face à un homme déterminé avec un tel jouet ? Il serait capable de vous abattre votre cheval sous les jambes. Cette armure est légère et parfaitement efficace malgré ses couleurs criardes. Je pense que c'est un homme d'infanterie. Bâti comme il est, il devrait probablement être capable de courir une demi-journée entière et se battre quand même après. » Il se lissa la moustache d'un air absent. « Ces gens ont de grands guerriers dans leur peuple. »

Algon acquiesça lentement. Arutha se renversa dans sa chaise, les mains jointes du bout des doigts. « Ce que je n'arrive pas à comprendre, dit le cadet du duc, c'est pourquoi il a cherché à s'échapper. Nous n'avions pas tiré nos armes et nous ne chargions pas. Il n'avait pas de raison de fuir. »

Borric regarda le vieux prêtre. « Saurons-nous jamais ? »

Tully prit un air soucieux, son front se plissa. « Il avait une longue écharde de bois plantée dans le flanc droit, sous la cuirasse, et il a reçu un violent coup sur la tête. Le heaume lui a protégé le crâne. Il a beaucoup de fièvre et il a perdu énormement de sang. Il ne survivra peut-être pas. Il me faudra peut-être recourir à un contact mental, s'il retrouve assez de conscience pour l'établir. » Pug avait entendu parler du contact mental, par Tully. C'était une méthode que très peu de clercs savaient employer et elle était extrêmement dangereuse à la fois pour le sujet et pour le lanceur. Le vieux prêtre devait être extrêmement curieux de savoir ce qu'il pourrait apprendre de l'homme blessé pour prendre un tel risque.

Borric se tourna vers Kulgan. « Et qu'en est-il du parchemin qu'ont trouvé les garçons ? »

Kulgan fit un vague geste de la main. « J'en ai fait un bref examen préliminaire. Il a des propriétés magiques, sans aucun doute. C'est la raison pour laquelle Pug a senti le besoin d'inspecter la cabine et qu'il a fouillé ce coffre, j'imagine. Toute personne aussi sensible à la magie que lui l'aurait ressenti. » Il regarda le duc droit dans les yeux. « Toutefois, je préfère ne pas briser le sceau tant que je n'ai pas eu le temps de l'étudier plus avant, afin de mieux comprendre ce à quoi il est censé servir. Briser un sceau enchanté peut être dangereux si ce n'est pas bien fait. Si le sceau est imprégné du charme, le parchemin pourrait être détruit, ou pire, détruire ceux qui tentent de briser le sceau. Ce ne serait pas le premier piège que j'aurais vu sur un parchemin vraiment puissant. »

Le duc tambourina un moment sur la table. « Très bien. Nous allons lever la séance. Dès que nous en saurons plus, que ce soit sur le parchemin ou sur le blessé, nous reprendrons le conseil. » Il se tourna vers Tully. « Allez voir comme se porte l'homme et s'il se réveille, usez de votre art pour en tirer ce que vous pouvez. » Il se leva, suivi par les autres hommes. « Lyam, préviens la reine des elfes, les nains des monts de Pierre et ceux des Tours grises de ce qui est arrivé. Demande-leur conseil. »

Pug ouvrit la porte. Le duc passa et les autres suivirent. Pug et Tomas furent les derniers à partir et en descendant le couloir, Tomas se pencha vers Pug.

« Nous avons vraiment déclenché quelque chose. »

Pug secoua la tête. « Nous avons juste été les premiers à découvrir cet homme. Si ça n'avait pas été nous, ç'aurait été quelqu'un d'autre. »

Tomas semblait soulagé d'être sorti de la salle et de ne plus se retrouver sous le regard du duc. « Si ça tourne mal, j'espère qu'ils s'en souviendront. »

Kulgan remonta dans sa tour et Tully repartit dans ses quartiers, où ses acolytes s'occupaient du blessé. Le duc et ses fils passèrent la porte de leurs quartiers personnels, laissant les garçons seuls dans le grand couloir.

Pug et Tomas coupèrent par une réserve pour aller dans la cuisine. Megar supervisait le travail de ses assistants, qui saluèrent les garçons. Quand il vit ses deux fils, il sourit et demanda : « Bon, alors dans quoi vous êtes-vous fourrés cette fois-ci ? » Megar était un homme dégingandé, aux cheveux blond-roux et au visage ouvert. Il ressemblait à Tomas, comme une esquisse ressemble à une peinture. C'était un homme à la peau pâle, d'âge moyen, mais il lui manquait la finesse de traits qui faisait de Tomas quelqu'un de vraiment particulier.

En souriant, Megar déclara : « On dit à tout le monde de ne rien dire sur cet homme dans les quartiers de Tully et il y a des messagers qui courent dans tous les sens. Je n'ai jamais vu une telle agitation depuis que le prince de Krondor est venu nous rendre visite il y a sept ans ! »

Tomas prit une pomme sur un plateau et il sauta sur une table. Entre deux bouchées, il raconta à son père ce qui s'était passé.

Pug s'appuyait contre le comptoir en écoutant. Tomas raconta l'histoire avec un minimum de fioritures. Quand il eut fini, Megar secoua la tête. « Eh bien ! Des étrangers ? J'espère que ce ne sont pas des pirates en maraude. La région était paisible ces derniers temps. Cela fait dix ans que la Fraternité de la Voie des Ténèbres… (il fit mine de cracher), que leurs âmes d'assassins soient maudites, nous a fait toutes ces histoires avec les gobelins. Je n'aimerais pas trop qu'il y ait encore des troubles dans le même genre, avec toutes ces réserves à envoyer aux villages extérieurs. Devoir faire la cuisine en faisant attention à ce qui va se perdre en premier et à ce qui va tenir le plus longtemps. Je n'ai pas pu faire un bon repas de tout un mois. »

Pug sourit. Megar avait le chic pour réduire les pires perspectives à leurs composantes les plus triviales : quels allaient être les problèmes en cuisine ?

Tomas sauta de la table. « Je ferais mieux de retourner aux quartiers des soldats et attendre maître Fannon. À tout à l'heure. » Il sortit de la cuisine en courant.

Megar demanda : « C'est sérieux, Pug ? »

Pug secoua la tête : « Je ne sais pas vraiment. Ce que je sais, c'est que Kulgan et Tully ont l'air inquiets et que le duc prend le problème suffisamment au sérieux pour vouloir en parler aux elfes et aux nains. Il se pourrait bien que ce soit sérieux. »

Megar regarda la porte par laquelle était parti Tomas. « Ce n'est pas un bon moment pour la guerre et les tueries. » Pug voyait se peindre sur le visage de Megar une inquiétude mal dissimulée et il ne sut que dire à un père dont le fils venait d'être pris comme soldat.

Pug s'écarta du comptoir. « Il vaut mieux que je m'en aille aussi, Megar. » Il salua les autres cuisiniers et sortit dans la cour. Il n'avait pas le goût de retourner à ses études, inquiet lui aussi du ton sérieux du conseil ducal. Personne n'avait dit grand-chose en sortant, mais il était évident qu'ils envisageaient la possibilité que ce vaisseau étranger ne soit que l'avant-garde d'une flotte d'invasion.

Pug erra vers le fond du château et il grimpa les trois marches qui menaient au petit jardin de la princesse. Il s'assit sur un banc de pierre masqué de la cour par des haies et des bosquets de roses. D'ici, il voyait toujours les chemins de ronde où patrouillaient les gardes. Il se demanda si c'était son imagination qui lui jouait des tours ou si les gardes étaient particulièrement vigilants aujourd'hui.

Un toussotement délicat le fit se retourner. À l'autre bout du jardin se tenait la princesse Carline, accompagnée de monseigneur Roland et de deux dames de compagnie plus jeunes. Les filles cachèrent un sourire, car Pug était encore une sorte de célébrité au château. Carline les renvoya en leur disant : « J'aimerais parler avec monseigneur Pug en privé. » Roland hésita, puis s'inclina avec raideur. Pug ressentit un certain agacement du regard noir que lui jeta Roland lorsqu'il partit avec les dames de compagnie.

Elles regardèrent derrière elles pour voir Pug et Carline et gloussèrent, ce qui ne fit qu'accroître l'énervement de Roland.

Pug resta debout en attendant que Carline approche et lui fit un salut maladroit. Elle dit, assez sèchement : « Oh, assieds-toi. Je trouve fatigantes ces manières ridicules et Roland m'en sert bien assez comme ça. »

Pug s'assit. Elle prit place à côté de lui et ils demeurèrent silencieux un moment. Finalement, elle prit la parole : « Cela fait plus d'une semaine que je ne t'ai pas vu. Tu avais du travail ? »

Pug se sentait mal à l'aise, toujours déstabilisé par l'humeur changeante de la jeune fille. Elle était restée très chaleureuse envers lui depuis que, trois semaines auparavant, il l'avait sauvée des trolls. Cela faisait d'ailleurs les gorges chaudes des serviteurs du château. Elle était toujours aussi irritable avec les autres toutefois, et particulièrement avec monseigneur Roland.

« Mes études me prennent beaucoup de temps.

— Oh, pfff ! Tu passes trop de temps dans cette affreuse tour. »

Pug ne considérait pas du tout la tour comme affreuse – hormis le fait qu'elle était pleine de courants d'air. Il y avait sa chambre à lui et s'y sentait à l'aise.

« Nous pourrions aller faire un tour à cheval, Votre Altesse, si vous le désirez. »

La princesse sourit. « J'aimerais bien. Mais j'ai peur que dame Marna ne soit pas d'accord. »

Pug s'étonna. Il croyait qu'après avoir si bien protégé la princesse, même la mère suppléante de celle-ci le considérerait comme de bonne compagnie. « Pourquoi ? »

Carline soupira. « Elle dit que quand tu n'étais qu'un simple serviteur, tu savais te tenir à ta place. Maintenant que tu fais partie de la cour, elle te soupçonne d'avoir des aspirations. » Un petit sourire se dessina sur ses lèvres.

« Des aspirations ? » demanda Pug sans comprendre.

Carline dit timidement : « Elle pense que tu as l'ambition de t'élever à un statut supérieur. Elle pense que tu cherches à m'influencer sur certaines choses. »

Pug regarda Carline bouche bée. Brutalement, il comprit et dit : « Oh ! » puis : « Oh ! Votre Altesse. » Il se leva : « Je ne ferais jamais une telle chose. Je veux dire, je ne penserais jamais à… Je veux dire… »

Carline se leva brusquement et jeta à Pug un regard furieux. « Les garçons ! Tous des idiots. » Elle souleva le bas de sa longue robe verte et partit en trombe.

Pug se rassit, plus troublé que jamais par l'attitude de cette fille. C'était presque comme si… Il écarta cette idée. Plus il lui semblait possible qu'elle lui porte un intérêt, plus l'idée l'inquiétait. Carline était nettement plus complexe que la princesse de contes de fées qu'il s'était imaginée. En frappant le sol de son pied, elle aurait pu faire trembler une pierre, ou le château tout entier. C'était une fille compliquée, la princesse, avec par-dessus tout une nature contrariante.

Tomas arriva en courant, interrompant là ses réflexions. Quand il aperçut son ami, il sauta les trois marches et s'arrêta, tout essoufflé, devant lui. « Le duc veut nous voir. L'homme du bateau est mort. »

Ils se rassemblèrent rapidement dans la salle du conseil ducal, sauf Kulgan qui n'avait pas répondu quand un messager avait frappé à sa porte. On supposait qu'il était trop occupé par le problème du parchemin magique.

Le père Tully, tout pâle, avait l'air très fatigué. Pug était inquiet pour lui. Il s'était passé à peine plus d'une heure, mais le vieux prêtre semblait avoir vécu plusieurs nuits sans dormir. Il avait les yeux bordés de rouge avec des cernes noirs. Son visage était cendreux et une fine pellicule de sueur mouillait son front.

Borric prit une carafe posée sur un buffet, versa au prêtre un verre de vin et le lui tendit. Tully hésita, car il s'astreignait à rester toujours sobre, mais il finit par boire, longuement. Les autres reprirent leur place autour de la table.

Borric regarda Tully et demanda simplement : « Eh bien ?

— Le soldat de la plage a repris conscience quelques minutes à peine, une courte rémission avant la fin. J'ai profité de l'occasion pour entrer en contact mental avec lui. Je suis resté jusqu'à son dernier rêve enfiévré, en essayant d'en apprendre autant que possible. J'ai failli ne pas rompre le contact à temps. »

Pug pâlit. Lors d'un contact mental, l'esprit du prêtre et celui du sujet ne faisaient plus qu'un. Si Tully n'avait pas coupé le contact avec l'homme au moment de sa mort, le prêtre aurait pu mourir ou sombrer dans la folie, car les deux hommes partageaient les mêmes impressions, les mêmes peurs, les mêmes sensations, en partageant les mêmes pensées. Il comprenait maintenant la fatigue de Tully : le vieux prêtre avait dépensé une grande quantité d'énergie pour maintenir un lien avec un esprit peu coopératif et il avait partagé la douleur et la peur d'un homme mourant.

Tully prit une autre gorgée de vin et continua. « Si la fièvre n'est pour rien dans les rêves de ce mourant, je crains que son arrivée ne présage de graves événements. » Tully but une fois encore puis il écarta le gobelet. « L'homme se nomme Xomich. C'est un simple soldat au service d'une nation, Honshoni, qui fait partie d'un empire nommé Tsuranuanni. »

Borric dit : « Je n'ai jamais entendu parler d'une telle nation, ni de cet empire. »

Tully opina et dit : « Cela m'aurait étonné. Le vaisseau où se trouvait cet homme ne vient pas d'une mer existant sur Midkemia. » Pug et Tomas se regardèrent et Pug ressentit comme un frisson, tout comme Tomas, dont le visage venait de pâlir visiblement.

Tully poursuivit. « Nous ne pouvons émettre que des suppositions sur la manière dont ils ont pu réaliser cette chose extraordinaire, mais je suis certain que ce vaisseau vient d'un autre monde, séparé du nôtre par le temps et l'espace. » Avant qu'ils ne puissent lui poser des questions, il dit : « Laissez-moi vous expliquer. Cet homme était brûlant de fièvre et son esprit n'était pas clair. » Le visage de Tully frissonna au souvenir de la douleur. « Il faisait partie de la garde d'honneur d'une personne qu'il nommait le "Très Puissant". Il y avait des images contradictoires et je ne suis pas très sûr de moi, mais il semblerait qu'ils trouvaient ce voyage étrange, à la fois par la présence de ce Très Puissant et par la nature de leur mission. La seule pensée concrète à ce sujet, c'était que ce Très Puissant n'avait pas besoin de faire le voyage en bateau. Je n'ai eu ensuite que des impressions rapides et décousues. Il y avait une ville du nom de Yankora, puis une tempête terrible et un violent éclair, peut-être la foudre qui tombait sur le navire, mais je ne pense pas. Il a eu une pensée pour son capitaine et ses camarades qui passaient pardessus bord. Puis le vaisseau qui s'écrase sur les rochers. » Il se tut un moment. « Je ne suis pas sûr que ces images soient dans le bon ordre, toutefois, car je crois que l'équipage est tombé à l'eau avant l'éclair.

— Pourquoi ? demanda Borric.

— Je vous livre ça un peu dans le désordre, dit Tully. Tout d'abord, il faut que je vous explique pourquoi je pense que cet homme vient d'un autre monde. Ce Xomich a grandi sur une terre où se trouvent de puissantes armées. C'est une race de guerriers, dont les vaisseaux règnent en maîtres sur les mers. Mais quelles mers ? Jamais, à ma connaissance, il n'a été fait mention d'un contact avec ces gens. Et il y a d'autres visions plus convaincantes encore. De gigantesques villes, bien plus grandes que celles du centre de Kesh, bien plus que toutes celles que nous connaissions. Des défilés militaires les jours de fête, face à une tribune. Des villes garnisons contenant plus de soldats que les armées royales de l'Ouest. »

Algon prit la parole : « Malgré tout, rien ne nous dit qu'ils ne viennent pas de... » Il s'arrêta, comme s'il lui était difficile de l'admettre. « D'au-delà de la Mer sans Fin. » Cette idée semblait le troubler moins que celle d'un autre monde.

Tully eut l'air irrité par cette interruption. « Il y a plus, beaucoup plus. Je l'ai suivi dans ses rêves, qui se rapportaient souvent à sa terre natale. Il se souvenait de créatures qui ne ressemblent à rien de ce que je connais ou de ce que j'ai vu, des choses à six pattes qui tirent des chariots comme les bœufs et d'autres créatures encore, certaines ressemblant à des insectes ou à des reptiles, mais qui parlent comme les hommes. Son pays était chaud et il se souvenait d'un soleil plus gros que le nôtre, et plus vert. Cet homme n'était pas de notre monde. » Cette dernière phrase fut dite sans emphase, dissipant les doutes de tous les gens présents. Tully n'aurait jamais dit une telle chose sans en être certain.

Le silence régna dans la pièce, tandis que tous réfléchissaient à ces dernières nouvelles. Les garçons se regardaient, partageant le même sentiment. C'était comme si personne ne voulait en parler, comme si le simple fait de le faire risquait de concrétiser ce qu'avait dit le prêtre et que le silence pouvait faire passer la chose comme un mauvais rêve. Borric se leva et alla à la fenêtre. Il regarda dehors, fixant le mur vide à l'arrière du château, mais il le scrutait, comme s'il y cherchait quelque chose, quelque chose qui lui fournirait une réponse aux questions qui agitaient son esprit. Il se tourna d'un coup et dit : « Comment sont-ils arrivés ici, Tully ? »

Le prêtre haussa les épaules. « Peut-être Kulgan pourra-t-il proposer une théorie sur la manière. Tels que je les ai reconstitués, les événements se sont probablement passés ainsi : le vaisseau a coulé dans la tempête, le capitaine et la majeure partie de son équipage se sont fait emporter. En dernier recours, le Très Puissant, qui que cela puisse être, a lancé un sortilège pour sortir le vaisseau de la tempête, ou pour changer le temps, ou tout autre puissant pouvoir. Le vaisseau s'est alors fait jeter hors de son monde pour entrer dans celui ci, apparaissant sur les côtes près de la Désolation. Comme le vaisseau se déplaçait à grande vitesse sur son propre monde, il est possible qu'il soit arrivé ici en conservant son mouvement. Sans équipage, avec le vent d'ouest qui soufflait très fort, le vaisseau s'est jeté sur les récifs. Ou alors il est apparu directement dessus, éclatant à l'instant même où il entrait ici. »

Fannon secoua la tête. « D'un autre monde. Comment est-ce possible ? »

Le vieux prêtre leva les mains en signe d'ignorance : « On ne peut qu'avancer des théories. Les Ishapiens disposent de très vieux textes dans leurs temples. Certains sont censés être des copies de travaux plus anciens encore, eux-mêmes copies de documents plus anciens. Ils disent que les originaux dateraient, en ligne directe, du temps des guerres du Chaos. Parmi ces documents, il est fait mention d'"autres plans" et d'"autres dimensions", ainsi que de concepts que nous ne comprenons plus. Une chose est claire, toutefois. Ils parlent de terres et de peuples inconnus et suggèrent que, avant, l'humanité passait de Midkemia à d'autres mondes et d'autres mondes à Midkemia. Ces notions ont été au centre des débats théologiques pendant des siècles sans que personne puisse déterminer avec certitude s'il y avait une part de vérité là-dedans. » Il se tut, puis dit : « Jusqu'à aujourd'hui. Si je n'avais pas lu dans l'esprit de Xomich, je n'aurais jamais accepté une telle théorie pour expliquer les événements de la journée. Mais maintenant… »

Borric alla jusqu'à sa chaise et resta debout derrière celle-ci, les mains serrées fermement sur le dossier. « Cela semble tellement impossible.

— Ce vaisseau et cet homme sont bel et bien arrivés ici, père », dit Lyam.

Arutha soutint son frère : « Et nous devons déterminer quelles sont les chances que ce sortilège puisse être réutilisé. »

Borric s'adressa à Tully : « Vous aviez raison de penser que tout ceci pouvait présager d'une crise majeure. Si un puissant empire s'intéresse à Crydee et au royaume... »

Tully secoua la tête. « Borric, mon enseignement est-il donc si lointain que vous passiez complètement à côté de l'élément le plus important ? » Il leva une main osseuse pour faire taire le duc qui s'apprêtait à protester. « Pardonnez-moi, monseigneur. Je suis vieux et fatigué et j'en oublie l'étiquette. Mais la vérité reste la vérité. C'est une puissante nation, ou plutôt un empire composé de nations. Et s'ils ont les moyens de nous atteindre, les choses pourraient devenir difficiles. Mais ce qui est important, c'est que ce Très Puissant soit un mage ou un prêtre, versé dans les arts occultes. Car s'il n'est pas le seul, s'il y en a d'autres dans cet empire et si effectivement ils ont essayé d'atteindre ce monde par la magie, un danger terrible nous menace. »

Comme les gens assemblés autour de la table ne semblaient toujours pas comprendre ce dont il parlait, Tully poursuivit, lentement, comme un maître devant des élèves prometteurs mais parfois lents. « L'arrivée de ce vaisseau peut être due au hasard, et si c'est le cas, elle ne mérite que notre curiosité. Mais s'il est arrivé ici à dessein, il se peut que nous soyons en grand danger, car déplacer un vaisseau d'un monde à un autre demande une puissance magique que je suis même incapable d'imaginer. Si ces gens, les Tsurani comme ils s'appellent, savent que nous sommes ici et s'ils ont les moyens de nous atteindre, alors nous devons nous attendre à nous trouver face à des armées qui pourraient en remontrer à Kesh la Grande au sommet de sa puissance, à l'époque où celle-ci étendait son pouvoir jusqu'en ces terres si loin du reste du monde, mais nous allons aussi avoir à faire face à une magie bien plus puissante que toutes celles que nous connaissons. »

Borric acquiesça. L'explication et la conclusion qui en découlait lui semblaient maintenant trop claires. « Nous avons besoin dès maintenant des conseils de Kulgan.

— Autre chose, Arutha », dit Tully. Le prince releva les yeux de sa chaise, car il était resté perdu dans ses pensées. « Je sais pourquoi Xomich a essayé de vous fuir, vous et vos hommes. Il pensait que vous étiez des créatures de son propre monde, semblables à des centaures, qu'ils nomment les Thün, et que les Tsurani craignent beaucoup.

— Pourquoi aurait-il imaginé une telle chose ? demanda Lyam, l'air étonné.

— Il n'a jamais vu de cheval, ni de créature qui leur ressemble de près ou de loin. Je pense que ces gens n'en ont pas du tout. »

Le duc se rassit. En tapotant sur la table, il dit : « Si ce que le père Tully dit est vrai, nous devons prendre une décision, et vite. Si ces gens n'ont été amenés sur nos côtes que par accident, nous n'avons pas grand-chose à craindre. Si, par contre, ils sont venus à dessein, nous devons nous attendre à une grave menace. Ici, nous avons les garnisons les moins importantes de tout le royaume et ce serait très difficile pour nous s'ils arrivaient en force. »

Les autres murmurèrent leur accord et le duc reprit : « Entendons-nous bien, tout ce qui a été dit ici n'est que spéculation, bien que je sois enclin à penser comme Tully sur de nombreux points. Nous devrions consulter Kulgan sur ces gens. » Il se tourna vers Pug : « Jeune homme, va voir si ton maître est prêt à nous rejoindre. »

Pug fit oui de la tête et ouvrit la porte, puis partit en courant dans le château. Il se précipita dans l'escalier de la tour et le monta quatre à quatre. Il leva la main pour toquer à la porte et ressentit une étrange sensation, comme s'il se trouvait près d'un endroit frappé par la foudre, et il sentit ses poils se dresser sur sa peau. Il fut soudain assailli par l'impression que quelque chose n'allait pas et il frappa violemment contre la porte. « Kulgan ! Kulgan ! Tout va bien ? » cria-t-il. Mais il n'y eut pas de réponse. Il essaya la poignée mais la porte était fermée. Il appuya son épaule dessus et essaya de la forcer, mais elle tint bon. La sensation était partie, mais la peur montait en lui car Kulgan ne répondait toujours pas. Il chercha autour de lui un objet pour l'aider à ouvrir la porte et comme il ne trouvait rien, il descendit l'escalier en courant.

Il passa dans le couloir principal. Des soldats en livrée de Crydee montaient la garde à leur poste. Il cria aux deux plus proches : « Vous deux, venez. Mon maître a des problèmes. » Sans hésiter, ils suivirent le garçon dans l'escalier, faisant claquer leurs bottes sur les marches de pierre.

Lorsqu'ils arrivèrent à la porte du magicien, Pug dit : « Défoncez-la ! » Ils se débarrassèrent rapidement de leur lance et de leur bouclier et s'appuyèrent contre la porte. Une fois, deux fois, trois fois ils poussèrent et finalement, avec un grincement de protestation, les planches cédèrent autour de la serrure. Un dernier effort et la porte s'ouvrit à la volée. Les gardes manquèrent de tomber, reprirent leur équilibre et reculèrent, l'air ahuri. Pug se glissa entre eux et regarda dans la pièce.

Kulgan était étalé par terre, inconscient. Sa robe bleue était en désordre et il avait un bras replié sur le visage, comme pour se protéger. À moins d'un mètre de lui, là où aurait dû se trouver son bureau, flottait un vide miroitant. Pug l'observa. Une grosse sphère pas tout à fait grise luisait des traces d'un spectre déchiqueté. Il n'arrivait pas à voir au travers, mais cela ne semblait avoir aucune consistance réelle. Sortant de cet espace gris, deux bras humains s'approchaient du magicien. Quand ils touchèrent le tissu de sa robe, ils s'arrêtèrent et les doigts le palpèrent. Comme s'ils venaient de prendre une décision, les bras avancèrent le long du corps jusqu'à ce qu'ils trouvent une main de Kulgan. Les mains l'attrapèrent et essayèrent de la tirer dans le vide. Pug restait paralysé par l'horreur, car quelle que soit la personne ou la chose de l'autre côté du vide, elle essayait de tirer le magicien vers elle. Une autre paire de mains sortit, attrapa elle aussi le bras du magicien et Kulgan commença à se faire traîner vers le vide.

Pug se retourna et attrapa l'une des lances que les gardes atterrés avaient laissées derrière eux contre le mur. Avant que l'un des hommes d'armes n'ait eu le temps de réagir, il la pointa vers la bulle grise et la lança dedans.

Elle parcourut les trois mètres puis disparut dans le vide. Un instant plus tard, les bras lâchèrent Kulgan et se retirèrent. Soudain, le vide disparut, rempli par un claquement d'air. Pug se précipita vers Kulgan et s'agenouilla à côté de lui.

Le magicien respirait, mais son visage était livide et couvert de sueur. Sa peau était froide et moite. Pug courut au lit de Kulgan et y prit une couverture. En recouvrant le magicien, il cria à l'un des gardes : « Allez chercher le père Tully. »

Pug et Tomas n'arrivèrent pas à fermer l'œil de la nuit. Tully s'était occupé du magicien et avait fait un diagnostic favorable. Kulgan était en état de choc, mais il aurait récupéré au bout d'un jour ou deux.

Le duc Borric avait questionné Pug et les gardes sur ce qu'ils avaient vu et le château était maintenant en ébullition. Tous les gardes avaient été mis en alerte et les patrouilles aux abords du duché avaient été doublées. Le duc ne savait toujours pas quel rapport il pouvait y avoir entre l'apparition du vaisseau et l'étrange manifestation qui avait eu lieu dans les quartiers du magicien, mais il ne prendrait pas de risques avec la sûreté de ses terres. Tout le long des murs du château des torches brûlaient et on avait envoyé des gardes au phare de la Pointe et à la ville.

Tomas était assis à côté de Pug sur un banc dans le jardin de la princesse Carline, l'un des rares lieux calmes du château. Tomas regarda pensivement Pug : « J'imagine que ces Tsurani sont en train de venir. »

Pug se passa la main dans les cheveux. « On n'en sait rien. »

Tomas dit sur un ton fatigué : « C'est juste une impression. »

Pug opina. « Nous le saurons demain quand Kulgan nous dira ce qui est arrivé. »

Tomas regarda les murailles. « Je n'ai jamais vu le château comme ça. Pas même lorsque les Frères des Ténèbres et les gobelins ont attaqué quand on était petits, tu te souviens ? »

Pug opina en silence. Finalement, il dit : « Nous savons contre qui nous nous battions à l'époque. Les elfes noirs attaquent les châteaux régulièrement depuis des temps immémoriaux. Et les gobelins… eh bien, ce sont des gobelins. »

Ils restèrent silencieux un long moment. Puis un bruit de bottes sur les pavés annonça l'arrivée de quelqu'un. Le maître d'armes Fannon, en cotte de mailles et tabard, s'approcha d'eux. « Quoi, encore debout à cette heure ? Vous devriez tous les deux être au lit. » Le vieux guerrier se retourna pour scruter les murs du château. « Beaucoup n'auront pas droit au sommeil cette nuit. » Il reporta son attention sur les garçons. « Tomas, un soldat doit apprendre à dormir dès qu'il en a l'occasion, car les journées sont longues quand on ne peut pas dormir. Et vous, monseigneur Pug, vous devriez aussi être en train de dormir. Allons, pourquoi n'essayeriez-vous pas de vous reposer ? »

Les garçons opinèrent, souhaitèrent une bonne nuit au maître d'armes et partirent. Le vieux commandant du château les regarda s'en aller et resta tranquillement debout dans le petit jardin un moment, seul avec ses soucis.

Pug fut réveillé par un bruit de pas devant sa porte. Il passa rapidement son pantalon et sa tunique et monta l'escalier jusqu'à la chambre de Kulgan. En franchissant la porte qu'on venait de rafistoler, il trouva le duc et le père Tully penchés au-dessus du lit de Kulgan. Pug entendit la voix de son maître, affaiblie, se plaindre de devoir rester au lit. « Mais je vous dis que ça va, insista Kulgan. Laissez-moi faire quelques pas et je vais me remettre en un rien de temps. »

Tully, l'air encore fatigué, dit : « Te remettre au lit, oui. Tu as reçu un sacré choc, Kulgan. Quelle que soit la chose qui t'a assommé, ce n'était pas un petit coup. Tu as eu de la chance, ç'aurait pu être bien pire. »

Kulgan aperçut Pug, qui attendait en silence à la porte, ne voulant pas les interrompre. « Ah, Pug, dit-il, sa voix retrouvant un peu de sa force. Entre, entre. J'ai cru comprendre que c'était à toi que je devais de ne pas avoir fait un voyage impromptu avec des inconnus. »

Pug sourit. Kulgan semblait tout à coup être redevenu le vieux bonhomme jovial qu'il avait toujours été, malgré son air fatigué. « Je n'ai pas fait grand-chose, monseigneur. J'ai juste eu l'impression que quelque chose n'allait pas et j'ai agi.

— Agi vite et bien, dit le duc avec un sourire. Cet enfant est de nouveau responsable du bien-être d'un des membres de ma maison. À ce rythme, je vais finir par devoir lui accorder le titre de défenseur de la maison ducale. »

Pug sourit, heureux des éloges du duc. Borric se tourna vers le magicien. « Bien, vous voyant plein d'énergie, je pense que nous allons pouvoir discuter de ce qui s'est passé hier. Vous sentez-vous en état ? »

Kulgan lui jeta un regard noir. « Bien sûr, que ça va. C'est ce que j'essaye de vous dire depuis dix minutes. » Kulgan commença à se lever, mais il fut pris de vertige et Tully le repoussa fermement par l'épaule sur la grande pile de coussins où il était étendu.

« Tu peux parler allongé, merci. Je t'ai dit de garder le lit. »

Kulgan ne protesta pas. Quelque temps plus tard, il se sentit mieux et dit : « Bien, mais passe-moi ma pipe, s'il te plaît. »

Pug alla chercher la pipe de Kulgan ainsi que son tabac et, quand le magicien eut convenablement bourré sa pipe, il lui tendit un brandon tiré de son pot à feu. Kulgan alluma sa pipe et, quand elle tira suffisamment bien, il se renversa sur ses coussins avec un air de profond contentement. « Maintenant, dit-il, par où commencer ? »

Le duc lui expliqua rapidement les révélations de Tully, le prêtre y ajoutant quelques détails que le duc avait oubliés. Lorsqu'ils en eurent fini, Kulgan opina. « Tes suppositions sur l'origine de ces gens sont probablement justes. C'était un soupçon qui m'était venu dès que j'avais vu les objets rapportés du navire et les événements d'hier dans ma chambre n'ont fait que me conforter dans cette idée. » Il s'arrêta un moment, pour réorganiser ses idées. « Le parchemin était une lettre personnelle d'un de ces magiciens tsurani à son épouse, mais ce n'était pas que cela. Le sceau portait un enchantement qui obligeait le lecteur à incanter un sort qui se trouvait à la fin du message. C'est un sortilège remarquable qui permet à n'importe qui, qu'il sache lire ou non, de lire ce parchemin. »

Le duc dit : « Étrange. »

Tully dit : « C'est impressionnant.

— Les concepts que cela implique sont complètement nouveaux pour moi, leur accorda Kulgan. Quoi qu'il en soit, j'avais neutralisé le sortilège pour pouvoir lire la lettre sans craindre de piège magique, comme il y en a couramment dans les messages privés écrits par les magiciens. Je ne connaissais pas la langue, bien sûr, et j'ai dû utiliser un autre sortilège pour la traduire. Malgré cela, je n'ai pas compris tout ce qu'elle disait.

« Un magicien du nom de Fanatha naviguait jusqu'à une ville de son monde d'origine. Après plusieurs jours en mer, ils furent pris dans une violente tempête. Le vaisseau perdit son mât et plusieurs membres de l'équipage passèrent par-dessus bord. Le magicien a pris le temps d'écrire ce parchemin – les caractères étaient faits d'une main hâtive – et d'y lancer ses sortilèges. J'ai l'impression que cet homme aurait pu quitter le navire à n'importe quel moment pour rentrer chez lui ou dans un endroit sûr, mais il s'y refusait car il était inquiet pour le vaisseau et son chargement. Je ne suis pas sûr d'avoir très bien compris, mais le ton de la lettre suggérait que le fait qu'il soit en train de risquer sa vie pour l'équipage du navire lui était plutôt inhabituel. Il y avait autre chose d'étrange, il parlait de quelqu'un qu'il appelait le "Seigneur de Guerre". Je vais peut-être un peu loin, mais le ton me fait plutôt penser à une affaire d'honneur ou à une promesse qu'à une obligation personnelle. Quoi qu'il en soit, il a écrit la lettre, l'a scellée et il a entrepris de déplacer le vaisseau par magie. »

Tully secoua la tête d'un air incrédule : « Incroyable.

— Et d'après ce que nous savons de la magie, impossible », ajouta Kulgan avec excitation.

Pug remarqua que le duc ne partageait pas l'intérêt professionnel du magicien, mais qu'il semblait particulièrement troublé. Le garçon se rappela les commentaires de Tully sur l'importance d'une magie d'une telle puissance si ces gens cherchaient à envahir le royaume. Le magicien continua : « Ces gens possèdent des pouvoirs que nous pouvons à peine imaginer. Le magicien était très clair sur de nombreuses choses – sa capacité à mettre autant d'idées dans un message si court montre un esprit exceptionnellement bien organisé.

« Il a pris grand soin d'assurer à sa femme qu'il ferait tout ce qui serait en son pouvoir pour rentrer. Il parlait d'ouvrir une faille vers le "nouveau monde", parce qu'un pont – je n'ai pas bien compris ce passage – était déjà établi et un objet en sa possession n'avait pas... le pouvoir, ou quelque chose de ce genre, de déplacer le vaisseau sur son propre monde. Au vu de ses explications, il prenait un risque désespéré. Il a placé un second sort sur le parchemin et c'est celui-là qui m'a piégé. J'avais cru qu'en neutralisant le premier sortilège j'aurais aussi contré le second, mais je m'étais trompé. Le second sort était fait pour s'activer dès que quelqu'un finissait de lire le parchemin à haute voix, encore un artifice magique dont personne n'a jamais entendu parler. Le sortilège a ouvert une autre de ces failles, pour transporter le message en un lieu nommé "l'Assemblée" et de là à sa femme. J'ai failli me faire prendre dans la faille avec le message. »

Pug avança d'un pas. Sans y réfléchir, il laissa échapper : « Alors ces mains, c'étaient peut-être ses amis qui essayaient de le récupérer. »

Kulgan regarda son apprenti et acquiesça. « Possible. De toute manière, nous avons beaucoup appris de cet épisode. Ces Tsurani ont des pouvoirs magiques qui nous dépassent. Nous ne savons pratiquement rien des failles ni quoi que ce soit qui leur ressemble. »

Le duc, surpris, demanda : « Expliquez, je vous prie. »

Kulgan tira profondément sur sa pipe, puis répondit : « La magie, de par sa nature même, est instable. De temps en temps, un sortilège se distord – pourquoi, nous n'en avons pas la moindre idée –, à tel point qu'il… déchire la trame même du monde. Un bref instant, une faille apparaît, formant un passage, vers… ailleurs. On ne sait pas grand-chose de plus à ce sujet, sauf que les énergies mises en jeu sont absolument terribles. »

Tully dit : « Il existe des théories, mais aucune n'a réussi à expliquer pourquoi il arrive qu'un sort ou un objet magique explose brusquement comme ça, ni le pourquoi de cette instabilité. De telles choses sont arrivées plusieurs fois, mais nous ne pouvons nous rapporter qu'à des observations de seconde main. Ceux qui ont assisté à la création de ces failles sont morts ou ont disparu. »

Kulgan reprit son récit. « On considère qu'ils ont été détruits, de même que tout ce qu'il y avait dans les quelques mètres autour de la faille. » Il réfléchit un moment. « Normalement, j'aurais dû mourir quand cette faille est apparue dans mon étude. »

Le duc l'interrompit. « Selon votre description, ces failles, comme vous les appelez, sont dangereuses. »

Kulgan acquiesça. « Imprévisibles, aussi. C'est la force la plus incontrôlable jamais découverte. Si ces gens savent comment les créer et les contrôler, pour leur servir de porte entre les mondes et qu'ils peuvent les passer sans risque, alors ils disposent de très grands pouvoirs. »

Tully dit : « Nous nous doutions déjà de l'existence de choses ressemblant à ces failles, mais c'est la première fois que nous avons une preuve – même lointaine – de leur existence. »

Kulgan dit : « Bah ! D'étranges personnes et des objets inconnus apparaissent de temps en temps au fil des ans, Tully. Ceci expliquerait sans doute d'où ils viennent. »

Tully ne semblait pas être tout à fait d'accord avec lui. « Ce ne sont que des théories, Kulgan, pas des preuves. Ces gens étaient tous morts et les objets... personne ne comprend quoi que ce soit aux deux ou trois qui ne sont pas arrivés brûlés et tordus au point de ne plus être reconnaissables. »

Kulgan sourit. « Vraiment ? Et que fais-tu de l'homme qui est apparu il y a vingt ans à Salador ? » Au duc, il dit : « Cet homme ne parlait aucune langue connue et il était vêtu de la manière la plus étrange qui soit. »

Tully pointa son nez sur Kulgan. « Il était aussi complètement fou et n'arrivait pas à articuler un mot compréhensible. Les temples ont investi beaucoup de temps pour... »

Borric pâlit. « Par les dieux ! Une nation de combattants avec des armées qui font plusieurs fois les nôtres en nombre, qui ont accès à volonté à notre monde. Espérons qu'ils n'ont pas tourné leurs yeux vers le royaume. »

Kulgan opina et souffla un petit nuage de fumée. « Jusque-là, nous n'avions pas encore entendu parler de gens qui leur ressemblent et peut-être n'avons-nous rien à craindre d'eux, mais j'ai le sentiment... » Il laissa passer un moment. Il se tourna un petit peu sur le côté, pour se mettre plus à l'aise, puis dit : « Ce n'est peut-être rien, mais cette référence à un pont me trouble. Cela sonne comme s'il existait déjà un passage permanent entre nos mondes. J'espère que je me trompe. » Un bruit de bottes dans l'escalier les fit se retourner. Un garde arriva en courant et se mit au garde-à-vous devant le duc, lui tendant un petit bout de papier.

Le duc le congédia et déplia le papier. Il le parcourut, puis le tendit à Tully. « J'ai envoyé des coursiers rapides aux elfes et aux nains, avec des pigeons pour renvoyer la réponse. La reine des elfes me fait savoir qu'elle est déjà en route pour Crydee et qu'elle sera là dans deux jours. »

Tully secoua la tête. « De toute ma vie, je n'ai jamais entendu dire que dame Aglaranna ait quitté Elvandar. Voilà qui a de quoi me donner froid dans le dos. »

Kulgan dit : « Il doit se passer quelque chose de vraiment grave pour qu'elle se déplace jusqu'ici. J'espère que je me trompe, mais je pense que nous ne sommes pas les seuls à avoir entendu parler de ces Tsurani. »

Le silence s'appesantit sur la pièce et Pug ressentit un profond désespoir. Il s'empressa de l'écarter, mais son écho le suivit pendant plusieurs jours.

CHAPITRE 6

Pug se pencha à la fenêtre.

Malgré la pluie torrentielle qui tombait depuis le début de la matinée, la cour fourmillait de gens. Il fallait préparer cette visite d'importance, mais à cela s'ajoutait le caractère exceptionnel des visiteurs : des elfes. Même les rares messagers elfes de la reine Aglaranna provoquaient une grande curiosité quand ils arrivaient au château, car les elfes s'aventuraient rarement au sud de la rivière Crydee. Ils vivaient à l'écart des hommes et l'on trouvait leurs manières étranges et magiques. Ils avaient vécu sur ces terres bien avant l'arrivée des hommes à l'Ouest et, selon un accord tacite, on considérait que quelles que soient les prétentions du royaume, leur peuple était un peuple libre.

Kulgan, assis devant un énorme volume, toussota. Pug se retourna pour le regarder. D'un regard, le magicien fit comprendre à Pug qu'il devait revenir à ses études. Pug ferma les volets et s'assit sur son lit. Kulgan lui dit : « Dans quelques heures, tu auras largement assez de temps pour voir des elfes, mon garçon. Et à ce moment-là, tu n'auras plus de temps à consacrer à tes études. Il serait bon que tu apprennes à gérer le temps dont tu disposes. »

Fantus rampa pour poser sa tête sur les genoux du garçon. Pug lui gratta un sourcil d'un air absent, prit son livre et recommença sa lecture. Kulgan avait chargé Pug de faire une étude comparée des qualités de sortilèges décrits par différents magiciens, dans l'espoir que cela lui permettrait d'approfondir ses connaissances sur la nature de la magie.

Kulgan pensait que le sortilège que Pug avait lancé sur les trolls résultait du terrible stress qu'il avait subi sur l'instant. Il espérait que l'étude des recherches faites par les autres magiciens pourrait aider l'enfant à briser les barrières qui l'empêchaient de progresser. Les livres fascinaient Pug et il avait nettement amélioré sa lecture.

Pug jeta un coup d'œil à son maître, qui lisait en faisant de grands nuages de fumée avec sa longue pipe. Kulgan semblait s'être remis des événements du jour précédent et il avait insisté pour que l'enfant prenne le temps d'étudier au lieu d'attendre sans rien faire l'arrivée de la reine des elfes et de sa cour.

Quelques minutes plus tard, la fumée âcre commença à piquer les yeux de Pug. Il alla à la fenêtre et rouvrit les volets. « Kulgan ?

— Oui, Pug ?

— Ce serait beaucoup plus agréable de travailler avec vous s'il était possible de garder la chaleur du feu tout en évacuant la fumée. » Entre le pot à feu et la pipe du magicien, la pièce était emplie d'une épaisse brume blanc bleuté.

Le magicien éclata de rire. « Tu as tout à fait raison. » Il ferma les yeux un moment, agita les mains dans une série de gestes furieux en prononçant doucement une incantation. Quelques instants plus tard, il se retrouva avec une boule de fumée grise dans la main, qu'il jeta par la fenêtre, laissant la pièce fraîche et claire.

Pug secoua la tête en riant. « Merci, Kulgan. Mais j'avais une idée plus simple en tête. Que diriez-vous de faire une cheminée pour le pot à feu ?

— Ce n'est pas possible, Pug », dit Kulgan en se rasseyant. Il montra le mur. « Si l'on en avait installé une au moment de la construction de la tour, ça n'aurait pas posé de problème. Mais il serait bien difficile de faire monter une cheminée jusqu'au toit en passant par ma chambre. Il faudrait tout démolir et ce serait très coûteux.

— Je ne pensais pas à une cheminée dans le mur, Kulgan. Vous avez vu dans la forge de l'armurerie qu'il y a une hotte de pierre qui évacue par le toit la chaleur et la fumée ? » Le magicien fit oui de la tête. « Eh bien, si je pouvais en faire faire une en métal par le forgeron, avec une cheminée de métal qui sortirait de la hotte pour évacuer la fumée, cela marcherait pareil, non ? »

Kulgan réfléchit à cela pendant un moment. « Il n'y a pas de raison que ça ne le fasse pas. Mais où mettrais-tu cette cheminée ?

— Là. » Pug montra deux pierres en haut à gauche de la fenêtre. Elles avaient été mal jointes lors de la construction de la tour et maintenant une faille y laissait passer l'air en sifflant. « On pourrait retirer cette pierre, dit-il en indiquant la plus à gauche. J'ai vérifié, elle bouge. La cheminée viendrait du pot à feu, tournerait ici… » Il montra un point dans l'air au-dessus du pot, au niveau de la pierre. « Et sortirait de là-bas. Si nous bouchons les interstices autour, cela empêchera le vent de rentrer. »

Kulgan sembla impressionné. « C'est une excellente idée, Pug. Ça pourrait marcher. J'en parlerai au forgeron en fin de matinée et je lui demanderai son avis sur la question. Je m'étonne que personne n'y ait jamais pensé auparavant. »

Content de lui d'avoir pensé à cette cheminée, Pug se replongea dans ses études. Il relut un passage ambigu qui l'avait déjà embarrassé. Finalement, il regarda le magicien et dit : « Kulgan.

— Oui, Pug ? répondit celui-ci en levant les yeux de son livre.

— C'est encore là. Le mage Lewton utilise ici le même vénéfice que Marsus, pour canaliser le sort d'un magicien vers une cible externe. » Il reposa le grand livre sans perdre sa page et en prit un autre. « Mais là, Dorcas écrit que l'emploi de ce vénéfice affaiblit le sort et augmente les chances qu'il ne fonctionne pas. Comment peut-il y avoir tant de contradictions sur la nature d'une seule incantation ? »

Kulgan plissa les yeux un moment en regardant son élève. Puis il se renversa sur sa chaise, tira profondément sur sa pipe et souffla un long nuage de fumée. « C'est la démonstration de ce que je t'ai déjà dit, mon garçon. Malgré toute la fierté que nous autres magiciens avons pour notre art, ni l'ordre ni la science n'y font grand-chose. La magie est un assemblage de pratiques populaires et de trucs que les mages enseignent à leurs élèves depuis la nuit des temps. C'est par tâtonnements que l'on fait avancer les choses. Personne n'a jamais tenté de créer un système de magie régi par des lois, des règles, des axiomes bien compris et acceptés de tous. » Il regarda Pug d'un air pensif. « Chacun de nous est comme un menuisier qui, pour faire sa table, choisit des bois différents, des scies différentes, des chevilles, ou des clous, d'autres des queues d'aronde, des colles, d'autres pas… finalement on obtient une table, mais la manière de la faire n'est jamais la même.

« Ce que nous avons là est très probablement un aperçu des limites des études de tous ces vénérables sages, plutôt que des systèmes de magie. Pour Lewton et Marsus, le vénéfice aidait à la construction du sortilège. Pour Dorcas, il la gênait.

— Je comprends votre exemple, Kulgan, mais je ne comprendrai jamais comment ces magiciens ont tous pu faire la même chose de tant de manières différentes. Je comprends que tous aient voulu arriver à leurs fins et qu'ils aient trouvé pour cela un moyen différent, mais il y a quelque chose qui ne va pas dans la manière dont ils l'ont fait. »

Kulgan eut l'air intrigué. « Qu'est-ce qui ne va pas, Pug? »

Le garçon prit un air pensif. « Je... je ne sais pas. C'est comme si je m'attendais à trouver quelque chose qui me dise : "C'est comme ça que ça doit être fait et pas autrement", ou je ne sais quoi dans le même genre. C'est normal, ça? »

Kulgan opina. « Je crois que tu en sais assez pour comprendre. Tu as un esprit très bien organisé, Pug. Tu comprends la logique bien mieux que la plupart des gens, même de gens beaucoup plus vieux que toi. Tu vois les choses sous forme de systèmes, plutôt que comme une série d'événements aléatoires. Peut-être est-ce l'une des raisons de tes problèmes. »

Pug semblait visiblement très intéressé par ce que disait le magicien. Kulgan poursuivit : « La plupart des choses que je m'efforce de t'enseigner sont basées sur un système logique, de cause et d'effet, mais il y a beaucoup de choses qui n'y correspondent pas. C'est comme essayer d'apprendre à quelqu'un à jouer du luth. Tu peux lui montrer comment manier les cordes, mais cette connaissance seule n'en fait pas un grand troubadour. C'est l'art et non l'étude qui te trouble.

— Je crois que je comprends, Kulgan. » Il semblait déprimé.

Kulgan se leva. « Ne te préoccupe pas de cela. Tu es encore jeune et tu es encore sauvable. » Il avait dit cela sur un ton léger et Pug comprit qu'il plaisantait.

« Alors je ne suis pas complètement perdu? répondit-il avec un sourire.

— Certainement pas. » Kulgan observa pensivement son élève. « En fait, j'ai le sentiment qu'un jour ton esprit logique permettra de faire progresser la magie. »

Pug en fut un peu étonné. Il ne se serait jamais cru capable d'accomplir de grandes choses.

Des cris montèrent par la fenêtre et Pug se précipita pour aller voir. Une troupe de gardes courait vers le portail d'entrée. Pug se tourna vers Kulgan. « Les elfes doivent arriver ! La garde est dehors. »

Kulgan dit : « Très bien. Les études sont finies pour la journée. Inutile de te retenir tant que tu n'auras pas vu les elfes. Va-t'en vite. »

Pug courut à la porte, descendit l'escalier à toute vitesse, deux à deux, sauta les quatre dernières marches et repartit dès qu'il eut touché le sol. Il fonça dans la cuisine, passa la porte. En contournant le donjon pour entrer dans la première cour, il trouva Tomas debout sur une charrette de foin. Pug monta s'installer à côté de lui, pour mieux voir les arrivants par-dessus les têtes des curieux qui s'étaient rassemblés là.

Tomas dit : « Je commençais à croire que tu ne viendrais jamais, que tu allais rester enfermé avec tes livres toute la journée. »

Pug répondit : « Je ne manquerais ça pour rien au monde. Des elfes ! »

Tomas enfonça gentiment le coude dans les côtes de Pug. « Tu n'as pas eu assez d'émotions pour la semaine ? »

Pug lui jeta un regard noir. « Si tu es aussi indifférent, pourquoi est-ce que tu es ici debout sous la pluie sur ce chariot ? »

Tomas ne répondit pas. Il pointa le doigt. « Regarde ! »

Pug se retourna et vit la compagnie de soldats se mettre au garde-à-vous au moment où un groupe de cavaliers en cape verte passait la porte. Ils s'avancèrent vers l'entrée principale du donjon, où les attendait le duc. Pug et Tomas les regardaient fixement, émerveillés par leurs montures : les chevaux blancs les plus parfaits que les garçons aient jamais vus, que les elfes montaient à cru. Ils ne semblaient même pas humides et leur robe luisait légèrement. Magie, une illusion due à la grisaille, Pug n'aurait su le dire. Le chef montait un animal particulièrement grand, de bien dix-sept mains de haut, avec une longue crinière cascadante et une queue en panache. Les cavaliers firent cabrer leurs montures pour saluer et la foule retint son souffle.

« Des chevaux elfiques », chuchota Tomas. Ces chevaux étaient les montures légendaires des elfes. Martin l'Archer avait dit une fois aux garçons qu'ils vivaient dans de lointaines clairières isolées près d'Elvandar. On disait qu'ils étaient intelligents et de nature magique et qu'aucun humain ne pouvait les monter. On disait aussi que seul quelqu'un ayant du sang de la famille royale des elfes pouvait leur ordonner de prendre un cavalier.

Des palefreniers se précipitèrent pour prendre les montures, mais une voix musicale dit : « Ce n'est pas la peine. » Elle venait du premier cavalier, celui qui était monté sur le plus haut des chevaux. La personne sauta souplement à terre, sans aide, se reçut sur les pieds avec légèreté et rejeta sa capuche en arrière, révélant une épaisse chevelure rousse. Malgré la faible luminosité d'une soirée pluvieuse, elle semblait scintiller d'or. La personne était grande, presque autant que Borric. Elle monta les marches et le duc s'avança à sa rencontre.

Borric prit ses mains entre les siennes pour l'accueillir. « Bienvenue, madame. Vous faites à ma maison et à moi-même un grand honneur. »

La reine des elfes dit : « Vous êtes très aimable, monseigneur Borric. » Sa voix, riche et étonnamment claire, portait assez loin pour que la foule rassemblée dans la cour l'entende. Pug sentit la main de Tomas lui agripper l'épaule. Il fit volte-face et vit une expression extatique peinte sur le visage de son ami. « Elle est merveilleuse », dit Tomas.

Pug se retourna pour continuer à regarder la cérémonie. Il fallait reconnaître que la reine des elfes était effectivement superbe, même si ce n'était pas tout à fait en termes humains. Elle avait de grands yeux bleu pâle, presque lumineux dans la pénombre. Son visage était finement ciselé, avec des pommettes hautes et une mâchoire forte sans être masculine. Elle avait un sourire franc et des dents blanches qui brillaient entre des lèvres presque rouges. Elle portait sur le front un simple cerclet d'or, qui lui retenait les cheveux en arrière, révélant les hautes oreilles sans lobe qui caractérisaient les gens de sa race.

Les autres membres de sa compagnie descendirent de cheval, tous richement vêtus de tuniques brillantes, avec des jambières de couleur opposée dessous. L'un portait une tunique couleur feuille-morte, un autre une jaune pâle avec un surcot vert vif. Certains avaient de larges ceintures pourpres et d'autres des chausses écarlates. Malgré les couleurs brillantes, ces vêtements étaient élégants et magnifiques, ni criards ni de mauvais goût. Onze cavaliers accompagnaient la reine, tous d'apparence similaire, grands, jeunes et souples.

La reine tourna le dos au duc et leur dit quelque chose dans sa langue musicale. Les chevaux elfiques se cabrèrent pour saluer, puis ils passèrent la porte, devant les spectateurs médusés. Le duc introduisit ses invités et rapidement la foule se dispersa. Tomas et Pug restèrent calmement assis sous la pluie.

Tomas dit : « Même si je deviens centenaire, je ne crois pas que je reverrai jamais quelqu'un comme elle. »

Pug était surpris, car son ami dévoilait rarement ce genre de sentiments. Il eut une envie fugace de le taquiner pour cette violente passion, mais quelque chose dans l'expression de son compagnon lui fit penser qu'il valait mieux s'abstenir. « Viens, dit-il, nous allons nous faire tremper. »

Tomas suivit Pug qui descendait du chariot. Pug dit : « Tu ferais mieux de prendre des vêtements secs et d'aller voir si tu peux emprunter un autre tabard. »

Tomas dit : « Pourquoi ? »

Avec un sourire malicieux, Pug dit : « Oh ? Je ne t'ai pas dit ? Le duc veut que tu dînes avec la cour. Il veut que tu dises à la reine des elfes ce que tu as vu sur le vaisseau. »

Tomas ressembla brusquement à un animal pris au piège. « Moi ? Dîner dans la grande salle ? » Il pâlit. « Parler ? À la reine ? »

Pug éclata de rire. « C'est facile. Tu ouvres la bouche et les mots sortent. »

Tomas envoya un crochet à Pug, qui se pencha pour esquiver. Son ami continua le mouvement et Pug l'attrapa par-derrière. Pug avait de la force dans les bras, même s'il n'était pas aussi grand que Tomas et il souleva aisément son ami du sol. Tomas se débattit et ils finirent rapidement tous les deux par éclater d'un fou rire irrésistible. « Pug, lâche-moi.

— Pas tant que tu ne seras pas calmé.

— C'est bon. »

Pug le reposa. « Qu'est-ce qui m'a valu ça ?

— Ton air suffisant et le fait que tu ne me l'aies dit qu'au tout dernier instant.

— D'accord. Donc, je suis désolé d'avoir attendu de te le dire. Quoi d'autre ? »

Tomas semblait mal à l'aise et la pluie ne devait pas être seule responsable de cela. « Je ne sais pas comment on mange avec des gens de qualité. J'ai peur de mal faire.

— C'est facile. Tu me regardes et tu fais comme moi. Tu prends la fourchette dans la main gauche et tu coupes avec le couteau. Ne bois pas l'eau dans les bols : c'est pour se laver les mains. Il faut beaucoup les utiliser, parce que tes mains deviennent vite très grasses à cause des côtelettes. Et fais bien attention à lancer les os aux chiens par-dessus ton épaule et pas au sol devant la table ducale. Et ne t'essuie pas la bouche sur ta manche, utilise la nappe, c'est pour ça qu'elle est faite. »

Pendant que Pug expliquait les points les plus délicats de l'étiquette à son ami, ils allèrent aux quartiers des soldats. Tomas fut impressionné par le grand savoir de Pug.

Tantôt Tomas avait mal au cœur, tantôt il souffrait. Chaque fois que quelqu'un le regardait, il se sentait coupable d'avoir commis la plus affreuse erreur d'étiquette possible et il avait mal au cœur. Chaque fois que son regard glissait vers la haute table et qu'il apercevait la reine des elfes, son estomac se tordait, se nouait et il souffrait.

Pug s'était arrangé pour que Tomas s'asseye auprès de lui à l'une des tables les plus écartées de la table ducale. La place habituelle de Pug était à la table de monseigneur Borric, à côté de la princesse. Il était heureux d'avoir une occasion d'être loin d'elle, car elle lui faisait encore sentir son déplaisir. Habituellement, elle parlait avec lui des milliers de petites choses qui intéressaient les dames de la cour, mais la nuit dernière elle l'avait purement et simplement ignoré, prodiguant toutes ses attentions à un Roland surpris et visiblement très heureux de l'aubaine. Pug jugeait sa propre réaction, un mélange de soulagement et d'irritation, plutôt étrange. Tout en étant soulagé de ne plus subir sa colère, il trouvait les courbettes que lui faisait Roland on ne peut plus déplaisantes.

Pug avait été troublé par l'hostilité de Roland à son égard ces derniers temps, mal dissimulée par des manières un peu raides. Il n'avait jamais été aussi proche de Roland que l'avait été Tomas, mais ils n'avaient jamais eu de raison de se disputer auparavant. Roland avait toujours été avec les garçons de l'âge de Pug. Il ne s'était jamais caché derrière son rang en cas de brouille avec des garçons du commun, se déclarant toujours prêt à régler l'affaire de la manière que l'on jugerait nécessaire. Et comme il était déjà bon combattant en arrivant à Crydee, ses différends eurent vite tendance à se régler de manière plutôt pacifique. Et maintenant que les relations entre Pug et Roland se faisaient tendues, Pug se surprenait à envier à Tomas ses talents de bagarreur. Tomas était le seul que Roland n'ait jamais réussi à battre à poings nus, leur première rencontre s'étant achevée brutalement sur un coup sonore asséné à Roland. Car aussi sûr que le soleil se levait chaque matin, Pug savait qu'une confrontation avec le jeune châtelain approchait. Il la craignait, mais il serait soulagé quand elle arriverait.

Pug jeta un coup d'œil à Tomas et trouva son ami plongé dans ses propres malheurs. Pug reporta son attention sur Carline. Il se sentait submergé par la présence de la princesse, mais malgré toute sa séduction, il ne pouvait s'empêcher de ressentir un certain malaise auprès d'elle. Il avait beau la trouver merveilleusement belle – ses boucles noires et ses yeux bleus enflammaient son imagination au point de le gêner –, les images étaient toujours un peu creuses, sans couleur, sans consistance, elles manquaient de la douce plénitude de l'époque où Carline n'avait été qu'une silhouette distante, inapprochable et inconnue. La proximité dont ils avaient pu bénéficier ces derniers temps, même si elle ne durait que depuis peu, l'empêchait d'entretenir ses anciennes rêveries. Elle était vraiment trop compliquée pour un simple rêve. En bref, la princesse le mettait mal à l'aise, mais la voir avec Roland lui faisait oublier ses conflits personnels à son sujet, faisant resurgir des émotions moïns logiques, plus primaires. Il devenait jaloux.

Pug soupira, secouant la tête en réfléchissant à son propre malheur, oubliant celui de Tomas. Au moins, se dit Pug, je ne suis pas seul. Au déplaisir évident de Roland, Carline était pour l'instant en pleine conversation avec le prince Calin d'Elvandar, le fils d'Aglaranna. Le prince semblait avoir le même âge qu'Arutha, ou Lyam, mais c'était aussi le cas de sa mère, en fait, qui paraissait juste vingt ans. Tous les elfes, hormis Tathar, le plus vieux conseiller de la reine, avaient l'air assez jeunes et Tathar ne semblait pas plus vieux que le duc.

Lorsque le repas fut terminé, la plupart des membres de la cour ducale se retirèrent. Le duc se leva, offrit son bras à Aglaranna et guida ceux qu'il avait convoqués à la salle du conseil.

Pour la troisième fois en deux jours, les garçons se retrouvèrent dans cette salle. Pug s'y sentit plus à l'aise que les fois précédentes, en partie grâce au copieux repas qu'il venait de prendre, mais Tomas semblait plus troublé encore qu'avant. Tomas, qui avait passé l'heure précédant le dîner à dévorer des yeux la reine des elfes, paraissait, dans ces quartiers plus petits, vouloir regarder partout sauf dans sa direction. Pug avait l'impression qu'Aglaranna avait remarqué le comportement de Tomas et qu'elle en souriait, mais il n'en était pas sûr.

Les deux elfes venus avec la reine, Calin et Tathar, allèrent immédiatement à la petite table où se trouvaient le bol et les objets pris sur le soldat tsurani. Ils les examinèrent de près, fascinés par chaque détail.

Le duc demanda de l'ordre et les deux elfes allèrent s'installer sur leur chaise, de chaque côté de la reine. Pug et Tomas se placèrent près de la porte, comme d'habitude.

Le duc dit : « Nous vous avons expliqué tout ce que nous savions de ce qui est arrivé et vous venez d'en avoir des preuves sous les yeux. Si vous pensez que cela peut vous être utile, les garçons peuvent vous réexpliquer ce qui s'est passé sur le vaisseau. »

La reine inclina la tête, mais ce fut Tathar qui prit la parole. « J'aimerais entendre l'histoire de leur bouche, Votre Grâce. »

Borric fit signe aux garçons d'approcher. Ils s'avancèrent et Tathar leur demanda : « Lequel d'entre vous a trouvé cet étranger ? »

Tomas lança à Pug un regard pour lui dire qu'il préférait que ce soit lui qui prenne la parole. Pug dit : « Tous les deux, monseigneur », sans savoir exactement comment s'adresser à l'elfe. Tathar sembla se contenter du titre. Pug raconta les événements de la journée, s'efforçant de ne rien oublier. Quand il eut fini, Tathar lui posa une série de questions qui obligèrent Pug à se creuser la tête et à ajouter quelques détails supplémentaires.

Lorsqu'il eut fini, Pug recula et Tahar répéta le processus avec Tomas. Celui-ci commença sur un ton hésitant, visiblement déconfit et la reine des elfes lui fit un sourire rassurant. Cela ne fit que le déstabiliser un peu plus et il fut rapidement congédié.

Les questions de Tathar permirent d'apporter quelques détails supplémentaires sur le vaisseau, de petites choses que les garçons avaient oubliées : des seaux remplis de sable dispersés sur le pont, des râteliers qui avaient dû contenir des lances, justifiant l'hypothèse d'Arutha selon laquelle ce devait être un vaisseau de guerre.

Tathar se pencha en avant. « Nous n'avons jamais entendu parler d'un tel navire. Par certains côtés, il ressemble à beaucoup d'autres navires, mais pas par d'autres. Vous nous avez convaincus. »

Comme s'il avait attendu un signal silencieux, Calin prit la parole : « Depuis la mort du roi mon père, j'ai fait office de chef de guerre d'Elvandar. Je supervise les éclaireurs et les patrouilles qui gardent nos bois. Il y a quelque temps nous nous sommes rendu compte qu'il y avait eu des choses étranges dans la grande forêt, au sud de la rivière Crydee. Plusieurs fois nos coursiers ont trouvé des traces laissées par des hommes, dans des parties isolées de la forêt. On en a trouvé jusque près des frontières d'Elvandar et jusqu'aux passes du Nord, près des monts de Pierre.

« Nos éclaireurs ont essayé pendant des semaines de retrouver ces hommes, mais il n'en restait que des traces, rien de ce qu'on pouvait s'attendre à trouver après le passage d'un groupe d'éclaireurs ou de combattants. Ces gens prenaient beaucoup de soin à dissimuler leur présence. S'ils n'étaient pas passés si près d'Elvandar, ils auraient pu ne jamais être détectés, mais nul ne peut passer près de nos terres sans se faire remarquer.

« Il y a plusieurs jours, l'un de nos éclaireurs a aperçu une bande d'étrangers qui traversaient la rivière au bord de nos forêts, en direction de la passe du Nord. Il les a suivis pendant une demi-journée de marche, puis il les a perdus. »

Fannon écarquilla les yeux. « Un traqueur elfe a perdu leurs traces ? »

Calin inclina légèrement la tête. « Ce n'était pas du fait de son incompétence. Ils sont simplement entrés dans un bosquet et ne sont jamais réapparus de l'autre côté. Il a suivi leurs traces jusqu'à l'endroit où elles disparaissaient. »

Lyam dit : « Je pense que nous savons maintenant où ils ont disparu. » Il semblait plus sombre qu'il ne l'avait jamais été, ce qui le faisait ressembler à son père plus encore que d'habitude.

Calin poursuivit : « Quatre jours avant que votre message n'arrive, j'ai pris la tête d'une patrouille qui avait détecté une de ces bandes et nous sommes revenus près de l'endroit où ils les avaient vus. C'étaient des hommes de petite taille, râblés, imberbes. Certains avaient les cheveux clairs, d'autres les cheveux sombres. Ils étaient dix et ils se déplaçaient dans la forêt avec beaucoup de précautions. Le moindre bruit les mettait en alerte. Malgré cela, ils n'ont pas remarqué que nous les suivions.

« Ils étaient tous vêtus de couleurs vives, de rouge, de bleu, certains de vert, d'autres de jaune, il n'y en avait qu'un qui était en robe noire. Ils portaient des épées semblables à celle qui est sur la table et d'autres qui n'avaient pas des dents de scie, des boucliers ronds et des arcs bizarres, courts, avec une étrange double courbure. »

Algon se pencha en avant. « Ce sont des arcs recourbés, comme ceux qu'utilisent les traqueurs keshians. »

Calin écarta les bras. « Kesh ne règne plus sur ces terres depuis des années et à l'époque où nous connaissions leur empire, ils n'utilisaient que de simples arcs de frêne ou d'if. »

Algon l'interrompit, parlant avec passion : « Ils ont un secret de fabrication qui leur permet de faire des arcs dans ce genre-là avec du bois et de la corne. Ils sont petits, mais ils ont une grande puissance, même s'ils ne sont pas aussi puissants qu'un arc long. Ils ont une portée impressionnante. »

Borric se racla la gorge avec insistance, pour couper le maréchal dans ses discours passionnés sur l'armement. « Si Son Altesse nous faisait l'honneur de continuer ? »

Algon se rassit, rouge de confusion, et Calin dit : « Je les ai suivis pendant deux jours. Quand ils s'arrêtaient, ils montaient leur camp sans faire de feu et faisaient très attention à ne pas laisser de trace de leur passage. Tous les restes de nourriture et tous les excréments étaient rassemblés dans un sac qu'un membre de leur bande était chargé de transporter. Ils se déplaçaient en prenant beaucoup de précautions, mais nous n'avons pas eu de mal à les suivre.

« Quand ils sont arrivés au bord de la forêt, près de l'embouchure de la passe du Nord, ils ont fait quelques marques sur un parchemin, ce qu'ils avaient déjà fait plusieurs fois au cours de leur voyage. Et puis celui en noir a mis en marche un objet bizarre et ils ont disparu. » Il y eut des remous chez les gens du duc. Kulgan sembla particulièrement troublé.

Calin resta un moment silencieux. « Je crois que la chose la plus étrange, c'était leur langue. Ils avaient une manière de parler qui ne ressemblait à rien de ce que je connais. Ils chuchotaient constamment, mais quand nous les entendions, leurs mots n'avaient aucun sens. »

La reine prit alors la parole. « Au récit de cela, je me suis inquiétée, car ces étrangers étaient visiblement en train de faire une carte de l'Ouest, se déplaçant en toute liberté dans la grande forêt, les collines des monts de Pierre et maintenant le long des côtes du royaume. Il y avait de plus en plus de rapports sur ces gens et nous nous sommes dit qu'il serait bon de vous prévenir. On avait vu de nombreuses autres bandes non loin de la passe du Nord. »

Arutha se pencha en avant, posant les bras sur la table. « S'ils traversent la passe du Nord, ils vont trouver la route menant à Yabon et aux cités libres. Les neiges auront commencé à tomber dans les montagnes et ils pourraient bien découvrir que nous ne pouvons pas avoir d'aide pendant l'hiver. »

Un moment, le duc perdit son air stoïque habituel et l'on vit l'inquiétude se peindre sur son visage. Il reprit contenance et dit : « Il y a toujours la passe du Sud et peut-être n'ont-ils pas encore cartographié jusque-là. S'ils étaient arrivés là-bas, les nains les auraient sans doute repérés, les villages des Tours grises sont plus éloignés les uns des autres que ceux des monts de Pierre.

— Monseigneur Borric, dit Aglaranna, je ne serais jamais sortie d'Elvandar si je n'avais pas cru que la situation était critique. Vu votre explication sur l'empire d'outre-monde, s'ils sont aussi puissants que vous le dites, alors tous les peuples libres de l'Ouest ont des raisons de trembler. Même si les elfes ont peu d'amour pour le royaume lui-même, nous respectons les gens de Crydee, car vous avez toujours été honorables et vous n'avez jamais cherché à envahir nos terres. Nous ferons alliance avec vous si jamais ces étrangers viennent conquérir ces terres. »

Borric resta un moment immobile sur sa chaise. « Je remercie la dame d'Elvandar pour l'aide du peuple elfe en cas de guerre. Nous vous sommes redevables aussi des nouvelles que vous nous apportez, car maintenant nous sommes en mesure d'agir. Si nous n'avions pas su ce qui se passait dans la grande forêt, nous aurions probablement laissé plus de temps à ces étrangers pour se préparer. » Il réfléchit un long moment, pesant ses mots. « Et je suis convaincu que ces Tsurani nous veulent du mal. Je comprends que l'on veuille aller à la découverte d'une terre étrange et nouvelle, pour apprendre à connaître les gens qui y vivent, mais la faire cartographier par des soldats ne peut qu'être le prélude à une invasion. »

Kulgan dit d'une voix fatiguée : « Ils vont probablement venir avec une puissante armée. »

Tully secoua la tête. « Peut-être pas. » Tous les yeux se tournèrent vers lui comme il continuait : « Je n'en suis pas si sûr. La plupart des choses que j'ai lues dans l'esprit de Xomich étaient très confuses, mais l'empire de Tsuranuanni est une nation qui ne fonctionne comme rien de ce que nous connaissons. Il y a quelque chose de très étranger à nos mœurs dans leur sens du devoir et des alliances. Je ne saurais vous expliquer mon sentiment, mais je les soupçonne de vouloir d'abord nous tester, en n'y mettant qu'une petite partie de leurs forces. C'est comme s'ils portaient leur attention ailleurs et que nous n'étions qu'une arrière-pensée. » Il secoua la tête comme pour admettre ses incertitudes. « C'est une impression que j'ai, rien de plus. »

Le duc se redressa sur sa chaise et parla avec autorité. « Nous allons agir. Je vais envoyer des messages au duc Brucal de Yabon et d'autres messages aux monts de Pierre et aux Tours grises. »

Aglaranna dit : « Il serait bon d'apprendre ce que savent les nains. »

Borric lui répondit : « J'attends de leurs nouvelles, mais nos messagers ne sont pas revenus, ni les pigeons qu'ils portaient. »

Lyam dit : « Des faucons, peut-être. Les pigeons ne sont pas toujours sûrs, ou peut-être les messagers ne sont-ils jamais arrivés chez les nains. »

Borric se tourna vers Calin. « Le siège de Carse date d'il y a quatorze ans et nous avons eu peu de commerce avec les nains depuis. Qui dirige les clans nains maintenant ? »

Le prince elfe lui répondit : « Comme avant, les monts de Pierre sont sous la bannière de Harthorn, de la lignée de Hogar, au village de Delmoria. Les Tours grises se rallient à la bannière de Dolgan, de la lignée de Tholin, au village de Caldara.

— Je connais les deux, même si je n'étais qu'un enfant quand ils ont levé le siège des Frères des Ténèbres à Carse, dit Borric. Ce seront de puissants alliés en cas de troubles. »

Arutha dit : « Et pour les cités libres, et pour le prince de Krondor ? »

Borric se rassit. « Je dois y réfléchir, j'ai entendu dire qu'il y avait des problèmes à l'est. Je vais y penser cette nuit. » Il se leva. « Je vous remercie pour ce conseil. Rejoignez vos quartiers, reposez-vous et rafraîchissez-vous. Réfléchissez à la manière dont nous pourrions lutter contre ces envahisseurs, s'ils viennent. Nous nous retrouvons demain. »

La reine des elfes se leva, il lui présenta son bras et l'accompagna par la porte, que Tomas et Pug ouvrirent. Les garçons furent les derniers à sortir. Fannon demanda à Tomas de le suivre aux quartiers des soldats et Kulgan resta dans le couloir avec Tully et les deux conseillers elfes.

Le magicien se tourna vers son apprenti. « Pug, le prince Calin m'a exprimé son intérêt pour ta petite bibliothèque de livres de magie. Veux-tu bien les lui montrer ? »

Pug accepta et accompagna le prince Calin dans l'escalier. Il ouvrit la porte de sa chambre, fit entrer Calin puis le suivit. Fantus, qui était endormi, se réveilla en sursaut. Il jeta à l'elfe un regard méfiant.

Calin traversa doucement la pièce pour s'approcher du dragonnet et lui dit quelques mots dans une langue que Pug ne comprenait pas. Fantus se rassura et il étendit le cou pour que le prince lui gratte la tête.

Au bout d'un moment, le dragonnet regarda Pug, l'air d'attendre quelque chose. Pug lui dit : « Oui, le dîner est fini. La cuisine doit être pleine de restes. » Fantus alla à la fenêtre avec un sourire affamé et il la poussa du museau. D'un claquement d'ailes il fut dehors et plana vers la cuisine.

Pug offrit un tabouret à Calin, mais le prince lui dit : « Merci, mais vos chaises et vos tabourets ne sont pas très confortables pour les gens comme moi. Je vais juste m'asseoir par terre, si vous m'y autorisez. Vous avez un animal familier pour le moins inhabituel, monseigneur Pug. » Il lui fit un petit sourire. Pug se sentait un peu mal à l'aise d'inviter le prince des elfes dans sa pauvre chambre, mais les manières de celui-ci étaient si aimables qu'il commença à se détendre.

« Fantus est moins un animal familier qu'un invité permanent. Il a une volonté propre. Parfois, il disparaît pendant des semaines, mais la plupart du temps il reste ici. Il doit manger en dehors de la cuisine maintenant que Meecham est parti. »

Calin demanda qui était Meecham. Pug le lui expliqua et ajouta : « Kulgan l'a envoyé par les montagnes vers Bordon, avec quelques gardes du duc, avant que la passe du Nord ne soit bloquée par les neiges. Il n'a pas dit pourquoi il partait, Votre Altesse. »

Calin regarda l'un des livres du garçon. « Je préfère que l'on m'appelle Calin, Pug. »

Pug opina, soulagé. « Calin, à votre avis, qu'est-ce que le duc a en tête ? »

L'elfe lui fit un sourire énigmatique. « Le duc révélera ses plans, je pense. À mon avis, Meecham prépare la voie pour le duc au cas où il déciderait d'aller à l'est. Vous le saurez probablement demain matin. » Il leva le livre qu'il feuilletait. « L'avez-vous trouvé intéressant ? »

Pug se pencha et lut le titre. « *Le Traité sur l'animation des objets* de Dorcas ? Oui, bien qu'il m'ait paru parfois nébuleux.

— Bonne estimation. Dorcas était un peu nébuleux, ou en tout cas, c'est l'impression qu'il m'a laissée. »

Pug sursauta : « Mais Dorcas est mort il y a trente ans. »

Calin fit un grand sourire, montrant une rangée de dents blanches et régulières. Ses yeux pâles brillèrent à la lumière de la lanterne. « Vous ne connaissez pas grand-chose sur les elfes ?

— En effet, lui accorda Pug. Vous êtes le premier elfe à qui je parle, même si je crois avoir déjà vu un elfe une fois, quand j'étais tout petit. Mais je n'en suis pas sûr. »

Calin mit le livre de côté. « Je ne sais que ce que m'a dit Martin l'Archer : vous parlez un peu aux animaux et à certains esprits. Vous vivez à Elvandar et dans les forêts elfiques alentour et vous restez essentiellement entre vous. »

L'elfe rit, rendant un son doux et mélodieux. « C'est presque juste. Connaissant mon ami l'Archer, je me doute que certaines de ses histoires ont été embellies, car bien qu'il ne soit pas menteur, il a un humour d'elfe. » Pug fit mine de ne pas comprendre. « Nous vivons très longtemps, selon vos critères. Nous apprenons à apprécier le côté humoristique du monde et nous trouvons souvent très amusantes des choses qui laissent les hommes froids. On peut appeler ça une autre manière de voir la vie. Martin a appris cela de nous, je pense. »

Pug acquiesça. « Ses yeux moqueurs. »

Calin leva un sourcil interrogateur. Pug s'expliqua : « Beaucoup de gens trouvent Martin difficile à vivre. Différent, en quelque sorte. Une fois, j'ai entendu un soldat dire qu'il avait des yeux moqueurs. »

Calin soupira. « La vie n'a pas été facile pour Martin. Il a été livré à lui-même très jeune. Les moines de Silban sont des hommes bons et gentils, mais ils sont mal équipés pour élever un garçon. Martin vivait dans les bois comme un sauvageon dès qu'il pouvait échapper à ses tuteurs. Je l'ai trouvé un jour, se battant avec deux de nos enfants – nous ne sommes pas très différents des hommes quand nous sommes jeunes. Les années passant, il a fini par devenir l'un des rares hommes libres d'aller et venir à Elvandar quand il le désire. C'est un ami que nous estimons beaucoup. Mais je pense qu'il porte le poids de sa solitude, il n'est jamais tout à fait dans le monde des elfes ni dans celui des hommes, il est déchiré entre les deux. »

Pug voyait subitement Martin sous un autre jour et il décida d'essayer de mieux connaître le maître chasseur. Revenant au sujet originel, il demanda : « Ce qu'il dit est-il vrai ? »

Calin opina. « Pour certaines choses. Nous parlons aux animaux comme les hommes, en jouant sur les intonations pour les apaiser, mais comme nous ressentons mieux l'humeur des bêtes sauvages, nous sommes plus doués que les hommes pour cela. Martin dispose, dans une moindre mesure, de ce pouvoir. Toutefois, nous ne parlons pas aux esprits. Nous connaissons certaines créatures que les humains considèrent comme des esprits – les dryades, les lutins, les farfadets – mais ce sont des êtres naturels qui vivent à la frontière de notre magie. »

Ceci éveilla l'intérêt de Pug : « Votre magie ?

— Notre magie est intrinsèque à notre peuple, elle est plus forte à Elvandar. C'est un héritage des âges anciens, qui nous permet de vivre en paix dans nos forêts. Là-bas, nous travaillons comme les autres, nous chassons, nous cultivons nos jardins, nous célébrons nos fêtes, nous éduquons nos enfants. Le temps passe lentement à Elvandar, car c'est un lieu sans âge. C'est pour cela que je me souviens d'avoir parlé avec Dorcas, car malgré mon apparente jeunesse, j'ai plus d'une centaine d'années.

— Une centaine... » Pug secoua la tête. « Pauvre Tomas, lui qui était déjà peiné d'apprendre que vous étiez le fils de la reine. Maintenant, il va être désespéré. »

Calin inclina la tête, un demi-sourire aux lèvres. « Le garçon qui était avec nous dans la salle du conseil ? »

Pug opina. Calin dit : « Ce n'est pas la première fois que ma mère la reine fait un tel effet à un humain, bien que les gens plus âgés en masquent les effets plus aisément.

— Cela ne vous gêne pas ? demanda Pug, se sentant responsable de son ami.

— Non, Pug, bien sûr que non. Tous ceux d'Elvandar aiment leur reine et tous reconnaissent son insurpassable beauté. Que cela ait frappé votre ami ne m'étonne pas. Depuis que mon père le roi est mort, plus d'un audacieux chez les nobles de notre race a demandé la main d'Aglaranna. Maintenant que son deuil est fini, elle peut prendre un autre époux si elle le désire. Il est peu probable qu'elle choisisse une personne de votre race, car même s'il y a déjà eu des mariages de ce genre, ils sont très rares et finissent assez tristement pour nous autres. Elle va vivre plusieurs fois la vie d'un homme, si les dieux le permettent. »

Calin regarda autour de lui dans la pièce, puis il ajouta : « Notre ami Tomas oubliera ses sentiments pour la grande dame des elfes. Probablement comme la princesse finira par changer ses sentiments pour vous, je pense. »

Pug se sentit gêné. Il s'était demandé de quoi avaient bien pu parler Carline et le prince elfe, mais il n'avait pas osé le demander. « J'ai remarqué que vous aviez longuement discuté avec elle.

— Je m'étais attendu à rencontrer un héros de deux mètres avec des éclairs crépitant sur les épaules. Visiblement, vous avez tué une douzaine de trolls d'un geste de la main. »

Pug rougit. « Il n'y en avait que deux et c'était un accident. »

Les sourcils de Calin se relevèrent. « Même deux, c'est remarquable. Je m'étais dit que cette fille s'était simplement entichée de vous. J'aimerais bien entendre l'histoire de votre bouche. »

Pug lui expliqua ce qui était arrivé. Lorsqu'il eut fini, Calin dit : « C'est une histoire peu banale, Pug. Je ne connais pas grand-chose à la magie des hommes, mais j'en sais assez pour croire que ce que vous avez fait était aussi bizarre que vous le dit Kulgan. La magie elfique est très différente de la magie des hommes, mais nous comprenons la nôtre bien mieux que vous ne comprenez la vôtre. Je n'ai jamais entendu parler d'une telle chose, mais je peux vous dire avec certitude que parfois, quand le besoin se fait très pressant, on peut en appeler à des ressources intérieures enfouies loin en soi pour employer des pouvoirs latents.

— C'est ce que je m'étais dit, mais j'aimerais bien comprendre un peu mieux ce qui est arrivé.

— Cela viendra sans doute en son temps. »

Pug regarda son hôte et poussa un profond soupir. « J'aimerais bien comprendre Carline, aussi. »

Calin haussa les épaules et sourit. « Qui sait ce qui se passe dans l'esprit d'autrui ? Je pense que pour quelque temps encore, vous resterez l'objet de toutes ses attentions. Et puis peut-être qu'un autre la détournera de vous. Peut-être le jeune Roland. Il semble qu'elle l'ait complètement envoûté. »

Pug renifla. « Roland ! Ce… ce raseur. »

Calin sourit d'un air ironique. « Ainsi vous appréciez la princesse ? »

Pug leva les yeux au plafond, comme s'il cherchait un avis supérieur. « Je l'aime bien, c'est vrai, admit-il avec un long soupir. Mais je ne sais pas si ça va jusque-là. Parfois je pense que oui – tout particulièrement quand Roland lui fait la cour – mais parfois non. Elle m'empêche de penser clairement et j'ai toujours l'impression de lui dire ce qu'il ne faut pas.

— Contrairement à monseigneur Roland », lui souffla Calin.

Pug opina. « Il est né et il a été éduqué à la cour. Il sait ce qu'il faut dire. » Pug se coucha sur ses coudes et il soupira d'un air songeur. « J'imagine qu'il m'agace juste parce que je suis jaloux. Il me donne l'impression que je ne suis qu'un lourdaud mal élevé avec des pierres pour mains et des troncs pour pieds. »

Calin acquiesça d'un air compréhensif. « Je ne me considère pas comme un expert dans les manières de votre peuple, Pug, mais j'ai passé assez de temps avec des humains pour savoir que vous décidez vous-même comment vous vous sentez. Roland vous donne l'impression que vous êtes maladroit uniquement parce que vous le laissez faire.

« Je parierais que Roland se sent comme vous quand

les positions sont inversées. Les défauts que l'on voit chez les autres ne sont jamais aussi terribles que ceux que l'on voit en soi. Roland vous envie peut-être votre franc-parler et votre honnêteté.

« Quoi qu'il en soit, ce que vous ferez, Roland et vous, aura peu d'effet sur la princesse tant qu'elle voudra n'en faire qu'à sa tête. Elle vous a idéalisé un peu, comme votre ami l'a fait avec notre reine. À moins que vous ne deveniez affreusement ennuyeux, elle n'en démordra pas tant qu'elle ne sera pas prête. Je crois qu'elle vous destine à devenir son époux. »

Pug en resta bouche bée un moment, puis il répéta : « Époux ? »

Calin sourit. « Les jeunes se préoccupent souvent beaucoup trop des choses qui n'auront à être réglées que dans plusieurs années. Je soupçonne sa détermination en la matière d'être autant due à vos hésitations qu'à une juste mesure de votre valeur. Comme de nombreux enfants, elle veut tout simplement ce qu'elle ne peut pas avoir. » Il dit amicalement : « Le temps décidera de l'issue de la chose. »

Pug se pencha en avant, l'air inquiet. « Oh ! quelle catastrophe. La moitié des garçons du château se croient amoureux de la princesse. Si seulement ils savaient à quel point la réalité peut être terrifiante. » Il ferma les yeux un long moment. « J'ai mal à la tête. Je croyais qu'elle et Roland… »

Calin lui répondit : « C'est peut-être juste un moyen d'attirer votre attention. Malheureusement, cela semble avoir créé une rivalité entre vous. »

Pug acquiesça doucement. « Je crois bien. Roland est plutôt gentil. Nous étions un peu amis. Mais depuis que j'ai été anobli, il est ouvertement hostile. J'essaye de l'ignorer, mais il finit toujours par me porter sur les nerfs. Je devrais peut-être essayer de lui parler.

— Ce serait une bonne chose, je crois. Mais ne vous étonnez pas s'il ne veut pas vous écouter. Elle l'a probablement complètement envoûté. »

Ce sujet-là commençait à donner la migraine à Pug et la mention de sortilèges lui fit demander : « Est-ce que vous accepteriez de m'en dire plus sur la magie elfique?

— Notre magie est ancienne. Elle fait partie de nous-mêmes et se trouve dans tout ce que nous faisons. Les bottes elfiques permettent de marcher silencieusement même pour les humains, les arcs elfiques touchent mieux leur cible, car c'est ainsi que fonctionne notre magie. Elle est en nous, dans nos forêts, nos œuvres. Parfois, on peut la manipuler de manière plus subtile, quand on la comprend bien... c'est ce que font nos tisseurs de sorts, comme Tahar. Mais ce n'est pas facile, car notre magie résiste beaucoup à la manipulation. Elle ressemble plus à l'air qu'à autre chose, toujours autour de nous, invisible. Mais comme l'air que l'on sent avec le vent, elle a une substance. Les hommes disent que nos forêts sont enchantées, car depuis le temps que nous y vivons, notre magie a façonné les mystères d'Elvandar. Nous y vivons en paix. Nul ne peut entrer à Elvandar sans y avoir été invité d'abord, hormis en usant de puissants pouvoirs et même les frontières les plus reculées des forêts elfiques mettent mal à l'aise les gens qui y viennent avec de mauvaises intentions. Cela n'a pas toujours été le cas : par le passé nous nous mêlions aux autres, les *moredhel*, ceux que vous nommez la Fraternité de la Voie des Ténèbres. Depuis la rupture, lorsque nous les avons chassés de nos forêts, Elvandar a changé. C'est devenu notre terre, notre patrie, notre essence même. »

Pug dit : « Est-ce que les Frères des Ténèbres sont vraiment des cousins des elfes ? »

Les yeux de Calin s'assombrirent. Il se tut un moment puis dit : « Nous parlons peu de ces choses, car nous aimerions bien que beaucoup d'entre elles soient fausses. Voici ce que je peux vous dire : il y a un lien entre les moredhel, ceux que vous appelez la Confrérie, et mon peuple, bien qu'il soit très vieux et ténu. Nous préférerions qu'il n'en soit pas ainsi, mais ce sont effectivement des cousins. Une fois de temps en temps, très rarement, l'un d'eux revient vers nous, ce que nous appelons le Retour. » Le sujet semblait le mettre très mal à l'aise.

Pug lui dit : « Je suis désolé d'avoir... »

Calin écarta ses excuses d'un geste. « Un chercheur n'a pas à s'excuser pour sa curiosité, Pug. C'est juste que je préférerais ne pas avoir à en dire plus à ce sujet. »

Ils discutèrent jusque tard dans la nuit, de beaucoup de choses. Pug était fasciné par le prince elfe et il se sentait très flatté que Calin s'intéresse à sa conversation.

Finalement, Calin lui dit : « Il vaut mieux que je me retire. Bien que je n'aie pas besoin de beaucoup de repos, il m'en faut un peu. Et je pense que vous en avez besoin aussi. »

Pug se leva en répondant : « Merci de m'avoir appris tant de choses. » Puis il sourit, un peu embarrassé. « Et de m'avoir parlé de la princesse.

— Vous aviez besoin d'en parler. »

Pug guida Calin jusqu'au couloir principal, où un serviteur le conduisit à ses quartiers. Pug retourna à sa chambre et s'allongea pour dormir, rejoint par un Fantus grognant, trempé et indigné d'avoir dû voler sous la pluie. Fantus s'endormit très vite. Pug, en revanche, continua à regarder la faible lumière de son pot à feu danser au plafond, incapable de trouver le sommeil. Il essaya de chasser de sa tête les guerriers venus d'ailleurs, mais les images de soldats vêtus de couleurs vives en train de se glisser dans les forêts de l'Ouest l'empêchaient de dormir.

Le lendemain matin, l'atmosphère était morose au château de Crydee. Les serviteurs avaient tout raconté sur les Tsurani, même s'ils manquaient de précisions. Tout le monde travaillait, guettant les potins sur ce qu'allait faire le duc. Tout le monde s'accordait sur une chose : Borric conDoin, duc de Crydee, n'était pas homme à attendre sans rien faire. On allait faire quelque chose, et vite.

Pug s'était installé sur une botte de paille, regardant Tomas s'entraîner à l'épée en frappant sur un poteau, d'un côté, de l'autre, inlassablement. Il n'avait pas le cœur à frapper et finalement il jeta l'épée par terre, dégoûté. « Je n'arrive à rien. » Il rejoignit Pug et s'assit près de lui. « Je me demande de quoi ils sont en train de parler. »

Pug haussa les épaules. « Ils », c'était le conseil ducal. Cette fois on n'avait pas demandé aux garçons de participer et les quatre dernières heures avaient passé très lentement.

Brusquement, la cour grouilla de serviteurs qui se précipitaient vers les portes. « Viens », dit Tomas. Pug sauta de son ballot de paille et suivit son ami.

Ils contournèrent le donjon juste à temps pour voir les gardes se mettre au garde-à-vous comme la veille. Il faisait plus froid, mais il ne pleuvait pas cette fois-ci. Les garçons grimpèrent sur le même chariot et Tomas frissonna. « Je crois que la neige va tomber plus tôt que d'habitude cette année. Peut-être bien demain.

— Si c'est vrai, ce sera la chute de neige la plus précoce de mémoire d'homme. Tu aurais dû prendre ta cape. Maintenant que tu as bien sué avec ton entraînement, tu vas geler. »

Tomas fit la grimace. « Par les dieux ! On dirait ma mère. »

Pug mima un air exaspéré. D'une voix aiguë et nasillarde, il dit : « Et ne viens pas te jeter dans mes bras tout bleu de froid, en toussant comme un perdu, pour te faire réconforter. Il n'est pas question que tu t'en tires à si bon compte, Tomas Megarson. »

Tomas sourit. « Là, c'est tout à fait elle. »

Ils se retournèrent en entendant les grandes portes s'ouvrir. Le duc et la reine des elfes sortirent du donjon central devant les autres invités, le duc tenant la main de la reine en signe d'adieu amical. La reine porta ensuite les mains à sa bouche et chanta une série de paroles musicales, qui sans être fortes couvraient malgré tout le bruit de la foule. Les serviteurs qui se tenaient dans la cour se turent et l'on entendit bientôt le claquement des sabots à l'extérieur du château.

Douze chevaux blancs passèrent les portes au trot et se cabrèrent pour saluer la reine des elfes. Les elfes montèrent rapidement, chacun d'eux sautant sans aide sur le dos d'une des montures. Ils levèrent la main pour saluer le duc puis firent volte-face et sortirent du château au galop.

Quelques minutes après leur départ, la foule resta là, comme si les gens n'arrivaient pas à admettre qu'ils ne verraient plus les elfes, probablement de toute leur vie. Lentement, ils retournèrent à leurs travaux.

Tomas avait les yeux perdus dans le vague et Pug se tourna vers lui. « Qu'y a-t-il ? »

Tomas répondit doucement : « J'aimerais bien voir Elvandar, un jour. »

Pug comprenait. « Cela t'arrivera peut-être. » Puis il ajouta, sur un ton plus léger : « Mais j'en doute. Je vais devenir magicien, toi guerrier et la reine régnera en Elvandar encore longtemps après notre mort. »

Tomas sauta joyeusement sur son ami, pour lutter avec lui en roulant dans la paille. « Ah, c'est comme ça ! Eh bien, moi aussi je vais aller à Elvandar un jour. » Il coinça Pug sous lui, en s'asseyant sur sa poitrine. « Et quand je le ferai, ce sera en héros, avec des dizaines de victoires contre les Tsurani. Elle m'accueillera avec tous les honneurs. Qu'est-ce que tu dis de ça ? »

Pug éclata de rire, en essayant de repousser son ami. « Et je serai le plus grand magicien de ces terres. »

Ils se mirent à rire tous les deux. Une voix interrompit leur jeu. « Pug ! Te voilà. »

Tomas s'écarta et Pug s'assit. La puissante stature de Gardell le forgeron s'approchait. C'était un homme au torse énorme, qui n'avait plus beaucoup de cheveux mais qui portait une barbe noire bien fournie. Ses bras étaient noirs de suie et son tablier était constellé de petites brûlures. Il s'arrêta devant le chariot et mit les poings sur les hanches. « Je t'ai cherché partout. J'ai cette hotte que Kulgan m'a demandé de te faire pour ton pot à feu. »

Pug s'extirpa du chariot et Tomas le suivit de près. Ils accompagnèrent Gardell à la forge qui se trouvait derrière le donjon central. Le robuste forgeron leur dit : « Sacrée bonne idée, cette hotte. Trente ans de forge sans que je pense jamais à faire une hotte pour un pot à feu. Je m'y suis mis dès que Kulgan m'en a parlé. »

Ils entrèrent dans la forge, un vaste atelier avec deux foyers, un grand et un petit, ainsi que des enclumes de multiples tailles. Toutes sortes de choses traînaient là, pour réparation : des armures, des fers pour étriers, des ustensiles de cuisine. Gardell alla au plus grand des deux foyers et il prit la hotte. Elle faisait environ un mètre de côté sur un mètre de haut et formait un cône percé d'un trou dans sa partie supérieure. Plusieurs longueurs de tuyau de métal très fin étaient posées à côté.

Gardell leur tendit sa création pour qu'ils puissent l'étudier. « Je l'ai faite très fine, avec beaucoup d'étain pour qu'elle reste très légère. Trop lourde, elle risquerait de tomber. » Du bout du pied, il montra plusieurs tiges de métal. « On va percer quelques petits trous au plafond et utiliser ça pour la tenir. Ça va probablement prendre un peu de temps pour bien ajuster les choses, mais je pense que ton idée devrait marcher. »

Pug fit un large sourire. Il était très content de voir son idée se concrétiser. C'était une sensation nouvelle et gratifiante. « Quand pouvons-nous l'installer ?

— Maintenant, si tu veux. J'aimerais la voir marcher, je t'avoue. »

Pug prit quelques tuyaux, Tomas se chargea du reste. Les bras encombrés, ils partirent vers la tour du magicien, suivis par un forgeron jubilant.

Kulgan était perdu dans ses pensées quand il commença à grimper l'escalier pour aller à sa chambre. Soudain, un cri retentit d'en haut : « Attention ! » Kulgan leva les yeux juste à temps pour voir un bloc de pierre dévaler l'escalier, rebondissant de marche en marche comme pris d'ivresse. Il fit un bond de côté et la pierre frappa le mur juste à l'endroit où il se trouvait un instant auparavant. Elle s'arrêta en bas des marches. Il y avait de la poussière de mortier dans l'air et Kulgan éternua.

Tomas et Pug descendirent l'escalier en courant, visiblement affolés. Lorsqu'ils virent que personne n'avait été blessé, ils eurent tous les deux l'air soulagé.

Kulgan leva un regard sinistre sur les deux garçons et il dit : « Que signifie ceci ? »

Pug semblait embarrassé et Tomas essaya de se cacher en rentrant dans le mur. Pug prit la parole en premier. « Nous essayions de descendre la pierre dans le jardin et elle a comme qui dirait glissé.

— Comme qui dirait glissé ? Cela ressemble davantage à une fuite éperdue vers la liberté. Mais pourquoi est-ce que vous portiez cette pierre et d'où vient-elle ?

— C'est la pierre qui était descellée dans mon mur, répondit Pug. Nous l'avons sortie pour que Gardell puisse mettre en place le dernier tuyau. » Comme Kulgan ne semblait toujours pas comprendre, Pug dit : « C'est pour mon pot à feu, vous vous souvenez ?

— Ah, dit Kulgan, oui. Maintenant, oui. » Un serviteur arriva pour s'enquérir de la raison de tout ce bruit et Kulgan lui demanda d'aller chercher deux ouvriers dans la cour pour sortir le bloc. Il ressortit et Kulgan dit aux garçons : « Je pense qu'il vaut mieux que des gens un peu plus grands que vous se chargent de déménager cette pierre. Maintenant, allons voir cette merveille. »

Ils grimpèrent l'escalier jusqu'à la chambre du garçon et trouvèrent Gardell en train d'installer le dernier tuyau. Le forgeron se tourna à leur entrée et il dit : « Eh bien, qu'est-ce que vous en pensez ? »

Le pot avait été placé un peu plus près du mur et la hotte était soutenue par quatre baguettes de métal. Toute la fumée était aspirée dans la hotte et éjectée dehors par le tuyau de tôle. Malheureusement, le trou laissé par la pierre était considérablement plus gros que le tuyau et la majeure partie de la fumée était rabattue dans la pièce par le vent.

« Kulgan, qu'est-ce que vous en pensez ? demanda Pug.

— Eh bien, mon garçon, c'est assez impressionnant, mais je ne vois pas beaucoup d'amélioration pour l'atmosphère de la pièce. »

Gardell colla un bon coup à la hotte, qui rendit un son de cloche. Il ne risquait pas de se brûler sur le métal, avec toute la corne qu'il avait aux mains. « Ça ira mieux dès que j'aurai bouché ce trou, mage. Je vais aller chercher de ce cuir de bœuf que j'utilise pour les boucliers des cavaliers, je vais faire un trou dedans, le glisser autour du tuyau et le clouer au mur. En y ajoutant du produit pour tanner, la chaleur va le sécher et ce sera dur comme du bois. Ça va garder la chaleur en empêchant la pluie, le vent et la fumée de passer. » Le forgeron semblait content de son œuvre. « Bien, je vais aller chercher le cuir. Je reviens dans un instant. »

Pug laissa éclater sa fierté de voir son invention réalisée et Tomas semblait aussi content que son ami. Kulgan eut un petit sourire pour lui-même. Tout à coup, Pug se tourna vers le magicien, se rappelant où il avait passé la journée. « Quelles sont les nouvelles du conseil ?

— Le duc a envoyé des messages à tous les nobles de l'Ouest, en expliquant en détail ce qui est arrivé et en leur demandant de préparer les armées de l'Ouest. J'ai peur que les scribes de Tully n'aient des jours difficiles devant eux, car le duc veut que tout soit fini au plus vite. Tully est dans tous ses états, le duc lui a donné l'ordre de rester pour servir de conseiller à Lyam, avec Fannon et Algon, pendant son absence.

— Conseiller de Lyam ? Son absence ? demanda Pug sans comprendre.

— Oui, le duc, Arutha et moi partons vers les cités libres puis à Krondor, pour parler au prince Erland. Je vais essayer d'envoyer un message en rêve à un de mes collègues cette nuit. Belgan vit au nord de Bordon. Il fera passer le message à Meecham, qui devrait être arrivé là-bas maintenant, pour qu'il nous trouve un bateau. Le duc pense qu'il vaut mieux qu'il transmette lui-même le message. »

Pug et Tomas semblaient très excités. Kulgan se doutait qu'ils auraient bien voulu tous les deux les accompagner. Visiter Krondor serait la plus grande aventure de leur courte vie. Kulgan caressa sa barbe grise. « Il sera difficile de continuer tes leçons, mais Tully peut t'apprendre quelques petites choses. »

Pug semblait près d'éclater. « S'il vous plaît, Kulgan, est-ce que je peux venir aussi ? »

Kulgan fit semblant d'être surpris. « Que tu viennes ? Je n'y avais jamais pensé. » Il se tut un moment pour laisser durer le suspense.

« Eh bien… » Les yeux de Pug se firent suppliants. « … je

crois que cela ne devrait pas poser de problème. » Pug laissa échapper un cri et sauta en l'air.

Tomas avait du mal à cacher son désappointement. Il se força à faire un faible sourire et à paraître heureux pour Pug.

Kulgan se dirigea vers la porte. Pug remarqua le visage désolé de Tomas. « Kulgan ? » dit Pug. Le magicien se retourna, un petit sourire aux lèvres.

« Oui, Pug ?

— Tomas aussi ? »

Tomas secoua la tête, car il n'était ni un membre de la cour ni sous la responsabilité du magicien, mais ses yeux fixaient Kulgan d'un air implorant.

Kulgan fit un grand sourire. « Je crois qu'il vaut mieux vous garder ensemble, pour concentrer les ennuis en un seul lieu. Tomas aussi. Je vais arranger cela avec Fannon. »

Tomas hurla et les deux garçons se donnèrent de fortes tapes dans le dos.

Pug demanda : « Quand partons-nous ? »

Kulgan rit. « Sous cinq jours. Ou plutôt, si le duc reçoit des nouvelles des nains. On envoie des coursiers voir si la passe du Nord est dégagée. Si elle ne l'est pas, nous emprunterons la passe du Sud. »

Kulgan sortit, laissant les deux garçons danser dans les bras l'un de l'autre en hurlant d'excitation.

CHAPITRE 7

Pug traversa la cour à toute vitesse.

La princesse Carline lui avait envoyé un mot pour lui donner rendez-vous dans le jardin de fleurs. C'était le premier mot que lui envoyait Carline depuis leur dernière rencontre où elle était partie furieuse et Pug était très inquiet. Il ne voulait pas être en mauvais termes avec Carline, quels que soient ses sentiments conflictuels envers elle. Après sa brève discussion avec Calin deux jours auparavant, il était allé voir le père Tully et avait longuement parlé avec lui.

Le vieux prêtre avait accepté de prendre le temps de discuter avec le garçon, malgré le travail considérable que le duc exigeait de son équipe. La discussion avait beaucoup aidé Pug, qui en était ressorti plus sûr de lui. Le dernier message du vieux prêtre avait été : « Cesse de t'inquiéter de ce que pense ou ressent la princesse et essaye de découvrir ce que pense ou ressent Pug. »

Il avait suivi les conseils du prêtre et maintenant il savait ce qu'il allait dire si Carline commençait à lui parler d'un quelconque « accord » entre eux. Pour la première fois depuis des semaines, il avait l'impression de savoir à peu près où il allait – même s'il ne savait pas vraiment où allait le mener cette voie.

En arrivant au jardin de la princesse, il tourna au coin et s'arrêta, car au lieu de Carline, ce fut Roland qu'il trouva en bas des marches. Avec un petit sourire, Roland lui fit un signe de tête.

« Bonne journée, Pug.

— Bonne journée, Roland. » Pug regarda autour de lui.

« Tu attendais quelqu'un ? » dit Roland, se forçant à prendre un ton léger que démentait complètement son air agressif. Il avait la main négligemment posée sur le pommeau de son épée. Hormis l'épée, il était habillé comme d'habitude, avec des pantalons de couleur et une tunique vert et or et de hautes bottes de cavalerie.

« Eh bien, en fait, je m'attendais à voir la princesse », dit Pug d'un air un peu méfiant.

Roland feignit la surprise. « Vraiment ? Dame Glynis m'a plus ou moins parlé d'un mot, mais j'avais cru comprendre qu'il y avait des tensions entre vous... »

Pug s'était efforcé d'être très compréhensif pour Roland ces derniers jours, mais son attitude désinvolte et supérieure ainsi que son hostilité chronique l'irritaient au plus haut point. Laissant l'exaspération le gagner, il répliqua : « Entre nobles, Roland, laisse-moi t'expliquer quelque chose : mes relations avec Carline ne te regardent pas ! »

Roland, furieux, s'empourpra. Il s'avança, baissant les yeux sur Pug qui était plus petit que lui. « Je t'en ficherais, que ça me regarde pas ! Je ne sais pas à quoi tu joues, Pug, mais si jamais tu lui fais le moindre mal, je...

— Moi, lui faire du mal ! » le coupa Pug. Il était estomaqué par la violence de la colère de Roland et furieux de ses menaces. « C'est elle qui nous dresse l'un contre l'autre... »

Brusquement, Pug sentit le sol vaciller sous ses pieds et s'élever violemment pour le frapper dans le dos. Des lumières éclatèrent dans ses yeux et il entendit une cloche sonner dans sa tête. Il lui fallut un long moment pour comprendre que Roland venait de le frapper. Pug secoua la tête et il arrêta de voir flou. Il vit l'autre, plus vieux et plus grand que lui, debout au-dessus de lui, les deux poings fermés. Roland cracha ces mots entre ses dents : « Si jamais tu dis encore du mal d'elle, je t'assomme. »

Pug sentit la rage monter en lui et il s'enflamma. Il se remit debout lentement, les yeux fixés sur Roland qui se tenait prêt à se battre. La bouche amère, Pug dit froidement : « Tu as eu deux ans pour la séduire, Roland. Laisse tomber. »

Roland pâlit et il chargea, emportant Pug avec lui. Ils tombèrent tous les deux par terre en se battant. Roland frappait Pug sur les épaules et sur les bras sans le blesser vraiment. En roulant et en s'attrapant, ils ne pouvaient pas se faire grand mal. Pug réussit à passer un bras autour du cou de Roland et il serra jusqu'à ce que son aîné frappe le sol furieusement. Soudain, Roland plaça son genou contre le torse de Pug et il poussa. Pug roula et se releva. Roland fit de même un instant plus tard et ils se remirent en garde. Le visage de Roland passa de la rage à une colère froide et calculatrice. Il mesura la distance qui les séparait. Il s'avança prudemment, le bras gauche en protection devant lui, le poing droit juste devant le visage. Pug n'avait aucune expérience de ce genre de combat, que l'on appelait la boxe, bien qu'il ait déjà vu des gens le pratiquer pour de l'argent dans des spectacles itinérants. Roland avait montré plusieurs fois qu'il avait fait plus que juste s'intéresser à ce sport.

Pug chercha à prendre l'avantage et il envoya un crochet rapide à la tête de Roland. Roland esquiva en se penchant en arrière et Pug tourna sur lui-même. Alors, Roland bondit en avant, frappa de la main gauche la joue de Pug, dont la tête fut rejetée en arrière par la violence du coup. Pug s'écarta en titubant et la droite de Roland manqua son menton d'un cheveu.

Pug leva les mains pour se protéger d'un autre coup et il secoua la tête pour se débarrasser des étoiles qui dansaient devant ses yeux. Il réussit de justesse à plonger sous le coup suivant. Pug passa sous la garde de Roland, le frappa de l'épaule dans l'estomac et il le refit tomber. Pug lui sauta dessus et attrapa ses bras pour essayer de les bloquer. Roland donna un coup de coude dans la tempe de Pug et l'apprenti magicien, momentanément étourdi, s'effondra, la tête dans le vague.

Comme il se relevait, une douleur violente lui explosa au visage et le monde bascula de nouveau. Désorienté, incapable de se défendre, Pug sentit Roland le rouer de coups, comme à distance, avec l'impression que son corps était perdu dans la brumc. Unc sorte d'alerte sonna dans son esprit. Sans prévenir, un processus se déclencha au-delà de sa conscience affaiblie par la douleur. Des instincts plus primaires, plus bestiaux prirent le dessus et une conscience décalée, qu'il ne comprenait pas, fit jaillir de lui une force nouvelle. Comme lors de la rencontre avec les trolls, des lettres aveuglantes de feu et de lumière apparurent dans son esprit et il incanta en silence.

L'esprit de Pug était revenu à un état primitif. Dans son reste de conscience, il se voyait comme une créature primaire prête à tuer pour survivre. Toutes ses pensées étaient tendues vers la mort de son adversaire.

Soudain, une alarme sonna dans l'esprit de Pug. Il sentait au fond de lui qu'il était en train de commettre quelque chose de profondément injuste et mauvais. Ses mois d'entraînement lui revinrent en tête et ce fut comme s'il entendait la voix de Kulgan lui crier : « Ce n'est pas ainsi que l'on doit user de son pouvoir! » Pug déchira le voile mental qui lui couvrait les yeux.

La vue trouble et piquetée d'étoiles, Pug vit Roland à genoux à un mètre à peine devant lui, les yeux écarquillés, luttant vainement contre des doigts invisibles autour de sa gorge. Pug ne sentait aucun contact avec ce qu'il voyait et quand son esprit commença à s'éclaircir, il comprit brusquement ce qui se produisait. Il se pencha en avant et attrapa les poignets de Roland. « Arrête, Roland ! Arrête ! Ce n'est pas réel. Il n'y a que tes mains sur ta gorge. » Roland, aveuglé par la terreur, semblait incapable de comprendre ce que lui hurlait Pug. Rassemblant le peu de forces qui lui restaient, Pug tira sur les mains de Roland, puis il lui donna une bonne gifle. Les yeux de Roland s'emplirent de larmes et brusquement il avala bruyamment une grande goulée d'air. Encore essoufflé, Pug dit : « C'est une illusion. Tu étais en train de t'étouffer tout seul. »

Roland haletait. Il s'écarta de Pug, la peur se lisant sur son visage. Il essaya faiblement de tirer son épée. Pug s'avança et lui attrapa fermement le poignet. Il secoua la tête et dit avec difficulté : « C'est inutile. »

Roland regarda Pug dans les yeux et sa peur commença à refluer. Quelque chose chez l'aîné sembla se briser et il n'y eut plus qu'un jeune homme épuisé allongé par terre. Respirant difficilement, Roland se rassit, des larmes dans les yeux, et demanda : « Pourquoi ? »

Pug, très fatigué, s'appuya en arrière sur ses mains. Il observa le beau visage torturé par le doute qui se trouvait devant lui. « C'est parce que tu es sous l'effet d'un charme plus irrésistible que tout ce que je pourrai jamais lancer. » Il regarda Roland dans les yeux. « Tu l'aimes vraiment, n'est-ce pas ? »

Les derniers vestiges de la colère de Roland se dissipèrent lentement mais l'éclat de ses yeux demeurait vaguement craintif. Pug y lut aussi toute son angoisse et une profonde douleur quand une larme roula sur sa joue. Ses épaules s'affaissèrent et il acquiesça, secoué de hoquets, incapable de parler. Un moment, il resta au bord des larmes, mais il réussit, malgré sa douleur, à les refouler et à reprendre contenance. Roland prit une profonde inspiration, essuya ses larmes et inspira encore une fois. Il regarda Pug droit dans les yeux, puis lui demanda d'un air méfiant : « Et toi ? »

Pug s'allongea par terre, sentant ses forces lui revenir doucement. « Je... je ne suis pas sûr. Elle me fait douter de moi-même. Je ne sais pas. Parfois je n'arrive pas à me la sortir de la tête et d'autres fois je voudrais être aussi loin d'elle que possible. »

Roland montra qu'il comprenait, ses dernières peurs refluèrent. « Moi, c'est ma tête que j'ai du mal à ne pas oublier loin de moi quand il s'agit d'elle. »

Pug eut un petit rire. Roland le regarda, puis il commença aussi à rire. « Je ne sais pas pourquoi, dit Pug, mais je trouve ce que tu viens de dire terriblement drôle. » Roland opina et se remit à rire. Bientôt, de grosses larmes leur coulèrent sur les joues.

Roland se remit un peu et commença à s'apaiser. Pug le regarda et dit : « On en perd la tête ! », ce qui redéclencha une autre crise de rire.

« Eh bien ! » dit sèchement une voix. Ils se tournèrent et virent Carline, suivie de deux dames de compagnie, qui les regardait. Pug et Roland se turent immédiatement. Jetant un regard désapprobateur aux deux garçons étalés par terre, elle dit : « Puisque vous semblez vous plaire autant, je ne vais pas vous déranger plus longtemps. »

Pug et Roland échangèrent un regard, puis soudain ils éclatèrent d'un rire tonitruant. Roland tomba à la renverse et Pug, assis les jambes allongées, riait en se cachant le visage entre les mains. Carline, outrée, rougit et écarquilla les yeux. Prise d'une rage froide, elle dit : « Excusez-moi ! » et se retourna, passant entre ses dames. En partant, ils l'entendirent s'exclamer : « Ah, les hommes ! »

Pug et Roland restèrent assis un moment, le temps que leur fou rire se calme. Puis Roland se leva et tendit la main à Pug. Pug la prit et Roland l'aida à se relever. « Désolé, Pug. Je n'avais pas le droit de me mettre en colère contre toi. » Sa voix s'adoucit. « Je n'arrive pas à dormir sans penser à elle. Je guette chaque instant où je peux me retrouver avec elle. Mais depuis que tu l'as sauvée, elle n'a plus que ton nom à la bouche. » Touchant son cou douloureux, Roland dit : « J'étais si furieux que je crois bien que j'aurais pu te tuer. En fait de te tuer, j'ai bien failli me faire tuer moi. »

Pug jeta un coup d'œil vers l'endroit où la princesse avait disparu et opina. « Je suis désolé, moi aussi, Roland. Je n'arrive pas encore très bien à contrôler la magie et quand je perds mon calme, il semble que les choses les plus terribles peuvent arriver. Comme avec les trolls. » Pug voulait faire comprendre à Roland qu'il restait lui-même, même s'il était devenu un apprenti magicien. « Je n'aurais jamais fait ça de moi-même – surtout à un ami. »

Roland regarda Pug un moment et il lui fit un sourire mi-forcé, mi-désolé. « Je comprends. J'ai mal agi. Tu avais raison : elle nous dresse l'un contre l'autre. C'est moi l'imbécile. C'est toi qui l'intéresses. »

Pug prit un air tout déconfit. « Crois-moi, Roland, je ne suis pas sûr qu'il faille m'envier. »

Le sourire de Roland se fit plus franc. « C'est sûr, elle a un sacré caractère. » Roland avait le choix entre s'apitoyer sur lui-même et faire le bravache. Il choisit de faire le bravache.

Pug secoua la tête. « Qu'est-ce qu'on va faire, Roland ? »

Roland eut l'air surpris, puis il éclata de rire. « Ne viens pas me demander mon avis; Pug. Elle me mène par le bout du nez. Mais "un cœur de jeune fille change aussi souvent que les notes d'un fifre", comme dit le vieux dicton. Je ne peux pas t'en vouloir de ce que fait Carline. » Il lui adressa un clin d'œil plein de sous-entendus. « Malgré tout, ne t'étonne pas si je profite d'une saute de vent. »

Pug rit malgré son épuisement. « Je me disais aussi que tu te faisais un peu trop généreux. » Il prit un air songeur. « Tu sais, ce serait plus simple – pas mieux, mais plus simple – si elle continuait à m'ignorer, Roland. Je ne sais trop que penser de tout cela. Il faut que je finisse mon apprentissage. Un jour je vais avoir des terres à gérer. Et puis il y a cette histoire des Tsurani. Tout arrive si vite, je ne sais plus où donner de la tête. »

Roland regarda Pug avec une sorte de compassion. Il mit la main sur l'épaule de son cadet. « J'oublie que l'apprentissage et la noblesse sont deux choses encore nouvelles pour toi. Moi, je ne peux pas dire que j'aie beaucoup réfléchi à ces lourdes considérations, même si ma naissance a décidé de mon sort. Toutes ces réflexions sur l'avenir, c'est assez aride. Je suis sûr qu'une bonne bière pourrait nous aider à faire passer les choses. »

Tout en se rajustant, Pug opina : « J'aimerais bien. Mais Megar risque de ne pas être du même avis, je le crains. »

Roland se gratta le nez. « Alors, mieux vaut que le maître cuisinier ne nous sente pas venir. Viens, je connais un endroit du cellier à bière où les planches sont disjointes. Nous devrions pouvoir prendre un verre ou deux sans nous faire remarquer. »

Roland fit mine de partir, mais Pug l'arrêta et lui dit : « Roland, je suis désolé de m'être battu avec toi. »

Roland regarda Pug un moment et sourit. « Moi aussi. » Il tendit la main : « Paix. »

Pug la prit : « Paix. »

Ils passèrent le coin du jardin de la princesse et s'arrêtèrent. On procédait sous leurs yeux à un supplice affreux. Tomas traversait la cour, de la caserne des soldats au petit portail, en armure complète – une vieille cotte de mailles sur un gambison, un heaume et de lourdes jambières de métal par-dessus des bottes montantes. À un bras il avait un large bouclier et à l'autre une lourde lance de plus de trois mètres, ferrée au bout, qui pesait cruellement sur son épaule droite. Cela lui donnait un air comique, car il penchait un peu vers la droite et vacillait légèrement à chaque pas, luttant pour garder son équilibre.

Le sergent de la garde ducale lui donnait la cadence. Pug connaissait le sergent, un vrai géant, très sympathique, du nom de Gardan. Sa peau sombre disait son origine keshiane. Ses dents blanches étincelèrent dans sa barbe noire bien fournie lorsqu'il vit Pug et Roland. Il était presque aussi large d'épaules que Meecham, et il avait la même démarche tranquille qui caractérise les chasseurs et les guerriers. Malgré quelques fils gris dans sa chevelure noire et ses trente années de service, son visage était resté jeune et sans rides. Avec un clin d'œil à l'adresse de Pug et de Roland, il aboya : « Halte ! », et de Tomas s'arrêta net.

Tandis que Pug et Roland s'approchaient, Gardan lança : « À droite, droite ! » Tomas obéit. « Pour les seigneurs... Présentez... armes ! » Tomas étendit le bras droit et inclina la lance pour saluer. Il laissa la pointe tomber un peu trop et faillit rompre le garde-à-vous pour la replacer.

Pug et Roland vinrent se placer à côté de Gardan, et le grand soldat les salua simplement et leur fit un grand sourire. « Bonjour, messeigneurs. » Il se tourna vers Tomas un instant. « Épaulez, arme ! À vos postes... marche ! » Tomas s'ébranla, se dirigeant vers le « poste » qui lui avait été assigné, c'est-à-dire la cour devant les casernements des soldats.

Éclatant de rire, Roland demanda : « C'est quoi ? Un entraînement spécial ? »

Gardan, une main sur l'épée, pointa Tomas de l'autre. « Le maître d'armes Fannon a pensé qu'il serait salutaire pour notre jeune guerrier que quelqu'un veille à ce que la fatigue ou d'autres problèmes d'ordre mineur n'interfèrent pas avec son entraînement. » Baissant légèrement la voix, il ajouta : « C'est un coriace : il s'en sort bien, même s'il risque d'avoir un peu mal aux pieds à la fin.

— Pourquoi cet entraînement particulier ? » demanda Roland. Pug secoua la tête quand Gardan le leur expliqua.

« Notre jeune héros a perdu deux épées. La première, c'était compréhensible, car l'affaire du vaisseau était vitale et dans l'excitation du moment on pouvait excuser un tel oubli. Mais la seconde a été trouvée sur le sol humide près d'un chariot le jour où la reine des elfes est partie avec ses gens et le jeune Tomas n'était nulle part en vue. » Pug savait que Tomas avait complètement oublié son entraînement quand Gardell était arrivé avec la hotte pour son pot à feu.

Tomas arriva au bout du chemin qu'on lui avait fixé, fit demi-tour et commença à revenir. Gardan regarda les deux garçons blessés et épuisés et il demanda : « Dans quel pétrin ont bien pu aller se fourrer deux gentilshommes comme vous ? »

Roland s'éclaircit la gorge de manière théâtrale et répondit : « Ah... J'ai donné à Pug sa première leçon de boxe. »

Gardan s'approcha et prit le menton de Pug entre ses doigts, lui tournant la tête pour l'inspecter. Évaluant les dégâts, il dit : « Roland, rappelez-moi de ne jamais vous demander d'enseigner à mes hommes le maniement de l'épée – nous ne pourrions nous permettre de telles pertes. » Relâchant sa prise sur la tête de Pug, il ajouta : « Vous allez avoir un œil superbe, demain matin, châtelain. »

Pour changer de sujet, Pug demanda : « Comment se portent vos fils, Gardan ?

— Plutôt bien, Pug. Ils apprennent leur métier et ils rêvent de devenir riches. Il n'y a que mon cadet, Faxon, qui veuille toujours se faire soldat au prochain Choix. Les autres deviennent des experts charrons sous la tutelle de mon frère Jeheil. » Il sourit tristement. « Maintenant qu'il n'y a plus que Faxon, la maison me paraît très vide, même si ma femme semble plutôt contente de cette tranquillité. » Il eut un de ses irrésistibles sourires auxquels on ne pouvait que répondre. « Mais les aînés vont bientôt se marier et je vais avoir plein de petits-enfants et plein de bruit et de joie une fois de temps en temps. »

Comme Tomas s'approchait, Pug demanda : « Puis-je parler au condamné ? »

Gardan se mit à rire, caressant sa courte barbe. « J'imagine que je pourrais regarder ailleurs un moment, mais soyez bref, monseigneur. » Pug laissa Gardan bavarder avec Roland et il vint se mettre à côté de Tomas alors que celui-ci se retournait pour aller de l'autre côté de la cour. « Comment ça va ? » demanda Pug.

Du coin de la bouche, Tomas répondit : « Oh, très bien. Encore deux heures comme ça et je vais être bon pour l'enterrement.

— Tu n'as pas le droit de te reposer ?

— Toutes les demi-heures, j'ai droit à cinq minutes de garde-à-vous. » Il arriva à l'autre bout et fit un demi-tour raisonnablement sec, puis il reprit sa marche vers l'endroit où se tenaient Gardan et Roland. « Quand on a fini de poser la hotte, je suis retourné au chariot et j'ai vu qu'il n'y avait plus l'épée. J'ai cru que mon cœur allait s'arrêter. J'ai regardé partout. J'ai quasiment roué Rulf de coups, en pensant que c'était lui qui l'avait cachée pour me faire une sale blague. Quand je suis revenu à la caserne, Fannon était assis sur ma couche et il graissait la lame. J'aurais juré que les autres soldats allaient défaillir tellement ils avaient du mal à se retenir quand il a dit : "Si tu te sens assez bon à l'épée, peut-être que tu aimerais t'entraîner à monter la garde avec une lance."

Une journée entière comme punition, ajouta-t-il tristement. J'ai l'impression que je vais mourir. »

Ils passèrent à côté de Roland et de Gardan et Pug s'efforça de ressentir de la sympathie pour lui. Comme les autres, il trouvait la situation comique. Cachant son amusement, il baissa la voix et lui dit tout bas : « Je ferais mieux d'y aller. Si jamais le maître d'armes débarque, il pourrait te donner un jour de plus. »

Tomas grogna à cette simple idée. « Les dieux m'en préservent. Va-t'en, Pug. »

Pug murmura : « Quand tu en auras fini, rejoins-nous dans la réserve à bière si tu te sens en état. » Pug s'écarta de Tomas et rejoignit Gardan et Roland. Au sergent, il dit : « Merci, Gardan.

— Ce fut un plaisir, Pug. Notre apprenti chevalier est doué, même si pour l'instant il ne doit pas en mener large. Il aime bien se faire remarquer. »

Roland opina. « Bah, j'imagine qu'il ne perdra plus son épée de sitôt. »

Gardan éclata de rire. « C'est bien vrai. Maître Fannon pouvait lui pardonner la première, mais pas la seconde. Il a pensé qu'il valait mieux que Tomas n'en fasse pas une habitude. Votre ami est le meilleur élève que le maître d'armes ait eu depuis le prince Arutha, mais ne le dites pas à Tomas. Fannon est toujours plus dur pour ses élèves les plus doués. Bien, bonne journée à vous deux, messeigneurs. Et, les garçons... » Ils s'arrêtèrent. « Je ne parlerai à personne de votre "première leçon de boxe". »

Ils remercièrent le sergent pour sa discrétion et se dirigèrent vers la réserve à bière, tandis que la voix de Gardan résonnait dans la cour pour donner la cadence.

Pug avait bien entamé sa deuxième chope de bière et Roland finissait sa quatrième quand Tomas apparut entre les planches disjointes. Sale et suant, il s'était débarrassé de son armure et de ses armes. Mimant une fatigue terrible, il dit : « Le monde doit être en train de s'écrouler : Fannon m'a libéré plus tôt que prévu de mon entraînement.

— Pourquoi ? » demanda Pug.

Roland, assis sur un sac de grains à bière, se pencha paresseusement vers une étagère à côté de lui et il y prit une chope. Il la lança à Tomas, qui la rattrapa au vol et la remplit au baril sur lequel Roland appuyait les pieds.

Tomas but une longue gorgée, puis il s'essuya la bouche du dos de la main et dit : « On prépare quelque chose. Fannon nous est tombé dessus, il m'a dit de lâcher mes jouets et il a pratiquement tiré Gardan pour le faire sortir de la cour tellement il était pressé. »

Pug dit : « Peut-être que le duc se prépare à partir à l'est ? »

Tomas répondit : « Peut-être. » Il regarda ses deux amis et vit leurs visages tuméfiés. « D'accord. Qu'est-ce qui s'est passé ? »

Pug regarda Roland et lui fit signe d'expliquer la raison de leur triste apparence. Roland lança à Tomas un sourire ironique et dit : « Nous nous sommes entraînés en vue du tournoi de boxe ducal. »

Pug faillit s'étrangler avec sa bière et éclata de rire. Tomas secoua la tête. « Vous faites une de ces paires ! Vous vous êtes battus pour la princesse ? »

Pug et Roland échangèrent un regard. Puis comme un seul homme, ils se jetèrent ensemble sur Tomas pour le plaquer au sol sous leur poids. Roland maintenait Tomas puis, quand Pug réussit à le maintenir en place, il prit une chope de bière à moitié remplie et la lui tint au-dessus de la tête. Solennellement, Roland dit : « En ce lieu, je te sacre, Tomas, premier prophète de Crydee ! » Et en prononçant ces paroles, il versa le contenu de la chope sur le visage du garçon qui se débattait.

Pug éructa et dit : « Moi aussi. » Il versa le reste de sa chope sur son ami.

Tomas cracha de la bière en riant et il s'exclama : « J'avais raison ! J'avais raison ! » En se débattant contre les deux garçons qui pesaient sur lui de tout leur poids, il dit : « Bon, dégagez ! Ou est-ce que je dois te rappeler, Roland, quelle est la personne qui t'a fait saigner du nez pour la dernière fois ? »

Roland s'écarta lentement, sa dignité le forçant, malgré son ivresse, à se déplacer avec une précision absolue. « Tu as raison. » Se tournant vers Pug, qui s'était lui aussi écarté de Tomas, il dit : « Malgré tout, il faut que tout le monde sache clairement qu'à ce moment-là la seule et unique raison pour laquelle Tomas a réussi à me faire saigner du nez, c'est qu'il a bénéficié durant le combat d'un avantage parfaitement injuste. »

Pug regarda Roland d'un œil trouble et demanda : « Quel avantage injuste ? »

Roland mit un doigt sur ses lèvres pour montrer que c'était un secret, puis il chuchota : « Il gagnait. »

Roland retomba en arrière sur son sac de grains et Pug et Tomas éclatèrent de rire. Pug trouvait la remarque si drôle qu'il n'arrivait plus à s'arrêter et le rire de Tomas ne faisait qu'empirer les choses. Il se releva finalement, essoufflé, les côtes douloureuses.

Reprenant son souffle, Pug dit : « Dire que j'ai manqué ça. Je faisais autre chose, mais je ne me rappelle plus quoi.

— Tu étais au village à réparer les filets, si je me souviens bien, quand Roland est arrivé ici de Tulan pour la première fois. »

Avec un sourire forcé, Roland dit : « Je me suis disputé avec quelqu'un – tu te rappelles qui ? » Tomas secoua la tête pour signifier que non. « Enfin, je me suis disputé et Tomas est arrivé et il a essayé de nous séparer. Je n'arrivais pas à croire que ce gamin qui n'avait que la peau sur les os... » Tomas commença à élever une objection, mais Roland le coupa, agitant son doigt tendu dans sa direction. « Parfaitement. Que la peau sur les os, et encore. Je n'aurais jamais cru que ce gamin avec la peau sur les os – ce jeune manant avec seulement la peau sur les os – ose se permettre de me dire – à moi, jeune membre de la cour ducale et gentilhomme, si je puis me permettre d'ajouter – comment je devais me comporter. Alors j'ai fait la seule chose qu'un bon gentilhomme puisse faire en de telles circonstances.

— Quoi ? demanda Pug.

— Je lui ai collé un coup sur la bouche. » Les trois éclatèrent de rire à nouveau.

Tomas secoua la tête à ce souvenir, tandis que Roland continuait : « C'est alors qu'il a commencé à me coller la pire rouste qu'il m'ait été donné de recevoir depuis la dernière fois où mon père m'a pris à faire l'imbécile. C'est le jour où je me suis mis sérieusement à la boxe. »

Avec un faux air sérieux, Tomas ajouta : « Bah, nous étions jeunes, alors. »

Pug remplit les chopes. Bougeant inconfortablement sa mâchoire, il dit : « Eh bien, là, en ce moment, j'ai l'impression d'avoir cent ans. »

Tomas les regarda tous les deux un moment. « Sérieusement, vous vous êtes battus pour quoi ? »

Avec un mélange d'humour et de regret, Roland dit : « La fille de notre seigneur, une fille d'un charme ineffable...

— C'est quoi, ineffable ? » demanda Tomas.

Roland lui jeta un regard de dédain embrumé par l'alcool. « Indescriptible, imbécile ! »

Tomas secoua la tête. « Je ne pense pas que la princesse soit une indescriptible imbécile... » Il plongea pour éviter la chope de Roland, qui lui passa juste au-dessus de la tête. Pug retomba en arrière en éclatant de rire.

Tomas fit un sourire à Roland et d'un air très cérémonieux, il alla chercher une autre chope sur l'étagère. « Comme je disais, continua Roland en remplissant la chope au tonneau, notre dame, une fille aux charmes ineffables – quoique au jugement discutable – s'est mis en tête – pour des raisons que les dieux seuls comprendront – d'accorder à notre jeune magicien ici présent toute son attention. Pourquoi, alors qu'elle pourrait passer son temps avec moi, j'ai bien du mal à l'imaginer. » Il se tut et éructa. « Quoi qu'il en soit, nous avons débattu de la meilleure manière de nous accommoder de telles largesses. »

Tomas regarda Pug, avec un grand sourire. « Tu as toute ma sympathie, Pug. L'innocent aux mains pleines. »

Pug se sentit rougir. Puis, avec un regard paillard et vicieux, il dit : « Vraiment ? Et qu'en est-il d'un certain apprenti soldat que l'on connaît bien par ici, et que l'on a vu se glisser dans le cellier avec une certaine fille des cuisines ? » Il se renversa en arrière, un air faussement inquiet sur le visage, et ajouta : « Je n'ose imaginer ce qui arriverait si jamais Neala apprenait... »

Tomas en resta bouche bée. « Tu n'oserais... Tu ne feras pas ça ! »

Roland, sur le dos, se tenait les côtes. « Je n'ai jamais vu une aussi bonne imitation de poisson fraîchement pêché ! » Il se rassit, loucha, ouvrit et ferma la bouche rapidement. Tous les trois éclatèrent de rire encore une fois.

On versa une autre tournée et Roland leva sa chope. « Gentilshommes, un toast ! »

Pug et Tomas levèrent leur chope.

La voix de Roland se fit sérieuse et il dit : « Quels que soient les différends que nous ayons eus par le passé, vous êtes deux joyeux compagnons, que je considère avec plaisir comme des amis. » Il leva plus haut sa chope et dit : « À l'amitié ! »

Les trois vidèrent leurs chopes et les remplirent à nouveau. Roland dit : « Vos mains dessus. »

Les trois garçons joignirent leurs mains et Roland dit : « Où que nous allions, peu importe le temps qui passe, jamais plus nous ne nous retrouverons sans amis. »

Pug fut impressionné par la solennité soudaine de cette promesse et il dit : « Amis ! »

Tomas répéta le mot et les trois se serrèrent la main pour appuyer leurs dires.

De nouveau, ils vidèrent leurs chopes et le soleil tomba rapidement sous l'horizon tandis que les trois garçons perdaient la notion du temps à la joyeuse lumière de la camaraderie et de la bière.

Pug se réveilla tout flageolant et désorienté. La vague lumière de son pot à feu presque éteint illuminait la pièce en teintes de rose et de noir. On frappait doucement à sa porte, avec insistance. Il se releva lentement, faillit tomber, encore ivre d'avoir tant bu. Il était resté avec Tomas et Roland dans la réserve toute la soirée ainsi qu'une partie de la nuit et avait complètement raté le dîner, « entamant considérablement » les réserves de bière du château, selon les dires de Roland. Ils n'avaient pas pris grand-chose, mais comme ils ne tenaient pas très bien l'alcool, cette beuverie leur avait semblé héroïque.

Pug passa son pantalon et tituba jusqu'à la porte. Il avait les paupières douloureuses et du coton dans la bouche. En se demandant qui pouvait bien le réveiller au beau milieu de la nuit, il ouvrit la porte.

Une ombre mouvante passa à côté de lui et il se retourna, pour découvrir Carline dans sa chambre, engoncée dans une lourde cape. « Ferme la porte, siffla-t-elle. Quelqu'un pourrait passer en bas de la tour et voir la lumière dans l'escalier. »

Pug obéit, encore désorienté. La seule chose qui traversa son esprit engourdi, c'était qu'il y avait peu de chances que la vague lueur des charbons puisse briller assez fort pour éclairer jusqu'en bas de l'escalier. Il secoua la tête, rassemblant ses esprits, et se dirigea vers le pot à feu. Il enflamma sur les braises un petit brandon et alluma sa lanterne. La pièce s'éclaira d'unc lumière joyeuse.

Pug commença à remettre de l'ordre dans ses pensées tandis que Carline inspectait la pièce, dressant l'inventaire de la pile de livres et de parchemins en désordre étalés au pied de son lit. Elle regarda dans tous les recoins puis demanda : « Où se trouve cette espèce de dragon qui est toujours avec toi ? »

Les yeux de Pug s'éclaircirent un peu et, réussissant à discipliner sa langue hésitante, il répondit : « Fantus ? Il est ailleurs, parti faire des trucs de dragonnet. »

Elle retira sa cape et dit : « Tant mieux. Il me fait peur. » Elle s'assit sur le lit défait de Pug et le regarda d'un air sérieux. « Il faut que je te parle. » Les yeux de Pug s'écarquillèrent et il regarda fixement Carline, car elle ne portait qu'une fine chemise de nuit en coton. Elle avait beau lui descendre jusqu'aux chevilles, elle était très fine et lui collait dangereusement au corps. Pug réalisa soudain que lui-même n'avait qu'un pantalon, il ramassa rapidement sa tunique qu'il avait jetée par terre et la glissa avec peine par-dessus sa tête. Cela lui permit de dissiper les derniers effets de l'alcool. « Par les dieux ! murmura-t-il, désespéré. Si jamais ton père apprend ça, il va me faire couper la tête.

— Pas si tu fais attention à parler à voix basse », rétorqua-t-elle avec un regard irrité.

Pug tira le tabouret près de son lit, son ivresse dissipée par le sentiment de terreur qui montait en lui. Elle étudia son visage tout chiffonné et d'une voix réprobatrice, elle dit : « Tu as bu. » Comme il ne la contredisait pas, elle ajouta : « Quand Roland et toi n'êtes pas venus au dîner, je me suis demandé ce que vous pouviez bien être en train de faire. Heureusement pour vous, père a lui aussi sauté le repas avec la cour, sinon il aurait envoyé quelqu'un vous chercher. »

Pug se sentait dans une position de plus en plus inconfortable, à mesure qu'il se remémorait l'horrible sort que l'on réservait aux hommes de basse extraction qui séduisaient les femmes de la noblesse. Le fait que Carline se soit invitée toute seule et qu'ils n'aient rien fait de malséant n'était qu'un détail dont le duc ne s'embarrasserait sans doute pas. Ravalant sa panique, Pug dit : « Carline, tu ne peux pas rester ici. Tu vas nous faire plus d'ennuis que je ne peux l'imaginer. »

Elle prit un air déterminé : « Je ne partirai pas tant que je ne t'aurai pas dit ce que je suis venue te dire. »

Pug savait qu'il était inutile de protester. Il avait déjà vu ce regard trop souvent par le passé. Avec un soupir résigné, il dit : « D'accord. C'est à quel sujet ? »

Les yeux de Carline s'écarquillèrent. « Si c'est comme ça que tu le prends, je ne dirai rien ! »

Pug réprima un râle et se rassit en fermant les yeux. Secouant lentement la tête, il dit : « Très bien. Désolé. S'il te plaît, qu'est-ce que tu veux que je fasse ? »

Elle tapota le lit à côté d'elle. « Viens, assieds-toi ici. »

Il obéit, en essayant d'oublier l'impression que son destin – une vie brusquement écourtée – était entre les mains de cette fille capricieuse. Il se laissa tomber à côté d'elle. Elle eut un petit rire quand il grogna. « Tu es soûl ! Comment ça fait ?

— Pour l'instant, c'est pas très drôle. J'ai l'impression d'être un vieux chiffon. »

Elle essaya de faire semblant de le plaindre, mais ses yeux bleus pétillaient d'amusement. Avec une moue théâtrale, elle dit : « Vous autres les garçons vous avez droit à tout ce qui est amusant, comme apprendre à manier l'épée et l'arc. C'est si ennuyeux d'être une dame bien. Père en mourrait, si jamais je buvais plus qu'un verre de vin coupé d'eau au dîner. »

Pug, la voix de plus en plus inquiète, dit : « Ce ne sera rien comparé à ce qu'il va faire si jamais il te trouve ici. Carline, pourquoi est-ce que tu es venue ? »

Elle ignora sa question. « Qu'est-ce que vous avez fait cet après-midi, Roland et toi, vous vous êtes battus ? » Il opina. « Pour moi ? » demanda-t-elle, les yeux brillants.

Pug soupira. « Oui, pour toi. » Sa réponse sembla lui plaire et il sentit la moutarde lui monter au nez. Sa voix se fit plus irritée. « Carline, tu l'utilises, et ce n'est pas bien.

— C'est un idiot sans cervelle ! répliqua-t-elle. Si je lui demandais de sauter du haut des murailles, il le ferait.

— Carline… » Pug gémissait presque. « Pourquoi es-tu… »

Il fut coupé dans sa question par Carline qui se pencha vers lui et posa ses lèvres sur les siennes. Pug fut trop étonné pour répondre à son baiser. Elle se rassit bien vite, le laissant ahuri, et dit : « Alors ? »

N'arrivant pas à trouver de réponse originale, Pug dit : « Quoi ? »

Ses yeux étincelèrent. « Le baiser, imbécile.

— Oh ! dit Pug, toujours sous le choc. C'était… bien. »

Elle se leva et le regarda de haut, les yeux agrandis à la fois par la colère et l'embarras. Elle croisa les bras et tapota du pied, produisant un bruit semblable à celui d'une pluie d'été sur les volets. Elle dit, d'un ton rauque et bas : « Bien ! C'est tout ce que tu as à dire ? »

Pug la regarda, tiraillé entre plusieurs sentiments. Pour l'instant, il ne savait ce qui l'emportait de sa panique ou de son admiration presque douloureuse pour sa beauté, accentuée par la lumière tamisée de la lanterne, la finesse de ses traits, les mouvements de ses cheveux noirs qui formaient deux cascades de chaque côté de son visage et le petit pli formé par ses bras croisés qui soulignait sa poitrine. Sa propre confusion lui donna involontairement un air de dédain, ce qui ne fit qu'accroître sa colère. « Tu es le premier homme – hormis père et mes deux frères – que j'aie jamais embrassé et tout ce que tu arrives à dire, c'est "bien". »

Pug se sentait incapable de se rattraper. Encore embrouillé par le tumulte de ses émotions, il bredouilla : « Très bien. »

Elle mit ses mains sur les hanches – ce qui tira sa chemise de nuit de manière particulièrement embarrassante – et elle se pencha au-dessus de lui, l'air parfaitement incrédule. D'une voix mesurée, elle dit : « Je viens ici, je me jette dans tes bras, je prends le risque de me faire envoyer au couvent pour la vie ! » Pug nota qu'elle oubliait de parler du sort qu'on lui réserverait probablement. « N'importe quel autre garçon – et un bon nombre de nobles plus mûrs – dans l'Ouest font tout ce qu'ils peuvent pour attirer mon attention. Et toi, tu me traites comme une simple fille de cuisine, un divertissement passager pour jeune seigneur. »

Pug retrouva ses esprits, moins de sa propre volonté qu'en réalisant que Carline mettait un peu trop d'emphase dans ses explications. Comprenant soudain qu'elle dramatisait à dessein son irritation, il dit : « Carline, attends. Donne-moi un moment.

— Un moment ! Je t'ai donné des semaines. Je croyais… Eh bien, je croyais que nous étions d'accord. »

Pug essaya d'avoir l'air de comprendre, tout en réfléchissant aussi vite que possible. « Assieds-toi, s'il te plaît. Laisse-moi essayer de t'expliquer. »

Elle hésita, puis retourna s'asseoir à côté de lui. Assez maladroitement, il lui prit la main. Il fut immédiatement frappé par la proximité de la jeune fille, par sa chaleur, l'odeur de ses cheveux et de sa peau. Le désir qui l'avait envahi sur les falaises remonta violemment en lui et il dut lutter pour réussir à s'en tenir à ce qu'il voulait dire.

S'efforçant de ne plus penser à la chaleur qui montait en lui, il dit : « Carline, je tiens beaucoup à toi. Vraiment beaucoup. Parfois, je crois même que je t'aime autant que Roland t'aime, mais la plupart du temps, quand tu es près de moi, je suis complètement perdu. C'est ça, le problème : je me sens perdu. Je ne comprends pas ce que je ressens, le plus souvent. »

Elle plissa les yeux, car ce n'était visiblement pas la réponse à laquelle elle s'était attendue. Elle dit d'un ton sec : « Je ne vois pas ce que tu veux dire. Je n'ai jamais connu de garçon qui cherche tant à tout comprendre. »

Pug réussit à se forcer à sourire. « On entraîne les magiciens à chercher des explications. Comprendre les choses, c'est très important pour nous. » Il vit une lueur de compréhension s'allumer dans ses yeux et il poursuivit. « J'ai maintenant deux offices, qui sont tous les deux nouveaux pour moi. Je ne deviendrai peut-être pas magicien, malgré les tentatives de Kulgan pour m'inculquer ce métier, parce que j'ai beaucoup de problèmes avec mon travail. Je ne cherche pas vraiment à t'éviter, tu vois, mais avec ces problèmes que j'ai, je dois consacrer énormément de temps à mes études. »

Voyant qu'il n'arrivait pas à l'apaiser avec ce genre d'explications, il changea de tactique. « À cause de cela, j'ai peu de temps à consacrer à mon autre office. Je vais visiblement devenir un noble de plus à la cour de ton père, m'occuper de mes terres – même si elles ne sont pas bien grandes –, de mes gens, répondre aux levées d'armes et tout ça. Mais je n'arrive même pas à y penser et je n'y arriverai pas tant que je n'aurai pas résolu l'autre problème : mes études de magie. Je dois continuer à essayer jusqu'à ce que je sois sûr d'avoir fait le mauvais choix. Ou jusqu'à ce que Kulgan me congédie », ajouta-t-il doucement.

Il se tut et regarda son visage. Ses grands yeux bleus le fixaient avec attention. « Les magiciens n'ont pas beaucoup de poids dans le royaume. Je veux dire, si je deviens un maître en magie… eh bien, est-ce que tu te vois mariée à un magicien, quel que soit son rang ? »

Une vague inquiétude se peignit sur ses traits. Rapidement, elle se pencha et l'embrassa à nouveau, ébranlant son sang-froid déjà bien entamé. « Pauvre Pug », dit-elle en s'écartant un peu. Sa voix lui caressa doucement les oreilles. « Tu n'es pas obligé. De devenir magicien, je veux dire. Tu as une terre, un titre et je sais que père pourra t'en fournir d'autres si le besoin s'en fait sentir.

— Ce n'est pas ce que moi je veux, tu vois… C'est ce que je suis. Une partie du problème vient peut-être du fait que je ne me suis pas assez plongé dans mon travail. Kulgan m'a pris comme apprenti autant par pitié que par besoin, tu sais. Et malgré ce que Tully et lui ont pu dire, je n'ai jamais été bien sûr d'avoir vraiment du talent. Mais peut-être que j'ai besoin de m'impliquer, de tout faire pour devenir magicien. » Il inspira profondément. « Comment y arriverai-je si je dois m'occuper de terres et de charges ? Ou essayer d'en avoir d'autres ? » Il se tut. « Ou encore si je dois m'occuper de toi ? »

Carline se mordilla légèrement la lèvre inférieure et Pug lutta contre l'envie de la prendre dans ses bras pour lui dire que tout allait bien se passer. Il était sûr que dès qu'il aurait fait une telle chose, il serait incapable de se contrôler. Aucune fille, dans sa courte vie, même la plus jolie de la ville, n'avait éveillé en lui de tels sentiments.

Battant un peu des cils en le regardant, elle lui dit doucement : « Je ferai ce que tu voudras, Pug. » Pug se sentit un peu soulagé un moment, jusqu'à ce qu'il se rende pleinement compte de ce qu'elle venait de lui dire. Par les dieux! pensa-t-il. Aucun sort ne permettait de se concentrer devant de telles passions. Il chercha frénétiquement à trouver un moyen d'oublier son désir et c'est alors qu'il pensa à son père. Instantanément, l'image d'un duc de Crydee furieux, d'un gibet et d'un bourreau lui fit oublier l'essentiel de son désir.

En retenant son souffle, Pug dit : « À ma manière, je t'aime vraiment, Carline. » Son visage s'illumina et pour éviter un désastre il poursuivit très vite : « Mais je crois qu'il vaut mieux que j'en sache plus sur moi-même avant que je ne me décide pour le reste. » Sa concentration était mise à rude épreuve car la jeune fille semblait ignorer ses remarques, tout occupée à lui baiser le visage.

Puis elle s'arrêta et se rassit. Son air joyeux se fit plus réfléchi tandis que son intelligence naturelle prenait le pas sur son désir immature de tout avoir tout de suite. Une lueur de compréhension brilla dans ses yeux quand il lui dit : « Si je décidais maintenant, Carline, je pourrais douter éternellement du choix que j'ai fait. Voudrais-tu que je finisse par t'en vouloir de mon choix ? »

Elle resta silencieuse un moment, puis dit doucement : « Non. Je ne crois pas que je pourrais le supporter, Pug. »

Il eut un soupir de soulagement en sentant la tension diminuer. Soudain, la pièce leur parut froide et ils frissonnèrent tous les deux. Carline lui serra la main, avec une force surprenante. Elle réussit à lui sourire et dit, se forçant au calme : « Je comprends, Pug. » Elle prit une profonde inspiration et ajouta doucement : « C'est pour cela que je crois que je t'aime. Tu es toujours franc envers les gens. Et plus encore envers toi-même.

— Ou envers toi, Carline. » Ses yeux gris se mouillèrent de larmes, mais elle garda le sourire. « Ce n'est pas facile, dit Pug, assailli par ses sentiments pour la jeune fille. Je t'en prie, crois-moi, ce n'est pas facile. »

Soudain la tension se dissipa et Carline eut un rire doux et musical. Prise entre le rire et les larmes, elle dit : « Pauvre Pug, je t'ai tout bouleversé. »

Pug fut heureux de voir qu'elle avait compris. Il se sentait heureux de toute l'affection qu'il portait à la jeune fille. En secouant doucement la tête, il eut un sourire de soulagement qui lui donnait un air un peu idiot et dit : « Tu n'as pas idée, Carline. Pas idée. » Il tendit la main et lui caressa tendrement le visage. « Nous avons le temps. Je ne m'en vais nulle part. »

Sous leurs cils baissés, des yeux bleus le regardèrent avec inquiétude. « Tu vas partir bientôt avec père.

— Je veux dire quand je reviendrai. Je serai là pour des années. » Il l'embrassa doucement sur la joue. Se forçant à prendre un ton léger, il dit : « Je n'hériterai pas avant trois ans, c'est la loi. Et je doute que ton père veuille se débarrasser de toi avant au moins tout ce temps-là. » S'efforçant de lui faire un sourire malicieux, il ajouta : « Dans trois ans, tu pourrais bien ne plus supporter de me voir en peinture. »

Elle se glissa doucement dans ses bras et le serra fort, la tête contre son épaule. « Jamais, Pug. Je n'aimerai jamais personne d'autre. » Pug s'émerveillait de son contact. Son corps trembla quand elle dit : « Je n'arrive pas à trouver les mots, Pug. Tu es le seul qui ait essayé de… de me comprendre. Tu vois plus de choses que n'importe quel autre. » Doucement, il l'écarta un peu et releva son visage avec sa main. Il l'embrassa encore, sentant le goût salé de ses larmes sur ses lèvres. Tout à coup, elle répondit, en le serrant plus fort et en l'embrassant avec passion. Il sentait son corps chaud à travers le tissu fin de sa chemise et, l'entendant gémir doucement dans ses oreilles, il fut poussé par une passion instinctive, son propre corps commençant à répondre. Se rappelant ses résolutions, il se dégagea doucement des bras de Carline.

Lentement, il se força à s'écarter d'elle et, la voix pleine de regrets, il dit : « Je crois que tu devrais retourner à ta chambre, Carline. »

Carline regarda Pug, les joues écarlates et les lèvres légèrement écartées. Elle avait le souffle court et Pug eut beaucoup de mal à garder le contrôle de lui-même et de la situation. Plus fermement, il dit : « Il vaut mieux que tu rentres dans ta chambre tout de suite. »

Ils se levèrent lentement de son lit, terriblement conscients de leur présence mutuelle. Pug garda sa main un moment, puis il la relâcha. Il se pencha pour ramasser sa cape et il la lui tendit pour qu'elle se glisse dedans. Il la guida vers la porte, ouvrit et regarda au pied des marches. Comme il semblait n'y avoir personne, il ouvrit la porte en grand. Elle sortit, puis se retourna. Tout bas, elle dit : « Je sais que tu penses qu'il m'arrive d'être vaine et écervelée, et c'est parfois le cas, Pug. Mais je t'aime vraiment. »

Avant qu'il ne puisse ajouter quoi que ce soit, elle avait disparu en bas de l'escalier, ne laissant derrière elle que le léger bruissement de sa cape dans les ténèbres. Pug ferma doucement la porte puis éteignit la lumière. Il se coucha sur son lit, gardant les yeux fixés au plafond. L'odeur fraîche de son parfum planait encore dans la pièce et le souvenir de la douceur de son corps sous ses mains lui donnait des fourmillements dans les doigts. Maintenant qu'elle était partie et qu'il n'avait plus besoin de se contrôler, il laissa le désir l'envahir. Il se rappelait son visage passionné. Il se couvrit les yeux et maugréa : « Je sens que je vais me haïr, demain. »

Pug se réveilla en entendant frapper à sa porte. La première chose qu'il se dit en se dirigeant péniblement vers la porte, ce fut que le duc avait entendu parler de la visite de Carline. « Il est venu me faire pendre ! » se disait-il. Il faisait encore noir dehors et Pug ouvrit la porte en craignant le pire. À la place d'un père furieux à la tête d'une compagnie de gardes, ce fut un serviteur du château qu'il trouva dehors.

« Désolé de vous réveiller, monseigneur, mais maître Kulgan voudrait que vous le rejoigniez immédiatement, dit-il en faisant signe vers la chambre de Kulgan. Immédiatement », répéta-t-il, se méprenant sur l'air soulagé de Pug et le croyant encore à moitié endormi. Pug fit oui de la tête et ferma la porte.

Il tenta de reprendre ses esprits. Il était encore tout habillé, car il avait oublié de quitter ses vêtements après la visite de Carline. Il prit le temps de calmer les battements de son cœur. Il avait l'impression d'avoir du sable dans les yeux, il avait mal au cœur et un goût désagréable dans la bouche. Il se dirigea vers sa petite table et se lava le visage à l'eau froide, marmonnant qu'il ne boirait plus jamais une goutte de bière.

Quand Pug arriva à la chambre de Kulgan, il trouva le magicien debout au-dessus d'une pile d'affaires personnelles et de livres. Le père Tully était là, assis sur un tabouret à côté du lit du magicien. Le prêtre regarda le magicien ajouter d'autres choses encore à la pile de plus en plus grande et dit : « Kulgan, tu ne vas pas emporter tous ces livres avec toi. Tu vas avoir besoin de deux mules au moins et puis où est-ce que tu les mettrais sur le bateau ? Et j'ai bien du mal à imaginer quel usage tu vas pouvoir en faire. »

Kulgan jeta un coup d'œil sur les deux livres qu'il tenait à la main, comme une mère regardant ses petits. « Mais il faut que je les emporte pour le garçon.

— Bah ! C'est surtout pour que tu aies quelque chose à ruminer autour d'un feu ou à bord du bateau. Épargne-moi tes fausses excuses. Vous allez devoir aller très vite pour traverser la passe du Sud avant qu'elle ne soit bloquée par les neiges. Et qui arriverait à lire sur un navire qui fait la traversée de la Triste Mer en hiver ? Ce garçon ne va interrompre ses études qu'un mois ou deux. Il aura encore huit ans pour continuer. Laisse-le se reposer un peu. »

Pug, ne comprenant pas leur conversation, essaya de poser une question, mais les deux vieux amis l'ignorèrent et poursuivirent leur dispute. Après quelques remontrances supplémentaires, Kulgan se rendit : « Tu dois avoir raison », dit-il en laissant tomber les livres sur son lit. Il aperçut Pug qui attendait à la porte et lui dit : « Quoi ? Tu es encore là ? »

Pug répondit : « Vous ne m'avez pas encore dit pourquoi vous m'avez fait appeler, Kulgan.

— Oh ? dit Kulgan, clignant des yeux comme un vieux hibou pris en pleine lumière. Vraiment ? » Pug opina. « Bien, d'accord. Le duc nous a donné l'ordre d'être prêts à partir dès les premières lueurs de l'aube. Les nains n'ont pas répondu, mais il ne veut plus attendre. La passe du Nord est presque certainement bloquée et il craint que la neige ne tombe au sud. » Kulgan dit en aparté : « Et il a bien raison. Mon nez me dit que la neige va bientôt tomber ici même. Nous allons avoir un hiver long et difficile. »

Tully secoua la tête en se levant. « C'est l'homme qui a prédit la sécheresse il y a sept ans, alors que nous avons eu les pires inondations que j'aie jamais vues, qui le dit. Les magiciens ! Tous des charlatans. » Il se dirigea lentement vers la porte, puis se retourna pour regarder Kulgan, quittant son air exaspéré et laissant voir son inquiétude bien réelle. « Mais tu as raison cette fois-ci, Kulgan. Mes os me font très mal. L'hiver est sur nous. »

Tully sortit et Pug demanda : « Nous partons ? »

Énervé, Kulgan dit : « Oui ! C'est bien ce que je viens de te dire, non ? Rassemble tes affaires, et vite. L'aube se lève dans moins d'une heure. »

Pug se retourna pour sortir et Kulgan lui dit : « Oh, un instant, Pug. »

Le magicien alla à la porte, il regarda dehors pour s'assurer que Tully était bien en bas de l'escalier et qu'il n'était plus à portée d'ouïe. Kulgan se tourna vers Pug et lui dit : « Je n'ai rien à te reprocher sur ton comportement... mais si jamais, à l'avenir, tu as un visiteur nocturne, je te conseille de ne pas te laisser embarquer dans de telles... expériences. Je ne suis pas si sûr que tu te débrouilles aussi bien une seconde fois. »

Pug pâlit. « Vous avez entendu ? »

Kulgan montra un point à la jonction du sol et du mur. « Cette chose que tu as faite pour ton pot à feu sort du mur à quelques centimètres au-dessous de cet endroit, et elle conduit remarquablement bien le son. » L'air de ne pas y toucher, il ajouta : « Il va falloir que je regarde comment ça fonctionne à notre retour. » Revenant au garçon, il poursuivit : « Quoi qu'il en soit, je travaillais assez tard. Je ne voulais pas t'espionner, mais j'ai tout entendu. » Pug rougit. Kulgan dit : « Je ne voulais pas t'embarrasser, Pug. Tu as bien agi et tu as fait montre d'une sagesse surprenante. » Il mit sa main sur l'épaule de Pug et poursuivit : « Je ne suis pas le mieux placé pour te donner des conseils sur ce genre d'affaires, je le crains, car je n'ai pas beaucoup d'expérience avec les femmes, quel que soit leur âge et encore moins avec des femmes si jeunes et si volontaires. » Il regarda Pug droit dans les yeux. « Mais ce que je sais, c'est qu'il est presque impossible dans le feu de l'action d'envisager les conséquences à long terme. Je suis fier que tu aies réussi à le faire. »

Pug eut un petit sourire content. « C'était assez facile, Kulgan, j'ai juste gardé une idée bien précise en tête.

— Laquelle ?

— La peine de mort. »

Kulgan éclata de rire, comme une sorte d'aboiement rauque, puis il dit : « Très bien, mais les conséquences auraient pu être désastreuses aussi pour la princesse, Pug. Une femme à la cour d'une ville de l'Est peut se permettre d'avoir tous les amants qu'elle veut quel que soit leur rang pourvu qu'elle reste discrète, mais la fille unique d'un duc, sur les frontières, si proche de la famille royale, n'a pas la même chance. Elle doit être au-dessus de tout soupçon à tous égards. Même les soupçons pourraient faire beaucoup de mal à Carline. Une personne qui tient à elle doit prendre cela en considération. Tu comprends ? »

Pug acquiesça, parfaitement soulagé cette fois d'avoir résisté à la tentation.

« Bien, je sais donc que tu resteras prudent à l'avenir. » Kulgan sourit. « Et ne t'inquiète pas pour le vieux Tully. Il est simplement furieux parce que le duc lui a ordonné de rester ici. Il se croit toujours aussi jeune que ses acolytes. Maintenant, va-t'en vite te préparer. L'aube se lève dans moins d'une heure. »

Pug acquiesça et sortit précipitamment, laissant Kulgan regarder la pile de livres qui s'étalait devant lui. Avec regret, il prit le plus proche et le plaça sur une étagère. Au bout d'un moment, il en attrapa un autre et le fourra dans son sac. « Un seul, ça ne peut pas faire de mal », dit-il au spectre invisible d'un Tully désapprobateur en train de secouer la tête. Il remit le reste des livres sur l'étagère, sauf le dernier volume, qu'il glissa dans son sac. « Très bien, dit-il d'un air de défi, deux ! »

CHAPITRE 8

Une neige fine et humide tombait.

Pug frissonna sous sa grande cape, assis sur son cheval. Cela faisait dix minutes qu'il était en selle, attendant que le reste de la compagnie ducale soit enfin prête.

La cour était remplie de gens pressés qui criaient, attachaient des ballots aux solides mules du convoi de bagages. L'aube se levait tout juste, dissipant un peu la grisaille qui avait accueilli Pug à la descente de la tour. Les porteurs avaient déjà récupéré ses bagages et les attachaient avec le reste.

Un « Aaaah ! » de panique retentit derrière Pug, qui se retourna et vit Tomas en train de tirer frénétiquement sur les rênes d'un bai fougueux, lui relevant la tête en arrière. Tout comme le cheval de guerre léger de Pug, ce n'était pas du tout la vieille bête de trait qu'ils avaient montée jusqu'au lieu du naufrage. « Ne tire pas si fort, hurla Pug, tu vas lui scier la bouche et le rendre dingue. Tire doucement et relâche une ou deux fois. »

Tomas fit ce qu'on lui disait et le cheval se calma, venant se mettre à côté de celui de Pug. Tomas se tenait sur sa selle comme s'il avait des clous sous les fesses. Il avait le visage tendu, concentré, il s'efforçait de deviner les prochains mouvements du cheval.

« Si tu n'avais pas monté la garde hier, tu aurais pu t'entraîner un peu à monter à cheval. Maintenant, il va falloir que je t'apprenne en route. »

Tomas le remercia du regard. Pug lui fit un sourire. « Le temps que nous arrivions à Bordon, tu chevaucheras aussi bien que les lanciers du roi.

— Et je marcherai comme un vieillard perclus de rhumatismes. » Tomas changea de position sur sa selle. « J'ai déjà l'impression d'être resté assis des heures sur un bloc de pierre. Et pourtant, j'ai à peine fait le chemin de l'écurie à ici. »

Pug sauta de cheval et inspecta la selle de Tomas, écartant sa jambe pour examiner la sangle. Il lui demanda : « Qui a sellé ton cheval ?

— Rulf, pourquoi ?

— C'est bien ce que je me disais. Il te rend la monnaie de ta pièce pour l'histoire de l'épée, ou encore parce que tu es mon ami. Il n'ose plus me menacer, moi, maintenant que j'ai été anobli, mais il n'a pas hésité à vriller les sangles de tes étriers. Encore deux heures comme ça et tu devais manger debout pendant un mois, si tu ne te tuais pas avant en tombant sur la tête. Là, descends, je vais te faire voir. »

Tomas, en descendant de cheval, manqua de tomber. Pug lui montra les nœuds. « Ça t'aurait écorché l'intérieur des cuisses avec le frottement de toute une journée. Et de toute manière elles ne sont pas assez longues. » Pug défit les nœuds et il ajusta les sangles à la bonne taille. « Tu vas te sentir bizarre un moment ; il faut que tu gardes les talons vers le bas. Je vais te le redire jusqu'à ce que tu en aies par-dessus la tête, mais ça va t'éviter beaucoup de problèmes quand tu le feras sans y penser. Et n'essaye même pas de te tenir avec les genoux : ce n'est pas un bon moyen, et ça va te faire si mal aux jambes que tu ne pourras plus marcher demain. » Il continua à lui donner quelques instructions de base en vérifiant la sous-ventrière, qui était desserrée. Il tenta de la resserrer et le cheval inspira. Pug lui donna un bon coup dans le ventre et l'animal expulsa l'air. Pug tira rapidement sur la sangle de la sous-ventrière et dit : « À un moment ou à un autre aujourd'hui, tu te serais probablement retrouvé à glisser sur le côté, dans une position très inconfortable.

— Ce Rulf ! » Tomas se tourna vers l'écurie. « Je vais le tuer ! »

Pug attrapa son ami par le bras. « Arrête. Nous n'avons pas le temps de nous battre. »

Tomas resta là, les poings serrés, puis il se détendit et poussa un soupir de soulagement. « Je ne suis pas en état de me battre, de toute manière. » Il se retourna vers Pug qui inspectait le cheval.

Pug secoua la tête, il vacilla. « Moi non plus. » Il termina l'inspection de la selle et de la bride et le cheval essaya de lui mordre la main. Pug le calma. « Rulf t'a aussi donné une monture capricieuse. Elle t'aurait probablement jeté à terre avant midi et elle se serait retrouvée à mi-chemin de l'écurie avant même que tu n'aies touché le sol. Avec des jambes douloureuses et des étriers trop hauts, tu n'aurais pas eu une chance. On va échanger. » Tomas sembla soulagé et il grimpa sur la selle de l'autre. Pug réajusta les étriers. « Nous échangerons nos paquetages à midi. » Pug calma le cheval de guerre encore nerveux et il sauta en selle. Sentant des mains plus sûres tenir ses rênes et des jambes fermes de chaque côté, le cheval se calma.

« Ho ! Martin, cria Tomas au maître chasseur du duc qui s'approchait. Tu viens avec nous ? »

Le chasseur, qui portait une épaisse cape verte par-dessus ses vêtements de cuir, lui fit un sourire malicieux. « Seulement sur une partie du chemin, Tomas. Je dois mener un groupe d'éclaireurs le long des frontières de Crydee. Je tournerai vers l'est quand nous arriverons à la rive sud de la rivière. Deux de mes archers sont partis il y a une heure, pour préparer un chemin au duc.

— Qu'est-ce que tu penses de toute cette affaire des Tsurani, Martin ? » demanda Pug.

Le visage encore jeune du maître chasseur s'assombrit. « Si les elfes s'inquiètent, c'est qu'il y a de bonnes raisons de s'inquiéter. » Il se tourna vers l'avant de la colonne en formation. « Excusez-moi, il faut que je donne des instructions à mes hommes. » Il laissa les garçons.

Pug demanda à Tomas : « Comment va ta tête ce matin ? »

Tomas fit la grimace. « Elle est à peu près deux fois plus petite que quand je me suis levé. » Son visage s'éclaira un peu. « Malgré tout, l'excitation semble avoir calmé ce martèlement dans ma tête. Je me sens presque bien. »

Pug regarda le donjon. Des souvenirs de sa rencontre de la nuit dernière affluèrent et brusquement, il regretta de devoir partir avec le duc.

Tomas, voyant que son ami avait les yeux dans le vague, lui dit : « Pourquoi es-tu si sombre ? Tu n'es pas content de partir ?

— C'est rien. Je réfléchissais, c'est tout. »

Tomas regarda Pug avec insistance : « Je crois que je comprends. » Avec un long soupir, il se rajusta sur sa selle. Son cheval renâcla et hennit. « Moi, en tout cas, je suis content de partir. Je crois que Neala est tombée sur cette petite affaire dont nous avons parlé hier. »

Pug éclata de rire. « Ça t'apprendra à faire attention quand tu vas à un rendez-vous galant en petite tenue. »

Tomas eut un sourire embarrassé.

Les portes du donjon s'ouvrirent, laissant paraître le duc et Arutha, accompagnés de Kulgan, de Tully, de Lyam et de Roland. Ils étaient suivis de Carline et de dame Marna. Le duc et ses compagnons vinrent se placer à l'avant de la colonne, mais Carline se précipita vers Pug et Tomas. Les gardes la saluèrent sur son passage, mais elle ne leur prêta aucune attention. Elle arriva à côté de Pug et quand il la salua poliment, elle lui dit : « Oh, descends de ce stupide cheval. »

Pug descendit et Carline se jeta à son cou et se serra très fort contre lui un moment. « Prends garde à toi et reste en un seul morceau, dit-elle. Fais attention à ce qu'il ne t'arrive rien. » Elle s'écarta, l'embrassa brièvement. « Et reviens. » Retenant ses larmes, elle courut vers l'avant de la colonne, là où son père et son frère l'attendaient pour lui dire au revoir.

Tomas hulula de toute la force de ses poumons et éclata de rire. Pug remonta à cheval. Les soldats qui étaient à côté d'eux essayèrent de ne pas trop rire. « Il semblerait que la princesse ait des vues sur vous, monseigneur », le taquina Tomas. Il se baissa au moment où Pug se pencha pour lui donner un coup. Dans le mouvement, il fit avancer son cheval et brusquement, il se trouva obligé de lutter pour le rabattre dans la colonne. Le cheval semblait décidé à partir ailleurs. C'était maintenant au tour de Pug d'éclater de rire. Il finit par amener son cheval à côté de celui de Tomas et il guida l'autre pour le faire rentrer dans le rang. Le cheval de Tomas aplatit les oreilles en arrière et se tourna pour mordre celui de Pug, qui dit : « Nous avons tous les deux des comptes à régler avec Rulf. Il nous a donné des chevaux qui ne s'aiment pas beaucoup. Nous allons échanger l'une de nos montures avec un soldat. »

Avec un certain soulagement, Tomas descendit maladroitement de selle et Pug entreprit d'échanger le cheval avec celui d'un soldat plus bas dans la colonne. Cela fait, Tomas retourna à sa place. Roland se dirigea vers eux et il leur tendit la main. « Faites bien attention à vous, cette fois-ci. Il y a plein d'ennuis qui vous guettent là-bas qui n'attendront pas que vous alliez les chercher. »

Ils lui assurèrent qu'ils seraient prudents et Roland dit à Pug : « Je surveillerai les choses pour toi. »

Pug remarqua son sourire ironique, jeta un coup d'œil vers Carline qui était encore avec son père et dit : « Je n'en doute pas. » Et il ajouta : « Roland, quoi qu'il arrive, bonne chance à toi aussi. »

Roland répondit : « Merci. Je le prends tel que tu l'entends. » À Tomas, il dit : « Et tout va sans doute devenir très ennuyeux sans toi. »

Tomas dit : « Vu ce qui se passe, l'ennui sera peut-être le bienvenu. »

Roland répondit : « Tant que ça ne reste pas trop ennuyeux, non ? Faites bien attention ! Vous êtes envahissants, mais je n'aimerais pas vous perdre. »

Tomas éclata de rire et Roland s'écarta en leur faisant un signe de main amical. En regardant le jeune noble remonter la colonne en direction de Carline qui se tenait à côté de son père, Pug se retourna vers Tomas. « Voilà qui est fait. Je suis bien content de partir. J'avais besoin de repos. »

Le sergent Gardan remonta la colonne en donnant l'ordre du départ et ils s'ébranlèrent. Le duc et Arutha étaient devant le chariot, suivis de Kulgan et de Gardan. Martin l'Archer et ses pisteurs partirent au petit trot à côté du cheval du duc. Vingt paires de gardes montés suivirent, Pug et Tomas coincés entre eux et le chariot de bagages à l'arrière avec ses dix gardes. Lentement au début, puis de plus en plus vite, ils passèrent les portes du château et prirent la route sud.

Ils avançaient depuis trois jours. Cela faisait deux jours qu'ils se frayaient un chemin dans la forêt très dense. Martin l'Archer et ses hommes étaient partis vers l'est le matin même, quand ils avaient traversé l'affluent sud de la Crydee, que l'on appelait le Noyon. Elle marquait la limite entre Crydee et la baronnie de Carse, l'une des provinces vassales de monseigneur Borric.

L'hiver précoce avait soudainement drapé de blanc les paysages d'automne. De nombreux habitants de la forêt avaient été pris au dépourvu par cet hiver soudain, des lapins dont les robes étaient encore plus brunes que blanches, des canards et des oies qui se dandinaient sur des mares à moitié gelées, prenant un peu de repos dans leur migration vers le sud. De gros flocons de neige lourde et humide tourbillonnaient dans l'air et fondaient lentement sur le sol dans la journée, gelant la nuit pour former une couche de glace fine et craquante. Quand les sabots des chevaux et des mules traversaient la couche de glace, on entendait encore le bruit des feuilles mortes en dessous, dans l'air calme de l'hiver.

Au cours de l'après-midi, Kulgan aperçut un vol de dragonnets qui tournoyait au loin, à peine visible par-delà les arbres. Les bêtes de toutes les couleurs, rouge, or, vert et bleu, fonçaient au-dessus des cimes des arbres et plongeaient hors de vue, puis réapparaissaient en remontant en spirale, poussant des cris et crachant des flammes. Kulgan s'arrêta et laissa passer la colonne, attendant que Pug et Tomas le rattrapent. Quand ils se retrouvèrent côte à côte, il leur désigna les dragonnets et leur dit : « Ça ressemble à un vol nuptial. Regardez, plus les mâles se font agressifs, plus les femelles répondent. Oh, comme j'aimerais que nous ayons le temps d'étudier cela de plus près. »

Pug suivit les créatures des yeux. Alors qu'ils passaient dans une clairière, étonné, il demanda : « Kulgan, ce ne serait pas Fantus, là-bas, qui tournoie sur le bord ? »

Les yeux de Kulgan s'écarquillèrent. « Par les dieux ! Je crois bien. »

Pug demanda : « Je l'appelle ? »

Le magicien eut un petit rire. « Vu les attentions que lui prodiguent ces femelles, je pense que cela ne servirait pas à grand-chose. » Ils perdirent le groupe de dragonnets de vue, pour continuer à suivre la colonne du duc. Kulgan dit : « Contrairement à la plupart des créatures, les dragonnets s'accouplent aux premières neiges. Les femelles déposeront leurs œufs dans les nids, dormiront tout l'hiver, en les réchauffant de leur corps. Au printemps, les jeunes éclosent et les mères s'occupent d'eux. Fantus va probablement passer les quelques prochains jours... hem, à faire une portée. Et puis il va revenir au château et ennuyer Megar et les cuisiniers tout le reste de l'hiver. »

Tomas et Pug éclatèrent de rire. Le père de Tomas râlait tout haut contre le malicieux dragonnct qu'il traitait de malédiction des dieux sur sa belle cuisine bien en ordre, mais en plusieurs occasions, les deux garçons avaient surpris Megar à lancer à la bête les meilleurs restes du dîner. Cela faisait quinze mois que Pug était devenu l'apprenti de Kulgan et Fantus, malgré ses écailles et ses ailes, en avait profité pour devenir l'un des animaux familiers du château, même si quelques-uns de ses habitants, comme la princesse, trouvaient son apparence plutôt inquiétante.

Ils continuèrent à se diriger vers le sud-est, aussi vite que le terrain le leur permettait. Le duc voulait arriver à la passe du Sud avant les neiges, qui risquaient de les couper de l'est jusqu'au printemps. Selon Kulgan, ils avaient de bonnes chances d'y parvenir avant les grosses tempêtes. Ils arrivèrent rapidement à la lisière du cœur des grandes forêts du Sud, le Vercors.

Dans les clairières, à des emplacements convenus à l'avance, deux troupes de gardes venues du château de Carse devaient les attendre avec des montures fraîches. Par pigeon voyageur, le duc Borric avait envoyé ses instructions au sud au baron Bellamy, qui avait répondu par le même moyen que les chevaux seraient prêts dans les temps. Les nouvelles montures et les gardes devaient venir aux rendez-vous depuis la garnison de Jonril, maintenue conjointement par Bellamy et Tolburt de Tulan près du bord des grandes forêts. En changeant de monture, le duc pensait gagner trois, peut-être même quatre jours de voyage jusqu'à Bordon. Les pisteurs de l'Archer avaient laissé des marques faciles à suivre et la troupe devait arriver au premier rendez-vous plus tard dans la journée.

Pug se tourna vers Tomas. Il se tenait un peu mieux sur son cheval, même s'il lui arrivait encore de battre des bras comme un poulet qui essaye de s'envoler quand ils partaient au trot. Gardan descendit la colonne, vers les garçons qui se trouvaient devant le chariot à bagages. « Faites attention, cria-t-il, d'ici aux Tours grises, c'est la partie la plus sombre du Vercors. Même les elfes la traversent vite et en nombre. » Le sergent de la garde ducale fit volter son cheval et retourna au galop en tête de ligne.

Ils passèrent la mi-journée, scrutant la forêt avec anxiété. Tomas et Pug échangeaient des paroles légères, Tomas parlant du plaisir d'une bonne bataille. Le badinage des deux garçons sonnait creux aux oreilles des soldats, qui quant à eux restaient silencieux et vigilants. Ils arrivèrent au lieu de rendez-vous juste avant la tombée du jour. C'était une clairière de belle taille, avec de nombreuses souches d'arbres recouvertes de mousse que l'on avait coupées longtemps auparavant et qui dépassaient un peu de la neige.

Les chevaux frais les attendaient, attachés à une grande longe, gardés par six hommes vigilants. Ils avaient tiré leurs armes à l'approche des gens du duc. Ils les baissèrent en voyant la bannière familière de Crydee. C'étaient des gens de Carse, qui portaient le tabard écarlate du baron Bellamy, écartelé d'une croix d'or, un griffon rampant d'or sur le cœur. Leur bouclier portait le même blason.

Le sergent des six gardes les salua : « Fidèles au poste, monseigneur. »

Borric leur rendit le salut. « Les chevaux ? demanda-t-il simplement.

— Ils sont prêts, monseigneur, et impatients. Comme les hommes. »

Borric descendit de cheval. Un autre soldat de Carse prit ses rênes.

« Des ennuis ?

— Aucun, monseigneur, mais cet endroit n'est pas fait pour les honnêtes gens. La nuit dernière, nous avons monté des gardes deux par deux et nous avons senti des yeux nous épier. » Le sergent était un vétéran couvert de cicatrices, qui en son temps s'était battu contre les gobelins et contre les bandits. Il n'était pas du genre à se laisser aller à son imagination et le duc le savait. « Doublez la garde cette nuit. Demain, vous ramènerez les chevaux à votre garnison. J'aurais préféré qu'ils prennent une journée de repos, mais le lieu n'est pas propice à cela. »

Le prince Arutha s'avança : « J'ai moi aussi senti des yeux se poser sur moi ces dernières heures, père. »

Borric se tourna vers le sergent : « Il se pourrait que des brigands nous aient suivis, pour voir ce que nous faisions. Je vais vous laisser deux hommes : quarante-huit ou cinquante, ça ne change pas grand-chose, mais huit au lieu de six, ça fait une sacrée différence. » Si le sergent se sentait soulagé, il ne le montra pas. Il répondit simplement : « Je vous remercie, monseigneur. »

Borric congédia l'homme et il se dirigea vers le centre du campement avec Arutha, là où brûlait un grand feu. Les soldats montaient des abris de fortune contre le vent nocturne, comme ils l'avaient fait chaque soir. Borric vit deux mules avec les chevaux et il nota les ballots de paille qu'on avait apportés. Arutha suivit son regard. « Bellamy est un homme prudent. Il sert bien Votre Grâce. »

Kulgan, Gardan et les garçons s'approchèrent des deux nobles, qui se réchauffaient au feu. L'obscurité tombait vite : même à midi, il n'y avait pas beaucoup de lumière dans la forêt recouverte de neige. Borric jeta un coup d'œil autour de lui et il frissonna, mais ce n'était pas de froid. « Ce lieu est de mauvais augure. Nous ferions bien d'en partir aussi vite que possible. »

Ils mangèrent rapidement et se couchèrent. Pug et Tomas restèrent tout près l'un de l'autre, sursautant à chaque bruit bizarre jusqu'à ce que la fatigue finisse par les plonger dans le sommeil.

La troupe ducale s'enfonça dans la forêt, dans des parties si touffues que les pisteurs durent à plusieurs reprises changer de route, revenir en arrière et prendre un autre chemin pour les chevaux, taillant un passage tout en avançant. C'était une forêt sombre aux arbres torturés, avec des buissons étouffants qui gênaient leur progression.

Pug dit à Tomas : « Je doute que le soleil arrive jusqu'ici. » Il parlait tout doucement. Tomas acquiesça lentement, les yeux fixés sur les arbres. Depuis qu'ils avaient laissé les hommes de Carse il y avait trois jours de cela, il avait senti la tension monter un peu plus chaque jour. Plus ils s'étaient enfoncés dans les arbres, plus les bruits s'étaient étouffés et ils avançaient maintenant dans un silence absolu. C'était comme si les animaux et les oiseaux eux-mêmes fuyaient cette partie de la forêt. Pug savait que c'était uniquement parce que les bêtes avaient presque toutes commencé à partir vers le sud ou en hibernation, mais il avait beau le savoir, cela n'apaisait ni sa peur ni celle de Tomas.

Tomas ralentit. « J'ai l'impression que quelque chose de terrible va bientôt arriver. »

Pug dit : « Cela fait deux jours que tu dis ça. » Au bout d'une minute, il ajouta : « J'espère qu'il ne va pas falloir se battre. Je ne sais absolument pas me servir de cette épée, malgré tout ce que tu as essayé de m'expliquer.

— Tiens », dit Tomas en lui tendant quelque chose. Pug le prit et découvrit une petite bourse dans laquelle se trouvaient quelques pierres bien lisses et une fronde. « Je me suis dit que tu te sentirais peut-être mieux avec une fronde. J'en ai pris une, moi aussi. »

Ils continuèrent encore une heure, puis s'arrêtèrent pour reposer les chevaux et prendre un repas froid. C'était le milieu de la matinée et Gardan inspecta chaque cheval, pour s'assurer que tous étaient en bon état. Il n'était pas question de laisser passer le plus infime signe de blessure ou de maladie. Si jamais un cheval s'avérait défaillant, on laisserait son cavalier avec un autre compagnon et ils n'auraient plus qu'à faire de leur mieux pour rentrer, car le duc ne pouvait se permettre de prendre du retard. Si loin de tout, c'était une chose à laquelle nul n'osait penser et dont il valait mieux ne pas parler.

Ils étaient censés rencontrer le second détachement de chevaux dans l'après-midi. Le rythme haletant des quatre premiers jours s'était changé en avance prudente. Passer au galop entre les arbres se serait avéré dangereux. Au rythme où ils avançaient, ils arriveraient sans doute à temps. Cependant, le duc s'impatientait.

Ils continuaient à avancer, devant parfois s'arrêter pour que les gardes taillent les fourrés à grands coups d'épée devant eux, le bruit de leurs armes résonnant dans la forêt silencieuse, pour dégager l'étroit passage laissé par les pisteurs.

Pug était perdu dans ses pensées pour Carline quand, un peu plus tard, il y eut un cri à l'avant de la colonne, hors de vue des garçons. Soudain, les cavaliers qui se trouvaient à côté de Pug et de Tomas chargèrent, sans plus faire attention aux taillis, esquivant d'instinct les branches basses.

Pug et Tomas poussèrent leurs chevaux derrière les autres et bientôt ils ne virent plus que des taches marron et des taches blanches à la place des arbres couverts de neige. Ils gardèrent la tête baissée, tout contre l'encolure de leurs montures, pour éviter la plupart des branches tout en essayant de rester en selle. Pug regarda par-dessus son épaule et il vit Tomas tomber en arrière. Des banches et des ronces s'accrochaient à la cape de Pug qui fonçait à travers la forêt. Il déboucha finalement dans une clairière. Des bruits de lutte assaillirent ses oreilles et le garçon vit qu'on livrait bataille. Les montures fraîches essayaient de se dégager de leurs liens, entourées par le combat. Pug distinguait mal les assaillants, des formes encapées de noir, armées d'épées, qui s'attaquaient aux cavaliers.

L'une des formes s'écarta et lui fonça dessus, esquivant un coup d'un garde à quelques mètres de Pug. L'étrange guerrier fit au garçon, seul face à lui, un sourire mauvais. Il leva l'épée pour frapper et poussa un hurlement en portant les mains à son visage, du sang jaillissant entre ses doigts. Tomas avait arrêté son cheval juste derrière Pug et il lança une autre pierre en poussant un cri. « Je me disais bien que tu allais te mettre dans les ennuis », hurla-t-il. Il poussa son cheval en avant et passa par-dessus la forme effondrée à terre. Pug resta là un moment, incapable de bouger, puis il lança son propre cheval. Il sortit sa fronde, tira sur une ou deux cibles, mais il n'était pas sûr de les avoir touchées.

Tout à coup, Pug se retrouva dans un endroit où la bataille ne faisait plus rage. De tous côtés, il voyait des formes en cape grise et armure de cuir qui se déversaient de la forêt. Ils ressemblaient à des elfes, mais ils avaient les cheveux plus sombres et leurs cris avaient des consonances déplaisantes aux oreilles de Pug. Des flèches tombaient des arbres, vidant les selles des hommes de Crydee.

Tout autour, il y avait des cadavres d'assaillants et de soldats. Pug aperçut les corps sans vie d'une douzaine d'hommes de Carse et des deux premiers pisteurs de l'Archer, attachés à des poteaux dans un semblant de vie autour du feu de camp. Des taches rouges avaient goutté sur la neige autour d'eux. La ruse avait fonctionné, car le duc était entré droit dans la clairière et le piège s'était refermé.

La voix du duc Borric couvrit le bruit de la mêlée. « Suivez-moi ! Suivez-moi ! Nous sommes encerclés ! »

Pug regarda autour de lui pour chercher Tomas et il talonna frénétiquement sa monture pour rejoindre le duc et ses hommes qui se regroupaient. Les flèches volaient en tous sens et les cris des mourants résonnaient dans la clairière. Borric hurla : « Par là ! », et les survivants le suivirent. Ils entrèrent dans la forêt en écrasant tout sur leur passage, passant sur les archers adverses. Des cris les suivirent tandis qu'ils s'éloignaient de l'embuscade au galop, restant collés au cou de leur monture pour éviter les flèches et les branches basses.

Pug fit faire un violent écart à son cheval pour éviter un gros arbre. Il regarda autour de lui, sans voir Tomas. Fixant le dos d'un autre cavalier, Pug décida de ne se concentrer que sur une chose : ne pas perdre de vue le dos de cet homme. D'étranges cris retentissaient derrière eux et d'autres voix leur répondirent sur un côté. Pug avait la bouche sèche et les mains moites dans ses gants épais.

Ils fuyaient dans la forêt, poursuivis par des cris et des hurlements. Pug perdit la notion du chemin parcouru, mais il était pratiquement sûr qu'ils avaient dû faire un kilomètre et demi, ou plus. Ils entendaient toujours les voix dans la forêt, qui donnaient la direction de leur fuite.

Soudain, Pug poussa son cheval épuisé et haletant à travers un buisson, et lui fit monter une pente courte et raide. Il ne voyait plus autour de lui que du gris, du vert et quelques plaques de blanc. En haut de la pente, le duc les attendait, l'épée au clair. Tout le monde s'arrêta. Arutha se plaça à côté de son père, le visage couvert de sueur malgré le froid. Les chevaux haletants et les gardes épuisés s'assemblèrent autour d'eux. Pug fut soulagé de voir Tomas à côté de Kulgan et de Gardan.

Lorsque le dernier cavalier s'approcha, monseigneur Borric demanda : « Combien ? »

Gardan regarda les survivants et dit : « Nous avons perdu dix-huit hommes, il y a six blessés et on nous a pris toutes les mules et les bagages. »

Borric acquiesça. « Laissons les chevaux se reposer un peu. Ils vont venir. »

Arutha demanda : « Il va falloir se battre, père ? »

Borric secoua la tête. « Ils sont trop nombreux. Il y en avait au moins cent dans la clairière. » Il cracha : « Nous nous sommes fait prendre à leur piège comme de simples rats. » Il regarda autour de lui : « Nous avons perdu presque la moitié de la troupe. »

Pug demanda à un soldat qui se trouvait à côté de lui : « Qui c'était ? »

Le soldat jeta un regard à Pug. « La Confrérie des Ténèbres, monseigneur, que Ka-hooli les empale tous », répondit-il en invoquant le dieu de la vengeance. Le soldat, de la main, figura un cercle autour d'eux : « Ils passent par petits groupes dans le Vercors, bien qu'en général ils vivent dans les montagnes à l'est d'ici et aussi beaucoup plus loin au nord. Il y en avait plus que je ne l'aurais jamais imaginé, malheureusement. »

Des voix retentirent derrière eux et le duc lança : « Ils arrivent. Partons ! »

Les survivants firent volte-face et s'élancèrent, de nouveau au galop au travers des arbres, devant leurs poursuivants. Le temps restait suspendu pour Pug alors qu'il se frayait un chemin périlleux entre les arbres denses. Deux hommes à côté de lui poussèrent un hurlement. Branche ou flèche, Pug n'aurait su le dire.

Ils arrivèrent de nouveau à une clairière et le duc fit signe de s'arrêter. Gardan dit : « Votre Grâce, les chevaux ne pourront pas tenir très longtemps encore. »

Borric frappa le pommeau de sa selle de frustration, le visage assombri par la rage. « Maudits soient-ils ! Et où sommes-nous ? »

Pug regarda autour de lui. Il n'avait aucune idée de l'endroit où ils se trouvaient et à voir les visages autour de lui, il semblait que les autres non plus.

Arutha dit : « Il faut aller vers l'est, père, et rejoindre les montagnes. »

Borric acquiesça. « Mais où est l'est ? » Les grands arbres et le ciel couvert qui ne donnait qu'une lumière très diffuse les empêchaient de trouver un quelconque point de repère.

Kulgan dit : « Un moment, Votre Grâce », et il ferma les yeux. À nouveau, les cris de leurs poursuivants retentirent et Kulgan ouvrit les yeux en montrant une direction. « C'est par là. Par là, c'est l'est. » Sans poser de question ni émettre de commentaires, le duc talonna son cheval dans la direction indiquée, faisant signe aux autres de le suivre. Pug ressentit fortement le besoin de se retrouver près de quelqu'un de familier et il essaya de rejoindre Tomas, mais il n'arriva pas à se frayer un chemin entre les cavaliers. Il avala sa salive et s'avoua qu'il était vraiment inquiet. Les visages sombres des soldats qui l'entouraient lui firent comprendre qu'il n'était pas le seul.

Ils chevauchèrent encore longtemps dans les sombres chemins du Vercors. Toute leur fuite était accompagnée par les cris des Frères des Ténèbres qui prévenaient les autres de leur course folle. Parfois, Pug entrapercevait une forme qui bondissait au loin parallèlement à eux, la perdant aussitôt de vue dans la pénombre des arbres. Ces coureurs ne semblaient pas chercher à les gêner, mais ils restaient toujours à proximité.

À nouveau, le duc donna l'ordre de faire halte. En se tournant vers Gardan, il dit : « Des éclaireurs ! Voyons combien ils sont. Il faut prendre du repos. » Gardan fit signe à trois hommes qui sautèrent de leur selle rapidement et remontèrent leur route en courant. Il n'y eut qu'un tintement d'acier et un cri étranglé pour annoncer leur rencontre avec le pisteur des Frères des Ténèbres le plus proche.

« Malédiction ! s'exclama le duc. Ils tentent de nous rabattre en cercle pour nous ramener vers le gros de leur troupe. Nous sommes déjà en train de nous diriger plus vers le nord que vers l'est. »

Pug saisit cette occasion pour s'approcher de Tomas. Les chevaux haletaient et tremblaient, la sueur fumant sur leurs flancs à cause du froid. Tomas réussit à lui faire un vague sourire, mais il ne dit pas un mot.

Les hommes passèrent rapidement entre les chevaux, vérifiant leurs blessures. Quelques minutes plus tard, les éclaireurs revinrent en courant. Essoufflé, l'un d'entre eux dit : « Monseigneur, ils sont juste derrière, cinquante, soixante, au moins.

— À combien de temps ? »

L'homme avait le visage couvert de sueur. Il répondit : « Cinq minutes, monseigneur. » Cynique, il dit : « Les deux que nous avons tués vont les arrêter un instant, mais pas plus. »

Borric dit à la compagnie : « Reposons-nous encore un peu, avant de repartir. »

Arutha prit la parole : « Un peu ou une heure, qu'est-ce que ça change ? Les chevaux sont fourbus. Nous ferions mieux de nous battre avant que d'autres Frères ne répondent à l'appel. »

Borric secoua la tête. « Il faut que j'atteigne Erland. Il doit savoir pour les Tsurani. »

Une flèche, rapidement suivie d'une seconde, vola

depuis un arbre proche et un autre cavalier tomba. Borric hurla : « En selle ! »

Ils menèrent les chevaux épuisés plus loin encore dans les bois, puis ils ralentirent, gardant l'œil pour prévenir une nouvelle attaque. Le duc faisait des signes de la main pour déployer sa colonne de soldats afin qu'ils puissent se porter sur un flanc ou un autre et charger à son commandement. Les chevaux écumaient par leurs narines dilatées et Pug savait qu'ils n'étaient pas loin de s'effondrer.

« Pourquoi est-ce qu'ils n'attaquent pas ? murmura Tomas.

— Je ne sais pas, répondit Pug. Ils nous harcèlent juste sur le flanc et par-derrière. »

Le duc leva la main et la colonne s'arrêta. On n'entendait plus les poursuivants. Il se retourna et parla tout doucement. « Nous les avons peut-être semés. Passez le mot : inspectez vos montures… » Une flèche lui passa au-dessus de la tête, ne le manquant que de quelques centimètres. « En avant ! » cria-t-il. Ils reprirent un trot inégal sur le chemin qu'ils suivaient depuis quelque temps.

Gardan cria : « Monseigneur, il semble qu'ils veuillent nous garder en mouvement. »

Borric souffla un juron rauque puis demanda : « Kulgan, de quel côté est l'est ? »

Le magicien ferma de nouveau les yeux et Pug se rendit compte qu'il était en train de s'épuiser avec ce sort. Ce n'était pas difficile à lancer au calme, mais ce devait être fatigant vu les conditions actuelles. Les yeux de Kulgan s'ouvrirent et il montra la droite. La colonne se dirigeait vers le nord.

Arutha dit : « Ils recommencent à nous faire tourner lentement, père, à nous ramener vers le gros de leur troupe. »

Borric éleva la voix et dit : « Seuls des fous ou des enfants resteraient sur une route pareille. À mon commandement, on tourne à droite et on charge. » Il attendit que tous les hommes aient tiré les armes et qu'ils aient fait des prières silencieuses à leurs dieux pour que leur cheval supporte un galop supplémentaire. Alors le duc hurla : « Maintenant ! » Comme un seul homme, la colonne volta à droite et les cavaliers talonnèrent leurs montures flageolantes. Une pluie de flèches tomba des arbres ; les chevaux et les hommes hurlèrent.

Pug esquiva une branche, s'agrippant désespérément à ses rênes en s'empêtrant dans son épée et son bouclier. Il sentit le bouclier glisser et, en se débattant avec celui-ci, il sentit son cheval ralentir. Il n'arrivait pas à le maîtriser tout en tenant ses armes.

Pug tira sur ses rênes, prenant le risque de s'arrêter momentanément pour rajuster son équipement. Un bruit le fit regarder de côté. À moins de cinq mètres de lui se trouvait un archer de la Fraternité des Ténèbres. Pug resta figé sur place un moment, tout comme l'archer. Pug fut frappé de sa ressemblance avec le prince elfe Calin. Il n'y avait pas beaucoup de différence entre les deux races. Ils avaient plus ou moins la même taille, la même stature. Seuls les cheveux et les yeux différaient. La corde de l'arc de la créature avait claqué et il se tenait debout, les yeux fixés sur Pug tout en remettant calmement une corde à son arc.

L'étonnement de Pug face à un Frère des Ténèbres si proche de lui lui fit oublier un instant la raison pour laquelle il s'était arrêté. Il resta là à regarder l'archer réparer son arme, fasciné par les mouvements calmes et efficaces de l'elfe noir.

Puis celui-ci tira une flèche de son carquois d'un geste fluide et il en fixa l'encoche sur la corde. L'angoisse brutale réveilla Pug. Son cheval vacillant répondit à ses coups frénétiques et il partit à nouveau. Il ne vit pas la flèche de l'archer, mais il l'entendit et la sentit siffler à son oreille, puis il se retrouva à nouveau au galop, semant l'archer en rejoignant la troupe ducale.

Pug entendit un bruit devant lui et il pressa encore son cheval, bien que le pauvre animal se déplaçât aussi vite que possible. Pug slalomait à travers les arbres, malgré la pénombre qui ne lui facilitait pas la tâche.

Brusquement, il se retrouva derrière un cavalier arborant les couleurs du duc et le dépassa grâce à son cheval un peu plus frais, du fait qu'il portait un cavalier plus léger. Le terrain se faisait plus vallonné et Pug se demanda s'ils n'approchaient pas du pied des Tours grises.

Un hennissement retentit et Pug se retourna. Il vit le soldat qu'il venait de dépasser se faire jeter à terre par sa monture qui venait de s'effondrer, une écume rouge jaillissant de ses naseaux. Pug et un autre cavalier s'arrêtèrent et le soldat revint en arrière, pour le récupérer. Il tendit la main pour proposer à l'autre de monter en croupe. Le soldat tombé secoua juste la tête et frappa la croupe du cheval encore debout, pour le faire repartir. Pug savait que le cheval de l'autre homme avait déjà du mal à porter un seul cavalier, et qu'il n'en aurait jamais supporté deux. Le cavalier tombé tira l'épée et acheva le cheval blessé, puis il se retourna et attendit les Frères des Ténèbres qui les suivaient. Pug sentit des larmes lui couler sur les joues devant le courage de l'homme. L'autre soldat cria quelque chose par-dessus son épaule, que le garçon ne put distinguer et brusquement il le dépassa. Il hurla : « Partons, monseigneur ! »

Pug talonna les flancs de sa monture et l'animal reprit un trot hésitant.

La colonne en fuite poursuivit sa course incertaine et épuisée, Pug remontant les cavaliers pour finir par trouver une place près du duc. Quelques minutes encore et monseigneur Borric leur fit signe de ralentir. Ils arrivèrent dans une nouvelle clairière. Borric inspecta sa troupe. Il avait une expression de rage impuissante sur le visage, brusquement remplacée par la surprise. Il leva la main et les soldats se turent. Il y avait des cris dans la forêt, mais à quelque distance de là.

Arutha, les yeux écarquillés par l'étonnement, dit : « Nous les aurions semés ? »

Lentement, le duc acquiesça, l'attention fixée sur les cris au loin. « Pour l'instant. Quand nous avons traversé la ligne d'archers, nous avons dû nous glisser derrière nos poursuivants. Ils vont découvrir la chose dans peu de temps et faire demi-tour. Nous avons dix minutes, quinze au mieux. » Il regarda sa troupe en piteux état. « Si seulement nous pouvions trouver un endroit où nous cacher. »

Kulgan déplaça son cheval flageolant à côté de celui du duc. « Monseigneur, j'ai peut-être une solution, mais elle est risquée et pourrait s'avérer fatale. »

Borric répondit : « Pas plus fatale que d'attendre qu'ils nous fondent dessus. Quel est ton plan ?

— J'ai une amulette qui me permet de contrôler le temps. J'avais prévu de la garder pour nous éviter des tempêtes en mer, car elle ne peut être utilisée indéfiniment. Je devrais être en mesure de cacher nos déplacements grâce à elle. Faites rassembler tous les chevaux de l'autre côté de la clairière, près de ce gros bloc de rocher. Dites aux hommes de faire taire leurs bêtes. »

Borric fit passer l'ordre et l'on déplaça les chevaux de l'autre côté de la clairière. Des mains rassurantes calmèrent les bêtes épuisées et surexcitées, apaisant les montures après leur longue course.

Ils s'étaient rassemblés sur la partie la plus haute d'une étroite clairière, le dos tourné à un bloc de granit qui les surplombait comme un poing grisâtre. De trois côtés, le sol descendait en pente douce. Kulgan commença à faire le tour de la troupe bien serrée.

Il chantait tout bas, déplaçant l'amulette selon des

mouvements compliqués. Lentement, la lumière grise s'assombrit et le brouillard commença à se masser autour d'eux. Il n'y avait au départ que quelques écharpes de brume, puis d'autres taches blanches plus consistantes se formèrent, se changeant en léger brouillard.

Bientôt, l'air entre la troupe ducale et la limite des arbres s'embruma. Kulgan se déplaça plus rapidement et le brouillard devint plus dense, blanchissant la clairière, émanant du mage, se déversant de tous côtés vers les arbres. En quelques minutes, on ne pouvait plus y voir à quelques mètres.

Kulgan continuait encore et encore, produisant des écharpes de brume toujours plus épaisses qui obscurcissaient la lumière déjà grise sous les arbres. La clairière se retrouva progressivement plongée dans la pénombre, tandis que le brouillard froid et humide s'épaississait à mesure que le mage poursuivait ses incantations.

Kulgan s'arrêta. Se tournant vers le duc, il murmura : « Plus un bruit. Si les elfes noirs passent dans le brouillard à l'aveuglette, la pente, je l'espère, va les écarter d'un côté ou de l'autre du rocher. Mais pas un geste. Tout bruit pourrait nous trahir. »

Les hommes opinèrent, comprenant le danger. Ils allaient rester au milieu de cet épais brouillard dans l'espoir que les Frères des Ténèbres leur passeraient sous le nez, laissant le duc et ses hommes encore une fois derrière eux. C'était un quitte ou double, car s'ils réussissaient, ils avaient de bonnes chances de se retrouver loin d'ici quand la Confrérie reviendrait en arrière.

Pug regarda Tomas et il murmura : « C'est une bonne chose que le terrain soit rocheux, sinon nous aurions laissé de sacrées traces. »

Tomas acquiesça, trop inquiet pour parler. Un garde à côté d'eux fit signe à Pug de garder le silence et le jeune noble opina.

Gardan, plusieurs gardes, le duc et Arutha se mirent en position devant la troupe, les armes prêtes en cas d'échec du plan. Les cris se rapprochèrent, indiquant que les Frères des Ténèbres étaient en train de remonter leurs traces. Kulgan se tenait à côté du duc, incantant tout bas, continuant à amasser du brouillard autour de lui et à le renvoyer toujours plus loin. Pug savait que le brouillard devait être en train de s'étendre rapidement, toujours plus loin dans le Vercors, rendant la tâche de leurs assaillants de plus en plus difficile.

Pug sentit quelque chose d'humide sur sa joue et il leva les yeux. De la neige commençait à tomber. Avec appréhension, il regarda le brouillard pour voir si la neige avait un effet sur celui-ci. Il observa, tendu, une longue minute, puis poussa un soupir de soulagement silencieux, car la neige ne faisait qu'épaissir davantage le brouillard.

On entendit des bruits de pas tout proches. Pug s'immobilisa, comme les autres hommes autour de lui. Une voix s'éleva, parlant la langue étrange de la Confrérie.

Pug sentit quelque chose qui le grattait entre les épaules, mais il ne bougea pas d'un pouce, s'efforçant d'oublier cette déplaisante sensation dans le dos. Il jeta un regard en coin à Tomas. Celui-ci restait immobile comme un roc, la main sur le museau de son cheval, semblable à une statue perdue dans la brume. Comme tous les chevaux restants, la monture de Tomas savait que la main sur son museau voulait dire « silence ».

Une autre voix s'éleva dans la brume et Pug faillit sursauter. On aurait cru que celui qui venait de s'exclamer se tenait juste devant lui. Un cri leur parvint en réponse, de plus loin.

Pug vit le dos du sergent Gardan bouger un peu devant lui. Gardan s'agenouilla tout doucement, posant silencieusement son épée et son bouclier par terre. Il se releva, toujours très doucement, sortit un couteau de sa ceinture.

Puis brusquement il s'enfonça dans la brume, aussi rapide et souple qu'un chat qui disparaît dans la nuit. Il y eut un faible bruit et Gardan réapparut.

Devant lui, la forme d'un Frère des Ténèbres se débattait, la bouche fermement recouverte par l'une des larges mains noires de Gardan. L'autre bras lui écrasait la gorge. Pug voyait que le sergent ne pouvait risquer de le lâcher assez pour lui plonger son couteau dans le dos. Gardan serra les dents quand la créature lui griffa les bras de ses ongles acérés. Ses yeux jaillissaient presque de leurs orbites à cause du manque d'air. Gardan resta immobile en tenant le Frère des Ténèbres en train de se débattre, les pieds à quelques centimètres du sol. Le visage de la créature passa au rouge, puis il se violaça, tandis que Gardan maintenait sa prise sur son cou. Du sang coulait abondamment des bras de Gardan là où les griffes s'étaient enfoncées, mais le puissant soldat bougeait à peine. Puis le Frère des Ténèbres cessa de se débattre et Gardan lui donna une dernière torsion du bras pour lui écraser la gorge, laissant la créature glisser tout doucement au sol.

Gardan avait les yeux écarquillés par l'effort et il inspira profondément pour reprendre son souffle. Tout doucement il se tourna, s'agenouilla et remit son couteau à sa ceinture. Il reprit son épée et son bouclier, se releva et reprit sa garde dans la brume.

Pug était au comble du respect et de l'admiration pour le sergent, mais il était obligé de faire comme tout le monde : observer en silence. Le temps passa, les voix s'éloignèrent, se renvoyant les mêmes questions furieuses en recherchant la cachette des fugitifs. Les voix s'en furent et, comme un long soupir de soulagement, le silence s'appesantit sur la clairière. Le duc murmura : « Ils sont partis. Menez vos chevaux par la bride. Nous allons vers l'est. »

Pug regarda autour de lui dans la pénombre. Devant lui se trouvaient le duc Borric et le prince Arutha. Gardan restait à côté de Kulgan, qui était encore épuisé de ses longues incantations. Tomas marchait en silence à côté de son ami. Des cinquante gardes qui étaient partis de Crydee avec le duc, il n'en restait que treize. Seuls six chevaux avaient survécu à la journée. Quand ils s'étaient effondrés, les autres avaient été achevés rapidement par leurs cavaliers silencieux, les lèvres serrées.

Ils montaient péniblement à flanc de montagne. Le soleil s'était couché mais le duc avait donné l'ordre de continuer, craignant le retour de leurs poursuivants. Les hommes marchaient prudemment dans le noir, faisant attention à ne pas trébucher sur ce terrain caillouteux. Un juron étouffé perçait de temps en temps les ténèbres quand un homme glissait sur un rocher couvert de givre.

Pug cheminait péniblement, le corps engourdi par le froid et la fatigue. Cette journée lui avait paru durer une éternité et il ne se souvenait même plus quand ils s'étaient arrêtés ni quand ils avaient mangé pour la dernière fois. Une fois, un soldat lui avait tendu une gourde, mais cette unique gorgée était bien loin dans sa mémoire. Il prit une poignée de neige et la mit dans sa bouche, mais cette eau glacée le soulagea bien peu. La neige tombait plus dru, ou du moins c'est l'impression qu'il avait. Il ne la voyait pas tomber, mais elle lui frappait le visage plus souvent et avec plus de force. Le froid était mordant et Pug tremblait sous sa cape.

Comme un coup de tonnerre, un murmure du duc résonna dans le noir. « Stop. Je doute qu'ils se déplacent dans le noir. Nous allons nous reposer ici. »

On entendit un murmure d'Arutha un peu plus loin devant. « La neige aura recouvert nos traces au matin. »

Pug tomba à genoux et tira sa cape sur lui. Il entendit la voix de Tomas à côté. « Pug ? »

Il répondit faiblement : « Ici. »

Tomas s'effondra lourdement à côté de lui. « Je crois, dit-il entre deux souffles, que je ne bougerai plus jamais. »

Pug opina simplement. La voix du duc dit à quelque distance de là : « Pas de feu. »

Gardan répondit : « C'est une rude nuit pour faire un camp sans feu, Votre Grâce. »

Borric répondit : « Je suis d'accord, mais si ces fils de l'enfer rôdent non loin, un feu pourrait les attirer ici pour qu'ils se jettent sur nous en hurlant. Collez-vous les uns contre les autres pour vous réchauffer, comme ça personne ne gèlera. Postez des gardes et dites aux autres de dormir. Quand l'aube poindra, je veux que nous mettions autant de distance que possible entre eux et nous. » Pug sentit des corps commencer à se presser contre lui mais l'inconfort le gênait moins que le froid. Il glissa rapidement dans un sommeil agité, se réveillant souvent en sursaut au cours de la nuit. Puis, brusquement, l'aube se leva.

Trois autres chevaux avaient péri dans la nuit, leurs corps gelés gisant à découvert dans la neige. Pug se releva, la tête vide et les muscles raides. Il frissonnait irrésistiblement en tapant du pied, s'efforçant d'attiser un peu la vie dans son corps gelé et douloureux. Tomas s'étira, se réveilla en sursaut, puis il rejoignit Pug et tapa du pied et battit des bras avec lui. « Je n'ai jamais eu si froid de toute ma vie », dit-il en claquant des dents.

Pug regarda autour de lui. Ils se trouvaient dans un creux entre de grands blocs de granit, encore gris et nus par endroits, qui s'élevaient à une dizaine de mètres en l'air et se rejoignaient pour former comme une corniche en haut. Le chemin qu'ils avaient emprunté continuait à monter doucement à flanc de montagne et Pug remarqua que les arbres étaient plus clairsemés. « Viens », dit-il à Tomas en commençant à grimper sur les rochers.

« Merde ! » s'exclama quelqu'un derrière eux. Pug et Tomas se retournèrent et virent Gardan agenouillé au-dessus de la forme immobile d'un garde. Le sergent regarda le duc et lui dit : « Mort dans la nuit, Votre Grâce. » Il secoua la tête et ajouta : « Il a pris un coup et n'en a jamais parlé. »

Pug compta. Hormis lui, Tomas, Kulgan, le duc et son fils, il ne restait plus que douze soldats. Tomas leva les yeux vers Pug qui avait commencé à grimper et demanda : « Où allons-nous ? »

Pug remarqua qu'il murmurait. Il fit un signe de tête vers le haut et dit : « Voir ce qu'il y a de l'autre côté. »

Tomas opina et ils poursuivirent leur escalade. Leurs doigts gourds étaient douloureux et ils avaient du mal à s'agripper, mais Pug se réchauffa rapidement grâce à cet exercice. Il leva le bras et attrapa le bord de la corniche. Il se hissa et attendit que Tomas le rejoigne.

Tomas passa la corniche, essoufflé, regarda par-dessus l'épaule de Pug et dit : « Oh, que c'est beau ! »

Les hautes cimes des Tours grises s'élevaient majestueusement face à eux. Le soleil se levait juste derrière, illuminant de rose et d'or la face nord des montagnes, la face ouest restant plongée dans une ombre indigo. Le ciel était clair, la neige avait fini de tomber. Où que se porte leur regard, tout était couvert de blanc.

Pug fit signe à Gardan. Le sergent vint se mettre au pied de la paroi, grimpa un peu et demanda : « Qu'est-ce qu'il y a ? » Pug répondit : « Les Tours grises ! À moins de dix kilomètres. »

Gardan fit signe aux garçons de revenir et ils redescendirent péniblement, se laissant tomber sur le dernier mètre avec un impact sourd. Ils avaient vu leur destination et se sentaient mieux. Ils s'approchèrent de Gardan, qui était en grande conversation avec le duc, Arutha et Kulgan. Borric parlait doucement, mais l'air frais du matin lui permettait de se faire entendre clairement. « Prenez ce qui nous reste sur les bêtes mortes et répartissez-le entre les hommes. Prenez aussi les chevaux restants, mais que personne ne les monte. Ce n'est pas la peine de les couvrir, nous allons laisser des traces quoi qu'il arrive. »

Gardan salua et commença à circuler entre les soldats. Ils se tenaient par deux ou seuls, scrutant la pente à la recherche de signes de leurs poursuivants.

Borric dit à Kulgan : « Avez-vous la moindre idée d'où se trouve la passe du Sud ?

— Je vais essayer d'utiliser ma vision magique, monseigneur. » Kulgan se concentra et Pug le regarda attentivement, car le fait de voir par les yeux d'un autre était une des choses qui lui échappaient dans ses études. C'était un peu comme d'utiliser la boule de cristal, mais avec moins d'images, cela permettait d'avoir davantage d'impressions sur l'endroit où se trouvait une chose par rapport au magicien. Au bout de quelques minutes de silence, Kulgan dit : « Je ne saurais dire, Sire. Si j'y étais déjà allé, j'y serais peut-être parvenu, mais je n'arrive à rien. »

Borric opina : « J'aimerais que l'Archer soit avec nous. Il connaît les repères de la région. » Il se tourna vers l'est, comme s'il essayait de regarder les Tours grises à travers le roc : « Toutes les montagnes sont pareilles à mes yeux. »

Arutha dit : « Père, vers le nord ? »

Borric eut un petit sourire devant la logique d'Arutha. « Oui, si la passe est au nord, nous avons toujours une chance de la traverser avant qu'elle ne soit bloquée. Quand nous aurons passé les montagnes, le climat sera moins rude à l'est. En tout cas, c'est normalement le cas à cette époque de l'année. Nous devrions pouvoir rejoindre Bordon. Si nous sommes déjà au nord de la passe, nous pouvons toujours arriver chez les nains. Ils nous donneront refuge et ils sauront peut-être comment trouver une autre route vers l'est. » Il inspecta sa troupe épuisée : « Avec trois chevaux et de la neige fondue à boire, nous devrions pouvoir tenir une semaine au moins. » Il regarda autour de lui, scrutant le ciel : « Si ce temps-là se maintient. »

Kulgan dit : « Il ne devrait plus faire mauvais avant deux ou trois jours. Je ne saurais dire au-delà de ça. » Un cri retentit au-dessus des arbres, loin dans la forêt en contrebas. Instantanément, tout le monde se tut. Borric regarda Gardan : « Sergent, à votre avis, à combien sont-ils ? »

Gardan écouta : « C'est difficile à dire, monseigneur. Deux kilomètres, trois, peut-être plus. Les sons portent bizarrement dans la forêt, et plus encore quand il fait froid comme ça. » Borric opina. « Rassemblez les hommes. Nous partons tout de suite. »

Pug saignait des doigts par ses gants troués. Chaque fois qu'il en avait eu l'occasion dans la journée, le duc avait fait passer ses hommes sur la pierraille pour semer les pisteurs de la Confrérie des Ténèbres. Toutes les heures, il envoyait des gardes faire de fausses traces pardessus les leurs, en tirant des couvertures prises sur les chevaux morts, pour cacher leurs traces de leur mieux.

Ils se retrouvèrent au bord d'une clairière, un cercle de pierre nue entouré de tous côtés de pins clairsemés et de trembles. Les arbres s'étaient progressivement espacés avec l'altitude, car ils montaient de préférence sur les terrains les plus rudes et les plus élevés pour semer leurs poursuivants. Depuis l'aube, ils faisaient route vers le nord-est, en suivant une crête de collines rocailleuses vers les Tours grises, mais au grand dam de Pug, les montagnes ne semblaient pas se rapprocher le moins du monde.

Le soleil était haut dans le ciel, mais Pug ne sentait pas beaucoup sa chaleur, car un vent d'hiver glacé soufflait des hauteurs des Tours grises. Pug entendit la voix de Kulgan à quelque distance de lui. « Tant que le vent vient du nord-est, il n'y aura pas de neige, car toute l'humidité se sera déposée sur les sommets. Si le vent change et qu'il vient de l'ouest ou du nord-ouest, de la Mer sans Fin, la neige va recommencer à tomber. »

Pug, essoufflé par l'escalade, s'arrêta en équilibre sur une pente glissante. « Kulgan, faut-il que vous nous fassiez la leçon, en plus ? »

Plusieurs hommes éclatèrent de rire et un court moment la sombre angoisse qui les étreignait depuis deux jours reflua. Ils atteignirent un large méplat avant une nouvelle pente et le duc donna l'ordre de faire une halte. « Préparez un feu et tuez une bête. Nous allons attendre l'arrière-garde. »

Gardan envoya rapidement quelques hommes récupérer du bois et on donna à un autre la tâche d'écarter deux chevaux du camp. Les montures, nerveuses, avaient les pattes douloureuses, elles étaient fatiguées et affamées et malgré leur entraînement, Gardan préférait qu'elles ne sentent pas l'odeur du sang.

Le cheval choisi hennit, puis soudain se tut. Lorsque les feux furent prêts, les soldats posèrent des broches au-dessus des flammes. Rapidement, l'odeur de la chair rôtie commença à flotter dans l'air. Malgré son dégoût, Pug se sentit saliver à l'odeur. Quelque temps plus tard, on lui tendit un bâton sur lequel était piqué un grand morceau de foie rôti, qu'il engloutit. À côté, Tomas faisait subir le même sort à un morceau de gigot grésillant.

Quand ils eurent fini de manger, la viande encore chaude fut enveloppée dans des couvertures pour chevaux et des tabards déchirés, puis on la répartit entre les hommes.

Pug et Tomas restèrent assis à côté de Kulgan tandis que les hommes démontaient le camp, éteignant les feux, recouvrant les traces de leur passage et se préparant à reprendre leur marche.

Gardan alla voir le duc : « Monseigneur, l'arrière-garde aurait dû être arrivée depuis longtemps. »

Borric acquiesça. « Je sais. Cela fait une bonne demi-heure qu'ils devraient être là. » Il scruta le bas de la pente, vers la gigantesque forêt tout embrumée au loin. « Nous allons attendre cinq minutes de plus et puis nous partirons. »

Ils attendirent en silence, mais les gardes ne réapparurent pas. Finalement, Gardan donna l'ordre du départ. « C'est bon, les gars. On part. »

Les hommes reformèrent la colonne derrière le duc et Kulgan et les garçons se mirent derrière. Pug compta. Il ne restait plus que dix soldats.

Deux jours plus tard, les vents se mirent à hurler, soulevant des aiguilles de glace qui déchiquetaient les chairs. Les silhouettes qui s'avançaient lentement vers le nord étaient tout enroulées dans des capes, penchées pour lutter contre le vent. Ils avaient entouré leurs bottes de chiffons en espérant vaguement éviter les engelures. Pug essayait vainement de ne pas laisser la glace se déposer sur ses cils, mais les vents violents le faisaient pleurer et les larmes gelaient rapidement, lui brouillant la vue.

Pug entendit Kulgan qui s'efforçait de couvrir le bruit du vent. « Monseigneur, une tempête s'approche. Il faut trouver un abri, sinon nous allons mourir. » Le duc acquiesça et fit signe à deux hommes au-devant de chercher un refuge. Ceux-ci partirent à petites foulées sur le terrain glissant, avançant à peine plus vite que les autres, mais jetant vaillamment leurs maigres forces dans la tâche.

Des nuages s'approchaient au nord-ouest et le ciel s'assombrit. « Combien de temps, Kulgan ? » cria le duc pour couvrir le hurlement du vent.

Le magicien leva la main au-dessus de sa tête pour dégager son haut front et le vent fit voler en tous sens ses cheveux et sa barbe. « Une heure au plus. » Le duc refit un signe de tête et exhorta ses hommes à continuer.

Un triste hennissement perça le vent et un homme hurla que le dernier cheval venait de tomber. Borric s'arrêta et avec un juron il donna l'ordre de l'équarrir au plus vite. Des soldats découpèrent la bête en gros morceaux fumants, les jetant dans la neige pour les congeler avant de les envelopper. Lorsqu'ils en eurent terminé, on partagea la viande entre les hommes.

« Si nous arrivons à dénicher un abri, nous ferons un feu pour cuire la viande », hurla le duc.

Pug ajouta mentalement que s'ils n'arrivaient pas à trouver un refuge, ils n'auraient pas grand-chose à faire de la viande. Ils reprirent leur marche.

Un peu plus tard, les deux gardes revinrent pour dire qu'ils étaient tombés sur une caverne à moins de quatre cents mètres. Le duc leur donna l'ordre de les y conduire.

La neige commença à tomber, fouettée par le vent puissant. Le ciel s'était fait très sombre, limitant la visibilité à une trentaine de mètres à peine. Pug avait l'impression d'avancer dans du coton et il avait du mal à sortir ses pieds de l'épaisse couche de neige. Ses mains étaient tout engourdies et il se demanda si elles étaient gelées.

Tomas semblait aller un peu mieux, étant de nature un peu plus solide, mais il était aussi trop épuisé pour parler. Il avançait juste à côté de son ami.

Soudain, Pug se retrouva le visage plongé dans la neige, qu'il trouva étonnamment chaude et soporifique. Tomas s'agenouilla à côté de l'apprenti magicien tombé. Il secoua Pug et le garçon presque inconscient grogna.

« Debout, hurla Tomas, ce n'est plus très loin. »

Pug s'efforça de se relever, avec l'aide de Tomas et d'un autre soldat. Quand son ami fut debout, Tomas fit signe au soldat qu'il pouvait s'occuper de lui. Le soldat opina, mais il resta tout près. Tomas dégagea l'un des morceaux de couverture qu'il avait enroulés autour de lui pour se réchauffer, en attacha un bout à la ceinture de Pug et repartit en guidant et en tirant son ami avec lui.

Les garçons suivirent le garde qui les avait aidés, contournèrent une excroissance rocheuse et se retrouvèrent devant l'entrée d'une caverne. Ils avancèrent en vacillant de quelques pas dans les ténèbres accueillantes puis s'effondrèrent sur un sol rocheux. Par contraste avec le vent mordant de l'extérieur, la caverne leur sembla chaude. Épuisés, ils plongèrent dans le sommeil.

Pug s'éveilla à l'odeur de la viande de cheval en train de cuire. Il se releva et vit qu'il faisait noir dehors, au-delà du feu. Il y avait des piles de branchages et de bois mort tout près et des hommes alimentaient soigneusement le feu. D'autres restaient à côté, faisant cuire des morceaux de viande. Pug fléchit les doigts et les trouva douloureux, mais, en retirant ses lambeaux de gants, il ne vit aucun signe d'engelure. Il secoua Tomas pour le réveiller et l'autre garçon se releva sur les coudes, cillant à la lumière du feu.

Gardan se tenait de l'autre côté du feu et parlait avec un garde. Le duc était assis non loin, discutant à mi-voix avec son fils et Kulgan. Derrière Gardan et le garde, Pug ne voyait que du noir. Il n'arrivait pas à se souvenir de quand ils avaient découvert la caverne, mais Tomas et lui avaient dû dormir des heures.

Kulgan les vit bouger et il s'approcha d'eux. « Comment ça va ? » demanda-t-il, l'air inquiet. Les garçons firent signe qu'ils allaient bien, vu les circonstances. Pug et Tomas retirèrent leurs bottes à la demande de Kulgan et il eut le plaisir de leur apprendre qu'ils n'avaient pas non plus d'engelures aux pieds. L'un des soldats, leur déclara-t-il, n'avait pas eu autant de chance.

« Combien de temps avons-nous dormi ? demanda Pug.

— Une nuit et une journée entières », dit le magicien dans un souffle.

Pug remarqua alors qu'on avait accompli beaucoup de travail. En plus du bois, on les avait couverts, Tomas et lui, avec des couvertures. Deux lapins pris au collet pendaient à l'entrée de la caverne avec des outres d'eau placées près du feu. « Vous auriez pu nous réveiller », dit Pug, une note d'inquiétude dans la voix.

Kulgan secoua la tête : « Le duc refusait de repartir tant que la tempête ne s'était pas calmée et ce n'est arrivé qu'il y a quelques heures. De toute manière, Tomas et toi n'étiez pas les seuls de la troupe à être dans cet état. Je doute que même notre infatigable sergent aurait pu faire plus de quelques kilomètres avec juste une nuit de repos. Le duc verra comment ça va demain. Je pense que nous partirons à ce moment-là, si le temps se maintient. »

Kulgan se remit debout avec un petit geste à l'adresse des garçons pour qu'ils essayent de se rendormir et il retourna voir le duc. Pug était surpris de se sentir encore fatigué, malgré une journée de sommeil, mais il préférait se remplir l'estomac avant de se recoucher. Tomas acquiesça en réponse à sa question silencieuse et les deux garçons se rapprochèrent du feu. L'un des soldats qui était occupé à faire cuire la viande leur en tendit des morceaux grésillants.

Les garçons engloutirent la nourriture et après avoir terminé, ils se reculèrent contre l'une des parois. Pug allait dire quelque chose à Tomas, mais un des gardes à l'entrée de la caverne détourna son attention. Un air bizarre se peignit sur son visage alors même qu'il était en pleine discussion avec le sergent Gardan et ses genoux plièrent. Gardan se pencha pour le rattraper et le faire descendre au sol. Les yeux du large sergent s'écarquillèrent en voyant une flèche sortir du corps de l'homme.

Le temps sembla suspendu un instant, puis Gardan hurla : « Alerte ! »

Un hululement retentit à l'extérieur de la grotte et une silhouette jaillit dans la lumière, bondissant par-dessus les branchages, puis au-dessus du feu, renversant les soldats qui faisaient cuire la viande. Elle atterrit à quelque distance des garçons et se tourna pour faire face à ceux au-dessus desquels elle venait de sauter. La créature était vêtue d'un manteau et d'un pantalon faits de peaux de bêtes. Sur un bras, elle portait un petit bouclier abîmé et dans l'autre une épée courbe qu'elle tenait bien haut.

Pug resta immobile, tandis que la créature observait la troupe dans la caverne, les lèvres retroussées de manière inhumaine. Le feu faisait flamboyer ses yeux et ses crocs. L'entraînement de Tomas reprit le dessus et l'épée à laquelle il était resté accroché pendant tout le parcours sortit de son fourreau en un éclair. La créature abattit son épée sur Pug, qui roula de côté pour esquiver le coup. La lame frappa le sol avec fracas et Tomas se jeta en avant pour donner un coup d'estoc, atteignant maladroitement la créature à la poitrine. Elle tomba à genoux en gargouillant, le sang lui emplissant les poumons, puis elle s'effondra en avant.

D'autres attaquants s'élancèrent dans la caverne et le combat s'engagea rapidement contre les hommes de Crydee. Des insultes et des jurons fusaient de tous côtés et le bruit des épées résonnait dans la caverne. Les gardes et les attaquants se trouvaient face à face, incapables de se déplacer de plus de quelques mètres. Plusieurs hommes du duc lâchèrent l'épée pour prendre leur dague, plus pratique en cas de combat rapproché.

Pug attrapa son épée et essaya de se trouver un adversaire, sans y parvenir. À la lumière dansante du feu, il vit que les attaquants étaient moins nombreux que les gardes et comme il y avait bien deux ou trois hommes de

Crydee pour chacun d'entre eux, ils furent rapidement achevés.

Brusquement, le silence s'appesantit sur la caverne, à l'exception du souffle rauque des soldats. Pug regarda autour de lui et vit que seul un homme était tombé, celui qui avait été touché par la flèche. Quelques autres avaient reçu des blessures très légères. Kulgan alla voir les hommes et inspecta les blessures, puis il annonça au duc : « Monseigneur, nous n'avons pas de blessé grave. »

Pug regarda les créatures mortes. Il y en avait six étalées sur le sol de la caverne. Elles étaient plus petites que des hommes, mais pas de beaucoup. Elles avaient de grosses arcades sourcilières et le front bas couvert d'épais cheveux noirs. Leur peau bleu-vert était lisse, sauf pour celui qui avait une sorte de début de barbe sur les joues. Les yeux, restés ouverts dans la mort, étaient grands et ronds, l'iris noir sur jaune. Tous étaient morts, les babines retroussées sur leur visage hideux, dévoilant de longues dents. Pug alla voir Gardan, qui scrutait les ténèbres pour vérifier s'il y avait d'autres créatures en vue. « Qu'est-ce que c'était, sergent ?

— Des gobelins, Pug. Mais j'ai du mal à comprendre pourquoi ils étaient si loin de leur territoire. »

Le duc vint se placer à côté de lui et dit : « Il n'y en avait qu'une demi-douzaine, Gardan. Je n'ai jamais entendu parler de gobelins attaquant des hommes armés à un contre deux. C'était du suicide.

— Monseigneur, par ici », appela Kulgan en s'agenouillant au-dessus du corps d'un gobelin. Il avait écarté le manteau de fourrure sale que portait la créature et montrait une longue blessure mal bandée à la poitrine. « Cette blessure-là n'est pas de notre fait. Elle date d'il y a trois ou quatre jours et elle était mal cicatrisée. »

Les gardes inspectèrent les autres corps et annoncèrent que trois autres avaient aussi des blessures récentes qui ne dataient pas de ce combat. L'un d'eux avait le bras cassé et il s'était battu sans bouclier.

Gardan dit : « Sire, ils ne portent pas d'armure. Ils n'avaient que leurs armes. » Il montra un gobelin mort avec un arc passé dans le dos et un carquois vide à la ceinture. « Ils n'avaient qu'une flèche et c'est celle qu'ils ont utilisée pour blesser Daniel. »

Arutha regarda le carnage. « C'était de la folie. Du désespoir. »

Kulgan ajouta : « Oui, Votre Altesse. De la folie. Ils étaient épuisés et blessés, gelés et affamés. L'odeur de la viande rôtie a dû les rendre fous. Ils ont l'air de ne pas avoir mangé depuis un bout de temps. Ils ont préféré tout miser sur un ultime assaut désespéré plutôt que se laisser mourir de froid en nous regardant manger. »

Borric regarda de nouveau les gobelins, puis il ordonna à ses hommes de sortir les corps de la caverne. Comme pour lui-même, il dit tout haut : « Mais contre qui ont-ils bien pu se battre ? »

Pug proposa : « La Confrérie ? »

Borric secoua la tête. « Ce sont des créatures de la Confrérie et quand ils ne sont pas alliés contre nous, ils s'ignorent tout simplement. Non, ce devait être quelqu'un d'autre. »

Tomas regarda autour de lui en rejoignant ceux qui restaient à l'entrée. Il ne se sentait pas aussi à l'aise que Pug pour parler au duc, mais il dit finalement : « Monseigneur… et les nains ? »

Borric acquiesça : « S'il y a eu un raid nain sur un village de gobelins à côté d'ici, cela pourrait expliquer le fait qu'ils ne portent ni armure ni provisions. Ils ont dû prendre les armes qui leur tombaient sous la main et se frayer un chemin pour s'enfuir comme ils pouvaient. Oui, c'étaient peut-être des nains. »

Les gardes qui venaient de porter les corps dans la neige revinrent en courant. « Votre Grâce, dit l'un d'eux, nous avons entendu quelque chose bouger sous les arbres. »

Borric se retourna vers les autres : « Tenez-vous prêts ! »

Tous les hommes dans la caverne tirèrent les armes. Ils entendirent bientôt des crissements de pas sur la neige gelée. Ils se firent de plus en plus forts en se rapprochant. Pug était tendu, l'épée à la main, luttant contre la peur qui montait en lui.

Soudain, les bruits de pas cessèrent quand ceux de l'extérieur firent halte. Puis il n'y eut plus qu'un seul bruit de bottes qui approchait. Sortant de la nuit, une silhouette s'approcha de la caverne. Pug leva la tête pour regarder par-dessus l'épaule d'un soldat et le duc demanda : « Qui va là ? »

Une courte silhouette, ne faisant pas plus d'un mètre cinquante, repoussa en arrière le capuchon de sa cape, révélant un heaume de métal sur une épaisse masse de cheveux bruns. Deux yeux verts éclatants brillèrent à la lumière du feu. D'épais sourcils roux très fournis se rejoignaient au-dessus d'un gros nez crochu. La silhouette resta un moment immobile à regarder la troupe, puis elle fit un signe derrière elle. D'autres sortirent de la nuit et Pug se pressa en avant pour mieux voir avec Tomas. À l'arrière, ils voyaient plusieurs arrivants qui tenaient des mules.

Le duc et les soldats se détendirent visiblement et Tomas lança : « Des nains ! »

Plusieurs gardes éclatèrent de rire et le nain le plus proche les imita. Le nain fixa Tomas d'un œil malicieux et demanda : « À quoi t'attendais-tu, gamin ? À ce que ce soit une jolie dryade venue t'enlever ? »

Le premier nain s'avança dans la lumière du feu. Il s'arrêta devant le duc et dit : « À vos tabards, je vois que vous venez de Crydee. » Il se frappa la poitrine et dit solennellement : « Je suis Dolgan le Grand, chef du village de Cal-

dara et chef de guerre du peuple nain des Tours grises. »
Tirant une pipe de sa cape, sous une longue barbe qui lui tombait au-dessous de la ceinture, il la bourra en regardant les gens dans la caverne. Puis, avec moins de solennité, il dit : « Bien, par les dieux, qu'est-ce qui amène un si misérable groupe de grandes gens en ces lieux si froids et oubliés ? »

CHAPITRE 9

Les nains montaient la garde.

Pug et les autres gens de Crydee se tenaient autour du feu de camp et dévoraient avec appétit le repas que leur avaient préparé les hommes de Dolgan. Un chaudron de ragoût mijotait sur le feu. Ils avaient rapidement englouti des petits pains dorés et croustillants, à l'intérieur moelleux et dégoulinant de miel. Du poisson fumé tiré du paquetage des mules des nains les changea agréablement de leur régime de viande de cheval de ces derniers jours.

Pug regardait autour de lui, assis à côté de Tomas qui en était à sa troisième assiette de pain et de ragoût. Pug regardait les nains s'affairer avec efficacité pour monter le camp. La plupart de ces derniers se trouvaient à l'extérieur de la caverne, car ils semblaient moins gênés par le froid que les humains. Deux d'entre eux s'occupaient de soigner le blessé, pour lequel ils avaient bon espoir. Deux autres servaient le repas aux hommes du duc et un autre remplissait leurs chopes de bière brune et mousseuse à une grande outre.

Dolgan avait quarante gardes avec lui. Le chef nain était accompagné de ses fils, Weylin, l'aîné, et Udell. Tous deux ressemblaient fortement leur père, même si Udell était plus sombre, avec des cheveux plus noirs que roux. Tous deux paraissaient calmes comparés à leur père, qui faisait de grands gestes, une pipe dans une main et une chope de bière dans l'autre en parlant avec le duc.

Les nains patrouillaient le long de la forêt, mais Pug avait cru comprendre qu'il n'était pas dans leurs habitudes de faire une patrouille aussi loin de leur village. Ils étaient tombés sur les traces des gobelins qui avaient attaqué les hommes de Crydee quelques minutes auparavant et ils les suivaient de près. Sans eux, ils auraient manqué la troupe ducale à cause de la tempête nocturne qui aurait effacé toutes les traces du passage des gens de Crydee.

« Je me souviens de vous, seigneur Borric, dit Dolgan en sirotant sa bière, mais vous étiez à peine plus grand qu'un bébé alors, quand je suis allé à Crydee. J'ai dîné avec votre père. Il avait une bonne table.

— Et si vous y retourniez, Dolgan, j'espère que vous trouveriez ma table tout aussi satisfaisante. » Ils avaient parlé de la mission du duc et Dolgan était resté essentiellement silencieux pendant la préparation du repas, perdu dans ses pensées. Soudain, il regarda sa pipe, qui s'était éteinte. Il poussa un soupir désabusé et l'écarta, mais il vit Kulgan qui avait tiré la sienne et soufflait de gros nuages de fumée. Son visage s'éclaira et il demanda : « Auriez-vous assez de quoi bourrer une autre pipe, maître magicien ? » Il parlait avec l'accent grave et roulant qu'avaient tous les nains quand ils employaient la langue du royaume.

Kulgan prit sa blague à tabac et la tendit au nain. « Fort heureusement, dit Kulgan, ma pipe et ma blague sont deux objets que je porte toujours sur moi. Je peux survivre à la perte de mes autres possessions bien que la perte de mes deux livres me gêne énormément, mais supporter de telles avanies sans le secours de ma pipe serait tout à fait inimaginable.

— Ouais, approuva le nain en allumant sa propre pipe, vous avez tout à fait raison. Hormis la bière d'automne, ainsi que la compagnie de mon épouse bien-aimée ou un bon combat, bien entendu, il n'y a pas grand-chose qui me fasse plus plaisir qu'une bonne pipe. » Il aspira une forte bouffée et souffla un grand nuage de fumée pour appuyer ses dires. Son visage rude prit un air songeur et il dit : « Venons-en aux nouvelles que vous nous apportez. Le lien est bizarre, mais cela expliquerait bien des mystères que nous n'arrivions pas à résoudre ces derniers temps. »

Borric demanda : « Quels mystères ? »

Dolgan montra l'entrée de la caverne. « Comme je vous l'ai dit, nous devions patrouiller dans cette zone. C'est la première fois, car depuis des années, les terres qui bordent nos mines et nos fermes n'avaient plus de problèmes. » Il sourit. « Une fois de temps en temps, une bande de brigands particulièrement téméraires, ou quelques moredhel, les Frères des Ténèbres, comme vous les appelez, ou encore une tribu de gobelins encore plus stupide que les autres vient nous déranger un petit moment. Mais en général, la région est plutôt paisible.

« Cependant ces derniers temps, tout va de travers. Depuis un mois, un peu plus peut-être, nous avons commencé à constater d'importants déplacements de moredhel et de gobelins qui quittaient leurs villages au nord des nôtres. Nous avons envoyé quelques gamins vérifier. Ils trouvèrent des villages entiers complètement abandonnés, chez les gobelins comme chez les moredhel. Certains d'entre eux avaient été mis à sac, mais d'autres étaient restés vides sans qu'ils aient l'air d'avoir été attaqués.

« Il va sans dire que l'exode de ces mécréants nous a causé beaucoup de problèmes. Nos villages se trouvent sur le haut des forêts et sur les plateaux, ce qui fait qu'ils n'ont pas osé nous attaquer, mais par contre, en passant, ils lancent des raids contre nos troupeaux qui se trouvent dans les vallées basses – raison pour laquelle nous patrouillons désormais en bas de la montagne. Avec l'hiver, nos troupeaux sont dans les plus basses terres et nous devons rester vigilants.

« Vos messagers n'ont pas atteint nos villages très probablement à cause du grand nombre de moredhel et de gobelins qui ont fui les montagnes pour se réfugier dans la forêt. Voilà maintenant que nous avons une petite idée de la raison de cette migration. »

Le duc acquiesça : « Les Tsurani. »

Dolgan resta pensif un moment et Arutha dit : « Alors ils sont venus en force. »

Borric lança un regard interrogateur à son fils et Dolgan eut un petit rire, avant de dire : « Vous avez là un brillant rejeton, seigneur Borric. » Il acquiesça pensivement et dit : « Oui, prince. Ils sont là-bas et ils sont venus en force. Malgré leurs terribles défauts, les moredhel sont de bons combattants. » Il retomba dans le silence, perdu dans ses pensées. Puis, tapotant sa pipe, il dit : « Les nains ne sont pas considérés comme les meilleurs combattants de l'Ouest pour rien, mais nous ne sommes pas assez nombreux pour nous débarrasser de nos pénibles voisins. Pour en déloger autant, il faudrait avoir une puissante force, solidement armée et bien approvisionnée. »

Kulgan dit : « Je donnerais n'importe quoi pour savoir comment ils sont arrivés dans ces montagnes.

— Je préférerais savoir combien ils sont », dit le duc.

Dolgan bourra de nouveau sa pipe et après l'avoir allumée, il regarda le feu d'un air pensif. Weylin et Udell se firent un signe de tête et Weylin prit la parole : « Seigneur Borric, ils doivent être dans les cinq mille. »

Avant que le duc étonné ne puisse répondre, Dolgan sortit de sa rêverie. En jurant, il dit : « Dix mille, plutôt ! » Il se tourna pour regarder le duc, qui semblait ne pas comprendre l'échange. Dolgan ajouta : « Nous avons cherché beaucoup d'explications à cette invasion, mais nous n'avions jamais pensé que ce pouvait être eux qui se faisaient envahir. Une épidémie, une guerre interne, une famine due à des parasites dans les récoltes, mais nous n'avions pas pensé à l'invasion d'une armée étrangère.

« Vu le nombre de villes vides, nous pensions qu'il devait y avoir quelques milliers de gobelins et de moredhel descendus dans le Vercors. Certains de ces villages ne sont formés que de quelques huttes que mes deux fils seraient capables de vaincre à eux seuls. Mais il y en a d'autres, des forteresses construites en hauteur avec cent, deux cents guerriers pour en défendre les murs. Ils en ont vidé une douzaine comme ça en à peine plus d'un mois. Combien d'hommes pensez-vous qu'il soit nécessaire pour réussir un tel exploit, seigneur Borric ? »

C'était la première fois que Pug voyait la peur se peindre sur le visage du duc. Borric se pencha en avant, les coudes appuyés sur les genoux, et il dit : « J'ai cinq cents hommes à Crydee, en comptant les garnisons sur les frontières. Je peux ramener huit cents ou mille hommes de plus de Carse et autant de Tulan, en les vidant complètement. Une levée dans les villes et les villages ajouterait à cela un millier d'hommes tout au plus et la plupart d'entre eux seraient des vétérans du siège de Carse ou de jeunes garçons inexpérimentés. »

Arutha semblait aussi sombre que son père. Il dit : « Quatre mille cinq cents au plus, dont un tiers sous-entraînés, contre une armée de dix mille hommes. »

Udell regarda son père, puis le duc Borric. « Mon père n'exagère pas nos capacités, ni celles des moredhel, Votre Grâce. Qu'ils soient cinq mille ou dix mille, ce sont des combattants puissants et expérimentés pour avoir réussi à faire fuir si vite les ennemis de notre sang.

— Je crois, dit Dolgan, que vous feriez mieux d'envoyer un message à votre fils aîné et à vos barons pour leur dire de rester en sûreté derrière les murs de leurs forteresses le temps que vous rejoigniez Krondor. Il faudra toutes les armées de l'Ouest réunies pour réussir à retenir ces nouveaux arrivants au printemps. »

Tomas demanda brusquement : « Ça va si mal que ça ? » Puis il s'excusa d'avoir dérangé le conseil. « Je suis désolé, monseigneur. »

Borric écarta l'excuse d'un geste. « C'est peut-être la peur qui assombrit plus que nécessaire le tableau que nous brossons là, mais un bon soldat se prépare au pire, Tomas. Dolgan a raison. Il faut que j'aille demander de l'aide au prince. » Il regarda Dolgan : « Mais pour faire appel aux armées de l'Ouest, il faut que j'arrive à Krondor. »

Dolgan dit : « La passe du Sud est impraticable et vos capitaines de vaisseaux ne sont pas assez fous pour braver le détroit des Ombres en hiver. Mais il y a un autre moyen, bien que le chemin soit difficile. Certaines mines traversent ces montagnes, de vieux tunnels sous les Tours grises. Nombre d'entre elles ont été creusées par mon peuple quand nous cherchions du fer et de l'or. Certaines sont naturelles et datent de la naissance de ces montagnes. Et il y en a d'autres encore qui étaient là quand mon peuple est arrivé ici et dont les dieux seuls savent qui les a creusées. Il existe une mine qui traverse les montagnes de part en part, sortant de l'autre côté de cette chaîne, à une journée de marche à peine de la route pour Bordon. Il faut deux jours pour la traverser et le chemin est semé de dangers. »

Les frères nains regardèrent leur père et Weylin demanda : « Père, Mac Mordain Cadal ? »

Dolgan acquiesça. « Ouais, la mine abandonnée de mon grand-père et de son père avant lui. » Il dit au duc : « Nous avons creusé des kilomètres de tunnels sous les montagnes et certains d'entre eux rejoignent les passages dont je vous ai parlé. Mac Mordain Cadal est le sujet de nombreuses légendes étranges et terrifiantes, car il donne sur ces anciens passages. Nombre de nains se sont aventurés au fond de ces vieilles mines, à la recherche de richesses légendaires et beaucoup sont revenus. Mais quelques-uns ont disparu. Un nain sait toujours retrouver son chemin pour revenir sur ses pas, donc ils n'ont pas pu se perdre. Il faut que quelque chose leur soit arrivé. Je vous dis cela pour qu'il n'y ait aucun malentendu, mais si nous nous en tenons aux passages creusés par mes ancêtres, nous ne prendrons que peu de risques.

— "Nous", ami nain ? » demanda le duc.

Dolgan sourit. « Si je vous montrais juste l'entrée de la mine, vous vous perdriez irrémédiablement dans l'heure qui suivrait. Non, je n'ai pas très envie d'aller à Rillanon expliquer à votre roi comment j'ai réussi à lui perdre un de ses meilleurs ducs. Je vous guiderai volontiers, monseigneur Borric, à un prix très modique. » Il fit un clin d'œil à Pug et à Tomas en prononçant ces derniers mots : « Disons, une blague à tabac et un bon dîner à Crydee. »

L'humeur du duc s'adoucit un peu. Avec un sourire, il dit : « Affaire conclue et avec tous nos remerciements, Dolgan. »

Le nain se tourna vers ses fils. « Udell, tu vas prendre la moitié de la troupe, ainsi que les hommes du duc trop malades ou trop blessés pour continuer. Va au château de Crydee. Il y a un encrier, une plume et du parchemin quelque part dans nos bagages : va les chercher pour Sa Seigneurie, afin qu'il puisse écrire ses instructions à ses gens. Weylin, tu vas ramener le reste de notre troupe à Caldara et ensuite tu vas prévenir les autres villages avant le début des grandes tempêtes hivernales. Au printemps, les nains des Tours grises seront prêts à partir en guerre. »

Dolgan regarda Borric. « De mémoire de nain, nul n'a jamais réussi à conquérir nos villages des hautes terres. Mais il serait gênant que quelqu'un s'y essaye. Les nains se porteront du côté du royaume, Votre Seigneurie. Vous êtes nos amis depuis longtemps, vous avez commercé honnêtement avec nous et vous nous avez apporté votre aide quand nous vous l'avons demandée. Et nous n'avons jamais tourné le dos à une bataille quand on nous a demandé de l'aide. »

Arutha dit : « Et les monts de Pierre ? »

Dolgan éclata de rire. « Je remercie Sa Majesté de me rafraîchir la mémoire. Le vieux Harthorn et ses clans seraient furieux qu'on ne les invite pas à une bonne bagarre. Je vais faire envoyer des coursiers aux monts de Pierre aussi. »

Pug et Tomas regardèrent le duc écrire des messages à Lyam et à Fannon, puis la plénitude de leurs estomacs ajoutée à leur fatigue les plongea dans le sommeil, malgré la journée précédente. Les nains leur prêtèrent de confortables matelas qu'ils avaient confectionnés au moyen d'épaisses capes dont ils avaient entouré des rameaux de pin. De temps à autre, Pug se réveillait et entendait des gens parler à voix basse. Plus d'une fois il entendit prononcer le nom de Mac Mordain Cadal.

Dolgan mena la troupe ducale jusqu'aux contreforts rocheux des Tours grises. Ils étaient partis aux premières lueurs de l'aube, les fils du chef des nains allant chacun de leur côté avec leurs hommes. Dolgan avançait devant le duc et son fils, suivi par un Kulgan essoufflé et par les deux garçons. Cinq soldats de Crydee, les seuls qui étaient encore en état de continuer, suivaient derrière sous la direction du sergent Gardan, menant deux mules avec eux. Marchant derrière le pauvre magicien, Pug dit : « Kulgan, demandez qu'on s'arrête un peu. Vous n'en pouvez plus. »

Le magicien répondit : « Non, mon garçon, ça va. Quand nous serons dans les mines, le rythme va se ralentir et nous y arriverons bientôt. »

Tomas regarda la silhouette courtaude de Dolgan, qui marchait devant, les menant à un train rapide de ses petites jambes véloces. « Il ne se fatigue donc jamais ? »

Kulgan secoua la tête. « Le peuple nain est renommé pour son endurance. À la bataille du château de Carse, alors que le château allait se faire prendre par la Confrérie des Ténèbres, les nains des monts de Pierre et des Tours grises arrivaient à marche forcée à l'aide des assiégés. Un messager vint les prévenir de la chute imminente du château et les nains coururent un jour, une nuit et une demi-journée encore pour tomber par-derrière sur la Confrérie des Ténèbres. Et ils n'avaient rien perdu de leur vigueur au combat. La Confrérie fut dispersée et ne se rassembla jamais plus sous la férule d'un chef unique. » Il haletait un peu. « Dolgan ne se vante pas sans raison de l'aide des nains, car ce sont sans aucun doute possible les meilleurs combattants de l'Ouest. Ils ont beau être peu nombreux par rapport aux hommes, il n'y a que les Hadati qui les valent presque parmi les peuples humains. »

Pug et Tomas regardèrent avec davantage de respect le nain qui marchait devant eux. Ils avançaient à un bon rythme, mais le repas du soir et celui du matin avaient remis en forme les deux garçons, qui n'avaient donc pas trop de mal à tenir.

Ils arrivèrent à l'entrée de la mine, enfouie sous les ronces. Les soldats la dégagèrent, révélant un tunnel large et profond. Dolgan se retourna vers la troupe : « Il faudra peut-être que vous vous baissiez une fois de temps en temps, mais les mules passent par les mines des nains. Vous devriez avoir assez de place. »

Pug sourit. Les nains étaient visiblement plus grands que les légendes ne le lui avaient laissé croire. Ils mesuraient entre un mètre trente et un mètre cinquante environ. Hormis leurs jambes courtes et leurs larges épaules, ils ressemblaient beaucoup aux hommes. Le plafond risquait d'être un peu bas pour le duc et pour Gardan, mais Pug n'était pas beaucoup plus grand que le nain et il n'aurait probablement pas de problème.

Gardan fit allumer des torches et quand la petite troupe fut prête, Dolgan les guida dans la mine. Quand ils entrèrent dans la pénombre du tunnel, le nain leur dit : « Restez vigilants, car les dieux seuls savent ce qui vit dans ces tunnels. On ne nous dérangera probablement pas, mais il vaut mieux faire attention. »

Pug entra et, comme la pénombre l'enveloppait, il regarda par-dessus son épaule. Il vit Gardan à contre-jour dans la lumière déclinante. Un bref instant il eut une pensée pour Carline et Roland et il se demanda comment il pouvait l'avoir tant oubliée en si peu de temps et comment il pouvait être si indifférent aux attentions que devait lui prodiguer son rival. Il secoua la tête et son regard se tourna de nouveau vers le sombre tunnel qui s'enfonçait devant lui.

Les tunnels étaient humides. Une fois de temps en temps, ils arrivaient à une bifurcation. Pug essaya de scruter les autres tunnels en passant devant, mais ils étaient plongés dans les ténèbres. Les torches faisaient danser les ombres sur les parois, grandissant ou rapetissant les gens tour à tour, selon la taille ou la hauteur du tunnel qu'ils empruntaient. En plusieurs endroits, ils durent obliger leurs mules à baisser la tête, mais la plupart du temps ils avaient largement la place pour se tenir debout.

Tomas, qui se trouvait juste devant Pug, murmura : « Je ne voudrais pas me balader seul dans le coin. J'ai l'impression d'être complètement perdu. » Pug ne répondit rien, car les mines l'oppressaient.

Au bout d'un petit moment, ils arrivèrent à une grande caverne de laquelle partaient plusieurs tunnels. La colonne fit halte et le duc donna ordre de poster des guetteurs. Pug et Tomas prirent le dernier tour et Pug eut mille fois l'impression que des choses bougeaient dans l'ombre juste à la lisière des feux. Des gardes vinrent les remplacer assez vite et les garçons rejoignirent les autres, qui étaient en train de manger. On leur donna de la viande séchée et des biscuits. Tomas demanda à Dolgan : « Quel est cet endroit ? »

Le nain tira sur sa pipe. « C'est un nœuvaine, gamin. Quand mon peuple a creusé ces mines, nous en avons créé de nombreux comme celui-ci. Quand plusieurs grandes veines de fer, d'or, d'argent et d'autres métaux se rejoignent, on connecte plusieurs tunnels les uns aux autres. Et quand on en extrait les métaux, ces nœuds se forment d'eux-mêmes. Il en existe qui se sont faits naturellement et qui sont aussi grands que celui-ci un peu plus bas, mais ils ne ressemblent pas à ce que tu vois dans cette caverne. De grands pics de pierre s'élèvent du sol et d'autres pendent du plafond, contrairement à ici. Tu verras quand on en traversera un. »

Tomas regarda au-dessus de lui. « C'est haut ? »

Dolgan leva les yeux. « Je ne saurais dire exactement. Peut-être une trentaine de mètres, peut-être deux ou trois fois plus. Ces montagnes sont encore pleines de métaux, mais quand le grand-père de mon grand-père est venu creuser ici pour la première fois, il y avait plus de métal qu'on ne peut en rêver. Des centaines de tunnels parcourent ces montagnes, sur de nombreux niveaux en dessous et au-dessus. Par ce tunnel-là, dit-il en montrant un autre tunnel au même niveau que le sol du nœuvaine, il y a un tunnel qui en rejoint un autre qui en rejoint encore un autre. En suivant celui-là, vous allez finir par déboucher sur le Mac Owyn Dur, où les gens de mon peuple vous demanderaient comment vous avez fait pour entrer dans leur mine d'or. » Il éclata de rire : « Mais je doute que vous puissiez en trouver le chemin, à moins que vous n'ayez du sang nain. »

Il tira sur sa pipe et les gardes que l'on venait de relever arrivèrent pour manger. Dolgan dit : « Bien, nous ferions mieux d'y aller. »

Tomas parut étonné : « Je croyais que nous mangions avant de nous coucher.

— Le soleil est encore haut dans le ciel, gamin. Il reste une bonne demi-journée avant la nuit.

— Mais je croyais...

— Je sais. On perd facilement la notion du temps, ici, à moins d'en avoir l'habitude. »

Ils rassemblèrent leur équipement et repartirent. Peu de temps après, ils arrivèrent à une série de passages descendant en zigzag. Dolgan expliqua que la sortie est des montagnes était plusieurs dizaines de mètres plus bas que celle de l'ouest et qu'ils descendraient pendant la majeure partie de leur périple.

Un peu plus tard, ils traversèrent un autre nœuvaine, plus petit que le précédent, mais malgré tout très impressionnant par le nombre de tunnels qui débouchaient dedans. Dolgan en choisit un sans hésiter et il continua sa route.

Ils entendirent bientôt un bruit d'eau devant eux. Dolgan lança par-dessus son épaule : « Vous allez bientôt voir un spectacle que très peu de nains et nul homme vivant au monde ont contemplé. »

Ils s'avancèrent et le bruit d'eau se fit plus fort. Ils pénétrèrent dans une nouvelle caverne, visiblement naturelle et nettement plus vaste que la première. Leur tunnel se changea en corniche de six mètres de large qui courait sur le flanc droit de la caverne. Ils jetèrent un coup d'œil vers le bas et ne virent que les ténèbres.

Le chemin tournait en suivant la courbure de la paroi et quand ils s'avancèrent dessus, ils furent accueillis par un spectacle à couper le souffle. Au beau milieu de la caverne se trouvait une gigantesque cascade qui tombait d'une formidable langue de pierre suspendue dans le vide. Elle se déversait dans la caverne à une bonne centaine de mètres au-dessus d'eux, allant s'écrasant contre la paroi d'en face pour se faire engloutir par les ténèbres souterraines. Elle emplissait la caverne de tels échos que l'on n'entendait même plus le bruit de l'eau en bas, à tel point que nul n'aurait pu en estimer la taille réelle. À travers la cascade dansaient des lumières colorées qui semblaient briller d'un feu interne. Des rouges, des ors, des verts, des bleus et des jaunes scintillaient dans la blancheur de l'écume, glissant le long du mur, lançant de brefs et intenses éclats lorsque l'eau frappait la pierre, créant une féerie de couleurs dans les ténèbres.

Dolgan leur dit, en criant pour couvrir le rugissement de l'eau : « Il y a des siècles, la rivière Wynn-Ula allait des Tours grises à la Triste Mer. Un grand tremblement de terre a ouvert une fissure sous la rivière et maintenant elle se déverse dans un immense lac souterrain, là-dessous. En passant sur la roche, elle arrache les minéraux qui lui donnent ces couleurs. » Ils restèrent immobiles un long moment, émerveillés par les chutes de Mac Mordain Cadal.

Le duc fit signe de repartir et ils reprirent leur route. En plus du spectacle des chutes, les embruns et le souffle du vent les avaient rafraîchis, les changeant agréablement de l'air moisi de ces cavernes humides. Ils s'enfoncèrent dans les mines, au long d'innombrables passages et tunnels. Au bout d'un moment, Gardan demanda aux garçons comment ils se sentaient. Pug et Tomas répondirent qu'ils allaient bien, malgré un peu de fatigue.

Plus tard, ils débouchèrent dans une autre caverne et Dolgan leur dit qu'il était temps de se reposer pour la nuit. On alluma d'autres torches et le duc dit : « J'espère que nous aurons assez de torches pour finir le voyage. Elles brûlent vite. »

Dolgan répondit : « Laissez-moi quelques hommes, je vais aller chercher du vieux bois pour faire du feu. Il y en a un peu partout, si l'on sait où chercher sans risquer de prendre le plafond sur la tête. »

Gardan et deux hommes suivirent le nain dans un petit tunnel, tandis que les autres déchargeaient et attachaient les mules. On leur donna de l'eau et un peu de foin emporté au cas où elles ne trouveraient rien à brouter.

Borric s'assit à côté de Kulgan. « J'ai un mauvais pressentiment. C'est peut-être juste mon imagination, mais depuis quelques heures, j'ai l'impression que ces lieux sont fortement maléfiques. »

Kulgan acquiesça, au moment où Arutha les rejoignait. « J'ai moi aussi ressenti quelque chose, mais ça fluctue. Je n'arrive pas à mettre un nom là-dessus. »

Arutha s'accroupit et gratta le sol de sa dague. « Ces lieux rendraient nerveux n'importe qui. Nous ressentons peut-être tous la même chose : une peur viscérale face à une terre hostile. »

Le duc dit : « J'espère que ce n'est que cela. Ce n'est pas un endroit idéal pour se battre. » Il se tut un moment. « Ni pour fuir. » Les garçons montaient la garde, mais ils entendaient la conversation comme tous les autres, car personne ne parlait dans la caverne et le son s'y propageait sans obstacle. Pug murmura : « Je serai bien content, moi aussi, quand nous serons sortis de cette mine. »

Tomas sourit, la lumière des torches lui donnant un air diabolique. « Peur du noir, p'tit gars ? »

Pug renifla. « Pas plus que toi, si seulement tu voulais bien l'admettre. Tu crois que tu arriverais à retrouver ton chemin tout seul ? »

Tomas perdit le sourire. Leur conversation fut interrompue par le retour de Dolgan et des autres. Ils ramenaient des bouts de poutres qui avaient dû servir jadis à étayer les parois. Le bois était vieux et sec, il brûlait facilement et très vite la caverne fut bien éclairée.

On releva les garçons de leur garde et ils purent manger. Dès qu'ils eurent fini, ils étalèrent leur cape par terre. Pug trouva le sol dur et inconfortable, mais il était tellement fatigué qu'il plongea très vite dans un profond sommeil.

Ils s'enfoncèrent plus loin dans la mine, toujours avec les mules. Le claquement de leurs sabots sur la pierre résonnait longuement dans les tunnels sombres. Ils avaient marché toute la journée, ne faisant qu'une pause très brève pour manger vers midi. Ils approchaient maintenant de la seconde caverne dans laquelle Dolgan avait dit qu'ils pourraient dormir. Pug éprouva une étrange sensation, comme le souvenir d'un vent glacé. Il l'avait déjà ressentie plusieurs fois en peu de temps et il sentait grandir son inquiétude. Chaque fois, il s'était retourné pour regarder derrière lui. Cette fois, Gardan lui dit : « Je le sens aussi, mon garçon, comme s'il y avait quelque chose tout près. »

Ils arrivèrent à un autre nœuvaine. Dolgan s'arrêta et leva la main. Tout le monde cessa de bouger, comme le nain semblait chercher à entendre quelque chose. Pug et Tomas s'efforcèrent eux aussi de tendre l'oreille, mais ils n'entendirent rien du tout. Finalement, le nain dit : « Un moment j'ai cru entendre... mais sans doute que non. Nous allons monter le camp ici. » Ils avaient emporté avec eux des morceaux de poutres et ils préparèrent le feu.

Lorsque Pug et Tomas eurent fini leur garde, ils retrouvèrent une troupe inquiète campée autour du feu. Dolgan était en train de raconter : « Cette partie de Mac Mordain

Cadal est la plus proche des tunnels les plus profonds et les plus anciens. La prochaine caverne dans laquelle nous allons pénétrer aura plusieurs passages directs vers les anciennes mines. Quand nous aurons passé ces cavernes, nous arriverons rapidement à la surface. Nous devrions être sortis des mines vers demain midi. »

Borric jeta un coup d'œil autour de lui. « Cet endroit convient peut-être à votre nature, nain, mais je serai content de me retrouver dehors. »

Dolgan éclata de son rire amical et chaleureux, qui alla résonner contre les murs de la caverne. « Ce n'est pas l'endroit qui convient à ma nature, seigneur Borric, mais ma nature qui est adaptée à cet endroit. Je peux voyager facilement sous les montagnes et mon peuple a toujours été un peuple de mineurs. Mais quand on m'en donne le choix, je préfère passer ma vie dans les hauts pâturages de Caldara et m'occuper de mon troupeau, ou encore me retrouver dans le grand hall avec ma famille, à boire de la bière et à chanter des ballades. »

Pug demanda : « Vous passez beaucoup de temps à chanter des ballades ? »

Dolgan lui fit un sourire amical, les yeux brillants dans la lumière du feu : « Ouais. Les hivers sont longs et durs dans les montagnes. Quand les troupeaux sont en sûreté dans leurs pâturages d'hiver, il n'y a plus grand-chose à faire, alors nous chantons des chansons et nous buvons la bière d'automne, en attendant le printemps. C'est une bonne vie. »

Pug opina. « J'aimerais voir votre village un jour, Dolgan. »

Dolgan tira sur sa sempiternelle pipe. « Cela t'arrivera peut-être un jour, gamin. »

Ils se préparèrent à dormir pour la nuit et Pug s'enfonça dans un profond sommeil. Une fois, en pleine nuit, il s'éveilla, avec à nouveau cette sensation glacée qui l'avait poursuivi pendant la journée. Il s'assit, le corps bai-

gné d'une sueur froide, et il regarda autour de lui. Il voyait les gardes qui veillaient, debout à côté de leurs torches. La sensation se fit plus forte un moment, comme si quelque chose de terrible approchait et il s'apprêta à réveiller Tomas, quand la chose passa, le laissant épuisé et somnolent. Il se rallongea et se perdit rapidement dans un sommeil sans rêves.

Il se réveilla, gelé et courbaturé. Les gardes chargeaient les mules et ils allaient bientôt partir. Pug réveilla Tomas, qui râla parce qu'on le tirait d'un rêve agréable. « J'étais chez nous à la cuisine et maman préparait un grand plat de saucisses et des gâteaux dégoulinants de miel », dit-il d'une voix ensommeillée.

Pug lui lança un biscuit. « Il faudra que tu te contentes de ça jusqu'à ce que nous arrivions à Bordon. Là-bas, nous pourrons manger convenablement. »

Ils rassemblèrent leurs maigres provisions, les chargèrent sur les mules et partirent. En poursuivant leur route, Pug sentit de nouveau le frisson glacé qui l'avait réveillé la nuit dernière. Cela s'approcha et s'écarta plusieurs fois. Les heures passèrent et ils arrivèrent finalement à la dernière grande caverne. Là, Dolgan les fit s'arrêter et il scruta les ombres. Pug l'entendit dire : « Un moment j'ai cru… »

Soudain, Pug sentit ses cheveux se hérisser sur sa tête et un frisson de terreur glacée l'envahit, plus épouvantable que jamais. « Dolgan, monseigneur Borric ! hurla-t-il. Quelque chose d'affreux arrive ! »

Dolgan resta parfaitement immobile et tendit l'oreille. On entendait un vague gémissement venir de l'un des tunnels.

Kulgan cria : « Je sens aussi quelque chose. »

Soudain, le son reprit, plus près, un gémissement à vous glacer le sang qui se répercutait contre le plafond et semblait maintenant venir de partout.

« Par les dieux ! hurla le nain, c'est une âme en peine ! Vite ! Formez un cercle avant qu'elle nous tombe dessus, ou nous sommes perdus. »

Gardan poussa les garçons en avant et les gardes firent avancer les mules jusqu'au centre de la caverne. Ils attachèrent rapidement les mules et formèrent un cercle autour des bêtes terrifiées. On tira les armes. Gardan se mit devant les deux garçons, les repoussant vers les mules. Tous deux avaient tiré l'épée, mais ils manquaient d'assurance. Tomas sentait son cœur battre la chamade et Pug était couvert d'une sueur glacée. Dolgan avait mis un nom sur sa peur, mais cela ne changeait rien : il était toujours aussi terrifié, ni plus ni moins qu'avant.

Ils entendirent un soldat retenir brusquement son souffle et tournèrent la tête à droite. Devant le soldat, une silhouette sortait de l'ombre : la forme trouble d'un homme, plus noire que les ombres qui l'entouraient, avec deux lumières rougeoyantes comme des braises à la place des yeux.

Dolgan hurla : « Restez groupés et faites attention à vos voisins. Vous ne pouvez pas la tuer, mais elle n'aime pas le contact du fer froid. Ne la laissez pas vous toucher, ou elle sucera votre vie. C'est comme ça qu'elles se nourrissent. »

L'âme en peine approcha lentement, comme si elle n'avait pas besoin de se presser. Elle s'arrêta un moment, faisant mine d'inspecter les défenses des hommes.

Elle laissa de nouveau échapper un long gémissement, qui exprimait toute la terreur et tout le désespoir du monde. Tout à coup, l'un des gardes frappa la créature. Un gémissement suraigu en jaillit quand l'épée la frappa et un feu bleu et froid dansa un moment sur la lame. La créature s'écarta, puis avec une rapidité impressionnante, elle bondit sur le garde. Un bras de ténèbres sortit de son corps et le garde s'effondra par terre en hurlant.

Les mules, terrifiées par la présence de l'âme en peine, arrachèrent leurs liens et s'enfuirent. Les gardes se firent jeter par terre et la confusion régna. Pug perdit un moment la créature de vue, plus préoccupé par les sabots qui volaient de toutes parts. Pour esquiver les coups des mules, Pug dut s'enfoncer dans la mêlée. Il entendit la voix de Kulgan derrière lui et vit le magicien se placer à côté du prince Arutha. « Mettez-vous tous à côté de moi », ordonna le magicien. Pug obéit, s'approchant de Kulgan avec les autres. Un autre garde hurla dans la caverne. Quelques instants plus tard, un grand nuage de fumée blanche commença à les entourer, émanant du corps de Kulgan. « Nous devons laisser les mules, dit le magicien. Le mort-vivant ne passera pas la fumée, mais je ne peux pas la maintenir très longtemps ni me déplacer beaucoup avec. Il faut partir tout de suite ! »

Dolgan montra un tunnel à l'opposé de celui par lequel ils étaient entrés. « C'est par là. » Restant bien groupée, la troupe commença à se diriger vers le tunnel. Un braiement terrifié résonna dans la caverne. Plusieurs corps étaient étendus par terre : ceux des deux mules et des gardes morts. Les torches qui leur avaient échappé commençaient à s'éteindre, donnant à la scène une apparence cauchemardesque. La forme noire s'approcha du groupe. En touchant le bord de la fumée, elle recula. Elle la contourna, sans pouvoir ou vouloir la passer.

Pug aperçut un mouvement au-delà de l'âme en peine et il sentit un gouffre s'ouvrir en lui.

Debout, se découpant clairement dans la lumière de sa torche, se trouvait Tomas, juste derrière la créature. Tomas regarda désespérément Pug et le groupe qui s'enfuyait, de l'autre côté de l'âme en peine. « Tomas ! » hurla Pug. Il eut un sanglot.

Le groupe s'arrêta un bref instant et Dolgan dit : « Nous ne pouvons pas rester là. Nous mourrions tous s'il fallait le sauver. Il faut nous presser. » Une main ferme s'accrocha à l'épaule de Pug alors qu'il s'avançait pour courir à l'aide de son ami. Il tourna la tête et vit que c'était Gardan qui le retenait. « Il faut partir, Pug, dit-il, le visage sombre. Tomas est un soldat. Il comprend. » Pug se fit tirer, impuissant. La créature les suivit pendant un moment, puis s'arrêta et se tourna vers Tomas.

Alertée par les cris de Pug ou par quelque sens maléfique, la créature commença à s'avancer vers Tomas, lentement. Le garçon hésita, puis il fit volte-face et s'enfonça dans un autre tunnel. Le mort-vivant hurla et partit derrière lui. Pug vit la lumière de la torche de Tomas disparaître dans le tunnel, puis se faire avaler par les ténèbres.

Tomas vit la peine de Pug qui se faisait entraîner par Gardan. Lorsque les mules s'étaient échappées, il s'était écarté du groupe et s'était retrouvé séparé des autres. Il essaya de trouver un moyen de contourner la créature, mais elle était trop proche du passage qu'empruntaient ses compagnons. Comme Kulgan et les autres prenaient le tunnel, Tomas vit l'âme en peine se tourner vers lui. Quand elle commença à s'approcher, il hésita un moment, puis s'enfuit par un autre tunnel.

Les ombres et la lumière dansaient follement sur les murs au rythme de la course folle de Tomas et ses pas résonnaient dans les ténèbres. Il tenait fermement sa torche dans la main gauche et s'accrochait à son épée de la main droite. Il regarda par-dessus son épaule et vit les deux yeux rougeoyants qui le poursuivaient, sans visiblement arriver à le rattraper. Sombre et déterminé, il se dit que si la créature arrivait à le rattraper, c'est qu'elle allait plus vite que le coureur le plus rapide de Crydee. Il allongea souplement le pas pour économiser ses forces et son souffle. Il savait que si jamais il devait se retourner pour faire face à la créature, il mourrait à coup sûr. Sa terreur

s'apaisa et il se mit à réfléchir froidement, pensant aux ruses que pouvait déployer une proie impuissante. Il devait garder toute son énergie pour la fuite. Il fallait trouver un moyen de semer la créature.

Il plongea dans un couloir latéral et continua sa course, regardant derrière lui pour voir si la créature l'avait suivi. Les yeux rougeoyants apparurent à l'entrée du tunnel dans lequel il venait de s'enfoncer et le suivirent. La distance qui les séparait semblait avoir augmenté. Il se dit que beaucoup de gens avaient dû mourir, simplement parce qu'ils avaient été figés par la terreur. La force de cette créature résidait dans la terreur qu'elle provoquait.

Un autre couloir, un autre tournant. L'âme en peine continuait à le suivre. Devant lui, une grande caverne et Tomas déboucha de nouveau dans la salle où la créature les avait attaqués. Il avait fait un tour complet et était rentré par un autre tunnel. Courant ventre à terre, il vit les corps des mules et des gardes sur son chemin. Il s'arrêta le temps de prendre une nouvelle torche, car la sienne était presque entièrement brûlée et il la ralluma.

Il regarda derrière lui et vit la créature s'approcher. Il repartit. Un vague espoir fit battre son cœur, car s'il arrivait à prendre le bon couloir, il pourrait peut-être rejoindre les autres. Dolgan avait dit que cette caverne menait tout droit à la surface. Il prit ce qui lui semblait être le bon passage, bien qu'il fût désorienté et qu'il ne pût être certain de son choix.

L'âme en peine émit un hululement de rage en voyant sa proie lui échapper encore et elle le suivit. Tomas sentit sa peur se changer en joie. Il allongea encore le pas, dévorant le sol devant lui. Il trouva son second souffle et s'efforça de maintenir un rythme régulier. Jamais il n'avait si bien couru, mais il n'avait jamais eu une si bonne raison de courir.

Au bout de ce qui lui sembla une éternité, il déboucha dans une série de petits tunnels qui s'entrecroisaient. Il sentit tout espoir l'abandonner, car le nain leur avait dit que la route qu'ils allaient suivre pour sortir serait toute droite. Il en prit un au hasard, tourna dans un couloir et trouva encore d'autres tunnels. Il en prit d'autres, tournant aussi vite que possible, dans ce labyrinthe de couloirs. Plongeant derrière un mur formé par deux de ces passages, il s'arrêta un bref instant pour reprendre son souffle. Il écouta un moment et n'entendit que les battements affolés de son cœur. Il avait été trop occupé pour regarder derrière lui et ne savait plus ce qu'était devenue l'âme en peine.

Soudain, un hurlement de rage résonna faiblement dans les couloirs, au loin. Tomas se laissa glisser au sol, sentant ses jambes céder sous lui. Il y eut un autre cri un peu plus éloigné et Tomas sentit que la créature avait dû perdre sa trace et qu'elle était partie dans une autre direction.

Un soulagement intense le submergea et il faillit éclater de rire. Rapidement, il réalisa la situation dans laquelle il se trouvait. Il se releva et réfléchit. S'il arrivait à retrouver son chemin vers les mules, il aurait au moins de l'eau et de la nourriture. Mais il comprit brutalement qu'il n'avait aucune idée de l'endroit où pouvait se trouver la caverne. Il s'en voulut de ne pas avoir compté ses détours et il essaya de se rappeler vaguement la direction qu'il avait prise. Il se souvenait d'avoir tourné à droite la plupart du temps et s'il retournait sur ses pas en tournant souvent à gauche, il devrait être en mesure de retrouver l'un des multiples tunnels qui menaient au nœuvaine. Regardant prudemment à chaque coin, Tomas reprit sa route, essayant de retrouver son chemin dans ce labyrinthe de couloirs.

Le temps passa et Tomas s'arrêta pour inspecter la seconde grande caverne dans laquelle il entrait depuis qu'il avait échappé à l'âme en peine. Tout comme la première, cette caverne n'avait ni mules ni hommes – et n'avait donc pas l'eau et la nourriture tant espérées. Tomas ouvrit sa besace et il prit le petit biscuit qu'il avait gardé dans l'idée de le grignoter en route. Cela n'apaisa pas vraiment sa faim.

Quand il eut terminé, il repartit, pour essayer de trouver un moyen de sortir. Il savait qu'il ne lui restait que peu de temps avant que sa torche ne s'éteigne, mais il refusait de rester assis à attendre une mort sans gloire dans l'obscurité.

Au bout d'un moment, Tomas entendit un bruit d'eau dans le tunnel. Il se pressa, poussé par la soif, et entra dans une très grande caverne, la plus grande qu'il ait vue jusque-là. Au loin il entendait le faible rugissement des chutes de Mac Mordain Cadal, mais il n'aurait su dire dans quelle direction. Quelque part, plus haut dans les ténèbres, se trouvait le chemin qu'ils avaient emprunté deux jours auparavant. Tomas sentit son cœur se briser : il s'était enfoncé plus loin sous la terre qu'il ne l'aurait cru.

Le tunnel s'élargissait pour former comme un palier et disparaissait dans une sorte de grand lac qui clapotait contre les parois de la caverne, renvoyant des échos étouffés. Il se laissa tomber à genoux et but. L'eau était très minérale, mais elle était claire et fraîche.

Il s'accroupit et regarda autour de lui. Le sol était fait de terre battue et de sable, et il semblait plus artificiel que naturel. Tomas se dit que les nains avaient peut-être utilisé des barques pour traverser ce lac souterrain, mais il n'arrivait pas à distinguer ce qu'il y avait de l'autre côté. Puis il se dit brusquement que c'étaient peut-être d'autres créatures qui avaient traversé le lac en barque et à nouveau, il sentit la peur monter en lui.

À sa gauche, il trouva une pile de bois contre la paroi de la caverne. Il s'approcha, prit plusieurs bûches et fit un petit feu. Il y avait essentiellement des bouts de poutres à étayer les tunnels, mais il trouva aussi des branches et des brindilles. Les chutes avaient dû les amener de la surface, par la faille où passait la rivière, se dit-il. Sous la pile, il découvrit des sortes d'herbes fibreuses qui poussaient. Le garçon s'étonna que ces plantes poussent sans lumière, mais il fut heureux de les trouver. Après les avoir découpées à grands coups d'épée, il put faire des torches de fortune en les enroulant autour du bois flotté. Il en fit un paquet en les attachant avec sa ceinture, ce qui l'obligea à se débarrasser de son fourreau. Au moins, se dit-il, je vais avoir un peu plus de lumière. Un peu plus de temps pour voir où il allait, c'était plutôt réconfortant.

Il plaça quelques pièces de bois plus grosses sur son petit feu et rapidement celui-ci se mit à brûler haut et fort. Brusquement, la caverne sembla s'éclairer et Tomas tourna sur lui-même. La caverne tout entière s'illuminait d'éclats comme si de loin en loin des pierres ou du cristal réfléchissaient la lumière. Un arc-en-ciel de couleurs scintillantes jaillissait partout des murs et du plafond, donnant à la caverne un aspect féerique.

Tomas en resta bouche bée, empreint de respect. Il emplit ses yeux de cette vue qui le laissait muet. Il se dit qu'il était probablement le seul humain à avoir jamais vu une telle chose.

Il s'arracha de force à sa contemplation. Il profita de la lumière pour examiner les lieux dans lesquels il se trouvait. Sur le palier, il y avait un autre tunnel sur la gauche, à l'autre bout de la langue de sable.

Il rassembla ses torches et traversa le palier. Quand il arriva au tunnel, son feu mourut, le bois sec se consumant rapidement. Une autre vision fabuleuse assaillit ses sens, car les murs et le plafond continuaient à luire et à scintiller. De nouveau, il resta immobile et regarda. Lentement, l'éclat s'éteignit, jusqu'à ce que la caverne soit de nouveau plongée dans les ténèbres, à l'exception de sa torche et des rougeoiements du feu mourant.

Il dut se mettre sur la pointe des pieds pour atteindre l'autre tunnel, mais il y arriva sans lâcher son épée ou ses torches, ni même mouiller ses bottes. Il se détourna de la caverne et reprit son voyage.

Il poursuivit son chemin pendant des heures, laissant sa torche se consumer. Il en alluma une autre et constata qu'elle donnait une lumière satisfaisante. Il était toujours effrayé, mais il se sentait fier de réussir à garder la tête froide dans de telles conditions et il était sûr que maître Fannon aurait approuvé ses actes.

Après avoir marché un moment, il arriva à une intersection. Il trouva les os d'une créature dans la poussière, dont il n'aurait su déterminer les causes de la mort. Il aperçut des traces d'une autre petite créature qui s'écartaient, mais elles étaient presque effacées par le temps. Se disant que ce chemin ne devait pas être plus mauvais qu'un autre, Tomas suivit les traces. Elles disparurent bientôt sous la poussière.

Il n'avait aucun moyen de mesurer le temps, mais il se dit que la nuit devait déjà être bien avancée. Ces passages semblaient intemporels et il s'y sentait complètement perdu. Luttant contre la panique, il continua à marcher. Il ressassait les souvenirs agréables de sa maison et rêvait d'avenir. Il trouverait une sortie et deviendrait un héros dans la guerre qui se préparait. Et, son plus grand rêve, il irait à Elvandar et reverrait la merveilleuse reine des elfes.

Il suivit le tunnel, qui descendait en pente douce. Cette partie lui paraissait différente des autres cavernes et tunnels, elle lui semblait construite différemment. Il se dit que Dolgan aurait su tout cela et aurait pu lui dire qui les avait faits.

Il pénétra dans une autre caverne et regarda autour de lui. Certains des tunnels qui débouchaient là étaient juste assez hauts pour qu'un homme s'y tienne debout. D'autres étaient assez larges pour laisser passer dix hommes de front, lance sur l'épaule. Il espérait que les nains avaient façonné les petits tunnels et qu'il pourrait en suivre un en montée, pour rejoindre la surface.

En regardant autour de lui, il aperçut une corniche où se reposer, qu'il devait pouvoir atteindre en sautant. Il s'y dirigea, y jeta son épée et son paquet de torches. Ensuite, il y déposa doucement sa torche allumée de manière qu'elle ne s'éteigne pas et il se hissa dessus. La corniche était assez large pour y dormir sans tomber. À un peu plus d'un mètre du mur, il y avait un petit trou d'environ un mètre de diamètre. En regardant dedans, Tomas vit qu'il s'agrandissait rapidement en s'enfonçant dans les ténèbres et qu'il devrait pouvoir s'y tenir debout au bout de quelques mètres.

Ayant vérifié qu'aucune créature ne rôdait directement au-dessus de lui et que rien en dessous ne pourrait le réveiller, Tomas s'enroula dans sa cape et il éteignit sa torche. Il avait peur, mais la fatigue de la journée le plongea dans un profond sommeil. Il eut des rêves agités dans lesquels il se faisait poursuivre par des yeux rouges dans des tunnels noirs sans fin, terrifié. Il courut jusqu'à un endroit tout vert où il put se reposer, en sécurité, sous le regard d'une merveilleuse femme aux cheveux blond-roux et aux yeux bleu pâle.

Il s'éveilla en sursaut en entendant un cri indéfinissable. Il ignorait combien de temps il avait pu dormir, mais il sentait son corps de nouveau en état de courir si la nécessité s'en faisait sentir. Il chercha sa torche dans le noir, prit sa pierre et son bout de fer dans sa bourse. Il fit quelques étincelles sur sa torche et un petit rougeoiement s'y accrocha. Il l'approcha de sa bouche et souffla pour l'enflammer. Il regarda autour de lui et trouva la caverne inchangée. Il n'entendait que l'écho de ses propres mouvements.

Il réalisa qu'il n'aurait une chance de survivre qu'en continuant à chercher un chemin qui montait. Il se leva et s'apprêta à descendre de sa corniche quand il entendit un bruit étouffé venir du trou au-dessus de lui.

Il regarda dedans, mais ne vit rien. De nouveau il entendit le bruit et il tendit l'oreille pour l'identifier. Cela ressemblait à un bruit de pas, mais il n'en était pas sûr. Il faillit crier, mais se retint car il n'était pas certain que ce soient ses amis revenus le chercher. Il imagina de multiples possibilités, toutes plus déplaisantes les unes que les autres.

Il réfléchit un moment, puis prit une décision. Quelle que soit la chose qui produisait ce bruit, elle pourrait le mener hors des mines, même s'il ne faisait qu'en suivre les traces. Comme il n'avait pas de meilleure solution, il se hissa dans le trou et pénétra dans le nouveau tunnel.

CHAPITRE 10

Ce fut un groupe désespéré qui émergea de la mine.

Les survivants s'effondrèrent par terre, épuisés. Pug avait refoulé ses larmes pendant des heures après l'abandon de Tomas et maintenant qu'il se retrouvait allongé sur le sol humide en regardant le ciel gris, il se sentait tout engourdi. C'était Kulgan qui avait le plus souffert, complètement vidé de son énergie par le sortilège qu'il avait employé pour repousser l'âme en peine. Les autres l'avaient porté sur la majeure partie du chemin et ils payaient maintenant ce surcroît d'effort. Tous plongèrent dans un sommeil épuisé, sauf Dolgan, qui alluma un feu et monta la garde.

Pug s'éveilla en entendant des voix et il vit au-dessus de lui un ciel nocturne clair et semé d'étoiles. Une délicieuse odeur de nourriture lui chatouilla les narines. Lorsque Gardan et les trois gardes restants s'étaient réveillés, Dolgan les avait laissés surveiller les autres et il était allé chasser quelques lapins, qui grillaient maintenant sur un feu. Les autres s'éveillèrent, sauf Kulgan qui continuait à ronfler.

Arutha et le duc virent le garçon se réveiller et le prince s'approcha de lui. Le fils cadet du duc, sans faire attention à la neige, s'assit par terre à côté de Pug, sa cape autour de ses épaules. « Comment ça va, Pug ? » demanda Arutha, l'air inquiet.

C'était la première fois que Pug entendait un mot gentil d'Arutha. Il essaya de parler et sentit des larmes lui monter aux yeux. Tomas était son ami de toujours, c'était d'ailleurs plus un frère qu'un ami. Il voulut parler, mais de gros sanglots déchirants lui secouèrent la gorge et des larmes chaudes et salées lui coulèrent dans la bouche.

Arutha plaça ses bras autour du cou de Pug et laissa l'enfant pleurer sur son épaule. Lorsqu'il commença à se calmer, le prince lui dit : « Tu n'as pas à avoir honte de pleurer la perte d'un ami, Pug. Mon père et moi partageons ta douleur. »

Dolgan vint se placer derrière le prince : « Moi aussi, Pug. Il m'était très sympathique. Nous partageons tous ta tristesse. » Le nain sembla réfléchir à quelque chose et il souffla quelques mots au duc.

Kulgan, qui venait de se réveiller, s'assit comme un ours au sortir de l'hibernation. Il retrouva figure humaine et, voyant Arutha avec Pug, oublia rapidement ses douleurs et les rejoignit.

Il n'y avait pas grand-chose à dire, mais Pug trouva un certain réconfort dans leur proximité. Il finit par se sentir un peu mieux et s'écarta du prince. « Merci, Votre Altesse, dit-il en reniflant, ça va aller. »

Ils rejoignirent Dolgan, Gardan et le duc près du feu. Borric secouait la tête, refusant une proposition du nain. « Je vous remercie pour votre bravoure, Dolgan, mais je ne peux pas vous permettre de faire une telle chose. »

Dolgan tira sur sa pipe, un grand sourire amical fendant sa barbe. « Et comment envisagez-vous de m'en empêcher, Votre Grâce ? Pas par la force, j'imagine ? »

Borric secoua la tête. « Non, bien sûr que non. Mais retourner là-bas serait pure folie. »

Kulgan et Arutha échangèrent des regards interrogateurs. Pug ne leur prêta pas attention, engourdi et perdu dans un monde froid. Il venait peut-être juste de se réveiller, mais il se sentait prêt à se rendormir, cherchant la bienfaisante douceur du sommeil.

Borric leur dit : « Ce nain fou veut retourner dans les mines. »

Avant que Kulgan et Arutha ne puissent ouvrir la bouche pour protester, Dolgan dit : « Je sais qu'il n'y a pas beaucoup d'espoir, mais si ce garçon a réussi à échapper à cet esprit maléfique, il doit errer tout seul dans les mines. Il y a des tunnels là-bas que même les nains n'ont jamais visités, alors un garçon… Une fois dans un passage, je ne risque pas de m'y perdre, mais Tomas n'a pas ce sens inné qu'ont tous les nains. Si j'arrive à retrouver sa trace, je pourrai le récupérer. Pour qu'il ait une chance de sortir de ces mines, il faut que je lui serve de guide. Si ce gamin est en vie, je le ramènerai chez lui, vous avez la parole de Dolgan Tagarson, chef du village de Caldara. Je ne trouverais pas de repos cet hiver si je n'essayais pas. »

Pug fut tiré de sa léthargie par les paroles du nain. « Vous croyez vraiment pouvoir le trouver, Dolgan ?

— Si quelqu'un le peut, c'est bien moi », répondit-il. Il se pencha vers Pug. « Ne garde pas trop d'espoir, il est peu probable que Tomas ait échappé à l'âme en peine. Ce ne serait pas très honnête de ma part de te faire croire le contraire, bonhomme. » En voyant les larmes affluer de nouveau dans les yeux de Pug, il ajouta rapidement : « Mais si c'est possible, je le retrouverai. »

Pug opina, trouvant un juste milieu entre la tristesse et l'espoir. Il comprenait ce que lui disait le nain, mais il ne pouvait oublier l'infime étincelle d'espoir que celui-ci rallumait en lui.

Dolgan alla chercher son bouclier et sa hache. « À l'aube, descendez les collines et dirigez-vous vers la forêt. Même si ce n'est pas le Vercors, cette forêt est dangereuse pour un petit groupe. Si vous vous perdez, allez vers l'est. Vous croiserez de toute manière la route pour Bordon. De là, il vous faudra trois jours de marche. Que les dieux vous protègent. »

Borric acquiesça et Kulgan rejoignit le nain qui s'apprêtait à partir. Il donna sa blague à Dolgan : « Je trouverai du tabac à la ville, ami nain. Prenez cela, je vous en prie. »

Dolgan la prit et fit un sourire à Kulgan : « Merci, magicien. Je vous dois une faveur. »

Borric vint se placer face au nain et il posa la main sur son épaule. « C'est nous qui vous devons une faveur. Si vous venez à Crydee, vous aurez ce repas que je vous ai promis. Le repas et bien plus encore. Que la chance vous sourie.

— Merci, Votre Seigneurie. J'attends cela avec impatience. » Sur ces mots, Dolgan s'enfonça dans les profondeurs ténébreuses de Mac Mordain Cadal.

Dolgan s'arrêta au niveau des mules mortes, le temps de prendre de la nourriture, de l'eau et une lanterne. Le nain n'avait pas besoin de lumière pour avancer sous terre – son peuple avait depuis longtemps développé des sens qui leur permettaient de percer les ténèbres. Mais il se dit qu'il aurait plus de chances de trouver Tomas si le garçon apercevait de la lumière, quel que soit le risque encouru d'attirer l'attention de créatures indésirables. Pourvu qu'il soit encore en vie ! se dit-il sombrement.

En entrant dans le tunnel où il avait vu Tomas pour la dernière fois, Dolgan chercha des traces de son passage. Il n'y avait pas beaucoup de poussière, mais de temps à autre, il arrivait à distinguer de légères altérations, peut-être des empreintes de pas. Le nain les suivit jusqu'à des passages plus empoussiérés, où les pas du garçon se faisaient plus visibles. Il se pressa.

Dolgan déboucha dans la même caverne au bout de quelques minutes et jura.

Il n'avait pas beaucoup de chances de retrouver les traces du garçon là où ils avaient combattu l'âme en peine. Il fit une brève pause devant chacune des entrées de tunnel de la caverne dans l'espoir d'y trouver des traces. Au bout d'une heure, il n'avait réussi à trouver qu'une seule empreinte de pas sortant de la caverne, par un tunnel juste à droite de celui par lequel il était arrivé la première fois. Il le remonta et trouva plusieurs autres traces, largement écartées les unes des autres. Il se dit que le garçon courait. Il allongea le pas, trouvant de plus en plus de traces à mesure que le passage se faisait plus poussiéreux.

Dolgan arriva à la caverne du lac et faillit perdre à nouveau sa trace, jusqu'à ce qu'il voie le tunnel sur le bord du palier. Il pataugea dans l'eau, se hissa et retrouva les traces de Tomas. La faible lumière de sa lanterne était insuffisante pour faire étinceler les cristaux de la caverne. Mais même si elle avait été assez forte, il ne se serait pas arrêté pour regarder le spectacle tant il restait concentré sur ses recherches.

Il descendit sans s'arrêter. Il savait que Tomas avait depuis longtemps distancé l'âme en peine. Les traces montraient bien qu'il se déplaçait plus lentement : ses pas étaient ceux d'un homme qui marche, et les cendres du feu de camp lui indiquaient qu'il avait dû prendre un peu de repos. Mais là-bas, il n'y avait pas que les âmes en peine, il existait d'autres monstres dans les profondeurs, tout aussi terrifiants.

Dolgan perdit de nouveau la trace dans la dernière caverne et il ne la retrouva qu'en inspectant la corniche au-dessus de laquelle elle s'arrêtait. Il eut du mal à grimper dessus, mais quand il y parvint, il vit la tache noircie là où le garçon avait éteint sa torche. Tomas avait dû dormir à cet endroit. Dolgan regarda la caverne vide. Il n'y avait pas beaucoup de courants d'air aussi profond sous les montagnes. Même le nain, qui en avait l'habitude, trouvait les lieux inquiétants. Il inspecta la marque noire sur la corniche. Combien de temps Tomas était-il resté là et par où était-il parti ?

Dolgan vit le trou dans le mur et, comme il n'y avait pas de traces s'écartant de la corniche, il se dit que Tomas avait dû prendre ce chemin-là. Il y grimpa et suivit le passage jusqu'à ce qu'il débouche sur un autre, plus grand, qui descendait dans les profondeurs des montagnes.

Dolgan suivit une série de traces, comme si une bande d'hommes était passée par là. Il y avait aussi les traces de Tomas et il commença à s'inquiéter, car le garçon aurait pu se retrouver aussi bien derrière que devant, ou même avec eux. Si le garçon était prisonnier de qui que ce soit, Dolgan savait que chaque instant comptait.

Le tunnel tournait en descente et bientôt, il déboucha sur un couloir fait de grands blocs de pierre soigneusement ajustés et polis. De toute sa vie, le nain n'avait jamais rien vu de tel. Le couloir était parfaitement plat et Dolgan s'avança sans faire de bruit. Les traces avaient disparu, car la pierre était dure et aucune poussière ne s'était déposée dessus. Loin au-dessus, Dolgan apercevait l'un des multiples chandeliers de cristal pendus par des chaînes au plafond. On pouvait les faire descendre par un système de poulies, pour en allumer les chandelles. Le bruit de ses bottes résonna contre le plafond.

De l'autre côté du couloir, il vit de grandes portes de bois, renforcées de larges bandes de métal avec une haute serrure. Elles étaient entrouvertes et de la lumière en filtrait.

Sans un bruit, Dolgan s'approcha des portes et jeta un coup d'œil à l'intérieur. Il en resta bouche bée, levant instinctivement son bouclier et sa hache.

Assis sur une pile de pièces d'or et de gemmes de la taille d'un poing, Tomas mangeait quelque chose ressemblant à un poisson. De l'autre côté, se tenait une silhouette telle que Dolgan avait du mal à en croire ses yeux.

Une tête de la taille d'un petit chariot était posée par terre. Elle était recouverte d'écailles dorées de la taille d'un bouclier, tout comme le long cou souple menant à un énorme corps qui se perdait dans la pénombre du grand hall. Des ailes gigantesques dont les extrémités tombaient sur le sol étaient repliées sur son dos. La créature avait deux oreilles pointues sur la tête, séparées par une crête d'apparence fragile, semée de poussière d'argent. Son museau allongé était retroussé sur un sourire vorace, qui dévoilait des dents aussi longues que des épées ainsi qu'une fine langue fourchue qui en jaillissait par instants.

Dolgan lutta contre une de ses rares envies impérieuses de prendre la fuite, car Tomas était assis, partageant visiblement un repas avec l'ennemi héréditaire que les nains craignaient plus que tout : un grand dragon. Il fit un pas en avant et sa botte claqua sur le sol de pierre.

Tomas se retourna et l'énorme tête du dragon se releva. Des yeux de rubis observèrent le petit intrus. Tomas se releva d'un bond, l'air joyeux : « Dolgan ! » Il se laissa glisser sur la pile de trésors et courut vers le nain.

La voix du dragon gronda dans le hall, se répercutant sur les murs comme le tonnerre sur les parois d'une vallée. « Bienvenue, nain. Votre ami m'avait dit que vous ne l'oublieriez pas. »

Tomas s'approcha du nain, lui posant une douzaine de questions à la fois. Dolgan ne savait plus où donner de la tête. Derrière le garçon, le prince de tous les dragons les regardait tranquillement parler et le nain avait du mal à conserver son calme habituel. Incapable de comprendre ce que lui demandait Tomas, Dolgan poussa doucement le garçon sur le côté pour mieux voir le dragon. « Je suis venu seul, dit-il doucement au garçon, les autres étaient furieux de me laisser partir seul à ta recherche, mais ils devaient se presser, leur mission était vitale. »

Tomas répondit : « Je comprends.

— Quel genre de sorcellerie est-ce là ? » demanda Dolgan à voix basse.

Le dragon eut un petit rire, qui fit trembler la salle tout entière. « Bienvenue dans mon humble demeure, nain. Entre et je t'expliquerai. » La tête du grand dragon se reposa sur le sol, mais malgré tout ses yeux restaient au-dessus de la tête de Dolgan. Le nain s'approcha doucement, tenant inconsciemment le bouclier et la hache prêts au combat. Le dragon éclata d'un rire tonitruant qui rebondit contre les murs comme un torrent précipité sur les parois d'un canyon. « Bride ta main, petit guerrier, je ne ferai de mal ni à toi ni à ton ami. »

Dolgan baissa son bouclier et accrocha sa hache à sa ceinture. Il regarda autour de lui et vit qu'ils se tenaient dans un grand hall, taillé à même la pierre des montagnes. Tous les murs étaient tendus de tapisseries et de bannières déchirées, aux couleurs passées. Quelque chose en elles agaçait Dolgan, car il les trouvait à la fois complètement étrangères et terriblement anciennes. Nulle créature de sa connaissance, ni humain, ni elfe, ni gobelin, n'avait pu faire de telles bannières. Leur style ressemblait étrangement à ces gigantesques chandeliers de cristal qui pendaient des poutres du plafond. De l'autre côté du hall, on voyait un trône et son dais faisant face à de longues tables entourées de chaises pour une multitude de convives. Sur les tables s'étalaient des carafons de cristal et des assiettes d'or. Tout cela était recouvert d'une poussière séculaire.

Un peu partout dans le hall se trouvaient de grandes piles de trésors : de l'or, des pierres précieuses, des couronnes, de l'argent, de riches armures, des rouleaux de tissu et des coffres gravés de bois précieux, marquetés et laqués avec un art consommé.

Dolgan s'assit sur la fortune de toute une vie, repoussant les pièces sans y prêter attention pour se mettre dans une position plus confortable. Tomas s'assit à côté de lui et le nain sortit sa pipe. Il ne le montrait pas, mais il avait besoin de se calmer et la pipe avait le don de l'apaiser. Il alluma une brindille à la flamme de sa lanterne et l'appliqua contre sa pipe. Le dragon le regarda puis il demanda : « Tu serais donc capable maintenant de cracher du feu et de la fumée, nain ? Serais-tu une nouvelle sorte de dragon ? A-t-on déjà vu dragon si petit ? »

Dolgan secoua la tête : « C'est juste une pipe. » Il expliqua l'usage du tabac.

Le dragon dit : « C'est une chose étrange, mais ton peuple lui-même est étrange, en vérité. »

Dolgan leva un sourcil en entendant cela, mais il ne répondit pas. « Tomas, comment es-tu arrivé là ? »

Tomas ne semblait pas s'inquiéter de la présence du dragon et Dolgan trouva la chose rassurante. Si cette gigantesque créature leur avait voulu du mal, elle aurait pu les anéantir sans effort. Les dragons étaient indiscutablement les créatures les plus puissantes de Midkemia. Et ce dragon-là était le plus puissant dont Dolgan ait jamais entendu parler. Il faisait une fois et demie la taille de ceux qu'il avait combattus dans sa jeunesse.

Tomas finit le poisson qu'il était en train de manger et dit : « J'ai erré longtemps et puis je suis arrivé à une corniche où je me suis endormi.

— Ouais, j'ai trouvé.

— Je me suis réveillé en entendant quelque chose et j'ai vu des traces qui menaient ici.

— J'en ai vu aussi. J'ai eu peur qu'on ne t'ait capturé.

— Non. C'était un groupe de gobelins et de quelques Frères des Ténèbres qui venaient par ici. Ils étaient très inquiets de ce qu'ils risquaient de trouver devant eux et ne s'occupaient pas tellement de l'arrière, ce qui fait que j'ai pu les suivre d'assez près.

— C'était plutôt risqué.

— Je sais, mais je cherchais désespérément un moyen de sortir d'ici. Je me disais qu'ils pourraient me guider vers la surface et que je pourrais attendre qu'ils partent pour me glisser au-dehors. Si j'avais pu sortir des mines, je serais parti vers le nord pour retrouver vos villages.

— Un plan audacieux, Tomas, dit Dolgan d'un air approbateur.

— Ils sont arrivés ici et je les ai suivis.

— Qu'est-ce qui leur est arrivé ? »

Le dragon prit la parole : « Je les ai renvoyés très loin, nain, car ces gens ne sont pas le genre de compagnie que j'apprécie.

— Renvoyés, comment ? »

Le dragon leva un petit peu la tête et Dolgan vit que ses écailles étaient ternies par endroits. Les yeux rouges étaient légèrement voilés et soudain, Dolgan se rendit compte que le dragon devait être aveugle.

« Les dragons savent user de magie depuis fort longtemps, même si elle ne ressemble pas aux autres. C'est par mes arts que je te vois, nain, car cela fait bien longtemps que la lumière se refuse à mes yeux. Grâce à cela, j'ai attrapé ces créatures maléfiques et je les ai renvoyées loin au nord. Elles ignoreront toujours comment elles ont pu arriver là et ne se souviennent même pas de cet endroit. »

Dolgan tira sur sa pipe, réfléchissant à ce que le dragon venait de lui dire. « Dans les histoires de mon peuple, il y a des légendes parlant de dragons magiciens, mais vous êtes le premier que je vois qui en soit capable. »

Le dragon baissa lentement sa tête vers le sol, comme s'il se sentait fatigué. « C'est parce que je suis le dernier des dragons d'or, nain, et qu'aucun des dragons mineurs n'a connaissance des arcanes de la sorcellerie. J'ai juré de ne plus jamais prendre une vie, mais je ne supporterai pas que ces gens viennent troubler mon repos. »

Tomas intervint : « Rhuagh a été gentil avec moi, Dolgan. Il m'a laissé rester ici jusqu'à ce que vous me retrouviez, car il savait que quelqu'un venait. »

Dolgan regarda le dragon, se posant des questions sur ses pouvoirs de devin.

Tomas poursuivit : « Il m'a donné du poisson fumé à manger et un endroit où me reposer.

— Du poisson fumé ? »

Le dragon dit : « Les kobolds, ceux que vous appelez des gnomes, me vénèrent comme un dieu et m'apportent des offrandes, du poisson qu'ils prennent dans les lacs des profondeurs et qu'ils fument, ainsi que des trésors qu'ils arrachent aux salles d'en dessous.

— Ouais, dit Dolgan, les gnomes ne sont pas réputés pour leur grande intelligence. »

Le dragon rit. « C'est vrai. Les kobolds sont timides et ils ne font de mal qu'à ceux qui les dérangent au fond de leurs tunnels. C'est un peuple de gens simples et ils aiment bien l'idée d'avoir un dieu. Comme je ne suis plus capable de chasser, c'est un arrangement bien pratique. »

Dolgan réfléchit longuement avant de poser sa question suivante. « Sans vouloir vous offenser, Rhuagh, j'ai toujours cru que vous autres dragons n'aviez que peu d'amour pour les créatures qui n'étaient pas de votre race. Pourquoi avez-vous aidé ce garçon ? »

Le dragon ferma les yeux un moment, puis il les rouvrit et les fixa sur le nain. « Sache, nain, que les choses n'ont pas toujours été telles qu'elles sont maintenant. Ton peuple est ancien, mais le mien est le plus ancien de tous, à l'exception d'un seul. Nous étions là avant les elfes et les moredhel. Nous servions ceux dont les noms ne doivent pas être prononcés et nous étions heureux.

— Les seigneurs des dragons ?

— C'est ainsi que vous les nommez dans vos légendes. C'étaient nos maîtres et nous étions leurs serviteurs, tout comme l'étaient les elfes et les moredhel. Quand ils ont quitté ces terres, pour un voyage qui dépasse l'imagination, nous sommes devenus les plus puissants des peuples libres, avant même la venue des nains et des humains. Nous régnions sur les cieux et sur toutes choses, car nous étions plus puissants que tous.

« Il y a des millénaires de cela, les hommes et les nains ont atteint nos montagnes et pendant un temps nous vécûmes en paix. Mais les choses changèrent et il y eut des dissensions. Les elfes chassèrent les moredhel de la forêt que l'on nomme maintenant Elvandar et les hommes et les nains se tournèrent contre les dragons.

« Nous étions puissants, mais les humains sont comme les arbres de la forêt, ils sont innombrables. Lentement, mon peuple dut s'enfuir vers le sud et je suis le dernier des miens à vivre dans ces montagnes. J'ai vécu ici pendant des milliers d'années, car je me refuse à quitter mon foyer.

« Grâce à la magie, j'ai réussi à renvoyer ceux qui recherchaient ces trésors et à tuer ceux dont les arts pouvaient lutter contre mes charmes d'oubli. Je finis par être écœuré de toutes ces morts et me jurai de ne plus prendre de vie, même quand elles étaient aussi ignobles que celles des moredhel. C'est pour cela que j'ai renvoyé ces gens-là au loin et c'est pour cela que j'ai aidé ce garçon, car il ne méritait pas qu'on lui fasse de mal. »

Dolgan scruta le dragon : « Je vous remercie, Rhuagh.

— Tes remerciements sont les bienvenus, Dolgan des Tours grises. Je suis heureux aussi que ce soit toi qui sois venu. Je n'aurais pas pu abriter ce garçon bien longtemps, car j'ai appelé Tomas à mes côtés par magie, de manière qu'il puisse me veiller sur mon lit de mort.

— Quoi ? s'exclama Tomas.

— Les dragons savent l'heure de leur mort, Tomas, et la mienne est proche. Je suis vieux, même pour les gens de mon peuple et ma vie fut bien remplie. Je suis content qu'il en soit ainsi. C'est là notre lot. »

Dolgan semblait troublé : « Malgré tout, je trouve étrange de me retrouver ici et de vous entendre dire de telles choses.

— Pourquoi donc, nain ? N'est-il point vrai que quand l'un des vôtres meurt, on parle plus de ses hauts faits que de sa longévité ?

— Cela est vrai, en effet.

— Alors connaître l'heure de sa mort n'a pas grande importance. C'est la même chose. J'ai disposé de tout ce dont un membre de ma race peut rêver : la richesse, des compagnes, des petits et tout le reste. Tout ce que j'ai voulu, je l'ai obtenu.

— C'est une marque de sagesse de savoir ce que l'on veut et c'est une marque de sagesse encore plus grande de savoir que l'on y est arrivé, dit Dolgan.

— En effet. Et il est plus sage encore de savoir ce qu'on ne pourra jamais avoir, car l'envie peut rendre fou. Mon peuple veille ses morts, mais aucun de ses membres n'est assez près d'ici pour que je puisse l'appeler. Et je voudrais vous demander d'attendre ma mort avant de repartir. Acceptez-vous ? »

Dolgan regarda Tomas, qui agita la tête de haut en bas : « Ouais, dragon, nous le ferons, mais cela ne nous mettra pas de baume au cœur. »

Le dragon ferma les yeux. Tomas et Dolgan avaient vu qu'ils se fermaient déjà d'eux-mêmes. « Merci à toi, Dolgan, et à toi, Tomas. »

Le dragon resta là et leur parla de sa vie, passée à voler dans les cieux de Midkemia, dans ceux de terres lointaines où les tigres vivent dans les villes et de montagnes où les aigles parlent. Il leur parla tout au long de la nuit d'histoires merveilleuses et terrifiantes.

Quand sa voix commença à faiblir, Rhuagh dit : « Un jour, un homme est venu ici, un mage puissant. Ma magie ne pouvait l'écarter de ces lieux et je n'arrivais pas à le tuer. Trois jours durant nous avons combattu, dans un duel de magie et quand nous eûmes fini, c'était lui qui m'avait vaincu. Je croyais qu'il allait me tuer et emporter mes trésors, mais en fait il est resté, car la seule chose qu'il voulait, c'était apprendre ma magie, afin qu'elle ne disparaisse pas avec ma mort. »

Tomas écoutait avec étonnement, car du peu qu'il avait appris sur la magie avec Pug, il trouvait cela impressionnant. Il imaginait ce combat titanesque et les pouvoirs terribles qui avaient dû se déchaîner.

« Il avait avec lui une étrange créature qui ressemblait à un gobelin, mais qui se tenait debout et dont les traits étaient plus fins. Il resta trois ans avec moi, tandis que son serviteur allait et venait. Il apprit tout ce que je pouvais lui enseigner, car je n'aurais pu lui refuser quoi que ce soit. Mais il m'enseigna aussi et sa sagesse me réconforta grandement. C'est grâce à lui que j'ai appris à respecter la vie, quelle qu'elle soit, et c'est grâce à lui que j'ai fait vœu de ne jamais prendre la vie de quelqu'un qui venait vers moi. Lui aussi avait beaucoup souffert, comme cela m'était arrivé lors des guerres contre les hommes, car bien des choses que je chérissais furent perdues. Cet homme avait le pouvoir de soigner les blessures du cœur et de l'esprit et quand il s'en alla, j'avais l'impression d'avoir gagné quelque chose et non d'avoir perdu. » Il se tut pour déglutir et Tomas remarqua qu'il avait de plus en plus de mal à parler. « À l'époque, si un dragon n'avait pu veiller sur ma mort, je l'aurais volontiers choisi pour cela, car ce fut le premier de ta race, mon garçon, que j'ai considéré comme un ami.

— Qui était-ce, Rhuagh ? demanda Tomas.

— On l'appelait Macros. »

Dolgan prit un air songeur : « J'ai entendu parler de lui, un magicien extrêmement puissant. C'est presque un mythe, il vivait quelque part à l'est.

— Un mythe, sûrement pas, Dolgan, dit Rhuagh avec difficulté. Malgré tout, il se peut qu'il soit mort, car cette histoire s'est déroulée il y a des siècles. » Le dragon se tut un moment. « Mon temps approche, il faut en finir. Je vais te demander une faveur, nain. » Il bougea légèrement la tête et dit : « Dans cette boîte se trouve un cadeau du mage, qu'il faut utiliser maintenant. C'est une baguette faite par magie. Macros me l'a laissée pour qu'à ma mort il ne me reste pas d'os à laisser aux charognards. Veux-tu bien me l'apporter ? »

Dolgan s'approcha du coffre indiqué. Il l'ouvrit et y trouva une baguette de métal noir posée sur un tissu de velours bleu. Il prit la baguette et la trouva étonnamment lourde pour sa taille. Il l'apporta au dragon.

Le dragon parla, prononçant des mots pratiquement inintelligibles, tant sa langue était engourdie. « Dans un moment, tu appliqueras la baguette sur mon corps, Dolgan, quand ce sera ma fin.

— Ouais, dit Dolgan, bien que je ne trouve aucun plaisir à assister à cette fin, dragon.

— Avant cela, il me reste une chose à vous dire. Dans un coffre à côté de la boîte se trouve un cadeau pour toi, nain. Tu peux prendre aussi tout ce que tu voudras, car je n'en aurai plus l'usage. Mais de tout ce qui se trouve dans ce hall, c'est ce qu'il y a dans cette boîte que je voudrais t'offrir. » Il essaya de bouger sa tête vers Tomas, mais il en fut incapable. « Tomas, merci à toi d'avoir partagé mes derniers instants. Dans le coffre qui contient le cadeau du nain, il y en a un aussi pour toi. Tu pourras choisir ce qu'il te plaira aussi, car ton cœur est bon. » Il prit une profonde inspiration et Tomas entendit une sorte de ronflement dans sa gorge. « Maintenant, Dolgan. »

Dolgan tendit la baguette et en toucha légèrement le dragon. Au début, rien n'arriva. Rhuagh dit doucement : « C'était le dernier cadeau de Macros. »

Soudain, une douce lumière dorée commença à envelopper le dragon. On entendit un bourdonnement cristallin, comme si le hall résonnait d'une musique féerique. Le son et la lumière s'amplifièrent et toute la pièce sembla baignée d'énergie. Tomas et Dolgan regardèrent les taches sombres disparaître des écailles de Rhuagh. Sa peau était parsemée de paillettes d'or et la pellicule sur ses yeux commença à se résorber. Il releva lentement la tête et ils comprirent qu'il était, à nouveau, capable de voir la pièce. Sa crête était toute droite et il déploya ses ailes argentées en dessous. Ses dents jaunies devinrent d'un blanc éclatant et ses griffes noires et ternes brillèrent comme de l'ébène polie, tandis qu'il se redressait pour lever la tête plus haut encore.

Dolgan dit tout doucement : « C'est la chose la plus formidable que j'aie jamais vue. »

Lentement, la lumière devenait de plus en plus intense tandis que Rhuagh retrouvait l'aspect glorieux de sa jeunesse. Il s'étira de toute sa taille impressionnante, sa crête lançant des éclairs d'argent. Le dragon rejeta sa tête en arrière dans un geste jeune et vigoureux et, avec un rugissement de joie, il cracha un souffle de flammes vers le plafond voûté. Il hurla, aussi fort que cent trompes : « Je te remercie, Macros. C'était vraiment un cadeau princier. »

Puis, le bourdonnement étrangement harmonieux changea et s'intensifia. Un bref instant, Dolgan et Tomas crurent entendre une voix profonde perdue dans les harmoniques murmurer : « Bienvenue, mon ami. »

Tomas sentit comme de l'eau sur son visage et il s'essuya. Des larmes de joie coulaient sur ses joues face à la fabuleuse beauté du dragon. Les grandes ailes dorées se déployèrent, comme s'il s'apprêtait à prendre son envol. La lumière se fit si forte que Tomas et Dolgan avaient du mal à regarder, mais ils ne pouvaient détourner leurs yeux de ce spectacle. Le son dans la pièce devint si puissant que de la poussière tomba du plafond et qu'ils sentirent le sol vibrer sous leurs pieds. Le dragon s'élança dans les airs, les ailes déployées, et disparut dans un éclair aveuglant de lumière blanche. Soudain, la pièce retrouva son aspect normal et tout redevint silencieux.

Le vide de la caverne était oppressant après le départ du dragon et Tomas regarda le nain : « Partons, Dolgan. Je n'ai pas très envie de rester. »

Dolgan avait un air songeur : « Ouais, Tomas, moi non plus je n'ai pas très envie de rester. Mais il reste une chose encore : les cadeaux du dragon. » Il alla au coffre que lui avait indiqué le dragon et l'ouvrit.

Les yeux de Dolgan s'écarquillèrent lorsqu'il retira du coffre un marteau nain. Il le tint devant lui et le regarda respectueusement. La tête était faite d'un métal argenté qui brillait d'un éclat bleuté à la lumière de la lanterne. Des runes naines étaient gravées dessus. Le manche était en chêne entièrement gravé de runes. Il était poli et l'on voyait encore le grain du bois dessous. Dolgan siffla : « C'est le marteau de Tholin. Disparu depuis des siècles. Tous les nains de l'Ouest vont fêter son retour. C'est le symbole de notre dernier roi, perdu depuis des siècles. »

Tomas s'approcha pour regarder et il vit quelque chose d'autre dans le coffre. Il se pencha par-dessus Dolgan et sortit un grand paquet entouré de tissu blanc. Il le déplia et découvrit que le tissu était un tabard blanc, frappé d'un dragon d'or. Dedans, il y avait un bouclier portant le même blason, ainsi qu'un heaume. Le plus merveilleux, c'était l'épée d'or à poignée blanche, dont le fourreau était fait d'une matière lisse et blanche comme de l'ivoire, aussi solide que du métal. Sous le paquet il trouva une cotte de mailles d'or, qu'il retira avec un « Oh ! » d'émerveillement.

Dolgan le regarda et dit : « Prends-le, garçon. Le dragon a dit que c'était le cadeau qu'il te faisait.

— Ces armes sont bien trop belles pour moi, Dolgan. Ce sont celles d'un prince, ou d'un roi.

— Je crois que le précédent propriétaire n'en a plus grand usage, gamin. Elles t'ont été données sans arrière-pensée et tu en feras ce que tu veux, mais je crois que ces armes doivent avoir quelque chose de spécial, sinon on ne les aurait pas placées dans ce coffre avec ce marteau. Le marteau de Tholin est une arme puissante, forgée dans les anciennes forges de Mac Cadman Alair, les plus vieilles mines de ces montagnes. Il possède une magie que jamais les nains n'ont réussi à surpasser. Il est probable que l'armure et l'épée soient aussi enchantées. Il se peut qu'elles te reviennent pour une bonne raison. »

Tomas réfléchit un moment, puis il retira rapidement sa grande cape. Sa tunique n'était pas un gambison, mais la maille dorée glissa dessus sans difficulté, car elle était visiblement faite pour quelqu'un de plus grand que lui. Il mit le tabard par-dessus et se coiffa du heaume. Prenant l'épée et le bouclier, il se tint face à Dolgan. « Je dois avoir l'air ridicule, comme ça ? »

Le nain l'inspecta soigneusement. « C'est un peu grand, mais comme tu vas grandir encore… » Il crut percevoir quelque chose dans la manière dont le garçon tenait l'épée et le bouclier. « Non, Tomas, tu n'as pas l'air ridicule. Tu n'es peut-être pas très à l'aise, mais tu n'as pas l'air ridicule. Ce sont des armes de légende et tu finiras par les porter comme elles devaient l'être, je crois. »

Tomas acquiesça, reprit sa cape et se tourna vers la porte en relevant son épée. L'armure était étonnamment légère, bien plus légère que celle qu'on lui avait fait porter à Crydee. Le garçon dit : « Je n'ai pas envie de prendre quoi que ce soit d'autre, Dolgan. Je suppose que cela doit te paraître bizarre. »

Dolgan le rejoignit : « Non, mon garçon, je ne veux pas non plus des richesses de ce dragon. » Avec un dernier coup d'œil vers le hall, il ajouta : « Mais certaines nuits, je risque de me poser de graves questions là-dessus. Je reviendrai peut-être un jour, mais j'en doute. Maintenant, essayons de rentrer. » Ils partirent et retrouvèrent rapidement un tunnel que Dolgan connaissait bien, qui leur permettrait de retourner à la surface.

Dolgan attrapa tout doucement le bras de Tomas pour le prévenir. Le garçon fut assez sage pour ne rien dire. Lui aussi avait ressenti la même impression que le jour où l'âme en peine les avait attaqués. Mais cette fois, c'était presque physique. Le mort-vivant était tout près. Tomas posa sa lanterne et la masqua. Ses yeux s'écarquillèrent d'étonnement, car au lieu de ne plus rien voir comme il s'y attendait, il distinguait vaguement la silhouette du nain qui se déplaçait tout doucement devant lui. Sans réfléchir, il dit : « Dolgan… »

Le nain se retourna et soudain une forme noire se pencha dans son dos. « Derrière toi ! » hurla Tomas.

Dolgan fit volte-face pour se défendre de la créature, levant instinctivement son bouclier et le marteau de Tholin. La créature frappa, et seuls les réflexes de combattant de Dolgan et ses pouvoirs de nain qui lui permettaient de percevoir le mouvement dans le noir absolu le sauvèrent, car elle percuta le bouclier cerclé de fer. La créature hurla de rage à ce contact. Puis Dolgan frappa avec l'arme légendaire de ses ancêtres et la créature hurla quand le marteau la toucha. Une lumière bleu-vert jaillit de la tête du marteau et la créature battit en retraite en gémissant de douleur.

« Reste derrière moi ! hurla Dolgan. Si le fer la gêne, le marteau de Tholin la blesse. Peut-être réussira-t-il à la faire fuir. »

Tomas commença à obéir au nain, mais il surprit sa main à tirer l'épée dorée du fourreau qu'il portait à sa gauche. Soudain, l'armure un peu trop grande lui sembla s'ajuster à ses épaules et le bouclier s'équilibra à son bras comme s'il l'avait porté depuis des années. Sans le vouloir, Tomas s'avança derrière Dolgan, puis le dépassa en armant son coup.

La créature sembla hésiter, puis elle s'avança sur Tomas. Tomas leva son épée, s'apprêtant à frapper. Avec un hurlement de terreur absolue, le mort-vivant se retourna et s'enfuit. Dolgan regarda Tomas et il vit quelque chose en lui qui le fit hésiter un instant avant que Tomas ne revienne à lui et rengaine son épée.

Dolgan retourna à la lanterne et demanda : « Pourquoi as-tu fait cela, gamin ? »

Tomas répondit : « Je… je ne sais pas. » Il se sentit soudain gêné d'avoir désobéi aux instructions du nain et ajouta : « Mais ça a marché. La chose est partie.

— Ouais, ça a marché », reconnut Dolgan, qui retira le capuchon de la lanterne. Il inspecta le garçon à la lumière.

Tomas dit : « Je crois que c'est surtout grâce au marteau de vos ancêtres. »

Dolgan ne dit rien, mais il savait que ce n'était pas le cas. La créature avait paniqué en voyant l'armure blanc et or de Tomas. Puis le nain fut frappé par un autre détail. « Gamin, comment tu as pu me prévenir à temps que la créature était derrière moi ?

— Je l'ai vue. »

Dolgan se retourna pour regarder Tomas, complètement dérouté : « Tu l'as vue ? Comment ? Tu venais juste de masquer la lanterne.

— Je ne sais pas comment. Je l'ai vue. »

Dolgan replaça le masque sur la lanterne et se releva. S'écartant de quelques mètres, il demanda : « Et maintenant, où je suis, gamin ? »

Sans hésitation, Tomas vint se placer devant lui et lui mit la main sur l'épaule : « Là.

— Quoi… ? » dit le nain.

Tomas toucha le heaume et le bouclier. « Vous aviez bien dit qu'ils étaient spéciaux.

— Ouais, gamin ? Mais je ne savais pas qu'ils étaient aussi spéciaux que ça.

— Il vaut peut-être mieux que je les enlève ? demanda le garçon, inquiet.

— Non, non. » Laissant la lanterne par terre, le nain dit : « Nous pourrons nous déplacer plus vite si nous n'avons pas à nous inquiéter de ce que tu peux et ne peux pas voir. » Il se força à prendre un ton joyeux. « Et bien que nous soyons les deux meilleurs guerriers sur ces terres, mieux vaut ne pas nous faire annoncer par cette lumière. Le fait que le dragon ait parlé de moredhel dans nos mines ne me rassure guère. Si une bande a été assez courageuse pour encourir la colère de mon peuple, il se pourrait bien qu'il y en ait d'autres. Ce mort-vivant a peut-être été terrifié par ton épée dorée et mon vieux marteau, mais une vingtaine de moredhel risquent de ne pas être aussi impressionnables. »

Tomas n'avait rien à répondre à cela et ils repartirent dans les ténèbres.

Par trois fois ils durent s'arrêter et se cacher pour laisser passer des troupes de gobelins et de Frères des Ténèbres pressés. De leurs cachettes, ils pouvaient voir qu'il y en avait beaucoup de blessés ou qui se faisaient soutenir par leurs compagnons. Quand le dernier groupe fut passé, Dolgan se tourna vers Tomas et dit : « Jamais de toute notre histoire les gobelins et les moredhel ne se sont permis d'entrer à un tel nombre dans nos mines. Ils craignent trop mon peuple pour prendre un tel risque. »

Tomas répondit : « Ils ont l'air assez mal en point, Dolgan, et ils amènent avec eux leurs femmes et leurs enfants et beaucoup de bagages en plus. Ils fuient quelque chose. »

Le nain opina : « Ils vont de la vallée au nord des Tours grises vers le Vercors. Quelque chose les chasse vers le sud.

— Les Tsurani ? »

Dolgan fit un signe de tête. « J'en ai bien l'impression, moi aussi. Viens. Mieux vaut rejoindre Caldara le plus rapidement possible. » Ils repartirent et atteignirent bientôt des tunnels que Dolgan connaissait, pour retourner à la surface.

Quand ils arrivèrent cinq jours plus tard à Caldara, ils n'en pouvaient plus. La neige tombait à gros flocons sur les montagnes et ils avaient progressé lentement. Alors qu'ils approchaient du village, des gardes les aperçurent et bientôt le village tout entier sortit les accueillir.

On les amena dans la grande halle du village et l'on donna une chambre à Tomas. Il était si fatigué qu'il s'endormit instantanément. Même le robuste nain était épuisé. Les nains décidèrent de rassembler un conseil des anciens pour le lendemain afin de discuter des dernières nouvelles de la vallée.

Tomas se leva avec une faim dévorante. Il s'étira en se levant et fut surpris de ne ressentir aucune courbature. Il s'était endormi dans sa maille d'or et il aurait dû se réveiller avec des muscles froissés et des articulations douloureuses. En fait, il se sentait reposé et en forme. Il ouvrit la porte et entra dans la halle. Dolgan présidait à une grande table entourée de nombreux nains. Tomas aperçut Weylin, le fils de Dolgan. Dolgan fit signe au garçon de prendre une chaise et il le présenta à la compagnie.

Les nains le saluèrent et il répondit poliment. Il regardait surtout la nourriture qui couvrait la table.

Dolgan éclata de rire et dit : « Sers-toi, gamin. Inutile de rester le ventre vide quand les placards sont pleins. » Tomas attrapa une assiette de bœuf, de fromage et de pain et il prit un bock de bière, bien qu'il n'en eût pas trop envie à cette heure de la journée. Il mangea rapidement le contenu de son assiette et se servit une autre part, regardant autour de lui pour voir si quelqu'un semblait s'en offusquer. La plupart des nains étaient lancés dans de complexes discussions dont la nature échappait complètement à Tomas, sur la distribution des provisions pour l'hiver aux différents villages de la région.

Dolgan demanda une suspension de séance et il dit : « Maintenant que Tomas nous a rejoints, je crois que nous ferions bien de parler de ces Tsurani. »

Les oreilles de Tomas se dressèrent et il tourna toute son attention sur les discussions. Dolgan poursuivit : « Depuis que je suis parti en patrouille, nous avons reçu des courriers d'Elvandar et des monts de Pierre. Ils ont aperçu beaucoup d'étrangers près de la passe du Nord. Ces gens-là ont monté un campement dans les collines au sud des monts de Pierre. »

L'un des nains prit la parole : « C'est l'affaire des monts de Pierre, à moins que l'on ne fasse appel à nous. »

Dolgan répliqua : « C'est vrai, Orwin, mais nous avons eu aussi des rapports comme quoi ils entraient et sortaient de la vallée juste au sud de la passe. Ils sont entrés sur des terres que l'on considère comme les nôtres, et ça, c'est l'affaire des Tours grises. »

Le nain qu'on venait d'appeler Orwin acquiesça. « Effectivement, mais nous ne pouvons rien faire avant le printemps. »

Dolgan mit les pieds sur la table et alluma sa pipe. « Tu as encore raison. Mais nous pouvons être heureux que les Tsurani ne puissent rien faire non plus pendant ce temps-là. »

Tomas reposa un os de bœuf qu'il tenait à la main : « La tempête a-t-elle commencé ? »

Dolgan lui jeta un coup d'œil : « Ouais, gamin, les passes sont complètement bloquées par les neiges, la première tempête s'est abattue la nuit dernière. Plus personne ne peut bouger, là-bas, encore moins une armée. »

Tomas regarda Dolgan. « Alors…

— Ouais. Tu es notre invité pour l'hiver. Même notre plus solide coursier ne pourrait sortir de ces montagnes pour aller à Crydee. »

Tomas se renversa sur sa chaise, car malgré le confort du grand hall, il aurait préféré retrouver des lieux plus familiers. Malgré tout, nul n'y pouvait rien. Il se résigna à son sort et s'intéressa de nouveau à son repas.

CHAPITRE 11

La troupe épuisée entra dans Bordon.

Elle était escortée par une compagnie de rangers montés du Natal, tous vêtus de leur tunique grise traditionnelle, avec le pantalon et la cape de même couleur. La patrouille avait trouvé les voyageurs à deux kilomètres de la ville et ils avaient décidé de les accompagner. Les rangers n'avaient même pas proposé aux voyageurs de monter en croupe. Borric se sentait extrêmement vexé, mais il le cachait bien. Ils avaient peu de raisons de croire sur parole une bande de loqueteux qui affirmaient être le duc de Crydee et sa troupe et même s'ils étaient arrivés en état, les cités libres du Natal et le royaume ne s'appréciaient pas vraiment.

Pug regarda Bordon avec émerveillement. C'était une petite ville par rapport à celles du royaume, à peine plus grande qu'un port de pêche, mais elle était bien plus grande que Crydee. Partout les gens se pressaient de tous côtés, occupés à des tâches incompréhensibles, l'air soucieux. On ne portait pas beaucoup d'intérêt aux voyageurs, sauf de temps en temps un marchand ou une femme au marché qui leur jetaient un coup d'œil. Jamais le garçon n'avait vu tant de gens, de chevaux, de mules et de chariots à la fois. Il se sentait submergé par tous ces sons et ces couleurs. Des chiens aboyèrent derrière les sabots des chevaux des rangers, restant prudemment à l'écart pour éviter une ruade des montures irritées. Quelques garçons des rues les insultèrent, les prenant pour des étrangers qui venaient sans doute de se faire capturer. Pug se sentit gêné par cette violence verbale, mais son attention fut rapidement distraite par cette ville si nouvelle pour lui.

Bordon, comme les autres villes de la région, n'avait pas d'armée. Elle payait une garnison de rangers du Natal, qui descendaient des légendaires guides de l'empire de Kesh. On les considérait comme les meilleurs cavaliers et les meilleurs pisteurs de l'Ouest. Ils pouvaient prévenir très tôt de l'arrivée de troubles, ce qui donnait le temps à la milice locale de se former. Indépendants, les rangers étaient libres de disposer sur place des hors-la-loi et des renégats, mais après avoir entendu l'histoire du duc et le nom de Martin l'Archer – qu'ils connaissaient bien –, le chef de patrouille préféra renvoyer l'affaire aux préfets locaux.

On les amena au bureau du préfet, qui se trouvait dans un petit bâtiment près des jardins de la ville. Les rangers eurent l'air soulagés d'être débarrassés des prisonniers et ils repartirent dès qu'ils se furent déchargés de la troupe auprès du préfet.

Le préfet était un homme courtaud et basané, plus que replet, vêtu de couleurs vives et qui portait de gros anneaux d'or aux doigts. Il lissa sa barbe sombre et huilée quand le capitaine des rangers lui expliqua sa rencontre avec la troupe ducale. Après le départ des rangers, le préfet salua Borric froidement. Quand le duc lui eut fait comprendre qu'ils étaient attendus par Talbott Kilrane, le plus gros armateur de la ville, qui était par la même occasion son agent d'affaires dans les cités libres, les manières du préfet changèrent du tout au tout. On les fit passer du bureau aux quartiers personnels du préfet et on leur proposa du café bien noir et bien chaud. Le préfet envoya l'un de ses serviteurs porter un message chez maître Kilrane et il attendit en silence, échangeant parfois quelques mots anodins avec le duc.

Kulgan se pencha à l'oreille de Pug et dit : « Notre hôte est du genre à ne prendre une décision que quand il sait d'où vient le vent. Il attend la réponse du marchand avant de nous considérer comme des prisonniers ou comme des invités. » Le magicien ricana : « Tu découvriras avec l'âge que les petits fonctionnaires sont exactement les mêmes partout. »

Une tempête furieuse en la personne de Meecham apparut soudain à la porte du préfet quelque temps plus tard, un secrétaire de Kilrane pendu à bout de bras. Le secrétaire assura rapidement que cette personne était bien le duc de Crydee et qu'il était en effet attendu par Talbott Kilrane. Le préfet se fit mielleux et se confondit en excuses abjectes, espérant que le duc lui pardonnerait le dérangement, mais avec la conjoncture actuelle, en ces temps troublés, il fallait bien comprendre.

Borric lui répondit qu'il comprenait effectivement. Sans plus attendre, ils quittèrent le préfet et sortirent. Ils trouvèrent dehors un groupe de palefreniers avec des chevaux. Ils montèrent rapidement en selle et Meecham et le secrétaire leur firent traverser la ville jusqu'à un groupe de grandes maisons à flanc de colline.

La maison de Talbott Kilrane se trouvait au sommet de la plus haute colline de la ville. De la route, Pug voyait les vaisseaux ancrés dans le port. Il y en avait des dizaines là-bas, démâtés, visiblement hors service pour l'hiver. Quelques caboteurs partant en direction de Ylith au nord ou des autres cités libres entraient et sortaient prudemment du port, mais le trafic était essentiellement calme.

Ils arrivèrent à la maison et entrèrent par un portail

ouvert dans un petit mur. Des serviteurs coururent s'occuper de leurs chevaux. Ils descendirent de selle et leur hôte apparut à la porte d'entrée de la maison.

« Bienvenue, monseigneur Borric, bienvenue », dit-il avec un grand sourire sur son visage décharné. Talbott Kilrane ressemblait à un vautour réincarné en humain, chauve, les traits acérés, de petits yeux noirs. Ses robes de tissus précieux dissimulaient mal sa maigreur, mais ses manières impeccables et son inquiétude évidente faisaient oublier combien il était laid.

Malgré son apparence disgracieuse, Pug le trouvait plutôt sympathique. Il congédia les serviteurs, pour qu'ils aillent préparer des chambres et des repas chauds pour la troupe. Il refusa d'écouter les explications du duc. Levant la main, il dit : « Plus tard, Votre Grâce. Nous prendrons le temps de parler quand vous aurez pu manger et prendre un peu de repos. Je vous attends pour le dîner de ce soir, mais pour l'instant, des bains chauds et des lits propres vous attendent. Je ferai envoyer des repas chauds à vos quartiers. Une bonne nourriture, du repos et des vêtements propres, et vous vous sentirez comme neufs. Alors, nous parlerons. »

Il frappa dans ses mains et un serviteur vint leur montrer leurs chambres. On donna des chambres séparées au père et au fils, Pug et Kulgan en avaient une pour eux deux. On mit Gardan dans la chambre de Meecham et les soldats du duc furent emmenés aux quartiers des serviteurs.

Kulgan dit à Pug de prendre le premier bain, afin qu'il puisse parler quelque temps avec son serviteur. Meecham et Kulgan allèrent dans la chambre du serviteur et Pug se débarrassa de ses habits crasseux. Au centre de la pièce se trouvait une grande bassine en métal remplie d'eau parfumée, chaude et fumante. Il mit un pied dedans et le ressortit aussitôt. Après trois jours de marche dans la neige, l'eau lui paraissait bouillante. Il remit lentement le pied dedans et quand il se fut habitué à la chaleur, il entra tout doucement dans le bain.

Il s'assit dans la bassine, dont le rebord était assez incliné pour qu'il puisse s'allonger un peu. C'était une bassine émaillée dont le contact surprit beaucoup Pug, qui n'avait connu jusque-là que les bassines en bois de chez lui. Il se savonna et se lava les cheveux, puis il se mit debout et se versa un baquet d'eau froide sur la tête pour se rincer.

Il se sécha et enfila la chemise de nuit propre qu'on lui avait laissée. Il était encore tôt, mais il s'effondra sur son lit bien tiède. Sa dernière pensée fut pour un garçon aux cheveux blonds qui lui faisait un grand sourire. En s'enfonçant dans le sommeil, Pug se demanda si Dolgan avait retrouvé son ami.

Un bruit d'eau et une sorte de chansonnette le tirèrent du sommeil une fois dans la journée. C'était Kulgan, qui se savonnait vigoureusement. Pug referma les yeux et se rendormit très vite.

Il était profondément endormi quand Kulgan le fit lever pour le dîner. Sa tunique et son pantalon avaient été nettoyés et l'on avait ravaudé une petite déchirure à sa chemise. Ses bottes, cirées, brillaient d'un beau lustre noir. Il se regarda dans un miroir et remarqua pour la première fois une ombre noire sur ses joues. Il se pencha et vit un infime début de barbe.

Kulgan le regarda et lui dit : « Bien, Pug. Faut-il que je fasse demander un rasoir pour que tu puisses garder le menton glabre comme le prince Arutha ? Ou veux-tu cultiver une superbe barbe ? » Il brossa avec insistance sa propre barbe grise.

Pug sourit pour la première fois depuis qu'ils étaient sortis de Mac Mordain Cadal. « Je crois qu'il me reste encore un peu de temps avant de m'en inquiéter. »

Kulgan rit, heureux de voir le garçon revivre un peu. Le magicien avait été troublé par son profond désespoir pour Tomas et il fut soulagé de voir la nature optimiste du garçon reprendre le dessus. Il ouvrit la porte. « Nous pouvons y aller ? »

Pug inclina la tête, comme pour saluer un grand seigneur et dit : « Certes, maître magicien. Après vous ? », et il éclata de rire.

Ils entrèrent dans la salle à manger, une grande salle bien éclairée. Elle n'était cependant pas aussi vaste que celle du château de Crydee. Le duc et le prince Arutha étaient déjà assis et Kulgan et Pug prirent rapidement place à table.

Borric était tout juste en train de finir d'exposer les événements de Crydee et de la grande forêt quand ils s'assirent. « Donc, dit-il, j'ai décidé de porter ces nouvelles en personne, car je me suis dit que l'heure était vraiment grave. »

Le marchand se rencoigna dans sa chaise lorsque les serviteurs apportèrent une grande variété de plateaux pour les convives. « Monseigneur Borric, dit Talbott, quand votre homme Meecham est venu me voir, ce qu'il me demandait pour vous était assez vague, sans doute, je pense, à cause de la manière dont l'information avait été transmise. » Il se référait à la magie employée par Kulgan pour contacter Belgan, qui avait fait parvenir le message à Meecham. « Je ne m'attendais pas à ce que votre voyage pour Krondor s'avère aussi vital pour mon propre peuple que je le crois maintenant. » Il se tut, puis reprit : « Bien entendu, ces nouvelles sont très inquiétantes. J'étais prêt à vous trouver un navire, mais je crois maintenant que je vais vous envoyer directement sur l'un de mes vaisseaux. » Il prit une clochette posée à côté de lui et l'agita. Quelques instants plus tard, un serviteur arriva. « Dites au capitaine Abram de préparer le *Reine des tempêtes*. Il doit partir pour Krondor demain à la première marée. Je ferai parvenir des instructions plus détaillées plus tard. »

Le serviteur acquiesça et sortit. Le duc dit : « Je vous remercie, maître Kilrane. J'espérais que vous comprendriez, mais je ne m'attendais pas à obtenir un navire aussi vite. »

Le marchand regarda Borric droit dans les yeux. « Duc Borric, je dois être franc envers vous. Les cités libres et le royaume ne s'aiment pas beaucoup. Et plus franchement encore, on aime encore moins le nom de conDoin dans les cités libres. C'est votre grand-père qui a dévasté Walinor et assiégé Natal. Il a été arrêté à une quinzaine de kilomètres à peine au nord de cette cité-ci et les gens s'en souviennent encore. Nos ancêtres sont keshians, mais nous sommes des hommes libres de naissance et nous n'aimons pas tellement les conquérants. » Le duc s'était raidi sur sa chaise, mais Kilrane poursuivit : « Malgré tout, force nous est d'admettre que votre père avant vous et vous-même maintenant avez été de bons voisins, que vous avez commercé honnêtement avec les cités libres et que parfois vous avez même été généreux envers nous. Je sais que vous êtes un homme d'honneur et je me doute que ces Tsurani sont probablement exactement comme vous me les avez présentés. Vous n'êtes pas du genre à exagérer les choses, si j'ai bien compris. »

Le duc se détendit un peu en entendant cela. Talbott prit une gorgée de vin avant de continuer. « Nous serions fous de ne pas réaliser que nos intérêts sont communs, car seuls nous n'avons aucune chance. Quand vous partirez, je convoquerai un conseil des guildes et des marchands et je plaiderai pour que nous aidions le royaume dans cette affaire. » Il sourit et tous les convives comprirent qu'il était aussi sûr de son influence et de son autorité que le duc l'était de la sienne. « Je crois que je ne vais pas avoir trop de mal à faire comprendre au conseil que c'est la meilleure solution. Il me suffira de parler de la galère de guerre des Tsurani et d'imaginer ce que nos vaisseaux pourraient faire face à une flotte de navires de ce genre pour les convaincre. »

Borric éclata de rire et il donna une bonne claque sur la table. « Maître marchand, je constate que la chance n'est pour rien dans votre fortune. Vous êtes au moins aussi retors que mon ami le père Tully. Et tout aussi sage. Je vous remercie. »

Le duc et le marchand continuèrent à s'entretenir tard dans la nuit, mais Pug était encore fatigué et il retourna au lit. Quand Kulgan rentra quelques heures plus tard, il trouva le garçon endormi, le visage paisible.

Le *Reine des tempêtes* courait vent arrière, glissant sur les flots déchaînés, le perroquet gonflé à craquer. Une pluie glacée tourbillonnait dans la nuit, si noire que le haut des mâts se perdait dans une brume floue.

Sur le pont arrière, des silhouettes emmitouflées dans des capes huilées bordées de fourrure essayaient de se réchauffer en restant au sec malgré l'humidité et le froid qui s'insinuaient partout. Par deux fois ces deux dernières semaines, ils avaient essuyé un grain, mais cette fois-ci, c'était pire que tout. Un cri monta du gréement et l'on rapporta au capitaine que deux hommes étaient tombés des vergues. Le duc Borric hurla au capitaine Abram : « On ne peut rien y faire ?

— Non, monseigneur. Ils sont morts et les rechercher serait de la folie, même si c'était possible, ce qui n'est pas le cas », répondit le capitaine sur le même ton, pour couvrir le rugissement de la tempête.

La bordée tout entière était montée dans le gréement glissant pour retirer la glace qui s'accumulait sur les espars et empêcher qu'elle les fasse céder sous le poids et désempare le navire. Le capitaine Abram se tenait d'une main à la lisse, attentif au moindre problème, en communion avec son navire. À ses côtés, le duc et Kulgan étaient moins à l'aise que lui sur le pont qui tanguait. Un grincement sonore, presque un craquement, monta d'en bas et le capitaine jura.

Quelques instants plus tard, un marin apparut : « Capitaine, une partie de la coque a cédé et il y a une voie d'eau. »

Le capitaine fit signe à l'un de ses officiers qui se trouvait sur le pont principal : « Prends quelques hommes, va en bas épontiller les dégâts et reviens au rapport. »

Le second désigna rapidement quatre hommes pour l'accompagner dans la soute. Kulgan entra en transe une minute avant de dire : « Capitaine, cette tempête soufflera encore trois jours. »

Le capitaine maudit les dieux de lui avoir collé la poisse et il dit au duc : « Je ne peux pas lutter contre la tempête avec un vaisseau qui prend l'eau. Il faut trouver un endroit où l'échouer pour réparer la coque. »

Le duc opina et cria : « Vous ferez route vers Queg ? »

Le capitaine secoua la tête, faisant tomber une pluie de gouttelettes de sa barbe pleine de neige et d'eau : « Il faudrait aller au lof, pour Queg. Il va falloir s'abriter derrière l'île du Sorcier. »

Kulgan secoua la tête, mais personne ne remarqua son geste. Le magicien demanda : « Il n'y a pas d'autre endroit où relâcher ? »

Le capitaine regarda le magicien et le duc. « Rien d'aussi près. Nous pourrions casser un mât. Si ça arrive et que nous ne coulons pas, nous allons perdre six jours au lieu de trois. La mer se fait de plus en plus grosse et j'ai peur de perdre d'autres d'hommes. » Il hurla des ordres vers les vergues et à l'adresse du timonier et ils dévièrent en direction du sud, vers l'île du Sorcier.

Kulgan descendit avec le duc. Le navire était ballotté par la mer houleuse, rendant l'échelle et l'étroit couloir difficiles à négocier pour le magicien corpulent qui se faisait balancer d'une paroi à l'autre en avançant péniblement vers sa cabine. Le duc entra dans celle qu'il partageait avec son fils et Kulgan entra dans la sienne. Gardan, Meecham et Pug essayaient de se reposer sur leurs couchettes respectives malgré les chocs. Le garçon avait du mal à supporter ces intempéries. Il avait été malade dès les deux premiers jours. Il avait fini par aller un peu mieux, mais il n'arrivait toujours pas à avaler le porc salé et les biscuits de mer qu'on leur donnait à manger. À cause de la tempête, le cuisinier de bord ne pouvait pas remplir son office.

La coque du bateau grinçait sous les coups répétés des vagues et on entendait en haut le bruit des marteaux des hommes qui s'efforçaient de réparer la voie d'eau.

Pug se retourna et regarda Kulgan : « Alors, la tempête ? »

Meecham se releva sur un coude, Gardan fit de même. Kulgan répondit : « Elle va encore souffler trois jours. Nous allons nous mettre à l'abri d'une île et nous y resterons jusqu'à ce qu'il y ait une accalmie.

— Quelle île ? demanda Pug.

— L'île du Sorcier. »

Meecham bondit de sa couchette, heurtant le plafond un peu bas. Il jura et se frotta la tête. Gardan s'efforça d'étouffer un rire. Il s'exclama : « L'île de Macros le Noir ? »

Kulgan opina et se raccrocha d'une main alors que le navire, qui était passé sur la crête d'une vague, retombait brutalement dans un creux. « Lui-même. Je n'aime pas trop cette idée, mais le capitaine a peur pour son navire. » Comme pour donner plus de force à ses dires, la coque craqua et grinça de manière inquiétante.

« Qui est Macros ? » demanda Pug.

Kulgan parut un moment perdu dans ses pensées,

autant pour écouter la conversation dans la cale que pour réfléchir à la question du garçon. Il finit par répondre : « Macros est un grand sorcier, Pug. Peut-être le plus grand que le monde ait jamais connu.

— Ouais, ajouta Meecham. Et c'est le fils d'un démon issu du plus profond des enfers. Il pratique les arts les plus noirs et même les prêtres sanglants de Lims-Kragma ont peur de mettre pied sur son île. »

Gardan éclata de rire : « Je n'ai encore jamais vu de magicien capable de flanquer la trouille aux prêtres de la déesse de la mort. Ce doit être un puissant mage.

— Ce ne sont que des histoires, Pug, dit Kulgan. Ce que nous savons de lui, en fait, c'est qu'à l'époque où les persécutions contre les mages battaient leur plein dans le royaume Macros s'est enfui sur cette île. Depuis, plus personne n'y a été ni n'en est revenu. »

Pug s'assit sur sa couchette, très intéressé par l'histoire, oubliant complètement le bruit terrifiant de la tempête. Il regardait le visage de Kulgan tantôt éclairé, tantôt dans l'ombre à cause des mouvements désordonnés de la lanterne qui se balançait follement au gré des mouvements du bateau.

« Macros est très vieux, poursuivit Kulgan. Par quelle magie il a pu rester en vie, lui seul le sait, mais il vit là-bas depuis plus de trois cents ans. »

Gardan le railla : « Ou alors plusieurs hommes portant le même nom ont vécu là-bas. »

Kulgan acquiesça. « Qui sait ? Quoi qu'il en soit, on ne sait en fait pas grand-chose de lui, sinon les terribles histoires que racontent les marins. Je me dis que même si Macros pratique effectivement les magies les plus noires, sa réputation est nettement exagérée. Peut-être pour qu'on le laisse tranquille. »

Un gros bruit de craquement, comme si une autre partie de la coque venait de céder, les fit taire. La cabine roulait avec le navire et Meecham dit tout haut ce que les autres pensaient : « Encore faut-il y arriver, sur l'île du Sorcier ! »

Le vaisseau s'avança péniblement dans la baie sud de l'île. Ils allaient devoir attendre que la tempête se calme pour pouvoir envoyer des plongeurs vérifier de l'extérieur les dégâts subis par la coque.

Kulgan, Pug, Gardan et Meecham montèrent sur le pont. Le temps était un tout petit peu plus calme grâce aux falaises qui abattaient le vent de la tempête. Pug s'approcha du capitaine, debout à côté de Kulgan. Il suivit leur regard fixé sur le haut des falaises.

Loin au-dessus de la baie se dressait un château dont les hautes tours se découpaient nettement sur le ciel grisâtre. C'était un endroit bizarre, foisonnant d'aiguilles et de tours élancées comme une main pleine de griffes. Le château était entièrement noir, à l'exception d'une fenêtre dans une tour où dansait une lumière bleue, comme si l'habitant y avait enfermé la foudre.

Pug entendit Meecham dire : « Là, sur la falaise. Macros. »

Trois jours plus tard, les plongeurs s'enfoncèrent sous les eaux et ils annoncèrent au capitaine leur estimation des dégâts. Pug se trouvait sur le pont principal avec Meecham, Gardan et Kulgan. Le prince Arutha et son père se tenaient près du capitaine, attendant le verdict sur l'état du navire. Des mouettes volaient en cercle au-dessus de leur tête, à la recherche des déchets rejetés par le navire. Les tempêtes hivernales n'amélioraient pas la maigre pitance des oiseaux et un vaisseau leur assurait une source d'approvisionnement appréciable.

Arutha descendit sur le pont principal où attendaient les autres. « Il va falloir toute la journée et la moitié de celle de demain pour réparer les dégâts, mais le capitaine pense que ça devrait tenir jusqu'à Krondor. Nous ne devrions plus avoir trop de problèmes. »

Meecham et Gardan échangèrent un regard entendu. Ne voulant en aucun cas manquer une telle occasion, Kulgan demanda : « Pourrons-nous aller à terre, Votre Majesté ? »

Arutha frotta de sa main gantée son menton rasé de frais. « Mmoui, bien qu'aucun marin n'accepte de nous préparer de barque.

— Nous ? » demanda le magicien.

Arutha fit un de ses sourires retors : « J'en ai plus qu'assez des cabines, Kulgan. J'ai besoin de me dégourdir les jambes sur la terre ferme. De plus, si personne ne vous surveillait, vous passeriez la journée à fouiner aux mauvais endroits. » Le magicien vit Pug lever les yeux vers le château.

« Nous resterons à l'écart du château et de la route qui monte de la plage, bien sûr. Les histoires qui courent sur cette île parlent toutes des grands malheurs qui arrivent à ceux qui cherchent à pénétrer dans la demeure du sorcier. »

Arutha fit signe à un marin. On prépara une barque et les quatre hommes montèrent avec le garçon. La barque fut tirée par-dessus bord et descendue par un équipage suant, malgré le vent froid qui persistait à souffler depuis la fin de la tempête. Aux regards qu'ils jetaient vers la crête des falaises, Pug se doutait qu'ils ne devaient pas suer à cause de l'effort ou du temps.

Comme s'il avait lu dans ses pensées, Arutha dit : « Il y a peut-être des gens plus superstitieux que les marins à Midkemia, mais j'ignore qui. »

Quand la barque fut à l'eau, Meecham et Gardan détachèrent les câbles des bossoirs. Les deux hommes prirent maladroitement les rames et commencèrent à avancer vers la plage. Ils avaient un rythme assez saccadé au départ, mais sous le regard désapprobateur du prince, appuyé de quelques commentaires sur les hommes qui vivaient dans une ville portuaire et ne savaient pas ramer, ils finirent par mener la barque à bon port.

Ils s'échouèrent sur une petite anse sableuse qui coupait la falaise. Un chemin montait vers le château, et bifurquait à mi-côte pour s'enfoncer dans l'île.

Pug sauta de la barque et aida à la tirer sur la plage. Quand elle fut suffisamment loin des vagues, les autres sortirent et s'étirèrent.

Pug avait l'impression d'être observé, mais chaque fois qu'il regardait autour de lui, il n'y avait rien d'autre que des rochers et quelques mouettes qui s'étaient réfugiées pour l'hiver dans des anfractuosités de la falaise.

Kulgan et le prince inspectèrent les deux chemins qui partaient de la plage. Le magicien regarda celui qui s'écartait du château du magicien et il demanda : « Il ne devrait pas être bien dangereux de prendre cette piste, non ? »

Leurs longues journées d'ennui et d'enfermement l'emportèrent sur leur peur. Avec un mouvement de tête un peu sec, Arutha commença à remonter la pente.

Pug suivait en dernier, derrière Meecham. L'homme aux épaules larges était armé d'une grande épée dont il serrait fermement la poignée. Pug conserva sa fronde, car il ne se sentait toujours pas à l'aise avec une épée à la main, malgré les cours que lui avait donnés Gardan à la moindre occasion. Le garçon tripotait sa fronde d'un air absent, les yeux fixés sur le paysage qui se déroulait devant eux.

Le long du chemin, ils surprirent plusieurs colonies de brise-pierres et de pluviers, qui s'envolèrent à leur approche. Les oiseaux protestèrent bruyamment et restèrent à tourner au-dessus de leur perchoir jusqu'à ce que les promeneurs soient passés, pour retourner à leur pauvre abri dans les collines.

Ils passèrent la première crête d'une chaîne de collines et virent que le chemin qui s'écartait du château s'enfonçait derrière une autre crête. Kulgan dit : « Il doit bien mener quelque part. Nous continuons ? » Arutha opina et les autres ne dirent rien. Ils poursuivirent leur route jusqu'à une petite vallée, à peine plus qu'un vallon, entre deux rangées de collines basses. Tout en bas se trouvaient quelques bâtiments.

Arutha demanda doucement : « Qu'en pensez-vous, Kulgan ? C'est habité ? »

Kulgan les scruta un moment, puis il fit signe à Meecham, qui s'avança. Ce dernier inspecta le panorama en dessous, son regard allant du fond de la vallée aux pentes des collines alentour. « Je ne pense pas. Il n'y a pas de fumée de cuisine, ni de bruit de travail. »

Arutha reprit sa marche. Il commença à descendre et les autres le suivirent. Meecham se retourna un instant vers Pug et remarqua que le garçon n'avait que sa fronde. Il sortit un long couteau de chasse de sa ceinture et le lui tendit sans dire mot. Pug agita une fois la tête de haut en bas et prit le couteau en silence.

Ils atteignirent un plateau au-dessus des bâtiments et Pug vit une étrange maison dont le corps central était entouré d'une grande cour et de nombreux autres bâtiments. Toute la propriété était fermée par un muret d'un peu plus d'un mètre.

Ils descendirent la pente en direction d'une porte. Dans la cour, il y avait plusieurs arbres fruitiers dépouillés et un jardin envahi d'herbes folles. Devant le bâtiment central se trouvait une fontaine surmontée d'une statue représentant trois dauphins. Ils s'approchèrent de la fontaine et virent que l'intérieur du bassin où trônait la statue était couvert de carreaux bleus, ternis et décolorés par l'âge. Kulgan examina la structure de la fontaine. « C'est fascinant, la manière dont c'est fait.

L'eau devait sans doute sortir de la bouche des dauphins. »

Arutha acquiesça. « J'ai vu les fontaines du roi à Rillanon et elles sont faites de la même façon, mais elles ne sont pas aussi belles. »

Il n'y avait pas beaucoup de neige par terre. Il semblait que cette vallée protégée, de même que l'ensemble de l'île, n'était guère exposée à ce genre d'intempéries même lors des hivers les plus rudes. Cependant il faisait froid. Pug s'écarta un peu et regarda la maison. Elle n'avait qu'un étage, avec des fenêtres tous les trois mètres. Il n'y avait qu'une seule ouverture dans le mur qui leur faisait face, une double porte dont les vantaux étaient tombés depuis longtemps.

« Les gens qui vivaient ici ne s'attendaient pas à se faire attaquer. »

Pug se tourna et trouva Gardan derrière lui, qui regardait aussi la maison. « Il n'y a pas de tour de guet, poursuivit le sergent. Et ce muret semble avoir été placé là plus pour empêcher les bêtes d'entrer dans le jardin que comme ouvrage défensif. »

Meecham les rejoignit et entendit la dernière remarque de Gardan. « Ouais, c'était pas la défense la préoccupation principale, par ici. C'est le lieu le plus bas de l'île, sauf cette petite rivière que nous avons vue derrière la maison en descendant. » Il se retourna en direction du château, dont on voyait toujours les plus hautes aiguilles s'élever au-dessus de la vallée. « C'est là-bas qu'on s'occupe des problèmes. Cet endroit-ci, dit-il en montrant les petits bâtiments d'un geste de la main, a été fait par des gens qui n'avaient pas beaucoup d'ennuis. »

Pug acquiesça et il s'écarta. Gardan et Meecham partirent dans une autre direction, vers une étable abandonnée.

Pug contourna la maison et trouva plusieurs petits bâtiments. Tenant fermement son couteau dans la main droite, il entra dans le plus proche. Le plafond s'était effondré et le bâtiment était à ciel ouvert. Des tuiles rouges brisées et décolorées couvraient le sol d'une sorte de petit entrepôt, avec de grandes étagères de bois sur trois des murs. Pug inspecta les autres pièces et découvrit qu'elles étaient agencées de la même manière. Le bâtiment devait avoir servi d'entrepôt.

Il alla au bâtiment suivant et y trouva une vaste cuisine. Contre un mur, se trouvait un four de pierre, assez grand pour y faire chauffer plusieurs marmites, et une broche dans le fond qui aurait pu porter un quartier de bœuf ou un mouton entier. Un monstrueux billot de boucher se tenait au centre de la pièce, tailladé de multiples coups de couperet et de couteau.

Pug examina un étrange pot de bronze dans un coin, couvert de poussière et de toiles d'araignée. Il le retourna et y trouva une cuillère en bois. En relevant les yeux, il crut apercevoir quelqu'un devant la porte de la cuisine.

« Meecham ? Gardan ? » demanda-t-il en approchant lentement de la porte. Quand il sortit, il n'y avait personne en vue, mais il perçut un autre mouvement à la porte de derrière de la maison principale.

Il courut vers cette porte, se disant que ses compagnons devaient déjà être entrés. En pénétrant dans le bâtiment principal, il vit un mouvement dans un couloir latéral. Il s'arrêta un moment pour observer l'intérieur de cette curieuse maison.

La porte devant lui était ouverte. Il s'agissait d'une porte coulissante qui était tombée de ses rails. Au-delà, il voyait une grande cour centrale, non couverte. La maison était en fait un carré, avec des piliers pour soutenir le toit. Il y avait une autre fontaine et un petit jardin juste au centre de la cour. Comme à l'extérieur, la fontaine était désaffectée et le jardin était envahi par les herbes folles.

Pug se tourna vers le couloir où il avait vu un mouvement. Par une porte basse, il entra dans un corridor sombre. À certains endroits, le toit avait perdu plusieurs tuiles, laissant filtrer un peu de lumière, ce qui permettait au garçon de se déplacer plus aisément. Il passa deux pièces vides, qui devaient avoir servi de dortoirs.

Il tourna à un coin et se retrouva à l'entrée d'une pièce d'allure bizarre. Il entra. Les murs étaient en mosaïques représentant des créatures marines qui batifolaient dans l'écume avec des hommes et des femmes très déshabillés. Pug n'avait jamais rien vu qui ressemblât à ce style. Les quelques tapisseries et les tableaux plus rares encore que l'on pouvait voir dans les appartements du duc étaient tous très proches de la réalité, avec des couleurs ternes et beaucoup de détails. Ces mosaïques suggéraient les gens et les animaux sans les montrer avec précision.

Le sol présentait une grande dépression, comme un bassin, avec des marches qui descendaient. Une tête de poisson en bronze jaillissait du mur d'en face, au-dessus du bassin. Pug se demandait bien à quoi pouvait servir une telle pièce.

Comme si quelqu'un avait lu dans ses pensées, une voix derrière lui dit : « C'est un tepidarium. »

Pug se retourna et découvrit un homme qui se tenait tout près de lui. Il était de taille moyenne, le front haut et des yeux noirs profondément enfoncés dans leurs orbites. Ses cheveux noirs étaient semés de fils gris sur les tempes, mais sa barbe était noire comme la nuit. Il portait une robe faite d'un tissu simple et une ceinture de corde tressée autour de la taille. Dans la main gauche, il avait un solide bâton de chêne. Pug se mit en garde, son long couteau de chasse devant lui.

« Non, petit. Rengaine ton scramasaxe, je ne te veux aucun mal. » Son simple sourire suffit à calmer Pug.

Pug baissa son couteau et demanda : « Comment avez-vous appelé cette pièce ?

— Un tepidarium, répondit l'homme en entrant. Ici, on faisait couler de l'eau tiède dans le bassin et les baigneurs enlevaient leurs vêtements pour les mettre sur ces étagères. » Il montra quelques étagères sur le mur du fond. « Des serviteurs nettoyaient et séchaient les vêtements des invités pendant leur bain. »

Pug trouva originale l'idée que des invités viennent se baigner en groupe chez leur hôte, mais il ne fit aucun commentaire. L'homme poursuivit : « De l'autre côté de cette porte (il montra du doigt une autre porte à côté du bassin), il y avait un autre bassin avec de l'eau très chaude, c'était une pièce que l'on nommait le caldarium. Plus loin encore il y avait un troisième bassin avec de l'eau froide, dans une pièce nommée le frigidarium. Il y avait quatre salles que l'on nommait unctorium, où les serviteurs massaient les baigneurs à l'aide d'huiles parfumées. Puis ils leur raclaient la peau avec des baguettes de bois. Ils n'avaient pas de savon, à l'époque. »

Pug se sentait dérouté par toutes ces salles de bains. « On passait beaucoup de temps à se laver. Ça paraît très bizarre. »

L'homme s'appuya sur son bâton. « Effectivement, cela doit te sembler bizarre, Pug. Mais j'imagine que ceux qui ont construit cette maison trouveraient bizarres les salles de ton château. »

Pug sursauta : « Comment connaissez-vous mon nom ? »

L'homme sourit encore une fois : « J'ai entendu le grand soldat t'appeler quand tu t'approchais du bâtiment. Je te surveillais, en me cachant pour m'assurer que vous n'étiez pas des pirates à la recherche d'un trésor oublié. Tu es bien jeune pour un pirate, alors je me suis dit que je ne risquais rien en engageant la conversation avec toi. »

Pug observa l'homme. Quelque chose en lui donnait l'impression que ses mots avaient un autre sens. « Pourquoi est-ce que vous vouliez me parler ? »

L'homme se tenait au bord du bassin vide. Le bas de sa robe était relevé, révélant de solides sandales lacées. « Je suis généralement seul et j'ai rarement la chance de pouvoir bavarder avec des étrangers. Alors je me suis dit que tu aimerais peut-être visiter les lieux avec moi, avant de retourner à ton navire. »

Pug s'assit mais il resta à une distance respectable de l'étranger. « Vous vivez ici ? »

L'homme regarda la pièce. « Non, bien que je l'aie fait, il y a longtemps. » Il semblait contemplatif, comme si cela lui rappelait de très vieux souvenirs.

« Qui êtes-vous ? »

L'homme sourit encore et Pug sentit sa nervosité se dissiper. Ses manières avaient quelque chose de rassurant et Pug sentait qu'il ne lui voulait aucun mal.

« Généralement, on m'appelle le voyageur, car j'ai vu de nombreuses terres. Ici, on m'appelle parfois l'ermite, car c'est ainsi que je vis. Tu peux m'appeler comme tu veux. Cela n'a pas d'importance. »

Pug le regarda attentivement. « Vous n'avez pas de nom ?

— J'en ai beaucoup, tellement qu'il y en a que j'ai oubliés. À ma naissance, on m'a donné un nom, comme à toi, mais dans ma tribu, c'est un nom qui n'est connu que du père et du prêtre mage. »

Pug réfléchit. « C'est très étrange, comme cette maison. Quel est votre peuple ? »

L'homme que l'on nommait le voyageur éclata d'un rire bon enfant. « Tu as une curieuse tournure d'esprit, Pug, pleine de questions. C'est une bonne chose. » Il se tut un moment, puis dit : « D'où viennent tes compagnons ? Le vaisseau dans la baie bat pavillon natalais de

Bordon, mais ton accent et tes vêtements viennent du royaume. »

Pug répondit : « Nous venons de Crydee », et il fit à l'homme une brève description de leur voyage. Il lui posa quelques questions simples. Pug finit par se rendre compte que, sans y faire attention, il lui avait résumé en peu de temps les raisons de leur venue sur cette île ainsi que leurs plans pour la suite de leur voyage.

Quand il eut fini, le voyageur dit : « C'est vraiment une histoire fabuleuse. J'imagine que d'autres événements fabuleux auront lieu avant que cette étonnante rencontre entre les mondes ne tire à sa fin. »

Pug lui jeta un regard interrogateur : « Je ne comprends pas. »

Le voyageur secoua la tête. « Je ne m'y attendais pas, Pug. Disons qu'on ne peut comprendre certaines choses qu'après avoir examiné les faits avec un peu de recul. »

Pug se gratta le genou. « Vous êtes comme Kulgan quand il essaye de m'expliquer comment fonctionne la magie. »

Le voyageur acquiesça. « Judicieuse comparaison. Bien que, parfois, la seule manière de comprendre comment fonctionne la magie, c'est de faire de la magie. »

Pug s'éclaira. « Vous êtes aussi un magicien ? »

Le voyageur caressa sa longue barbe noire. « Certains ont cru que j'en étais un, mais je doute que Kulgan et moi comprenions ces choses de la même manière. »

Le visage de Pug exprima clairement qu'il ne trouvait pas l'explication satisfaisante, même s'il n'en disait rien. Le voyageur se pencha en avant. « Je peux lancer un ou deux sortilèges, si cela répond à ta question, jeune Pug. »

Pug entendit que l'on criait son nom dans la cour. « Viens, dit le voyageur. Tes amis t'appellent. Nous ferions mieux d'aller les rassurer sur ton sort. »

Ils quittèrent les bains et traversèrent la cour du jardin intérieur. Une grande antichambre séparait le jardin de l'avant de la maison et ils la parcoururent pour sortir. Quand les autres virent que Pug se trouvait en compagnie du voyageur, ils regardèrent vivement tout autour d'eux, les armes tirées. Kulgan et le prince traversèrent la cour pour les rejoindre. Le voyageur leva les mains pour montrer qu'il n'était pas armé.

Le prince prit la parole en premier. « Qui est ton compagnon, Pug ? »

Pug présenta le voyageur. « Il ne nous veut aucun mal. Il s'est caché jusqu'à ce qu'il soit sûr que nous n'étions pas des pirates. » Il tendit le couteau à Meecham.

Si cette explication ne lui paraissait pas suffisante, Arutha ne le montra pas. « Que faites-vous ici ? »

Le voyageur écarta les bras, le bâton appuyé dans le creux de son bras gauche. « Je vis ici, prince de Crydee. Cela aurait plutôt été à moi de vous poser cette question. »

Le prince se raidit, mais au bout de quelques instants finit par se détendre. « Si c'est effectivement le cas, vous avez raison, car nous sommes des intrus. Nous sommes ici pour nous changer un peu de l'espace confiné du navire. Rien de plus. »

Le voyageur opina. « Alors vous êtes les bienvenus à la Villa Beata. »

Kulgan demanda : « Villa Beata ? »

Le voyageur désigna la maison d'un geste ample de la main. « Cette maison. Dans la langue de ses constructeurs, cela veut dire "maison bénie". C'est ce qu'elle fut pendant des années. Comme vous pouvez le voir, elle a connu des jours meilleurs. »

Tout le monde se détendait progressivement. La simplicité et le sourire amical du voyageur étaient assez rassurants. Kulgan lui demanda : « Qu'est-il arrivé à ceux qui ont construit cet étrange lieu ?

— Ils sont morts… ou partis. Ils ont cru, en arrivant ici, que cet endroit était l'Insula Beata, ou encore l'île Bénie. Ils fuyaient une guerre terrible, qui avait changé l'histoire de leur monde. » Ses yeux noirs se voilèrent, comme si le souvenir lui était pénible. « Un grand roi est mort… ou du moins on pense qu'il est mort, car certains disent qu'il reviendra peut-être. C'était une époque terrible et bien triste. Ils ont essayé de vivre en paix, ici.

— Qu'est-ce qui leur est arrivé ? » demanda Pug.

Le voyageur haussa les épaules. « Des pirates, ou des gobelins ? La maladie ? La folie ? Qui peut savoir ? J'ai découvert cette maison comme vous aujourd'hui et ceux qui y vivaient étaient déjà partis. »

Arutha dit : « Vous dites d'étranges choses, ami voyageur. Je ne connais pas grand-chose de tout cela, mais il semble que ces lieux soient déserts depuis des années. Comment se fait-il que vous en connaissiez les premiers habitants ? »

Le voyageur sourit. « Cela ne fait pas si longtemps que vous le croyez, prince de Crydee. Je suis plus vieux que je ne le parais. C'est parce que je mange bien et que je me lave régulièrement. »

Meecham avait observé l'étranger pendant tout ce temps, car de tous ceux qui étaient descendus à terre, c'était lui le plus suspicieux de nature. « Et pour le Noir ? Il ne vous ennuie pas ? »

Le voyageur regarda les tours du château par-dessus son épaule. « Macros le Noir ? Le magicien et moi n'avons pas de raisons de nous en vouloir. Il me permet de rester sur l'île, tant que je ne le gêne pas dans son travail. »

Un soupçon traversa l'esprit de Pug, mais il n'en dit rien et le voyageur poursuivit. « Un sorcier si puissant et si terrible n'a pas grand-chose à craindre d'un simple ermite, reconnaissez-le. » Il se pencha en avant et ajouta à mi-voix : « De plus, je crois que sa réputation est grandement exagérée, pour écarter les intrus. Je doute qu'il soit capable de faire tout ce que l'on dit de lui. »

Arutha dit : « Alors peut-être devrions-nous aller rendre une visite à ce sorcier. »

L'ermite regarda le prince : « Je ne pense pas que vous soyez les bienvenus au château. Le sorcier est souvent très occupé par son travail et il n'aime pas être interrompu. Il n'est peut-être pas, comme certains le croient, responsable de tous les malheurs du monde mais il est quand même capable de causer de graves problèmes aux importuns. C'est plutôt quelqu'un de mauvaise compagnie », dit-il sur un ton légèrement ironique.

Arutha regarda autour de lui et dit : « Je crois que nous avons vu tout ce qui pouvait nous intéresser. Nous devrions peut-être regagner le navire. »

Comme personne ne protestait, le prince demanda : « Et vous, voyageur ? »

L'étranger écarta les mains. « Je vais rester seul, Votre Altesse. J'ai beaucoup apprécié cette courte visite ainsi que les nouvelles que le garçon m'a apportées du monde extérieur, mais je doute que vous me trouviez ici demain si vous veniez me chercher. »

Il semblait évident qu'il ne dirait rien de plus et Arutha commença à s'irriter des réponses évasives de cet homme. « Alors nous vous souhaitons bonne chance, voyageur. Les dieux vous gardent.

— Tout comme vous, prince de Crydee. »

Comme ils faisaient demi-tour, Pug sentit quelque chose lui accrocher la cheville et il tomba sur Kulgan. Ils s'affalèrent tous les deux et le voyageur aida le garçon à se relever. Meecham et Gardan aidèrent quant à eux le corpulent magicien à se remettre debout. Kulgan s'appuya sur son pied et faillit tomber. Arutha et Meecham le rattrapèrent. Le voyageur dit : « Il semblerait que vous vous soyez foulé la cheville, ami magicien. Tenez. » Il lui tendit son bâton. « Mon bâton est en chêne bien solide et il vous portera jusqu'à votre navire. »

Kulgan prit le bâton qu'on lui offrait et il s'appuya dessus. Il esquissa un pas et constata qu'il pouvait marcher grâce à l'aide du bâton. « Merci, mais pour vous ? »

L'étranger haussa les épaules. « Un simple bâton, facile à remplacer, ami magicien. Peut-être aurai-je l'opportunité de vous le redemander un jour.

— Je le garderai jusque-là. »

Le voyageur commença à partir et il dit : « Bien. Jusqu'à ce jour, bonne chance. »

Ils le regardèrent retourner dans le bâtiment, puis ils se regardèrent tous, surpris. Arutha parla le premier : « Un homme étrange, ce voyageur. »

Kulgan opina. « Plus étrange que vous ne l'imaginez, prince. À son départ, je sens comme un enchantement qui se lèverait, comme si un sort poussait à ce qu'on lui fasse confiance. »

Pug se tourna vers Kulgan. « Je voulais lui demander tellement de choses, mais j'avais l'impression de ne pas arriver à me décider. »

Meecham ajouta : « Ouais, moi aussi j'ai senti ça. »

Gardan dit : « Je me dis une chose. Peut-être avons-nous discuté avec le magicien lui-même. »

Pug abonda dans son sens : « C'est aussi l'impression que j'ai eue. »

Kulgan s'appuya sur le bâton et dit : « Peut-être. Si c'est le cas, il devait avoir ses raisons pour ne pas dévoiler son identité. » Ils continuèrent à en parler en remontant lentement la pente.

En arrivant à la crique où ils avaient laissé la barque, Pug sentit quelque chose frotter contre sa poitrine. Il fouilla dans sa tunique et y trouva un petit morceau de parchemin plié. Il le retourna, étonné. Il ne l'avait pas ramassé, en tout cas il ne s'en souvenait pas. Le voyageur avait dû le lui glisser dans la chemise quand il l'avait aidé à se relever.

Kulgan regarda derrière lui en se dirigeant vers la barque et, voyant que Pug avait l'air bizarre, il lui demanda : « Qu'est-ce que tu as ? »

Pug lui tendit le parchemin et les autres se pressèrent autour du magicien. Kulgan déplia le document. Il le lut et la surprise se peignit sur son visage. Il le relut, tout haut. « Je fais bon accueil à ceux qui viennent sans malice dans leur cœur. Vous découvrirez un jour que notre rencontre n'était pas le fruit du hasard. Jusqu'à nos retrouvailles, gardez le bâton de l'ermite en signe d'amitié et de bonne volonté. N'essayez pas de me revoir avant le moment propice, car l'heure de nos retrouvailles aussi est déjà écrite. Macros. »

Kulgan rendit le message à Pug, qui le lut à son tour. « Alors l'ermite, c'était Macros ! »

Meecham se gratta la barbe. « Voilà quelque chose que je ne comprends pas. »

Kulgan leva les yeux sur le château, où la fenêtre continuait à jeter des éclairs. « Je ne comprends pas non plus, mon vieil ami. Mais quel que soit le sens de tout cela, je crois que le sorcier nous veut du bien, et c'est une bonne chose. »

Ils revinrent au vaisseau et se retirèrent dans leurs cabines. Ils prirent une nuit de repos et trouvèrent en se réveillant le vaisseau prêt à partir. Ils prirent la marée de midi, hissèrent les voiles et une brise légère tout à fait hors de saison vint les gonfler, soufflant directement dans la direction de Krondor.

CHAPITRE 12

Pug se sentait nerveux.

Il était assis à une fenêtre du palais du prince de Krondor. Dehors, la neige tombait et cela durait depuis trois jours. Le duc et Arutha étaient allés voir le prince tous les jours. La première fois, Pug avait raconté comment il avait trouvé le vaisseau tsurani, puis on l'avait congédié. Il se remémora cette entrevue maladroite.

Il avait été surpris par la jeunesse du prince, qui devait avoir une trentaine d'années. Il n'était pas très vigoureux et sa santé était plutôt mauvaise. Un violent accès de toux avait coupé le prince en plein milieu de sa discussion, faisant sursauter Pug. Son visage pâle et couvert de sueur démentait l'aisance affichée de ses manières.

Pug avait proposé de sortir et de revenir un peu plus tard quand le prince aurait pris un peu de repos, mais celui-ci avait fait fi de sa proposition. Erland de Krondor était un homme réfléchi. Il avait écouté patiemment l'histoire de Pug tout en le mettant à l'aise. Pug s'était senti en effet très gêné de se faire recevoir par l'un des héritiers au trône du royaume. Il avait un regard compréhensif et rassurant, comme s'il était courant de rencontrer des garçons maladroits. Après le récit, il avait passé un petit moment à discuter avec Pug de choses et d'autres, notamment de ses études et de son anoblissement fortuit, considérant visiblement que ces choses étaient importantes pour son royaume.

Pug se dit qu'il aimait bien le prince Erland. L'homme le plus puissant du royaume après le roi, l'homme le plus puissant de l'Ouest, était chaleureux et amical et il se préoccupait du confort de son plus infime invité.

Pug regarda sa nouvelle chambre, n'arrivant toujours pas à se faire aux splendeurs de ce palais. Même cette petite pièce était richement meublée, avec un lit à baldaquin à la place d'une simple couche. C'était la première fois que Pug dormait dans un tel lit et il avait eu du mal à trouver le repos sur son épais matelas de plume tout doux. Dans un coin de la pièce, il y avait un placard qui contenait plus d'habits qu'il aurait jamais cru pouvoir en porter de toute sa vie, faits de tissus sans prix, d'une coupe impeccable et visiblement tous à sa taille. Kulgan lui avait dit que c'était un cadeau du prince.

La quiétude de sa chambre rappela à Pug qu'il n'avait pas beaucoup vu Kulgan et les autres ces derniers temps. Gardan et ses soldats étaient partis le matin avec les paquets à faire parvenir au prince Lyam de la part de son père et Meecham était logé avec les gardes du palais. Kulgan assistait pratiquement à toutes les réunions et Pug se retrouvait donc la plupart du temps seul. Il aurait bien aimé avoir des livres, ce qui lui aurait au moins permis de passer ce temps libre à quelque chose d'utile. Depuis son arrivée à Krondor, il n'avait pas eu grand-chose à faire.

Plus d'une fois Pug avait imaginé combien Tomas aurait aimé cet endroit – qui semblait fait plus de magie et de verre que de pierre – ainsi que les gens qui s'y trouvaient. Il pensait à son ami perdu, espérant que Dolgan avait pu le retrouver, mais sans y croire. Sa douleur s'était un peu apaisée, mais elle restait sensible. Même au bout d'un mois, il continuait à se retourner parfois, s'attendant à voir Tomas près de lui.

Comme il en avait assez de rester assis à ne rien faire, Pug ouvrit la porte et regarda au bout du couloir qui s'étendait tout le long de l'aile ouest du palais du prince. Il le parcourut à pas pressés, à la recherche d'un visage familier pour passer son ennui.

Un garde le croisa en sens inverse et le salua. Pug n'arrivait toujours pas à se faire à l'idée d'être salué chaque fois qu'il croisait un garde, mais en tant que membre de la troupe ducale, les serviteurs lui accordaient tous les honneurs dus à son rang de châtelain.

Il arriva à un couloir latéral et décida de l'explorer. Toutes les directions se valaient, se dit-il. Le prince en personne lui avait dit qu'il pouvait visiter le palais à sa guise, cependant Pug avait eu peur de gêner. L'ennui le poussait maintenant à s'aventurer plus loin, si l'on pouvait appeler cela de l'aventure.

Pug trouva une petite alcôve avec une fenêtre donnant sur les terres autour du palais. Il s'assit sur le rebord de la fenêtre. De l'autre côté des murailles, il voyait le port de Krondor qui s'étendait plus bas comme un village de maisons de poupée couvertes de blanc. De la fumée sortait de plusieurs bâtiments, seuls signes de vie dans la ville. Les vaisseaux dans le port, qui ressemblaient à des maquettes, étaient ancrés là en attente de meilleures conditions pour reprendre la mer.

Une petite voix derrière lui tira Pug de sa rêverie. « Vous êtes le prince Arutha ? »

Une petite fille se tenait là, qui devait avoir six ou sept ans, avec de grands yeux verts et des cheveux sombres à reflets roux pris dans une résille d'argent. Elle portait une robe simple mais charmante, en tissu rouge avec un laçage blanc aux manches. Elle avait un joli visage, mais son air concentré lui donnait une gravité comique.

Pug hésita un moment, avant de dire : « Non, je m'appelle Pug. Je suis venu avec le prince. »

La fillette ne chercha pas à dissimuler son désappointement. Elle haussa les épaules et se hissa à hauteur de la fenêtre pour s'installer à côté de Pug. Elle leva les yeux vers lui, le regarda d'un air grave et dit : « J'espérais tellement que ce soit vous le prince, j'aurais voulu l'apercevoir avant que vous ne partiez pour Salador.

— Salador », dit Pug platement. Il s'était dit que leur voyage se terminerait avec leur visite au prince. Ces derniers temps, il pensait beaucoup à Carline.

« Oui, père dit qu'il faut que vous partiez tous au plus vite pour Salador, puis que vous preniez un vaisseau vers Rillanon pour aller voir le roi.

— Qui est ton père ?

— Le prince, idiot. Tu ne connais donc rien à rien ?

— J'imagine que non. » Pug regarda la petite fille, découvrant une autre Carline en préparation. « Vous devez être la princesse Anita.

— Bien entendu. Et je suis une vraie princesse. Pas la fille d'un duc, mais la fille d'un prince. Mon père aurait pu être roi s'il l'avait voulu, mais il a refusé. Sinon, j'aurais été reine un jour. Mais je ne le serai pas. Qu'est-ce que vous faites ? »

La question, posée si soudainement et sans préambule, prit Pug de court. Le babillage de la petite fille n'était pas vraiment ennuyeux mais il ne l'avait écouté que d'une oreille, trop occupé par une scène qui se déroulait à l'extérieur.

Il hésita, puis dit : « Je suis l'apprenti d'un magicien. »

Les yeux de la princesse s'agrandirent et elle demanda : « Un vrai magicien ?

— Assez vrai. »

Son petit visage s'éclaira de joie. « Est-ce qu'il peut transformer les gens en crapauds ? Maman dit que les magiciens changent les gens en crapauds s'ils sont méchants.

— Je ne sais pas. Je lui demanderai quand je le verrai… si je le revois, ajouta-t-il entre ses dents.

— Oh, vous le feriez ? J'aimerais tant savoir. » Elle semblait fascinée à l'idée de découvrir si l'histoire était vraie ou non. « Et vous pourriez me dire, s'il vous plaît, où je pourrais voir le prince Arutha ?

— Je l'ignore. Cela fait deux jours que je ne l'ai pas vu. Pourquoi voulez-vous le voir ?

— Maman dit que je vais l'épouser un jour. Je veux voir si c'est quelqu'un de gentil. »

L'idée que cette petite fille épouse le fils cadet du duc plongea un moment Pug dans une grande confusion. Les nobles promettaient souvent leurs enfants en mariage des années avant l'âge. Dans dix ans, ce serait une femme et le prince serait encore jeune, seigneur d'un petit château du royaume. Pug trouvait cette perspective étonnante.

« Vous croyez que vous aimerez vivre avec un seigneur ? » demanda Pug, réalisant en même temps à quel point sa question était stupide. La princesse confirma cette pensée d'un regard qui n'avait rien à envier à ceux du père Tully.

Elle dit : « Ridicule ! Comment pourrais-je le savoir alors que je ne connais même pas la personne que père et mère veulent me faire épouser ? »

L'enfant sauta à terre. « Bien, il faut que j'y aille. Je ne suis pas censée être ici. Si on me trouve hors de mes appartements, on va me punir. J'espère que vous ferez bon voyage vers Salador et Rillanon.

— Merci. »

Brusquement inquiète, elle demanda : « Vous ne direz pas que vous m'avez vue ici, hein ? »

Pug lui fit un sourire complice. « Non. Votre secret est en sécurité. » Elle eut un regard soulagé, sourit et regarda de chaque côté du couloir. Alors qu'elle s'apprêtait à partir, Pug lui dit : « C'est quelqu'un de gentil. »

La princesse s'arrêta. « Qui ?

— Le prince. C'est quelqu'un de gentil. Il a ses humeurs et il est assez sombre, mais pour l'essentiel il est gentil. »

La princesse fronça un moment les sourcils pour assimiler l'information. Puis, avec un grand sourire, elle lui dit : « Tant mieux. Je n'aurais pas voulu me marier avec un homme pas gentil. » Avec un petit rire, elle quitta la pièce et disparut.

Pug resta assis encore quelque temps, regardant la neige tomber, réfléchissant aux enfants qui s'occupaient déjà d'affaires d'État et rêvant d'une enfant aux grands yeux verts sérieux.

Cette nuit-là, le prince donna une fête en l'honneur de la troupe. Tous les nobles de la cour et les plus riches bourgeois de Krondor assistaient au gala. Il y avait plus de quatre cents convives au dîner et Pug se retrouva à table avec des étrangers qui, par respect pour la qualité de ses vêtements et le simple fait de sa présence ici, l'ignorèrent poliment. Le duc et le prince Arutha étaient assis à la première table avec le prince Erland et sa femme, la princesse Alicia, ainsi que le duc Dulanic, chancelier de la principauté et maréchal de Krondor. À cause de la santé d'Erland, le commandement des armées de Krondor incombait à Dulanic. L'homme était en vive conversation avec monseigneur Barry, le grand amiral de la flotte de Krondor. Il y avait d'autres ministres royaux à côté et le reste des invités étaient placés à des tables plus petites. Pug était assis à l'un des tables les plus écartées de la table royale.

Des serviteurs entraient et sortaient à pas pressés de la salle, portant de grands plateaux de nourriture et des carafons de vin. Des troubadours chantaient les dernières ballades et les dernières chansons à la mode. Des jongleurs et des acrobates passaient entre les tables. La plupart des invités les ignoraient purement et simplement, mais ils faisaient de leur mieux, car le maître de cérémonie pouvait refuser de les prendre de nouveau s'il ne les trouvait pas assez bons.

Les murs étaient couverts de gigantesques bannières et de tapisseries fabuleuses. Il y avait là les bannières des plus importantes familles du royaume, du brun et or de Crydee loin à l'ouest jusqu'au blanc et vert du Ran, loin à l'est. Derrière la table royale était accrochée la bannière du royaume, pourpre au lion d'or rampant couronné tenant une épée, l'antique blason des rois conDoin. À côté se trouvait la bannière de Krondor, en argent sur la pourpre royale, un aigle aux ailes déployées au-dessus d'un pic de montagne. Seuls le prince et le roi de Rillanon avaient le droit de porter la couleur royale. Borric et Arutha arboraient des manteaux rouges par-dessus leurs tuniques, montrant qu'ils étaient princes du royaume, liés à la famille royale. C'était la première fois que Pug les voyait porter les insignes formels de leur rang.

Malgré les chants et les réjouissances, Pug voyait qu'à l'autre bout de la salle on débattait à mi-voix à la table du prince. Borric et Erland passèrent la majeure partie du dîner à discuter en privé, penchés l'un vers l'autre.

Pug sursauta quand il sentit une petite tape sur son épaule. Il se retourna pour voir un visage de poupée qui le regardait de derrière de grands rideaux à moins d'un mètre de lui. La princesse Anita se mit un doigt sur les lèvres et lui fit signe de venir. Pug vit que les autres convives de sa table avaient les yeux fixés sur les nobles qui se trouvaient dans la pièce et il se dit qu'ils ne remarqueraient sans doute pas le départ d'un garçon qui n'avait pas de nom. Il se leva et passa derrière les rideaux, se retrouvant dans une petite alcôve destinée aux serviteurs. Il y avait en face un autre rideau qui donnait sans doute sur les cuisines, par lequel le regardait la petite échappée du lit. Pug vint se placer à côté de l'endroit où se trouvait Anita, découvrant qu'elle était en fait dans un long couloir qui reliait la cuisine et la grande salle. Une longue table couverte de vaisselle sale et de verres courait le long du mur.

Pug dit : « Qu'est-ce que vous faites là ?

— Chhut ! fit-elle, trop fort. Je devrais être au lit. »

Pug lui fit un sourire. « Je ne pense pas que nous risquions d'être entendus, il y a trop de bruit pour cela.

— Je suis venue voir le prince. C'est lequel ? »

Pug lui fit signe d'entrer dans la petite alcôve, puis il écarta légèrement le rideau. Il montra la première table et dit : « Il est à deux places de votre père, en tunique noir et argent et avec le manteau rouge. »

L'enfant se mit sur la pointe des pieds et dit : « Je n'arrive pas à voir. »

Pug souleva un moment la petite fille. Elle lui fit un grand sourire : « Je vous suis redevable.

— Nullement », répondit Pug avec une fausse gravité. Ils rirent tous les deux.

La princesse sursauta quand une voix s'éleva juste à côté du rideau. « Il faut que je parte ! » Elle fila dans l'alcôve, passa le second rideau et disparut en direction de la cuisine.

Le rideau de la salle de banquet s'ouvrit et un serviteur étonné regarda Pug. Ne sachant que dire, le serviteur inclina la tête. Le garçon n'aurait pas dû se trouver là, mais d'après ses habits, il devait sans doute être quelqu'un d'important.

Pug regarda autour de lui et, sans conviction, dit finalement : « Je cherchais à retrouver mes appartements. J'ai dû me tromper de chemin.

— Vous arriverez à l'aile des invités en prenant la première porte à gauche dans la salle de banquet, monseigneur. Euh... de ce côté, ce sont les cuisines. Voulez-vous que je vous montre le chemin ? » Le serviteur n'en avait visiblement aucune envie et Pug n'avait pas besoin d'un guide. « Non, merci, je trouverai », répondit-il.

Pug rejoignit sa table, sans se faire remarquer des autres convives. La suite du repas se passa sans incident, hormis quelques regards intrigués que lui jetèrent certains serviteurs.

Pug passa quelque temps après le dîner à bavarder avec un fils de marchand. Les deux jeunes hommes se rencontrèrent dans la pièce bondée où se tenait la suite de la réception princière. Ils passèrent une heure à échanger des politesses, avant que le père du garçon n'arrive pour l'emmener avec lui. Pug resta là un moment, ignoré des autres invités du prince, avant de se dire qu'il pouvait rentrer dans ses propres quartiers sans offenser quiconque – il ne risquait pas de manquer à qui que ce soit. De plus, il n'avait vu ni le prince ni monseigneur Borric ni Kulgan depuis qu'ils avaient quitté la table. La majeure partie de la réception était supervisée par une douzaine de responsables de la maisonnée ainsi que par la princesse Alicia, une charmante dame qui avait échangé quelques mots polis avec Pug, puis était passée à d'autres invités.

Pug revint à sa chambre et y trouva Kulgan qui l'attendait. Kulgan lui annonça sans préambule : « Nous partons à l'aube, Pug. Le prince Erland nous envoie à Rillanon voir le roi. »

Pug répondit d'un ton agacé : « Pourquoi est-ce que le prince nous envoie nous ? » Il commençait à avoir le mal du pays.

Avant que Kulgan ne puisse lui répondre, la porte s'ouvrit violemment et le prince Arutha entra en trombe. Pug fut étonné de voir une telle rage s'exprimer chez Arutha.

« Kulgan ! Vous voilà ! dit Arutha en claquant la porte. Savez-vous ce que va faire notre royal cousin contre l'invasion tsurani ? »

Avant que Kulgan puisse dire quoi que ce soit, le prince lui fournit la réponse : « Rien ! Il ne bougera pas le petit doigt pour envoyer de l'aide à Crydee avant que père ne soit allé voir le roi. Cela va prendre encore au moins deux mois. »

Kulgan leva la main. Arutha se retrouva face à l'un des précepteurs de sa jeunesse et non plus à un des conseillers du duc. Kulgan, tout comme Tully, pouvait encore en imposer aux deux fils du duc quand il le jugeait nécessaire. « Doucement, Arutha. »

Arutha secoua la tête en tirant un petit fauteuil. « Je suis désolé, Kulgan. J'aurais dû me maîtriser. » Il vit qu'il avait troublé Pug. « Toutes mes excuses à toi aussi, Pug. Il y a beaucoup de choses en jeu ici dont tu n'as jamais entendu parler. Peut-être... » Il regarda Kulgan d'un air interrogateur.

Kulgan retira sa pipe de la bouche. « Tu peux bien tout lui dire, il vient avec nous. Il aurait compris tout seul. »

Arutha tambourina sur le bras de son fauteuil un moment, puis il se pencha en avant et dit : « Mon père et Erland ont discuté pendant des jours de la meilleure manière de lutter contre ces étrangers si jamais ils arrivaient. Le prince est même d'accord sur le fait qu'ils vont probablement venir. » Il fit une pause. « Mais il ne fera rien pour lever les armées de l'Ouest tant que le roi n'en aura pas donné la permission.

— Je ne comprends pas, dit Pug. Les armées de l'Ouest ne sont-elles pas aux ordres du prince ?

— Ce n'est plus le cas, dit Arutha en faisant la grimace. Le roi lui a fait savoir, il y a moins d'un an, qu'il ne fallait pas lever les armées sans sa permission. » Arutha se renversa dans sa chaise et Kulgan souffla un nuage de fumée. « C'est une violation de toutes les traditions. Jamais les armées de l'Ouest n'ont été commandées par qui que ce soit d'autre que le prince de Krondor, tout comme les armées de l'Est le sont par le roi. »

Pug ne comprenait toujours pas très bien le sens de tout cela. Kulgan dit : « Le prince est le grand maréchal des armées du roi à l'Ouest, c'est le seul homme après le roi qui ait le droit de commander au duc Borric et aux autres généraux. S'il levait les armées, tous les ducs depuis la croisée de Malac jusqu'à Crydee répondraient à l'appel, avec toutes leurs garnisons et leurs conscrits. Le roi Rodric, pour des raisons qui lui sont propres, a décidé que nul ne pourrait rassembler ces armées sans son autorité. »

Arutha dit : « Père répondrait à l'appel du prince, malgré tout, comme les autres ducs. »

Kulgan acquiesça. « C'est peut-être cela dont le roi a peur, car les armées de l'Ouest sont depuis longtemps les armées du prince plus que celles du roi. Si ton père faisait appel aux armées, nombreux seraient ceux qui y répondraient, car on le respecte presque autant que le prince Erland. Et si le roi s'y opposait... » Il laissa sa phrase en suspens.

Arutha opina : « Cela ferait du grabuge dans le royaume. »

Kulgan regarda sa pipe : « Peut-être même une guerre civile. »

Cette discussion perturbait beaucoup Pug. C'était un simple garçon de château, malgré le titre dont on l'avait gratifié récemment. « Même si c'est pour la défense du royaume ? »

Kulgan secoua lentement la tête. « Même dans ce cas. Pour certains hommes, et cela compte aussi les rois, la manière dont on fait les choses est aussi importante que les choses elles-mêmes. » Kulgan se tut un moment. « Le duc Borric n'en parlera jamais, mais il a des problèmes depuis longtemps avec certains ducs de l'Est, tout particulièrement avec son cousin, Guy du Bas-Tyra. Ces problèmes entre le prince et le roi ne feront qu'accroître les dissensions entre l'Ouest et l'Est. »

Pug se rassit. Il savait que tout cela était plus important qu'il ne l'imaginait, mais des éléments devaient lui manquer pour avoir une vue d'ensemble des choses. Comment le roi aurait-il pu en vouloir au prince de faire appel aux armées pour la défense du royaume ? Cela n'avait aucun sens pour lui, malgré les explications de Kulgan. Et quel genre d'ennuis le duc Borric avait-il avec l'Est dont il préférait ne pas parler ?

Le magicien se leva. « Nous nous réveillons tôt demain, il vaut mieux aller nous coucher maintenant. Le voyage sera long jusqu'à Salador et de là, il nous faudra encore du temps pour rejoindre Rillanon en bateau. Quand nous arriverons devant le roi, la fonte des neiges commencera à Crydee. »

Le prince Erland souhaita un bon voyage à la troupe de cavaliers qui se tenait dans la cour du palais. Il était pâle et semblait profondément troublé.

La petite princesse se tenait à une fenêtre à l'étage et elle agita un mouchoir en direction de Pug. Pug se souvint d'une autre princesse et se demanda si Anita ressemblerait à Carline ou si elle aurait un tempérament plus calme.

Ils sortirent de la cour, où une escorte de lanciers royaux de Krondor les attendaient pour les accompagner à Salador. Il leur faudrait trois semaines de cheval pour passer les montagnes et les marais de la lande Noire, au-delà de la croisée de Malac – qui était à la frontière entre les terres de l'Ouest et les terres de l'Est – et arriver à Salador. Là, ils prendraient un navire et deux semaines plus tard ils arriveraient à Rillanon.

Les lanciers étaient emmitouflés dans de lourdes capes grises, mais on voyait en dessous les tabards pourpre et argent du prince de Krondor et ils portaient à leur bouclier le blason de la maison royale de Krondor. On faisait au duc l'honneur d'une escorte de la garde personnelle du prince, au lieu de lui fournir un détachement de soldats de la ville.

Ils quittèrent la cité et la neige se remit à tomber. Pug se demanda s'il reverrait un jour un printemps à Crydee. Il se tenait tranquillement sur son cheval, suivant la route de l'Est, s'efforçant de se remémorer les impressions de la semaine écoulée. Il abandonna, se résignant à subir ce qui allait advenir.

Ils mirent quatre semaines pour arriver à Salador au lieu de trois, car ils avaient essuyé une tempête particulièrement forte dans les monts à l'ouest de la lande Noire. Ils avaient été forcés de trouver refuge dans une toute petite auberge à l'extérieur du village qui tenait son nom directement des marais. Ils avaient dû s'y installer tous ensemble, sans distinction de rang. Ils avaient mangé assez mal et bu de la bière insipide et quand la tempête fut passée, ils se sentirent heureux de laisser la lande Noire derrière eux.

Ils perdirent une autre journée en trouvant un village menacé par des brigands. À la vue de la cavalerie, ceux-ci s'étaient enfuis, mais le duc avait donné l'ordre de patrouiller un peu dans la région pour s'assurer qu'ils ne reviennent pas sitôt les soldats partis. Les villageois avaient ouvert largement leurs portes au duc et ils les avaient tous accueillis en leur offrant ce qu'ils avaient de meilleur, ainsi que leurs lits les plus confortables. C'étaient de bien maigres récompenses par rapport au train de vie habituel du duc, mais il accepta leur hospitalité avec grâce, car il savait qu'ils ne disposaient que de cela. Pug prit plaisir à cette nourriture simple et à leur compagnie qui, de tout son voyage, correspondait le plus à Crydee.

À un peu moins d'une journée de cheval de Salador, ils rencontrèrent une patrouille de gardes. Le capitaine s'avança vers eux. Il serra les rênes et cria : « Qu'est-ce qui amène des gardes du prince Erland sur les terres de Salador ? » Les deux villes ne s'appréciaient pas beaucoup et les Krondoriens chevauchaient sans bannière. Son ton montrait clairement que leur présence était une intrusion sur son territoire.

Le duc Borric rejeta son capuchon en arrière, révélant son tabard. « Faites annoncer à votre maître que Borric, duc de Crydee, vient en ville et qu'il demande l'hospitalité de monseigneur Kerus. »

Le capitaine des gardes fut pris de court. Il bégaya : « Toutes mes excuses, Votre Grâce. Je ne savais pas... il n'y avait pas de bannière... »

Arutha dit sèchement : « Ce n'est rien, capitaine. Faites porter le message à votre seigneur. »

Le capitaine salua. « Tout de suite, Votre Grâce. » Il tourna son cheval et fit signe à l'un de ses cavaliers de s'avancer. Il lui donna ses instructions et le soldat talonna sa monture pour partir au galop en direction de la ville. Il fut bientôt hors de vue.

Le capitaine se retourna vers le duc : « Si Votre Grâce le permet, mes hommes sont à votre disposition. »

Le duc regarda les Krondoriens épuisés, qui semblaient tous prendre grand plaisir à la gêne du capitaine. « Je pense que trente hommes d'armes devraient suffire, capitaine. On dit que la ville de Salador garde ses environs et empêche les brigands d'approcher de ses murs. »

Le capitaine ne comprit pas que l'on se moquait de lui et se rengorgea. « Merci, Votre Grâce. »

Le duc ajouta : « Vous pouvez donc continuer votre patrouille. »

Le capitaine salua de nouveau et il revint vers ses hommes. Il beugla l'ordre de départ et la colonne de gardes croisa la troupe ducale. Le capitaine donna l'ordre de saluer et ils inclinèrent leurs lances en direction du duc. Borric rendit le salut d'un geste fatigué, puis quand les gardes furent passés, il dit : « Assez de toutes ces sornettes, en route pour Salador. »

Arutha éclata de rire et dit : « Père, nous aurions bien besoin d'hommes comme ça, dans l'Ouest. »

Borric se retourna et dit : « Ah ? Comment ça ? »

Comme les chevaux repartaient, Arutha répondit : « Pour astiquer les bottes et les boucliers. »

Le duc sourit et les Krondoriens éclatèrent de rire. Les soldats de l'Ouest n'avaient que peu de respect pour ceux de l'Est. L'Est avait été pacifié bien avant que l'Ouest ne s'ouvre à la conquête du royaume et les terres de l'Est étaient rarement en proie à des troubles d'ordre militaire. Les gardes du prince de Krondor étaient des vétérans qui avaient combattu de multiples fois, alors que ceux de Salador étaient réputés dans l'Ouest pour leurs défilés.

Bientôt, ils purent constater qu'ils approchaient de la ville : terres cultivées, auberges au bord de la route, chariots de marchandises. Au coucher du soleil, ils aperçurent les murs de Salador au loin.

En entrant dans la ville, toute une compagnie de la garde personnelle du duc Kerus formait une haie d'honneur dans les rues, de la porte jusqu'au palais. Il n'y avait pas de château, comme à Krondor, car les terres étaient assez civilisées pour qu'il n'y ait plus besoin d'ouvrages de défense.

En parcourant les rues de la ville, Pug réalisa à quel point Crydee était une ville frontière. Malgré la puissance politique de monseigneur Borric, le duc n'était qu'un seigneur des marches.

Le long des rues, les citoyens regardaient passer le duc de l'Ouest venu des frontières de la Côte sauvage. Certains d'entre eux applaudissaient car cela ressemblait à une parade, mais la majeure partie d'entre eux restaient silencieux, déçus que le duc et ses hommes ressemblent à tout un chacun et non à des barbares sanguinaires.

Quand ils entrèrent dans la cour du palais, des serviteurs vinrent s'occuper de leurs chevaux. Un garde montra la caserne aux soldats de Krondor, où ils pourraient prendre un peu de repos avant de retourner à la capitale princière. Un autre, qui portait les insignes de capitaine sur sa tunique, mena la troupe de Borric en haut des marches du bâtiment.

Pug regardait tout cela avec étonnement, car ce palais semblait encore plus grand que celui du prince de Krondor. Ils traversèrent plusieurs salles extérieures avant d'atteindre la cour intérieure. Là, des fontaines et des arbres décoraient un jardin derrière lequel se trouvait le palais central. Pug comprit que les bâtiments par lesquels ils venaient de passer ne formaient que l'un des corps qui entouraient les quartiers personnels du duc. Il se demanda à quoi pouvaient bien servir autant de dépendances et une telle maisonnée pour monseigneur Kerus.

Ils traversèrent les jardins et montèrent une nouvelle volée de marches vers le comité de réception qui se tenait à la porte du palais central. Un jour, ce bâtiment avait dû être une citadelle qui protégeait la ville, mais Pug n'arrivait pas à imaginer à quoi les choses pouvaient bien ressembler quelques siècles auparavant, car de nombreuses rénovations avaient transformé le donjon initial en un amas scintillant de verre et de marbre.

Le chambellan du duc Kerus, un vieil homme sec aux yeux vifs, connaissait de vue tous les nobles importants – des frontières de Kesh au sud, jusqu'à Tyr-Sog au nord. Sa mémoire des visages et des faits avait souvent sauvé le duc Kerus de l'embarras. Le temps que Borric ait monté le grand escalier donnant sur la cour, le chambellan avait fourni à Kerus quelques détails personnels, ainsi qu'une évaluation rapide du degré de flatterie à appliquer.

Le duc Kerus serra la main de Borric. « Ah, monseigneur Borric, vous me faites grand honneur par votre visite inattendue. Si seulement vous m'aviez prévenu de votre arrivée, je vous aurais préparé un accueil plus convenable. »

Ils entrèrent dans l'antichambre du palais, les deux ducs en tête. Borric dit : « Je suis désolé de vous déranger, monseigneur Kerus, mais j'ai peur que notre mission ne souffre pas de délai et il nous faudra laisser de côté les formalités d'usage. J'ai un message pour le roi et je dois prendre la mer pour Rillanon dès que possible.

— Bien entendu, monseigneur Borric, mais vous pourrez certainement rester un peu, une petite semaine, ou deux ?

— Je regrette, je ne puis. Si c'était possible, je prendrais la mer dès ce soir.

— Quel dommage ! J'espérais tant pouvoir vous garder à ma table quelque temps. »

Le groupe arriva dans la salle de réception, où le chambellan instruisit une troupe entière de serviteurs, qui partirent à pas pressés préparer des chambres pour les invités. En entrant dans cette vaste salle, avec ses hautes voûtes, ses monstrueux chandeliers et ses formidables baies vitrées, Pug se sentit tout petit. C'était la plus grande pièce qu'il ait jamais vue de sa vie, plus vaste encore que la salle de réception du prince de Krondor.

Les voyageurs s'attaquèrent avec voracité à une énorme table couverte de fruits et de vins. Pug s'assit péniblement, le corps douloureux. Il était devenu un cavalier accompli au bout de tant d'heures passées en selle, mais cela n'apaisait pas pour autant ses muscles fatigués.

Monseigneur Kerus pressa le duc de questions sur les raisons de son voyage impromptu et entre deux bouchées de fruit et une gorgée de vin, Borric lui expliqua les événements des trois derniers mois. Après qu'il en eut fini, Kerus semblait très déprimé. « Vous nous apportez de bien graves nouvelles, monseigneur Borric. Les choses ne vont pas bien dans le royaume. Je suis sûr que le prince vous a un peu parlé des troubles qui sont advenus depuis la dernière fois que vous êtes venu dans l'Est.

— Oui, en effet. Mais avec réticence et seulement de manière très annexe. Souvenez-vous, la dernière fois que je suis allé à la capitale, c'était il y a treize ans, à l'occasion du couronnement de Rodric, afin de renouveler mon serment de vassalité. Il me semblait assez brillant à l'époque, tout à fait capable d'apprendre à gouverner. Mais de ce que j'ai entendu dire à Krondor, il semble y avoir eu quelques changements. »

Kerus scruta la pièce autour de lui, puis congédia ses serviteurs. En regardant avec insistance les compagnons de Borric, il leva un sourcil interrogateur.

Monseigneur Borric dit : « J'ai toute confiance en eux et ils ne trahiraient pas un secret. »

Kerus acquiesça. Il dit tout haut : « Peut-être voudriez-vous vous dégourdir les jambes avant de vous retirer, dans mes jardins par exemple ? »

Borric fronça les sourcils et s'apprêta à répondre quand Arutha posa la main sur le bras de son père et fit un signe de tête approbateur.

Borric répondit : « Cela me semble une bonne idée. Malgré le froid, j'apprécierais de marcher un peu. »

Le duc fit signe à Kulgan, Meecham et Gardan de rester, mais monseigneur Kerus fit signe à Pug de venir. Borric eut l'air surpris, mais il obtempéra. Ils sortirent par les petites portes qui donnaient sur les jardins et quand ils furent dehors, Kerus souffla : « Cela aura l'air moins louche si le garçon vient avec nous. Je ne peux même plus faire confiance à mes propres serviteurs. Le roi a des agents partout. »

Borric s'emporta : « Le roi aurait placé des agents dans votre maisonnée ?

— Oui, monseigneur Borric, notre roi a beaucoup changé. Je vois qu'Erland ne vous a pas tout dit, mais il faut que je vous explique certaines choses. »

Le duc et ses compagnons regardèrent le duc Kerus, qui semblait gêné. Il s'éclaircit la gorge en observant le jardin couvert de neige. Entre la lumière qui venait des fenêtres du palais et la lune au-dessus, le jardin s'était changé en jardin d'hiver uniformément recouvert de cristaux bleus et blancs.

Kerus montra une série de traces dans la neige et dit : « J'ai fait celles-ci cet après-midi, quand je suis venu ici pour réfléchir à ce que je pourrais vous dire sans risque. » Il regarda à nouveau autour de lui, pour vérifier que personne ne pouvait écouter leur conversation, puis il poursuivit : « Quand Rodric le Troisième mourut, tout le monde s'attendait à ce qu'Erland prenne la couronne. Après le deuil officiel, les prêtres d'Ishap appelèrent les héritiers potentiels pour qu'ils se présentent. On pensait que vous le feriez. »

Borric acquiesça : « Je connais la coutume. Je suis arrivé un peu tard à la ville. De toute manière, j'aurais renoncé à mes droits, mon absence n'avait donc aucune importance. »

Kerus reprit. « L'histoire aurait pu prendre un cours différent si vous aviez été là, Borric. » Il baissa la voix. « Je risque ma tête en vous expliquant cela, mais beaucoup de nobles, même à l'Est, vous auraient poussé à prendre la couronne. »

Borric sembla mal accepter qu'on lui dise de telles choses, mais Kerus continua. « Quand vous êtes arrivé, tous les accords politiques secrets avaient été conclus – et la plupart des seigneurs étaient contents de faire couronner Erland – mais pendant un jour et demi, où rien n'avait encore été arrangé, l'atmosphère était restée extrêmement tendue. J'ignore la raison pour laquelle le vieux Rodric n'avait pas nommé d'héritier. Mais quand les prêtres eurent congédié tous les héritiers qui n'étaient pas assez proches de la famille royale pour présenter une candidature sérieuse, il ne restait que trois hommes : Erland, le jeune Rodric et Guy du Bas-Tyra. Les prêtres leur demandèrent de faire leur déclaration et chacun d'entre eux s'exécuta à son tour. Rodric et Erland avaient tous deux des prétentions sérieuses, tandis que Guy n'était là que pour la forme, tout comme vous l'auriez fait si vous aviez été présent. »

Arutha l'interrompit sèchement : « Le temps de deuil ne permet à aucun seigneur de l'Ouest de devenir roi. »

Borric jeta un regard désapprobateur à son fils, mais Kerus continua : « Pas tout à fait. S'il y avait eu le moindre doute sur les droits de succession, le prêtre aurait attendu l'arrivée de votre père pour la cérémonie, Arutha. Cela a déjà été fait. »

Il regarda Borric et baissa la voix. « Comme je le disais, on supposait qu'Erland prendrait la couronne. Mais quand on la lui présenta, il la refusa et la concéda à Rodric. Personne ne savait à cette époque pour la maladie d'Erland et de nombreux seigneurs considérèrent cette décision généreuse comme une confirmation de Rodric dans son statut d'unique descendant du roi. Comme Guy du Bas-Tyra soutenait aussi le garçon, le Congrès des Seigneurs ratifia la succession. C'est alors que commencèrent les vraies discussions et l'on finit par nommer à la régence l'oncle de feue votre épouse. »

Borric acquiesça. Il se souvenait de cette bataille qu'il avait menée pour nommer quelqu'un à la régence du roi, qui n'était alors qu'un enfant. Son déplorable cousin Guy avait presque réussi à obtenir le pouvoir, mais Borric était arrivé à temps pour apporter son soutien à Caldric de Rillanon et avec l'aide du duc Brucal de Yabon et du prince Erland, il avait réussi à faire pencher le Congrès contre Guy.

« Durant les cinq années qui suivirent, il y eut quelques incidents de frontière avec Kesh. La situation restait calme. Il y a huit ans (Kerus se tut et regarda de nouveau autour de lui), Rodric se lança dans une série de travaux d'utilité publique, comme il avait décidé de les appeler, améliorant les routes, renforçant les ponts, construisant des barrages et d'autres choses du même genre. Au début, la charge n'était pas trop lourde, mais maintenant les paysans et les hommes libres et même la petite noblesse se font saigner à blanc. Le roi a étendu son programme et il a décidé de reconstruire intégralement sa capitale, pour en faire la plus grande ville de toute l'histoire de l'homme, selon ses dires.

« Il y a deux ans, une petite délégation de nobles est venue voir le roi et lui a demandé de cesser ces dépenses excessives et de soulager le peuple. Le roi est entré en rage, accusant les nobles de traîtrise, et les a fait exécuter sommairement. »

Borric écarquilla les yeux. La neige crissa sèchement sous ses bottes quand il se retourna brusquement. « Nous n'avions pas entendu parler de cela, dans l'Ouest !

— Quand Erland a su cela, il est immédiatement allé voir le roi et lui a demandé réparation pour les familles des nobles qui avaient été exécutés, ainsi qu'une baisse des taxes. Le roi – en tout cas, c'est ce que l'on dit – a failli étrangler son oncle, mais il en fut empêché par les rares conseillers en qui il avait encore confiance. Ils expliquèrent à Sa Majesté qu'un tel acte, qui n'avait pas de précédent dans toute l'histoire du royaume, risquait de liguer les seigneurs de l'Ouest contre le roi. »

L'expression de Borric s'assombrit. « Ils n'avaient pas tort. Si cet enfant avait fait pendre Erland, le royaume se serait scindé irrémédiablement.

— Depuis lors, le prince n'a plus mis le pied à Rillanon et les affaires du royaume sont gérées par des intermédiaires, car les deux hommes refusent de se parler. »

Le duc leva les yeux au ciel et sa voix se troubla. « C'est bien pire que tout ce que j'ai entendu dire. Erland m'avait parlé des taxes et de son refus de les imposer à l'Ouest. Il m'a dit que le roi avait accepté, car il comprenait qu'il fallait maintenir des garnisons au nord et à l'ouest. »

Kerus secoua lentement la tête. « Le roi n'a accepté que parce que les intermédiaires lui ont parlé d'armées de gobelins et de pillards fondant des terres du Nord sur les villes de son royaume.

— Erland a parlé de tensions entre lui et son neveu, mais même à la lumière des nouvelles que j'apporte, il ne m'a rien dit des actes de Sa Majesté. »

Kerus prit une longue inspiration et se remit à marcher. « Borric, je passe beaucoup de temps avec les intrigants de la cour royale et je finis par oublier que vous autres gens de l'Ouest êtes habitués à des manières simples et directes. » Kerus resta silencieux un moment, puis il dit : « Notre roi n'est plus l'homme qu'il était. Parfois il semble revenir à lui, il rit, il paraît ouvert, il a de grands projets pour le royaume. D'autres fois il est... différent, comme si un mauvais esprit avait pris possession de son cœur.

« Prenez garde, Borric, il n'y a qu'Erland qui soit aussi proche du trône que vous. Notre roi est tout à fait au courant de ce fait – même si la chose ne vous a pas effleuré – et il voit des dagues et du poison là où il n'y en a pas. »

Le silence s'appesantit sur le groupe et Pug remarqua que Borric ne pouvait cacher son trouble. Kerus continua. « Rodric a peur que d'autres convoitent sa couronne. Il est possible que certains le fassent, mais pas ceux qu'il croit. En dehors du roi, les conDoin mâles ne sont que quatre et ce sont tous des hommes d'honneur. » Borric inclina la tête devant le compliment. « Mais il doit y en avoir une douzaine d'autres qui se réclament de la famille royale, par la mère du roi et par sa famille. Ce sont tous des gens de l'Est et beaucoup d'entre eux n'hésiteraient pas s'ils avaient une chance de prendre le trône avant le Congrès. »

Borric s'enflamma. « Vous parlez de trahison.

— Trahison dans le cœur des hommes, sinon dans les actes… pour l'instant.

— Les choses ont pu en arriver à un tel point à l'Est sans que l'Ouest n'en sache rien ? »

Kerus acquiesça. Ils atteignaient à l'autre bout du jardin. « Erland est un homme honorable et, en tant que tel, il ne se permettrait pas de parler de rumeurs non fondées à ses sujets, pas même à vous. Comme vous l'avez dit, cela fait treize ans que vous n'êtes pas venu à Rillanon. Tous les mandats et toutes les lettres passent toujours par la cour du prince. Comment auriez-vous pu savoir ?

« Je crains que dans peu de temps un conseiller du roi finisse par s'asseoir sur les têtes tombées de ceux d'entre nous qui restons persuadés que la noblesse est là pour assurer le bien-être de la nation. »

Borric dit : « Alors vous risquez gros, avec votre franchise. »

Le duc Kerus haussa les épaules et fit signe qu'ils feraient mieux de retourner au palais. « Je n'ai pas toujours été homme à dire ce que je pensais, seigneur Borric, mais les temps sont rudes. Si nous avions eu de la compagnie, nous aurions juste tenu une conversation polie. Vous êtes unique, car maintenant que le prince ne voit plus son neveu, vous êtes le seul homme du royaume qui soit assez puissant et assez important pour pouvoir influencer le roi. Je ne vous envie pas votre difficile position, mon ami.

« À l'époque de Rodric le Troisième, je faisais partie des nobles les plus puissants du royaume, mais maintenant, vu l'influence que j'ai à la cour de Rodric le Quatrième, je pourrais aussi bien être un dur à cuir sans terre. » Kerus se tut. « Votre cousin Guy à l'âme sombre est maintenant très proche du roi et le duc du Bas-Tyra et moi ne nous aimons pas beaucoup. Ce n'est pas aussi personnel que pour vous. Mais plus son étoile monte, plus la mienne descend. »

Kerus claqua des mains, sentant la morsure du froid. « Il y a toutefois une bonne nouvelle. Guy a pris ses quartiers d'hiver près de PontSuet, le roi n'est donc plus sous son influence. » Kerus s'agrippa au bras de Borric. « Faites tout ce que vous pouvez pour calmer la nature impulsive du roi, monseigneur Borric, car avec l'annonce de cette invasion, nous devons rester unis. Une guerre trop longue viderait le peu de réserves dont nous disposons encore et si le royaume était mis à rude épreuve, je me demande s'il arriverait à le supporter. »

Borric ne répondit rien, car les remarques de Kerus dépassaient de loin les pires inquiétudes qu'il avait pu formuler en quittant le prince Erland. Le duc de Salador dit : « Une dernière chose, Borric. Comme Erland a refusé la couronne il y a treize ans et avec les rumeurs qui courent sur sa santé défaillante, il y a beaucoup de nobles du Congrès qui vous demanderont conseil. Beaucoup sont prêts à vous suivre, même certains d'entre nous à l'Est. »

Borric demanda froidement : « Parleriez-vous de guerre civile ? »

Kerus agita vaguement la main, le visage empreint de détresse. Ses yeux semblaient humides, comme s'il était au bord des larmes. « J'ai toujours été loyal envers la couronne, Borric, mais si l'on en arrive aux dernières extrémités, le royaume prévaut. Nul homme n'est plus important que le royaume. »

Borric dit, les dents serrées : « Le royaume, c'est le roi. »

Kerus dit : « Vous ne seriez pas vous-même si vous ne disiez pas cela. J'espère que vous arriverez à convaincre le roi de porter les efforts du royaume sur ces problèmes à l'Ouest, car si jamais le royaume était en péril, d'autres ne s'en tiendraient sans doute pas à de si nobles convictions. »

Le ton de Borric s'adoucit un peu quand ils montèrent les escaliers du jardin. « Je sais que vous ne pensez pas à mal, monseigneur Kerus, et que votre cœur n'est guidé que par l'amour du royaume. Ayez foi et priez, car je ferai tout ce que je peux pour assurer la survie du royaume. »

Kerus se tint devant la porte du palais. « Je crains que nous ne nous retrouvions tous plongés dans des eaux bien troubles, monseigneur Borric. Je prie pour que cette invasion dont vous nous parlez ne soit pas la vague qui nous noiera. Je vous aiderai de mon mieux. » Il se tourna vers la porte, qu'un serviteur venait d'ouvrir. Il dit tout haut : « Je vous souhaite une bonne nuit, car vous me semblez bien fatigué. »

L'atmosphère dans la pièce était tendue quand Borric, Arutha et Pug rentrèrent. Le duc, très sombre, était plongé dans ses pensées. Des serviteurs vinrent montrer leurs chambres aux invités et Pug suivit un garçon qui avait à peu près son âge, vêtu de la livrée ducale. Pug regarda par-dessus son épaule en quittant la salle de réception et il vit le duc et son fils l'un à côté de l'autre, qui parlaient tout bas à Kulgan.

On amena Pug dans une petite chambre meublée avec goût et, sans faire attention à la richesse du couvre-lit, il s'effondra dessus tout habillé. Le serviteur lui demanda :

« Désirez-vous que quelqu'un vous aide à vous déshabiller, messire ? »

Pug se rassit et regarda le garçon avec un air tellement ahuri que le serviteur fit un pas de recul. « La pièce vous convient-elle, messire ? » demanda-t-il, visiblement mal à l'aise.

Pug éclata de rire. Le garçon resta un moment sans savoir que faire, puis il inclina la tête et sortit de la pièce à pas pressés. Pug retira ses vêtements, se posant de graves questions sur ces nobles des terres de l'Est et leurs serviteurs qui les aidaient à se déshabiller. Il était trop fatigué pour plier ses vêtements et les laissa tout bêtement en tas par terre.

Après avoir soufflé sa chandelle, Pug resta un moment allongé dans le noir, troublé par la discussion de la soirée. Il ne comprenait pas grand-chose aux intrigues de cour, mais il se doutait que Kerus devait se trouver dans une situation vraiment grave pour dire de telles choses à des étrangers, en dépit de la réputation d'homme d'honneur de Borric.

Pug repensa aux événements des derniers mois et il se rendit compte que ses rêves où le roi répondait la bannière haute aux appels de Crydee n'étaient que de fragiles rêves d'enfant prêts à se briser contre la dure réalité.

CHAPITRE 13

Le vaisseau entra dans le port de Rillanon.

Le climat de la mer du Royaume était plus clément que celui de la Triste Mer et le voyage jusqu'à Salador se passa sans problème. Un vent de nord-est avait soufflé sur la majeure partie de leur trajet et ils mirent trois semaines au lieu de deux pour arriver.

Pug se tenait à l'avant du navire, frileusement enroulé dans sa cape. Les vents glacés de l'hiver avaient laissé place à une brise plus douce, comme si le printemps était imminent.

On surnommait Rillanon le Joyau du royaume et Pug se dit qu'elle le méritait largement. Contrairement aux villes de l'Ouest renfermées sur elles-mêmes, Rillanon était une masse de hautes tours, de ponts en arcs gracieux et de larges routes en courbes douces, dispersés dans un désordre féerique sur toute une série de collines. En haut de tours impressionnantes, des bannières et des penons claquaient au vent, comme si la ville célébrait sa simple existence. Pour Pug, même les bateliers qui faisaient la navette depuis les navires ancrés dans le port gagnaient à se trouver dans le cadre enchanteur de Rillanon.

Le duc de Salador avait demandé que l'on fasse une bannière ducale pour Borric et elle flottait maintenant en haut du grand mât, informant les gens de la cité royale de l'arrivée du duc de Crydee. Le pilote du port de la cité donna au vaisseau de Borric la priorité d'appontage et il fut rapidement amarré au quai royal. Le groupe débarqua et fut accueilli par une compagnie de gardes de la maison royale. À la tête de ces gardes se trouvait un vieil homme aux cheveux gris, le dos encore droit, qui salua chaleureusement Borric.

Les deux hommes se serrèrent dans les bras l'un de l'autre et l'aîné, qui portait la pourpre royale et l'or de la garde, avec un blason royal sur le cœur dit : « Borric, ça fait plaisir de te revoir. Combien de temps, dix… onze ans…

— Caldric, mon vieil ami. Treize ans. » Borric le regarda avec affection. Il avait des yeux bleu clair et une courte barbe poivre et sel.

L'homme secoua la tête et sourit. « Beaucoup trop longtemps. » Il regarda les autres. Voyant Pug, il lui demanda : « C'est ton cadet ? »

Borric éclata de rire. « Non, mais je n'aurais aucune honte à l'avoir pour fils. » Il désigna la grande silhouette maigre d'Arutha. « Voici mon fils. Arutha, viens dire bonjour à ton grand-oncle. »

Arutha s'avança et ils s'embrassèrent. Le duc Caldric, seigneur de Rillanon, général de la garde de la maison royale et chancelier du roi, écarta Arutha et le regarda en le tenant à bout de bras. « La dernière fois que je t'ai vu, tu étais tout petit. J'aurais dû te reconnaître. Même si tu ressembles un peu à ton père, tu ressembles aussi beaucoup à mon cher frère – le père de ta mère. Tu fais honneur à ma famille. »

Borric dit : « Alors, vieux chien de guerre, comment va ta ville ? »

Caldric répondit : « Il y aurait beaucoup à dire, mais pas ici. Nous allons te conduire au palais royal et t'installer confortablement. Nous devrions avoir pas mal de temps pour visiter. Qu'est-ce qui t'amène à Rillanon ?

— J'ai une affaire pressante à régler avec Sa Majesté, mais ce ne sont pas des affaires dont on peut parler en pleine rue. Allons au palais. »

On donna des montures au duc et à sa troupe et l'escorte fit s'écarter la foule à mesure devant leur passage. Si Krondor et Salador avaient impressionné Pug par leur splendeur, Rillanon le laissait sans voix.

La ville au milieu des flots était répartie sur plusieurs collines, parcourue de multiples petites rivières qui débouchaient dans la mer. On aurait dit une ville faite de ponts et de canaux, de tours et de clochetons. Nombre de bâtiments semblaient récents et Pug se dit que cela devait faire partie des plans de reconstruction de la ville dressés par le roi. À plusieurs reprises, en chemin, il vit des ouvriers retirer de vieilles pierres à un bâtiment, ou ériger de nouveaux murs et de nouveaux toits. Les bâtiments les plus récents avaient des façades de pierre colorée et décorée, souvent en quartz ou en marbre, dans des teintes de blanc, de bleu ou de rose. Les pavés des rues étaient propres et les caniveaux n'étaient pas encombrés de saletés et de détritus comme Pug l'avait vu dans les autres villes. Quels que soient les défauts du roi, se dit le garçon, sa ville était merveilleuse.

Une rivière coulait devant le palais. On y entrait par un haut pont en arche au-dessus de l'eau qui menait directement à la cour principale. Le palais était fait d'une série de grands bâtiments reliés par de longs couloirs, qui s'étendaient au flanc d'une colline en plein centre de la ville. Les façades étaient faites de pierres multicolores, comme des arcs-en-ciel.

Quand ils entrèrent dans la cour, des trompettes retentirent en haut des murs et les gardes se mirent au garde-à-vous. Des palefreniers s'avancèrent pour s'occuper des montures, tandis qu'une ribambelle de nobles du palais et de personnalités se tenaient près de l'entrée pour les accueillir. En approchant, Pug remarqua que les salutations de ces gens étaient uniquement formelles et qu'elles n'avaient rien de l'accueil cordial que leur avait fait le duc Caldric. Comme il se trouvait derrière Kulgan et Meecham, il entendit Caldric dire : « Monseigneur Borric, duc de Crydee, puis-je vous présenter le baron Gray, intendant de la maison royale de Sa Majesté ? » C'était un petit homme replet vêtu d'une tunique de soie rouge très ajustée et de chausses gris pâle qui bouffaient aux genoux. « Comte Selvec, grand amiral de la marine royale. » Un homme grand et maigre avec une moustache fine et cirée s'inclina avec raideur. Et ainsi de suite avec tout le monde. Chacun prononça quelques mots pour dire le plaisir qu'il avait à accueillir monseigneur Borric, mais Pug eut l'impression que ces remarques manquaient de sincérité. On les conduisit à leurs quartiers. Kulgan dut s'emporter pour pouvoir garder Meecham auprès de lui, car le baron Gray aurait voulu l'envoyer de l'autre côté du palais, dans l'aile des serviteurs. Il céda quand Caldric lui rappela sa propre fonction de chancelier du roi.

La chambre que l'on donna à Pug surpassait de très loin en splendeur toutes celles qu'il avait vues jusque-là. Le sol était de marbre poli et les murs étaient d'une pierre similaire, mais comme mouchetée d'or. Il y avait un grand miroir dans une pièce attenante, où se trouvait une vaste baignoire émaillée. Un serviteur mit ses quelques bagages – ce qu'ils avaient récupéré en chemin depuis qu'ils avaient perdu leurs propres bagages dans la forêt – dans un gigantesque placard qui aurait pu contenir douze fois tout ce que possédait Pug. Après avoir fini, l'homme lui demanda : « Dois-je préparer votre bain, messire ? »

Pug opina, car trois semaines de bateau lui avaient donné l'impression que ses vêtements lui collaient à la peau. Quand le bain fut prêt, le serviteur dit : « Monseigneur Caldric attendra la compagnie ducale à dîner dans quatre heures, monseigneur. Dois-je revenir à ce moment-là ? »

Pug répondit oui, étonné par la délicatesse de l'homme. Il savait uniquement que Pug venait d'arriver avec le duc et laissait à Pug décider si oui ou non il était compris dans l'invitation à dîner.

En glissant dans l'eau chaude, Pug émit un long soupir de soulagement. Quand il était garçon de château, il n'avait jamais beaucoup aimé les bains, préférant se laver dans la mer et dans les rivières des environs. Maintenant, il apprenait à les apprécier. Il se demanda ce que Tomas aurait pensé de tout cela. Il dériva au fil de souvenirs brumeux, l'un plaisant, celui d'une jolie princesse aux cheveux noirs, et l'autre, très triste, d'un garçon aux cheveux sable.

Le dîner chez Caldric avait été informel, avec seulement Borric et ses compagnons. Ils se trouvaient cette fois-ci dans la salle du trône royal, attendant d'être présentés au roi. C'était une vaste salle voûtée, dont le mur sud était entièrement vitré du sol au plafond avec une vue plongeante sur la ville. Des centaines de nobles se tenaient là, tandis que l'on menait la troupe ducale le long de l'allée centrale entre deux rangées de spectateurs.

Pug n'aurait jamais cru qu'il jugerait un jour que le duc Borric était habillé pauvrement, car il avait toujours porté les plus beaux vêtements de Crydee, comme ses fils. Mais parmi tous les atours que l'on voyait dans la pièce, Borric avait l'air d'un corbeau au beau milieu d'une volée de paons. Un pourpoint couvert de perles ici, une tunique brodée de fils d'or là – chaque noble semblait surenchérir sur les autres. Les dames portaient les soies et les brocarts les plus coûteux, mais elles ne surpassaient les hommes que de très peu.

Ils s'arrêtèrent devant le trône et Caldric annonça le duc. Le roi sourit et Pug fut étonné de sa légère ressemblance avec Arutha, mais ses manières étaient plus détendues. Il se pencha en avant et dit : « Bienvenue dans notre ville, cousin. Il est bon de revoir Crydee en ces murs après tant de temps. »

Borric s'avança et s'agenouilla devant Rodric le Quatrième, souverain du royaume des Îles. « Je suis fort aise de voir que Votre Majesté se porte bien. »

Une ombre fugace passa sur le visage du monarque, puis il retrouva le sourire. « Présentez-nous vos compagnons. »

Le duc présenta son fils et le roi dit : « Eh bien, il est vrai qu'un autre membre de la lignée des conDoin porte en lui le sang de la famille de notre mère. » Arutha s'inclina, puis recula. Kulgan fut présenté ensuite, en tant que conseiller du duc. Meecham, qui n'avait pas de rang à la cour ducale, était resté dans sa chambre. Le roi dit quelques mots polis au magicien puis on lui présenta Pug. « Le châtelain Pug de Crydee, Votre Majesté, seigneur de la Sombre Forêt et membre de ma cour. »

Le roi applaudit et il éclata de rire. « Le garçon qui tue des trolls. Fabuleux. Des voyageurs nous ont rapporté la nouvelle depuis les lointaines côtes de Crydee et nous voudrions entendre l'histoire de la bouche même de l'auteur de cet acte de bravoure. Nous devons nous revoir afin que vous nous parliez d'une telle merveille. »

Pug salua maladroitement, sentant des centaines d'yeux fixés sur lui. Il s'était déjà dit plusieurs fois que cette histoire n'aurait jamais dû se répandre, mais jamais autant qu'aujourd'hui.

Il recula et le roi dit : « Ce soir, nous donnerons un bal en l'honneur de l'arrivée de notre cousin Borric. »

Il se leva, réarrangea ses robes pourpres autour de lui et retira de ses épaules la chaîne d'or qui symbolisait sa charge. Un page plaça la chaîne sur un coussin de soie pourpre. Le roi souleva alors la couronne d'or qui reposait sur ses cheveux noirs tressés et il la tendit à un autre page.

L'assemblée s'inclina quand il descendit de son trône. « Venez, cousin, dit-il à Borric, retirons-nous sur notre balcon privé, où nous pourrons discuter loin des rigueurs de l'office. Je suis fatigué de toute cette pompe. »

Borric acquiesça et suivit le roi, faisant signe à Pug et aux autres d'attendre. Le duc Caldric annonça que l'audience du jour était terminée et que ceux qui avaient des demandes à présenter au roi pourraient revenir le jour suivant.

Lentement, la foule sortit par les deux grandes portes au bout de la pièce. Arutha, Kulgan et Pug restèrent là. Caldric s'approcha et leur dit : « Je vais vous montrer une pièce où vous pourrez attendre. Il serait bon que vous restiez dans les parages, si jamais Sa Majesté demandait à vous voir. »

Un serviteur de la cour leur montra une petite porte à côté de celle par où le roi était sorti avec Borric. Ils passèrent dans une vaste pièce confortable avec au centre une longue table couverte de fruits, de fromage, de pain et de vin. Il y avait des chaises autour de la table et des divans le long des murs, avec des piles d'épais coussins dessus.

Arutha se dirigea vers les grandes portes de verre et il regarda au travers. « Je vois mon père et le roi assis au balcon royal. »

Kulgan et Pug le rejoignirent et regardèrent l'endroit que leur indiquait Arutha. Les deux hommes étaient à table, au-dessus de la ville, avec une vue excellente sur la mer. Le roi parlait en faisant de grands gestes et Borric écoutait en acquiesçant.

Pug dit : « Je ne m'attendais pas que Sa Majesté vous ressemble tant, Votre Altesse. »

Arutha répondit avec un sourire en coin : « Ce n'est pas si étonnant, quand on sait que si mon père est le cousin de son père, ma mère est aussi la cousine de sa mère. »

Kulgan posa la main sur l'épaule de Pug. « Bon nombre de membres de familles nobles ont plus d'un lien de parenté entre eux, Pug. Des cousins au quatrième et au cinquième degré peuvent se marier pour raisons politiques et resserrer ainsi les liens familiaux. Je doute qu'une seule des familles nobles de l'Est n'ait pas quelque lien avec la couronne, même très lointain et très douteux. »

Ils retournèrent à la table et Pug grignota un morceau de fromage. « Le roi semble de bonne humeur », dit-il, abordant prudemment le sujet qui les préoccupait tous.

Kulgan eut l'air content de cette phrase circonspecte, car après leur départ de Salador, Borric les avait tous prévenus des mises en garde du duc Kerus. Il avait fini en citant le vieil adage : « Dans les châteaux des rois, les serrures ne ferment pas et les aveugles voient. »

Arutha dit : « Notre monarque a ses humeurs. Espérons qu'elle nous restera favorable quand il aura entendu ce que père a à lui dire. »

L'après-midi passa lentement dans l'attente d'un mot de Borric. Les ombres étaient déjà bien longues quand le duc apparut soudain à la porte. Il traversa la pièce et se mit devant eux, le visage troublé : « Sa Majesté a passé la majeure partie de l'après-midi à m'expliquer ses plans pour la renaissance du royaume. »

Arutha demanda : « Tu lui as parlé des Tsurani ? »

Le duc acquiesça. « Il m'a écouté et puis il m'a calmement informé qu'il réfléchirait à la question. Il a juste dit que nous en reparlerions dans un jour ou deux. »

Kulgan dit : « Au moins, il semblait de bonne humeur. »

Borric regarda son vieux conseiller. « Trop, je le crains. Je m'attendais à voir un signe d'inquiétude. Je n'ai pas traversé le royaume pour une vétille, mais il ne semblait absolument pas préoccupé par ce que j'avais à lui dire. »

Kulgan sembla inquiet. « Ce voyage n'a déjà que trop duré. Espérons que Sa Majesté ne mettra pas trop de temps à se décider pour agir. »

Borric s'assit lourdement sur une chaise et il tendit la main pour prendre un verre de vin. « Espérons. »

Pug passa la porte des appartements privés du roi, la bouche sèche. Il allait avoir un entretien avec le roi Rodric dans quelques minutes et il se sentait mal à l'aise à l'idée d'être seul avec le souverain du royaume. Chaque fois qu'il s'était retrouvé à proximité de puissants nobles, il était resté dans l'ombre du duc ou de son fils, ne se dévoilant que pour expliquer brièvement ce qu'il savait des Tsurani, pour disparaître aussitôt après. Et voilà qu'il était cette fois-ci l'unique invité de l'homme le plus puissant au nord de l'empire de Kesh la Grande.

Un serviteur le fit entrer sur le balcon privé du roi. De nombreux autres serviteurs se tenaient sur le bord de la véranda ouverte et le roi était installé à l'unique table, une pièce de marbre taillé sous un dais.

Il faisait beau ce jour-là. Le printemps était précoce, comme l'hiver qui l'avait précédé, et la brise commençait à se faire plus douce. Sous le balcon, au-delà des haies et des murs de pierre qui délimitaient le palais, Pug voyait la ville de Rillanon et la mer au loin. Les dernières neiges n'avaient fini de fondre que quatre jours auparavant, laissant les toits colorés encore brillants d'humidité sous le soleil. Des vaisseaux entraient et sortaient du port et les rues grouillaient de monde. On entendait au loin les cris des marchands et des colporteurs qui montaient des rues, ne formant qu'un bourdonnement indistinct au niveau de ce balcon où déjeunait le roi.

Quand Pug s'approcha de la table, un serviteur lui présenta une chaise. Le roi se retourna et lui dit : « Ah ! Messire Pug, prenez un siège. » Pug commença à s'incliner mais le roi ajouta : « Suffit. Pas de formalités entre amis. »

Pug hésita, puis il dit en s'asseyant : « Votre Majesté m'honore. »

Rodric écarta la remarque. « Je me souviens ce que cela fait, d'être un garçon parmi des hommes. J'avais à peine plus que ton âge quand j'ai pris la couronne. Avant cela, je n'étais que le fils de mon père. » Ses yeux regardèrent un moment dans le vague. « Prince, c'est vrai, mais je n'étais malgré tout qu'un enfant. Mon opinion n'avait aucune valeur et j'avais l'impression de ne jamais être assez bon chasseur, assez bon cavalier, assez bon navigateur ou assez bon combattant pour mon père. J'ai beaucoup fui mes tuteurs, Caldric notamment. Tout cela a changé à présent que je suis devenu roi, mais je me souviens malgré tout de ce que c'était. » Il se tourna vers Pug, lui sourit et sembla revenir à lui. « Et je voudrais vraiment que nous soyons amis. » Son regard s'égara de nouveau. « On ne peut pas avoir trop d'amis, non ? Et depuis que je suis devenu roi, il y a tant de gens qui disent être mes amis et qui en fait ne le sont pas. » Il se tut un moment, puis ressortit de sa rêverie. « Que pensez-vous de ma ville ? »

Pug répondit : « Je n'ai jamais rien vu de tel, Majesté. C'est merveilleux. »

Rodric regarda le panorama qui s'étendait sous leurs yeux. « Oui, n'est-ce pas ? » Il fit un geste de la main et un serviteur versa du vin dans des verres en cristal. Pug goûta le sien : il n'avait pas encore appris à aimer le vin, mais trouva celui-ci très bon, léger et fruité, légèrement épicé. Rodric reprit la parole : « Je me suis efforcé de faire de

Rillanon un endroit merveilleux où il fait bon vivre. Je voudrais qu'un jour toutes les cités du royaume soient comme celle-ci et que tout ne soit que beauté partout. Il y faudrait une centaine de vies, alors je ne peux que faire le modèle, construire un exemple que pourront imiter ceux qui me succéderont. Mais à la place des briques, je mets du marbre. Et chacun pourra voir l'héritage que je lui laisse. »

Le roi passa à d'autres sujets, mais Pug ne comprit pas bien ce qu'il lui disait. Il lui parla de bâtiments, de jardins et de laideur disparue. Puis il passa d'un coup à autre chose. « Dites-moi comment vous avez tué les trolls. »

Pug lui raconta et le roi semblait suspendu à ses lèvres. Quand le garçon eut terminé, le roi dit : « C'est une histoire fabuleuse. Elle est bien meilleure que les versions qui sont parvenues à la cour. Elle est loin d'être aussi héroïque, mais elle est au moins deux fois plus impressionnante par sa véracité. Vous avez le cœur bien accroché, messire Pug. »

Pug répondit : « Merci, Majesté. »

Rodric ajouta : « Dans votre histoire, vous parlez de la princesse Carline.

— Oui, Majesté ?

— La dernière fois que je l'ai vue, ce n'était qu'un bébé dans les bras de sa mère. Quelle sorte de femme est-elle devenue ? »

Pug s'étonna de ce brusque changement de sujet, mais il répondit : « Elle est devenue une belle femme, Majesté. Elle ressemble beaucoup à sa mère. Elle est vive et brillante, malgré son caractère un peu difficile. »

Le roi acquiesça. « Sa mère était une très belle femme. Si la fille est moitié aussi belle, elle doit en effet être très belle. Sait-elle raisonner ? »

Pug sembla troublé. « Majesté ?

— A-t-elle l'esprit raisonneur, logique ? Sait-elle discuter ? »

Pug acquiesça vigoureusement. « Oui, Votre Majesté. La princesse est très forte pour cela. »

Le roi se frotta les mains. « Bien. Il faut que je demande à Borric de me l'envoyer à Rillanon. La majeure partie des dames de l'Est sont si insipides, inconsistantes. J'espérais bien que Borric ferait attention à l'éducation de sa fille. J'aimerais rencontrer une jeune femme qui sache la logique et la philosophie, avec qui je puisse débattre et déclamer. »

Pug comprit soudain qu'il n'avait pas saisi ce qu'entendait le roi par discuter. Il se dit qu'il valait mieux ne pas mentionner la différence.

Le roi continua : « Mes ministres me harcèlent pour que je me trouve une femme et que je donne un héritier au royaume. Je suis très occupé et franchement, je n'ai rien trouvé de très intéressant chez les dames de la cour – oh, elles sont très bien pour faire une petite balade sous la lune et... pour d'autres choses. Mais pour me donner un héritier ? J'en doute. Il faudrait pourtant que je me mette sérieusement en quête d'une reine. Peut-être serait-il logique de commencer par la seule fille conDoin. »

Pug s'apprêta à mentionner l'autre fille conDoin, mais il se retint, se rappelant les différends entre le roi et le père d'Anita. De plus, la fillette n'avait que sept ans.

Le roi changea encore de sujet. « Quatre jours durant mon cousin Borric m'a soûlé avec ces histoires d'étrangers, ces Tsurani. Qu'est-ce que vous pensez de tout cela ? »

Pug était décontenancé. Il n'aurait jamais cru que le roi lui demanderait son opinion sur quoi que ce soit, encore moins sur un sujet aussi important que la sécurité du royaume. Il y réfléchit un long moment, s'efforçant d'organiser au mieux sa réponse, puis il dit : « De tout ce que j'ai vu et entendu, Votre Majesté, je crois que non seulement ces Tsurani se préparent à nous envahir, mais que de plus ils sont déjà là. »

Le roi haussa un sourcil. « Oh ? J'aimerais bien savoir comment vous en êtes arrivé à cette conclusion. »

Pug pesa soigneusement ses mots. « Si nous en avons vu autant, Majesté, étant donné leur discrétion, ne serait-il pas logique qu'en réalité ils aient fait bien plus de déplacements encore ? »

Le roi acquiesça. « C'est une bonne théorie. Poursuivez.

— À partir du moment où les neiges ont commencé à tomber, nous avions moins de chances de trouver des signes de leur passage, tant qu'ils s'en tenaient à des endroits reculés, n'est-ce pas ? »

Rodric acquiesça et Pug poursuivit. « S'ils sont aussi belliqueux que le disent le duc et les autres, ils ont dû entièrement cartographier l'Ouest pour trouver un endroit où amener leurs soldats pendant l'hiver et lancer une offensive dès le printemps. »

Le roi frappa du poing sur la table. « Bon exercice de logique, Pug. » Il fit signe aux serviteurs d'apporter à manger et dit : « Maintenant, laissez-nous manger. »

On leur présenta de la nourriture étonnamment variée et abondante et Pug goûta un petit peu de tout, pour ne pas paraître dédaigner la générosité du roi. Rodric lui posa quelques questions pendant le déjeuner et Pug y répondit de son mieux.

Quand Pug eut fini de manger, le roi posa un coude sur la table et gratta son menton imberbe. Il regarda dans le vague un long moment et Pug commença à se sentir gêné, ne sachant que faire face à un roi perdu dans ses pensées. Il décida de rester assis sans rien dire.

Au bout d'un moment, Rodric sortit de sa rêverie. Il fixa Pug droit dans les yeux et lui dit, d'une voix légèrement altérée : « Pourquoi ces gens viennent-ils nous ennuyer maintenant ? Il reste tant de choses à faire. Je ne peux pas laisser une guerre déranger mes plans. » Il se leva et marcha nerveusement sur le balcon. Pug, qui s'était levé en même temps que le roi, resta debout sans rien faire. Rodric se tourna vers lui. « Il faut que je fasse venir le duc Guy. Il me conseillera. Il a l'esprit à ce genre de choses. »

Le roi continua à faire les cent pas, regardant encore la cité pendant quelques minutes, laissant Pug debout à côté de sa chaise. Pug entendit le monarque discuter avec lui-même de grands travaux qui ne devaient pas être interrompus, puis il sentit qu'on le tirait par la manche. Il se retourna et vit un serviteur du palais qui s'était glissé sans bruit à côté de lui. Avec un sourire et un geste en direction de la porte, le serviteur lui fit comprendre que l'entrevue était terminée. Pug suivit l'homme jusqu'à la porte, s'étonnant des capacités de ces gens à distinguer les humeurs du roi.

On raccompagna Pug à sa chambre et il demanda au serviteur de prévenir le seigneur Borric que Pug désirait le voir s'il n'était pas occupé. Il entra dans sa chambre et s'assit pour réfléchir. Quelque temps plus tard, il fut sorti de sa rêverie par un petit coup frappé à sa porte. Il donna la permission d'entrer et le serviteur qui avait passé le message au duc entra, pour lui dire que Borric acceptait de le voir immédiatement.

Pug sortit de sa chambre à la suite de l'homme, puis il le congédia en lui disant qu'il arriverait à trouver la chambre du duc tout seul. Il y alla à pas lents, réfléchissant à ce qu'il allait dire. Deux choses lui apparaissaient clairement : le roi n'aimait pas entendre le fait que les Tsurani puissent menacer son royaume et monseigneur Borric n'aimerait pas entendre de son côté que Guy du Bas-Tyra allait être appelé à Rillanon.

Comme à chaque dîner depuis les derniers jours, l'humeur était plutôt morose. Les cinq hommes de Crydee mangeaient dans les appartements du duc, entourés de serviteurs du palais qui portaient tous l'écusson or et pourpre sur leurs tuniques noires.

Le duc rongeait son frein. Il avait hâte de quitter Rillanon et de retourner à l'Ouest. Cela faisait presque quatre mois qu'ils avaient quitté Crydee : tout l'hiver. Le printemps arrivait et si les Tsurani devaient attaquer, comme ils le pensaient tous, ce serait une question de jours. Arutha était aussi agité que son père. Même Kulgan semblait avoir du mal à supporter cette attente. Seul Meecham, qui ne laissait rien voir de ses sentiments, semblait se satisfaire de l'attente.

Pug aussi avait la nostalgie du foyer. Il finissait par s'ennuyer dans ce palais. Il aurait voulu retourner dans la tour à ses études. Il voulait aussi revoir Carline, même s'il n'en parlait à personne. Ces derniers temps, il oubliait ses humeurs changeantes et trouvait en elle des qualités qui l'avaient auparavant irrité. Il se disait également avec anxiété qu'il saurait peut-être ce qui était arrivé à Tomas. Dolgan ferait sans doute bientôt parvenir des nouvelles à Crydee, dès que la fonte des neiges commencerait dans les montagnes.

Borric avait dû supporter plusieurs autres entrevues avec le roi dans la semaine, sans en tirer satisfaction. La dernière s'était déroulée quelques heures auparavant, mais il n'en dirait rien devant les serviteurs.

On débarrassa les derniers plats et on leur servit le meilleur cognac du roi. On frappa à la porte et le duc Caldric entra, faisant signe aux serviteurs de sortir. Quand ils furent partis de la pièce, il se tourna vers le duc.

« Borric, je suis désolé de vous interrompre pendant votre repas, mais j'ai des nouvelles pour vous. »

Borric se leva, imité par les autres. « Viens. Tiens, prends un verre. »

Caldric prit le cognac qu'on lui tendait et s'assit sur la chaise de Pug, qui alla en prendre une autre. Le duc de Rillanon but une gorgée et dit : « Des messagers envoyés par le duc de Bas-Tyra sont arrivés il y a une heure. Guy dit qu'il s'inquiète de la possibilité que le roi s'alarme "un peu trop" de ces "rumeurs" de troubles à l'Ouest. »

Borric bondit de sa chaise et jeta à travers la pièce son verre qui éclata contre un mur. Le liquide ambré coula sur la paroi tandis que le duc de Crydee s'exclamait avec rage : « À quel jeu joue Guy ? Que parle-t-il de rumeurs et d'inquiétude injustifiée ! »

Caldric leva la main et Borric se rassit, un peu plus calme. Le vieux duc dit : « J'ai moi-même écrit la lettre du roi à Guy. Il y avait dedans tout ce que tu avais dit, toutes tes informations et toutes tes suppositions. La seule explication, c'est que Guy veut s'assurer que le roi ne parvienne à aucune conclusion avant son arrivée au palais. »

Borric tambourina sur la table et regarda Caldric, les yeux brillants de colère. « Que fait Bas-Tyra ? S'il y a la guerre, elle va frapper Crydee et Yabon. Ce sont mes gens qui vont souffrir. Ce sont mes terres qui vont être ravagées. »

Caldric secoua lentement la tête. « Je vais te parler franchement, mon vieil ami. Depuis que le roi et son oncle Erland ont eu ce différend, Guy manœuvre pour avancer sa propre bannière dans le royaume. Je crois que si la santé d'Erland faiblit, Guy se voit fort bien avec la pourpre de Krondor. »

Borric gronda, les dents serrées : « Alors écoute-moi bien, Caldric. Cette charge ne m'intéresse ni pour moi-même ni pour les miens, sauf si la chose s'avère absolument nécessaire. Mais si Erland est aussi mal que je le pense, malgré ses dénégations, ce sera Anita qui s'assiéra sur le trône de Krondor et non Guy le Noir. S'il faut pour cela que les armées de l'Ouest marchent sur Krondor sous ma bannière pour que j'assume moi-même la régence, je le ferai, même si Rodric s'y oppose. Il faudra que le roi ait une descendance pour qu'un autre monte sur le trône de l'Ouest. »

Caldric regarda Borric calmement. « Et tu trahirais la couronne ? »

Borric frappa du poing sur la table. « Maudit soit le jour qui a vu naître ce scélérat ! Je regrette de devoir le reconnaître comme un parent. »

Caldric attendit une minute que Borric se calme, puis il dit : « Je te connais mieux que tu ne te connais toi-même. Tu ne mènerais jamais les troupes de l'Ouest contre le roi, même si tu étranglerais avec joie ton cousin Guy. J'ai toujours trouvé fort dommage que les deux meilleurs généraux du royaume se détestent tant.

— Ouais, et avec de bonnes raisons. Chaque fois que l'Ouest appelle à l'aide, c'est le cousin Guy qui s'y oppose. Chaque fois qu'à force d'intrigues un titre finit par se perdre, c'est toujours au profit de l'un des favoris de Guy. Comment peux-tu être aussi aveugle ? C'est uniquement grâce à toi, à Brucal de Yabon et à moi-même qui avons tenu bon que le Congrès n'a pas nommé Guy régent de Rodric pour ses trois premières années de règne. Il a déclaré devant tous les ducs du royaume que tu étais un vieil homme fatigué incapable de régner au nom du roi. Comment peux-tu oublier ça ? »

Caldric avait en effet l'air vieux et fatigué lorsqu'il se rassit sur sa chaise, la main sur les yeux, comme si la lumière le blessait. Il dit doucement : « Je vois et je n'ai pas oublié. Mais c'est aussi mon parent par alliance et si je n'étais pas là, quelle serait son influence sur Rodric maintenant ? Quand il était petit, le roi l'idolâtrait, il le voyait comme un héros impétueux, un combattant du premier rang, un défenseur du royaume. »

Borric se renversa sur sa chaise. « Je suis désolé, Caldric, dit-il sur un ton plus doux. Je sais que tu agis pour notre bien à tous. Et Guy a effectivement joué les héros, en repoussant les armées keshianes à Taunton, il y a si longtemps. Je ne devrais pas parler de choses que je n'ai pas vues de mes propres yeux. »

Arutha était resté assis sans rien dire pendant tout ce temps, mais ses yeux étincelaient de la même colère que ceux de son père. Il se pencha sur sa chaise et les ducs le regardèrent. Borric demanda : « Tu as quelque chose à dire, mon fils ? »

Arutha posa les mains sur la table. « Dans toute cette affaire, une chose me préoccupe : si les Tsurani viennent, quel profit Guy pourrait-il tirer des hésitations du roi ? »

Borric tambourina des doigts sur la table. « C'est un grand mystère, car malgré tous ses complots, Guy ne mettrait pas le royaume en péril, pas même pour me contrarier.

— Ne cherche-t-il pas à laisser l'Ouest souffrir juste un peu, jusqu'à ce que l'on doute de l'issue du conflit ? Alors, il viendrait en héros conquérant à la tête des armées de l'Est, comme il l'a fait à Taunton ? »

Caldric réfléchit. « Même Guy ne prendrait pas ces étrangers autant à la légère, j'espère. »

Arutha fit les cent pas dans la pièce. « Mais réfléchissez à ce qu'il sait. Les divagations d'un mourant. Des suppositions sur la nature d'un navire que seul Pug, ici, a pu voir et que je n'ai fait qu'apercevoir alors qu'il sombrait dans les flots. Des conjectures avancées par un prêtre et un magicien, deux vocations que Guy n'estime pas beaucoup. Quelques Frères des Ténèbres migrateurs. Il pourrait fort bien minimiser de telles nouvelles.

— Mais pourtant ça crève les yeux », protesta Borric.

Caldric regarda le jeune prince qui faisait les cent pas dans la pièce. « Peut-être as-tu raison. Ce qui lui manque, c'est peut-être le ton de tes phrases, un ton qu'il n'a pu trouver dans un simple message sur un parchemin. Quand il arrivera, il nous faudra le convaincre. »

Borric cracha presque : « C'est au roi de décider, pas à Guy ! »

Caldric dit : « Mais le roi se fie aux conseils de Guy. Si tu veux lever les armées de l'Ouest sous ta bannière, c'est Guy qu'il te faudra convaincre. »

Borric sembla choqué. « Moi ? Mais je ne veux pas du commandement des armées. Je veux juste qu'Erland puisse m'aider, si le besoin s'en fait sentir. »

Caldric posa ses mains sur la table. « Borric, malgré toute ta sagesse, tu restes un noble de province. Erland ne peut pas mener les armées. Il ne va pas bien. Même s'il le pouvait, le roi ne le lui permettrait pas. Et il ne donnerait pas non plus le commandement au maréchal d'Erland, Dulanic. Tu as vu Rodric au mieux de sa forme, ces derniers temps. Quand il est d'humeur sombre, il a peur pour sa vie. Nul n'ose le dire, mais le roi soupçonne son oncle de comploter pour sa couronne.

— C'est ridicule ! s'exclama Borric. Erland aurait pu prendre la couronne il y a treize ans. La succession n'était pas claire. Le père de Rodric ne l'avait pas encore nommé comme héritier et Erland avait autant de droits à la couronne que le roi, si ce n'est plus. Il n'y avait que Guy et ceux qui pensaient pouvoir faire pression sur l'enfant qui soutenaient Rodric. La majeure partie du Congrès aurait soutenu les prétentions d'Erland.

— Je sais, mais les temps ont changé et l'enfant n'est plus un enfant. C'est maintenant un jeune homme inquiet, malade de peur. Que ce soit dû à l'influence de Guy et d'autres du même acabit ou à une maladie mentale, je l'ignore. Le roi ne pense pas comme les autres hommes. C'est le cas de tous les rois, et de Rodric plus encore. Cela peut paraître ridicule, mais il ne laissera pas les armées de l'Ouest à son oncle. J'ai aussi bien peur que quand Guy sera arrivé, il ne te les laisse pas non plus. »

Borric ouvrit la bouche pour dire quelque chose, mais Kulgan l'interrompit. « Je m'excuse, Vos Grâces, mais puis-je me permettre une suggestion ? »

Caldric regarda Borric, qui opina. Kulgan s'éclaircit la gorge et dit : « Le roi laisserait-il les armées de l'Ouest au duc Brucal de Yabon ? »

Les visages de Borric et de Caldric s'éclairèrent lentement, puis le duc de Crydee rejeta la tête en arrière et éclata de rire. En frappant du poing sur la table, il hurla : « Kulgan ! Si vous ne m'aviez pas si bien servi depuis que je vous connais, je dirais que vous l'avez fait ce soir. » Il se tourna vers Caldric : « Qu'en penses-tu ? »

Caldric sourit pour la première fois depuis qu'il était entré dans la pièce. « Brucal ? Ce vieux chien de guerre ? Il n'y a pas plus honnête homme dans le royaume. Et il ne peut avoir aucune prétention au trône. Même Guy n'arriverait pas à le discréditer. S'il recevait le commandement des armées... »

Arutha finit pour lui : « Il appellerait mon père comme conseiller. Il sait que père est le meilleur général de l'Ouest. »

Caldric se leva sur sa chaise, visiblement tout excité. « Tu aurais même le commandement des armées de Yabon.

— Oui, dit Arutha, et de LaMut, Zùn, Ylith et du reste. »

Caldric fit quelques pas dans la pièce. « Je crois que ça peut marcher. Ne dites rien au roi demain. Je vais attendre le bon moment pour lui en faire la suggestion. Priez pour que Sa Majesté approuve. »

Caldric prit congé et Pug entrevit pour la première fois un espoir pour que ce voyage ait une fin heureuse. Même Arutha, qui avait tempêté toute la semaine, semblait presque content.

Pug fut éveillé par des coups à sa porte. Il dit d'une voix ensommeillée qu'on pouvait entrer et la porte s'ouvrit. Un serviteur en livrée royale glissa un œil par l'entrebâillement. « Messire, le roi exige la présence de tous les membres de la troupe ducale dans la salle du trône. Immédiatement. » Il tenait une lanterne pour Pug.

Pug dit qu'il arrivait tout de suite et il s'habilla à la va-vite. Dehors, il faisait encore noir et il était très inquiet d'apprendre la cause de cette convocation surprise. Après le départ de Caldric, il avait commencé à s'inquiéter que le roi si lunatique entende parler de leur plan pour contrer le duc du Bas-Tyra.

Il sortit de sa chambre en bouclant sa ceinture. Il traversa le couloir en courant, le serviteur à côté de lui l'éclairant avec sa lanterne, car les torches et les chandelles qu'on laissait habituellement allumées le soir avaient toutes été éteintes.

Quand ils entrèrent dans la salle du trône, le duc, Arutha et Kulgan arrivaient, regardant tous Rodric avec appréhension. Il faisait les cent pas devant son trône, encore en robe de chambre. Le duc Caldric se tenait à côté de lui, le visage grave. La pièce était plongée dans le noir, à l'exception des lanternes portées par les serviteurs.

Dès qu'ils furent tous rassemblés devant le trône, Rodric attaqua avec rage : « Cousin ! Savez-vous ce qu'est ceci ? » Il hurlait, en brandissant une feuille de parchemin.

Borric lui répondit qu'il l'ignorait. La voix de Rodric baissa d'un ton. « C'est un message de Yabon ! Ce vieil imbécile de Brucal a laissé ces étrangers tsurani attaquer et détruire l'une de ses garnisons. Regardez ça ! » Il finit presque sur un cri en jetant les parchemins à Borric. Kulgan les ramassa et les tendit au duc. « Inutile, dit le roi, la voix presque normale maintenant. Je vais vous dire ce qu'il y a dedans. Les envahisseurs ont attaqué les cités libres, près de Walinor. Ils ont attaqué les forêts des elfes. Ils ont attaqué les monts de Pierre. Ils ont attaqué Crydee. »

Borric ne put se retenir de demander : « Quelles nouvelles de Crydee ? »

Le roi s'arrêta. Il regarda Borric et, un bref instant, Pug vit une lueur de folie dans ses yeux. Il les referma brièvement, puis les rouvrit et Pug constata que le roi était redevenu lui-même. Il secoua légèrement la tête et porta les mains à ses tempes. « Je n'ai que des nouvelles de seconde main de Brucal. Quand ces messages sont partis il y a six semaines, Crydee n'avait subi qu'une seule attaque. Votre fils Lyam a dit que la victoire était totale et qu'il avait repoussé les étrangers loin dans la forêt. »

Caldric s'avança. « Tous les rapports annoncent la même chose. Des compagnies de fantassins lourdement armés ont attaqué à la nuit, avant la fonte des neiges, prenant les garnisons par surprise. On ne sait pas grand-chose, sinon qu'une garnison de LaMutiens près des monts de Pierre a été balayée. Toutes les autres attaques semblent avoir été repoussées. » Il jeta à Borric un regard lourd de sens. « Personne n'a rapporté avoir vu de cavalerie chez les Tsurani. »

Borric dit : « Alors il est possible que Tully ait raison et qu'ils n'aient pas de chevaux. »

Le roi sembla pris d'un vertige, car il vacilla en arrière et s'assit sur son trône. À nouveau, il porta la main à sa tempe et dit : « Qu'est-ce que c'est que cette histoire de chevaux ? On envahit mon royaume. Ces créatures osent attaquer mes soldats. »

Borric s'adressa au roi. « Qu'est-ce que Votre Majesté désire que je fasse ? »

Le roi répondit d'une voix suraiguë : « Que vous fassiez ? Je voulais attendre l'arrivée de mon loyal duc du Bas-Tyra avant de prendre une décision. Mais maintenant il me faut agir. »

Il se tut et ressembla brusquement à un loup pris au piège, les yeux brillants à la lumière des lanternes. « Je me disais que j'allais donner à Brucal le commandement des armées de l'Ouest, mais ce vieux gâteux est incapable de protéger ses propres garnisons. »

Borric s'apprêta à protester pour défendre Brucal, mais Arutha, qui connaissait son père, lui prit le bras et le duc se tut.

Le roi dit : « Borric, vous devez laisser Crydee à votre fils. Il saura se débrouiller, visiblement. C'est pour l'instant le seul qui soit ressorti victorieux d'une confrontation. » Ses yeux errèrent dans la pièce et il eut un petit ricanement. Il secoua la tête un bon moment et sa voix se fit moins frénétique. « Ô dieux, ces douleurs ! J'ai l'impression que ma tête va éclater. » Il ferma les yeux un bref instant. « Borric, laissez Crydee à Lyam et à Arutha. Je vous donne le commandement des armées de l'Ouest. Allez à Yabon. Brucal est attaqué de toutes parts, car la majeure partie de l'armée étrangère frappe LaMut et Zùn. Quand vous serez là-bas, demandez tout ce qui vous semblera nécessaire. Ces envahisseurs doivent être chassés de nos terres. »

Le visage du roi était livide et son front brillait de sueur. « Ce n'est pas la bonne heure pour partir, mais j'ai fait dire au port de préparer un navire. Vous devez appareiller tout de suite. Immédiatement. Partez, maintenant. »

Le duc salua et tourna les talons. Caldric dit : « Je vais raccompagner Sa Majesté à ses appartements. Je vous escorterai jusqu'aux docks dès que vous serez prêts. »

Le vieux chancelier aida le roi à descendre de son trône et la troupe ducale sortit de la pièce. Ils rentrèrent rapidement à leurs appartements et y trouvèrent des serviteurs qui étaient déjà en train de faire leurs bagages. Pug était tout excité. Il allait enfin rentrer chez lui.

Ils se tenaient sur la jetée, pour saluer Caldric. Pug et Meecham attendaient les autres. Le grand guerrier lui dit : « Eh bien, gamin. On ne va pas revoir la maison de sitôt, maintenant que la guerre vient de commencer. »

Pug leva les yeux vers le visage de l'homme à la terrible cicatrice qui l'avait trouvé si longtemps auparavant dans la tempête. « Pourquoi ? Nous ne rentrons pas chez nous ? »

Meecham secoua la tête. « Le prince prendra un navire à Krondor pour franchir les passes des Ténèbres afin de rejoindre son frère, mais le duc va prendre un navire pour Ylith, il va rejoindre le camp de Brucal près de LaMut. Là où va monseigneur Borric, Kulgan va. Et là où va mon maître, je vais. Et toi ? »

Pug sentit comme un creux se former dans son estomac. Meecham avait raison. Il devait aller avec Kulgan et non à Crydee, bien qu'il sût que s'il le demandait, on lui permettrait de rentrer avec le prince. Il se résigna à abandonner encore un peu de son enfance. « Là où va Kulgan, je vais. »

Meecham lui donna une tape sur l'épaule et dit : « Eh bien, au moins je pourrai t'apprendre à utiliser cette satanée épée que tu manies comme un balai. »

Prenant peu de plaisir à cette idée, Pug lui fit un faible sourire. Ils montèrent sur le navire et partirent rapidement pour Salador, première étape de leur long voyage de retour vers l'Ouest.

CHAPITRE 14

Il y eut beaucoup de pluie ce printemps.

Les préparatifs de la guerre furent ralentis par la boue qui recouvrait tout. Il devait faire encore humide et froid presque tout un mois avant que l'été, bref et chaud, n'arrive.

Le duc Brucal de Yabon et monseigneur Borric étaient penchés au-dessus d'une table qui croulait sous les cartes. La pluie tambourinait sur le toit de la tente, dans la partie centrale du pavillon de commandement. Il y avait deux autres tentes de chaque côté de celle-ci, servant de chambres aux deux nobles. Une épaisse fumée flottait dans la tente, à cause des lanternes et de la pipe de Kulgan. Le magicien s'était révélé de bon conseil pour les ducs et ses pouvoirs magiques les avaient aidés. Il était capable de deviner les sautes de vent et ses sens de sorcier lui permettaient même parfois de déceler certains des mouvements de troupes des Tsurani. Et, avec sa manie de lire tous les livres qui lui tombaient sous la main depuis des années, y compris les récits de guerre, il était devenu un bon stratège et tacticien.

Brucal déplia la carte la plus récente de la table. « Ils ont pris cette place-là, et celle-ci. Ils tiennent cet endroit (il montra un autre point sur la carte), malgré tous nos efforts pour les en déloger. Ils semblent aussi progresser en ligne de là à là. » Son doigt traça une ligne le long de la façade est des Tours grises. « Il y a un plan derrière tout cela, mais je veux bien être pendu si j'arrive à comprendre lequel. » Le vieux duc semblait fatigué. Cela faisait deux mois maintenant que les combats avaient commencé partout dans le royaume et aucun des deux camps ne semblait avoir pris l'avantage.

Borric étudia la carte. Il y avait des points rouges pour les places fortes tsurani : des remparts de défense en terre creusés à la main, avec au moins deux cents hommes chaque fois. On avait aussi indiqué en jaune les emplacements approximatifs où l'on pensait que leurs renforts se trouvaient. On savait que toute position attaquée était renforcée très rapidement, parfois en quelques minutes. Les points bleus montraient les places fortes tenues par le royaume, mais la majeure partie des troupes de Brucal étaient installées autour de la colline où se trouvait la tente de commandement.

Au début, le royaume avait mené une guerre de mouvement, car la plupart des troupes dont les ducs disposaient étaient de la cavalerie. Les choses avaient changé avec l'arrivée de l'infanterie lourde et des ingénieurs de Ylith et de Tyr-Sog, qui avaient monté des fortifications permanentes et avaient ainsi rendu possible leur défense. Le duc de Crydee confirma. « Ils semblent suivre la même tactique : avancer une petite troupe, la fortifier et tenir. Ils empêchent nos troupes de passer, mais ils refusent de nous suivre quand nous nous replions. Ils agissent selon un plan. Mais lequel, je me le demande. »

Un garde entra. « Messires, il y a un elfe dehors, qui demande à entrer. »

Brucal dit : « Qu'il entre. »

Le garde écarta un pan de la tente et un elfe entra. Ses cheveux brun-roux étaient plaqués sur sa tête et sa cape dégoulinait sur le sol de la tente. Il s'inclina devant les ducs.

« Quelles nouvelles d'Elvandar ? demanda Borric.

— Ma reine vous salue. » L'elfe se tourna rapidement vers la carte. Il montra la passe entre les Tours grises au sud et les monts de Pierre au nord, la passe dans laquelle s'engouffraient actuellement les troupes de Borric à l'est. « Les étrangers font passer beaucoup de soldats par là. Ils se sont avancés jusqu'au bord des forêts elfiques, mais ils ne cherchent pas à y entrer. Ils ne m'ont pas facilité le passage. » Il sourit. « J'ai mené plusieurs chasses fort plaisantes pendant une bonne demi-journée. Ils courent presque aussi bien que les nains. Mais ils n'arrivaient pas à me suivre dans la forêt. » Il reporta son attention sur la carte. « Crydee nous a fait savoir que quelques patrouilles avaient subi des escarmouches, mais rien qui soit proche du château lui-même. Les Tours grises ne donnent aucun signe d'activité, Carse et Tulan non plus. Ils semblent se contenter de se fortifier le long de cette passe. Vos forces à l'ouest ne pourront pas vous rejoindre, elles ne pourront plus passer au travers de leurs lignes, maintenant.

— Combien sont-ils, les étrangers ? demanda Brucal.

— C'est difficile à dire, mais j'en ai vu plusieurs milliers le long de cette route. » L'elfe indiqua du doigt une route qui longeait le côté nord de la passe, allant des forêts elfiques jusqu'au camp du royaume. « Ils ne s'attaquent pas aux nains des monts de Pierre, tant que ceux-ci ne s'aventurent pas au sud. Les étrangers les empêchent de passer, par contre. »

Borric demanda à l'elfe : « Sait-on si les Tsurani disposent d'une cavalerie ?

— Pour l'instant, rien. Les rapports ne parlent que de leur infanterie. »

Kulgan dit : « L'idée du père Tully selon laquelle ils pourraient ne pas avoir de chevaux semble être fondée. »

Brucal prit un pinceau et de l'encre et il inscrivit les informations sur la carte. Kulgan regardait par-dessus son épaule.

Borric dit à l'elfe : « Après avoir pris un peu de repos, vous saluerez votre maîtresse de ma part et vous lui souhaiterez tous mes vœux de santé et de prospérité. Si vous envoyez des coursiers à l'ouest, je vous prie de porter les mêmes vœux à mes fils. »

L'elfe acquiesça. « Comme il vous plaira. Je vais rentrer tout de suite à Elvandar. » Il se retourna et sortit de la tente.

Kulgan prit la parole : « Je crois que j'ai compris. » Il montra les nouveaux points rouges sur la carte. Ils formaient un vague demi-cercle, par la passe. « Les Tsurani tentent de tenir cette zone-là. Cette vallée est au centre du cercle. J'ai comme l'impression qu'ils essayent de nous empêcher d'approcher. »

Les deux ducs s'étonnèrent. Borric demanda : « Mais dans quel but ? Il n'y a rien ici qui ait une valeur stratégique. C'est comme s'ils nous poussaient à les enfermer dans cette vallée. »

Soudain, Brucal s'exclama : « C'est une tête de pont. C'est comme s'ils traversaient une rivière. Ils ont pris pied de ce côté-ci de la faille, comme l'appelle le magicien. Ils n'ont comme réserves que ce que leurs hommes peuvent transporter. Ils ne contrôlent pas assez bien la zone pour se nourrir sur le terrain, alors il leur faut développer leur zone de contrôle et faire des réserves avant de lancer l'offensive. »

Brucal se tourna vers le magicien. « Qu'en pensez-vous, Kulgan ? Voilà qui est davantage de votre ressort. »

Le magicien regarda la carte comme s'il essayait de deviner par magie les informations qu'elle recelait. « Nous ne savons rien de la magie utilisée. Nous ne savons pas à quelle vitesse ils peuvent faire passer leurs hommes ou leur approvisionnement, car personne ne les a jamais vus arriver. Il est possible qu'ils aient besoin d'une zone de bonne taille, comme cette vallée. Peut-être ne peuvent-ils faire passer des troupes que pendant un temps limité. »

Le duc Borric réfléchit. « Alors nous n'avons pas le choix. Nous devons envoyer des gens voir ce qui se passe dans cette vallée. »

Kulgan sourit. « J'irai avec eux, si Votre Grâce le permet. Vos soldats n'auront probablement aucune idée de ce qu'ils voient s'il y a de la magie en jeu. »

Brucal essaya d'émettre une objection, en lorgnant avec insistance l'ample taille du magicien. Borric le coupa : « Ne vous laissez pas abuser par son poids. Il monte comme un soldat. » Il se tourna vers Kulgan. « Vous devriez prendre Pug, car si l'un de vous tombait, l'autre pourrait quand même nous rapporter les nouvelles. »

Kulgan ne semblait pas apprécier l'idée, mais il en comprenait l'utilité. Le duc de Yabon dit : « Si nous frappons au niveau de la passe du Nord, puis dans cette vallée et que nous attirons leurs forces de ce côté-ci, une petite troupe rapide devrait pouvoir passer par là. » Il désigna une petite passe qui, par l'est, donnait au sud de la vallée.

Borric dit : « C'est plutôt osé. Cela fait si longtemps que nous dansons avec les Tsurani, en essayant de garder un front stable, que je doute qu'ils s'attendent à cela. » Le magicien suggéra de se retirer pour la soirée, car la journée du lendemain risquait d'être longue. Il ferma les yeux un bref instant, puis informa les deux chefs que la pluie allait s'arrêter et qu'il y aurait du soleil le lendemain.

Pug était enroulé dans une couverture, essayant vainement de somnoler, quand Kulgan entra dans la tente. Meecham se tenait devant le feu et préparait le repas du soir, s'efforçant d'écarter de la tambouille les crocs avides de Fantus. Le dragonnet avait retrouvé son maître une semaine auparavant, déclenchant un concert de cris chez les soldats alors qu'il survolait les tentes. Seul Meecham avait empêché un archer de planter une flèche dans le corps du malicieux dragonnet. Kulgan avait retrouvé son animal avec plaisir, mais il se déclara incapable d'expliquer comment la créature avait pu les rejoindre. Le dragonnet était entré directement dans la tente du magicien et s'était contenté de reprendre ses vieilles habitudes, dormant à côté de Pug et volant sa pitance malgré la vigilance de Meecham.

Pug se leva sur son lit quand le magicien ôta sa cape trempée. « On va lancer une expédition en plein territoire tsurani, pour briser le cercle qu'ils ont refermé autour d'une petite vallée et découvrir ce qu'ils y trament. Meecham et toi allez m'accompagner là-dedans, j'aimerais que mes amis gardent mes flancs et mes arrières. »

Pug était tout excité par la nouvelle. Meecham avait passé de longues heures à lui enseigner le maniement de l'épée et du bouclier et son vieux rêve de gloire militaire lui était revenu. « Ma lame est prête à servir, Kulgan. »

Meecham émit un bruit qui pouvait passer pour un rire et le magicien lui lança un regard noir. « Bien, Pug. Mais si nous avons de la chance, nous n'aurons pas à nous battre. Nous partirons avec une troupe réduite attachée à une autre plus importante, pour faire diversion. Nous traverserons rapidement leur territoire pour découvrir ce qu'ils cachent. Puis nous reviendrons porter les nouvelles aussi vite que possible. Je bénis les dieux qui ont fait qu'ils n'aient pas de chevaux, sinon nous ne pourrions pas nous permettre de frapper un tel coup. Il va falloir que nous traversions leurs lignes avant même qu'ils ne se rendent compte que nous les avons attaqués.

— Nous pourrions peut-être faire un prisonnier, espéra le garçon.

— Ça nous changerait », répondit Meecham. Les Tsurani s'étaient révélés des guerriers acharnés, qui préféraient la mort à la captivité.

« Nous pourrions peut-être découvrir pourquoi ils viennent sur Midkemia », hasarda Pug.

Kulgan devint pensif. « Nous ne savons pas grand-chose de ces Tsurani. D'où viennent-ils ? Comment arrivent-ils à passer de leur monde au nôtre ? Et, comme tu viens de le faire remarquer, la question la plus contrariante, pourquoi viennent-ils ? Pourquoi envahir nos terres ?

— Pour le métal. »

Kulgan et Pug regardèrent Meecham, qui touillait son ragoût en gardant l'œil sur Fantus. « Ils n'ont pas de métal et ils veulent le nôtre. » Quand Kulgan et Pug le dévisage d'un air ahuri, il secoua la tête. « Je croyais que vous aviez déjà compris, alors je n'en ai jamais parlé. » Il écarta les bols de ragoût et retira de sous son lit une flèche rouge. « Souvenir, dit-il en la tenant en l'air pour mieux la montrer. Regardez la tête. Elle est faite de la même matière que leurs épées, une sorte de bois, durci comme de l'acier. J'ai examiné plein de choses rapportées par les soldats, mais je n'ai jamais rien trouvé qui contienne du métal. »

Kulgan semblait abasourdi. « Bien entendu ! C'est si simple. Ils ont trouvé un moyen de passer de leur monde au nôtre, ont envoyé des éclaireurs et ont découvert une terre qui contenait des métaux dont eux ne disposent pas. Alors ils ont envoyé une armée d'invasion. Cela explique aussi pourquoi ils se rassemblent dans une haute vallée, dans les montagnes, plutôt qu'en bas dans la forêt. Cela leur donne accès aux... mines des nains ! » Il se releva d'un bond. « Il faut que j'en informe les ducs immédiatement. Nous devons prévenir les nains et leur dire qu'ils doivent s'attendre à des incursions dans leurs mines. »

Pug s'assit pensivement et Kulgan disparut hors de la tente. Au bout d'un moment, il dit : « Meecham, pourquoi est-ce qu'ils n'ont pas essayé de négocier ? »

Meecham secoua la tête. « Les Tsurani ? D'après ce que j'ai vu, gamin, la négociation, ils ne connaissent pas. C'est un ramassis de foudres de guerre. Ces bâtards se battent comme des démons. S'ils avaient eu des chevaux, ils auraient repoussé tous nos soldats jusqu'à LaMut et ils auraient probablement brûlé la ville ensuite. Mais si nous arrivons à les épuiser en ne les lâchant pas jusqu'à ce qu'ils fatiguent, comme font les chiens de chasse, nous finirons peut-être par régler la question. Regarde ce qui est arrivé à Kesh. Elle a perdu la moitié de Bosania, au nord, au profit du royaume juste parce que la confédération avait épuisé l'empire en montant rébellion sur rébellion au sud. »

Au bout d'un moment, Pug se dit que Kulgan ne reviendrait probablement pas avant longtemps. Il mangea seul et retourna se coucher. Meecham abandonna l'idée de protéger le repas du magicien contre le dragonnet et il alla se coucher aussi.

Dans le noir, Pug, allongé sur le dos, regardait le toit de la tente, bercé par le bruit de la pluie et par celui des mâchoires du dragonnet en plein repas. Il glissa rapidement dans le sommeil et rêva d'un tunnel tout noir où s'éloignait une lumière vacillante.

La colonne avançait lentement sous les arbres denses, masquée par la brume. Des éclaireurs allaient et venaient régulièrement, guettant tout signe d'embuscade tsurani. Le soleil, haut dans le ciel, plongeait la scène dans une lumière gris-vert, brouillant toute vision au-delà de quelques mètres.

En tête se tenait un jeune capitaine de l'armée de LaMut, Vandros, le fils du vieux seigneur de la ville. C'était aussi l'un des capitaines les plus calmes et les plus remarquables de l'armée de Brucal.

Ils avançaient par deux. Pug se retrouvait à côté d'un soldat, derrière Kulgan et Meecham. On fit passer l'ordre de halte et Pug tira sur ses rênes, puis descendit de cheval. Par-dessus son gambison, il portait une cotte de mailles légère et bien graissée. On lui avait passé un autre tabard des forces de LaMut, avec la tête de loup gris sur un disque bleu au centre. D'épais pantalons de laine étaient glissés dans ses cuissardes. Au bras gauche, il portait un bouclier et il avait l'épée à la ceinture. Il éprouvait le sentiment d'être un vrai soldat. La seule fausse note, c'était le heaume, qui était un peu trop grand et qui lui donnait une apparence un peu comique.

Le capitaine Vandros se dirigea vers Kulgan et descendit de cheval. « Les éclaireurs ont aperçu un camp à un peu moins d'un kilomètre. Ils pensent que les gardes ne les ont pas vus. »

Le capitaine sortit une carte. « Nous sommes à peu près là. Je vais attaquer le poste adverse avec mes hommes. La cavalerie de Zùn nous apportera son soutien sur les flancs. Le lieutenant Garth dirigera votre troupe. Vous traverserez les lignes adverses et continuerez en direction des montagnes. Nous essayerons de suivre si nous le pouvons, mais si nous ne vous avons pas rejoints au coucher du soleil, vous devrez continuer seuls.

« Ne vous arrêtez jamais, même si vous n'avancez que très lentement. Poussez vos chevaux, mais gardez-les en vie. À cheval, vous pourrez toujours distancer les étrangers, mais à pied je ne vous donne pas beaucoup de chances de rentrer. Ils courent comme des démons.

« Quand vous aurez atteint les montagnes, prenez la passe. Entrez dans la vallée une heure après le lever du soleil. La passe du Nord sera attaquée à l'aube, alors si vous arrivez dans la vallée sans problème, j'espère que vous ne trouverez pas trop d'obstacles jusque là-bas. Quand vous serez dans la vallée, ne vous arrêtez sous aucun prétexte. Si un homme tombe, il faut le laisser. Vous avez pour mission de ramener des informations aux généraux. Maintenant, essayez de vous reposer. C'est probablement la dernière fois avant un bout de temps. Nous attaquerons dans une heure. »

Il ramena son cheval en tête. Kulgan, Meecham et Pug s'assirent sans un mot. Le magicien ne portait pas d'armure, arguant du fait qu'elle risquait de le gêner pour sa magie. Pug était plus enclin à croire qu'elle risquait de le gêner à cause de sa corpulence. Meecham portait une épée au côté, comme les autres, mais il avait aussi un arc assez court pour tirer à cheval. Il préférait l'arc au combat rapproché, mais Pug savait, après les longues heures d'instruction qu'il avait reçues de lui, que Meecham n'ignorait rien du maniement de l'épée.

L'heure passa lentement et Pug sentit l'excitation monter en lui, emporté par les rêves de gloire de son enfance. Il avait oublié la terreur qu'il avait ressentie lors du combat contre les Frères des Ténèbres avant d'arriver aux Tours grises.

On donna l'ordre de départ et ils remontèrent à cheval. Ils avancèrent doucement au début, jusqu'à ce que les Tsurani soient à portée de vue. Les arbres étaient plus clairsemés et ils prirent de la vitesse. Quand ils débouchèrent dans la clairière, les chevaux galopaient déjà. On avait fait des remparts de terre pour se protéger des charges à cheval. Pug vit les heaumes colorés des Tsurani qui s'avançaient pour défendre leur camp. En chargeant, ils entendirent des bruits de combat à travers les arbres, indiquant que les troupes de Zùn s'attaquaient à d'autres camps tsurani.

Le sol trembla sous le grondement des sabots des chevaux qui fonçaient droit sur le camp. Les soldats tsurani restèrent derrière leur rempart de terre et commencèrent à leur tirer dessus, sans réussir à les atteindre. Quand la première section de la colonne arriva au rempart, la seconde tourna à gauche et passa à côté du camp. Il y avait quelques Tsurani au-delà des fortifications, qui se firent faucher comme des blés. Deux d'entre eux réussirent presque à toucher les cavaliers avec leurs grandes épées à deux mains, mais leurs coups furent esquivés. Meecham, en continuant à guider son cheval avec les genoux, les abattit d'une flèche chacun.

Pug entendit hurler un cheval derrière lui, puis il pénétra dans la forêt, écrasant les broussailles. Ils foncèrent aussi vite que possible, en passant au ras des arbres, esquivant les branches basses, la scène défilant comme un kaléidoscope de verts et de bruns.

La colonne continua pendant presque une demi-heure, puis ralentit le pas car les chevaux commençaient à se fatiguer. Kulgan appela le lieutenant Garth et ils firent halte pour vérifier leur position sur la carte. En avançant lentement le reste de la journée et la nuit, ils arriveraient vers l'aube à l'entrée de la passe.

Meecham regarda par-dessus les têtes de Kulgan et du lieutenant agenouillés par terre. « Je connais cet endroit. J'y ai chassé quand j'étais petit, à l'époque où je vivais près de Hùsh. »

Pug était surpris. C'était la première fois que Meecham parlait de son passé. Pug s'était dit que Meecham était de Crydee et il fut étonné d'apprendre qu'il avait passé sa jeunesse dans les cités libres. Mais de toute manière, il avait du mal à imaginer Meecham jeune.

Meecham poursuivit : « Il y a un chemin dans les montagnes, un sentier qui passe entre deux petits pics. C'est juste un sentier de chèvre, mais si nous poussons les chevaux toute la nuit, nous serons dans la vallée au lever du soleil. C'est un chemin difficile à trouver par ici, si on ne sait pas où chercher. Par la vallée, c'est presque impossible. Je parie que les Tsurani ne le connaissent pas. »

Le lieutenant regarda Kulgan d'un air interrogateur. Le magicien regarda Meecham, puis il dit : « Ça vaudrait le coup d'essayer. Nous pouvons marquer la piste pour Vandros. Si nous avançons lentement, il pourrait nous rattraper avant que nous arrivions à la vallée.

— Bien, dit le lieutenant, notre meilleur atout, c'est la mobilité, alors on avance. Meecham, par où sortirons-nous ? »

Le grand homme se pencha par-dessus l'épaule du lieutenant pour désigner un point au sud de la vallée. « Là. Si nous passons plein ouest sur environ un kilomètre, puis que nous tournons vers le nord, nous pourrons passer directement au cœur de la vallée. » Il suivait le chemin du doigt en continuant ses explications. « Cette vallée est très boisée au nord et au sud, avec un pré au centre. S'ils ont installé un gros campement, c'est là qu'ils ont dû le monter. C'est essentiellement à découvert, alors si les étrangers nous ont préparé une surprise, nous devrions pouvoir traverser leurs lignes avant même qu'ils réussissent à s'organiser suffisamment pour nous arrêter. Le passage délicat, ce sera la forêt au nord, où ils risquent d'avoir mis des garnisons. Mais si nous passons, nous pourrons rejoindre la passe du Nord.

— Tout le monde a bien compris ? » demanda le lieutenant. Comme personne ne répondit, il donna l'ordre aux hommes de faire avancer leurs chevaux et Meecham passa devant pour les guider.

Ils arrivèrent à l'entrée de la passe, ou plutôt de ce que Meecham avait appelé à juste titre, selon Pug, un sentier de chèvre, une heure avant la tombée du jour. Le lieutenant posta des gardes et donna l'ordre de desseller les chevaux. Pug frotta sa monture avec des poignées d'herbes longues, puis il l'attacha. Les trente soldats s'occupèrent de leurs chevaux et de leurs armures. Pug sentait que l'atmosphère était tendue. Passer à proximité du camp tsurani avait mis les soldats sur les dents et ils avaient envie d'en découdre.

Meecham montra à Pug comment étouffer les cliquètements de son épée et de son bouclier avec des bandes de tissu prises sur leurs couvertures. « Nous n'allons pas utiliser ce paquetage cette nuit et il n'y a rien de plus bruyant dans les collines que le métal, gamin. Sauf les sabots sur la pierre. » Pug le regarda enfiler aux chevaux des chaussettes de cuir, qu'ils avaient justement emportées avec eux dans leurs fontes à cet effet. Pug se reposa jusqu'au coucher du soleil. À la lumière du crépuscule printanier, il attendit l'ordre de resseller. Les soldats commençaient déjà à mettre les chevaux en colonne quand il termina.

Meecham et le lieutenant passaient le long de la colonne en répétant leurs instructions aux hommes. Ils devaient avancer sur une seule file, Meecham devant, le lieutenant en second. Chacun avait sa place. Ils nouèrent une ligne de corde à l'étrier gauche de chaque monture et chaque homme s'agrippa fermement à son bout de corde en menant son propre cheval. Quand tout le monde fut en position, Meecham démarra.

Le sentier montait en pente raide et les chevaux glissaient régulièrement. Ils avançaient lentement dans le noir, faisant très attention à ne pas s'écarter du chemin. De temps en temps, Meecham faisait stopper la colonne, pour partir en éclaireur. Après plusieurs arrêts, le sentier déboucha sur une étroite échancrure dans la montagne et commença à redescendre. Une heure plus tard il s'élargit et ils s'arrêtèrent pour prendre du repos. On envoya deux soldats avec Meecham pour inspecter l'avant, tandis que le reste de la colonne, épuisé, mettait pied à terre pour se dégourdir les jambes. Pug comprit que la fatigue était due autant à la tension provoquée par la nécessité de cheminer en silence qu'à l'escalade elle-même, mais cela ne calmait pas pour autant ses douleurs de jambes.

Ils se reposèrent trop peu à leur goût, puis repartirent. Pug trébuchait, la fatigue lui engourdissant l'esprit à tel point que le monde n'était devenu pour lui qu'une succession sans fin de pieds à mettre l'un devant l'autre. Plusieurs fois, il s'agrippa à la corde de l'étrier et se laissa littéralement traîner par le cheval devant lui.

Brusquement, Pug se rendit compte que la colonne venait de s'arrêter et qu'ils se tenaient dans une faille entre deux petites collines, surplombant le sol de la vallée. De là, il ne leur faudrait que quelques minutes pour descendre la pente à cheval.

Kulgan alla voir le garçon qui se tenait près de sa monture. Le corpulent magicien ne semblait pas particulièrement essoufflé par la balade et Pug se demanda quels muscles il pouvait bien cacher sous sa graisse. « Comment te sens-tu, Pug ?

— Je survivrai, je pense, mais je crois que je ferai le reste du chemin à cheval, si ça ne vous dérange pas. » Ils parlaient à mi-voix, mais le magicien laissa quand même échapper un petit rire.

« Je comprends tout à fait. Nous allons rester ici jusqu'aux premières lueurs. Ce sera dans un peu moins de deux heures. Je te suggère de dormir un peu, car après nous ne pourrons plus nous arrêter. »

Pug acquiesça et il se coucha sans un mot. Il se servit de son bouclier comme coussin et, avant même que le magicien ait eu le temps de s'éloigner, il était plongé dans un profond sommeil. Il ne se réveilla même pas quand Meecham vint enlever les chaussettes de cuir de son cheval.

Pug se réveilla en se faisant secouer tout doucement. Il avait l'impression de n'avoir fermé les yeux que quelques instants. Meecham était accroupi devant lui et lui tendait quelque chose. « Tiens, gamin. Mange ça. »

Pug le prit. C'était du pain moelleux avec un goût de noisette. Deux bouchées plus tard, il commença à se sentir mieux.

Meecham lui dit : « Mange vite, nous partons dans quelques minutes. » Il rejoignit le lieutenant et le magicien. Pug finit son pain et remonta sur son cheval. Il n'avait plus mal aux jambes et dès qu'il fut de nouveau en selle, il eut hâte de repartir.

Le lieutenant tourna sa monture face aux hommes. « Nous allons partir vers l'ouest. À mon commandement, nous tournerons vers le nord. Ne vous battez que si l'on vous attaque. Nous avons pour mission de rentrer avec des informations sur les Tsurani. Si un homme tombe, nous ne pourrons pas nous arrêter. Si vous êtes séparés des autres, revenez comme vous pouvez. Essayez de vous rappeler tout ce que vous verrez, car vous serez peut-être le seul à rapporter quelque chose aux ducs. Que les dieux vous protègent tous. »

Plusieurs soldats firent des prières rapides à divers dieux, essentiellement à Tith, le dieu de la guerre, puis la colonne s'ébranla. Ils descendirent la colline et arrivèrent en bas dans la vallée. Le soleil pointait derrière eux sur la crête des collines, baignant le paysage d'une lumière rose. Au pied des collines, ils traversèrent un petit gué et passèrent sur une plaine couverte d'herbes hautes. Loin devant se trouvait un bosquet et ils en voyaient un autre à l'horizon. Au nord de la vallée s'élevait la fumée de plusieurs feux de camp. L'ennemi était donc bien là, se dit Pug, et d'après la fumée, ils devaient être très nombreux. Il espéra que Meecham ne s'était pas trompé et qu'ils étaient tous cantonnés sur terrain découvert, là où les soldats du royaume auraient des chances raisonnables de les distancer.

Au bout d'un moment, le lieutenant fit passer le mot et tout le monde tourna en direction du nord. Ils restèrent au trot, afin de garder les chevaux en état pour plus tard, quand ils en auraient vraiment besoin.

Pug crut apercevoir des taches de couleur dans les arbres devant, alors qu'ils pénétraient dans le bois au sud de la vallée, mais il n'en était pas certain. Quand ils entrèrent sous les arbres, il y eut un cri. Le lieutenant hurla : « Bon, ils nous ont vus. Au galop, restez groupés. » Il talonna sa monture et bientôt toute la troupe fonçait vers les bois en écrasant tout sur son passage. Pug vit les chevaux devant lui tourner à gauche et il les suivit ; les arbres étaient plus clairsemés de ce côté. Les voix se firent plus fortes quand ils passèrent les premiers arbres à toute allure. Il tenta d'accoutumer ses yeux à la pénombre du sous-bois. Il pria pour que sa monture voie mieux que lui, sans quoi il risquait de percuter un arbre.

Le cheval, rapide et entraîné au combat, fonçait dans la forêt et Pug commença à apercevoir des éclairs de couleurs entre les branches. Les soldats tsurani coururent pour intercepter les soldats mais, obligés de zigzaguer entre les arbres, ils n'y parvinrent pas. Ils traversaient les bois trop vite pour que les Tsurani puissent s'organiser. Pug savait que l'avantage de la surprise ne durerait pas très longtemps. Ils faisaient trop de bruit pour que l'ennemi ne réalise pas ce qui était en train d'arriver.

Leur course folle à travers bois les conduisit à une autre clairière où quelques soldats tsurani les attendaient de pied ferme. Les cavaliers chargèrent et la plupart des défenseurs s'écartèrent pour éviter de se faire piétiner. L'un d'entre eux tint bon, malgré la terreur qui se lisait sur son visage et il abattit son épée bleue à deux mains. Un cheval hennit et le cavalier se fit projeter en avant quand la lame sectionna la jambe droite de l'animal. Pug perdit le combat de vue en passant rapidement à proximité.

Une flèche fila par-dessus son épaule, en bourdonnant comme une abeille furieuse. Il se pencha contre le garrot de son cheval, pour ne laisser aux archers que le moins de surface possible à toucher. Devant lui, un soldat tomba en arrière, une flèche rouge en travers de la gorge.

Ils se retrouvèrent rapidement hors de portée d'arc et foncèrent vers un rempart de terre monté sur une vieille route qui venait des mines au sud. Des centaines de silhouettes de couleurs vives se tenaient derrière. Le lieutenant fit signe de les contourner par l'ouest.

Dès qu'ils comprirent que les cavaliers passeraient à côté du rempart sans le prendre de front, plusieurs archers tsurani descendirent de la redoute et coururent les intercepter. Quand ils arrivèrent à portée de tir, le ciel s'emplit de flèches rouges et bleues. Pug entendit un cheval hennir, mais il ne vit ni l'animal qui s'était fait frapper, ni son cavalier.

Ils se retrouvèrent rapidement hors d'atteinte des archers et pénétrèrent dans un nouveau bouquet d'arbres touffus. Le lieutenant fit ralentir sa monture un moment et hurla : « D'ici, on part droit vers le nord. Nous sommes presque arrivés à la prairie, donc nous ne serons plus couverts. La vitesse est notre seule alliée. Dès que vous atteindrez les bois au nord, continuez tout droit. Nos forces devraient avoir réussi à dégager un chemin et si nous réussissons à passer ces forêts, nous devrions être sortis d'affaire. » Meecham pensait que les bois devaient faire quatre ou cinq kilomètres. À la sortie, il restait environ cinq kilomètres de terrain à découvert avant d'atteindre la passe du Nord dans les collines.

Ils ralentirent, pour reposer leurs chevaux autant que possible. Ils voyaient les petites silhouettes des Tsurani derrière qui les poursuivaient. Mais ils ne réussiraient jamais à les rattraper avant que les chevaux repartent au galop. Les arbres de la forêt, droit devant, grandissaient de minute en minute sur l'horizon. Il sentait les yeux qui les épiaient là-bas en les attendant.

« Quand nous serons à portée de tir, filez aussi vite que vous pourrez », cria le lieutenant. Pug vit les soldats tirer l'épée et préparer leur arc. Il dégaina. Il continuait au trot en direction des arbres, mal à l'aise, l'arme serrée dans la main droite.

Soudain, les flèches commencèrent à pleuvoir. Pug en sentit une ricocher sur son heaume, lui renvoyant la tête en arrière et lui faisant monter les larmes aux yeux. Il poussa son cheval à l'aveuglette, en essayant de cligner des yeux pour s'éclaircir la vue. Il garda fermement son bouclier au bras gauche et son épée à la main droite. Quand il réussit enfin à y voir plus clair, il se trouvait déjà sous les frondaisons. Il dirigea son cheval dans la forêt avec les genoux.

Un soldat vêtu de jaune jaillit de derrière un arbre et tenta de frapper le garçon. Celui-ci fit une parade au bouclier, ce qui lui engourdit le bras gauche tout entier. Il frappa le soldat à son tour, mais celui-ci sauta en arrière et le coup manqua son but. Pug pressa son cheval, avant que le soldat ne se remette en position pour attaquer. Tout autour, la forêt résonnait de bruits de combat. Il avait du mal à distinguer les autres cavaliers entre les arbres.

Plusieurs fois, il piétina des soldats tsurani qui essayaient de lui bloquer le passage. Une fois, l'un d'eux tenta de lui prendre ses rênes, mais Pug le repoussa en frappant son heaume en forme de casserole. Pug avait l'impression d'être lancé dans un jeu de cache-cache complètement fou, où des fantassins jaillissaient d'un arbre sur deux.

Pug sentit une vive douleur à la joue droite. Il y porta le dos de sa main en repartant au galop sous les frondaisons. Sa joue était humide et quand il retira sa main, il vit du sang dessus. Il trouva cela curieux. Il n'avait même pas entendu venir la flèche qui l'avait touché.

Il renversa deux autres soldats grâce à son cheval. Soudain, il jaillit hors de la forêt et fut assailli par une série d'images confuses. Il ralentit un moment pour bien comprendre la scène. À moins de cent mètres à l'ouest de l'endroit par lequel il était sorti, se trouvait une grande machine d'environ trente mètres de long avec des piquets de six mètres de haut à chaque bout. Tout autour, il y avait un grand nombre de personnes, les premiers Tsurani sans armure que voyait Pug. Ces gens portaient de longues robes noires et ils étaient complètement désarmés. Entre les piquets, il y avait une brume grise scintillante comme celle qui était apparue dans la chambre de Kulgan, au travers de laquelle on ne voyait rien. De cette brume sortaient deux bêtes grises trapues à six pattes qui tiraient un chariot, menées par des soldats en armure rouge. Plusieurs autres chariots étaient installés près des machines et on voyait un peu plus loin quelques-unes de ces étranges bêtes en train de paître.

Plus loin, dans la prairie, s'étalait un énorme campement, avec d'innombrables tentes. Des bannières vives couvertes de symboles étranges flottaient dans le vent et la fumée âcre des feux de camp portée par la brise lui picota les narines.

D'autres cavaliers sortaient des arbres et Pug relança son cheval, en s'éloignant de l'étrange machine. Les bêtes à six pattes relevèrent la tête et s'écartèrent sans hâte du chemin des chevaux.

L'un des hommes en robe noire courut au-devant des cavaliers. Il s'arrêta et les regarda passer à côté de lui. Pug entraperçut son visage, soigneusement rasé. Ses lèvres murmuraient et ses yeux restaient fixés sur quelque chose derrière le garçon. Pug entendit un hurlement et, en regardant derrière lui, il vit que l'un des cavaliers était à terre, son cheval figé sur place comme une statue. Le garçon eut à peine le temps de se détourner que plusieurs gardes se précipitaient déjà sur l'homme pour le maîtriser. Dès qu'il eut dépassé la machine, il vit une série de grandes tentes colorées à sa gauche. Devant lui, la voie était libre.

Pug aperçut Kulgan et il tira sur ses rênes pour s'approcher du magicien. Pug voyait les autres cavaliers à trente mètres sur sa droite. Comme ils s'éloignaient au galop, Kulgan hurla quelque chose au garçon, mais celui-ci n'arriva pas à saisir ses mots. Le magicien fit un signe vers son visage, puis il désigna Pug, qui comprit brusquement que le mage lui demandait s'il allait bien. Pug agita son épée et sourit. Le magicien sourit aussi.

Soudain, à environ une centaine de mètres devant, il y eut un bourdonnement dans l'air et un homme en robe noire apparut, comme jaillissant de nulle part. Le cheval de Kulgan lui fonçait dessus, mais l'homme pointait vers le magicien un étrange objet qu'il tenait à la main.

L'air crépita d'énergie. Le cheval de Kulgan hennit et tomba comme si une arme l'avait abattu. Le gros magicien passa par-dessus la tête de sa monture et tomba à terre, l'épaule en avant. Avec une étonnante agilité, il roula sur lui-même et se remit debout, pour se jeter sur l'homme en robe noire.

Pug tira sur ses rênes en dépit de l'ordre de continuer. Il fit faire volte-face à son cheval et chargea vers le magicien, qui était assis sur la poitrine du petit homme. Ils luttaient en se tenant les poignets. Pug les vit, les yeux rivés à ceux de l'autre, pour confronter leurs volontés. Kulgan avait déjà expliqué à Pug cet étrange pouvoir mental. C'était une manière qu'avaient les magiciens de plier la volonté d'un autre à la leur. Cela demandait beaucoup de concentration et était extrêmement dangereux. Pug sauta de selle et se précipita vers les deux hommes qui étaient en train de se battre. Avec le plat de son épée, il frappa la silhouette en robe noire à la tempe. L'homme tomba par terre, inconscient.

Kulgan se remit debout en vacillant. « Merci, Pug. Je ne crois pas que j'aurais réussi à le vaincre. Je n'avais jamais été confronté à une telle puissance mentale. » Kulgan regarda son cheval qui tremblotait au sol. « Inutile. » Il se tourna vers Pug et lui dit : « Écoute-moi bien, car tu vas devoir tout expliquer à monseigneur Borric. À la vitesse où ce chariot jaillissait de la faille, j'estime qu'ils peuvent faire sortir plusieurs centaines de personnes par jour, peut-être même beaucoup plus. Dis au duc qu'il serait suicidaire de s'attaquer à cette machine. Leurs mages sont trop puissants. Je ne pense pas que le duc puisse détruire la machine qu'ils utilisent pour maintenir la faille. Si j'avais le temps de l'étudier… Il doit faire appel à des renforts de Krondor, peut-être même de l'Est. »

Pug attrapa Kulgan par le bras. « Je ne me rappellerai jamais tout ça. Nous irons tous les deux. »

Kulgan essaya de protester mais il était trop faible pour empêcher le garçon de le tirer vers son cheval. Sans faire attention aux objections de Kulgan, Pug poussa son maître en selle. Il hésita un moment, voyant que l'animal était fatigué, puis il prit une décision. « S'il doit nous porter tous les deux, il ne pourra pas tenir, Kulgan, hurla-t-il en donnant une claque sur la croupe de l'animal. J'en trouverai un autre. »

Pug regarda autour de lui dès que le cheval de Kulgan fut parti. Une monture passa, sans cavalier, à moins de six mètres. Mais quand il s'approcha, l'animal décampa. Pug jura, se retourna et il se retrouva face au Tsurani en robe noire qui se relevait. L'homme semblait faible et désorienté et Pug fonça sur lui. Il n'avait plus qu'une pensée en tête : faire un prisonnier. Qui plus est, visiblement un magicien tsurani. Pug prit le magicien par surprise et le renversa.

L'homme rampa à reculons, terrifié, en voyant Pug lever son épée d'un air menaçant. L'homme avança la main dans un geste que Pug prit pour une marque de soumission et le garçon hésita. Soudain, une vague de douleur le transperça et il faillit tomber par terre. Il fit quelques pas en vacillant et malgré la douleur, il vit une silhouette familière qui chevauchait vers lui en l'appelant par son nom.

Pug secoua la tête et soudain la douleur disparut. Meecham galopait vers lui et Pug se dit que le chasseur devrait pouvoir ramener le Tsurani au camp du duc s'il arrivait à l'empêcher de s'enfuir. Oubliant sa douleur, il fit volte-face et se jeta sur le Tsurani qui était encore par terre. Le visage du magicien se figea de stupeur quand il vit le garçon lui revenir dessus. Pug entendit Meecham l'appeler de derrière, mais il ne quitta pas le Tsurani des yeux.

Plusieurs soldats tsurani accoururent dans la plaine pour venir au secours de leur magicien effondré, mais Pug n'était qu'à quelques mètres de lui et Meecham allait arriver d'un instant à l'autre.

Le magicien se releva d'un bond et il chercha frénétiquement quelque chose dans sa robe. Il en sortit un petit appareil, qu'il activa. L'objet émit un bourdonnement très fort. Pug s'élança vers le mage, pour lui arracher l'appareil des mains, quelle que fût son utilité. Le bourdonnement s'intensifia et Pug entendit Meecham crier son nom lorsqu'il frappa le magicien, en lui enfonçant son épaule dans le ventre.

Soudain, le monde explosa en lumières bleues et blanches et Pug se sentit tomber du haut d'un arc-en-ciel de couleurs dans un puits de ténèbres.

Pug ouvrit les yeux. Il mit un moment à ne plus voir flou, car tout ce qui était devant lui semblait clignoter constamment. Puis il se réveilla complètement et réalisa qu'il faisait encore nuit. Les clignotements provenaient de feux qui se trouvaient à quelque distance de l'endroit ou il était allongé. Il essaya de s'asseoir et découvrit qu'il avait les mains liées derrière le dos. Il y eut un grognement à côté de lui. À la faible lumière des feux, il distingua les traits d'un cavalier laMutien qui était allongé à deux mètres de lui. Lui aussi était ligoté. Il avait les traits tirés et une vilaine cicatrice lui zébrait la joue, couverte d'une épaisse croûte de sang séché.

Pug fut distrait par des gens qui parlaient à voix basse derrière lui. Il roula sur lui-même et vit que deux gardes tsurani en armure bleue les surveillaient. Il y avait encore d'autres prisonniers. Les deux étrangers parlaient dans leur langue bizarre et musicale. L'un d'entre eux remarqua le mouvement de Pug et dit quelque chose à l'autre, qui acquiesça et partit rapidement.

Un moment plus tard, il revenait avec un autre soldat, cette fois-ci en armure jaune et rouge, avec une grande crête sur le heaume. Celui-ci donna l'ordre aux deux gardes de remettre Pug debout. On le mit sur ses pieds rudement et le nouvel arrivant se tint devant lui et le scruta de la tête aux pieds. Il avait des cheveux noirs touffus et de grands yeux étirés vers le haut, comme Pug en avait déjà vu sur le champ de bataille chez les morts tsurani. Il avait les pommettes plates et le front large. À la lueur des feux, sa peau avait presque une teinte dorée.

Hormis leur petite taille, la plupart des soldats tsurani auraient pu passer pour des citoyens de l'une des nombreuses nations de Midkemia. Mais ces hommes dorés, comme les appelait Pug, ressemblaient à des marchands de Kesh que Pug avait vus à Crydee il y avait des années, venus de la lointaine ville de Shing Lai.

L'officier inspecta les vêtements du garçon. Puis il mit un genou en terre et examina les bottes que Pug portait aux pieds. Il se releva et aboya un ordre au soldat qui était allé le chercher, qui salua et se tourna vers Pug. Il attrapa le garçon ligoté et le tira à travers le camp tsurani en zigzaguant entre les tentes.

Au centre du camp, de longues bannières flottaient sur des pavillons, en cercle autour d'une grande tente. Elles portaient toutes des dessins étranges, des créatures d'un autre monde, peintes de couleurs vives. Plusieurs étaient inscrites de runes dans un langage qu'il ne connaissait pas. Ce fut là que l'on amena Pug, en le poussant et en le tirant, au beau milieu d'une centaine de soldats tsurani assis en silence, en train de polir leurs armures de cuir et de réparer leurs armes. Plusieurs d'entre eux le regardèrent passer, mais il n'y avait pas dans ce camp le bruit et l'animation que Pug avait l'habitude de voir dans sa propre armée. Ce n'étaient pas seulement ces surprenantes bannières pleines de couleurs qui donnaient aux lieux leur étrangeté. Pug essaya de noter le plus de détails possible. Ainsi, s'il réussissait à s'échapper et à faire un rapport, il pourrait dire quelque chose d'utile au duc Borric. Mais ses sens le trahissaient devant tant d'images si inhabituelles. Il ne savait pas ce qui pouvait avoir une importance dans tout ce qu'il voyait.

À l'entrée de la grande tente, le garde chargé de Pug fut interpellé par deux autres, qui portaient une armure noir et orange. Ils échangèrent quelques mots et l'on rabattit un pan de la tente pour jeter Pug à l'intérieur. Il tomba en avant sur une haute pile de fourrures et de tapis. D'où il se trouvait, Pug apercevait encore d'autres bannières qui ornaient les parois de la tente. Celle-ci était de riche facture, avec des tentures, des coussins et d'épaisses couvertures en soie.

Des mains le relevèrent rudement et il vit plusieurs hommes qui le regardaient. Tous étaient vêtus de l'armure criarde des officiers tsurani, sauf deux. Ils se tenaient sur un dais surélevé couvert de coussins. Le premier portait une simple robe noire dont il avait repoussé la capuche en arrière, révélant un visage fin et pâle, le crâne chauve : un magicien tsurani. L'autre portait une robe orange visiblement très coûteuse avec une bordure noire, coupée sous les genoux et les coudes, visiblement faite pour être confortable. À son apparence noueuse et musclée et à ses nombreuses cicatrices, Pug se dit que cet homme devait être un guerrier qui s'était défait de son armure pour la nuit.

L'homme en noir dit quelque chose aux autres dans un langage aigu et chantant. Ils ne répondirent rien, mais l'homme en robe orange hocha la tête. La grande tente n'était éclairée que par un unique brasero près duquel se trouvaient les deux hommes en robe. Le maigre en robe noire se pencha en avant sans se lever et la lumière du brasier éclaira son visage, lui donnant un aspect tout à fait démoniaque. Il parla avec hésitation et avec un fort accent.

« Je connaître… mal… votre langage. Tu comprendre ? »

Pug acquiesça, le cœur battant et l'esprit en ébullition. L'entraînement de Kulgan commençait à prendre le pas sur ses émotions. Tout d'abord il se calma, dissipant la brume qui envahissait son esprit. Puis il étendit sa perception, instinctivement, à la recherche de toutes les informations disponibles, de toute bribe de connaissance qui puisse lui permettre d'augmenter ses chances de survie. Le soldat le plus près de la porte sembla se détendre, le bras gauche derrière la tête, allongé sur une pile de coussins, ne surveillant le captif qu'à moitié. Mais Pug remarqua que son autre main ne s'écartait jamais de plus de quelques centimètres de la poignée d'une dague inquiétante qu'il portait à la ceinture. Un bref éclat de lumière sur la laque révéla la présence d'une autre poignée de dague, qui sortait très légèrement de sous un coussin au niveau du coude droit de l'homme en orange.

L'homme en noir dit lentement : « Écoute, car je dire toi une chose. Après tu as questions. Si tu mentir, tu mourir. Lentement. Comprendre ? » Pug opina. Il n'en doutait absolument pas.

« Cet homme, dit l'homme en robe noire, montrant celui en robe orange, être un… grand homme. Il être… puissant homme. Il être… » L'homme utilisa un mot que

Pug ne comprit pas. Pug secoua la tête et le magicien dit : « Lui grande famille… Minwanabi. Lui après… » Il chercha ses mots, puis fit un cercle de sa main, comme s'il englobait tous les hommes de la tente, les officiers : « … homme qui dirige. »

Pug opina et dit doucement : « Votre seigneur ? »

Les yeux du magicien se plissèrent, comme s'il s'apprêtait à dire à Pug qu'il n'avait pas à prendre la parole si on ne le lui demandait pas, mais au lieu de cela il s'arrêta et dit : « Oui. Seigneur de Guerre. Nous ici par volonté sienne. Celui-ci second du Seigneur de Guerre. » Il montra l'individu en vêtements orange qui regardait, impassible : « Vous rien pour cet homme. » Il était évident que l'homme se sentait frustré de ne pouvoir expliquer son propos. Il était clair que ce seigneur représentait quelque chose de bien particulier pour son peuple et l'homme qui servait de traducteur s'efforçait de le faire comprendre à Pug.

Le seigneur coupa le traducteur et lui dit plusieurs choses, puis il fit un signe de tête vers Pug. Le magicien chauve opina, puis il se retourna vers Pug : « Tu être seigneur ? »

Pug, étonné, bégaya un non. Le magicien acquiesça, traduisit et le seigneur lui dit autre chose. Il se retourna vers Pug : « Tu porter vêtements comme seigneur, vrai ? »

Pug acquiesça. Sa tunique était de meilleure facture que celles des soldats. Il essaya d'expliquer sa position de membre de la cour ducale. Au bout de plusieurs tentatives, il se résigna à ce qu'ils le prennent pour une sorte de serviteur haut placé.

Le magicien prit un petit objet et il le tendit à Pug. Le garçon hésita un moment, puis il se pencha et le prit. C'était un cube de matière cristalline, veiné de rose. Au bout de quelque temps dans sa main, le cube commença à luire d'une douce lumière rose. L'homme en orange donna un ordre et le magicien traduisit : « Ce seigneur dire, combien hommes passer... » Il ne trouva pas ses mots et fit un signe.

Pug n'avait aucune idée de l'endroit où il se trouvait, ni de la direction que désignait le mage. « Je ne sais pas où je suis, répondit-il. J'étais inconscient quand on m'a amené ici. »

Le magicien réfléchit un instant, puis il se leva. « Ce côté, dit-il en montrant une direction qui était à angle droit par rapport à la direction qu'il venait juste de montrer. Grande montagne, plus haute que les autres. Ce côté. (Il déplaça légèrement la main.) Dans ciel, cinq feux, comme ça. » Ses mains tracèrent quelque chose en l'air. Au bout d'un moment, Pug comprit. L'homme avait montré les monts de Pierre et l'endroit où se situait la constellation des Cinq Joyaux. Il se trouvait dans la vallée. La passe indiquée était celle qu'ils voulaient prendre pour s'échapper.

« Je... en fait, je ne sais pas combien il y en a. »

Le magicien regarda avec attention le cube que Pug portait à la main. Il continuait à luire de la même lumière rose. « Bien, tu dire vrai. »

Pug comprit alors qu'il tenait une sorte d'objet qui informerait ses ravisseurs de toute tentative de mensonge de sa part. Il sentit le désespoir l'envahir. Il savait qu'il n'avait qu'une seule chance de rester en vie, trahir sa patrie.

Le magicien lui posa plusieurs questions sur la nature des armées qui se trouvaient en dehors de la vallée. Pug n'avait pas participé aux réunions stratégiques et il ne put répondre à la plupart. Les questions prirent une tournure plus générale, sur la vie en Midkemia, qui semblait fasciner les Tsurani.

L'interrogatoire se poursuivit durant plusieurs heures. Pug se sentit mal en plusieurs occasions, à cause de son angoisse et de son épuisement. Une fois on lui fit boire une boisson forte, qui lui rendit un peu de son énergie, mais qui le laissa légèrement ivre.

Il répondit à toutes les questions. Plusieurs fois il réussit à contourner la vérité en ne donnant qu'une partie des informations, sans jamais dire quoi que ce soit volontairement. Plusieurs fois, il vit que le seigneur et le magicien s'irritaient d'être confrontés à des réponses incomplètes ou complexes. Finalement, le seigneur arrêta l'interrogatoire et l'on tira Pug au-dehors. Le magicien suivit.

En dehors de la tente, le magicien se tint devant Pug : « Mon seigneur dire : "Je croire ce serviteur" (il pointa le doigt sur Pug), "il être…" » Il chercha ses mots. « "Il être rusé." Mon seigneur pas haïr serviteurs rusés, car ils travailler bien. Mais seigneur croire toi trop rusé. Il dire moi de je dire tu faire attention, car tu être maintenant esclave. Esclave rusé pouvoir vivre longtemps. Esclave trop rusé mourir vite si… » Il chercha encore. Puis un sourire se dessina sur son visage : « Si il avoir bonne for… fortune. Oui, bon mot. » Il fit rouler le mot sur sa langue une fois de plus, comme s'il le savourait. « Fortune. »

Pug fut reconduit là où ils gardaient les prisonniers et on le laissa seul avec ses pensées. Il regarda autour de lui et vit que quelques autres captifs s'étaient éveillés. La plupart semblaient confus et découragés. L'un d'eux pleurait ouvertement. Pug tourna les yeux vers le ciel et vit les montagnes rosir doucement à l'est, à l'approche de l'aube.

CHAPITRE 15

La pluie tombait sans arrêt.

Blotti à l'entrée d'une caverne se trouvait un groupe de nains assis autour d'un petit feu de camp, les visages éclairés par la seule grisaille du jour. Dolgan tirait sur sa pipe et les autres fourbissaient leur armure, réparant les coupures faites dans le cuir, nettoyant et graissant le métal. Une marmite de ragoût bouillonnait sur le feu.

Tomas était assis au fond de la caverne, l'épée en travers des genoux. Il regardait les autres sans les voir, les yeux fixés dans le lointain.

Par sept fois les nains des Tours grises s'étaient portés contre les envahisseurs et par sept fois ils leur avaient infligé de lourdes pertes. Mais chaque fois il restait clair que le nombre des Tsurani ne diminuait pas. Ils avaient perdu beaucoup de nains, qui avaient fait chèrement payer leur vie, mais le prix était plus cher encore pour les familles des Tours grises. Les nains vivaient très vieux, mais ils avaient peu d'enfants, moins vite que les humains. Chaque mort affaiblissait la race des nains bien plus que n'auraient pu l'envisager les humains.

Chaque fois que les nains s'étaient rassemblés pour attaquer la vallée en passant par les mines, Tomas avait participé à l'assaut. Son heaume d'or était comme un panache pour les nains. Son épée d'or passait au-dessus de la mêlée, puis elle s'abattait et semait la mort dans les rangs ennemis. Au combat, ce garçon de château se transformait en symbole de puissance guerrière, en héros dont la simple présence sur le champ de bataille frappait les Tsurani de terreur. S'il avait eu le moindre doute sur la nature magique de ses armes et de son armure après avoir mis l'âme en peine en fuite, il ne se posa plus aucune question dès son premier combat avec elles.

Ils avaient monté une troupe d'une trentaine de combattants nains à Caldara et s'étaient avancés dans les mines jusqu'à l'entrée sud de la vallée tenue par les Tsurani. Ils avaient pris par surprise une patrouille de Tsurani non loin des mines et les avaient tués. Mais lors du combat, Tomas avait été coupé des autres nains par trois guerriers tsurani. Comme ils se précipitaient sur lui, les épées dressées, il avait senti une force étrange le posséder. Dans une folle acrobatie, il en avait balayé deux d'un seul coup d'épée en plongeant entre eux. Le troisième, il l'avait rapidement cueilli par-derrière avant même qu'il puisse comprendre la manœuvre.

Après le combat, Tomas avait ressenti une joie profonde qu'il n'avait jamais éprouvée auparavant, mêlée d'une sorte de peur. En rentrant de la bataille, il avait l'impression de déborder d'une énergie inconnue.

Par la suite, à chaque bataille, il avait retrouvé le même pouvoir et le même génie pour les armes. Mais cette joie s'était changée en besoin et les deux dernières fois, il avait commencé à avoir des visions. Aujourd'hui, les visions lui parvenaient pour la première fois en état d'éveil. Elles étaient transparentes, comme une image en surimpression.

Il y voyait les nains et la forêt. Mais superposée à cela, il y avait une scène où se mêlaient des gens morts depuis longtemps et des lieux qui avaient disparu de la mémoire des vivants. Des salles couvertes d'or illuminées par des torches dont l'éclat dansait sur de la vaisselle de cristal. On levait à des lèvres aux sourires bizarres des verres qui n'avaient jamais connu les hommes. De grands seigneurs d'une race morte depuis longtemps banquetaient sous ses yeux. Ils étaient à la fois étranges et familiers. Humains d'apparence, mais avec des oreilles et des yeux d'elfes. Ils étaient grands comme des elfes, mais plus larges d'épaules et les bras plus épais. Leurs femmes étaient belles, mais d'une beauté déroutante.

Le rêve prit plus de forme et de substance, plus de vie que tout ce qu'il avait ressenti jusque-là. Tomas essaya de mieux distinguer les rires lointains, la musique et les paroles de ces gens.

La voix de Dolgan le sortit de sa rêverie. « Tu veux manger quelque chose, gamin ? » Une part de lui-même pouvait répondre, se lever et traverser l'espace qui les séparait pour aller prendre le bol de ragoût qu'on lui tendait. Quand sa main toucha le bol, la vision se dissipa et il secoua la tête pour s'éclaircir les idées.

« Ça va, Tomas ? »

Tomas s'assit lentement et regarda un moment son ami : « Je ne suis pas sûr, dit-il avec hésitation. Il y a quelque chose de bizarre. Je... je ne suis pas vraiment sûr. Je dois juste être fatigué, je suppose. »

Dolgan regarda le garçon. Les ravages du combat se lisaient sur son visage encore jeune. Il avait déjà plus l'air d'un homme que d'un enfant. Mais en plus des traces habituelles laissées par la guerre, Tomas avait quelque chose d'autre. Dolgan n'avait pas encore réussi à déterminer si ce changement était bon ou mauvais, ni même si on pouvait le considérer en ces termes. Six mois avec Tomas ne suffisaient pas pour parvenir à une conclusion.

Depuis qu'il avait mis l'armure que lui avait offerte le dragon, Tomas était devenu un combattant digne d'une légende. Quant au garçon… non, au jeune homme, il prenait du poids, même si la nourriture manquait parfois. C'était comme si quelque chose faisait en sorte que l'armure lui aille. Et ses traits devenaient étranges. Son nez s'était fait un peu plus anguleux, plus fin qu'auparavant. Ses sourcils étaient plus arqués et ses yeux plus enfoncés. Il était toujours Tomas, mais un Tomas légèrement changé, comme s'il revêtait l'expression d'un autre.

Dolgan tira longuement sur sa pipe et regarda le tabard blanc que portait Tomas. Par sept fois au combat et pas une tache. Le sang, la poussière et les autres salissures ne tenaient pas sur ce tissu. Et la gravure du dragon d'or brillait comme au jour où ils l'avaient trouvée. Il en allait de même du bouclier qu'il utilisait au combat. Il avait été frappé plusieurs fois, mais n'avait pas une éraflure. Les nains restaient circonspects là-dessus, car leur peuple avait utilisé, bien longtemps auparavant, de la magie pour leurs armes. Mais c'était autre chose. Ils attendraient d'en voir les effets réels avant de juger.

Lorsqu'ils eurent fini leur maigre repas, l'un des gardes à l'extérieur du campement entra dans la clairière devant l'entrée de la caverne : « On vient. »

Les nains prirent rapidement leurs armes et se tinrent prêts. À la place de ces soldats tsurani étrangement armurés, ce fut un homme vêtu de la cape et de la tunique gris sombre des rangers du Natal qui apparut, seul. Il s'avança directement au centre de la clairière et annonça d'une voix éraillée par des jours de course à travers les forêts humides : « Salut à toi, Dolgan des Tours grises. »

Dolgan s'avança : « Salut à toi, Grimsworth du Natal. »

Les rangers servaient d'éclaireurs et de messagers depuis que les envahisseurs avaient pris la cité libre de Walinor. L'homme entra à l'intérieur de la caverne et s'assit. On lui donna un bol de ragoût et Dolgan lui demanda : « Quelles sont les nouvelles ?

— Rien de bon, j'en ai peur, dit-il, entre deux bouchées de ragoût. Les envahisseurs ont avancé le front à l'extérieur de la vallée, au nord-est vers LaMut. Walinor a reçu des renforts de chez eux et maintenant c'est une enclave ennemie entre les cités libres et le royaume. Ils avaient déjà assailli par trois fois le campement principal du royaume quand je suis parti il y a deux semaines et ils ont probablement recommencé. Ils attaquent les patrouilles de Crydee. On pense qu'ils ne vont pas tarder à lancer un assaut de votre côté. »

Dolgan prit un air perplexe. « Pourquoi les ducs penseraient-ils cela ? Nos éclaireurs n'ont pas décelé d'augmentation de l'activité des étrangers par ici. Nous attaquons toutes les patrouilles qu'ils envoient. Ils semblent essentiellement nous laisser tranquilles.

— Je n'en suis pas sûr. D'après le magicien Kulgan, les Tsurani en veulent au métal de vos mines, mais j'ignore pourquoi. Quoi qu'il en soit, c'est ce qu'ont dit les ducs. Ils pensent qu'il va y avoir un assaut contre les entrées des mines de la vallée. Je dois vous dire que de nouvelles troupes devraient venir du sud de la vallée, car il n'y a plus eu de gros assaut vers le nord, juste de petits raids. Maintenant, à vous de décider ce que vous allez faire. »

Après cela, il s'intéressa essentiellement à son ragoût. Dolgan réfléchit. « Dis-moi, Grimsworth, as-tu des nouvelles des elfes ?

— Peu. Depuis que les étrangers ont envahi le sud des forêts elfiques, nous sommes coupés d'eux. Le dernier coursier elfe est passé une semaine avant mon propre départ. Ils nous ont dit alors qu'ils avaient stoppé les barbares aux gués de la rivière Crydee dans la forêt.

« La rumeur dit que des créatures étranges se battraient aux côtés des envahisseurs. Mais selon mes propres sources, ce sont quelques villageois chassés de leurs villages incendiés qui ont vu ces créatures, alors je ne m'y fierais pas trop.

« Malgré tout, on a appris quelque chose d'intéressant. Il semblerait qu'une patrouille de Yabon ait réussi à passer exceptionnellement sur la rive du Lac du Ciel. Sur la berge, ils ont trouvé les restes de quelques Tsurani et d'une bande de gobelins descendus des terres du Nord. Au moins, nous n'aurons pas à nous inquiéter des frontières nord. Peut-être même pourrons-nous nous arranger pour qu'ils se battent, histoire d'avoir un peu de répit.

— Ils pourraient aussi s'allier contre nous, dit Dolgan. Mais je pense que c'est peu probable. Les gobelins ont tendance à tuer d'abord et à discuter ensuite. »

Grimsworth ricana. « Ce ne serait que justice que ces deux peuples sanguinaires s'affrontent. »

Dolgan opina. Il espérait que Grimsworth avait raison, mais il était inquiet à l'idée que les nations du Nord – c'est ainsi que les nains appelaient les terres du Nord – participent au combat.

Grimsworth s'essuya la bouche du dos de la main. « Je ne resterai que cette nuit. Si je veux me glisser tranquillement entre leurs lignes, il va falloir que je fasse vite. Ils patrouillent jusqu'à la côte, isolant Crydee parfois pendant des jours. Je vais passer quelque temps là-bas et puis je reprendrai la course jusqu'au camp des ducs.

— Tu reviendras ? » demanda Dolgan.

Le ranger sourit, dévoilant ses dents blanches dans son visage sombre. « Peut-être, si les dieux le veulent. Si ce n'est pas moi, ce sera l'un de mes frères. Vous verrez peut-être Léon le Long, il a été envoyé à Elvandar et, si tout va bien, il vous fera peut-être parvenir des messages de dame Aglaranna. Ce serait bien de savoir comment ça se passe chez les elfes. » La tête de Tomas se leva, la mention du nom de la reine des elfes l'ayant sorti de sa rêverie.

Dolgan tira sur sa pipe et opina. Grimsworth se tourna vers Tomas et lui parla directement pour la première fois. « Je t'apporte un message de monseigneur Borric, Tomas. » C'était Grimsworth qui avait fait parvenir les premières nouvelles des nains et annoncé que Tomas était en vie. Tomas avait demandé à Grimsworth de l'accompagner pour rejoindre les forces du royaume, mais le ranger du Natal avait refusé de l'emmener avec lui, en expliquant qu'il lui fallait voyager vite et discrètement. Grimsworth poursuivit : « Le duc se réjouit de ta bonne fortune, ainsi que du fait que tu sois en bonne santé. Mais il te transmet de graves nouvelles. Ton ami Pug est tombé dans le premier raid contre le camp tsurani et il a été capturé. Monseigneur Borric partage ta tristesse. »

Tomas se leva sans un mot et s'enfonça dans la caverne. Il s'assit tout au fond, restant un moment aussi immobile que le roc autour de lui, puis ses épaules tremblèrent. Il fut secoué de sanglots violents et claqua des dents comme s'il était frigorifié. Puis des larmes coulèrent sans retenue sur ses joues et il ressentit une vive douleur dans ses poumons et dans sa gorge, qui lui comprima la poitrine. Sans un bruit il inspira, secoué de frissons silencieux. Lorsque la douleur devint presque intolérable, une rage noire grandit au fond de lui, chassant la douleur et la tristesse.

Dolgan, Grimsworth et les autres levèrent les yeux quand Tomas revint s'asseoir devant le feu. « Pourras-tu dire au duc que je le remercie d'avoir pensé à moi, s'il te plaît ? » demanda-t-il au ranger.

Grimsworth acquiesça. « Oui, je le ferai, gamin. Je crois que tu arriverais sans problème à Crydee, si tu veux rentrer chez toi. Je suis sûr que le prince Lyam saurait faire usage de ton épée. »

Tomas réfléchit. Il aurait bien aimé rentrer, mais au château il ne serait plus qu'un simple apprenti, même s'il portait des armes. Ils le laisseraient se battre quand le château serait attaqué, mais ils ne le laisseraient sans doute jamais participer à des raids.

« Merci, Grimsworth, mais je vais rester. Il y a encore beaucoup à faire ici et je veux y participer. Dis à mon père et à ma mère que je vais bien et que je pense à eux. » Il s'assit et ajouta : « Si le destin veut que je rentre à Crydee, j'y reviendrai. »

Grimsworth jeta un regard sombre à Tomas, sembla sur le point de dire quelque chose, mais il vit que Dolgan lui faisait non de la tête. Les rangers du Natal étaient, de tous les humains de l'Ouest, ceux qui comprenaient le mieux les elfes et les nains. Il se passait quelque chose ici que Dolgan préférait ne pas dévoiler pour l'instant et Grimsworth s'inclinait devant la sagesse du chef nain.

Dès que le repas fut terminé, on posta de nouveaux gardes et les autres s'apprêtèrent à dormir. Le feu se mourait doucement et Tomas entendit de nouveau le faible son d'une musique inhumaine. Il vit les ombres danser. Avant que le sommeil l'emporte, il vit clairement une silhouette qui se tenait à l'écart, un grand guerrier au visage cruel et à la stature puissante, vêtu d'un tabard blanc orné d'un blason de dragon doré.

Tomas se tenait le dos à un mur du couloir. Il avait un sourire cruel et terrible. Ses yeux étaient tellement écarquillés que l'on voyait plus de blanc que le bleu de ses iris. Son corps était parfaitement rigide et immobile. Sa main se crispait sur la poignée de son épée blanc et or.

Des images scintillaient devant ses yeux : de grands êtres gracieux qui chevauchaient des dragons et vivaient dans des salles loin sous la terre. Il entendait dans sa tête une musique faible et d'étranges paroles. Cette race morte depuis si longtemps l'appelait, une race puissante qui avait façonné cette armure que jamais un homme n'aurait dû porter.

Les visions se faisaient de plus en plus fréquentes. Il arrivait la plupart du temps à les écarter, mais quand il sentait monter en lui l'excitation de la bataille, comme maintenant, elles prenaient corps, couleur et son. Il s'efforçait d'entendre les mots qui lui parvenaient très faiblement et qu'il arrivait presque à comprendre.

Il secoua la tête, pour revenir à lui. Il regarda autour de lui dans le couloir sombre, habitué maintenant à sa faculté de voir dans le noir. Il fit signe à Dolgan qui était de l'autre côté dans un tunnel latéral, embusqué discrètement à une dizaine de mètres avec ses hommes. Dolgan lui rendit son signe. De chaque côté du grand tunnel, soixante nains se préparaient à déclencher leur piège. Ils attendaient la poignée de nains qui couraient devant les Tsurani, en les menant droit dans le guet-apens.

Des bruits de pas dans le tunnel les mirent en alerte. Quelques instants plus tard, il y eut des cliquètements d'armes. Tomas se tendit. Plusieurs nains arrivèrent en vue, reculant pas à pas en combattant. Ils ne laissèrent rien deviner du piège en passant devant les tunnels où se cachaient leurs frères.

Dès que le premier guerrier tsurani se montra, Tomas hurla : « Maintenant ! », et il bondit en avant. Soudain, le tunnel s'emplit d'une masse de corps hérissés de métal. Les Tsurani étaient pour la plupart armés d'épées larges, mal adaptées aux combats en espace restreint, et les nains maniaient la hache et le marteau avec une grande habileté. Tomas balaya autour de lui et plusieurs corps tombèrent. Les flammes vacillantes des torches tsurani faisaient danser des ombres folles sur les murs, ajoutant à la confusion.

Il y eut un cri à l'arrière des forces tsurani et les étrangers commencèrent à reculer dans le tunnel. Des porteurs de boucliers passèrent devant, formant un mur par-dessus lequel ils pouvaient frapper avec leurs épées. Les nains n'avaient pas assez d'allonge pour leur faire grand mal. Chaque fois qu'un nain attaquait, le mur de boucliers l'empêchait d'avancer et les attaquants répondaient à coups d'épée de derrière. En peu de temps, l'ennemi réussit à faire retraite.

Tomas vint se placer devant, car sa taille lui permettait de frapper les porteurs de boucliers. Il en fit tomber deux, mais ceux-ci furent remplacés aussi vite qu'ils avaient été tués. Les nains continuaient à attaquer et les Tsurani reculaient.

Ils arrivèrent à un nœuvaine, par le niveau le plus bas et les Tsurani se mirent rapidement en position au centre, formant grossièrement un cercle de boucliers. Les nains s'arrêtèrent un moment, puis ils donnèrent la charge.

Du coin de l'œil, Tomas perçut un vague mouvement et il tourna la tête vers une corniche. Il ne voyait pas bien dans les ténèbres de la mine, mais il eut soudain un sentiment de danger. « Regardez derrière ! » cria-t-il.

La plupart des nains avaient traversé le mur de boucliers et ils étaient trop occupés pour faire attention à ce qu'il venait de dire, mais certains de ceux qui étaient près de lui s'arrêtèrent et levèrent les yeux. L'un d'eux, qui se tenait à côté de Tomas, cria : « Par en haut ! »

Des formes noires descendaient en masse d'en haut, comme en rampant sur les murs de la caverne. D'autres formes, humaines celles-ci, arrivaient en courant des tunnels plus élevés. Les guerriers tsurani d'en haut découvrirent leurs lanternes et allumèrent leurs torches.

Tomas se figea, horrifié. Juste derrière les quelques Tsurani survivants, refugiés au centre de la caverne, il voyait toutes les ouvertures vomir une multitude de créatures semblables à des fourmis. Toutefois, contrairement aux fourmis, elles se tenaient torse debout et avaient des bras humanoïdes, avec des armes. Leur visage insectoïde arborait des yeux à multiples facettes, mais des bouches très humaines d'apparence. Elles se déplacèrent à une vitesse incroyable et se jetèrent sur les nains qui, malgré leur surprise, répliquèrent sans hésiter. La bataille reprit.

La mêlée s'intensifia et plusieurs fois Tomas se retrouva face à deux adversaires, tsurani ou monstres, ou les deux. Ces créatures étaient visiblement intelligentes, car elles se battaient de manière concertée et l'on entendait leurs voix inhumaines hurler des mots en tsurani.

Tomas leva les yeux après avoir éliminé l'une de ces créatures et il vit arriver de nouveaux guerriers d'en haut. « Ralliez-vous ! Ralliez-vous ! » cria-t-il, et les nains commencèrent à se frayer un chemin vers lui. Quand la plupart d'entre eux furent autour de lui, Dolgan hurla : « Retraite, retraite ! Ils sont trop nombreux. »

Les nains commencèrent à reculer lentement vers le tunnel par lequel ils étaient arrivés, qui était relativement sûr. Là, ils pourraient maintenir un front limité et les semer dans les mines. Voyant les nains reculer, les Tsurani et leurs alliés pressèrent l'attaque. Tomas vit plusieurs de ces créatures s'interposer entre les nains et leur tunnel de sortie. Il bondit en avant et entendit un étrange cri de guerre s'échapper de ses lèvres, des mots qu'il ne comprit pas. Son épée d'or étincela et l'une des étranges créatures tomba en poussant un hurlement strident. Une autre tenta de le frapper avec son épée et il fit une parade au bouclier. Un bras plus faible se serait brisé, mais le coup résonna sur le bouclier blanc et la créature recula, armant un second coup.

Il para de nouveau et d'un moulinet de la main vers le haut, il la frappa au cou et lui coupa la tête. La créature se raidit un moment, puis s'effondra à ses pieds. Il sauta pardessus le corps abattu et atterrit face à trois guerriers tsurani médusés. L'un d'eux tenait deux lanternes et les autres étaient armés. Avant que l'homme aux lanternes ne puisse les lâcher, Tomas bondit en avant et abattit les deux autres. Le troisième mourut en tentant de tirer son épée.

Laissant le bouclier pendre à son bras, Tomas se baissa et prit une lanterne. Il se retourna et vit les nains escalader les corps des créatures qu'il venait de tuer. Plusieurs portaient des camarades blessés. Une poignée de nains menés par Dolgan retenaient les ennemis le temps que les autres puissent s'échapper. Les nains portant les blessés passèrent à côté de Tomas.

Un nain, qui était resté en arrière dans le tunnel durant le combat, s'avança en voyant ses camarades faire retraite. Il ne portait pas d'arme, mais deux outres remplies de liquide.

L'arrière-garde reculait vers le tunnel et par deux fois des soldats tentèrent de les contourner pour les isoler. Par deux fois, Tomas frappa et ils tombèrent. Quand Dolgan et ses guerriers se retrouvèrent sur les corps des monstres morts, Tomas hurla : « Préparez-vous à sauter. »

Il prit les deux lourdes outres des mains du nain. « Maintenant ! » cria-t-il. Dolgan et les autres sautèrent en arrière et les Tsurani se retrouvèrent seuls de l'autre côté des cadavres. Sans hésitation, les nains coururent dans le tunnel tandis que Tomas lançait les outres sur les cadavres. On les avait transportées avec beaucoup de soin, car elles avaient été faites pour se déchirer au premier choc. Elles contenaient toutes les deux du naphte, que les nains avaient récupéré dans des lacs noirs très bas sous la montagne. Ce liquide pouvait brûler sans mèche, contrairement à l'huile.

Tomas leva sa lanterne et la lança au milieu de la mare de liquide volatil. Les Tsurani, qui n'avaient hésité qu'à peine un instant, s'avançaient déjà au moment où la lanterne éclata. Des flammes blanches explosèrent dans le tunnel quand le naphte prit feu. Les nains, aveuglés, entendirent les hurlements des Tsurani piégés dans les flammes. Quand ils retrouvèrent la vue, il n'y avait qu'une seule silhouette qui les rejoignait dans le tunnel. Tomas se détachait en noir sur un fond de flammes presque blanches.

Quand il les rejoignit, Dolgan dit : « Ils vont nous poursuivre dès l'extinction des flammes. »

Ils se frayèrent rapidement un chemin à travers une série de tunnels et se dirigèrent vers la sortie à l'ouest des montagnes. Au bout de quelque temps de marche, Dolgan ordonna une halte. Lui et plusieurs autres restèrent aux aguets, écoutant le tunnel silencieux. L'un d'eux s'allongea par terre et mit l'oreille contre le sol, mais il se releva immédiatement. « Ils arrivent ! Au bruit, il y en a des centaines, avec ces créatures. Ils doivent monter une offensive de grande ampleur. »

Dolgan compta ses troupes. Des cent cinquante nains qui avaient participé à l'embuscade, il ne lui en restait plus que soixante-dix, dont douze blessés. On pouvait espérer que d'autres s'étaient échappés par ailleurs, mais pour l'instant ils étaient tous en danger.

Dolgan agit rapidement. « Nous devons rejoindre la forêt. » Il partit au trot et les autres le suivirent.

Tomas courait sans peine, mais son esprit était constamment assailli d'images. Dans le feu de l'action, elles avaient été plus fortes et plus claires que jamais. Il voyait les corps de ses ennemis tombés, mais ils ne ressemblaient en rien aux Tsurani. Il avait dans la bouche le goût des morts, les énergies magiques qui affluaient en lui quand il buvait directement à leurs blessures lors de la cérémonie de la victoire. Il secoua la tête pour éclaircir son esprit. Quelle cérémonie ? se demanda-t-il.

Dolgan parla et Tomas se força à écouter ce que disait le nain. « Nous devons nous trouver une autre place forte, dit-il en courant. Peut-être vaudrait-il mieux que nous allions dans les monts de Pierre. Nos villages ici sont en sûreté, mais nous n'avons pas de base d'attaque. Je pense que les Tsurani contrôleront bientôt ces mines. Ces créatures avec lesquelles ils sont se battent bien dans le noir et s'il y en a beaucoup comme elles, elles pourraient bien venir nous déloger jusque dans les tunnels les plus profonds. »

Tomas acquiesça, incapable de parler. Il brûlait d'une haine froide contre ces Tsurani. Ils avaient dévasté sa terre natale et capturé celui qu'il considérait comme son frère et maintenant, nombre de ses amis nains étaient étendus morts sous la montagne par leur faute. Le visage sombre, il se jura silencieusement de détruire ces envahisseurs, à n'importe quel prix.

Ils avançaient avec précaution entre les arbres, cherchant des signes des Tsurani. Ils s'étaient battus trois fois en six jours et maintenant les nains n'étaient plus que cinquante-deux. Les plus blessés avaient été ramenés en relative sûreté dans les villages hauts, où les Tsurani avaient peu de chances d'aller.

Ils approchaient maintenant de la partie sud des forêts elfiques. D'abord, ils avaient essayé de tourner vers la passe à l'est, pour rejoindre les monts de Pierre. Il y avait tellement de camps et de patrouilles tsurani sur la route qu'ils avaient dû constamment repartir vers le nord. Ils avaient finalement décidé d'essayer de rejoindre Elvandar, pour prendre un peu de repos dans leur fuite perpétuelle.

Un éclaireur, envoyé vingt mètres devant, revint et dit tout bas : « Un campement, au gué. »

Dolgan réfléchit. Les nains n'étaient pas de bons nageurs et il leur faudrait absolument traverser à gué. Il était probable que les Tsurani tenaient tous les gués de ce côté-ci de la rivière. Ils allaient devoir trouver un lieu non gardé, si la chose existait.

Tomas regarda autour de lui. Il faisait presque nuit et s'ils devaient se glisser dans la rivière si près des lignes tsurani, il valait mieux le faire dans le noir. Tomas chuchota le résultat de ses réflexions à Dolgan, qui opina. Il fit signe à un garde de contourner le campement qu'il avait vu par l'ouest, pour leur trouver un poste d'observation bien protégé.

Peu de temps après, le guide revint pour dire qu'il avait trouvé un buisson qui cachait un creux sous un rocher, où ils pourraient attendre la nuit. Ils allèrent voir et trouvèrent un bloc de granit de quatre mètres de haut qui sortait de terre, faisant huit à dix mètres de diamètre à la base. Quand ils écartèrent les fourrés, ils trouvèrent un creux dans lequel ils pourraient tenir en se serrant bien. Il ne faisait que six mètres de large, mais il plongeait sous terre sur une douzaine de mètres. Quand ils furent tous en sûreté, Dolgan fit remarquer : « Avant, ça devait être sous la rivière : regardez comme c'est lisse en dessous. C'est petit, mais on devrait y être bien à l'abri. »

Tomas avait du mal à entendre, car de nouveau il luttait contre les images. Ses rêves éveillés, comme il les appelait. Il ferma les yeux et les visions l'envahirent, accompagnées de la faible musique.

La victoire avait été rapide, mais Ashen-Shugar ruminait sombrement. Quelque chose troublait le chef du Nid d'Aigle. Il sentait encore sur ses lèvres le goût salé du sang de Algon-Kokoon, le tyran de la Vallée des Vents, et ses femmes appartenaient maintenant à Ashen-Shugar. Mais quelque chose lui manquait.

Il regarda les danseurs moredhel, qui dansaient parfaitement au rythme de la musique pour son plaisir. Tout était normal. Non, Ashen-Shugar ressentait un manque plus profond que cela.

Alengwan, l'une de celles que les elfes appelaient leur princesse, sa dernière favorite en date, se trouvait par terre à côté de son trône, attendant son bon plaisir. Il remarquait à peine son joli visage et son corps gracieux vêtu de soies qui accentuaient sa beauté plus qu'elles ne la dissimulaient.

« Seriez-vous troublé, maître ? » demanda-t-elle d'une voix faible, la terreur qu'il lui inspirait aussi peu voilée que son corps.

Il détourna le regard. Elle avait senti son incertitude. Cela lui vaudrait la mort, mais il la tuerait plus tard. Les appétits de la chair le quittaient depuis quelque temps, tant les plaisirs du lit que ceux du massacre. Il ne pensait plus qu'à ce sentiment sans nom, cette émotion spectrale au fond de lui qu'il trouvait si étrange. Ashen-Shugar leva la main et les danseurs s'aplatirent au sol, le front contre la pierre. Les musiciens avaient cessé de jouer et la caverne était devenue silencieuse. Il les congédia d'un geste de la main et ils s'enfuirent du grand hall, en passant à côté du puissant dragon d'or, Shuruga, qui attendait patiemment son maître…

« Tomas », lui dit une voix.

Les yeux de Tomas s'ouvrirent d'un coup. Dolgan avait posé la main sur le bras du jeune homme. « Il est temps. La nuit est tombée. Tu t'es endormi, gamin. »

Tomas secoua la tête pour s'éclaircir les idées et les images rémanentes disparurent. Il sentit son estomac se nouer en ayant la vision fugace d'un guerrier en blanc et or penché sur le corps sanglant d'une princesse elfe.

Avec les autres, il rampa hors de l'abri de rocher et ils repartirent vers la rivière. La forêt était parfaitement silencieuse. Même les oiseaux de nuit semblaient préférer ne pas révéler leur présence.

Ils atteignirent la rivière sans incident, sauf une fois où ils durent se cacher au passage d'une patrouille tsurani. Ils suivirent la rivière, précédés d'un éclaireur. Au bout de quelques minutes, l'éclaireur revint. « Il y a une bande de sable en travers de la rivière. »

Dolgan opina. Les nains s'avancèrent sans bruit et entrèrent dans l'eau sur une file. Tomas attendit avec Dolgan que les autres passent. Quand le dernier nain fut entré dans l'eau, il y eut un cri interrogateur plus haut sur la rive. Les nains se figèrent. Tomas courut devant et surprit un garde tsurani qui scrutait les ténèbres. L'homme poussa un cri en tombant et il y eut d'autres cris un peu plus loin.

Tomas vit des lanternes approcher rapidement, il fit demi-tour et commença à courir. Il trouva Dolgan qui l'attendait sur la rive et hurla : « Cours ! Ils arrivent. »

Plusieurs nains hésitaient encore quand Tomas et Dolgan plongèrent dans la rivière. L'eau était froide et le courant au niveau de la bande de sable rapide. Tomas avait du mal à garder son équilibre en avançant. L'eau ne lui arrivait qu'à la taille, mais les nains en avaient presque jusqu'au menton. Ils ne parviendraient jamais à se battre là.

Quand les premiers gardes tsurani bondirent dans l'eau, Tomas se retourna pour les retenir le temps que les nains s'échappent. Deux Tsurani l'attaquèrent et il les abattit. Plusieurs autres sautèrent dans la rivière et il jeta un bref coup d'œil derrière lui pour vérifier où en étaient les nains. Ils avaient presque atteint l'autre rive et il aperçut Dolgan, un air d'impuissance et de frustration peint sur le visage à la lumière des lampes tsurani.

Tomas frappa de nouveau les soldats tsurani. Quatre ou cinq essayaient de le cerner et il arrivait juste à les retenir. Si jamais il tentait de frapper un coup mortel, il risquait de se découvrir par ailleurs.

L'arrivée d'autres voix lui apprit qu'il n'avait plus beaucoup de temps avant d'être dépassé par le nombre. Il se jura de leur faire payer cher sa vie et se fendit vers un homme. Il transperça son bouclier et lui brisa le bras. L'homme s'effondra en hurlant.

Tomas para de justesse un coup avec son bouclier et il entendit un sifflement juste à côté de son oreille. Un garde tsurani s'effondra en hurlant, une longue flèche fichée dans la poitrine. Une pluie de flèches commença à tomber. Plusieurs autres Tsurani tombèrent et les autres reculèrent. Tous les soldats qui étaient dans l'eau moururent avant de rejoindre la berge.

Une voix cria : « Vite, l'homme. Ils vont répliquer. » Comme pour confirmer ses dires, une flèche passa juste à côté du visage de Tomas, venant de la berge tsurani. Il courut se mettre à l'abri sur l'autre rive. Une flèche tsurani rebondit sur son heaume et il trébucha. Alors qu'il se relevait, une autre le toucha à la jambe. Il tomba en avant et sentit sous lui le sol sablonneux de la rive. Des mains l'attrapèrent et le tirèrent sans plus de cérémonie.

Un vertige le prit et il entendit une voix qui disait : « Ils mettent du poison sur leurs flèches. Il faut... » Le reste se perdit dans les ténèbres.

Tomas ouvrit les yeux. Pendant un moment, il n'arriva pas à se souvenir où il se trouvait. Il se sentait la tête vide et il avait la bouche sèche. Un visage se pencha au-dessus du sien et une main lui souleva la tête. On lui présenta de l'eau. Il but longuement et se sentit un peu mieux. Il tourna légèrement la tête et vit deux hommes tout près de lui. Un instant, il se dit qu'il s'était fait capturer, mais il remarqua que ces gens portaient des tuniques de cuir vert sombre.

« Vous avez été très malade », dit celui qui lui avait donné de l'eau. Tomas réalisa alors que c'étaient des elfes.

« Dolgan ? croassa-t-il.

— Les nains ont été amenés au conseil devant notre maîtresse. Nous ne pouvions prendre le risque de vous déplacer, à cause du poison. Les étrangers ont un poison qui nous est inconnu et qui tue en peu de temps. Nous le traitons de notre mieux, mais la plupart des gens en meurent quand même. »

Il sentait ses forces revenir lentement. « Combien de temps ?

— Trois jours. Vous frôlez la mort depuis que nous vous avons sorti de la rivière. Nous vous avons transporté aussi loin que nous l'avons osé. »

Tomas regarda autour de lui. On l'avait déshabillé et allongé à l'abri des branches, avec une couverture. Il sentit une odeur de cuisine et aperçut la marmite d'où provenaient ces délicieux arômes. Son hôte le remarqua et fit signe qu'on lui apporte un bol.

Tomas s'assit et il fut prit de vertiges pendant un moment. On lui donna un gros morceau de pain, dont il se servit comme d'une cuiller. La nourriture était délicieuse et chaque bouchée semblait lui rendre ses forces. En mangeant, il regarda les autres qui se tenaient à côté de lui. Les deux elfes silencieux restaient sans expression. Seul celui avec qui il avait parlé lui montrait quelques marques d'hospitalité.

Tomas le regarda et demanda : « Et l'ennemi ? »

L'elfe sourit. « Les étrangers ont encore peur de traverser la rivière. Ici, notre magie est plus forte, ils se perdent et se troublent facilement. Nul étranger ayant posé le pied sur notre rive n'est jamais revenu de l'autre côté. »

Tomas acquiesça. Quand il eut fini de manger, il se sentit étonnamment bien. Il essaya de se lever et se trouva juste un peu tremblant. Au bout de quelques pas, il sentit ses forces lui revenir et trouva sa jambe déjà guérie. Il passa quelques minutes à s'étirer et à faire passer les courbatures que lui valaient ses trois jours de sommeil par terre, puis il s'habilla.

« Vous êtes le prince Calin. Je me souviens de vous avoir vu à la cour ducale. »

Calin lui retourna son sourire. « Je me souviens aussi de vous, Tomas de Crydee, quoique vous ayez beaucoup changé en un an. Les deux autres se nomment Galain et Algavins. Si vous vous en sentez capable, nous pouvons aller rejoindre vos amis à la cour de la reine. »

Tomas sourit : « Allons-y. »

Ils démontèrent le camp et partirent. Au début, ils avancèrent lentement, laissant à Tomas le temps de trouver son rythme. Finalement, ils purent constater qu'il était en excellente forme malgré sa récente confrontation avec la mort.

Les quatre silhouettes se retrouvèrent rapidement à courir dans la forêt. Tomas, malgré son armure, ne se laissait pas distancer. Ses hôtes échangèrent des regards étonnés.

Ils coururent une bonne partie de l'après-midi avant de s'arrêter. Tomas regarda la forêt et dit : « Quel endroit merveilleux ! »

Galain dit : « La plupart des gens de votre race ne seraient pas d'accord avec vous, humain. Ils trouvent la forêt terrifiante, pleine d'ombres étranges et de bruits inquiétants. »

Tomas éclata de rire. « La plupart des hommes n'ont aucune imagination, ou alors ils en ont trop. La forêt est calme et paisible. C'est l'endroit le plus paisible que je connaisse. »

Les elfes ne répondirent rien, mais Calin eut l'air un peu surpris. « Nous ferions mieux de continuer, si nous voulons arriver à Elvandar avant la nuit. »

Au soir, ils atteignirent une gigantesque clairière. Tomas s'arrêta et resta cloué sur place par la beauté du site. Dans la clairière s'élevait une énorme cité d'arbres. Des arbres titanesques, qui auraient tout simplement écrasé n'importe quel chêne par leur simple taille. Ils étaient reliés par des arches de branchages bien plates, où les elfes se déplaçaient. Tomas leva les yeux et il vit les troncs s'élever et se perdre dans une mer de feuillages et de branchages. Les feuilles étaient vert sombre, hormis certains arbres au feuillage d'or, d'argent, ou même blanc, qui scintillaient par endroits. Toute la clairière était baignée d'une douce lumière et Tomas se demanda s'il arrivait qu'il fasse noir en ces lieux.

Calin posa la main sur l'épaule de Tomas et dit simplement : « Elvandar. »

Ils traversèrent rapidement la clairière et Tomas put constater que la cité d'arbres des elfes était en fait bien plus grande qu'il ne l'aurait cru au premier abord. Elle s'étendait de tous côtés et devait bien faire deux kilomètres de diamètre. Tomas était émerveillé par ce lieu magique, il en ressentait une singulière exaltation.

Ils atteignirent un escalier taillé à même un arbre, qui s'enfonçait dans les branches. Ils commencèrent à grimper et Tomas retrouva sa sensation de jouissance, comme si cette folie qui l'emportait lors des combats pouvait aussi se révéler sous un autre jour dans la douceur et l'harmonie.

Ils grimpèrent plus haut et en arrivant au niveau des grandes branches que les elfes employaient comme rues, Tomas vit des elfes partout. Une bonne partie des hommes portaient des armures de cuir comme ses guides, mais beaucoup d'autres portaient de longues robes gracieuses ou des tuniques de couleurs vives. Les femmes étaient toutes très belles, avec leurs longs cheveux laissés libres, contrairement aux dames de la cour ducale. La plupart d'entre elles y avaient tressé des joyaux scintillants. Tous les elfes étaient grands et gracieux.

Ils atteignirent une énorme branche et quittèrent l'escalier. Calin s'apprêta à dire à Tomas de ne pas regarder en bas, car il savait que les humains avaient du mal à se déplacer dans les hauteurs, mais Tomas se plaça juste au bord et se pencha pour regarder en bas sans avoir l'air de souffrir du vertige.

« Cet endroit est merveilleux », dit-il. Les trois elfes échangèrent un regard interrogateur, mais ils ne dirent mot.

Ils repartirent et quand ils arrivèrent à une intersection, les deux elfes bifurquèrent, laissant Tomas et Calin continuer seuls. Ils s'enfoncèrent de plus en plus, Tomas aussi à l'aise sur le chemin de branchages que l'elfe lui-même, jusqu'à ce qu'ils arrivent à une large ouverture. Là, un cercle d'arbres formait une cour centrale pour la reine des elfes. Des centaines de branches se rejoignaient et s'entremêlaient pour former une vaste plate-forme. Aglaranna était assise sur un trône de bois, entourée de toute sa cour. Un seul humain, qui portait le gris des rangers du Natal, se tenait près de la reine. Sa peau noire luisait à la lumière nocturne. C'était l'homme le plus grand que Tomas ait jamais vu et le jeune homme de Crydee se dit que ce devait être Léon le Long, le ranger dont Grimsworth leur avait parlé.

Calin conduisit Tomas au centre de la clairière et il le présenta à la reine Aglaranna. Elle parut légèrement surprise en voyant le jeune homme en blanc et or, mais elle reprit rapidement contenance. D'une voix chaleureuse, elle souhaita à Tomas la bienvenue à Elvandar et lui offrit l'hospitalité pour tout le temps qu'il désirerait.

La séance fut ajournée et Dolgan rejoignit Tomas. « Bien, gamin, je suis content de te voir à nouveau en état. On ne savait pas si tu t'en sortirais, quand on t'a laissé. Ça m'a fait mal, mais je me suis dit que tu comprendrais. Il fallait que je sache comment se passaient les choses du côté des monts de Pierre. »

Tomas acquiesça. « Je comprends. Quelles sont les nouvelles ? »

Dolgan secoua la tête. « Mauvaises, j'en ai peur. Nous sommes coupés de nos cousins. Je crois que nous allons rester avec les elfes un moment, quoique je n'aime pas trop ces hauteurs. »

Tomas éclata d'un rire joyeux. Dolgan sourit, car c'était la première fois qu'il l'entendait rire ainsi depuis que le garçon avait passé l'armure du dragon.

CHAPITRE 16

Les chariots gémissaient sous la charge.

Les fouets claquaient, les roues grinçaient et les bœufs laborieux tiraient leur fardeau le long de la route en direction de la plage. Arutha, Fannon et Lyam menaient les soldats venus protéger les chariots qui cheminaient péniblement du château à la côte. Derrière les chariots, une horde de villageois dépenaillés suivait. Nombre d'entre eux portaient des paquets ou tiraient des charrettes, en suivant les fils du duc pour embarquer à bord des vaisseaux qui les attendaient.

Ils prirent la route de la plage et le regard d'Arutha passa sur la ville détruite. Un nuage bleuté à l'odeur âcre recouvrait la ville de Crydee, autrefois fourmillante d'activité. Des coups de marteau et des bruits de scie résonnaient jusqu'ici, de la ville où les ouvriers s'appliquaient à réparer les dégâts comme ils pouvaient.

Deux jours auparavant, les Tsurani avaient attaqué au crépuscule. Ils étaient passés en courant dans la ville, écrasant sous le nombre les quelques gardes en poste avant que les femmes, les vieillards et les enfants terrifiés ne donnent l'alerte. Les étrangers avaient traversé la ville à grand bruit sans s'arrêter, jusqu'au port où ils avaient incendié trois navires. Deux d'entre eux étaient gravement endommagés et on les avait déjà expédiés à Carse. Les vaisseaux en bon état avaient été envoyés plus bas sur la côte, où ils se trouvaient actuellement, au nord des falaises de la Désolation.

Les Tsurani avaient mis le feu à la plupart des bâtiments près des quais, mais même si ceux-ci étaient en très mauvais état, ils restaient réparables. L'incendie s'était propagé jusqu'au cœur de la ville et y avait causé des pertes bien plus lourdes. La halle des maîtres d'œuvre, les deux auberges et des dizaines de bâtiments plus petits n'étaient maintenant plus que des ruines fumantes. Ce n'étaient que des amas de poutres noircies, de toits de tuiles effondrés et de pierres brûlées. Un bon tiers de Crydee avait brûlé avant que l'on ne puisse maîtriser les flammes.

Arutha était resté sur les murailles, à regarder cet enfer se refléter sur les nuages au-dessus de la ville tandis que l'incendie se propageait. Ils avaient fait une sortie aux premières lueurs de l'aube, pour découvrir que les Tsurani avaient déjà disparu dans la forêt.

Arutha ruminait encore ce souvenir. Fannon avait conseillé à Lyam de ne pas faire sortir la garnison avant l'aube. Il craignait que ce ne soit une ruse pour faire ouvrir les portes du château, attirer la garnison dans les bois et la faire tomber dans une embuscade montée par une armée plus grande. Lyam avait accédé à la requête du vieux maître d'armes. Arutha était sûr qu'ils auraient pu éviter la majeure partie des dégâts si on lui avait laissé chasser immédiatement les Tsurani.

En descendant la route vers la côte, Arutha restait perdu dans ses pensées. Un message arrivé le jour précédent ordonnait à Lyam de quitter Crydee. L'aide de camp du duc avait été tué et comme on en était ce printemps au début de la troisième année de guerre, il voulait que Lyam le rejoigne au campement de Yabon. Pour des raisons inconnues d'Arutha, le duc Borric ne lui avait pas donné le commandement à lui, comme il s'y attendait. À la place, il avait nommé le maître d'armes pour commander la garnison. Mais ainsi, se dit le prince cadet, Fannon aurait moins tendance à l'écarter, sans le soutien de Lyam. Il secoua légèrement la tête, pour essayer d'oublier son irritation. Il aimait son frère, mais il aurait préféré que Lyam se montre plus prompt à s'affirmer. Depuis le début de la guerre, Lyam commandait Crydee, mais c'était Fannon qui prenait toutes les décisions. Désormais, Fannon n'aurait plus seulement l'influence, ce serait à lui qu'appartiendraient les décisions.

« Pensif, mon frère ? »

Lyam avait ralenti son cheval et il se retrouvait maintenant à côté de son frère, qui secoua la tête et lui fit un vague sourire. « Je t'envie, c'est tout. »

Lyam sourit chaleureusement à son frère cadet. « Je sais que tu aurais voulu partir, mais les ordres de père étaient clairs. Nous avons besoin de toi ici.

— Comment peut-on avoir besoin de moi alors que l'on ignore toutes mes suggestions ? »

Lyam prit un ton conciliant. « La décision de père de nommer Fannon commandant de la garnison te préoccupe encore. »

Arutha jeta à son frère un regard aigu. « J'ai maintenant l'âge que tu avais quand père t'a nommé commandant de Crydee. Père avait le poste de commandant et de général en second des armées de l'Ouest à mon âge et quatre ans plus tard on le nommait gardien royal de l'Ouest. Grand-père avait assez confiance en lui pour lui laisser un vrai commandement.

— Père n'est pas grand-père, Arutha. Souviens-toi, grand-père a grandi à une époque où Crydee était encore en guerre, où l'on pacifiait des terres nouvellement conquises. Il a grandi dans la guerre. Ce n'est pas le cas de père. Tout ce qu'il sait de la guerre, il l'a appris dans le Val des Rêves, contre Kesh et non en défendant ses propres terres comme grand-père. Les temps changent.

— Pour changer, ils changent, frère, répliqua sèchement Arutha. Grand-père, comme son père avant lui, ne serait pas resté derrière des murs. En deux ans de guerre, nous n'avons pas monté une seule offensive d'envergure contre les Tsurani. Si nous continuons à les laisser dicter le cours de la guerre, ils vont finir par gagner, à coup sûr. »

Lyam regarda son frère, une lueur d'inquiétude dans les yeux. « Arutha, je sais que tu n'as qu'une envie, c'est de harceler l'ennemi, mais Fannon a raison de dire qu'il vaut mieux ne pas risquer la garnison. Nous devons tenir ces lieux et protéger nos terres. »

Arutha eut un regard pour les villageois qui suivaient. « Va dire à ceux qui sont derrière comme ils sont bien protégés. »

Lyam sentit toute l'amertume de son frère. « Je sais que tu me tiens pour responsable de ça, mon frère. Si seulement j'avais suivi tes conseils, plutôt que ceux de Fannon… »

Arutha s'apaisa. « Ce n'est pas ta faute, concéda-t-il. Le vieux Fannon est simplement prudent. Lui aussi pense que la valeur d'un soldat se mesure au nombre de poils gris qu'on peut compter dans sa barbe. Je ne suis que le fils du duc. Je crains que désormais mes avis ne soient accueillis froidement.

— Modère ton impatience, jeunot, dit Lyam d'un air faussement sérieux. Peut-être qu'entre ton impétuosité et la prudence de Fannon, on pourra trouver un juste milieu. » Lyam éclata de rire.

Arutha avait toujours trouvé le rire de son frère irrésistible et il ne put réprimer un sourire. « Peut-être, Lyam », dit-il en riant.

Ils arrivèrent à la plage où de longues barques attendaient d'embarquer les réfugiés vers les vaisseaux ancrés au large. Les capitaines ne retourneraient pas à quai tant qu'ils ne seraient pas sûrs que leurs navires y seraient en sécurité, ce qui obligeait les fuyards à patauger jusqu'aux barques. Les hommes et les femmes commencèrent à s'avancer, tenant leurs paquets et leurs enfants en bas âge au-dessus de leur tête. Les enfants plus âgés en profitèrent pour barboter joyeusement. Il y eut de nombreux adieux pleins de larmes, car la plupart des villageois restaient pour reconstruire leurs foyers incendiés et servir dans l'armée ducale. Les femmes, les enfants et les vieillards qui partaient seraient emmenés sur la côte de Tulan, la ville la plus au sud du duché, qui n'avait encore subi aucune attaque, ni des Tsurani, ni des Frères des Ténèbres errant dans le Vercors.

Lyam et Arutha descendirent de selle et un soldat se chargea de leurs montures. Les frères regardèrent les soldats mettre délicatement des cages à pigeons dans la dernière barque tirée sur la plage. Ces oiseaux seraient amenés au camp des ducs par la Passe des Ténèbres.

Des pigeons entraînés à revenir au camp étaient en route pour Crydee et quand ils arriveraient, l'échange d'informations avec le camp des ducs ne reposerait plus uniquement sur les épaules de Martin l'Archer et des rangers du Natal. C'était la première année qu'ils pouvaient disposer de pigeons matures élevés dans le camp – ce qui était nécessaire pour développer leur instinct.

Les bagages et les réfugiés se retrouvèrent bientôt dans les vaisseaux et il fut temps pour Lyam de partir. Fannon lui fit des adieux secs et formels, mais il était évident à ses manières trop raides que le vieux maître d'armes s'inquiétait pour le fils aîné du duc. Sans famille, Fannon s'était comporté comme un oncle pour les garçons. Il leur avait appris lui-même à manier l'épée et à entretenir leurs armes, ainsi qu'à mener une guerre. Son formalisme et sa raideur mêmes étaient pour les deux frères une marque de son affection.

Quand Fannon fut parti, les frères s'embrassèrent. Lyam dit : « Prends soin de Fannon. » Arutha sembla surpris. Lyam sourit et ajouta : « Je n'ose imaginer ce qui arriverait ici si jamais père t'écartait encore pour nommer Algon commandant de la garnison. »

Arutha grogna, puis rit de bon cœur avec son frère. En tant que maréchal, Algon était techniquement le second après Fannon. Tous les gens du château aimaient bien l'homme et ils respectaient sa grande connaissance des chevaux, mais tous reconnaissaient son inculture totale pour tout ce qui n'était pas un cheval. Au bout de deux ans de guerre, il n'arrivait toujours pas à se faire à l'idée que les envahisseurs puissent venir d'un autre monde, ce qui ne manquait pas d'irriter Tully.

Lyam s'avança dans l'eau, où deux marins l'attendaient avec une barque. Par-dessus son épaule, il hurla : « Et prends bien soin de notre sœur, Arutha. »

Arutha promit. Lyam sauta dans la barque, à côté des précieux pigeons et l'on écarta la barque de la plage. Arutha regarda la barque partir, ballottée sur les flots.

Il revint lentement vers le soldat qui tenait sa monture. Il s'arrêta pour regarder la plage encore une fois. Vers le sud s'élevaient les hautes falaises de la Désolation qui se découpaient dans le ciel matinal. Arutha maudit silencieusement le jour où le vaisseau tsurani était venu s'écraser contre ces rochers.

Carline se tenait tout en haut de la tour sud du château, regardant l'horizon, s'enroulant dans sa cape pour se protéger du vent marin. Elle était restée au château, faisant ses adieux plus tôt à son frère, pour ne pas aller jusqu'à la plage. Elle préférait que ses peurs n'assombrissent pas la joie de Lyam à l'idée de rejoindre son père dans le camp des ducs. Ces deux dernières années, elle s'était plusieurs fois élevée contre ces sentiments. Ses hommes étaient des soldats, tous entraînés à la guerre depuis leur plus tendre enfance. Mais depuis que la nouvelle de la capture de Pug avait atteint Crydee, elle ne pouvait s'empêcher d'avoir peur pour eux.

Un toussotement féminin fit se tourner Carline. Dame Glynis, demoiselle de compagnie de la princesse depuis quatre ans, lui fit un petit sourire et montra d'un signe de tête l'arrivant qui venait d'apparaître à la trappe donnant sur le sommet de la tour.

Roland émergea du sol. Il avait beaucoup grandi en deux ans et maintenant il dépassait presque Arutha. Il était encore fin, mais ses traits n'avaient plus rien d'enfantin.

Il s'inclina et dit : « Altesse. »

Carline lui rendit son salut et fit signe à dame Glynis de les laisser seuls. Glynis descendit les escaliers.

Doucement, Carline demanda : « Tu n'es pas allé à la plage avec Lyam ?

— Non, Altesse.

— Tu lui as parlé avant de partir ? »

Roland tourna le regard vers l'horizon. « Oui, Altesse, mais je dois avouer que son départ ne me réjouit pas. »

Carline fit signe qu'elle comprenait. « Parce que toi, tu dois rester. »

Il dit amèrement : « Oui, Altesse. »

Carline demanda doucement : « Pourquoi demeurer si formel, Roland ? »

Roland regarda la princesse, qui avait eu dix-sept ans l'été dernier. Ce n'était plus une petite fille susceptible avec ses accès de mauvaise humeur, elle était devenue une belle jeune femme pensive et introvertie. Peu de gens au château n'avaient pas entendu les sanglots monter de la suite de Carline, pendant des nuits entières après la nouvelle de la capture de Pug. Au bout de presque une semaine de solitude, Carline était ressortie changée, plus soumise, moins volontaire. Il était difficile de lire en elle, mais Roland savait qu'elle cachait une profonde blessure.

Au bout d'un moment de silence, Roland dit : « Altesse, quand... » Il s'arrêta, puis dit : « Cela n'a pas d'importance. »

Carline lui posa la main sur le bras. « Roland, quoi qu'il arrive, nous avons toujours été amis.

— Cela me plaît de le croire.

— Alors dis-moi, pourquoi y a-t-il un mur entre nous ? »

Roland soupira et sa réponse fut dépourvue de son humour habituel. « S'il y en a un, Carline, ce n'est pas de mon fait. »

Une étincelle de la Carline d'avant jaillit et sur un ton incisif elle dit : « Et je serais donc la cause de cette séparation ? »

Roland répondit furieusement. « Oui, Carline ! » Il se passa la main dans les cheveux et dit : « Vous rappellez-vous le jour où je me suis battu avec Pug ? Le jour d'avant son départ. »

À la mention de Pug, elle se tendit. Elle dit, les dents serrées : « Oui, je m'en souviens.

— Bien, c'était stupide, une histoire de garçons, cette bagarre. Je lui ai dit que si jamais il vous blessait, je le rouerais de coups. Vous a-t-il parlé de cela ? »

Ses yeux s'emplirent de larmes. Elle dit doucement : « Non, il ne m'en a jamais parlé. »

Roland regarda pensivement le beau visage qu'il aimait depuis des années et dit : « Au moins, à ce moment-là, je savais qui était mon rival. » Il baissa la voix, sa colère s'apaisant d'elle-même. « J'aime à penser qu'à ce moment-là, près de la fin, nous étions bons amis. Malgré tout, je m'étais juré de ne jamais cesser d'essayer de faire changer ton cœur. »

Frissonnante, Carline resserra sa cape autour d'elle, malgré la chaleur. Elle sentait en elle des émotions contradictoires, troublantes. En tremblant, elle demanda : « Pourquoi as-tu cessé, Roland ? »

Roland sentit soudain un accès de colère l'emporter. Pour la première fois, il laissait tomber devant la princesse son masque de joie et de bonnes manières. « Parce que je ne peux pas lutter contre un souvenir, Carline. » Carline écarquilla les yeux et des larmes roulèrent sur ses joues. « Je le peux contre un homme de chair et de sang, mais je ne peux rien contre une ombre du passé, que je ne saurais attraper. » Il laissait sa colère guider ses mots. « Il est mort, Carline. J'aimerais bien que ce ne soit pas le cas : c'était mon ami et il me manque, mais je l'ai laissé partir. Pug est mort. Tant que vous ne l'aurez pas accepté, vous vivrez sur un faux espoir. »

Elle porta la main à sa bouche, la paume en avant, le regardant comme si elle refusait de l'écouter. Brusquement, elle se tourna et s'élança dans l'escalier.

Seul, Roland appuya ses coudes sur la pierre froide de la tour. Il se prit la tête entre les mains et dit : « Oh, quel imbécile je fais ! »

« Patrouille ! » hurla le garde depuis les murailles du château. Arutha et Roland, qui regardaient des soldats assurer l'instruction des levées prises sur les villages environnants, se retournèrent.

Ils allèrent à la porte et la patrouille entra lentement : une douzaine de cavaliers sales, épuisés, accompagnés de Martin l'Archer et de deux autres pisteurs à pied. Arutha accueillit le maître chasseur puis demanda : « Qu'avez-vous là ? »

Il montra trois hommes en robe grise encadrés par les cavaliers. « Des prisonniers, Votre Altesse », répondit le chasseur en s'appuyant sur son arc.

Arutha congédia les cavaliers fatigués dès que d'autres gardes se furent mis en position autour des prisonniers. Arutha alla les voir et quand il arriva à portée de main, ils tombèrent tous les trois à genoux, en posant le front sur le sol.

Arutha leva un sourcil surpris devant cette scène : « Je n'ai jamais rien vu de tel. »

L'Archer acquiesça : « Ils ne portent pas d'armure, ils ne se sont pas battus et ils n'ont pas cherché à s'échapper quand nous les avons trouvés dans les bois. Ils ont fait comme ça, mais à ce moment-là, ils se sont mis à piailler comme des pies. »

Arutha dit à Roland : « Va me chercher le père Tully. Il devrait être en mesure de comprendre vaguement leur langue. » Roland courut chercher le prêtre. L'Archer congédia ses deux pisteurs, qui s'en furent droit vers les cuisines. On envoya un garde chercher le maître d'armes pour l'informer de la capture de prisonniers.

Quelques minutes plus tard, Roland revint avec le père Tully. Le vieux prêtre d'Astalon était vêtu d'une robe bleu sombre, presque noire, et en l'apercevant, les trois prisonniers commencèrent à murmurer entre eux. Quand Tully regarda dans leur direction, ils se turent instantanément. Arutha regarda l'Archer avec surprise.

Tully demanda : « Qu'est-ce que c'est que cela ?

— Des prisonniers, répondit Arutha. Comme vous êtes le seul parmi nous à avoir approché leur langue, je me suis dit que vous auriez peut-être des chances de tirer quelque chose d'eux.

— Je ne me souviens pas bien de mon contact mental avec Xomich, mais je peux toujours essayer. » Le prêtre prononça quelques mots hésitants, ce qui provoqua une réponse confuse des trois prisonniers qui se mirent à parler tous en même temps. Celui au centre fit un geste à ses compagnons, qui se turent. Il était petit, comme les autres, mais plus musclé. Il avait les cheveux bruns, sa peau était basanée mais il avait les yeux étonnamment verts. Il parla lentement à Tully, avec des manières un peu moins déférentes que celles de ses compagnons.

Tully secoua la tête. « Je ne suis pas tout à fait sûr, mais je crois qu'il veut savoir si je suis un Très Puissant de ce monde.

— Un Très Puissant ? demanda Arutha.

— Le soldat mourant était terrifié par l'homme sur le bateau qu'il appelait Très Puissant. Je crois que c'est un titre, plutôt qu'un individu en particulier. Peut-être Kulgan avait-il raison de penser que ces gens ont peur de leurs magiciens et de leurs prêtres.

— Qui sont ces gens ? » demanda le prince.

Tully leur dit encore quelques mots hésitants. L'homme au centre répondit lentement, mais au bout d'un moment, Tully le coupa d'un geste de la main. À Arutha, il dit : « Ce sont des esclaves.

— Des esclaves ? » Jusqu'à maintenant, ils n'avaient eu de contact qu'avec des guerriers tsurani. C'était une révélation pour eux d'apprendre qu'ils pratiquaient l'esclavage. Bien que ce ne soit pas une chose inconnue dans le royaume, l'esclavage n'était pas répandu et on le réservait aux félons convaincus. Sur la Côte sauvage, il n'existait pratiquement pas. Arutha trouva l'idée étrange et répugnante. Un homme pouvait naître en bas de la société, mais même le plus vil des serfs avait des droits que la noblesse devait respecter et protéger. Les esclaves n'étaient que des marchandises. Dans un brusque élan de dégoût, Arutha dit : « Dites-leur de se relever, par pitié. »

Tully parla et les hommes se relevèrent lentement, les deux sur les côtés regardant autour d'eux comme des enfants terrifiés. L'autre se tenait debout avec calme, les yeux juste légèrement baissés. Tully lui posa une autre question, retrouvant un peu d'aisance dans leur langue.

L'homme au centre parla longuement et quand il eut terminé, Tully expliqua : « On leur avait dit de travailler dans les enclaves près de la rivière. Ils disent que leur camp a été assailli par le peuple de la forêt – il doit parler des elfes, je pense – et par les petites gens.

— Les nains, sans aucun doute », ajouta l'Archer avec un sourire.

Tully le foudroya du regard. Le forestier élancé continua à sourire benoîtement. Martin était l'un des rares jeunes hommes du château à ne jamais avoir été intimidé par le vieux clerc, même avant de devenir l'un des membres du conseil ducal.

« Comme je le disais, continua le prêtre, les elfes et les nains ont dévasté leur campement. Ils ont fui, craignant de se faire tuer. Ils ont erré pendant des jours dans les bois jusqu'à ce que la patrouille les trouve ce matin. »

Arutha dit : « Cet homme-là, au centre, semble légèrement différent des autres. Demandez-lui pourquoi. »

Tully parla lentement à l'homme qui répondit sur un ton légèrement plus assuré. Quand il eut terminé, Tully traduisit, assez surpris : « Il dit qu'il se nomme Tchakachakalla. Il était officier tsurani avant ! »

Arutha fit remarquer : « Cela pourrait bien nous être très utile. S'il accepte de coopérer, nous pourrions peut-être finalement apprendre quelque chose sur nos ennemis. »

Fannon sortit du donjon et courut vers Arutha qui continuait à questionner les prisonniers. Le commandant de la garnison de Crydee dit : « Bien, continuez à les interroger. »

Arutha dit à Tully : « Demandez-lui comment il se fait qu'il soit devenu esclave. »

Sans embarras, Tchakachakalla raconta son histoire. Quand il eut terminé, Tully secoua la tête : « Il était chef de troupe. Cela nous prendra sans doute un certain temps pour déterminer à quoi correspondrait ce rang dans nos armées, mais j'imagine que ce doit être au moins l'équivalent d'un lieutenant de cavalerie. Il dit que ses hommes ont fui lors de l'une des premières batailles et que sa maison a été déshonorée. Quelqu'un qu'il appelle le chef de guerre ne lui a pas permis de mettre fin à sa propre vie. Il l'a mis en esclavage pour qu'il expie sa honte. »

Roland émit un petit sifflement. « Ses hommes ont fui et on l'a tenu pour responsable. »

L'Archer répondit : « Plus d'un petit seigneur qui s'était mal débrouillé dans une bataille a fini sur ordre de son duc chez un des barons frontaliers le long des marches du Nord. »

Tully jeta un regard irrité à Martin et à Roland : « Vous avez terminé ? » Il s'adressa à Arutha et à Fannon : « D'après ce qu'il dit, il est clair qu'on l'a dépouillé de tout. Il pourrait nous être utile. »

Fannon dit : « Ce pourrait être un piège. Je n'aime pas l'air qu'il a. »

La tête de l'homme se releva et il fixa Fannon de ses yeux plissés. Martin en resta bouche bée. « Par Killian ! Je crois qu'il a compris ce que vous venez de dire. »

Fannon se mit face à Tchakachakalla. « Tu me comprends ?

— Petit peu, maître. » Il avait un accent abominable et parlait sur un ton chantant inconnu dans la langue du royaume. « Beaucoup esclaves royaume à Kelewan. Connais petit peu langue royaume. »

Fannon demanda : « Pourquoi est-ce que tu n'as pas parlé avant ? »

De nouveau, sans émotion, il répondit : « Pas ordre.

Esclave obéir. Pas... » Il se tourna vers Tully et lui dit quelques mots.

Tully dit : « Il dit qu'un esclave n'a pas à faire preuve d'initiative. »

Arutha demanda : « Tully, penses-tu qu'on puisse lui faire confiance ?

— Je ne sais pas. C'est une étrange histoire, mais ces gens sont étranges pour nous. Mon contact mental avec le soldat mourant m'a montré beaucoup de choses que je n'ai pas encore comprises. » Tully parla à l'homme.

À Arutha, le Tsurani dit : « Tchakachakalla dire. » Cherchant ses mots, il ajouta. « Moi Wedewayo. Ma maison, famille. Mon clan Hunzan. Vieux, beaucoup honneur. Maintenant esclave. Pas maison, pas clan, pas Tsuranuanni. Pas honneur. Esclave obéir. »

Arutha dit : « Je crois que je comprends. Si tu retournes chez les Tsurani, que t'arrivera-t-il ? »

Tchakachakalla répondit : « Être esclave, peut-être. Être mort, peut-être. Tout pareil.

— Et si tu restes ici ?

— Être esclave, être tué ? » Il haussa les épaules, comme si cela ne le touchait pas.

Arutha dit, lentement : « Nous n'avons pas d'esclaves. Que ferais-tu si nous te libérions ? »

L'esclave sembla s'émouvoir brusquement et il se retourna vers Tully, pour lui dire rapidement quelques mots. Tully traduisit. « Il dit que ce n'est pas possible dans son monde. Il demande si vous pouvez vraiment faire une telle chose. »

Arutha acquiesça. Tchakachakalla montra ses compagnons. « Ils travaillent. Ils toujours esclaves.

— Et toi ? » demanda Arutha.

Tchakachakalla regarda le prince droit dans les yeux et parla à Tully, sans quitter Arutha du regard. Tully traduisit : « Il annonce son lignage. Il dit qu'il se nomme Tchakachakalla, chef de troupe des Wedewayo, du clan Hunzan. Son père était un chef d'armée et son arrière-grand-père le chef de guerre du clan Hunzan. Il s'est battu honorablement et n'a failli qu'une seule fois. C'est maintenant un esclave, sans famille, sans clan, sans nation et sans honneur. Il demande si vous entendez lui rendre son honneur. »

Arutha demanda : « Si les Tsurani viennent, que ferez-vous ? »

Tchakachakalla montra ses compagnons. « Ces hommes esclaves. Tsurani venir, eux rien faire. Attendre. Aller avec... » Tully et lui échangèrent brièvement quelques remarques et Tully lui fournit le mot qui lui manquait. « ... gagnants. Eux aller avec gagnants. » Il regarda Arutha et ses yeux s'allumèrent. « Vous faire Tchakachakalla libre. Tchakachakalla être votre homme, seigneur. Votre honneur être honneur Tchakachakalla. Donner vie si vous dire. Combattre Tsurani si vous dire. »

Fannon intervint. « C'est facile à dire. C'est probablement un espion. »

Le Tsurani au torse puissant regarda durement Fannon, puis d'un geste brusque il se mit devant le maître d'armes et avant que quiconque ait pu réagir, il tira de sa ceinture le couteau de Fannon.

L'Archer avait sorti son propre couteau un instant plus tard et Arutha tirait son épée. Roland et les autres soldats réagirent à peine quelques instants après. Le Tsurani ne fit aucun geste menaçant, mais il fit sauter le couteau dans sa main, puis il le tendit, manche en avant, à Fannon. « Maître penser Tchakachakalla ennemi ? Maître tuer. Donner mort de guerrier, retrouver honneur. »

Arutha remit son épée au fourreau et prit le couteau des mains de Tchakachakalla. Il rendit son couteau à Fannon et dit : « Non, nous n'allons pas te tuer. » À Tully, il dit : « Je pense que cet homme pourrait s'avérer utile. Pour l'instant, je serais tenté de le croire. »

Fannon sembla particulièrement mécontent. « C'est peut-être un espion brillant, mais vous avez raison. Nous ne risquons rien tant que nous le surveillons étroitement. Père Tully, pourquoi n'accompagnez-vous pas ces hommes à la caserne histoire d'en apprendre un peu plus ? Je reviendrai bientôt. »

Tully parla aux trois esclaves et leur fit signe de le suivre. Les deux esclaves timides lui emboîtèrent immédiatement le pas, mais Tchakachakalla mit un genou en terre devant Arutha. Il parla rapidement dans la langue tsurani et Tully traduisit. « Il vient de vous demander soit de le tuer, soit de faire de lui votre homme. Il a demandé comment un homme pouvait être libre sans avoir de maison, de clan ou d'honneur. Dans son monde, on appelle ces gens des guerriers gris et ils n'ont aucun honneur. »

Arutha dit : « Nous n'avons pas les mêmes coutumes. Ici, un homme peut être libre sans avoir de famille ou de clan, tout en conservant son honneur. »

Tchakachakalla avait écouté en penchant un peu la tête, puis il opina. Il se leva et dit : « Tchakachakalla comprendre. » Puis, avec un sourire, il ajouta : « Bientôt, je être votre homme. Bon seigneur besoin bon guerrier. Tchakachakalla bon guerrier.

— Tully, allez-y et trouvez combien Tak... Tchakal... » Arutha rit. « Je n'arrive pas à prononcer ça. » À l'esclave, il dit : « Si tu veux servir ici, il te faut un nom du royaume. »

L'esclave regarda autour de lui puis fit un petit signe de tête.

L'Archer dit : « Appelons-le Charles. C'est le nom le plus proche que je puisse trouver. »

Arutha dit : « Il en vaut un autre. À partir de maintenant, tu t'appelleras Charles. »

L'esclave nouvellement nommé dit : « Chaal ? » Il haussa les épaules et acquiesça. Il n'ajouta rien et suivit le père Tully, qui mena les esclaves à la caserne des soldats.

Roland lança : « Qu'est-ce que vous dites de ça ? » quand les trois esclaves eurent disparu.

Fannon répondit : « Le temps nous dira si nous avons été dupés. »

L'Archer éclata de rire. « Je vais garder l'œil sur Charles, maître Fannon. C'est un dur, ce petit gars. Il allait d'un bon pas quand nous les avons amenés ici. Je pourrais peut-être bien en faire un pisteur. »

Arutha le coupa : « Il va me falloir du temps avant de lui faire assez confiance pour le laisser sortir des murs. »

Fannon changea de sujet. Il demanda à l'Archer : « Où les avez-vous trouvés ?

— Vers le nord, le long de l'affluent de Rifclair. Nous suivions les traces d'un important groupe de guerriers qui se dirigeait vers la côte. »

Fannon réfléchit. « Gardan patrouille là-bas, en ce moment. Peut-être va-t-il les apercevoir et comme ça nous saurons ce que nous préparent ces bâtards cette année. » Sans un mot de plus, il rentra au donjon.

Martin rit, ce qui surprit Arutha. « Qu'est-ce qui vous paraît si drôle, maître chasseur ? »

Martin secoua la tête. « Un rien, Altesse. C'est le maître d'armes lui-même. Il refuse d'en parler à qui que ce soit, mais je suis sûr qu'il donnerait tout ce qu'il possède pour que votre père vienne reprendre le commandement. C'est un bon soldat, mais il n'aime pas ces responsabilités. »

Arutha regarda le dos du maître d'armes qui s'éloignait, puis dit : « Je crois que vous avez raison, Martin. » Son ton se fit pensif : « Je suis en froid avec Fannon depuis quelque temps et j'ai perdu de vue le fait que ce n'était pas lui qui avait réclamé cette charge. »

Martin baissa la voix : « Une suggestion, Arutha. »

Arutha acquiesça. Martin montra Fannon. « Si jamais quelque chose arrivait à Fannon, nommez rapidement un autre maître d'armes. N'attendez pas le consentement de votre père. Si jamais vous attendez, ce sera à Algon de prendre le commandement et il est inepte. »

Arutha se raidit devant tant de présomption et Roland tenta de faire taire Martin du regard. Arutha répondit froidement : « Je vous croyais l'ami du maréchal. »

Martin sourit, les yeux brillants d'une étrange malice. « En effet, comme tout le monde au château. Mais vous pouvez demander à n'importe qui : en dehors des chevaux, Algon n'est pas très intéressant. »

Outré par ces paroles, Arutha demanda : « Et qui devrait prendre sa place ? Le maître chasseur ? »

Martin éclata de rire, l'air tellement amusé par l'idée qu'Arutha trouva sa suggestion moins outrageante.

« Moi ? dit le maître chasseur. Les dieux m'en gardent, Altesse. Je ne suis qu'un chasseur, rien de plus. Non, si vous deviez nommer quelqu'un, nommez Gardan. C'est de loin le soldat le plus valable de Crydee. »

Arutha savait que Martin avait raison, mais il se laissa aller à son impatience. « Il suffit. Fannon est bien et il n'est pas près de nous quitter. »

Martin opina. « Que les dieux le protègent… comme nous tous. Excusez-moi, mais c'était un sujet qu'il me semblait bon d'aborder. Maintenant, avec la permission de Votre Altesse, cela fait une semaine que je n'ai pas eu de vrai repas. »

Arutha lui fit signe qu'il pouvait disposer et Martin s'éloigna en direction de la cuisine. Roland dit : « Il a tort sur une chose, Arutha. »

Arutha, les bras croisés sur la poitrine, regarda l'Archer disparaître. « Et sur quoi, Roland ?

— Il est plus que le simple chasseur qu'il prétend être. »

Arutha resta silencieux un moment. « En effet. Il y a quelque chose chez Martin l'Archer qui m'a toujours mis mal à l'aise, quoique je ne lui aie jamais trouvé de défaut. »

Roland rit et Arutha lui demanda : « C'est à toi, cette fois-ci, de trouver un sujet d'amusement ? »

Roland haussa les épaules : « C'est juste qu'il y en a beaucoup qui trouvent que vous et lui vous ressemblez fort. »

Arutha foudroya Roland du regard. Celui-ci secoua la tête : « On dit souvent que l'on se vexe de ses propres défauts quand on les voit chez les autres. C'est vrai, Arutha. Vous avez tous les deux le même humour incisif, presque moqueur et ni l'un ni l'autre vous ne supportez la bêtise. » La voix de Roland se fit sérieuse. « Il n'y a pas de mystère là-dedans, je dirais. Vous ressemblez beaucoup à votre père et comme Martin n'a pas de famille, c'est normal qu'il prenne modèle sur le duc. »

Arutha devint pensif. « Tu as peut-être raison. Mais il y a quelque chose d'autre qui me trouble chez cet homme. » Il n'en dit pas plus et se tourna vers le donjon.

Roland repartit en compagnie du prince pensif et se demanda s'il n'avait pas outrepassé son rang.

La nuit grondait. Des éclairs zébraient le ciel, dissipant les ténèbres et révélant de lourds nuages à l'ouest qui s'avançaient vers eux. Roland se tenait dans la tour sud et regardait le spectacle. Depuis le dîner, il se sentait aussi sombre que le ciel de l'ouest. La journée n'avait pas été bonne. D'abord, il s'était senti troublé par sa conversation avec Arutha près de la porte. Puis Carline lui avait opposé au dîner le même silence de marbre que celui qu'il endurait depuis leur rencontre en haut de cette même tour deux semaines auparavant. Carline avait semblé plus soumise encore que d'habitude, mais Roland se sentait furieux contre lui-même chaque fois qu'il risquait un regard dans sa direction. Roland lisait toujours la même douleur dans les yeux de la princesse. « Quel imbécile sans cervelle je fais, dit-il tout haut.

— Pas un imbécile, Roland. »

Carline se tenait à quelques pas de là, regardant la tempête arriver. Elle avait un châle sur les épaules, malgré la tiédeur de l'air. Le tonnerre avait couvert ses pas. Roland dit : « Ce n'est pas une nuit pour monter dans la tour, madame. »

Elle vint se mettre à côté de lui et répondit : « Il va pleuvoir ? On a souvent des orages de chaleur, les nuits comme ça, mais rarement de la pluie.

— Il va pleuvoir. Où sont vos dames de compagnie ? »

Elle montra la porte de la tour. « En haut des marches. Elles ont peur des éclairs et de toute manière, je voulais te parler en particulier. »

Roland ne dit rien et Carline resta silencieuse un moment. Des éclairs terribles illuminaient les cieux nocturnes, suivis de grondements de tonnerre. « Quand j'étais petite, dit-elle finalement, père disait, les nuits comme celle-là, que les dieux jouaient dans le ciel. »

Roland regarda son visage éclairé par l'unique lanterne qui était accrochée au mur. « Mon père me disait qu'il faisait la guerre. »

Elle sourit : « Roland, tu m'as dit la vérité le jour où Lyam est parti. J'étais perdue dans ma propre tristesse, incapable de comprendre. Pug aurait été le premier à me dire que rien ne dure éternellement. Que vivre dans le passé est absurde et que cela nous vole notre avenir. » Elle baissa un peu les yeux. « Peut-être que c'est à cause de père. Quand mère est morte, il ne s'en est jamais vraiment remis. J'étais très jeune, mais je me rappelle encore comment il était. Il ressemblait à Lyam alors. Après... eh bien, il est devenu plus comme Arutha. Il riait encore, mais de manière plus agressive, amère.

— Un peu moqueur ? »

Elle acquiesça pensivement. « Oui, moqueur. Pourquoi ?

— Quelque chose que j'ai vu... Quelque chose que j'ai fait remarquer à votre frère aujourd'hui. Sur Martin l'Archer. »

Elle soupira. « Oui, je comprends. L'Archer est lui aussi comme ça. »

Roland dit doucement : « Enfin, vous n'êtes pas venue me parler de votre frère ou de Martin.

— Non, je suis venue te dire que je suis désolée de la manière dont j'ai agi. J'étais furieuse contre toi ces deux dernières semaines, mais je n'en avais pas le droit. Tu n'as fait que me dire la vérité. Je t'ai traité injustement. »

Roland répondit, surpris : « Vous ne m'avez pas traité injustement, Carline. Je vous ai brusquée.

— Non, tu as fait ce que devait faire un ami, Roland. Tu m'as dit la vérité, pas ce que je voulais entendre. Ça n'a pas dû être facile... étant donné ce que tu ressens. » Elle regarda la tempête qui s'approchait. « Quand j'ai appris que Pug avait été capturé, j'ai cru que le monde s'effondrait. »

S'efforçant de paraître compréhensif, Roland cita : « Le premier amour est le plus difficile. »

Carline sourit. « C'est ce qu'on dit. Et pour toi ? »

Roland réussit à faire mine de rien. « C'est ce qu'il semble, princesse. »

Elle lui mit la main sur le bras. « Ni toi ni moi ne pouvons changer nos sentiments, Roland. »

Son sourire se fit plus triste. « C'est tout à fait vrai, Carline.

— Tu seras toujours mon ami ? »

Il y avait une note d'inquiétude dans sa voix, qui toucha le jeune châtelain. Elle essayait de poser les choses entre eux, mais sans cette malice qu'elle avait eue quand elle était plus jeune. Cette honnêteté dissipa sa tristesse à ne pas retrouver toute son affection. « Oui, Carline. Je serai toujours ton ami. »

Elle se jeta dans ses bras et il la serra contre lui, sa tête contre sa poitrine. Elle dit, doucement : « Le père Tully dit que certaines amours viennent d'elles-mêmes comme un vent marin et que d'autres croissent des graines de l'amitié.

— J'espère que je récolterai les fruits de celles-là, Carline. Mais même si elles ne venaient pas, je resterais ton ami. »

Ils se tinrent en silence l'un contre l'autre, se réconfortant chacun pour des raisons différentes, mais partageant une tendresse qu'ils se refusaient depuis deux ans. Ils étaient si perdus dans le bonheur de leurs retrouvailles qu'aucun d'eux ne vit le petit point ballotté par les flots que les éclairs révélaient par instants. Sur l'horizon, faisant voile vers le port, un vaisseau s'approchait.

Le vent faisait claquer les bannières en haut des murailles du château sous la pluie battante. L'eau formait de petites mares où se reflétait la lumière des lanternes, donnant aux deux hommes debout sur le chemin de ronde l'air de sortir d'outre-tombe.

Un éclair illumina la mer et un soldat dit : « Là ! Altesse, vous avez vu ? À trois degrés au sud des Gardiens. » Il tendit le bras dans une direction.

Arutha tenta de percer les ténèbres, les sourcils froncés. « Je ne vois rien, à cause de la nuit. Il fait plus noir que dans l'âme d'un prêtre de Guis-wan, ici. » Le soldat se signa machinalement à la mention du dieu tueur. « Y a-t-il eu un signal du phare ?

— Aucun, Altesse. Ni signal ni messager. »

Un nouvel éclair illumina la nuit et Arutha vit la silhouette du vaisseau au loin. Il jura. « Il lui faudrait le fanal de la Pointe pour arriver au port sans mal. » Sans perdre un instant, il descendit les escaliers quatre à quatre vers la cour. Près de la porte, il dit à un garde d'aller lui chercher son cheval et deux autres cavaliers pour l'accompagner. Le temps d'attendre là, la pluie passa, laissant la nuit propre, tiède et humide. Quelques minutes plus tard, Fannon sortit de la caserne. « Que se passe-t-il ? Pourquoi des chevaux ? »

Arutha répondit : « Un vaisseau s'approche du port et il n'y a pas de fanal à la Pointe. »

Comme un écuyer amenait un cheval à Arutha, suivi par deux soldats montés, Fannon dit : « Allez-y vite, alors. Et prévenez ces incapables du phare que j'aurai deux mots à leur dire quand ils auront fini leur service. »

Arutha s'était attendu à devoir répondre aux objections de Fannon et il se sentit soulagé de ne pas trouver d'opposition. Il monta en selle et on leur ouvrit les portes. Ils passèrent et descendirent la route menant à la ville.

La pluie avait exalté les odeurs de la nuit : les fleurs le long de la route, l'odeur salée de la mer, puis l'odeur âcre du bois brûlé venant des restes des bâtiments incendiés quand ils approchèrent de la ville.

Ils traversèrent au galop la ville endormie, prenant la route le long du port. Deux gardes stationnés sur le quai saluèrent un peu tard en voyant le prince passer en coup de vent. Les bâtiments fermés près des docks témoignaient en silence des gens qui avaient fui à la suite du premier raid.

Ils sortirent de la ville et s'avancèrent vers le phare, suivant la courbe de la route. À l'écart des bâtiments, ils aperçurent enfin le phare, construit sur un îlot de rochers naturel et relié au continent par un long chemin de pierre couvert de terre battue. Les sabots des chevaux s'enfoncèrent dans la terre humide en approchant de la haute tour. Un éclair illumina le ciel et les trois cavaliers virent le vaisseau s'approcher toutes voiles dehors vers le port.

Arutha hurla aux autres : « Ils vont s'écraser sur les rochers, sans fanal. »

L'un des gardes répondit en hurlant aussi : « Regardez, Altesse. Quelqu'un fait un signal ! »

Ils tirèrent sur leurs rênes et virent des silhouettes à la base de la tour. Un homme vêtu de noir balançait une lampe tempête d'avant en arrière. Les marins du vaisseau devaient la voir sans problème, mais elle ne devait pas être visible des murs du château. Dans la pénombre, Arutha aperçut les formes immobiles de soldats de Crydee allongées sur le sol. Quatre hommes, eux aussi vêtus de noir, avec des cagoules pour leur couvrir le visage, coururent vers les cavaliers. Trois d'entre eux tirèrent de longues épées qu'ils avaient dans le dos et le quatrième tendit un arc. Le soldat à la droite d'Arutha hurla, touché par une flèche en pleine poitrine. Arutha fit charger son cheval sur les trois qui s'approchaient. Il en renversa deux, frappa le troisième au visage de son épée. L'homme tomba sans un bruit.

Le prince fit volte-face et vit que son autre compagnon avait lui aussi engagé le combat, contre l'archer. D'autres hommes en noir sortirent en courant de la tour, dans un parfait silence.

Le cheval d'Arutha hennit. Il avait une flèche plantée dans le cou. Lorsque le cheval s'effondra sous lui, Arutha dégagea ses pieds des étriers et passa la jambe gauche par-dessus l'encolure de l'animal, sautant à terre en accompagnant la chute de sa monture. Il roula et se releva devant un homme de petite taille vêtu de noir qui levait très haut une épée à deux mains. La longue lame s'abattit en un éclair et Arutha sauta sur la gauche, en frappant avec sa propre épée. Il toucha l'homme à la poitrine, puis retira sa lame. Comme les autres, l'homme en noir s'effondra sans pousser le moindre cri.

Un nouvel éclair montra à Arutha d'autres hommes qui couraient vers lui depuis la tour. Arutha se retourna et ordonna au cavalier restant de tourner bride pour aller prévenir le château, mais son ordre mourut dans sa gorge quand il vit l'homme se faire descendre de selle par une nuée de formes noires. Arutha esquiva un coup du premier homme qui se jeta sur lui et il traversa un groupe de trois autres, qu'il prit de court. Il en frappa un quatrième au visage du pommeau de son épée, pour le repousser. Il voulait juste s'ouvrir un passage pour filer prévenir le château. L'homme qu'il venait de frapper tituba et Arutha essaya de sauter. L'homme, en tombant, lui attrapa la jambe.

Arutha s'affala sur le sol de pierre et il sentit des mains s'agripper frénétiquement à son pied droit. Il frappa en arrière avec le gauche et toucha l'homme à la gorge. Un bruit de trachée écrasée fut suivi de mouvements convulsifs.

Arutha se releva au moment où un nouvel assaillant arrivait sur lui, les autres à peine un pas derrière. Arutha sauta en arrière, essayant de mettre un peu de distance entre lui et eux. Son talon heurta un rocher et soudain le monde bascula. Il se retrouva suspendu en l'air l'espace d'un instant puis ses épaules rencontrèrent les rochers quand il retomba sur le bord du chemin. Il heurta plusieurs autres rochers et l'eau glacée se referma sur son corps.

Le froid saisissant l'empêcha de sombrer dans l'inconscience. Sonné, il eut le réflexe de retenir son souffle, mais il ne pourrait pas tenir longtemps. Sans réfléchir, il remonta et creva la surface en aspirant à grand bruit. Il avait beau être mal en point, il lui resta quand même assez de présence d'esprit pour plonger sous la surface quand des flèches frappèrent l'eau autour de lui. Il ne voyait rien sous les eaux sombres et boueuses du port, mais il s'accrocha aux rochers et commença à avancer à la force des bras. Il retourna vers la tour, dans l'espoir que les assaillants iraient le chercher dans l'autre direction.

Il fit surface sans bruit et cligna des yeux pour en chasser l'eau de mer. Caché derrière un gros rocher, il vit des silhouettes noires qui scrutaient les eaux sombres. Arutha se déplaça tout doucement, en se collant aux rochers. Il sentait tous ses muscles et toutes ses articulations douloureux, mais il ne devait rien avoir de cassé.

Un autre éclair illumina le port. Arutha vit le vaisseau entrer sans encombre à grande vitesse dans le port de Crydee. C'était un vaisseau marchand fait pour la vitesse et armé pour la guerre. Le pilote du vaisseau devait être fou et génial à la fois, car il esquiva les rochers à un cheveu près et fonça droit sur le quai en contournant le chemin du phare. Arutha vit des hommes dans les vergues qui remontaient les voiles, affolés. Sur le pont se trouvait une troupe de guerriers vêtus de noir avec les armes tirées.

Arutha tourna son attention vers les hommes qui se tenaient sur le chemin et il en vit un faire un geste aux autres, sans un mot. Ils coururent en direction de la ville. Oubliant son corps douloureux, Arutha se hissa sur les rochers glissants pour remonter sur le chemin de terre battue. Un peu chancelant, il se releva et regarda en direction de la ville. Elle semblait dormir tranquillement, mais il savait que cela changerait bientôt.

Arutha courut d'un pas mal assuré vers le phare et se força à grimper les escaliers. Par deux fois il faillit s'évanouir, mais il finit par atteindre le sommet. Il vit la vigie, morte, étendue près du fanal. Le bois couvert d'huile était protégé des intempéries par une hotte placée par-dessus. Le vent froid soufflait dans la pièce, entrant par les fenêtres ouvertes.

Arutha trouva la pochette de la sentinelle morte et il en retira le silex, l'acier et l'amadou. Il ouvrit la petite porte sur le côté de la hotte de métal, plaçant son corps de manière à protéger le bois du vent. À la deuxième étincelle, une petite flamme jaillit sur le bois. Elle se propagea rapidement et quand elle commença à bien brûler, Arutha tira sur la chaîne qui permettait de faire remonter la hotte. Dans un souffle sonore, les flammes s'élevèrent jusqu'au plafond, attisées par le vent.

Contre un mur, il y avait une jarre de poudre qu'avait faite Kulgan pour des cas d'urgence comme celui-ci. Arutha lutta contre un vertige quand il se pencha pour tirer un couteau de la ceinture du cadavre. Il s'en servit pour enlever le couvercle, puis versa l'intégralité du contenu dans le feu.

Instantanément, les flammes tournèrent au rouge vif, signal d'alerte que nul ne pouvait confondre avec une lumière normale. Arutha se tourna vers le château, en s'écartant de la fenêtre pour ne pas cacher la lumière. Les flammes se firent de plus en plus vives et Arutha sentit son esprit s'embrumer de nouveau. Un long moment, la nuit resta silencieuse, puis soudain l'alarme sonna dans le château. Arutha sentit un grand soulagement l'envahir. Le rouge était un signal pour prévenir que des ennemis avaient investi le port. La garnison du château était bien entraînée à réagir à ce genre de raid. Fannon pouvait hésiter à poursuivre des Tsurani dans les bois la nuit, mais il n'hésiterait pas à répondre à la présence d'un vaisseau pirate dans son port.

Arutha descendit les marches en vacillant et s'arrêta à la porte pour s'y accrocher. Tout son corps lui faisait mal et il était au bord de l'évanouissement. Il inspira profondément et se dirigea vers la ville. Quand il retrouva son cheval mort, il chercha son épée, puis se souvint qu'il l'avait emportée dans l'eau avec lui. Il trébucha sur l'un de ses cavaliers, allongé à côté d'un archer vêtu de noir. Arutha se pencha pour prendre l'épée du soldat mort et faillit s'évanouir en se relevant. Il resta debout un moment, craignant de perdre conscience s'il se déplaçait et il attendit que sa tête cesse de tambouriner. Il leva lentement la main et se toucha le crâne. Il sentit un point particulièrement douloureux, où se formait une bosse de taille respectable. Il se dit que sa tête avait dû heurter très violemment les rochers lorsqu'il était tombé du chemin. Il retira ses doigts et vit qu'ils étaient couverts de sang à demi coagulé.

Arutha commença à regagner à la ville à pied et, tandis qu'il avançait, sa tête se calma un peu. Il titubait au début, puis il essaya de se forcer à courir, mais au bout de trois foulées mal assurées il reprit sa marche maladroite. Il se pressa autant qu'il le pouvait, le long du chemin en arc de cercle, pour arriver finalement en vue de la ville. Il entendit des bruits de combat au loin. Là-bas, il voyait des flammes rouges s'élever vers le ciel depuis les bâtiments qu'on incendiait. Les cris des hommes et des femmes parvenaient étrangement distants et étouffés aux oreilles d'Arutha.

Il se força à avancer à petites foulées et en s'approchant de la ville, la perspective du combat lui éclaircit l'esprit. Il tourna sur le port. Avec les bâtiments qui brûlaient, les lieux étaient éclairés comme en plein jour, mais il n'y avait personne en vue. Le vaisseau des assaillants était amarré, une planche jetée entre le pont et le quai. Arutha s'approcha tout doucement, craignant qu'on ait laissé des gardes en protection. Quand il arriva à la planche, tout était parfaitement silencieux. Le combat semblait faire rage plus loin, comme si les assaillants s'étaient enfoncés dans la ville.

Alors qu'il s'apprêtait à repartir, une voix cria depuis le navire :

« Par les dieux miséricordieux ! Il y a quelqu'un ? » La voix était puissante et profonde, mais on sentait en elle une terreur contrôlée.

Arutha monta rapidement sur la planche, l'épée au clair. Il s'arrêta en haut. Il voyait des flammes briller dans la cale par la trappe avant. En regardant autour de lui, il vit des marins qui gisaient morts dans leur propre sang. De l'arrière du navire, la voix reprit : « Vous, là, l'homme. Si vous êtes un bon croyant du royaume, venez m'aider. »

Arutha se fraya un chemin à travers le carnage et il trouva un homme assis sur le bastingage tribord. Il était grand, large d'épaules et puissant. Il pouvait avoir aussi bien vingt ans que quarante. De sa main droite, il comprimait son ample bedaine et du sang coulait entre ses doigts. Il portait une courte barbe noire et ses cheveux sombres étaient plaqués en arrière, dévoilant un début de calvitie. Il réussit à esquisser un vague sourire en montrant une silhouette vêtue de noir affalée au sol. « Ces bâtards ont tué mon équipage et mis le feu à mon vaisseau. Celui-ci a fait l'erreur de ne pas me tuer du premier coup. » Il montra une section de vergue qui lui était tombée sur les jambes. « Je n'ai pas réussi à déplacer cette satanée vergue tout en retenant mes tripes. Si vous pouviez la soulever un peu, je crois que je devrais pouvoir me libérer. »

Arutha comprit le problème : l'homme était bloqué sous un bout de vergue, qui était prise dans une masse de câbles et de poulies. Il attrapa l'autre bout et souleva, de quelques centimètres à peine. Cela suffisait bien. Avec une sorte de grognement, le blessé tira ses jambes. « Je crois bien qu'il n'y a rien de cassé, gamin. Donne-moi ta main, on va voir ça. »

Arutha lui tendit la main et faillit perdre l'équilibre en remettant le lourd marin sur ses pieds. « Bien, dit le blessé. T'es pas vraiment non plus en état de te battre, toi ?

— Ça va », répondit Arutha en aidant l'homme à rester debout, tout en luttant contre sa nausée qui le reprenait.

Le marin s'appuya sur Arutha. « Mieux vaut nous grouiller, alors. Le feu se répand. » Avec l'aide d'Arutha, il passa la planche. Quand ils arrivèrent sur le quai, essoufflés, la chaleur était devenue insupportable. Le blessé murmura : « On continue ! »

Arutha acquiesça et passa le bras de l'homme sur ses épaules. Ils avancèrent sur le quai, en titubant comme deux marins ivres récemment arrivés en ville.

Soudain, il y eut un rugissement et les deux hommes furent projetés au sol. Arutha secoua sa tête embrumée et se retourna. Derrière lui, une grande tour de flammes jaillissait vers le ciel. Le vaisseau n'était plus qu'une vague silhouette noire au cœur d'une colonne de feu blanc-jaune aveuglante. Il y eut une vague de chaleur, comme s'ils se trouvaient juste à la porte d'un gigantesque four.

Arutha arriva à balbutier : « Qu'est-ce que c'était ? »

Son compagnon lui répondit, aussi faiblement : « Deux cents barils d'huile de feu quegan. »

Arutha dit, incrédule : « Vous ne m'aviez pas dit qu'il y avait du feu quegan sur le navire.

— Je ne voulais pas vous inquiéter. Vous aviez l'air déjà à moitié dans les pommes. Je me suis dit que de toute manière, ça n'aurait rien changé. »

Arutha essaya de se lever, mais il retomba par terre. Soudain, il trouva la pierre fraîche du quai plutôt confortable. Il vit le feu se brouiller devant ses yeux, puis tout devint noir.

Arutha s'éveilla et vit des formes floues penchées sur lui. Il cligna des yeux et les images s'éclaircirent. Carline se tenait au-dessus de son lit, l'air anxieux, et regardait le père Tully qui l'examinait. Derrière Carline, se trouvaient Fannon et un homme qu'il ne reconnut pas. Puis Arutha se souvint : « L'homme du bateau. »

L'homme sourit. « Amos Trask, précédemment capitaine du *Sidonie*, jusqu'à ce que ces bât... – je vous demande pardon, princesse – ces satanés rats d'eau douce la fassent flamber. Je suis venu vous remercier, Votre Altesse. »

Tully l'interrompit. « Comment vous sentez-vous ? »

Arutha se releva, tout le corps courbaturé. Carline mit des coussins derrière la tête de son frère. « Moulu, mais je survivrai. » Il avait la tête un peu dans le vague. « Je me sens bizarre. »

Tully pointa le nez sur la tête d'Arutha. « Pas très étonnant. Vous avez pris un sacré coup. Vous allez sans doute avoir des vertiges pendant quelques jours, mais je ne crois pas que ce soit sérieux. »

Arutha regarda le maître d'armes. « Combien de temps ? »

Fannon répondit : « Une patrouille vous a ramené la nuit dernière. Nous sommes le matin.

— Le raid ? »

Fannon secoua amèrement la tête. « La ville est ravagée. Nous avons réussi à tous les tuer, mais il ne reste plus un seul bâtiment en état dans tout Crydee. Le village de pêche au sud du port n'a pas été touché, mais tout le reste est perdu. »

Carline s'affairait autour d'Arutha, le bordait dans ses couvertures et lui arrangeait ses coussins. « Tu devrais te reposer. »

Il dit : « Pour l'instant, j'ai faim. »

Elle lui apporta un bol de soupe chaude. Il accepta de prendre ce brouet à la place d'une nourriture solide, mais il refusa de la laisser le nourrir à la cuiller. Entre deux gorgées, il dit : « Dites-moi ce qui s'est passé. »

Fannon prit un air ennuyé. « C'étaient les Tsurani. »

La main d'Arutha s'immobilisa, laissant la cuiller suspendue à mi-chemin entre le bol et sa bouche. « Les Tsurani ? Je croyais que c'étaient des pillards venus des îles du Couchant.

— C'est ce que nous pensions au départ, mais après avoir discuté avec le capitaine Trask ici présent ainsi qu'avec les esclaves tsurani qui se trouvent chez nous, nous avons réussi à reconstituer ce qui est arrivé. »

Tully prit le relais du récit. « D'après ce que nous ont dit les esclaves, ces gens avaient été choisis spécialement. Ils appellent cela des escadrons de la mort. Ils ont été sélectionnés pour entrer dans la ville, détruire tout ce qu'ils pouvaient, puis mourir sans faire retraite. Ils ont brûlé le navire autant comme symbole de leur dévouement que pour nous empêcher de le réutiliser. J'ai cru comprendre, d'après ce qu'ils m'ont dit, que c'était considéré comme une sorte de grand honneur. »

Arutha regarda Amos Trask. « Comment se fait-il qu'ils aient réussi à saisir votre navire, capitaine ?

— Ah, c'est une bien triste histoire, Altesse. » Il se pencha un peu sur sa droite et Arutha se rappela sa blessure. « Comment va votre ventre ? »

Trask sourit, une lueur joyeuse dans ses yeux noirs. « Une sale blessure, mais pas trop sérieuse. Le bon père m'a remis à neuf, Altesse. »

Tully émit un grognement de dérision. « Cet homme devrait être au lit. Il est plus blessé que vous. Il a refusé de sortir tant qu'il ne se serait pas assuré de votre santé. »

Trask fit mine de ne pas avoir entendu le commentaire. « J'ai vu pire. Nous avons déjà eu un accrochage avec une galère de guerre de Queg changée en vaisseau pirate et… Mais ceci est une autre histoire. Vous me demandiez pour mon navire. » Il s'approcha en boitant du lit d'Arutha. « Nous étions en mer, faisant voile vers Palanque avec une cargaison d'armes et de feu quegan. Vu la situation ici, je me disais que je n'aurais pas de problème à écouler la marchandise. Nous avions bravé le détroit tôt dans la saison, pour griller la politesse aux autres navires… en tout cas, c'est ce que nous espérions.

« Mais pour traverser si tôt, il nous a fallu en payer le prix. Une terrible tempête s'est levée du sud et nous a fait dériver une semaine. Quand elle s'est arrêtée, nous sommes partis plein est, droit sur la côte. Je croyais que nous n'aurions aucun problème à nous retrouver grâce aux points de repère. Quand nous avons vu la terre, personne ne put en reconnaître un seul. Comme aucun d'entre nous n'avait jamais été au nord de Crydee, nous nous sommes dit fort justement que nous étions allés plus loin que nous ne l'avions cru.

« Nous avons avancé de jour, en jetant l'ancre à la nuit, car je ne voulais pas risquer de heurter des hauts fonds ou des récifs inconnus. La troisième nuit, les Tsurani sont venus à la nage depuis la côte, comme un banc de dauphins. Ils ont plongé pile sous le bateau et ils sont remontés des deux côtés. Le temps que le bruit me réveille, il y avait bien une demi-douzaine de ces bât… excusez, princesse, de ces Tsurani qui m'assaillaient. Il ne leur a fallu que quelques minutes pour prendre mon navire. » Ses épaules s'affaissèrent légèrement. « C'est un sale truc de perdre son navire, Altesse. »

Il grimaça et Tully se releva, obligeant Trask à s'asseoir sur le tabouret à côté d'Arutha. Trask poursuivit son histoire. « Nous ne comprenions rien à ce qu'ils disaient. Ils ont une langue de singes, pas une langue d'hommes. Je parle moi-même cinq langues civilisées et je peux me débrouiller avec les mains dans une douzaine d'autres. Mais comme je le disais, nous ne comprenions strictement rien, mais ils nous ont quand même clairement exprimé leurs intentions.

« Ils se sont penchés sur mes cartes. » Il grimaça à ce souvenir. « Je les avais achetées légalement à un capitaine de Durbin à la retraite. Il y avait cinquante ans d'expérience dans ces cartes, d'ici aux côtes les plus à l'est de la Confédération keshiane et ils les jetaient dans la cabine comme des vieux bouts de chiffon jusqu'à ce qu'ils trouvent celles qu'ils voulaient. Il y avait quelques marins avec eux, car dès qu'ils eurent reconnu les cartes, ils m'ont révélé leur plan.

« Traitez-moi de marin d'eau douce si vous voulez, mais nous avions jeté l'ancre à peine à quelques kilomètres au nord des terres à vue de votre phare. Si nous avions continué un peu plus loin, nous nous serions retrouvés tranquillement dans le port de Crydee, il y a deux jours. »

Arutha et les autres ne dirent rien. Trask poursuivit : « Ils ont regardé ce qu'il y avait dans mes cales et ils ont commencé à jeter des choses par-dessus bord, un peu au hasard. Plus de cinq cents bonnes épées larges de Queg. Des pics, des lances, des arcs longs, tout. J'imagine que c'était pour que rien de tout ça ne profite à Crydee. Ils n'ont pas su quoi faire du feu quegan – il aurait fallu un palan à quai pour sortir les barils de la cale – alors ils les ont laissés. Mais ils ont fait bien attention qu'il ne reste aucune arme dans le navire qui ne soit pas à eux. Puis quelques-uns de ces sales petits rats ont mis des hardes noires, ils ont regagné la terre à la nage et ils sont partis vers le phare. Pendant ce temps, les autres ont commencé à prier, à genoux, en se balançant d'avant en arrière, à l'exception de quelques-uns d'entre eux qui surveillaient mon équipage avec des arcs. Puis d'un coup, environ trois heures après la tombée de la nuit, ils se sont levés et ils ont collé quelques tapes à mes hommes en montrant du doigt le port sur la carte.

« Nous avons mis les voiles en descendant la côte. Le reste, vous le savez. J'imagine qu'ils se sont dit que vous ne vous attendriez pas à une attaque par la mer. »

Fannon dit : « Ils avaient raison. Depuis leur dernier raid, nous patrouillons beaucoup dans les forêts. Ils n'auraient jamais pu s'approcher à moins d'une journée de Crydee sans qu'on les remarque. De cette manière, ils nous ont pris par surprise. » Le vieux maître d'armes semblait amer et fatigué. « Maintenant, la ville est en ruine et la cour est pleine de villageois terrifiés. »

Trask aussi semblait amer. « Ils ont débarqué rapidement la majeure partie de leurs hommes, mais ils en ont laissé deux douzaines pour massacrer l'équipage. » Il grimaça. « C'étaient des durs, mes hommes, mais c'étaient essentiellement de bons gars. Nous n'avons pas compris avant que les premiers tombent des vergues, abattus par des flèches tsurani, en agitant leurs bras comme des petits drapeaux en plongeant dans la mer. On pensait qu'ils voudraient qu'on les repêche. Vous imaginez bien que mes gars ont commencé à se battre. Mais ils ne s'y sont pas pris assez tôt. Des épissoirs et des cabillots ne font pas le poids contre des types armés d'épées et d'arcs. »

Trask poussa un profond soupir, souffrant visiblement autant de sa blessure que d'avoir perdu ses hommes. « Trente-cinq hommes. Des rats, des forbans et des assassins les uns comme les autres, mais c'était mon équipage à moi. J'étais le seul à avoir le droit de les tuer. J'ai enfoncé le crâne du premier Tsurani qui s'est approché de moi, je lui ai pris son épée et j'en ai tué un autre. Mais le troisième m'a désarmé et il m'a transpercé. » Il poussa une sorte d'aboiement rauque, comme un rire. « Je lui ai brisé le cou. Je me suis évanoui un moment. Ils ont dû se dire que j'étais mort. Quand je me suis réveillé, il y avait le feu et j'ai commencé à hurler. Et puis je vous ai vu grimper sur la planche. »

Arutha dit : « Vous êtes un brave, Amos Trask. »

Le visage d'Amos Trask se fit plus douloureux encore. « Pas assez pour garder mon navire, Altesse. Maintenant, je ne suis guère plus qu'un marin échoué. »

Tully dit : « Suffit. Arutha, vous avez besoin de repos. » Il mit la main sur l'épaule d'Amos Trask. « Capitaine, vous feriez bien de suivre son exemple. Votre blessure est plus sérieuse que vous ne voulez bien l'admettre. Je vais vous emmener à une chambre où vous pourrez vous reposer. »

Le capitaine se leva et Arutha lui dit : « Capitaine Trask.

— Oui, Altesse ?

— Nous avons besoin d'hommes de valeur, ici, à Crydee. »

Un éclair de joie passa sur le visage du grand marin. « Je vous remercie, Altesse. Sans navire, malgré tout, je ne vois pas de quelle utilité je pourrais vous être. »

Arutha répondit : « Entre Fannon et moi, nous devrions trouver bien assez de choses pour vous occuper. »

L'homme s'inclina légèrement, gêné par sa blessure. Il sortit avec Tully. Carline embrassa Arutha sur la joue et lui dit : « Repose-toi, maintenant. » Elle lui retira le brouet et sortit de la pièce, escortée par Fannon. Arutha s'endormit avant que la porte se ferme.

CHAPITRE 17

Carline se fendit.

Elle frappa d'estoc vers le bas, en visant l'estomac. Roland para de peu, en écartant l'épée de Carline d'un coup violent. Il sauta en arrière et resta un bref instant en déséquilibre. Carline vit son hésitation et se fendit à nouveau.

Roland éclata de rire en sautant de côté, parant son épée encore une fois, puis il glissa sous sa garde. Passant rapidement son épée dans sa main gauche, il lui prit le poignet d'arme, la tira vers lui en la déséquilibrant à son tour. Il la fit pivoter et se mit derrière elle. Il lui passa le bras gauche autour de la taille en faisant bien attention à sa lame et il la serra fermement contre lui. Elle se débattit, mais il était bien plus fort qu'elle et comme il était derrière elle, elle ne pouvait rien faire d'autre que l'insulter rageusement. « C'était une feinte ! Une sale feinte », cracha-t-elle.

Elle agitait vainement les jambes et il rit. « Ne te fends jamais autant, même si tu penses pouvoir placer un coup mortel. Tu es rapide, mais tu te presses trop. Apprends à être patiente. Attends une bonne ouverture pour attaquer. En te déséquilibrant comme ça, tu es morte. » Il lui fit un rapide baiser sur la joue et la repoussa fort peu galamment.

Carline faillit tomber en avant, mais elle se rattrapa et se tourna. « Brigand ! Tu oses t'en prendre à ma royale personne ? » Elle s'avança sur lui, l'épée levée, en tournant doucement vers la gauche. Comme son père n'était plus là, Carline avait tanné Arutha jusqu'à ce qu'il autorise Roland à lui apprendre l'escrime. Elle avait asséné un argument ultime à ses yeux : « Qu'est-ce que je fais, si les Tsurani entrent dans le château ? Je les attaque avec des aiguilles à coudre ? » Arutha avait cédé, plus par fatigue et pour ne plus l'entendre que parce qu'il était réellement convaincu qu'elle puisse un jour avoir besoin d'employer cette arme.

Soudain, Carline lança une attaque furieuse vers la tête, forçant Roland à reculer dans la petite cour derrière le donjon. Il se retrouva dos à un muret et attendit. Elle se fendit, il sauta vivement de côté et la pointe mouchetée de sa rapière frappa le mur une fraction de seconde après qu'il se fut écarté. Il fit un saut pour la contourner et la frappa joyeusement sur les fesses du plat de son épée en se mettant derrière elle. « Et ne perds jamais ton calme, ou tu risques de perdre la tête par la même occasion.

— Oh ! » cria-t-elle en se retournant pour lui faire face. Elle semblait partagée entre la colère et l'amusement. « Monstre ! »

Roland se mit en garde, un air faussement contrit sur le visage. Elle mesura la distance qui les séparait et commença à s'avancer lentement. Elle portait des pantalons d'homme moulants – au grand désespoir de dame Marna – et une tunique d'homme resserrée à la taille par la ceinture de son fourreau. En un an, sa silhouette s'était arrondie et ce costume était à la limite du scandaleux. Carline avait maintenant dix-huit ans et il n'y avait plus rien d'enfantin en elle. Les bottines noires, faites sur mesure, qui lui montaient juste au-dessus de la cheville, prirent prudemment appui sur le sol en s'approchant de lui. Elle avait natté ses longs cheveux noirs luisants et la tresse battait librement sur ses épaules.

Roland était heureux de ces séances avec elle. Ils avaient presque redécouvert le plaisir qu'ils prenaient à jouer ensemble quand ils étaient plus petits et Roland gardait le secret espoir que ses sentiments pour lui finissent par devenir plus que de la simple amitié. Cela faisait un an qu'ils pratiquaient : depuis le départ de Lyam, en fait, et il leur arrivait parfois de partir se promener ensemble à cheval quand les environs étaient suffisamment sûrs. Ce temps passé ensemble les avait rapprochés plus que jamais. Même si elle restait plus sérieuse qu'avant, elle avait retrouvé sa vivacité et son sens de l'humour.

Roland demeura perdu un moment dans ses réflexions. La petite princesse gâtée n'était plus. L'enfant exigeante et susceptible qui s'ennuyait de son rôle faisait partie du passé. Elle avait été remplacée par une jeune femme volontaire et décidée, éprouvée par la vie.

Roland cilla et se retrouva avec la pointe de son épée sur la gorge. Il jeta son arme à terre avec un sourire amusé et dit : « Madame, je me rends ! »

Elle rit. « À quoi tu rêvais, Roland ? »

Il repoussa doucement la pointe de son épée. « Je me rappelais la tête de dame Marna la première fois que tu es partie à cheval avec ces vêtements et que tu es revenue toute sale dans un état fort peu digne d'une dame. »

Carline sourit. « J'ai cru qu'il me faudrait une semaine pour m'en remettre. » Elle releva son épée. « J'aimerais bien avoir de bonnes raisons de mettre ces vêtements plus souvent. Ils sont si confortables. »

Roland acquiesça, avec un grand sourire. « Et très seyants. » Il regarda avec insistance la manière dont ils moulaient les courbes gracieuses de Carline. « Mais j'imagine que cela est dû uniquement à celle qui les porte. »

Elle leva les yeux au ciel en faisant semblant d'être

outrée. « Vous êtes un brigand et un flatteur, sire. Ainsi qu'un débauché. »

Avec un petit rire, il reprit son épée. « Je pense que c'est tout pour aujourd'hui, Carline. Je ne pourrai supporter plus d'une défaite ce soir. Une autre et je devrais quitter le château dans la honte et le déshonneur. »

Ses yeux s'agrandirent, elle releva son arme et il vit que sa pique avait touché. « Oh ! Déshonoré par une simple fille, c'est ça ? » dit-elle en s'avançant l'épée à la main.

En riant, il se mit en garde lui aussi, en reculant. « Ah, ça, madame, cela me semble bien improbable. »

Elle leva son épée et lui jeta un regard irrité. « Dame Marna s'occupe déjà de mes manières, Roland. Je n'ai pas besoin d'un bouffon comme toi pour mon instruction.

— Bouffon ! » s'écria-t-il, bondissant en avant. Elle engagea sa lame et riposta, ne le ratant que de peu. Il para et fit glisser la lame de Carline le long de la sienne jusqu'à ce qu'ils se retrouvent au corps à corps. Il attrapa son poignet d'arme avec sa main libre et sourit. « Évite à tout prix de te retrouver dans cette position. » Elle lutta pour se libérer, mais il tint bon. « À moins que les Tsurani ne commencent à nous envoyer leurs femmes, la plupart de ceux contre lesquels tu vas te battre seront plus forts que toi et dans cette position ils pourraient faire de toi ce qu'ils voudraient. » En disant cela, il la serra contre lui et l'embrassa.

Elle le repoussa, surprise. Soudain, l'épée tomba de ses mains et elle s'agrippa à lui. Elle l'attira avec une force surprenante et l'embrassa avec la même passion.

Quand il la repoussa, elle lui jeta un regard de surprise mêlée de désir. Son visage s'illumina et ses yeux pétillèrent. Elle dit tout doucement : « Roland, je... »

L'alerte sonna dans le château et quelqu'un hurla : « On nous attaque ! » du haut des murs, de l'autre côté du château.

Roland jura à mi-voix et recula. « Satanée malchance. »

Il s'avança dans le passage qui menait à la cour principale. Un sourire aux lèvres, il se tourna et dit : « Souviens-toi de ce que tu allais dire, madame. » Sa bonne humeur se volatilisa quand il la vit le suivre, l'épée à la main. « Où vas-tu ? » demanda-t-il, d'un ton soudain sérieux.

Avec un air de défi, elle répondit : « Aux murs. J'en ai assez de rester dans les celliers. »

D'un ton ferme, il répliqua : « Non. Tu ne t'es jamais vraiment battue. Tu te débrouilles bien à l'épée tant que c'est du sport, mais je refuse de prendre le risque que tu restes figée sur place au premier sang. Tu vas aller aux celliers avec les autres dames et t'y mettre bien à l'abri. »

Roland ne lui avait jamais parlé de cette manière et elle en fut abasourdie. Pour elle, il avait toujours été un sale gamin ou un bon ami. Voilà qu'il se montrait sous un autre jour. Elle émit une protestation, mais il la coupa. Il la prit par le bras et l'entraîna en direction de la porte des celliers. « Roland ! cria-t-elle. Laisse-moi ! »

Il dit tranquillement : « Tu iras là où on te dit d'aller. Et j'irai là où on me dit d'aller. Il n'est pas question de discuter. »

Elle tira sur sa main, mais il la retint fermement. « Roland ! Lâche-moi immédiatement ! » ordonna-t-elle.

Il ignora totalement ses protestations et la tira en longeant le mur. À la porte du cellier, un garde surpris les regarda approcher. Roland s'arrêta et projeta sans ménagement Carline vers la porte. Les yeux étincelants de colère, Carline se tourna vers le garde. « Arrêtez-le ! Immédiatement ! Il… » De rage, elle se mettait à crier d'une manière bien peu seyante pour une dame. « … a osé poser ses mains sur moi ! »

Le garde hésita, le regard allant de l'un à l'autre, puis il fit un pas vers le châtelain. Roland leva un doigt menaçant et le pointa sur le garde, à moins d'un pouce de son nez. « Faites en sorte que Son Altesse rejoigne le refuge qui lui a été assigné. Ignorez ses objections et si jamais elle tentait de partir, vous l'en empêchez. Vous avez compris ? » Au ton, son sérieux ne faisait aucun doute.

Le garde acquiesça, mais il hésitait encore à toucher la princesse. Sans détourner les yeux du garde, Roland poussa doucement Carline vers la porte et dit : « Si jamais je découvre qu'elle a quitté le cellier avant la sonnerie de la fin d'alerte, je m'assurerai que le prince et le maître d'armes soient informés du fait que vous avez laissé la princesse courir au-devant du danger. »

C'en fut trop pour le garde. Il avait peut-être du mal à décider d'un conflit d'autorité entre la princesse et le châtelain en cas d'attaquc, mais il ne doutait pas de ce que pourrait lui faire subir le maître d'armes en de pareilles circonstances. Il se tourna vers la porte du cellier avant que la princesse Carline n'ait le temps de faire volte-face et lui dit : « Altesse, c'est par là », en la forçant à descendre les marches.

Carline recula dans l'escalier, furieuse. Roland referma la porte derrière eux. Elle se retourna après avoir fait un autre pas à reculons, puis descendit d'un air hautain. Quand ils arrivèrent dans la pièce réservée aux femmes du château et de la ville en cas d'attaque, Carline retrouva les autres femmes qui attendaient, blotties les unes contre les autres, terrifiées.

Le garde hasarda un salut désolé et dit : « J'vous demande pardon, princesse, mais le châtelain semblait très sûr de lui. »

Soudain, la colère de Carline s'envola et elle sourit. Elle dit : « Oui, en effet, il avait l'air tout à fait déterminé. »

Des cavaliers entrèrent au galop dans la cour et l'on referma derrière eux les portes massives. Arutha jeta un coup d'œil par-dessus les murailles et se tourna vers Fannon.

Fannon dit : « On ne pouvait pas avoir moins de chance. »

Arutha répondit : « La chance n'a rien à voir là-dedans. Les Tsurani ne nous auraient sans doute jamais attaqués quand nous avions l'avantage. » Tout semblait paisible, hormis la ville incendiée, comme un ultime témoin de la guerre. Mais il savait aussi que de l'autre côté de la ville, dans les forêts au nord et au nord-est, une armée s'assemblait. Et les rapports parlaient d'au moins deux mille Tsurani en marche sur Crydee.

« Rentre donc, rat puant, fils de chienne. »

Arutha regarda en bas dans la cour et il vit Amos Trask en train de botter les fesses d'un pêcheur terrorisé, qui courut se réfugier dans l'une des vagues huttes construites à l'intérieur des murs du château pour reloger les derniers villageois déportés qui n'étaient pas partis vers le sud. La plupart d'entre eux avaient pris le navire pour Carse après le raid suicide, mais quelques-uns étaient restés pour l'hiver. Hormis quelques pêcheurs qui devaient nourrir la garnison, les autres étaient censés repartir dès le printemps vers le sud, à Carse ou à Tulan. Mais les premiers vaisseaux de la saison à venir n'étaient pas attendus avant des semaines. Amos avait été chargé de s'occuper de ces gens après l'incendie de son propre vaisseau l'année précédente, de manière qu'ils ne gênent pas les manœuvres des gardes et qu'ils ne risquent pas de trop déranger le château. Le capitaine de vaisseau s'était avéré bien utile lors des semaines qui avaient suivi l'incendie de la ville. Amos avait du talent pour le commandement et il avait réussi à garder en place la population difficile, mal éduquée et individualiste des pêcheurs. Arutha le trouvait bravache, menteur et se disait que ce devait probablement être un pirate, mais il l'aimait bien.

Gardan monta de la cour, suivi de Roland. Gardan

salua le prince et le maître d'armes et dit : « C'est la dernière patrouille, monseigneur.

— Il ne nous reste plus qu'à attendre l'Archer », dit Fannon.

Gardan secoua la tête. « Aucune patrouille ne l'a aperçu, monseigneur.

— C'est parce que l'Archer est sans doute plus près des Tsurani que quiconque oserait sainement l'envisager, avança Arutha. Il reste combien de temps à votre avis, avant que les autres Tsurani n'arrivent ? »

Pointant le doigt en direction du nord-est, Gardan dit : « Moins d'une heure, s'ils traversent directement. » Il regarda en l'air. « Il leur reste moins de quatre heures de lumière. Ils nous attaqueront peut-être avant la nuit. Mais ils vont probablement prendre position, reposer leurs hommes et attaquer à l'aube. »

Arutha regarda Roland. « Les femmes sont à l'abri ? »

Roland sourit. « Toutes, même si votre sœur risque de me traiter de tous les noms quand tout ceci sera fini. »

Arutha lui rendit son sourire. « Quand tout ceci sera fini, je m'occuperai de cette affaire. » Il fit un tour d'horizon. « Il n'y a plus qu'à attendre. »

Le maître d'armes regarda le paysage faussement calme qui s'étalait sous leurs yeux. Il dit, sur un ton à la fois inquiet et déterminé : « Oui, il n'y a plus qu'à attendre. »

Martin leva la main. Ses trois pisteurs s'arrêtèrent. Les bois étaient aussi calmes que d'habitude mais ils savaient tous les trois que Martin disposait de sens plus aiguisés que les leurs. Quelques instants plus tard, il partit devant en éclaireur.

Cela faisait dix heures, depuis l'aube, qu'ils suivaient la trace des Tsurani. Il avait cru comprendre qu'ils avaient de nouveau été repoussés par Elvandar au niveau des gués de la rivière Crydee et qu'ils reportaient leurs forces contre Crydee. Les Tsurani avaient tenu sur quatre fronts pendant trois ans : contre les armées ducales à l'est, contre les elfes et les nains au nord, contre Crydee à l'ouest et contre la Fraternité de la Voie des Ténèbres et les gobelins au sud.

Les pisteurs étaient restés tout près de l'arrière-garde tsurani ; parfois même trop près. Par deux fois ils avaient dû fuir des guerriers tsurani qui voulaient absolument s'en prendre au maître chasseur de Crydee et à ses hommes. Ils les avaient rattrapés une fois et Martin avait perdu l'un de ses hommes dans le combat.

Martin imita un croassement de corbeau et quelques minutes plus tard, les trois pisteurs restants le rejoignirent. L'un d'eux, un jeune homme au visage allongé nommé Garret, dit : « Ils vont beaucoup plus à l'ouest que je ne m'y serais attendu. »

L'Archer réfléchit. « Ouais, il semble qu'ils se soient mis en tête d'encercler toutes les terres autour du château. Ou alors, ils veulent juste frapper par là où on ne les attend pas. » Il eut un sourire retors et dit : « Mais il est plus probable qu'ils balayent la zone avant l'attaque pour vérifier qu'ils n'ont pas d'adversaires dans le dos. »

Un autre pisteur dit : « Ils doivent pourtant savoir que nous les suivons. »

Le sourire de l'Archer s'accentua. « Sans doute. Je crois que nos petits déplacements ne les intéressent guère. » Il secoua la tête. « Ces Tsurani sont vraiment arrogants. » Il fit un signe de main. « Garret vient avec moi. Vous deux, retournez directement au château. Informez le maître d'armes que deux mille Tsurani de plus marchent sur Crydee. » Sans un mot, les deux hommes partirent à grands pas vers le château.

D'un ton léger, il dit à son compagnon : « Viens, retournons voir l'ennemi, histoire de comprendre ce qu'il nous prépare. »

Garret secoua la tête. « Votre air joyeux ne me rassure guère, maître chasseur. »

Revenant aux traces, l'Archer dit : « Pour la mort, les jours sont tous les mêmes. Elle vient quand elle veut. Alors pourquoi se laisser aller à l'inquiétude ?

— Ouais, dit Garret, visiblement peu convaincu. Pourquoi, hein ? Ce qui m'ennuie, ce n'est pas le fait qu'elle vienne quand elle veut ; c'est le fait que vous l'invitiez à venir qui me colle la frousse. »

Martin eut un rire léger. Il fit signe à Garret de le suivre. Ils partirent au petit trot, avançant à longues enjambées. La forêt était pleine de soleil, mais sous ces grands arbres, les ombres étaient propices aux cachettes et aux embuscades. Des yeux hostiles pouvaient être embusqués un peu partout. Garret laissa l'Archer se charger de déceler les dangers de la forêt, ce qu'il faisait fort bien. Comme un seul homme, ils s'arrêtèrent brusquement tous les deux en entendant du bruit devant. Ils se glissèrent silencieusement dans les fourrés. Une minute passa lentement sans qu'aucun ne parle. Puis ils entendirent un faible murmure, dont les mots restaient indistincts.

Deux silhouettes entrèrent dans leur champ de vision, suivant une course sud-nord qui coupait la piste prise par Martin. Tous deux étaient vêtus de capes gris sombre et portaient des arcs bandés. Ils s'arrêtèrent, s'agenouillèrent pour inspecter les traces laissées par l'Archer et ses pisteurs. L'un d'eux montra la piste et parla à son compagnon, qui opina et repartit en sens inverse.

L'Archer entendit Garret siffler en reprenant sa respiration. C'était un pisteur de la Fraternité de la Voie des Ténèbres. Il inspecta les traces un moment encore puis retourna voir son compagnon.

Garret commença à bouger et Martin lui prit le bras. « Pas encore », murmura l'Archer.

Garret répondit sur le même ton : « Qu'est-ce qu'ils font si loin au nord ? »

Martin secoua la tête. « Ils se sont glissés derrière nos patrouilles le long des collines. Nous ne faisons plus très attention aux frontières sud, Garret. Nous n'aurions jamais cru qu'ils s'aventureraient vers le nord aussi loin à l'ouest des montagnes. » Il réfléchit en silence pendant un moment, puis murmura : « Peut-être qu'ils se fatiguent du Vercors et qu'ils essayent de rejoindre leurs frères des terres du Nord. »

Garret s'apprêta à répondre, mais il se tut en voyant apparaître un autre Frère des Ténèbres là où s'étaient trouvés les deux autres peu de temps auparavant. Il regarda autour de lui, puis leva la main. D'autres silhouettes apparurent sur la piste qui coupait celle des hommes de Martin. Un par un, puis par deux, puis par groupes de trois, des Frères des Ténèbres traversèrent, disparaissant sous les arbres.

Garret retenait son souffle. Il entendait Martin compter à mi-voix les silhouettes qui passaient : « … dix, douze, quinze, seize, dix-huit… »

Le flot de silhouettes en capes sombres continua et Garret se demanda quand il se tarirait. « Trente et un, trente-deux, trente-quatre… »

Comme ils passaient toujours, des groupes plus importants apparurent et au bout d'un moment, Martin murmura : « Ils sont plus de cent. »

Ils traversaient, certains d'entre eux portaient des paquets sur leur dos ou à l'épaule. Nombre d'entre eux avaient la cape sombre des montagnes, mais d'autres étaient vêtus de vert, de brun ou de noir. Garret se pencha vers Martin et murmura : « Vous avez raison. C'est une migration vers le nord. J'en compte plus de deux cents. »

Martin opina. « Et ça continue. »

Les Frères des Ténèbres passèrent encore pendant plusieurs minutes, puis le flot de guerriers fut remplacé par des femmes en haillons et des enfants. Ils passèrent, furent suivis d'une vingtaine de guerriers, puis le calme retomba sur les bois.

Ils attendirent un moment en silence. Garret dit : « Il faut vraiment qu'ils soient proches cousins des elfes pour réussir à se déplacer en si grand nombre dans la forêt sans se faire remarquer. »

Martin sourit. « Je te conseille de ne pas parler de cela au prochain elfe que tu verras. » Il se leva lentement, décontractant ses muscles crispés par leur longue attente dans cette position si inconfortable. Il y eut un faible bruit à l'est et Martin dit pensivement. « À ton avis, à combien les Frères des Ténèbres sont de la colonne principale ? »

Garret répondit : « À l'arrière, une centaine de mètres. À l'avant, peut-être quatre cents, cinq cents mètres. Pourquoi ? »

Martin sourit et Garret s'inquiéta de la lueur moqueuse qui venait de s'allumer dans ses yeux. « Viens, je crois que je sais où trouver de quoi nous amuser. »

Garret grogna doucement : « Ah, maître chasseur, j'ai la chair de poule quand vous parlez de vous amuser. »

Martin lui donna une tape amicale dans le dos. « Viens, joyeux compagnon. » Le maître chasseur partit sur la piste, Garret derrière lui. Ils passèrent dans les bois, évitant aisément les obstacles qui auraient pu gêner des gens moins habitués qu'eux.

La piste était coupée à un endroit et les deux hommes firent halte. Loin dans la pénombre des arbres, ils virent arriver une compagnie de pisteurs tsurani. Martin et Garret disparurent derrière des arbres et le maître chasseur dit : « La colonne principale est juste derrière. Quand ils trouveront la piste des Frères des Ténèbres, ils essayeront peut-être de suivre. »

Garret secoua la tête. « Peut-être pas et alors il va falloir les y pousser. » Il prit une profonde inspiration et ajouta : « Oh, d'accord », puis il fit une prière silencieuse à Kilian, la muse des Bois tranquilles, déesse des forestiers. Ils préparèrent leurs arcs.

Martin s'avança sur la piste et visa, imité de Garret. Les pisteurs tsurani arrivèrent en vue, taillant dans les broussailles pour faciliter le passage de l'armée. Martin attendit que les Tsurani soient tout près, puis il lâcha sa flèche, juste au moment où le premier pisteur les remarquait. Les deux premiers hommes tombèrent et avant qu'ils ne touchent le sol, deux nouvelles flèches partirent. Martin et Garret prenaient leurs flèches avec des gestes fluides, les encochaient et les tiraient avec une vitesse et une précision impressionnantes. Ce n'était pas par bonté d'âme que Martin avait choisi Garret cinq ans auparavant. Dans l'œil du cyclone, cet homme serait resté de marbre, aurait écouté ses ordres et les aurait exécutés avec une parfaite efficacité.

Dix Tsurani médusés tombèrent avant d'avoir pu prévenir qui que ce soit. Calmement, Martin et Garret rangèrent leurs arcs sur l'épaule et attendirent. Sur la piste, apparut un véritable mur d'armures colorées. Les officiers tsurani s'arrêtèrent, muets d'étonnement en voyant les cadavres de leurs éclaireurs. Ils virent alors les deux forestiers qui se tenaient tranquillement sur le chemin et hurlèrent quelque chose. Le front de la colonne tout entier fonça en avant, armes sorties.

Martin sauta dans les fourrés en direction du nord, suivi à un pas de distance par Garret. Ils filèrent entre les arbres, les Tsurani juste derrière. La voix de Martin résonna dans la forêt. Un cri de chasse. Garret criait aussi, presque autant d'excitation que de peur. La horde de Tsurani dans les fourrés derrière eux faisait un bruit terrible.

Martin les guida vers le nord, sur une course parallèle à celle des Frères de Ténèbres. Au bout d'un moment, il s'arrêta et dit, essoufflé : « Plus lentement, il ne s'agirait pas de les semer. »

Garret regarda derrière lui et vit que les Tsurani étaient hors de vue. Ils s'appuyèrent contre un arbre et attendirent. Quelque temps plus tard, les premiers Tsurani furent en vue, courant vers le nord-ouest.

Avec un air dégoûté, Martin dit : « Nous avons dû tuer leurs seuls pisteurs valables sur ce monde. » Il prit la corne de chasse à sa ceinture et émit une note si sonore que les soldats tsurani se figèrent, déroutés. Martin et Garret se relevèrent.

Les Tsurani regardèrent autour d'eux et aperçurent les deux chasseurs. Martin fit signe à l'homme de le suivre et ils repartirent tous les deux. Les Tsurani rameutèrent l'armée qui les suivait et ils reprirent la poursuite. Martin et Garret les menèrent encore sur quatre cents mètres par les bois, puis ils tournèrent en direction de l'ouest. Garret hurla, entre deux souffles. « Les Frères… des Ténèbres… ils sauront… qu'on vient. »

Martin cria : « À moins… qu'ils ne soient… complètement sourds. » Il réussit à sourire. « Les Tsurani… sont à… six contre un. Je crois… qu'il est juste… de leur laisser… un avantage. »

Garret réussit à grogner et il continua à suivre son maître. Ils sortirent d'un bosquet, Martin s'arrêta et attrapa Garret par sa tunique. Il pencha la tête de côté et dit : « Ils sont devant. »

Garret répondit : « Je ne sais pas… comment vous arrivez à entendre… quoi que ce soit avec tout ce bruit derrière. » Au bruit, on aurait cru que la majeure partie de la colonne de l'armée tsurani les poursuivait, mais la forêt amplifiait et brouillait beaucoup les sons.

Martin demanda : « Tu portes toujours ce ridicule justaucorps rouge ?

— Oui, pourquoi ?

— Passe-m'en un bout. » Garret tira son couteau sans poser de question et releva sa tunique verte de forestier. Dessous se trouvait un justaucorps de coton rouge. Il en coupa une longue lanière, puis le renfonça rapidement sous sa tunique. Le temps que Garret se rajuste, Martin avait accroché le bout de tissu à la hampe d'une flèche. Il se tourna vers les Tsurani qui avançaient dans les fourrés. « Ce doit être leurs petites jambes. Ils sont peut-être capables de courir toute la journée, mais ils n'arrivent pas à tenir le rythme en forêt. » Il tendit la flèche à Garret. « Tu vois le grand orme là, dans la clairière ? »

Garret acquiesça. « Tu vois le bouleau derrière, un peu sur la gauche ? » Garret opina de nouveau. « Tu crois que tu peux le toucher avec ce bout de chiffon accroché à ta flèche ? »

Garret sourit, prit son arc, encocha la flèche et tira. La flèche fila droit sur l'arbre et s'y planta. Martin dit : « Quand nos amis aux courtes jambes arriveront là-bas, ils verront ce chiffon de couleur et ils fonceront. À moins que je ne me trompe complètement, les Frères sont à environ quinze mètres de ta flèche. » Il tira sa corne et Garret rangea son arc. « On part », dit-il en soufflant dans sa corne.

Les Tsurani foncèrent comme des guêpes, mais l'Archer et Garret étaient déjà partis vers le sud-ouest que les échos de la corne ne s'étaient pas encore tus. Ils coururent pour disparaître avant que les Tsurani ne puissent les apercevoir et qu'ils se doutent du piège. Soudain, ils passèrent dans un bosquet et tombèrent sur un groupe de femmes et d'enfants apeurés. Une jeune femme de la Fraternité posait un paquet sur le sol. Elle se figea dans son mouvement en voyant les deux hommes. Garret dut faire un dérapage pour ne pas la percuter.

Ses grands yeux bruns l'étudièrent un instant, alors

qu'il faisait un pas de côté pour la contourner. Sans réfléchir, Garret dit : « Scusez-moi, m'dame », en levant la main à son front. Puis il repartit derrière le maître chasseur, poursuivi par des cris de rage et de surprise.

Martin fit halte au bout de quatre cents mètres et il tendit l'oreille. Au nord-est, il entendait des bruits de combat, des cris, des hurlements et le fracas des armes. Martin sourit. « Ils sont occupés pour un moment. »

Garret glissa au sol et dit : « La prochaine fois, renvoyez-moi au château, maître chasseur, d'accord ? »

Martin s'agenouilla à côté du pisteur. « Cela devrait empêcher les Tsurani d'arriver à Crydee avant la nuit. Ils ne pourront pas attaquer avant demain. Ils ne peuvent pas se permettre de laisser quatre cents Frères des Ténèbres derrière eux. Reposons-nous un peu et puis rentrons à Crydee. »

Garret s'adossa à un arbre. « Bonne nouvelle, dit-il en poussant un long soupir de soulagement. C'était juste, maître chasseur. »

Martin fit un sourire énigmatique. « C'est le cas de toute vie, Garret. »

Garret secoua lentement la tête. « Vous avez vu cette fille ? »

Martin opina. « Eh bien ? »

Garret semblait perplexe. « Elle était mignonne... Non, plutôt belle, dans son genre, je veux dire. Elle avait des cheveux noirs et longs, des yeux de la couleur d'une loutre. Elle faisait la moue et elle avait un air... Assez pour qu'on veuille la regarder à deux fois. Je m'attendais pas à ça de la Fraternité. »

Martin acquiesça. « Les moredhel sont assez beaux, en fait, comme les elfes. Mais souviens-toi, Garret, dit-il avec un sourire, si tu te trouves un jour à échanger des plaisanteries avec une femme moredhel, elle t'arracherait le cœur aussi facilement qu'elle pourrait t'embrasser. »

Ils se reposèrent un moment. Des cris et des hurlements venaient toujours du nord-est. Ils se relevèrent lentement et reprirent la route pour Crydee.

Depuis le début de la guerre, les Tsurani avaient limité leurs activités aux zones directement adjacentes à la vallée dans les Tours grises. Les nains et les elfes avaient révélé qu'ils creusaient dans les montagnes. Les Tsurani avaient créé des enclaves en dehors de la vallée, depuis lesquelles ils attaquaient les positions du royaume. Une ou deux fois l'an, ils montaient une grande offensive contre les armées ducales de l'Ouest, les elfes d'Elvandar ou de Crydee, mais la majeure partie du temps ils se contentaient de conserver ce qu'ils tenaient déjà.

Et chaque année ils augmentaient un peu leur territoire, créaient d'autres enclaves et renforçaient leurs positions en vue des campagnes de l'année suivante. Depuis la chute de Walinor, ils n'avaient pas cherché, comme on s'y serait attendu, à avancer vers la côte de la Triste Mer et les Tsurani n'étaient pas repartis combattre les forteresses de LaMut près des monts de Pierre. Les villes de Walinor et de Crydee avaient été complètement mises à sac et abandonnées, plus pour empêcher le royaume et les cités libres de les réutiliser que pour les utiliser eux-mêmes. Au printemps de la troisième année de guerre, les dirigeants des forces du royaume rêvaient désespérément d'un assaut de grande envergure qui briserait peut-être cette situation de pat. Et voilà que cela arrivait, à l'emplacement le plus logique, sur le front le plus faible des alliés, la garnison de Crydee.

Arutha, du haut des murailles, regarda l'armée tsurani. Il se tenait avec Gardan et Fannon, Martin l'Archer juste derrière. « Combien ? » demanda-t-il, sans détourner les yeux des troupes qui s'avançaient.

Martin dit : « Mille cinq cents, deux mille, c'est difficile à dire. Il y en avait deux mille de plus hier, moins ce que la Fraternité des Ténèbres aura pu emporter avec elle. »

Des bois au loin venait le bruit des ouvriers en train de couper des arbres. Le maître d'armes et le maître chasseur pensaient que les Tsurani devaient préparer des échelles pour escalader les murailles.

Martin dit : « Je n'aurais jamais cru que je dirais cela un jour, mais j'aurais préféré trouver quatre mille Frères des Ténèbres dans la forêt, hier. »

Gardan cracha par-dessus le mur. « Malgré tout, vous vous êtes bien débrouillé, maître chasseur. Ce n'est que justice qu'ils s'entre-déchirent. »

Martin ricana sans humour. « C'est aussi une bonne chose que les Frères des Ténèbres tuent à vue. Ils ne le font pas par amour pour nous, mais ils gardent quand même notre flanc sud. »

Arutha dit : « À moins que la bande d'hier ne soit pas un cas isolé. Si la Fraternité abandonne le Vercors, nous allons bientôt devoir nous inquiéter de Tulan, de Jonril et de Carse.

— Je suis bien content qu'ils n'aient pas cherché à s'entendre, dit Fannon. Si jamais ils faisaient la trêve… »

Martin secoua la tête. « Les moredhel ne trafiquent qu'avec les vendeurs d'armes et les renégats qui acceptent de les servir contre de l'or. Sinon, nous ne leur servons à rien. Et de toute évidence, les Tsurani sont là pour conquérir. Les moredhel ne sont pas plus à l'abri de leurs ambitions que nous. »

Fannon se retourna vers l'armée tsurani en marche. Il y avait des bannières de couleurs vives avec des symboles et des dessins étranges en différents endroits de l'armée. Des centaines de guerriers en armures de couleur se tenaient groupés sous chaque bannière.

Il y eut un bruit de corne et les soldats tsurani se mirent face aux murailles. On planta chaque bannière à une douzaine de pas devant eux. Une poignée de soldats portant des heaumes à crête et que les forces du royaume prenaient pour des officiers s'avancèrent et se placèrent à mi-chemin entre les armées et les porteurs de bannières. L'un d'eux, en armure bleu vif, hurla quelque chose et montra le château. Un cri monta de l'armée tsurani tout entière. Un autre officier, cette fois en armure rouge vif, commença à s'avancer lentement sur le château.

Arutha et les autres regardèrent en silence l'homme venir jusqu'aux portes. Il ne regardait ni à gauche ni à droite ni en l'air vers les hommes postés sur les murailles. Il marcha les yeux fixés droit devant lui jusqu'à ce qu'il arrive devant les portes. Là, il prit une grande hache et frappa par trois fois sur les vantaux avec le manche.

« Que fait-il ? » demanda Roland, qui venait juste de monter des escaliers.

De nouveau le Tsurani frappa les portes du château. « Je crois, dit l'Archer, qu'il nous donne l'ordre d'ouvrir et de quitter le château. »

Puis le Tsurani fit un pas de recul et donna un grand coup de hache dans la porte et il la laissa, encore tremblante, fichée dans le bois. Sans se presser, il se retourna et commença à s'écarter, encouragé à grands cris par les autres Tsurani.

« Qu'est-ce qu'on fait, maintenant ? demanda Fannon.

— Je crois que je sais », dit Martin en prenant son arc. Il attrapa une flèche et l'encocha. D'un coup sec, il tira. La flèche se planta dans le sol juste entre les jambes de l'officier tsurani, qui s'arrêta.

« Les Hadati de Yabon ont des rituels comme celui-ci, dit Martin. Ils mettent un point d'honneur à montrer leur bravoure à leurs ennemis. Toucher un adversaire et partir ensuite est plus honorable que de le tuer. » Il montra l'officier, qui ne bougeait pas d'un pouce. « Si je le tue, je bafoue mon honneur, car il nous prouve à tous comme lui est brave. Mais nous pouvons lui montrer que nous savons jouer à son petit jeu. »

L'officier tsurani se retourna, ramassa la flèche et la cassa en deux. Il se mit face au château et leva bien haut la flèche brisée en criant un défi aux soldats postés sur les murailles. L'Archer visa soigneusement et tira une autre flèche. La seconde flèche alla couper le plumet du heaume de l'officier. Le Tsurani se tut en voyant les plumes descendre doucement devant son visage.

Roland applaudit et les murs du château retentirent de vivats. Le Tsurani enleva doucement son heaume.

Martin dit : « Maintenant, il nous invite soit à le tuer, ce qui nous déshonorerait, soit à sortir du château pour oser lui faire face. »

Fannon dit : « Je refuse que l'on ouvre les portes pour une confrontation aussi ridicule ! »

L'Archer sourit et dit : « Dans ce cas, changeons les règles. » Il se pencha sur le bord du chemin de ronde et hurla vers la cour. « Garret, flèche plombée ! »

Garret, dans la cour en contrebas, sortit une flèche plombée de son carquois et la tendit à l'Archer. Martin montra aux autres la lourde bille de fer qui remplaçait la pointe, que l'on utilisait pour assommer le petit gibier de préférence aux pointes normales qui risquaient de l'écharper. Il l'encocha. Il visa l'officier et tira.

La flèche toucha l'officier tsurani au ventre et le fit tomber. Tous les soldats en haut sur les murailles eurent l'impression d'en ressentir l'impact. Les soldats tsurani hurlèrent de rage, puis ils se calmèrent quand l'homme se releva, visiblement sonné, mais sans blessure. Il se retourna, les mains sur les genoux, et vomit.

Arutha dit sèchement : « Et voilà pour la dignité de l'officier.

— Bien, dit Fannon, je pense qu'il est temps de leur donner une autre leçon sur les tactiques du royaume. » Il leva le bras au-dessus de sa tête. « Catapultes ! » cria-t-il.

On agita des drapeaux sur le haut des tours et du donjon. Il abattit le bras et les puissantes machines firent feu. Sur les petites tours, des balistes, telles des arbalètes géantes, tirèrent des carreaux énormes et sur le donjon d'immenses trébuchets lâchèrent des seaux entiers de lourdes pierres. La pluie de pierres et de projectiles tomba en plein sur les Tsurani, écrasant têtes et membres, faisant des coupes sanglantes dans leurs lignes. Les cris des blessés montèrent jusqu'au château. Les servants d'armes rechargèrent leurs engins.

Les Tsurani étaient complètement désorganisés et, quand le second tir de pierres et de carreaux les frappa, ils se dispersèrent et s'enfuirent. Les soldats applaudirent sur les murailles, mais très peu de temps, car les Tsurani se regroupèrent hors de portée de tir des engins.

Gardan dit : « Maître d'armes, je crois qu'ils attendent que nous fassions une sortie.

— À mon avis, vous vous trompez », dit Arutha en montrant quelque chose. Les autres regardèrent : un grand nombre de Tsurani se détachèrent du corps d'armée principal et s'avancèrent juste à limite de portée.

« Ils semblent s'apprêter à attaquer, dit Fannon, mais pourquoi ne le font-ils pas en nombre ? »

Un soldat arriva et dit : « Altesse, il n'y a pas de signe de Tsurani devant les autres murs. »

Arutha regarda Fannon. « Et pourquoi n'attaquent-ils qu'un seul mur ? » Au bout de quelques minutes, Arutha dit : « Ils doivent être un bon millier.

— Plutôt dans les mille deux cents », estima Fannon. Il vit des échelles d'escalade apparaître à l'arrière des attaquants, qui passèrent devant. « C'est imminent. »

Un millier de défenseurs attendaient dans les murs. Les

autres hommes de Crydee étaient encore dans des petites garnisons extérieures, mais le gros des armées du duché se trouvait là. Fannon dit : « Nous pourrons supporter l'assaut tant que nos murs tiendront. Nous pouvons tenir jusqu'à dix contre un. »

D'autres messagers arrivèrent des autres murs. « Il n'y a toujours rien à l'est, au nord et au sud, maître d'armes, rapporta l'un d'eux.

— Ils semblent déterminés à ne pas se faciliter les choses. » Fannon réfléchit un moment. « Nous ne comprenons pas vraiment leur manière d'agir. Commandos suicides, laisser des troupes à portée de catapulte, perdre son temps en jeux d'honneur. Malgré tout, ils ne sont pas manchots et nous ne pouvons pas nous permettre de les sous-estimer. » Au garde, il dit : « Passez le mot : que l'on reste vigilant sur les autres murs et préparez-vous à les défendre si jamais c'était une feinte. »

Les messagers partirent et l'attente se prolongea. Le soleil se déplaça dans le ciel, jusqu'à une heure avant le coucher, où il se trouva juste dans le dos des attaquants. Soudain, il y eut des bruits de cornes et des roulements de tambours et d'un seul coup les Tsurani foncèrent vers les murs. Les catapultes sifflèrent et taillèrent de grands sillons dans les lignes adverses. Ils continuèrent et arrivèrent à portée de flèche des défenseurs qui attendaient patiemment ce moment. Une tempête de flèches s'abattit sur les attaquants et tout le premier rang tomba, mais ceux qui se trouvaient derrière continuèrent, tenant au-dessus de leurs têtes des boucliers de couleurs vives. Ils atteignirent les murs. Une demi-douzaine de fois, les hommes chutèrent, lâchant leurs échelles et d'autres les reprirent pour continuer l'attaque.

Les archers tsurani répliquèrent en envoyant une grêle de flèches sur les murailles et des hommes de Crydee tombèrent des créneaux. Arutha se cacha derrière ceux-ci pour éviter les projectiles qui lui passaient au-dessus de la tête. Il risqua un œil entre les merlons. Une horde d'attaquants emplissait son champ de vision et soudain, le haut d'une échelle apparut devant ses yeux. Un soldat près du prince attrapa le haut de l'échelle et le repoussa, aidé d'un autre avec une arme d'hast. Arutha entendait les cris des Tsurani qui tombaient de l'échelle. Le premier soldat qui tenait l'échelle partit en arrière, une flèche tsurani dans l'œil, et il disparut dans la cour.

Un cri monta soudain d'en dessous et Arutha sursauta. Il faillit être touché par une flèche en regardant vers le bas. Tout le long de la base du mur, les guerriers tsurani se retiraient, retournant en sûreté dans leurs lignes.

« Qu'est-ce qu'ils font ? » se demanda Fannon.

Les Tsurani coururent, jusqu'à ce qu'ils se retrouvent hors de portée des catapultes. Alors ils s'arrêtèrent, se retournèrent et reformèrent les rangs. Les officiers commencèrent à les exhorter. Au bout d'un moment, l'armée tsurani poussa des cris de joie.

« Que les dieux me damnent ! » dit quelqu'un à gauche d'Arutha. Il se retourna et vit Amos Trask, un sabre d'abordage à la main. « Ces maniaques se congratulent alors qu'ils se sont fait massacrer. »

La scène en dessous était terrible. Les soldats tsurani s'étalaient comme des jouets brisés lancés par un gigantesque enfant. Quelques-uns bougeaient faiblement et gémissaient, mais la plupart étaient morts.

Fannon dit : « Ils ont dû perdre un peu plus d'une centaine d'hommes. C'est insensé. » Il ordonna à Roland et à Martin : « Allez voir les autres murs. » Ils partirent immédiatement. « Qu'est-ce qu'ils font, maintenant ? » dit-il en regardant les Tsurani. Aux lueurs rouges du soleil couchant, il les voyait, toujours en ligne. Des hommes allumaient des torches et les faisaient passer dans les rangs. « Ils ne vont tout de même pas attaquer après le coucher du soleil ? Ils vont se marcher dessus, dans le noir.

— Qu'est-ce qu'ils nous préparent ? fit Arutha. Je n'ai jamais vu une attaque si mal organisée. »

Amos dit : « 'Mande pardon, vot'prince, mais je sais un ou deux trucs sur la guerre – ça date de ma jeunesse – et je n'ai jamais entendu parler de ça avant. Même les Keshians, qui jettent leurs éclaireurs comme un marin jette sa paye, même eux chercheraient pas un assaut frontal comme ça. Je serais vous, je me méfierais.

— Oui, répondit Arutha. Mais qu'est-ce qu'ils peuvent bien préparer ? »

Les Tsurani attaquèrent toute la nuit, s'élançant vers les murs pour mourir juste en dessous. Une fois, quelques-uns réussirent à grimper sur les murailles, mais ils se firent rapidement éliminer et on renvoya leurs échelles. À l'aube, ils se retirèrent.

Arutha, Fannon et Gardan regardèrent les Tsurani retrouver la sécurité de leurs propres lignes, hors de portée d'arc et de catapulte. Une mer de tentes colorées apparut aux premières lueurs et les Tsurani se retirèrent dans leur camp. Les défenseurs s'étonnèrent du nombre de morts à la base des murailles.

Au bout de quelques heures, la puanteur des corps se fit insupportable. Fannon consulta un Arutha épuisé, au moment où le prince s'apprêtait à prendre un sommeil dont il avait grand besoin. « Les Tsurani n'ont pas tenté de venir rechercher leurs morts. »

Arutha dit : « Nous n'avons pas de langue commune pour parlementer, à moins que vous ne leur envoyiez Tully avec un drapeau blanc. »

Fannon dit : « Il irait, je n'en doute pas, mais je préfère ne pas mettre sa vie en danger. Toutefois, les corps risquent de nous poser problème dans un jour ou deux.

Sans compter l'odeur et les mouches, les corps qui ne sont pas enterrés finissent par provoquer des épidémies. C'est la manière dont les dieux punissent ceux qui n'honorent pas les morts.

— Alors, dit Arutha en remettant la botte qu'il venait juste de retirer, mieux vaut voir ce qu'on peut y faire. »

Il revint aux portes et trouva Gardan déjà en train d'organiser le ramassage des corps. Une douzaine de volontaires attendaient à côté des portes pour aller rassembler les morts et leur faire un bûcher funéraire.

Arutha et Fannon atteignirent les murailles au moment où Gardan envoyait ses hommes à l'extérieur du château. Des archers attendaient en haut pour couvrir la retraite des soldats en sortie en cas de besoin, mais il devint vite évident que les Tsurani ne les dérangeraient pas. Plusieurs d'entre eux vinrent regarder, à la limite de leurs lignes, les soldats du royaume se mettre au travail.

Au bout d'une demi-heure, il était clair que les hommes de Crydee ne pourraient en finir avant l'épuisement complet. Arutha réfléchit à la possibilité d'envoyer plus d'hommes, mais Fannon refusa, se disant que ce devait être ce qu'attendaient les Tsurani. « Si nous devons ramener beaucoup de corps à la fois, nous risquons de devoir laisser des hommes dehors et si nous laissons les portes ouvertes trop longtemps, les Tsurani pourraient entrer dans le château. » Arutha fut bien forcé de l'admettre et ils laissèrent les hommes de Gardan travailler seuls sous le soleil brûlant de la matinée.

Puis, vers midi, une douzaine de guerriers tsurani, désarmés, s'avancèrent tranquillement et s'approchèrent des travailleurs. Les soldats sur les murs les regardèrent avec inquiétude, mais lorsque les Tsurani arrivèrent là où travaillaient les hommes de Crydee, ils commencèrent en silence à prendre des corps et à les porter jusqu'au bûcher en préparation.

Avec l'aide des Tsurani, les corps furent empilés sur l'énorme bûcher. On y bouta des torches et bientôt les corps commencèrent à se consumer. Les Tsurani qui avaient aidé à mettre les cadavres sur le bûcher regardèrent le soldat qui avait mené les volontaires s'écarter des flammes. Puis l'un des Tsurani dit un mot et lui et ses compagnons s'inclinèrent pour honorer les morts étendus sur le bûcher. Le soldat qui avait dirigé les volontaires de Crydee dit : « Hommage aux morts ! » Les douze hommes de Crydee se mirent au garde-à-vous et saluèrent. Puis les Tsurani se tournèrent face aux soldats du royaume et ils s'inclinèrent à nouveau. Le soldat cria : « Saluez ! », et les douze hommes de Crydee rendirent leur salut aux Tsurani.

Arutha secoua la tête, regardant ces hommes qui avaient tenté de s'entre-tuer travailler côte à côte comme si c'était la chose la plus naturelle du monde et se saluer ensuite. « Père disait que les hommes ont bien des coutumes étranges, mais que la guerre est la plus étrange de toutes. »

Au crépuscule, ils revinrent, vague après vague, s'écraser et mourir contre le mur ouest. Ils donnèrent l'assaut quatre fois dans la nuit et quatre fois ils se firent repousser.

Lors de ce nouvel assaut, Arutha essaya d'oublier sa fatigue pour reprendre le combat. D'autres Tsurani rejoignaient ceux qui étaient devant le château, en longs serpents de lumière venus des forêts du Nord. Après le dernier assaut, il fut clair que l'avantage passait en faveur des Tsurani. Les défenseurs étaient épuisés par deux nuits de combat et les Tsurani continuaient à lancer des troupes fraîches dans la bataille.

« Ils veulent nous vaincre, coûte que coûte », dit un Fannon fatigué. Il commença à donner des ordres à un garde, quand une étrange expression lui passa sur le visage. Il ferma les yeux et s'effondra. Arutha le rattrapa avant qu'il ne heurte le sol. Le maître d'armes avait une flèche dans le dos. Un soldat paraissant paniqué, agenouillé de l'autre côté, regarda Arutha d'un air de dire : Et maintenant, qu'est-ce qu'on fait ?

Arutha hurla : « Ramenez-le au château, au père Tully. » L'homme et un autre soldat ramassèrent le maître d'armes inconscient pour le descendre des murailles. Un troisième soldat demanda : « Quels sont vos ordres, Altesse ? »

Arutha fit volte-face, voyant les visages inquiets des soldats de Crydee à côté de lui. Il dit : « Comme avant. Défendez les murailles. »

Les combats s'intensifièrent. Une demi-douzaine de fois, Arutha se retrouva à se battre contre des guerriers tsurani qui avaient réussi à monter sur le mur. Puis au bout d'un temps indéfinissable, les Tsurani reculèrent.

Arutha était épuisé, en sueur sous son armure. Il cria pour qu'on lui amène de l'eau et un porteur du château arriva avec un seau. Il but, comme les autres autour de lui, et se retourna pour voir l'armée tsurani.

À nouveau, ils se cantonnaient juste à la limite de portée des catapultes et le nombre de torches semblait ne pas avoir diminué. « Prince Arutha », dit une voix derrière lui. Il se retourna : le maréchal Algon se tenait devant lui. « Je viens d'apprendre que Fannon avait été blessé. »

Arutha demanda : « Comment se porte-t-il ?

— Son état est critique. La blessure est grave, mais elle n'est pas fatale. Tully pense que s'il réussit à survivre encore une journée, il devrait se remettre. Mais il ne sera pas capable de commander pendant des semaines, peut-être plus. »

Arutha savait qu'Algon attendait qu'il prenne une décision. Le prince était capitaine des armées du roi et, sans Fannon, c'était lui qui dirigeait la garnison. Mais il était inexpérimenté et pouvait décider de laisser le commandement au maréchal. Arutha regarda autour de lui. « Où est Gardan ?

— Ici, Votre Altesse », cria-t-on un peu plus bas. Arutha fut surpris de l'aspect du sergent. Sa peau noire était presque grise, tant il était couvert de poussière. Sa tunique et son tabard étaient trempés de sang et il en avait aussi sur les bras, jusqu'aux coudes.

Arutha regarda ses mains et ses bras et vit que lui aussi était couvert de sang. Il cria : « Encore de l'eau ! » et dit à Algon : « Gardan sera mon commandant en second. Si quelque chose m'arrivait, il prendrait le commandement de la garnison. Gardan fera office de maître d'armes. »

Algon hésita comme s'il allait dire quelque chose, puis il sembla brusquement soulagé. « Oui, Altesse. Quels sont vos ordres ? »

Arutha regarda les lignes tsurani, puis il regarda vers l'est. Les premières lueurs de l'aube pointaient à l'horizon et le soleil se lèverait au-dessus des montagnes dans moins de deux heures. Il sembla peser ses choix un moment, en lavant le sang qui lui recouvrait les bras et le visage. Finalement, il dit : « Allez me chercher l'Archer. »

On fit appeler le maître chasseur et il arriva quelques minutes plus tard, suivi d'Amos Trask, qui avait un grand sourire. « Sale engeance, mais ils savent se battre », dit le marin.

Arutha l'ignora. « Il est clair pour moi qu'ils ont l'intention de maintenir une pression constante. Vu le peu de cas qu'ils font de leurs vies, ils peuvent nous épuiser en quelques semaines. C'est une chose à laquelle nous ne nous étions pas attendus, cette facilité qu'ont leurs hommes à courir à une mort certaine. Je veux que l'on dégage les murs nord, sud et est. Laissez juste assez d'hommes pour maintenir une surveillance et retenir des attaquants jusqu'à l'arrivée des renforts. Ramenez les hommes des autres murs et donnez l'ordre à ceux d'ici de descendre. Je veux qu'on organise des tours de six heures. Martin, y a-t-il eu d'autres signes de migration des Frères des Ténèbres ? »

L'Archer haussa les épaules. « Nous avons été un peu occupés, Altesse. Mes hommes sont tous restés dans les bois du Nord ces derniers temps. »

Arutha dit : « Est-ce que vous arriveriez à glisser quelques pisteurs hors des murs avant qu'il ne fasse jour ? »

L'Archer réfléchit. « S'ils partent tout de suite et que les Tsurani ne surveillent pas de trop près le mur est, oui.

— Faites-le. Les Frères des Ténèbres ne sont pas assez fous pour attaquer une telle armée, mais si vous arriviez à en trouver quelques bandes comme celle d'il y a trois jours et que vous les meniez dans le même piège… »

Martin sourit. « Je vais les faire sortir personnellement. Il faut y aller maintenant, avant qu'il ne fasse trop clair. » Arutha le congédia et Martin descendit l'escalier. « Garret ! cria-t-il. Viens, gamin. On va se payer du bon temps. » Il y eut un grognement sur la muraille quand Martin rassembla ses pisteurs.

Arutha dit à Gardan : « Je veux que l'on envoie des messages à Carse et à Tulan. Cinq pigeons chacun. Que les barons Bellamy et Tolburt nous envoient leur garnison par vaisseau au plus vite. »

Gardan dit : « Altesse, les villes se retrouveront presque sans défense. »

Algon abonda dans ce sens. « Si les Frères des Ténèbres vont vers le nord, les Tsurani pourront aisément aller au sud l'année prochaine. »

Arutha dit : « Si les Frères des Ténèbres se déplacent en masse, ce qui n'est pas évident, et si les Tsurani apprennent qu'ils ne sont plus dans le Vercors, ce qui ne sera peut-être pas le cas. Je m'occupe d'une menace immédiate, pas de ce qui va arriver l'année prochaine. S'ils maintiennent la pression contre nous, combien de temps pourrons-nous encore tenir ? »

Gardan dit : « Quelques semaines, peut-être un mois au plus. »

Arutha scruta de nouveau le campement tsurani. « Ils ont le culot de monter leurs tentes à la lisière de la ville. Ils passent dans nos forêts, construisent des échelles et sans doute des machines de siège. Ils savent que nous ne pouvons pas faire de sortie en force. Mais avec mille huit cents soldats frais venus des châteaux du Sud pour les attaquer sur la route de la côte en débarquant par les plages et une sortie de la garnison, nous pouvons les déloger de Crydee. Quand nous aurons brisé le siège, ils devront se retirer dans leurs enclaves de l'Est. Nous pourrons les harceler avec nos cavaliers et les empêcher de se regrouper. Alors, nous pourrons renvoyer les armées au sud et elles seront prêtes au printemps pour repousser les attaques sur Carse et sur Tulan. »

Gardan dit : « C'est osé, Altesse. » Il salua et quitta les murailles, suivi d'Algon.

Amos Trask dit : « Vos commandants sont des hommes prudents, Altesse. »

Arutha lui demanda : « Mon plan vous plaît ?

— Si Crydee tombe, quelle importance si Carse et Tulan tombent aussi ? Si ce n'est pas cette année, ce sera la prochaine. Ça peut se faire en une fois comme en deux ou trois. Comme a dit le sergent, c'est osé. Mais on n'a jamais pris un navire sans l'aborder. Vous avez l'étoffe d'un bon corsaire. Pensez-y, si vous en avez assez d'être prince, Altesse. »

Arutha regarda Amos Trask avec un sourire sceptique. « Corsaire, hein ? Je vous croyais un honnête marchand. »

Amos perdit un peu contenance. Puis il éclata d'un rire franc et joyeux. « J'ai juste dit que j'avais une cargaison pour Crydee, Altesse. Je n'ai jamais dit comment j'étais tombé dessus.

— De toute manière, nous n'avons pas de temps à perdre avec vos actes de piraterie passés. »

Amos eut l'air presque outré. « Pas de piraterie, Sire. Le *Sidonie* avait des lettres de marque de Kesh la Grande, que m'avait données le gouverneur de Durbin. »

Arutha éclata de rire. « Bien entendu ! Et tout le monde sait qu'il n'y a pas de capitaines plus honnêtes et loyaux dans toutes les hautes mers que les capitaines de la côte de Durbin. »

Amos haussa les épaules. « Ils sont un peu bourrus, c'est vrai. Et parfois ils ne comprennent pas bien le concept de libre passage en haute mer, mais nous préférons le terme de corsaires. »

Il y eut des bruits de corne et des roulements de tambour et, en hurlant des cris de guerre, les Tsurani revinrent à la charge. Les défenseurs attendirent, puis, lorsque l'armée adverse traversa la limite invisible de la portée des engins de guerre du château, la mort commença à faucher les rangs tsurani. Ils continuèrent.

Les Tsurani passèrent la seconde ligne invisible qui marquait la limite de portée des archers du château et d'autres moururent par dizaines. Ils continuèrent.

Les attaquants atteignirent les murs et les défenseurs lâchèrent des pierres sur eux et repoussèrent leurs échelles de siège, semant la mort en bas. Ils continuèrent.

Arutha ordonna rapidement que l'on redéploie les réserves et il cria de s'apprêter à défendre les points les plus chauds. Les hommes se pressèrent pour obéir.

En haut du mur ouest, au plus fort de la mêlée, Arutha répondait coup pour coup, repoussant un guerrier après l'autre dès que l'un d'eux atteignait le haut de la muraille. Même au milieu de la bataille, Arutha faisait attention à ce qui se passait autour de lui, criait des ordres, écoutait les réponses et regardait rapidement ce que faisaient les autres. Il vit Amos Trask, désarmé, donner un coup de poing en pleine face à un Tsurani et l'envoyer par-dessus les créneaux. Trask se pencha alors prudemment pour récupérer son sabre comme s'il venait simplement de le faire tomber en se baladant sur les murailles. Gardan passait entre les hommes, les exhortait à tenir, ranimait le moral défaillant et poussait ses soldats au-delà de l'épuisement.

Arutha aida deux soldats à repousser une autre échelle de siège, puis il se figea dans un moment de confusion, regardant un des hommes se tourner lentement et s'asseoir à ses pieds, l'air surpris de voir une flèche tsurani plantée dans sa poitrine. L'homme s'appuya contre le mur et ferma les yeux, comme s'il avait décidé de prendre un peu de repos.

Arutha entendit quelqu'un l'appeler. Gardan se tenait à quelques pas de là, montrant la pointe nord du mur ouest. « Ils ont réussi à monter ! »

Arutha courut en hurlant : « Donne l'ordre aux réservistes de suivre ! » Il fonça sur le chemin de ronde et arriva à la brèche. Une douzaine de Tsurani tenaient une section de mur, repoussant les défenseurs pour laisser monter leurs camarades. Arutha donna un coup d'estoc par-dessus le premier bouclier tsurani et cueillit l'homme à la gorge. Le visage du Tsurani eut le temps de prendre un air étonné, puis il tomba à genoux et bascula dans la cour. Arutha attaqua l'homme qui était juste à côté et cria : « Pour Crydee ! Pour le royaume ! »

Gardan arriva dans la mêlée, géant noir frappant sur tout ce qui se trouvait devant lui. Soudain, les hommes de Crydee surgirent, comme une vague de chair et d'acier sur les étroits remparts. Les Tsurani tinrent bon, refusant de lâcher ce terrain si durement gagné, et ils se firent tuer jusqu'au dernier.

Arutha frappa un guerrier tsurani avec la garde en cloche de sa rapière, le faisant tomber par terre, et quand il se retourna, il vit que le mur était à nouveau sous contrôle. Des cornes sonnèrent dans les lignes tsurani et les attaquants reculèrent.

Arutha se rendit compte que le soleil commençait à éclairer les sommets à l'est. Le matin se levait enfin. Il regarda la scène en dessous et se sentit tout à coup plus fatigué que jamais. Il se tourna lentement et vit que tous les hommes sur le mur le regardaient. Puis l'un des soldats cria : « Salut à toi, Arutha ! Salut, prince de Crydee ! »

Soudain, le château retentit des cris de « Arutha ! Arutha ! »

À Gardan, Arutha demanda : « Pourquoi ? »

Avec un regard satisfait, le sergent répondit : « Ils vous ont vu vous battre en personne contre les Tsurani, Altesse, ou ils l'ont appris des autres. Ce sont des soldats et ils attendent certaines choses de la part d'un commandant. Maintenant, ce sont vraiment vos hommes, Altesse. »

Arutha resta debout en silence sous les vivats du château. Puis il leva la main et la cour se tut. « Vous vous êtes bien battus. Crydee est bien servi par ses soldats. » Il dit à Gardan : « Faites changer la garde des murailles. Nous allons peut-être avoir peu de temps pour savourer notre victoire. »

Comme si ces paroles avaient été prophétiques, un garde en haut de la tour la plus proche poussa un cri : « Altesse, le champ de bataille. »

Arutha vit que les lignes tsurani s'étaient reformées. Fatigué, il dit : « Ils n'ont donc aucune limite ? »

Au lieu de l'attaque à laquelle ils s'attendaient, un seul homme s'avança des lignes tsurani, visiblement un officier, d'après la crête qui ornait son heaume. Il montra les murs et les lignes tsurani acclamèrent d'une seule voix. Il s'avança, plus près, à portée d'arc, s'arrêta plusieurs fois pour montrer les murs. Son armure bleue brillait au soleil matinal et chaque fois qu'il montrait les murs, les attaquants acclamaient.

« C'est un défi ? demanda Gardan, regardant cette étrange

cérémonie, alors que l'homme montrait son dos, inconscient des risques qu'il prenait et retournait dans ses rangs.

— Non, dit Amos Trask, qui vint se placer à côté de Gardan. Je crois qu'ils saluent un adversaire valeureux. » Amos secoua légèrement la tête. « Quels gens bizarres. »

Arutha dit : « Les comprendrons-nous un jour ? »

Gardan mit la main sur l'épaule d'Arutha. « J'en doute. Regardez, ils quittent le champ de bataille. »

Les Tsurani revenaient à leurs tentes devant les ruines de la ville de Crydee. Ils laissèrent quelques guetteurs pour observer le château, mais il était clair que l'on avait de nouveau donné l'ordre au gros de l'armée d'aller se reposer.

Gardan dit : « J'aurais donné l'ordre de lancer un nouvel assaut. » Sa voix trahissait son étonnement. « Ils doivent bien savoir que nous sommes presque épuisés. Pourquoi est-ce qu'ils n'insistent pas ? »

Amos dit : « Qui sait ? Peut-être qu'eux aussi sont fatigués. »

Arutha dit : « Ces attaques nocturnes doivent avoir un sens qui m'échappe. » Il secoua la tête. « Nous saurons bien un jour ce qu'ils préparent. Laissez des gardes sur les murailles, mais retirez les hommes de la cour. Visiblement, ils préfèrent ne pas attaquer pendant la journée. Faites venir de quoi manger et de quoi se laver. » On fit passer l'ordre et les hommes quittèrent leur poste. Certains s'assirent sur le chemin de ronde, trop fatigués pour descendre les marches. D'autres, en arrivant dans la cour, se défirent de leurs armes et s'assirent à l'ombre des fortifications en attendant que les porteurs d'eau viennent leur donner de quoi se désaltérer. Arutha s'appuya le dos au mur. Il se dit, en silence : « Ils vont revenir. »

Ils revinrent à la nuit.

CHAPITRE 18

Le soleil se leva, accueilli par les gémissements des blessés.

Pour la douzième nuit consécutive, les Tsurani avaient assailli le château, pour se retirer à l'aube. Gardan n'avait toujours pas trouvé de bonne raison à ces dangereuses attaques nocturnes. En regardant les Tsurani rassembler leurs morts, puis rentrer à leurs tentes, il dit : « Ils sont bizarres. Les archers ne peuvent pas tirer sur les murs quand leurs échelles sont debout, de peur de toucher leurs propres hommes. Nous n'avons pas ce problème, car nous savons que tous ceux qui sont en bas sont nos ennemis. Je ne comprends pas ces gens. »

Arutha s'assit, épuisé, et lava le sang et la poussière qui lui couvraient le visage, oublieux de la scène qui se déroulait autour de lui. Il était même trop fatigué pour répondre à Gardan. « Tiens », dit une voix tout près, et il retira le tissu humide qu'il se passait sur le visage, pour voir la coupe qu'on lui tendait. Il la prit et la vida d'un trait, savourant le goût du vin.

Carline se tenait devant lui, portant une tunique et des pantalons, avec une épée au côté. « Qu'est-ce que tu fais là ? » demanda Arutha ; la fatigue rendait sa voix stridente même à ses propres oreilles.

Carline semblait très remontée. « Il faut bien que quelqu'un vous apporte de l'eau et de la nourriture. Avec tous les hommes sur les murs pendant toute la nuit, qui d'autre serait en état de le faire, à ton avis ? Tout de même pas cette malheureuse poignée de porteurs qui sont trop vieux pour se battre, j'espère. »

Arutha regarda aux alentours et vit d'autres femmes, des dames du château comme des servantes et des femmes de marin, passer parmi les hommes qui acceptaient avec reconnaissance la nourriture et l'eau qu'on leur offrait. Il eut un sourire retors. « Comment ça va ?

— Assez bien. Malgré tout, dans un certain sens, c'est aussi difficile de rester assise dans le cellier que de se battre sur les murs, à mon avis. Chaque fois que nous entendons des bruits de combat, l'une ou l'autre des dames s'effondre en larmes. » Sa voix se fit légèrement amère. « Elles se terrent comme des lapins. Oh ! c'est si fatigant. » Elle resta là un moment à ne rien dire, puis demanda : « Tu as vu Roland ? »

Il regarda autour de lui. « Un moment, la nuit dernière. » Il se couvrit le visage pour sentir encore la fraîcheur apaisante du chiffon mouillé. Il le retira au bout d'un moment et ajouta : « Ou peut-être il y a deux nuits. J'ai oublié. » Il montra le mur le plus près du donjon. « Il devrait être par là-bas. Je l'ai chargé de la garde de l'après. Il doit vérifier que nous ne nous faisons pas attaquer sur les flancs. »

Carline sourit. Elle savait que Roland devait ronger son frein pour rejoindre les combats, mais vu son poste, il était peu probable que cela lui arrive, à moins que les Tsurani n'attaquent sur tous les murs. « Merci, Arutha. »

Arutha feignit de ne pas comprendre. « De quoi ? »

Elle s'agenouilla et déposa une grosse bise sur sa joue humide. « De me connaître mieux que je ne me connais moi-même. » Elle se releva et s'en alla.

Roland faisait les cent pas sur les murailles, scrutant la forêt au loin, de l'autre côté de la grande clairière qui jouxtait le mur est du château. Il s'approcha d'un garde qui se tenait juste à côté d'une cloche d'alerte et lui dit : « Quelque chose ?

— Rien, monseigneur. »

Roland acquiesça. « Restez vigilant. C'est le passage le plus étroit entre les murailles et la forêt. S'ils se portent sur un second flanc, c'est par ici qu'à mon avis ils donneront l'assaut. »

Le soldat dit : « C'est bien vrai, monseigneur. Pourquoi est-ce qu'ils ne s'attaquent qu'à un seul mur et pourquoi le mieux défendu ? »

Roland haussa les épaules. « Je ne prétends pas tout connaître. Peut-être qu'ils nous montrent ainsi leur mépris, ou leur bravoure. Ou toute autre raison bizarre. »

Le garde se mit au garde-à-vous et salua. Carline était arrivée en silence derrière eux. Roland la prit par le bras et l'entraîna avec lui. « Qu'est-ce que tu crois faire ici ? » lui dit-il d'un ton rude.

Son soulagement de le voir en vie et en bonne santé se changea en colère. « Je suis venue voir si tu allais bien », dit-elle sur un ton de défi.

En la faisant descendre dans la cour, il répondit : « Nous sommes si loin de la forêt qu'un archer tsurani ne pourrait tuer personne sur ces murailles. Malgré tout, je ne veux pas avoir à expliquer à ton père et à tes frères la raison pour laquelle je t'ai laissée monter ici.

— Ah ! c'est juste pour ça ? Parce que tu ne voudrais pas faire face à père ? »

Il sourit et son ton s'adoucit. « Non. Bien sûr que non. »

Elle lui rendit son sourire. « J'étais inquiète pour toi. »

Roland s'assit sur les marches du bas et tira sur quelques herbes folles qui poussaient entre les pierres, pour les jeter un peu plus loin. « Tu n'as pas vraiment de raisons de t'inquiéter. Arutha a fait en sorte que je ne risque pas grand-chose. »

Avec sérieux, Carline dit : « Malgré tout, c'est un poste important. S'ils attaquent ici, tu vas devoir tenir avec très peu d'hommes le temps que les renforts arrivent.

— S'ils attaquent. Gardan est venu hier et il pense qu'ils devraient finir par se fatiguer bientôt de tout cela, s'enterrer et commencer un siège en attendant que nous crevions de faim. »

Elle dit : « Ils risquent d'avoir une mauvaise surprise, alors. Nous avons de quoi tenir tout l'hiver et eux risquent d'avoir du mal à trouver quelque chose à glaner quand la neige tombera. »

D'un ton gentiment moqueur, il dit : « Oh, mais qu'est-ce là ? Une tacticienne en herbe ? »

Elle lui jeta un regard de professeur épuisé confronté à un étudiant particulièrement lent. « J'écoute et j'utilise ma tête. Tu crois que j'attends juste là, à ne rien faire, que vous autres hommes veniez me dire ce qui se passe ? Si c'était le cas, je ne saurais rien du tout. »

Il leva les mains en un geste de supplique. « Je suis désolé, Carline. Tu n'es décidément pas fille à te laisser ridiculiser. » Il se releva et lui tendit la main. « Mais tu m'as rendu ridicule plus d'une fois. »

Elle lui serra la main. « Non, Roland, c'est moi qui me suis rendue ridicule. Il m'a fallu presque trois ans pour comprendre à quel point tu étais un homme bien. Et quel ami tu étais. » Elle se pencha et lui fit un petit baiser. Il le lui rendit tendrement. « Et plus, ajouta-t-elle tranquillement.

— Quand tout cela sera fini… » commença-t-il.

Elle lui mit la main sur les lèvres. « Pas maintenant, Roland. Pas maintenant. »

Il comprit et lui fit un sourire. « Il faut que je remonte sur les murailles, Carline. »

Elle lui refit un baiser et retourna à son travail dans la cour principale. Il remonta sur le mur et reprit sa veille.

Tard dans l'après-midi, un garde cria : « Monseigneur, dans la forêt ! » Roland regarda dans la direction indiquée et il vit deux silhouettes qui couraient dans la plaine. Des cris d'hommes et la clameur d'un combat montaient de la forêt.

Les archers de Crydee levèrent leurs armes, mais Roland cria : « Attendez ! C'est l'Archer ! » Au garde à côté de lui, il dit : « Amenez des cordes, vite. »

L'Archer et Garret atteignirent les murailles au moment où l'on faisait descendre les cordes et, dès qu'ils se furent assurés, ils grimpèrent. Quand ils arrivèrent en haut des murs, ils s'effondrèrent d'épuisement derrière les créneaux. On tendit des outres aux deux forestiers, qui burent longuement.

« Alors ? » demanda Roland.

L'Archer lui fit un sourire vicieux. « Nous avons trouvé une autre bande de voyageurs qui migraient vers le nord à environ cinquante kilomètres au sud-est d'ici et nous nous sommes arrangés pour qu'ils aillent faire une petite visite aux Tsurani. »

Garret leva ses yeux cernés de noir vers Roland. « Il appelle ça une bande. Il devait bien y avoir cinq cents moredhel en armes. Il y en a une bonne centaine qui nous ont coursés dans les bois ces deux derniers jours. »

Roland dit : « Arutha sera content. Les Tsurani nous ont harcelés toutes les nuits depuis que vous êtes partis. Un peu de diversion pour eux nous arrange bien. »

L'Archer acquiesça. « Où est le prince ?

— Du côté du mur ouest, là où on se bat. »

L'Archer se leva et tira un Garret épuisé. « Viens, nous allons faire notre rapport. »

Roland dit aux gardes de rester vigilants et il suivit les deux chasseurs. Ils trouvèrent Arutha en train de superviser la distribution d'armes en bon état à ceux qui avaient brisé ou émoussé les leurs. Gardell le forgeron et ses apprentis rassemblèrent celles qui étaient réparables et les jetèrent dans un chariot. Ils partirent vers la forge pour commencer leur travail.

L'Archer dit : « Altesse, une autre bande de moredhel montait vers le sud. Je les ai ramenés et il est possible que les Tsurani soient trop occupés pour attaquer cette nuit. »

Arutha répondit : « Bonne nouvelle. Venez, vous m'en direz plus autour d'un verre de vin. »

L'Archer envoya Garret aux cuisines et suivit Arutha et Roland dans le donjon. Le prince fit demander à Gardan de les rejoindre dans la salle du conseil et, quand ils y furent tous, il demanda à l'Archer de raconter son voyage.

L'Archer but le verre qu'on avait mis devant lui. « On a joué au chat et à la souris pendant un moment. Les bois étaient pleins de Tsurani et de moredhel. Et c'était facile de voir qu'ils ne s'aiment pas beaucoup. Nous avons compté facilement une centaine de morts dans chaque camp. »

Arutha regarda les trois autres hommes. « Nous ne savons pas grand-chose de leur manière d'être, mais il semble ridicule de leur part de passer si près de Crydee. »

L'Archer secoua la tête. « Ils n'ont pas vraiment le choix, Altesse. Le Vercors doit maintenant être vide et ils ne peuvent pas rentrer dans leurs montagnes à cause des Tsurani. Les moredhel migrent vers les terres du Nord et ils n'oseraient pas prendre le risque de passer par Elvandar. Comme le reste du passage est bloqué par les forces tsurani, ils doivent se faufiler par les forêts à côté, puis ensuite vers l'ouest le long de la rivière, en direction de la côte. De la mer, ils peuvent de nouveau partir vers le nord. Ils doivent atteindre la grande chaîne de montagnes au nord avant l'hiver pour rejoindre sans problème leurs frères du Nord. »

Il finit son verre et attendit qu'un serviteur le remplisse. « D'après ce que j'ai vu, la plupart des moredhel du Sud rejoignent les terres du Nord. Visiblement, un bon millier a déjà dû réussir à passer par ici. Combien d'autres vont passer cet été et cet automne, c'est difficile à dire. » Il but encore. « Les Tsurani vont devoir surveiller leur flanc est et devraient faire attention au sud. Les moredhel sont affamés et ils pourraient bien lancer un raid sur le campement tsurani au moment où le gros de l'armée s'attaque aux murailles du château. Si jamais il y avait un combat à trois camps, cela pourrait s'avérer compliqué.

— Pour les Tsurani », dit Gardan.

Martin leva sa coupe pour saluer. « Pour les Tsurani. »

Arutha dit : « Vous avez fait d'excellentes choses, maître chasseur.

— Merci, Altesse. » Il rit. « Je n'aurais jamais cru qu'un jour cela me ferait plaisir de voir des indices du passage de la Confrérie des Ténèbres dans les forêts de Crydee. »

Arutha tapota sur la table. « Dans deux ou trois semaines, les armées de Tulan et de Carse devraient arriver. Si les Frères des Ténèbres harcèlent suffisamment les Tsurani, nous pourrions avoir un peu de répit. » Il regarda Martin. « Quelles nouvelles de l'est ? »

L'Archer posa les mains à plat sur la table. « Nous n'avons pas pu nous approcher assez pour voir grand-chose quand nous sommes passés, mais ils préparent quelque chose. Ils ont beaucoup d'hommes dispersés dans les bois, depuis la lisière sur environ cinq cents mètres. Si les moredhel n'avaient pas été sur nos talons, Garret et moi n'aurions peut-être pas pu atteindre les murailles.

— J'aimerais savoir ce qu'ils font là-bas, dit Arutha. N'attaquer que la nuit, ça doit cacher quelque chose. »

Gardan dit : « Nous allons bientôt le savoir, je le crains. »

Arutha se leva et les autres aussi. « Nous avons beaucoup à faire, quoi qu'il en soit. Mais s'ils ne viennent pas cette nuit, nous devrions tous en profiter pour prendre un peu de repos. Faites mettre des gardes et renvoyez les hommes aux communs pour qu'ils dorment. Si l'on a besoin de moi, je serai dans mes appartements. »

Les autres le suivirent hors de la salle du conseil et Arutha retourna lentement à sa chambre, son esprit fatigué cherchant à se raccrocher aux questions importantes sans y arriver. Il se défit seulement de son armure et tomba tout habillé sur son lit. Il s'endormit rapidement, mais son sommeil fut trouble et plein de rêves.

Il n'y eut pas d'attaque de toute une semaine, car les Tsurani se méfiaient de la migration de la Fraternité de la Voie des Ténèbres. Comme Martin l'avait prédit, les moredhel, poussés par la faim, passèrent outre les risques et frappèrent au cœur du campement tsurani par deux fois.

Le huitième soir après la première attaque moredhel, les Tsurani se massèrent de nouveau devant le château, les rangs gonflés de renforts venus de l'est. Les messages du père d'Arutha envoyés par pigeon indiquaient que les combats s'intensifiaient aussi sur le front de l'est. Monseigneur Borric pensait que Crydee devait être attaqué par des troupes fraîches venues du monde d'origine, car on ne lui avait pas rapporté de mouvement de troupes sur son front. D'autres messages, rassurants, arrivèrent de Carse et de Tulan. Les soldats du baron Tolburt étaient partis de Tulan deux jours après avoir reçu le message d'Arutha et sa flotte rejoindrait celle du baron Bellamy à Carse. En fonction des vents dominants, il faudrait entre une à deux semaines pour que les troupes arrivent.

Arutha se tenait à sa place habituelle sur le mur ouest, avec Martin l'Archer. Ils regardèrent les Tsurani prendre position à la lumière du coucher de soleil, comme un fanal rouge qui baignait le paysage d'une lueur sanglante.

« Il semble, dit Arutha, qu'ils se préparent à donner un assaut en règle cette nuit. »

L'Archer dit : « Visiblement, ils se sont débarrassés de leurs voisins gênants, au moins pour un temps. Les moredhel nous auront fait gagner un peu de temps, Altesse, mais c'est tout.

— Je me demande combien vont arriver dans les terres du nord. »

L'Archer haussa les épaules. « Un sur cinq, peut-être. Le voyage du Vercors aux terres du Nord est, dans le meilleur des cas, long et difficile. Maintenant… » Il laissa sa phrase en suspens.

Gardan remonta l'escalier depuis la cour. « Altesse, la garde sur les tours annonce que les Tsurani forment les rangs. »

Il venait à peine de dire cela que les Tsurani poussèrent leurs cris de guerre et commencèrent à avancer. Arutha leva son épée et donna l'ordre aux catapultes de faire feu. Les archers suivirent, lâchant un déluge de flèches sur les attaquants. Mais les Tsurani continuèrent.

Toute la nuit, vague après vague, les étrangers en armure se jetèrent contre le mur ouest du château de Crydee. La plupart mouraient sur-le-champ devant les murailles, ou à leur pied, mais quelques-uns réussirent à monter sur le chemin de ronde. Eux aussi moururent. Mais d'autres venaient, toujours plus nombreux.

Par six fois la vague des Tsurani s'était brisée sur les défenses de Crydee et ils préparaient un septième assaut. Arutha, couvert de poussière et de sang, ordonna que l'on place des troupes fraîches sur le mur. Gardan regarda vers l'est. « Si nous tenons cette fois encore, ce sera l'aube. Nous devrions avoir un peu de répit à ce moment-là, dit-il d'un ton fatigué.

— Nous tiendrons, répondit Arutha, d'un ton à son avis aussi fatigué que Gardan.

— Arutha ? »

Arutha vit Roland et Amos monter l'escalier, avec un

autre homme derrière eux. « Qu'y a-t-il, cette fois-ci ? » demanda le prince.

Roland dit : « Nous ne voyons pas d'activité sur les autres murs, mais il y a quelque chose qui devrait vous intéresser. »

Arutha reconnut l'autre homme, Lewis, le chasseur de rats du château. Il était chargé d'écarter la vermine des environs. Il tenait tendrement quelque chose entre les mains.

Arutha regarda de près. C'était un furet, qui se tortillait doucement dans la lumière des feux. « Altesse, dit Lewis, la voix brisée par l'émotion, c'est...

— Quoi ? » fit Arutha avec impatience. Avec l'attaque qui se préparait, il n'avait pas de temps à perdre avec un animal à l'agonie.

Roland prit la parole, car Lewis semblait incapable de se remettre de la perte de son furet. « Cela fait deux jours que les furets du chasseur de rats ne sont pas revenus. Celui-ci a rampé jusqu'aux réserves derrière la cuisine il y a quelque temps. Lewis l'a trouvé il y a quelques minutes seulement. »

En sanglotant, Lewis dit : « Ils sont tous bien dressés, monseigneur. S'ils ne sont pas revenus, c'est que quelque chose les en empêche. Ce pauvre petit s'est fait marcher dessus. Il a le dos brisé. Il a dû ramper pendant des heures pour revenir. »

Arutha dit : « J'ai du mal à comprendre l'intérêt de tout cela. »

Roland s'agrippa au bras du prince. « Arutha, il leur fait chasser les rats sous le château, hein ? Dessous ! »

Arutha comprit brusquement. Il se tourna vers Gardan et dit : « Des sapeurs ! Les Tsurani doivent creuser sous le mur est. »

Gardan dit : « Cela expliquerait ces attaques répétées contre le mur ouest. C'est pour nous écarter de là-bas. »

Arutha dit : « Gardan, prenez le commandement des murailles. Amos, Roland, venez avec moi. »

Arutha descendit en courant et fonça dans la cour. Il cria à un groupe de soldats de le suivre et d'apporter des pelles. Ils arrivèrent dans la petite cour derrière le château et Arutha dit : « Il faut trouver ce tunnel et le faire effondrer. »

Amos dit : « Vos murs sont inclinés vers l'extérieur. Ils vont comprendre qu'il est inutile de brûler les poutres de soutènement des tunnels pour faire une brèche dans les murs. Ils vont essayer de faire pénétrer des gens par les sous-sols du château ou par le donjon. »

Roland s'inquiéta. « Carline ! Elle et les autres dames sont dans les celliers. »

Arutha dit : « Prends des hommes et va aux celliers. » Roland partit en courant. Arutha tomba à genoux et plaqua l'oreille au sol. Les autres suivirent son exemple, en se déplaçant, guettant des bruits de sape.

Carline s'assit nerveusement à côté de dame Marna. La grosse dame qui avait fait office de gouvernante déployait d'importants efforts pour paraître s'occuper calmement d'un ouvrage de couture malgré le bruit que faisaient les autres femmes dans le cellier. Les bruits de combat dehors leur venaient faiblement, étouffés par l'épaisseur des murs du donjon. Pour l'instant, le silence régnait, tout aussi énervant.

« Oh ! Rester assise ici comme un oiseau en cage, dit Carline.

— Les murailles ne sont pas un lieu pour une dame », rétorqua dame Marna.

Carline se leva. En faisant les cent pas dans la pièce, elle dit : « Je peux faire des bandages et porter de l'eau. Nous le pourrions toutes. »

Les autres dames de la cour se regardèrent comme si la princesse était devenue folle. Aucune d'elles n'aurait voulu se laisser employer de la sorte.

« Altesse, je vous en prie, dit dame Marna, vous devriez rester ici et attendre tranquillement. Il va y avoir beaucoup à faire quand la bataille sera terminée. Pour l'instant, vous devriez vous reposer. »

Carline s'apprêtait à lui répondre vertement, mais elle s'arrêta. Elle leva la main. « Vous n'entendez pas quelque chose ? »

Les autres stoppèrent et elles tendirent l'oreille. Il y avait un petit bruit qui venait du sol. Carline s'agenouilla sur le carrelage. « Madame, cette posture est bien indélicate », commença dame Marna.

Carline la fit taire d'un geste impérieux. « Silence ! » Elle mit l'oreille par terre. « Il y a quelque chose… »

Dame Glynis haussa les épaules. « Probablement des rats. Ils sont des centaines en dessous. » Son expression montrait qu'elle révélait là un fait absolument abominable.

« Silence ! » ordonna Carline.

Il y eut un craquement provenant du sol et Carline se releva d'un bond. Son épée jaillit de son fourreau quand une fracture apparut dans le sol. Un ciseau sortit de la pierre et soudain, la pierre fut projetée vers le haut et poussée sur le côté.

Des dames crièrent en voyant un trou dans le sol. Un visage étonné apparut dans la lumière, puis un guerrier tsurani, les cheveux couverts de terre, essaya de grimper. L'épée de Carline se planta dans sa gorge et elle cria : « Sortez ! Appelez les gardes ! »

La plupart des femmes étaient paralysées de terreur. Elles ne firent pas un geste. Dame Marna souleva sa masse imposante du banc sur lequel elle se trouvait et donna une bonne gifle à une fille de la ville qui hurlait. La fille regarda dame Marna avec des yeux terrifiés, puis elle s'élança vers l'escalier. Comme si elles n'avaient attendu que ce signal, les autres coururent après elle, en hurlant à l'aide.

Carline regarda le Tsurani tomber lentement en arrière, bloquant le trou dans le sol. D'autres failles apparurent autour et des mains retirèrent des bouts de pierre pour agrandir l'entrée. Dame Marna était à mi-chemin des marches quand elle vit que Carline restait sur place. « Princesse ! » hurla-t-elle.

Un autre homme grimpa et Carline le transperça d'un coup mortel. Elle dut reculer car les pierres s'effondraient juste devant ses pieds. Les Tsurani finissaient le tunnel en faisant un grand trou et ils en élargissaient la sortie, écartant les pierres pour pouvoir grimper en masse et avoir un espoir de déborder les défenseurs.

Un homme grimpa en se défendant, repoussant Carline, ce qui permit à un autre de commencer à monter. Dame Marna revint sur ses pas, attrapa une grosse pierre et l'abattit violemment sur la tête sans casque de l'autre homme. Des grognements et des mots bizarres montèrent du tunnel quand l'homme tomba sur les suivants.

Carline transperça l'autre homme et en frappa encore un autre au visage. « Princesse ! cria dame Marna. Il faut fuir ! » Carline ne répondit pas. Elle esquiva un coup qu'un Tsurani lui avait porté aux pieds. Il jaillit souplement du trou. Carline frappa et l'homme esquiva. Un autre sortit et dame Marna hurla.

Le premier homme eut le réflexe de se retourner en l'entendant et Carline lui plongea l'épée dans le flanc. Le second homme leva une épée dentelée pour frapper dame Marna et Carline lui sauta dessus, pour lui plonger l'épée dans le cou. L'homme trembla, puis il s'effondra, laissant échapper son épée. Carline attrapa dame Marna par le bras et la poussa vers l'escalier.

Les Tsurani commencèrent à sortir en masse du trou et Carline, en bas des marches, se retourna. Dame Marna resta derrière sa princesse bien-aimée, refusant de partir. Les Tsurani approchèrent avec méfiance. La fille avait tué suffisamment des leurs pour mériter leur respect et leur prudence.

Soudain, un corps poussa la princesse sur le côté en chargeant les Tsurani. Roland arrivait avec une troupe de gardes. Le jeune châtelain semblait fou de rage et il renversa trois Tsurani d'un seul coup. Ils tombèrent en arrière, disparaissant dans le trou et Roland à leur suite.

Au moment où le châtelain disparaissait, Carline hurla : « Roland ! » D'autres gardes passèrent à côté de la princesse pour s'attaquer aux Tsurani qui restaient dans le cellier et plusieurs autres sautèrent courageusement dans le trou. Des grognements, des cris, des hurlements et des jurons résonnèrent dans le tunnel.

Un garde prit Carline par le bras et commença à la tirer vers le haut. Elle suivit, incapable de lutter contre la force de l'homme, en hurlant, au bord des larmes : « Roland ! »

Les soldats de Crydee creusaient furieusement un puits en grognant sous l'effort. Arutha avait trouvé le tunnel tsurani et il avait donné l'ordre qu'on le connecte avec un puits. Ils creusaient maintenant un contre-tunnel pour intercepter les Tsurani près du mur. Amos s'était accordé avec Arutha pour dire qu'ils devaient d'abord repousser les Tsurani de l'autre côté du mur avant de le faire s'effondrer, pour leur interdire l'accès au château.

Une pelle traversa le plafond du tunnel et les hommes s'activèrent à retirer suffisamment de terre pour permettre d'entrer dans le tunnel tsurani. On posa rapidement des planches et des étais pour empêcher la terre de s'effondrer sur leurs têtes.

Les hommes de Crydee émergèrent dans le tunnel et la mêlée, terrible et sans merci, commença. Les guerriers tsurani et l'escadron de Roland étaient aux prises dans le noir. Les hommes se battaient et mouraient sous la terre. Il était impossible de mettre de l'ordre dans un tel combat, tant les lieux étaient confinés. Une lanterne renversée clignotait faiblement, fournissant un faible éclairage.

Arutha dit à un soldat derrière lui : « D'autres hommes!

— Immédiatement, Altesse ! » répondit le soldat, qui retourna vers le puits.

Arutha entra dans le tunnel tsurani. Celui-ci ne faisait qu'un mètre cinquante de haut et Arutha dut avancer en se courbant. Il était plutôt large, avec assez de place pour faire passer trois hommes de front en se serrant. Arutha marcha sur quelque chose de mou, qui grogna de douleur. Il laissa le mourant et se dirigea vers les combats.

La scène était cauchemardesque, à la lumière de quelques torches très espacées. Vu la place, seuls les trois hommes de tête pouvaient combattre. Arutha cria : « Couteaux! » et il lâcha sa rapière. En combat aussi rapproché, les armes courtes seraient les plus efficaces.

Il se dirigea vers deux hommes qui se battaient dans le noir et en attrapa un. Sa main se referma sur une armure chitineuse et il plongea sa lame dans le cou sans défense. Il jeta le corps sans vie de l'homme et vit des individus agglutinés les uns aux autres à quelques mètres de là : des soldats de Crydee et des soldats tsurani luttaient au corps à corps. Des cris et des jurons résonnaient dans le tunnel et l'odeur de la terre humide se mêlait à celle du sang et des excréments.

Arutha se battit comme un diable, frappant presque à l'aveuglette des adversaires qu'il entrapercevait à peine. Il luttait aussi contre une peur primaire qui lui hurlait de sortir de ce tunnel pour échapper à la terre menaçante qui pesait au-dessus de sa tête. Il se força au calme et continua à mener l'attaque contre les sapeurs.

Une voix familière grognait et jurait à ses côtés. Arutha identifia Amos Trask. « Encore neuf mètres, gamin ! » cria-t-il.

Arutha le crut sur parole. Il avait perdu tout sens de la distance. Les hommes de Crydee continuèrent et plusieurs moururent par les épées tsurani. Le temps semblait comme suspendu, le combat ressemblant à une série de tableaux sauvages.

Brusquement, Amos cria : « Paille ! », et on apporta des ballots de paille. « Torches ! », cria-t-il, et l'on fit passer des torches enflammées. Il empila la paille au niveau d'un enchevêtrement de poutres et y bouta sa torche. Les flammes s'élevèrent et il hurla : « Sortez du tunnel ! »

Les combats cessèrent. Tous les hommes, soldats de Crydee ou soldats tsurani, firent demi-tour pour fuir les flammes. Les sapeurs savaient que le tunnel était perdu car ils ne pouvaient pas étouffer les flammes. Ils s'enfuirent pour sauver leur peau.

Une fumée terrible emplit le tunnel et les hommes commencèrent à sortir en toussant. Arutha suivit Amos et ils manquèrent leur tunnel de sortie. Ils débouchèrent dans le cellier. Des gardes, sales et couverts de sang, étaient effondrés sur les dalles du cellier, reprenant leur souffle avec peine. Un grondement sourd retentit, et avec un gros craquement, un souffle d'air brûlant et de fumée mêlés jaillit du trou. Amos sourit, le visage barbouillé de terre. « Les poutres se sont effondrées. Le tunnel est scellé. »

Arutha acquiesça faiblement, épuisé et encore étourdi à cause de la fumée. On lui tendit un verre d'eau et il but pour apaiser sa gorge brûlante.

Carline apparut devant lui. « Tu vas bien ? » demanda-t-elle, l'air inquiet. Il acquiesça. Elle regarda autour d'elle. « Où est Roland ? »

Arutha secoua la tête. « Impossible d'y voir quoi que ce soit, là-bas. Il était dans le tunnel ? »

Elle se mordilla la lèvre inférieure. Des larmes lui montèrent aux yeux et elle acquiesça. Arutha dit : « Il est peut-être sorti du tunnel par la cour. Allons voir. »

Il se remit debout et Amos et Carline le suivirent dans l'escalier. Ils sortirent du donjon et un soldat leur apprit qu'on avait repoussé l'attaque des murailles. Arutha accusa réception et contourna le donjon pour voir le puits qu'il avait fait creuser. Des soldats étaient étendus sur l'herbe, toussant et crachant, essayant de dégager de leurs poumons cette fumée brûlante. Il y avait une brume âcre dans l'air qui montait du puits. Visiblement, le feu continuait à brûler en dessous. Il eut un autre grondement et Arutha le ressentit à travers la semelle de ses bottes. Près du mur, une dépression s'était faite à l'endroit où le tunnel avait dû s'effondrer. « Monseigneur Roland ! hurla Arutha.

— Ici, Votre Altesse », répondit en criant un soldat.

Carline contourna Arutha et atteignit Roland avant le prince. Le châtelain était étendu par terre, soigné par le soldat qui venait de répondre. Livide, les yeux fermés, il avait une blessure ouverte dans le flanc. « J'ai dû le traîner sur les derniers mètres, Altesse. Il était debout, mais inconscient. Au début, je croyais que c'était la fumée, je n'ai vu sa blessure qu'après. »

Carline prit la tête de Roland entre ses bras et Arutha commença à découper les attaches de son armure. Il lui arracha ensuite sa tunique de dessous. Au bout d'un moment, Arutha se renversa sur ses talons. « La blessure est peu profonde. Ça ira.

— Oh, Roland », dit doucement Carline.

Les yeux de Roland s'ouvrirent et il eut un faible sourire. Il avait une voix fatiguée, mais il se força à prendre un ton joyeux. « Qu'est-ce qu'il y a ? On croirait que je me suis fait tuer. »

Carline dit : « Monstre sans cœur. » Elle le secoua doucement mais elle ne le lâcha pas et lui fit un grand sourire. « Me faire une farce dans des circonstances pareilles ! »

Il cilla en essayant de bouger. « Ooh, ça fait mal. » Elle l'immobilisa d'une main sur l'épaule.

« Ne bouge pas. Il faut bander ta blessure », dit-elle, partagée entre le soulagement et l'irritation.

Il nicha sa tête sur ses genoux et sourit. « Je ne bougerais pas pour la moitié du duché de ton père. »

Elle lui jeta un regard irrité. « Quelle idée de te jeter sus à l'ennemi comme ça. »

Roland parut sincèrement embarrassé. « En fait, j'ai trébuché en descendant l'escalier et je n'ai pas réussi à m'arrêter. »

Elle posa sa joue sur son front et Arutha et Amos éclatèrent de rire. « Tu es un menteur. Mais je t'aime vraiment », dit-elle tendrement.

Arutha se releva et repartit avec Amos, laissant Roland et Carline à leurs retrouvailles. En arrivant au coin du mur, ils rencontrèrent l'ex-esclave tsurani, Charles, qui apportait de l'eau aux blessés. Arutha arrêta l'homme.

Il se tenait avec un bâton en équilibre sur les épaules, lesté de deux grands seaux d'eau. Il saignait de multiples blessures et il était couvert de boue. Arutha lui demanda : « Qu'est-ce qui t'est arrivé ? »

Avec un grand sourire, Charles dit : « Bon combat. Saute dans trou. Charles bon guerrier. »

L'ex-esclave tsurani était pâle et il vacillait légèrement. Arutha resta sans voix, puis il lui fit signe de continuer son travail. Joyeusement, Charles repartit. Arutha dit à Amos : « Que dites-vous de cela ? »

Amos ricana. « J'ai rencontré beaucoup de coupe-jarrets et de gibiers de potence, Altesse. Je ne sais pas grand-chose de ces Tsurani, mais je crois que c'est un homme sur qui on peut compter. »

Arutha regarda Charles donner de l'eau aux autres soldats, sans faire cas de ses propres blessures ou de sa fatigue. « Ce n'était pas rien, de sauter dans le puits sans ordre. Il va falloir que je réfléchisse à la proposition de l'Archer de prendre cet homme à son service. »

Ils poursuivirent leur chemin, Arutha supervisant les soins apportés aux blessés, tandis qu'Amos se chargeait de la destruction définitive du tunnel.

Quand l'aube pointa, la cour était calme et seul un carré de terre battue à l'endroit où l'on avait rebouché le puits ainsi qu'une longue dépression allant de la muraille au donjon attestaient du fait que quelque chose d'inhabituel s'était passé au cours de la nuit.

Fannon longeait le mur en boitillant, s'appuyant surtout sur sa jambe droite. La blessure qu'il avait reçue dans le dos était presque guérie, mais il restait incapable de marcher sans aide. Le père Tully soutenait le maître d'armes pour aller rejoindre les autres qui les attendaient.

Arutha sourit au maître d'armes et il le prit doucement par l'autre bras, aidant Tully à le soutenir. Gardan, Amos Trask, Martin l'Archer et un groupe de soldats se tenaient à côté.

« Qu'est-ce qu'il y a ? » demanda Fannon. Son air bougon soulagea tout le monde. « Vous êtes donc si faibles d'esprit que vous êtes obligés de me tirer de mon repos pour que je vous reprenne en main ? »

Arutha montra la mer du doigt. On voyait se détacher sur l'horizon bleuté des dizaines de petites taches, des éclats blancs qui scintillaient dans le soleil matinal. « La flotte de Carse et de Tulan approche des plages sud. »

Il montra le campement tsurani au loin, qui bourdonnait d'activité. « Aujourd'hui, nous allons les chasser d'ici. Demain matin à la même heure, nous aurons débarrassé Crydee de ces étrangers. Nous allons les harceler et les repousser vers l'est, sans leur laisser de répit. Il va leur falloir un bon moment avant de pouvoir revenir en force. »

Fannon dit tranquillement. « Je crois que vous avez raison, Arutha. » Il resta un instant sans mot dire, puis reprit la parole. « J'ai entendu parler de la manière dont vous avez pris le commandement, Arutha. Vous vous êtes bien débrouillé. Vous faites honneur à votre père et à Crydee. »

Ému par les félicitations du maître d'armes, Arutha essaya de minimiser, mais Fannon le coupa. « Non, vous avez fait tout ce qu'il fallait, et plus encore. Vous aviez raison. Nous ne pouvons pas nous permettre d'être prudents avec ces gens. Nous devons porter le combat dans leur camp. » Il soupira. « Je suis un vieil homme, Arutha. Il est temps que je me retire et que je laisse la guerre aux jeunes. »

Tully émit un grognement moqueur. « Vous n'êtes pas vieux. J'étais déjà prêtre que vous étiez encore au maillot. »

Fannon rit de bon cœur avec les autres de l'exagération évidente du commentaire et Arutha dit : « Vous savez, si je me suis si bien débrouillé, c'est parce que j'ai eu un bon maître. »

Tully prit Fannon par le coude. « Vous n'êtes peut-être pas un vieillard, mais vous êtes malade. Je vous ramène au donjon. Vous vous êtes assez promené pour aujourd'hui. Vous pourrez recommencer à marcher régulièrement dès demain. Dans quelques semaines, vous chargerez en première ligne, et vous hurlerez des ordres à tout le monde comme avant. »

Fannon réussit à faire un faible sourire et il laissa Tully l'aider à descendre l'escalier. Quand il fut parti, Gardan dit : « Le maître d'armes a raison, Altesse. Votre père peut être fier de vous. »

Arutha regarda les vaisseaux qui approchaient, ses traits anguleux figés par une concentration intense. Il dit doucement : « Si j'ai bien fait les choses, c'est parce que j'ai eu l'aide de gens efficaces, dont beaucoup ne sont plus parmi nous. » Il prit une profonde inspiration, puis continua : « Vous avez joué un rôle important dans ce siège, Gardan, et vous aussi, Martin. »

Les deux hommes sourirent et le remercièrent. « Vous de même, pirate. » Arutha sourit. « Vous avez joué aussi un rôle important. Nous vous sommes très redevables. »

Amos Trask essaya de paraître modeste, sans y arriver. « Ah, Votre Altesse, je n'ai fait que protéger ma peau comme celle des autres. » Puis il rendit son sourire à Arutha. « C'était un sacré combat. »

Arutha regarda de nouveau vers le large. « Espérons que nous n'aurons plus de sacré combat. » Il se détourna et commença à descendre. « Donnez l'ordre de préparer l'attaque. »

Carline se tenait en haut de la tour sud du donjon, le bras passé autour de la taille de Roland. L'écuyer était encore pâle à cause de sa blessure, mais il avait bon moral. « Le siège va se terminer, maintenant que la flotte arrive, dit-il en serrant la princesse contre lui.

— C'était un vrai cauchemar. »

Il lui fit un grand sourire, cherchant ses yeux. « Pas tout à fait. Il y a eu une sorte de compensation. »

Gentiment, elle lui dit : « Tu es un ruffian », puis elle l'embrassa. Quand ils se séparèrent, elle dit : « Je me demande si ta bravoure insensée n'était pas une manœuvre pour gagner ma sympathie. »

Faisant semblant de ciller, il dit : « Madame, je suis blessé. »

Elle s'accrocha à lui. « J'étais si inquiète pour toi, tu étais peut-être mort dans le tunnel. Je... » Sa voix se tut comme son regard se portait vers la tour nord du château, à l'opposé de celle où ils se trouvaient. D'ici, elle voyait la fenêtre du deuxième étage, la fenêtre de la chambre de Pug. La bizarre petite cheminée de métal, qui fumait constamment quand il étudiait, n'était plus là à présent que pour lui rappeler combien la tour était vide.

Roland suivit son regard. « Je sais, dit-il. Il me manque aussi. Et Tomas également. »

Elle soupira. « Cela semble si loin. J'étais une très jeune fille, alors, une fille avec des idées de fille sur la vie et l'amour. » Elle dit doucement : « Certaines amours viennent d'elles-mêmes comme un vent marin et d'autres croissent des graines de l'amitié. Quelqu'un m'a dit ça un jour.

— Le père Tully. Il avait raison. » Il lui serra la taille. « D'une façon ou d'une autre, tant que tu ressens, tu vis. »

Elle regarda les soldats de la garnison se préparer à faire une sortie. « Est-ce la fin ?

— Non, ils vont revenir. Cette guerre durera encore longtemps. »

Ils restèrent l'un à côté de l'autre, se réconfortant mutuellement par leur simple présence.

Kasumi des Shinzawai, chef de guerre des armées du clan Kanazawai, du parti de la Roue bleue, regarda l'ennemi assemblé sur les murailles du château.

Il avait du mal à distinguer les silhouettes qui se déplaçaient sur le chemin de ronde, mais il les connaissait bien. Il n'aurait su leur donner de nom, mais elles lui étaient toutes aussi familières que ses propres hommes. Le jeune homme mince qui commandait, qui se battait comme un démon, qui mettait de l'ordre partout où il fallait, était bien là. Le géant noir ne devait pas être loin, celui qui de son propre corps faisait un rempart contre les attaquants. Et celui habillé en vert, qui courait dans les bois comme un fantôme, provoquant les hommes de Kasumi par sa facilité à traverser ses lignes, il devait être là, lui aussi. Il était probable que l'homme aux grandes épaules se tenait comme les autres sur les murailles, celui qui riait avec son épée courbe et son sourire de dément. Kasumi les salua silencieusement, comme les vaillants adversaires qu'ils étaient, même si ce n'étaient que des barbares.

Chingari des Omechkel, le plus vieux des chefs de troupe, vint se placer aux côtés de Kasumi. « Chef de guerre, la flotte barbare s'approche. Ils vont débarquer leurs hommes dans l'heure. »

Kasumi regarda le parchemin qu'il tenait à la main. Il l'avait lu une douzaine de fois depuis qu'il était arrivé à l'aube. Il le regarda une fois de plus, inspectant de nouveau le sceau inscrit en bas, la marque de son père, Kamatsu, seigneur des Shinzawai. Acceptant en silence son destin personnel, Kasumi dit : « Donnez l'ordre de partir. Levez le camp immédiatement et commencez à rassembler les soldats. Nous avons ordre de rentrer à Kelewan. Faites envoyer les pisteurs. »

La voix de Chingari était pleine d'amertume. « Maintenant que le tunnel est détruit, nous allons donc partir si misérablement ?

— Il n'y a rien de déshonorant à cela, Chingari. Notre clan se retire de l'Alliance de la Guerre, comme les autres clans du parti de la Roue bleue. Le parti de la guerre se retrouve de nouveau seul pour mener cette invasion. »

Avec un soupir, Chingari dit : « De nouveau la politique interfère avec la conquête. Il eût été très glorieux de prendre un si bon château. »

Kasumi rit. « C'est juste. » Il regarda le château qui s'affairait. « Ce sont les meilleurs que nous ayons jamais rencontrés. Nous apprenons déjà beaucoup d'eux. Les murailles inclinées vers l'extérieur au sol, pour empêcher les sapeurs de les faire s'effondrer, c'est quelque chose de tout nouveau et c'est très astucieux. Et ces bêtes qu'ils montent. Aah, comme elles bougent, semblables à Thùn qui parcourt nos toundras. Je vais rentrer avec quelques-uns de ces animaux. Oui, ces gens sont plus que de simples barbares. »

Après un temps de réflexion, il dit : « Dites aux éclaireurs et aux pisteurs de faire attention aux signes des diables des forêts. »

Chingari cracha. « Ces chiens recommencent à migrer en nombre vers le nord. Ils nous causent autant de tort que les barbares. »

Kasumi dit : « Quand nous aurons conquis ce monde, il nous faudra nous débarrasser de ces créatures. Les barbares font des esclaves puissants. Certains d'entre eux pourraient même se montrer assez intéressants pour qu'on les libère et qu'on en fasse des vassaux de nos maisons, mais ces chiens doivent être éliminés. » Kasumi se tut encore un moment. Puis il dit : « Laissons croire aux barbares que nous fuyons, terrifiés par leur flotte. Cet endroit est maintenant l'affaire des clans qui restent alliés au parti de la guerre. Laissons Tasio des Minwanabi défendre ses arrières s'il veut partir vers l'est. Jusqu'à ce que les Kanazawai s'alignent de nouveau avec la politique du Haut Conseil, nous n'avons plus à nous occuper de cette guerre. Donnez l'ordre de départ. »

Chingari salua son commandant et partit. Kasumi revint aux implications du message de son père. Il savait que retirer toutes les forces du parti de la Roue bleue allait faire reculer grandement le Seigneur de Guerre et son parti. Les répercussions d'une telle manœuvre allaient se faire sentir dans tout l'empire pour les années à venir. Le Seigneur de Guerre n'allait plus désormais bénéficier de victoires écrasantes, car avec le départ des forces loyales aux seigneurs Kanazawai et aux autres clans du parti de la Roue bleue, les autres clans allaient réfléchir à deux fois avant de se joindre à un assaut sur tous les fronts. Non, se dit Kasumi, son père et les autres seigneurs faisaient là un mouvement osé et dangereux. Cette guerre allait maintenant se prolonger. Le Seigneur de Guerre ne ferait pas de conquête spectaculaire. Il avait maintenant trop peu d'hommes pour défendre trop de terrain. Sans autre allié, il serait incapable de continuer à faire avancer ses troupes. Il n'avait maintenant plus que deux choix : se retirer de Midkemia et risquer l'humiliation face au Grand Conseil, ou attendre en tenant ses positions, dans l'espoir d'un changement de politique.

C'était une manœuvre surprenante que faisait là le parti de la Roue bleue. Mais le risque encouru était grand. Et les risques des prochaines manœuvres du Jeu du Conseil le seraient plus encore. En silence, il dit : « Ô mon père, nous voilà maintenant profondément impliqués dans le Grand Jeu. Nous risquons énormément : notre famille, notre clan, notre honneur et peut-être l'empire lui-même. »

Froissant le parchemin, il le jeta dans un brasero et quand il fut totalement consumé par les flammes, il oublia ses inquiétudes et retourna à sa tente.

REMERCIEMENTS

En 1982 :

Beaucoup de gens m'ont apporté une aide inappréciable pour que ce livre existe. J'aimerais offrir mes vœux les plus sincères à :

Les Friday Nighters : April et Stephen Abrams ; Steve Barrett ; David Brin ; Anita et Jon Everson ; Dave Guinasso ; Conan LaMotte ; Tim LeSelle ; Ethan Munson ; Bob Potter ; Rich Spahl ; Alan Springer et Lori et Jeff Velten pour leurs critiques utiles, leur enthousiasme, leur soutien, leur foi, leurs conseils avisés, leurs idées merveilleuses et, plus encore, leur amitié.

Billie et Russ Blake et Lilian et Mike Fessier, qui ont toujours bien voulu m'aider.

Harold Matson, mon agent, qui a pris le risque de m'accepter.

Adrian Zackheim, mon éditeur, parce qu'il demandait au lieu d'exiger et parce qu'il a travaillé dur pour fabriquer un bon livre.

Kate Cronin, l'assistante de l'éditeur, parce qu'elle a le sens de l'humour et qu'elle a supporté avec grâce toutes mes sornettes.

Elaine Chubb, correctrice, pour sa grande délicatesse et le soin qu'elle porte aux mots.

Et Barbara A. Feist, ma mère, pour toutes ces raisons et plus encore.

Ajouts pour l'édition 1992 :

Mary Ellen Curley, qui a remplacé Katie et nous a maintenus dans le droit chemin.

Peter Schneider, dont l'enthousiasme pour mes œuvres m'a apporté un allié de valeur au sein de Doubleday ainsi qu'un très bon ami au cours de ces dix dernières années.

Lou Aronica, qui a acheté ce livre même s'il ne voulait pas vraiment le réimprimer et qui m'a donné la chance de revenir sur mon texte pour « le réécrire une fois de plus ».

Pat Lobrutto, qui m'a aidé avant que ce ne soit son travail et qui a pris la relève lors des moments difficiles et dont l'amitié va au-delà de nos relations de travail.

Janna Silverstein, qui malgré le peu de temps où elle a été mon éditeur, a su quand il fallait me laisser en paix et quand il fallait me contacter.

Nick Austin, John Booth, Jonathan Lloyd, Malcolm Edwards et toute l'équipe de Granada, maintenant HarperCollins Books, qui ont fait de ce livre un best-seller international.

Abner Stein, mon agent anglais, qui l'a vendu à Nick avant tout.

Janny Wurts, parce que c'est une amie et qu'en travaillant avec moi sur *Les Chroniques de Krondor* elle m'a apporté une perspective complètement différente sur les Tsurani ; elle m'a aidé à faire du Jeu du Concile qui n'était qu'un vague concept une véritable arène meurtrière où se déchaînent les passions. Kelewan et Tsuranuanni sont autant d'elle que de moi. J'en ai dessiné les grandes lignes et elle y a ajouté couleurs et détails.

Et Jonathan Matson, qui a repris le flambeau de la main d'un grand homme et qui a poursuivi sa tâche sans hésitation, de ses conseils avisés et de son amitié. Les glands sont tombés très près de l'arbre.

Et par-dessus tout, mon épouse Kathlyn S. Starbuck, qui comprend mes joies et mes douleurs dans ce métier, car elle s'y attelle aussi, qui est toujours là, même quand je ne le mérite pas et qui donne un sens à tout cela par son amour.

RAYMOND E. FEIST
San Diego, Californie.

5823

Composition Chesteroc International Graphics
Achevé d'imprimer en Europe (France)
par Maury-Eurolivres – 45300 Manchecourt
le 15 février 2001.
Dépôt légal février 2001. ISBN 2-290-31013-1

Éditions J'ai lu
84, rue de Grenelle, 75007 Paris
Diffusion France et étranger : Flammarion